글
누
림
한
국
문
학
전
집

이기영

이기영 작품선

책임편집 · 해설 – 김외곤

문학평론가. 상명대학교 영화영상전공 교수.

대표 저서로 『임화 문학의 근대성 비판』, 『한국 문학과 문화의 상상력』, 『한국 근대 문학과 지역성』, 『한국 현대 소설 탐구』, 『문학과 문화의 경계선에서』, 『한국 근대 리얼리즘 문학 비판』 등이 있다.

표지 그림 – 인강 신은숙(仁江. 硯田)

철학박사(성균관대학교. 미학 전공) / 한국서가협회 초대작가 및 심사위원역임. 시인.

글누림한국문학전집 6

이기영 이기영 작품선

초판발행 2011년 6월 10일

지 은 이 이기영
펴 낸 이 최종숙
펴 낸 곳 글누림출판사

진   행 이태곤
책임편집 임애정
편   집 오수경
디 자 인 이홍주 안혜진
마 케 팅 문택주

주   소 서울시 서초구 반포4동 577-25 문창빌딩 2층(137-807)
전   화 02-3409-2055(대표), 2058(영업), 2060(편집)
팩   스 02-3409-2059
전자메일 nurim3888@hanmail.net
홈페이지 www.geulnurim.co.kr
등록번호 제303-2005-000038호(2005.10.5)

정가 15,000원
ISBN 978-89-6327-122-4 04810
ISBN 978-89-6327-116-3(세트)

출력 · 안문화사 인쇄 · 한교원색 제책 · 동신제책사 용지 · 화인페이퍼

글누림
한국문학전집

06

이기영

책임편집 김외곤

'글누림한국문학전집'을 새롭게 간행하며

세계의 유수한 고전적 저작들의 목록 절반 이상이 소설이라는 것은 놀라운 일도 이상한 일도 아니다. 잘 짜인 한 편의 이야기인 소설은 사회가 지향하는 꿈과 소망을 고스란히 담고 있다. 소설을 언어로 직조한 시대의 세밀한 풍경화라고 하는 말은 그래서 가능하다. 소설이 그 짧은 역사에도 불구하고 인류 문화의 벗으로 자리 잡을 수 있었던 것도 이러한 특성과 무관하지 않다.

시대의 격랑 속에 한치 앞도 전망할 수 없는 오늘날의 개인은 소설 속에 담긴 과거의 시공간과 만나면서 인간의 보편성을 확인하고 자신의 개별성을 확장하는 정서적 체험을 하게 된다. 소설과의 만남은 단지 즐거운 독서 체험에 그치는 것이 아니라, 가치의 기준과 삶의 저변을 확장하는 문화의 실천인 것이다.

'글누림한국문학전집'이 지향하는 기획 의도는 다음과 같다.

첫째, 이 기획은 문학교육 전문가들과 대학에서 문학을 강의하는 전공 교수들의 조언을 받아 이루어졌으며, 근대 초기로부터 한국전쟁 이전의 소설 중에서 특히 문학적 검증이 끝난, 이른바 정전(canon)에 해당하는 작품들을 중심으로 구성되었다. 정전이란 한 시대의 표준적 규범을 뜻하는 말로, 문학 정전이란 현대문학사에서 누구나 인정하는 성과와 질을 담보한 불후의 명작들을 의미한다. 이 전집을 통해서 근대 초기 이후 지금까지 삶의 이면을 관류하는 문학의 근원적 가치와 이념을 확인할 수 있을 것이다.

둘째, 이 기획은 교양과목을 수강하는 대학생과 시험을 앞둔 수험생, 풍요로운 삶을 소망하는 일반 독자들에게 작가와 작품, 작품의 배경이 된 당대 현실에 대한 이해를 돕는 교양서로 기능하도록 배려하였다. 수록 작품들은 본래의 의미를 최대한 존중하면서 다양한 이본들을 발표, 원문과 일일이 대조하면서 현대식으로 표기하였고, 박사과정 재학 이상의 국문학 전공자의 교정 및 교열 작업을 거쳐 모범적인 판본을 만들었다.

현재 우리 소설의 역사는 1백 년을 넘어서 새로운 전통을 쌓아가고 있다. 우리 소설들에는 우리 선조들이 고심했던 역사와 풍속, 삶의 내밀한 관심과 즐거움이 한데 녹아 있다. 독자들은 소설과의 만남을 통해 우리의 문화가 이룩해온 정체성을 확인하고 상상하는 즐거움을 만끽할 수 있을 것이다.

'글누림한국문학전집'이 21세기의 젊은 독자들에게 새로운 독서 체험을 제공해 주고 동시에 삶의 풍부한 자양분 역할을 하기를 희망한다.

글누림한국문학전집 간행위원회

차 례
Contents

이기영 작품선

오빠의 비밀편지

1

날마다 학교에서 일찍일찍 돌아오던 마리아가 오늘은 해가 저물도록 오지 않는다. 집안 식구들은 처음에는 제각기 입 속으로 의심하며 궁금증을 내다가 밤이 점점 깊어가니 모두 은근히 걱정스러운 생각이 나서 무슨 일이나 있지 않은가 하고

"웬일인가? 왜 안 온다니?"

하며 서로 모르는 일을 서로 묻고 있다.

시계가 여덟 시를 땅땅 치고 조금 있다가 홀연 신발소리가 자박자박 난다. 문을 탁 열고 보니 밤은 캄캄한데 기다리던 마리아가 마루에 책보를 놓고 구두끈을 푸느라고 엎드려 있다.

모친은 기다리더니 만치 반가웠으나 애타더니 만치 또한 성이 나서 마리아가 채 방에 들어서기도 전에 책망이 나온다.

"웬일이냐…… 오늘은? 계집애가 왜 캄캄한데 다니니."

"저, 선생님이 한문을 외우라고 하셨는데 영순이가 저의 집으로 같이 가서 읽자고 하기에…… 그 애는 나보다 한문을 잘 알고 해서…… 따라갔더니만 어느덧 해가 졌겠지. 영순이 어머니랑 자꾸 저녁 먹고 가라고 또 붙들어서 그만 느……."

하고 마리아는 모친의 눈치를 보아가며 정신 차려 변명을 한다. 그러나 공연히 울렁울렁하는 가슴을 말끝을 마치기가 어려운 모양이다.

"한문은 오빠한테 묻지는 못하니. 오빠가 있는데…… 왜 늦도록 남의 집으로 *까질르니. 계집애가."

"오빠가 무얼 잘 가르쳐주남. 두 번만 거푸 물어도 벌써 *볼멘소리로 핀잔만 하며 이 바보야 그걸 몰라, 하고 자꾸 욕만 하는걸."

마리아는 반벙어리에 심술을 좀 섞은 듯한 태도로 모친의 말이 답답하다는 듯이 말대꾸를 하였다.

이 말이 떨어지기 전에 건넌방에서 안방으로 들어오는 마루를 콩콩 구르는 신발소리가 나더니

"무엇이 어쩌고 어째? 내가 언제 안 가르쳐주던."

하고 오빠가 툭 뛰어들어오며 도끼눈을 해가지고 주먹을 휘두른다.

"누가 안 가르쳐 준댔남. 잘 안 가르쳐 준댔지."

"언제 잘 안 가르쳐주디? 요것이 기어이 주먹맛을 보고 싶어서……."

"그럼 잘 가르쳐주었남!"

"그래도…… 한문을 어쨌다구? 한문이 무슨 한문! 누구를 속이려고 드니?"

"속이긴 무엇을 속인데…… 오빠두 참 낼 영순이한테 물어보우."
하고 마리아는 기막힌 웃음을 픽 웃으며 똑바로 뜬 눈이 *외로 돌아간다.

"그럼 계집애가 왜 밤중에 다니니?"

'오빠는 나보다 더 밤중에도 돌아다니지 않았남!'
하고 마리아는 폭 찌르고 싶은 생각이 불일 듯 하였으나,

'니 무엇이 어째. 이 계집애야!'
하며 오빠의 주먹이 후려칠까봐 무서워서 나오는 말을 꿀꺽 참았다.

마리아는 오빠와 여러 번 싸웠다. 싸울 때마다 이론으로 당하지 못할 때는 반드시

"계집애년이 무슨 *잔말이냐!"
하며 주먹을 휘둘렀다. 그러면 자기는 계집애가 무슨 죄인은 아닌 줄 알았지만 그래도 계집애면 어떠냐고 끝까지 항거할 용기가 없었다. 벌써 그 소리가 나오면 어쩐지 기가 풀려서 당당히 할 말도 못 하고 그대로 눌리고 말았다.

하긴 그것은 오빠만이 아니었다. 어려서부터 어머니도 걸핏하면

"이년 계집애년이……"
하고 눈을 흘겼고 이웃사람들의 입에서도 이 "계집애"라는 말이 그

칠 때가 없었다.

"계집애년이 울기는 왜 우니? 계집애년이 까질르기도 한다! 계집애년이 맛난 음식은 퍽 밝히네!"
하는 소리는 제집 식구거나 남의 집 식구거나 소녀와 처녀에게 그들이 가장 많이 쓰는 일상용어였다.

오빠가 다니는 학교는 그저 학교라 하고 우리 학교는 반드시 여학교라 한다. 그 언제던가 영어를 배우는 시간에 남자선생님이 빙글빙글 웃으면서 말하기를 사람은 남자가 대표로 서지마는 짐승은 암컷이 대표로 선다고, 그래 사람의 대표는 '맨'으로 하고 소의 대표는 '카우'로 하지 결코 '우맨'이나 '악스'라지는 않는다 하였다.

그때 자기는 얼굴이 붉어지며 (다른 아이들도) 일종 모욕을 당하는 듯하여 새삼스레 사내로 태어나지 못한 것을 남몰래 안타까워하였다.

오빠는 학교에 갔다 와서 *뻔둥뻔둥 노는데도 가만 내버려두건만 자기는 *조석으로 부엌 설거지를 시키고 동생을 보라 하고 빨래를 시키고 그렇게 알뜰히 부려먹으면서도 무엇을 좀 잘못할라 치면 어머니는 곧 "계집애가 *데퉁맞기두 하다. 계집애가 칠칠찮기두 하다!"
하고 눈이 빠지도록 나무람을 한다.

그러나 오빠는 여간해서 나무라지도 않거니와 한 대야

"사내가 어떻다……"
고는 아니하였다. 나무람을 들어도 그저 들으면 오히려 괜찮겠다. 자기는 그 계집애라는 소리를 누구네한테 듣는 "여보"와 같이 듣기 싫었다.

한번은 하두 골이 나기에

"어머니는 계집애가 아닌감!"

하였더니 그때 어머니는 너무도 어처구니가 없던지 쓰디쓴 선웃음을
웃으며

"어미 대접을 잘한다. 그러기에 나는 너만 나이에 그렇게 *내닫지는
않았단다."

하고, 또 "계집애가 그래서는 못 쓴다" 하였다.

"딸자식은 쓸데없어. 시집가면 고만인걸!"

"그래요. 시집보내기 전에 실컷 부려나 먹지요. 호호⋯⋯."

하는 어머니와 이웃사람들의 이야기를 들을 때는 계집애의 *천덕꾸
러기가 된 까닭은 그렇구나! 하였고, 구약성경을 펴들고 창세기를 보
다가 이브가 마귀의 꾀임을 받아서 선악과를 따먹었다는 구절을 읽
고는 또 그래 그런가도 싶었다. 그래 한 번은 *내뚝에서 뱀을 만났을
때 불현듯 그 생각이 나서

"요놈의 마귀! 마귀."

하고 징그럽게 *서리서리하고 누운 것을 돌멩이로 때려죽였다. 몸서
리가 나지마는 이를 악물고 때려죽였다.

그래도 마리아는 오빠가 새 옷을 입을 때는 나도 달라고 오빠가
새 신을 살 때는 나도 사달라고 조르다가 그 소리를 듣곤 하였다. 오
빠는 무엇이든지 자기보다 더 가지려는 욕심꾸러기였다.

어머니는 언제나 늘 오빠의 편을 드는 줄까지도 자기는 모르지 않았지만 그러나 기어코 오빠의 불공평을 타내고서 그 소리를 듣고야 말았다. 그러면 분하였지만 그래도 그래야만 속이 시원한 것 같았다.

집안에서 자기를 그 중 사랑하기는 아버지였다.

아버지는 꾸지람을 하지 않지마는 그도 한때에는 역시 "계집애가 그러면 못 쓴다"고 하였다.

오빠는 아버지만 없으면 제 마음대로 *횡행천하(橫行天下)였다. 아버지가 혹시 오빠를 꾸짖다가도 어머니가 만류하면 그만두었다. 아버지는 어머니의 말을 곧잘 듣는 것 같았다. 그래 그런지 오빠는 점점 *기승스러워 갔다. 그럴수록 오빠의 팔자가 부러웠고 그만큼 또한 오빠가 얄미웠다.

그런데 오빠는 무엇을 자기보고 속인다고 한다. 아니 오늘저녁에 내가 속인 것이 무엇인가? 길에 나서면 별별 일이 다 많다고 더욱 서울이란 데는 부랑자가 많은 까닭에 밤에 다니기가 위태하다고 어머니는 늘 말씀하지마는 전등이 낮같이 밝은데 무슨 걱정일까? 비록 자기는 여자일망정 그런 일을 방비할 만한 수단과 능력이 있다. 한데 어머니는 자기를 못 미더워하고 오빠는 자기를 엄중히 단속하려 함을 보면 다만 그런 불의의 일을 두려워함이 아니라 자기에게도 무슨 못 미더워할 만한 구석이 있는 듯싶다.

그렇다. 그렇지 않으면 오빠는 왜 밤중까지 쏘다니다 와도 아무 말이 없는데 자기는 모처럼 한 번만 늦어 와도 야단일까? 그것은 어떤 사내에게 꼬임을 받을까 보아서 그러는 것일까? 그러나 사내와 노는 게 왜 나쁠까? 시집가서 사내와 같이 살면서, 사내를 호랑이보다 무서워함은 우스운 일도 다 많다. 그것은 아버지와 어머니도 당초에는 모르던 남남끼리 만났었다는데…… 하고 마리아는 속으로 픽 웃었다.

2

그 이튿날 마리아는 영순이를 만나서

"나는 어제 아주 천덕꾸러기가 되었다."

하고 오빠와 어머니에게 걱정 듣던 이야기를 하였다.

영순이는 눈을 동그라니 뜨고 잠깐 놀라는 체하다가 다시 얼굴빛을 제대로 고치며

"무얼, 우리 집에 갔었다고 하지. 하긴 우리 어머니도 내가 늦게 들어오면 꾸중하신단다."

하고는 방끗 웃는다.

"그러지 않아도 너더러 물어보라고까지 하였단다. 그래도 오빠는 나보고 자꾸 무엇을 속인다고 그런단다."

하는 마리아는 오빠가 지금 옆에나 있는 것처럼 눈을 *할기죽 흘기며 얄미운 표정을 보였다.

"호호호. 속이긴 무엇을 속여. 아마 네 속을 모르니까 그러는 게지. 그래도 너는 오빠가 있으니까 좋겠더라."

"좋기는 무에 좋으냐. 아주 심술쟁인데. 호호호."

"난 늬 오빠가 사람이 좋아 보이더라. 사내다워서……."

"그럼. 사내가 사내 같지 않구. 기애는 별소릴 다하네. 그럼 너두 오빠라구 해라."

하고 마리아는 깔깔 웃었다. 영순이는 귀밑을 살짝 붉히며

"억지루 오빠라면 되니?"

하고 마주 웃는데 하얀 이가 보기 좋게 반짝인다.

"호…… 의남매하지. 참 오빠가 너한테 물어볼는지도 모르니 그러 거던 바른 대로 잘 대답해다구. 어저께 늬 집에서 늦었다구.……응."

"무얼 나는 모른다구 할 걸……."

하고 영순이는 방글방글 웃으며 머리를 쌀쌀 내두른다.

"애. 그러면 난 죽는다. 여보! 영순씨! 제발 살려주십사."

마리아는 절하는 시늉을 하며 개개 빌어 올린다. 영순이는 그게 재미있는 듯이 갈수록 새침해지며 거절하는 모양을 보이다가 나중에는 "그래라" 하고 승낙하였다. 마리아는 이제는 살았다는 듯이 기쁨에 넘치는 표정으로 영순이의 손목을 쥐고 흔들면서 이런 말을 물었다.

"늬 아버지한테 요새 편지 왔니?"

"요새는 편지도 안 온단다."

"거기서 늬 아버지는 첩 얻어서 술장사를 한다지. 호호호."

"그렇단다. 아주 반했단다."

"늬 어머니가 성내지 않던?"

"성은 왜…… 내가 아니!"

영순이는 픽 웃는다.

"무얼 몰라. 밤낮 늬 작은어머니를 *초들지. 해! 해! 해!"

"초들면 무엇하니?"

"그럼 안 해? 나 같으면 쫓아가서 한바탕 야단을 치겠다."

"누구한테다?"

"둘한테 다."

별안간 영순이는 손뼉을 치며 깔깔 웃더니

"너는 그럼 시집을 안 가려는 게로구나!"

하며 조롱한다.

마리아는 얼굴이 빨개지며

"그럼 넌 시집 안 갈란?"

하고 *무색한 듯이 달려들어서 영순이를 꼬집었다.

"아야! 아이고 아파! 난 안 갈란다."

"왜 늬 어머니같이 될까 봐? 호호호!"

"…… 사내 맘은 믿지 못한단다."

"그래도 모두 시집만 잘 가더라. 아마 혼자는 못 사는 게야."

"설마……."

"저 여선생님을 못 보니…… 호호호."

"이애 그런 소리를 왜 하니."

하고 영순이는 부끄러운 듯이 누가 듣지나 않나 사방을 둘러본다. 마리이의 가슴은 이상히 떠며 까닭 모를 호기심에 자꾸만 그런 말을 하고 싶었다.

한 살을 더 먹은 영순이는 그런 말을 무슨 의미가 들었는지 얼굴을 은근히 붉히며 별나게 이상한 표정을 짓는다. 아마 저 애는 사내 속을 나보다 더 잘 아나보다 하고 마리아는 은근히 영순이를 부러워하였다.

영순이는

'너도 차차 ○○의 싹이 트는 게로구나……'

하고 마리아의 속을 들여다보는 듯이 오장이 간질간질하였다.

3

요새는 어쩌 오빠의 눈치가 다른 것 같다. 오빠뿐 아니라 영순이 눈치도 다르다.

오빠가 그전에는 혹시 늦게 돌아와도 그 시간은 대중이 없었다. 어떤 때는 밤중에, 어떤 때는 초저녁에 그리고 흔히는 어떤 동무의 집에서 저녁을 얻어먹고 왔다고 하였다.

그런데 요새는 그렇게 늦게 다니는 일이 없으나 꼭꼭 해질 무렵에 돌아오는 게 이상하다.

영순이는 그전에는 가끔 저의 집으로 놀러가자고 끌더니 요새는 뚝 따고 저 혼자만 다닌다. 그러나 '네가 요새는 새 동무를 사귄 게로구나' 하고 슬그머니 노여운 생각이 나서 그런 까닭을 물어보지도 않았다(영순이는 *문안에 살기 때문에 마리아가 늘 영순의 집에 가 놀았지 영순이는 마리아의 집으로 놀러 오지는 않았다).

그러나 오빠와 영순이를 한데 붙여가지고 무슨 의심은 하지 않았다. 둘의 눈치가 별안간 이상해졌다고 따로따로 생각하다가 어느 날 저녁 잠들기 전에 언뜻 '그렇지나 않는가?' 하는 의심이 번갯불 치듯 마리아의 생각에 떠올랐다. 그래 그는 그 속을 애써 알고 싶어서 조급증이 났다.

그 이튿날 마리아는 아침을 먹기가 바쁘게 일직이 학교로 가서 영순이의 눈치를 슬슬 보다가 *하학 후에는 살짝 그에게 미행을 붙였다.

그래도 영순이가 제 집으로 갈 줄만 알았더니 웬걸 제 집을 끼고 돌면서 뒷산 모퉁이 솔밭 속으로 들어간다. 거기는 자기도 그전에 한 번 동무들과 가본 일이 있는데 그 산마루턱을 조금 올라가면 더 높은 봉우리가 있고 사태 난 흰 돌 사이에는 *다복솔이 *다복다복 났다. 사방에서 올라오게 된 곳이므로 한눈만 팔지 않으면 어디서든 올라오는 자를 망볼 수도 있고 달아나든지 숨든지 그런 비밀한 모임을 갖기는 다시 없을 만한 곳이었다.

마리아는 이런 지형을 잘 아는 까닭으로 오빠의 학교에서 이리로 오자면 어디로 올 것까지 짐작하고 저쪽으로 방향을 바꾸어서 살금살금 산기슭으로 올라갔다. 그러나 무슨 죄를 짓는 것 같이 가슴이 울렁울렁하며 들키지나 않을까? 오빠가 아니면 어찌하나 하는 불안한 생각이 나서 걸음이 내걸리지 않게 한다.

‘도루 갈까? 어쩔까?’

하고 몇 번을 망설거리다가 여기까지 와서 도로 가기도 무엇하다고 마음을 돌리자 그는 그대로 올라갔다. 얼추 올라가서 숨을 죽이고 가만히 들으려니 벌써 *재깔재깔하는 소리가 들리는 듯! 마리아의 호기심은 새 용기를 내게 하였다.

*솔포기 뒤에 가 은신을 하고 살그머니 일어서서 갸웃이 넘겨다보니 바로 그 흰 돌 위였다. 오빠와 영순이는 저 편으로 고개를 두고 나란히 앉아서 무슨 이야기를 재미있게 하고 있다. 자기네의 비밀을 누가 알까 봐 겁이 나는 듯이 둘이서 번갈아가며 사방을 휘둘러본다. 영순의 얼굴은 빨갛게 단풍같이 물들었는데 두 눈에는 웃음을 가득 실었다.

오빠의 가라앉지 않은 태도로 싱긋싱긋하는 표정은 무슨 불안을 느끼는 듯한 웃음이 아닌가?

마리아는 어깨가 으쓱하였다. 그리고 우스워죽겠다. 그러나 그는 무슨 이야기를 하는가 들어보려고 나오는 웃음을 두 손으로 틀어막고 가만히 귀를 기울였다.

영순이는 오빠의 등에다 손을 얹으면서

“나는 당신이 보고 싶어서 엊저녁에 꿈을 어떻게 꾸었는지 몰라요.”

그리고 호호…… 웃으니까

“나는 오늘 도화를 그리는데 자꾸 영순씨 화상이 그려지겠지.”

하고 오빠도 마주 웃는다.

"거짓말!"

"아냐. 이건 정말! 진짜 정말이여요."

"저 봐. 농담하듯, 당신은 참으로 나를 사랑해요? 네!"

"나는 사랑보다 큰 것을 하지요."

"사랑보다 큰 게 뭐야요?"

"글쎄 무얼까요, 당신보다 더 사랑한다는 의미로……."

"정녕?"

"정녕!"

맹꽁이 울 듯, 그들의 받고 채기 하는 소리가 마리아는 우스웠다.

"정녕!"

하고 마리아도 툭 튀어나서 한바탕 웃고 싶었다. 집에서 걸핏하면 자기를 보고

"이 계집애야! 저게 사람인가?"

하고 욕하던 오빠가 영순이한테는 저렇게 *소인을 *개올리고 안달을 하는 꼴이 가관이다. 영순이가 대체 무엇을 가졌기에 저러나…… 하다가 마리아는 잠깐 *수태를 머금었다.

'오빠! 나보구 계집애라고 그리더니 이게 웬일이요? 영순이는 계집애가 아니여요?' 하고 오빠를 실컷 떠들어주고 싶으니 만큼 '이애 영순아! 너 시집을 안 간다더니 이게 무슨 짓이냐?'

하고 영순이 톡톡히 무안을 주고 싶었다.

자기는 오빠한테 한 번도 사랑한다는 말을 못 들었는데 영순이와는 언제부터 그렇게 친해졌나 하는 생각이 나자

'이애 영순아! 왜 우리 오빠를 네가 뺏어가려고 그러니?'

하고 쫓아가서 영순이를 *떠박지르고 싶은 시기도 나고

'오빠는 영순이를 사랑하느라구 나를 그렇게 박대하였구먼!'

하고 오빠를 윽박질러 주고도 싶었다.

그러나 오빠는 자기를 영순이 같이 사랑하지 못할 무엇이 있는 줄 알았다. 그 언제인가 영순이가 오빠보고 사람 좋다고 부러워하기에

"그럼 너도 오빠라구 해라!"

하였더니 그때 영순이는 빙긋 웃으며

"억지루 오빠라면 되니?"

하지 않았던가. 그와 같이 자기도 억지로 오빠의 사랑을 받으려면 될 수 있나 하였다.

이런 생각이 마리아의 심중에 떠오르자 별안간 쓸쓸해지며 무엇을 잃어버린 것 같이 서운해진다. 아까까지 가졌던 호기심도 스르르 풀리며 전신에 맥이 하나도 없다. 마리아는 시름없이 발길을 돌리며

'남들이 재미있게 노는 것을 훼방 놀 까닭이 없지'

하였으나 그보다도 큰 원인은 흥미가 떨어져서 그렇게 할 용기가 없어졌다.

'나는 누구……'

하는 생각이 마리아의 가슴에 잠기자 별안간 걸음은 안 걸리고 고개

가 점점 숙여졌다. 봄 해는 어느덧 서천에 기울었는데 이 집 저 집에는 살구꽃이 만발하였다. 뒷산 솔밭 속에서 산비둘기의 우는 소리가 처량히 들린다.

4

그 후 한 달 만이던가, 마리아의 아버지는 여러 날 *타관에 나가서 안계시기 때문에 사랑방은 오빠가 통으로 차지하게 되었다. 어느 날 식전부터 빨래를 서둘던 날이다. 오빠는 일어나지도 않았는데 어머니가 오빠의 새 옷을 다려주며 갖다 주고 헌 옷을 들여오라 하였다. 빨래를 삶는데 같이 삶는다고 한다. 마리아는 옷을 받아가지고 사랑에 나가보니 오빠는 정신 모르고 그저 잔다. 코를 꼭 쥐어서 잠을 깨우려다가 또 식전욕이나 실컷 얻어먹을까 무서워서 새 옷을 머리맡에 놓고 방 한가운데 아무렇게나 벗어놓은 옷을 주섬주섬 개키는 판이다.

*조끼세간을 새 조끼주머니에 옮기려고 모두 꺼내놓고 보니 별것이 다 들었다. 지갑, 도장, 인단갑, 만년필, 수첩, 편지 등……

그리고 쪼고렛트라는 양과자도 있다.

'이건 영순이 줄라고 산 게로구나!'

하고 마리아는 빙긋 웃으며

'나는 눈깔사탕 하나도 안 사주더니……'

하며 자는 오빠를 보고 눈을 흘기었다.

다른 세간은 다 집어넣고 편지를 가지런히 하여 집어넣으려는 중인데 웬 조그만 하얀 양봉투가 그 속에 끼어있는 모서리가 내다보인다. 이게 뭔가 하고 쓱 뽑아보니 거기에는 석죽화 한 가지가 곱게 그려져 있고 봉투 속에는 무엇이 들어있다.

거죽에는 아무것도 안 썼으나 그 속에 든 것은 영락없는 편지 같다.

마리아는 호기심이 나서 그것을 보고 싶었다. 살짝 돌아앉아서 *연해 오빠를 돌아보며 속종이를 빼보았다. 그래도 들킬까 겁이 나서 대강만 보았는데 *양지에다 펜으로 참깨같이 주어박아서 세세성문한 *만지장서다. 그것은 대개 이러한 사연이었다.

*허두에다 바로 '나는 당신을 사랑합니다' 해놓고는 '만일 당신의 품에 안기면 나는 얼마나 행복할까요! 그는 동서속금의 사전을 뒤져봐도 말로는 형용할 수 없겠지요' 하는 허풍을 치고 나서 '천사같이 아름다운 당신이여! 나는 당신이 보고 싶어요. 당신을 보지 못하면 나는 이 세상에서 살 수 없어요. 당신은 나의 생명의 신이여요! 당신은 나를 죽이든지 살리든지 나의 생명을 오직 당신에게 맡기나이다. 한강 철교에서 떨어지리까? 청량리 송림에다 목을 매리까? 아니지요! 당신같이 사랑이 많으신 이는 결코 그러실 리가 없겠지요? 당신은 청춘이외다. 청춘은 청춘끼리 사랑할 수 있지 않아요. 당신은 무엇이 그리운 것이 없나이까. 나는 울어요! 당신이 보고 싶어요. 당신은 나의 눈물을 씻겨 주시렵니까? 안 씻어주시렵니까? 꽃은 웃고요 달은 밝아요! 새는 노래하구요! 바람은 서늘하구요! 그러나 날 가고 달 가

고 봄 가고 사람이 늙으면 청춘이 아깝지 않습니까? 오! 나의 사랑하는 당신이여! 당신은 어찌 하시렵니까……'

하는 울고 웃고 하소연하고 *섧은 사정을 한 달콤한 엽서이었다. 그러나 그것보다도 끝에다 쓴 '나의 사랑하는 옥진 씨여!'라 한 편지는 받아볼 임자의 이름을 보고 마리아는 소스라쳐 놀라지 않을 수 없었다.

그것은 옥진이란 아이가 마리아와 한 학교에 다니기 때문이었다. 자기보다 한 학년을 앞선, 얼굴이 곱상스럽고 새침한 아이였다.

마리아는 편지를 얼른 집어넣고 그전대로 해서 새 조끼에 넣은 후에 헌 옷을 가지고 안으로 들어왔다. 아침을 같이 먹을 때 오빠의 얼굴이 다시 쳐다보인다. 오빠는 자기의 비밀을 알 리가 없으리라고 확신하듯이 평시와 다름없이 밥을 먹고 앉았다.

마리아는 오빠의 행동이 우스웠다. 그의 허위가 얄미웠다. 예배당에서는 가장 정성스러운 듯이 기도를 올린다. 그는 뭇사람을 사랑하게 해 달라고 또는 죄를 짓지 말게 해달라고 죄를 짓거든 회개하게 해달라고 간절히 비는 것이다. 그런데 영순이를 그렇게 하고 옥진이에게 그런 편지를 쓰는 것은 죄가 되지 않는가. 회개할 생각은 꿈에도 없는 것 같다.

자기를 계집애라고 구박하는 것은—어머니도 그런 기도를 올리고 이웃 신자들도 그런 기도를 올리고 저의 집에서는 각각 그러니까—특별히 오빠만 말할 것은 아니라 하더라도 그 언제 청년회에서 토론을 할 때였다. 토론문제가 남녀동등이 가할까 부할까 하는 문제였는

네 오빠는 기편에서 열변을 토하였다. 그때 손바닥이 깨어지라고 박수를 치다가 문득 오빠의 행동과 말이 남극과 북극같이 상반됨이 생각나서

'저런 말이 어디서 나오나! 뻔뻔두 하다'

하고 흉을 보았었다. 그래도 또 이런 일이 있을 줄까지는 몰랐다. 영순이를 영원히 사랑한다며 불과 한 달 미만에 또 이런 편지를 옥진이에게 쓰고 나더러 속인다더니 *됩다 이렇게 속이는 일이 있을 줄은.

마리아는 영순이의 하던 말이 생각난다. "남자의 맘은 믿지 못 한단다"고 하던 말이. 영순이는 제 입으로 그런 말을 하고 오빠에게 속은 것이 어리석지마는 또한 불쌍하기도 하였다.

오빠가 영순이를 어떻게 친했나 했더니 이제 보니까 그런 편지로 친하였구나. 옥진이도 *미구에 그 편지에 떨어지고 그 후에는 또 세 번째 네 번째 그런 편지를 쓸 것이 아닌가?……

오빠는 밤이 늦도록 불을 켜고 책상 앞에 앉았기에 그래도 공부는 하는 줄만 알았더니 인제 생각해보니 그런 편지 공부를 한 것이다. 그러나 오빠는 글을 잘 쓴다기보다는 얼굴이 잘생겼다. 영순이가 반한 것도 아마 오빠의 풍채에 떨어진 것이 아니었던가?

'인물 잘난 우리 오빠는 색마이여요.

*청보에 개똥 싼 건 우리 오빠이여요.

동무님네 미남자에게 속지 마소'

하고 마리아는 신문에다 이런 광고를 내고 싶었다.

5

그 후에 마리아는 또 옥진이를 정탐하였다. 흐르는 세월은 어느덧 4월도 다 가는 마지막 날이다. 마리아는 그 전에 영순이를 따라서던 그 솜씨로 이번에는 옥진의 뒤를 밟았다. 아니나 다를까! 옥진이는 그 솔밭 속으로 사라져 들어갔다.

마리아는 또 호기심이 나서 그때와 같이 산마루로 올라가보았다. 오빠는 벌써 와서 기다린 지 오랜 모양, 옥진이는 쌔근쌔근 올라가더니 한달음에 뛰어가서 오빠를 껴안는다. 그리고 서양 사람들이 만나서 하듯이 '키스'를 한다.

그렇게 새침하던 옥진이가 오빠 앞에서는 갖은 아양을 부리는 꼴을 볼 때 저런 표정이 대체 어디서 나오나 하고 마리아는 우습다느니 보다도 은근히 놀래었다.

'저것 봐! 저 고개짓하고 눈웃음을 살살 치며……'

마리아는 혀를 내둘렀다. 오빠는 옥진이의 손을 잡고 그 전에 영순이와 앉았던—틀림없는 그 돌이다— 그 돌에 나란히 앉았다. 옥진이는 제비같이 지저귀고 오빠는 콩새같이 앉아서 지금 한창 대화를 하는 판이다. 그런데 놀라지 말라! 저쪽에서 웬 얼굴이 솔포기 너머로 넘겨다보는데 그는 틀림없이 영순이였다.

영순이의 얼굴빛은 이상히 변하고 사지가 벌렁벌렁 떨리는 대로 솔가지가 바르르 흔들린다. 마리아의 가슴은 짜릿짜릿하다.

별안간 영순이는 날쌔게 뛰어가서 오빠의 무릎 앞에 푹 거꾸러지

며

"으! 흐흐 흑……."

하고 느끼어 우는 바람에 오빠는

"어!"

하고 펄쩍 뛰어 궁둥방아를 찧으며 외마디소리를 지르는데 옥진이는

"앗!"

하고 두 손으로 얼굴을 가리며 폭엎드러진다.

"당신은 나를 영원히 사랑한댔지요? 으…… 으…….."

이는 영순이의 울음 섞인 말.

"아! 이게 웬……."

하는 것은 옥진이의 기막히는 울음이다. 그런데 오빠는 울어야 좋을는지 웃어야 좋을는지 모르겠다는 표정으로 멍하니 아무 말이 없이 앉았다.

"나는 그런 줄을 몰랐어. 아 이를 어쩌여…… 흑…… 흑…….."

"나도 이런 줄은 몰랐어! 아이…… 아이…….."

하고 그들이 한참 우는 판에 별안간

"나도 몰랐소! 오빠, 이게 웬일이요?"

소리를 치고 마리아도 툭 뛰어 나서며 깔깔 웃었다.

오빠는 어떻게 놀랐던지 용수철처럼 껑충 뛰어 일어서며

"뭐!"

하고 마주 소리를 지르고는 멀거니 쳐다보다가 너무 염치가 없던지

제풀에 허허! 하고 커다랗게 웃어버린다.

"앗!"

"앗!"

영순이와 옥진이의 어깨는 일시에 들썩하며 얼굴을 가리운 채로 싹 돌아앉는다. 그들은 어쩔 줄을 모르고 울래야 울 수도 없다는 듯이 죽은 듯이 *괴괴하다.

"난 오빠의 비밀을 다 알아요!"

"무엇?……"

옥진이와 영순이의 고개는 점점 숙여진다.

"이애들 왜 우니? 우리 오빠를 *해내자!"

하는 마리아의 말이 떨어지자마자 그 밑 솔밭 속에서 사냥꾼의 방포인지 난데없이 총소리가 "탕" 하고 난다.

오빠는 그만 후닥닥하더니 걸음아 날 살려라 하고 저리로 살살 기어 도망을 치는데 영순이와 옥진이는 고개를 못 들던 수치도 어디로 다 사라져 버리고 황급히 일어나서 눈을 두리번두리번하더니

"에그머니나! 이를 어째?"

"아이구, 아이, 아!"

하고 천방지축 달아난다. 마리아도 그 통에 끼어서 그들과 같이 달아나는데 겁이 나는 중에도 우스워서 킬! 킬! 웃느라고 도무지 걸음을 걸을 수 없었다.

"아이구! 아이구!"

저만큼 멀리 가는 영순이와 옥진이는 엎어지며 자빠지며 쩔쩔매는데 오빠는 그들 앞에서 마치 *선불 맞은 노루처럼 경정경정 뛰어내려간다.

그 후 마리아는 거리에서 오고가는 팔을 스치며 지나가는 얼굴 잘난 남학생을 보고

'저이도 우리 오빠 같은 미남자로구나! 저이 호주머니 속에는 오빠의 비밀편지 같은 그런 편지가 몇 장씩 들어있누?'

하고 두 번씩 쳐다보았다.

어느 날 저녁에 마리아는 뱅글뱅글 웃으며 오빠를 쳐다보고

"오빠 사랑보다 큰 것은 안방이지요?"

"뭐!"

하고 오빠는 픽 웃더니만 두 눈을 끔적끔적하고 밖으로 나간다. 어머니는 웬 곡절을 모르고 물끄러미 쳐다보다가

"그게 다 무슨 소리냐? 무슨 소리냐?"

하고 따라 웃는다.

(『개벽』, 1924.7)

쥐 이야기

1

쌀쌀한 첫겨울은 아마 *정밤중이나 되었을까.

……사방은 괴괴하니 사람들은 모두 꿈나라로 헤매일 판이다. 이 때야말로 쥐의 세상이다. 양지말 검부잣집 *반자 우에도 쥐들이 활동하기 시작하였다. 이것은 아비 쥐가 하는 말이었다.

"자 여기서 달음박질을 할까? 어데로 사냥을 나갈까? 속이 좀 출출한데."

"사냥가요! 사냥가요!"

하고 새끼 쥐, 어미 쥐가 조르는 바람에 그들은 부엌으로 먹이사냥을 나갔다.

지금 이 쥐의 일가족은 건넌말 수돌이의 집에 가서 살다가 이 집으로 요사이 이사를 왔다.

아비 쥐를 곽쥐라고 부르는데 그것은 *곽쥐같이 무섭다는 뜻이었다. 과연 그의 툭 *뻐지고 *서기 나는 눈하고 굵고 긴 수염이 쭉쭉 뻗친 것이 강아지만큼 덩치가 커서 여간 도랑은 껑충! 껑충! 뛰어넘는다. 그리고 그의 탄탄히 박힌 *옥니에는 무쇠라도 *사그릴 수 있는 억센 힘이 있었다. 한번은 양지쪽에서 졸고 있는 고양이의 수염을 잡아채서 동무들을 놀래준 일도 있었지만은 요전에는 또 대낮에 낮잠 자는 김부자의 얼굴에도 오줌을 *내깔려서 그게 유명한 이야깃거리가 되었다. 그래 동무들은 그를 더욱 무서워하고 곽쥐 마누라는 남편을 잘 얻었다고 은근히 자랑하였다.

곽쥐의 식구는 늙어 가는 마누라하고 아들딸의 네 식구가 있다. 하긴 시집간 딸들하고 따로 사는 아들이 많지마는 그들 중에는 고양이한테 먹힌 것도 있고 쥐덫에 치여서 죽은 것도 많았다.

곽쥐 식구들은 이사를 오던 길로 바로 헛간 밑창에다 굴을 뚫었다. 그 곳에서 광으로 외양간으로 여기저기다 곁굴을 팠다. 그래 벼와 다른 곡식은 *만판 훔쳐 먹을 수 있는데 가끔 맛난 요리 생각이 나서 그들은 이렇게 부엌사냥을 나가곤 했다.

한번은 식전에 나갔다가 김부자의 맏며느리 매부리코한테 들켜서 하마터면 *부지깽이로 오지게 얻어맞을 뻔하였다.

그렇다니 말이지 언젠가는 곽쥐가 대낮에 안마루에도 올라갔다가 그만 김부자한테 들키어 꼬리를 붙잡히게 되었을 때 소리를 치고 김부자의 손등을 물었더니만 그 바람에 꼬리를 놓아서 다행히 살아났다. 이 말을 들은 마누라 쥐는 눈을 크게 뜨고 놀라면서 그 남편에게 권고하였다. 밤중에나 사냥을 나가든지 그렇지 않으면 여기서 그냥 곡식을 까먹고 살지 아예 대낮에는 나갈 생각을 말라고…… 그러다가 만일 붙들리면 어찌하겠느냐고 걱정을 하였을 때 곽쥐는 코웃음을 치며

"무얼 괜찮아! 내가 붙들릴 때까지만 어데 살아보게."

하고 아주 장담을 하였다. 과연 곽쥐는 그렇게 건장하지마는 마누라 쥐는 늘 골골하는 할미였다. 그래 아들 쥐와 딸 쥐는 아버지의 용맹을 더욱 찬양하였다.

그 때 딸 쥐가 방글방글 웃으며 곽쥐의 무릎 앞에 와 안기면서

"아버지! 나는 이담에 딸을 낳거든 아버지 같은 사위로 사내를 삼을 테야."

벼만 정신없이 까먹고 있던 어미 쥐는 딸의 이 소리를 듣고 새! 새! 새! 웃었다.

2

곽쥐가 건넌말 수돌이의 집에서 이 집으로 이사를 오자고 할 때 다른 식구들은 모두 반대하였다. 그것은 양지말이라는 그렇게 먼데를 어린 것들하고 무사히 갈 일도 걱정되었지만 그보다도 부잣집이면 고

양이가 있든지 쥐덫이 있을 것이니 공연히 제명대로 못 살고 죽으려고 그런다고 우선 마누라의 바가지를 긁었다. 그러나 곽쥐는 한사코 우겼다.

"그렇게 무서워서야 그야말로 *곤닭알 지고 성 밑은 못가겠네. 아니 그럼 이 집에도 오늘밤으로 불이 날는지 누가 안담? 내 말을 들어봐! 우선 이 집에 있을 수가 없는 것은 저희 사람의 입에도 풀칠할 거리가 없어서 배를 쫄쫄 주리는 판인데, 글쎄 우리를 줄 곡식이 어데 있느냐 말이야. 또한 그렇지는 않다 하더라도 가난한 그런 집의 식량을 우리까지 축내주는 것은 옳지 않은 일이니까. 그래야만 우리가 갖다 먹드라도 딱할 것도 없고 또 저희는 우리를 주고도 오히려 먹을 것이 남지 않겠는가. 공연히 여편네만 분수도 모르고 저러겠나. 자, 두말 말고 어서 가세ㅡ."
하는 이 신뢰할 만한 가장의 말에 그들은 필경 찬성하게 되었던 것이다.

과연 이사를 와보니 우선 배가 불러서 좋다. 하긴 맏며느리의 부지깽이와 김부자에게 혼난 일이 있지만 그 대신 고깃점을 얻어먹을 수 있지 않은가. 한데 마누라 쥐에게서 한 가지 불쾌한 일이 생기었다. 그것은 이 집에 동무 쥐들이 들썩들썩하여서 곽쥐가 가끔 외입하느라고 늦게 돌아오는 때문이었다. 그러나 인제는 늙어가는 터에 *강짜는 하면 무얼 하느냐고 그는 짐짓 모르는 체하고 눈감아두었다. 과연 그는 이런 생각 저런 생각 없이 그저 배부르게 먹고 등 덥게 잠이나 자며 어린것들이 모락모락 자라는 것을 다시없는 재미로 여기었다.

3

애들이 고기를 먹고자 해서 곽쥐는 지금 고기를 훔치러 안부엌으로 들어갔다. 그것은 오늘 사람들이 들락날락하고 안팎이 법석을 하였으니 무슨 맛난 음식이 있는 것이다 하는 눈치를 채었음이다. 과연 들어가 보니 부엌에는 고기 냄새가 코를 찌른다. 하건만 가마솥에다 처넣은 모양이므로 좀처럼 솥뚜껑을 열 수가 없었다. 솥마다 무거운 쇠솥뚜껑을 덮었다. 그래 이번 행보에는 헛걸음한 일을 생각할 때 곽쥐는 대단히 분하였다.

그는 할 수 없이 돌아나오려다가 어쩐지 방으로 들어가 보고 싶은 생각이 나서 다시 *살강 밑에서 골방으로 뚫린 구멍을 찾아 들어갔다. 골방은 미닫이가 빠끔히 열렸는데 안방에는 불이 환히 켜놓았다. 그런데 김부자는 혼자 앉아서 지금 한창 돈을 세는 모양이었다.

볼춘덕이 (안)마누라는 어디로 또 *난질을 갔는지? 건넌방에서는 다듬이질 소리가 뚝딱뚝딱 난다. 그 사이로 *새새거리는 *배지가 너무 불러서 *알을 있는 대로 까는 젊은 계집들의 웃음소리가 들리었다.

김부자는 쇠뿔관을 뒤집어쓰고 앉았다. 그의 앞에는 *지전 뭉텅이와 은전 동전이 수북하게 쌓였다. 아마 오늘 법석을 하더니만 벼 판 돈이 그렇게 많은 모양이었다.

그때 김부자는 기침을 한번 콜록…… 하더니 연신 기침이 줄달아

나왔다.

 *공교히 아랫방에서는 요강도 없어서 그는 칵칵하며 앞창 미닫이를 열고 나갔다. 그래 마루 끝에 서서 가래침을 한참 뱉는 동안에 곽쥐는 살살 기어 방으로 들어왔다. 곽쥐는 사방을 둘러보다가 그 중 큼직한 지전 뭉텅이 하나를 입에다 물고 그만 달아나왔다.

 행여나 고기를 훔쳐오나 하고 은근히 기다리던 식구들은 아무것도 아닌 종이 뭉텅이를 곽쥐가 물고 들어오는 것을 보고 모두 실망의 눈을 크게 떴다.

 딸 쥐가 먼저 톡 튀어나오며 이렇게 물었다.

 "아버지! 고기는 어쩌고 이건 다 뭐야요?"

 "돈이란다"

 "돈이 뭐하는 게요? 이런 종이 쪼각을……."

 "그래도 사람들은 이것만 가지고 있으면 고기도 생기고 쌀도 생기고 맘 먹은대로 모두 생긴단다."

 "아니 종이 쪼각이 무슨 재주로 그런 걸 생기게 하나요?"

 "그렇기에 희한한 일이지. 이게야말로 예전 이야기에 있는 *도깨비감투 같은 것이란다."

 "아! 거저 그렇게 맘대로 생겨요?"

 "암! 이런 돈만 주면 쌀, 고기, 옷감! 그런 물건을 모두 거저 갖다 바친단다."

 한참 눈을 말똥말똥 뜨고 앉았던 딸 쥐는 암만해도 이상스러운 듯

이

"종이 쪼각이 쌀로 될 수도 없고 고기로 될 수가 없는데 어떻게 이런 것을 주고 그 대신 그런 것을 받는다오? 그런 천치가 어데 있어요? 귀한 물건을 주고 휴지 조각을 받는……."

하고 곽쥐를 쳐다본다.

"그러기에 어리석은 놈들이지. 그래도 수돌이 같은 천치는 아직 그 속을 모른단. 돈이란 건 정작 써야 할 사람이 못 쓰고 놀고먹는 놈들이 *횡령을 한 도깨비감투 같은 것인 줄을! 부자놈들은 이렇게 대낮에 앉아서 도적질을 하면서도 됩다 우리 보구 도적질 잘하는 *씨알머리라니 참 우습지 않냐! 도적질하는 놈을 보고 쥐도적이라는 별명까지 지어놓는 놈들의 낯짝이야말로 뻔뻔도 하단 말이야."

"아니 수돌이네는 왜 그렇게 가난하다우? 해마다 농사를 짓고 있는데……."

이때까지 아무 말 없이 벼만 까먹고 있던 마누라 쥐가 고개를 바짝 쳐들고 곽쥐 영감을 힐끗 보며 묻는다. 곽쥐는 점잖게 수염을 쓰다듬으며

"그게 이런 돈 가진 자에게 모두 빼앗겨서 그렇지. 돈하고 억지로 바꾸게 된 까닭으로."

"그러면 인제 보니까 우리만 도적놈이 아니로구먼!"

하고 아들 쥐가 깡충깡충 뛰며 좋아한다.

"애, 우리는 도적놈 중에는 정직한 편이란다. 그리고 이런 부자집

에서 저희들이 먹고 쓰고 나머지를 갖다먹는 것은 결코 도적질이 아니야. 그것은 목숨으로 태어나기는 저희나 우리나 마찬가지니까. 그런데 참 마누라는 왜 자꾸 훔쳐 먹는다구 하나? 말이 흉하게. 우리는 훔쳐 먹는 것이 아니라 갖다먹는 게야! 주지 않으니까 갖다 먹을밖에."

"그럼 이담부터는 훔…… 아니 갖다먹는다 하지요!"

"응! 그래. 그런데 이 못난 수돌이 좀 보지. 오늘 식전에도 이 집 영감장이를 보고 허리를 굽실굽실하며 '샌님! 굶어죽겠으니 *장릿벼 열 말만 주십시오! 설마 그게야 떼먹겠습니까?' 하고 애걸복걸하겠지. 글쎄! 그게 될 일이야. 그 *뜬뜬장이가 *가외 수돌이 같은 집을. 참! 어림 반푼어치 없는 일이지! 글쎄 왜 뺏어먹을 궁리를 못하느냐 말이야! 아니 잡혀갈까 봐 겁이 나서? 잡혀가면 더 좋지 무얼! 옷 있겠다, 밥 있겠다!"

곽쥐는 남의 일이라도 열이 나는 모양이다.

"잘못하는 자에게 굴복하는 것은 그 잘못된 것을 더욱 조장시킬 뿐이야. 그런 자의 선심을 바라고 사느니 까마귀가 백로 되기를 바라지. 그럴 터이면 차라리 *자처를 해서 죽어! 그런 드러운 목숨을 살랴거든."

"그래도 사흘 굶어 아니 날 맘 없겠지만 차마 도적질이야 할 수 있나? 그러던걸요. 그 언제 들어보니까 수돌이가……."

"옳아! 옳아! 굶어죽어도 도적질만 안하면 착하다! 그게 어디 도적질이라구. 자기가 사람에게 유익한 일을 해도 먹을 것이 없어서 있는 집 물건을 갖다먹는 것은 도적질이 아니야. 제가 일한 품값 찾어먹는 것인데 무얼. 그러면 왜 또 도적놈한테 가서 무엇을 달라고 구구한 소리는 하누? 그것은 도적질보다 더 드러운 짓이 아닌가? 도적질한 물건을 빌어먹으려는 것은!"

"참, 수돌이 처도 아까 쌀을 꾸러 부엌으로 왔더구먼! '아씨! *발써 사흘째 못 끓였습니다. 어린것들하고 *칩고 배고파 죽겠으니 그저 적선하는 셈치고 쌀 서 되만 꾸어주십시오! 그럼 두 되만…… 아! 한 되 만……'하고 갖은 사정을 하며 들이 졸라도 매부리코 맏며느리는 톡톡 쏘는 소리로 핀잔만 부여케 하겠지요 '쌀이 어디 있어? 어서 가, 누가 굶으라남? 왜 와서 누구에게 생떼를 쓰려 들어?' 안팎이 아침저녁으로, '어서 가!' 하고 내쫓는 바람에 그는 눈물을 텀벙텀벙 쏟고 빈 바가지를 들고 나갑디다. 요새 이 치운데 갈래갈래 째진 *홑고장이를 입고……."

이 소리를 들은 곽쥐는 "엣!" 하고 성이 나서 씩!씩! 하였다.

"그년도 여간내기가 아니야. 언제 그년 낯짝에다가 오줌을 좀 깔겨야. 마누라도 좀 깔겨 주게. 우리같이 홈…… 아니, 갖다먹든지 어쩌든지 못해먹고 글쎄 그게 무슨 못난 짓이람! 에이 못생긴 인간! 무지한 인간! 우리는 원체 할 수 없으니까 그따위 행동을 취하지 못하지마는 저희는 다 같은 사람으로 왜 못하느냐 말이야? 그까짓 김부자 같은 것은 한번만 *메붙여도 박살이 날 걸! 그런 일이 *예서제서 있어 보게. 놈들이 끽 소리를 못하고 *곡광을 열어제낄 터인데……
그런데 그 앞에 가 모다 애걸을 하니 그런 놈들이 점점 뻣뻣해질밖
에."

"참. 수돌이네 불쌍하더구만. 아! 우리는 짐승이라도 여태 한때를
굶어보지를 않았는데 사흘 나흘씩 굶다니? 글쎄 그 짓을 하고 어떻
게 산단 말이오?"

"그래도 내외 맞붙어 자고 새끼만 내지른다네. 수돌이네 또 애 뱄
다지. 배가 왕산 만하니 그 주제에 글쎄 어쩌자고 또 하나를 나려 든
담? 에잇, 천치들!"

"그래도 그 재미로 사나 봅디다!"

"재미? 몰라. 아가 배도 맛들일 탓이라구!"

"사람 중에 수돌이네보다 더한 집도 있을까요?"

"있고말고 조선 안만 해도 여러 백만 명일 것일세."

"아! 그래도 저희가 잘났다고 한다우? 사람놈들이?"

별안간 딸 쥐가 깡충깡충 뛰며 이렇게 물었다.

"하구말구. 천지지간 만물지중에 유인이 최고란단다."

"그게 다 무슨 소리라우?"

"하늘과 땅 사이에는 사람이 가장 귀하단 말이야."

"아이구 우스꽝스러워라! *아귀가 들썩들썩한 인간지옥이?"

어미쥐와 아들쥐는 또 새새새 웃었다. 곽쥐는 앞발로 땅바닥을 한
번 탁 치더니 또 이런 말을 하였다.

"만일 우리네 중에 그런 놈이─다른 사람은 모두 굶주리는데 저 혼자 잔뜩 가지고 있는 놈이 있어 봐라! 그놈이 어디 하루를 성히 있게 두나. 당장에 박살이 날 걸!"

"참, 나도 그런 놈은 가만두지 않을 테야."

"참, 나도 그럴 테야!"

하고 새끼들도 열을 내서 부르짖었다.

4

곽쥐는 사랑스러운 듯이 그들을 껴안으며 다시 이러한 점잖은 훈계를 하였다. 그래 그들은 정신 차려 듣는다.

"애, 귀여운 새끼들아! 니들도 이담에 세상에 나서게 될 때는 정신을 차려야 된다. 사람의 세상이 저렇게 살기가 그악해짐을 따라서 우리네 살기도 그만큼 어려운 세상이 되어간다. 어떻든지 한 목숨을 살리랴면 힘이 있어야 하느니라. 힘이 없는 데는 살 수가 없다. 살 수가 없는 데는 살었어도 죽은 셈이다. 수돌이집이 그러한 집이다. 이런 힘이 없는 생활을 사람들은 '무능'하다 한다. '무능'은 악한 일은 아니라 할지라도 무능도 역시 일종의 죄악으로 볼 수밖에 없다. 그것은 자기의 생명을 살리지 못한 죄악이다. 비록 악할지라도 힘이 있으면 거기에는 생활이 있다. 생활이 있는 데는 따라서 선이 있고 미가 있고 진리가 있는 것이다. 이 힘은 선량한 지식을 살릴 수 있는 까닭으로…… 그러므로 이 힘! 이 힘! 너희는 마땅히 이 힘을 잘 길러야 한나. 보아라! 공중에 나는 새나 들에 피는 한 송이 꽃이 모다 힘의 표현이 아니냐? 힘의 상징이 아니냐? 생명이 있는 데는 힘이 있다. 그렇다고 또 오해하여서는 아니된다. 힘은 선량한 지식으로만 써야 할 것을, 결코 *사욕적이어서는 안된다. 새끼들아! 잘 들었니? 응!"

"네! 나도 아버지같이 힘이 많아서 이담에 여장부가 될 터이야!"

"나도 사나이 대장부가 될 터이야!"

곽쥐는 그들의 궁둥이를 투덕투덕 쳐주었다.

"참, 돈 좀 세어보자! 얼마나 되나! 영감장이가 속이 좀 쓰릴 걸. 하나, 둘, 셋……모두 열 장이다. 자— 오늘밤에는 우리도 돈을 좀 깔고 자자. 빤질빤질한 게 이야말로 *장판방이다. 자! 마누라도 한 장 깔고, 또 이렇게 병풍을 치고, 그리고 나머지는 수돌이 갖다주자구!"

"참, 그 생각 잘하셨소! 그럼 나 깔 것까지도 갖다 주오."

"무얼 이것도 많아. 너무 많이 갖다 주었다가 또 기절하는 꼴이나 보게. 그런 사람이 평생 이런 돈을 만져나 보았겠나! 그럼 병풍은 고만두고 여섯 장을 갖다 주지."

"그런데 거기를 어떻게 갖다준다오?"

하고 마누라는 갖다 줄 일이 걱정되는 모양이었다.

"무얼, 내가 얼른 갖다 주고 오지!"

하더니 곽쥐는 지전을 똘똘 말아서 입에다 물고 그길로 바로 나갔다. 그래 마누라쥐는 잘 다녀오라고 신신당부하였다.

곽쥐가 그길로 쏜살같이 수돌이집에를 가보니 희미한 등불이 깜박

깜박하는 방안에 식구들은 모두 굶어서 늘어졌다. 그는 방바닥에다 지전을 내던지고 이내 바로 나왔다.

곽쥐가 집에 돌아오니 마누라와 새끼들은 그저 자지 않고 자기의 돌아오기를 기다리고 있었다. 그들은 자기 주려고 벼를 수북하게 까 놓았다. 그래 밤참을 잘 먹고 지전 깐 새 자리에서 잠자리를 잘 보게 되었다.

그 이튿날 수돌이집에는 난데없는 돈 육십 원이 생기고 김부자집 에서는 돈 백 원을 잃어버렸다고 온 집안을 발끈 뒤집어엎었다.

(『문예운동』, 1926.1)

농부 정도룡農夫 鄭道龍

1

불볕은 내려 쪼인다. 뜨거운 태양열(太陽熱)은 불비를 퍼붓는 것 같다. 그것은 마치 훈련된 병사가 적구에게 총을 겨누어 한방에 쏘아 죽이려는 것같이 땅 위 만물에게 똑바로 내리대고 광선을 발사한다. 길바닥의 모래알은 이글이글 익는다. 나뭇잎은 시들고 풀포기는 발 갛게 타들어간다. 대지는 *도가니같이 끓는데 만물은 그 속에 들어 앉았다. 그래 불김은 삼키고 또한 불김을 내뿜는다.

개는 긴 혀를 빼물고 쉴 새 없이 헐떡거린다. 그 불빛 같은 혀를 길게 빼물고 헐떡거리는 양은, 마치 꺼지지 않는 불을 먹은 오장이 바작바작 타들어가는 고통을 *자지리 느끼는 듯이 눈을 딱 감고 *사족을 뻗친 채로 늘어졌다. 웅덩이 안에 담긴 물은 열탕같이 끓어서 털썩! 하고 뛰어드는 개구리는 두 다리를 쭉 뻗고 발랑 자빠진다. 그리고 사지를 바르르 떨다가 다시 뒤쳐지며,

'에그머나! 이게 웬일인가?'

하는 듯이 그 툭 뼈진 큰 눈을 더 크게 뜨고 허우적거린다. 그러나 이보다 더 심각한 흥미를 강자에게 느끼게 하는 것은 *논꼬에 몰린 송사리 떼일 것이다. 물은 *자질자질 미구에 찾아 붙을 지경인데, 잔인한 *양염(陽炎)은 저들의 생명수(生命水)를 *각일각(刻一刻)으로 빨아간다. 그 속에서 오몰오몰하는 송사리 떼. 아! 죽음의 최후의 공포를 느끼고 서로 살려고 애씀인지? 꼬리를 맞부딪치다가는 물 밖으로 튀어진다. 그리고 놈은 보기 좋게 순간에 죽어 버린다. 저 먼저 살려고 저 혼자만 살려고 조바심을 하는 자는 먼저 죽는다. 이것은 약자에게 많은 교훈을 준다. 그런데 잔인한 웃음의 햇살은 행복을 느끼는 듯이 그를 내려다보고 있다.

그러나 그들은 장엄한 죽음을 결단하여 최후를 일적(一適)에서 맹렬히 반항한다. 약자가 강자와 싸우다가 죽는 것은 그들도—조그만 미물인 그들도—장쾌한 죽음인 줄 아는 모양이다. 약자가 강자에게 반항하다가 통쾌한 최후를 마치는 것은 영원한 명예인 줄을 저들도 아는 모양이다. 그렇지 않으면 그들은 왜 조용히 죽음을 기다리지 않는가?

한낮의 더위는 과연 심하다. 더구나 대륙적 기후라 더욱 맹렬하다.

생물은 모두 *서고(暑苦)를 느끼며 가뭄에 부대끼면서 최후의 일각까지 생의 투쟁을 계속한다. *학정에 신음한 민중 같다 할까? 철쇄에 얽매인 죄수 같다 할까? 바람이 분대야 불을 몰아오는 것 같은 흙먼지를 날리며 더운 기운만 확확 끼얹어서 숨을 턱턱 막히게 할 뿐이다. 그러니 부채질을 하는 것은 불을 붙이는 셈이다. 천치가 아닌 다음에야 이런 때에 부채질을 할 사람은 없겠다.

그런데 땅 위에 있는 수분을 모두 빨아다가 사람의 살 속에다 주사를 하였는지 오직 이 사람 저 사람의 몸에서만 땀이 철철 흐른다. 그래도 땀도 물이라고 사람을 행복하게 할는지? 그렇다면 이 땀과 눈물은 그중 많이 흘리는 자는 지금 저 들에서 모를 심는 농부들일 것이다. 도회의 공장에서 일하는 노동자일 것이다.

볕에 그을은 몸뚱이는 황인종인지 흑인종인지 분간할 수 없도록 검다. 황금열은 백인종의 마음속도 먹장같이 검게 만들어 놓듯이, 이 태양열도 남의 살빛을 이렇게 변해 놓는다.

희끄무레한 *잠방이를 걸치고 아래위로 드러내 놓은 살빛은 오동잎같이 더욱 검게 뵈는데 어쩌다 옷 속에 들어 있는 살이 나오면 그는 도저히 한 사람의 살빛이라고 할 수 없을 만치 딴 색이 돋는다. 이 햇빛에 탄 검붉은 등어리를 일자로 꾸부리고 늘어서서 그들은 지금 한창 바쁘게 모를 심는다. 한 포기 두 포기 꽂아 놓는 대로 논빛은 *정정히 새로워지고 그들의 입에서는 *유장(悠長)한 *'상사디'소리가 흘러나온다. 그러나 그들의 고통을 잊고자 하는 애달픈 느낌을 준다. 그러는 대로 등어리에는 진땀이 송송 솟고 태양은 한결같이 그의 광선을 내리쏜다. 그들의 땀빛도 검은 것 같다.

그러나 이 논 임자는 나무그늘 두터운 북창에 의지하여 뭉게뭉게 피어오르는 흰 구름을 바라보며 귀로는 이 유한(悠閑)한 농부가의, 벼포기 사이로 흘러나오는 곡조를 듣고 있다. 그래도 그는 더웁다고 부채질을 연신 하면서 *까부러지려는 *겻불같이 두 눈이 사르르 감겼다 다시 빠꼼히 떠보았다 한다.

여러 날 가물었던 끝이라 그런지 저녁이 되어도 퇴서기는커녕 시원한 바람이 불어오리라 하는 기대를 보기 좋게 실망하려는 듯이 역시 훈증한 더운 김만 확확 끼얹는다. 마치 맵지 않은 연기 속에 싸인 듯하여 숨을 턱턱 막히게 한다.

이런 날 저녁에는 변으로 모기가 많겠다. 원래 모기라는 벌레는 더운 때에 생기는 것이라 하면 역시 더운 날 저녁에 더욱 활동할 것은 괴상히 여기는 편이 더욱 괴상한 일이다마는 일상 제 생각만 잘 하는 사람들은,

"아 오늘 저녁에는 웬 모기가 이리 많은가?"

하고 무슨 변이나 생긴 듯이 이상히 여긴다. 그야 어떻든지 과연 여름 한 철에는 조그마한 모기란 놈도 꽤 사람을 시달리겠다. *깔따구한테 물리고 성을 잔뜩 내고 앉은 사람의 꼴도 우습지마는 그렇다니 말이지 사람이란 것도 그리 영물(靈物)은 못 되는 물건인 듯 하다. 그래도 사람더러 물어 보아라! 인간은 만물의 영장이라고 큰소리를

하지 않나? 더구나 문명인이란 사람들이…….

달은 아직 떠오르지 않고 황혼의 *땅거미가 아물아물 저 건너 숲 사이로부터 휩싸 들어온다. 벌써 먼 산의 윤곽은 희미하고 모든 것이 흰 빛 속에 숨기라는 것처럼 어둠의 장막 속에서 비치고 있다. 산골짜기에 드러난 바윗돌같이 점점 한 덩어리가 흩어져 있는 것은 띄엄띄엄 있는 마을집이었다. 좌우로 산이 둘러 있고 앞으로 논과 밭이 있는 것은 이런 어두운 밤이라도 이게 농촌인 줄은 짐작할 수는 있다. 이따금 혹 끼치는 바람에 거름내가 코를 콕 찌르는 것을 보아도 그것을 알 수 있지마는.

종일 더위에 부대끼고 힘든 일에 시달리던 그들은 저녁 숟갈을 놓고 나면 사지가 노곤한 게 오직 값없이 오는 것은 잠뿐이었다. 그러나 마귀는 이나마 *시기(猜忌)함인지 모기가 덤비어서 그들의 단잠을 깨운다. 한낱의 피로를 휴식하라고 생명의 신은 이 밤을 마련하였건마는 그들의 운명은 그나마 허락지 않는 것을 어찌하랴? 아! 불쌍한 농군들아!

이집 저집에는 마당에다 모깃불을 피우고 그들은 *남루(襤褸)를 걸친 대로 여기저기 쓰러졌다. 어둑어둑한 속에서 반딧불같이 반짝반짝한 것은 담뱃불이다. 이따금 환하게 타오르는 것은 모깃불이었다. 그것은 무슨 까닭인지 미구에 툭 꺼지고는 다시 회색 연기가 구름같이 피어오른다. 그 주위에 희끗희끗한 것이 옹기종기 앉고 눕고 담배를 피우며, 그들은 무거운 입을 벌리어 무슨 소리인지 두런거린다.

그 사이에 하품하고 기침하고 침을 탁 뱉고 당나귀 울 듯 하는 얼빠진 웃음소리가 들린다. 그 위에는 밤하늘이 마치 졸음이 오는 듯이 거슴츠레한 빛의 눈을 깜박거리며 내려다본다. 마치 그들의 이야기를 어렴풋이 듣는 것처럼……

그들은 그 느릿느릿한 말씨로 지껄이다가는 번갈아 한숨을 쉬고 그러고는 다시 허허 웃는다. 목소리는 크지마는 뒷심이 없다. 꽁보리밥 먹은 말소리다. 그것은 마치 그들의 살찐 듯하지마는 실상은 영양불량으로 *푸석살이 누렇게 들뜬 것같이 그들의 목소리도 황색으로 들뜬 것이다. 그래도 *불한당—땀 안 흘리고 잘 사는 사람—들은 노동자는 건강하다고…… 양반님네! 제발 그런 소리나 맙시다.

그 안마당에는 여자들이 모여앉아서 무엇을 쫑알거리고 또 해해 웃는다. 거기에는 청춘의 생명 있는 소리가 들린다. 그것은 인간의 행복을 동경하는 열정에 타오르는 젊은 여자의 목소리다. 그러나 그의 운명은 벌써 결정되었다…… 그의 할머니와 할아버지와 또한 그의 어머니와 아버지가 살던 생활을—그들이 가는 길을—그는 다시 뒤따라갈 뿐이었다……. 물 긷고 빨래하고 보리방아 벼방아 찧고 다듬이질하고 옷 짓고 밥하고 그러고 애 낳고 밭 매고 모 심은 일까지. 만일 이것이 싫거든 죽어라! 하는 것이 그들의 운명의 명령이었다.

사방을 둘러보아야 모두 날마다 보는 싫증나는 것들뿐이었다. 하늘도 늘 보던 하늘이요, 산도 늘 보던 산, 들도 늘 보던 들이다. 그들 중에는 사십 년 혹은 오십 년 동안을 한 곳에서 말뚝과 같이 박혀 산자가 많다. 아니 몇 대째로 여기서 나서 여기서 살다가 여기서 죽었다. 어디 출입을 한다는 것이 기껏 장 출입이었다. 그들은 장에 가서 *시체로 난 물건을 보고 와서는 신기한 듯이 떠들고 야단이다.

　*수중다리에 흘게눈을 해가지고 말을 하자면 입을 실룩실룩하는 덕삼이가 그 우스운 입을 실룩거리며,

　"너 차 타보았니!"

하고 옆에 앉아 잇는 말불이에게 물었다.

　"아즉 못 타봤소 타보면 어떻다우?"

　말불이는 신기한 듯이 이렇게 되짚어 묻는다.

　"어때여 *호습지. 산이 빙빙 돌고 들이 달음박질한단다!"

　"예 여보! 차가 달어나지 그래 산이 달어나요."

하고 말불이는 곧이 들리지 않는 듯이 이렇게 핀잔을 하였다.

　"허허허, 그것은 네가 아즉 타보지 못한 말이다. 차 안에서 보면 산이 달어난단다."

하는 말에 말불이는 다시 반신반의하는 표정으로 쳐다보다가,

　"나는 여태 타본 것이라고는 없소!"

하고 절망한 듯이 입을 헤 벌리고 웃는다. 잠자코 있던 덕삼이는 무슨 생각을 하였는지 또 싱글싱글 웃더니만,

　"그러나 네 생전에 꼭 두 가지는 타볼게 있다."

하고 그는 다시 의미 있게 말불이를 쳐다본다.

　"두 가지가 뭐유?"

"응! 장가들면 가마 타보고 그러면 네 아씨 배 타보고……."

하하하! 하는 그 얼빠진 낭나귀 웃음소리 같은 웃음소리가 사방에서 일어났다. 옆에 있던 막동이가 방정맞게 톡 튀어나서며,

"그러나 장가도 못 들면 어쩌구?"

하였다.

"그래도 한 가지는 꼭 타겠지, 죽으면 *들거치를 타더래도 설마 송장더러 무덤으로 걸어가라지는 않을 터이니까? 허허허."

말불이는 그게 무엇인가 하고 기쁘게 바라보고 있다가 그만 실망한 듯이,

"예 여보!"

하고 덕삼이의 등허리를 탁 친다. 그는 그만 골이 났다.

"허허허."

하는 웃음소리가 또 소나기 오듯 하였다. 하하하 하고, 한숨 쉬는 소리도 들린다. 그는 늘 음침한 상을 하고 있는 덕보이었다. 그들은 다시 *저거번에 서울 갔다는 영삼이를 둘러싸고 서울 이야기를 묻기 시작하였다.

"대체 서울이란 어떻던가?"

하고 *텁석부리 정첨지가 벙글벙글하며 이렇게 화제를 돌리었다.

"그걸 어찌 한 말로 할 수 있나."

하더니 영삼이는 다시 말을 잇대며 자기 혼자 서울 구경한 것을 자랑하는 것처럼,

"자네들도 남대문은 들어서 알겠지?"

하고 묻는데, 누가,

"*남대문입납 말이지!"

하는 소리에 또 웃음통이 터졌다.

"그래 그 남대문 말이야! 참 잘 지었데. 우리나라 사람도 예전에는 재주가 많았던게야!"

"그런데 지금은 그 재주가 다 어디로 갔다오?"

하고 금방 골냈던 말불이는 어느 틈에 골이 삭았는지 별안간 이렇게 묻는다.

"무얼, 삭었지!"

"무엇에 삭어요?"

"양반과 술과 계집애! 하하하"

"참! 그런지도 몰라."

하고 정첨지는 고개를 끄덕이며 가벼이 탄식한다. 영삼이는 다시 말 끝을 돌리었다.

"아니 가던 날 저녁에 *협률사(연극장)를 가보지 않았겠나! 참! 꽃 같은 기생도 많데. 자네들 기생 구경하였는가?"

성칠이가 바짝 다가앉으며 *도리깨침을 꿀떡 삼키더니,

"그럼! 못 봐. 읍내 오리집에 있지 않은가?"

"하하하, *게우집은 아니고 오리집이야. 참! 오리같이 모두 생겼더 라! 돈 속으로 탐방탐방 빠지는 것이."

"그게 기생인가? 갈보이지. *짜장 기생은 이런 시굴은 아니 내려 온다네."

덕삼이가 또 이렇게 *말참례를 하였다.

"그래 하룻밤 다리고 자고 싶지 않던가?"

"무얼, 저 꼴에 어떻게…… 그러다가 가위나 눌리게. 헤헤헤."

혹 돋친 성춘이가 장구배를 내밀고 이렇게 또 조롱하였다.

"아닌 게 아니라 우리는 감도 못나서 그럴까 겁이 나겠데마는 그래도 이쁘기는 이쁘던데. 하하하,"

"그래도 수컷이라고…… 헤헤헤."

영삼이는 다시 말을 잇대었다.

"그런데 서울 사람 말소리야말로 좋데! 더구나 여자의 말소리라니 아주 반하겠던데."

"그래 여자의 말소리가 어떻단 말이냐?"

"아! 우리 시골여자는 이랬구! 저랬수! 하는데 메떨어지지 않은가. 그런데 서울여잔 아! 왜이래요? 안녕하십시오! 어떻시오! 하는 게, 나는 잘 *입내낼 수도 없네마는, 아주 꾀꼬리 소리란 말이야. 얼굴을 보면 비 온 땅에 *징신 신고 간 자욱이라도 말소리는 봄 하늘에 종달새 울음이거든. 그런 여자는 *쇠경이 장가들면 꼭 맞춤이겠네, 허 허허."

"아따, 그 자식 서울 갔다 오더니 말솜씨 늘었다. 얽었단 말이지."

"헤헤헤."

"자네 웃음 쩨는 시굴 촌놈쩰세. 나도 이번에 서울 가서 그렇게 웃다가 흉 잡혔네." 하고 영삼이는 또 성칠이의 웃음소리를 타내었다.

"그럼 어떻게 웃나?"

하고 성칠이는 무안한 듯이 되짚어 묻고 쳐다본다.

"허허허 하든지 하하하 하든지 하란 말이야."

"무얼 하햐줄은 모두 웃어도 좋지."

"아니 그럼 누가 하햐햐 웃던가?"

"웃고말고 일전에 아니 장에를 가지 않었겠나? 마침 왜갈보집 앞을 지나노라니까 무얼 무얼 똥땅똥땅하며 노래를 부르고는 하햐햐 하고 마치 붙여우 간 뜯는 웃음을 웃데나그려."

"참! 그렇지. 나도 들었어."

하고 정첨지가 맞장구를 치고 따라 웃는다. 누가 방귀를 뽕 하고 뀌는 바람에 또 웃음줄이 터졌다.

어느덧 밤은 *이슥하였다. 이제는 고요한 밤이 어둠의 장막을 드리고 말없이 그의 침묵을 지키는데, 간간이 들리는 것은 잠 없는 늙은이들의 아직도 이었다 끊쳤다 하는 구성진 이야기소리였다. 그들의 특징인 이 빠지고 힘없고 청승궂은 어조로 기운 없이 하는 느릿느릿한 말은 마치 그들의 흰 *터럭과 같은 말소리에도 회색을 띤 것 같다. 허무한 과거를 추억하며 애달픈 죽임이 *여일(餘日)을 재촉함을 생각할 때 그들의 입에서는 하염없이 탄식이 흘러나올 뿐이다. *야반(夜半)의 적막이 죽은 듯한 이때 그들의 그 그늘진 목소리는 마치 북망산에 묻힌 *고총(古塚) 속 백골들이 하나씩 둘씩 벌떡벌떡 일어앉아서 음침하고 *충충한 불쾌와 *시취와 송장벌레가 뼈다귀를 갉아 먹는, 영원한 고통인 그 무서운 총중생활(塚中生活)을 하소연 하는 것같이 들리었다.

그러나 동천에서 서늘한 달이 떠오르자 대지는 다시 월색에 안기어 반기는 듯! 웃는 듯! 천당과 낙원이 여기가 아닌가 의심할 만치 *삽기간에 별천지가 되었다. 더위도 어느덧 물러가고 산뜻한 청량미清涼味가 전신의 살구멍으로 들어가서 박하빙수를 먹는 것 같은 상쾌한 느낌을 느끼게 한다. 만물은 저 *교교한 달빛에 싸이어 은근한 정을 머금고 이제 새로운 생명에 소생한 듯이 행복을 미소하며 그의 단꿈에 취한 듯이 몽롱히 비쳤다. 가끔 비단치마가 스치는 듯한 산들바람은 이제는 살았구나! 하는 행복의 탄식이라고나 할까?

아까까지 반짝반짝하며 저의 광채를 자랑하는 듯하던 별들은 그만 월광에 무색하여 부끄럼을 감추려는 듯이 저의 존재를 숨기고 있다. 그러나 이따금 깜박깜박하고 내다보며 어디까지 희미한 그림자를 나타내려 함은 아무래도 저 달을 질투하는 것 같다마는, 많은 별들은 이렇게 생각하였다. 우리는 언제든지 한결같은 빛을 한결같이 가지고 있다. 별들은 이렇게 낮에도 있고 밤에도 있고 달이 있을 때나 해가 있을 때나 노상 있지마는 *미혹(迷惑)잘하는 사람들은 해가 뜨면 우리가 없어지고 달이 솟으면 우리는 숨는 줄 안다. 그래 해도 달도 없는 밤에만 우리를 찬미한다. 그리고 우리의 저희의 눈만치 조그맣게 생각하여 우리보고 눈 깜짝인다고 하지마는 실상 우리는 달보다는 크고 해보다도 크고 그리고 우리는 무수하다고……

미풍이 살짝 지나갈 때에는 마른 흙내가 폴싹 떠오르다가도 그 속에는 이슬 섞인 *초향(草香)이 물씬하고 코를 상긋하게 한다. 지금 저리로서 불어오는 *일진청풍은 앞강에서 물결을 스치고 일어남인 듯 수분 섞인 서늘한 맛을 가슴에다 끼얹는다. 그런가 하고 생각해 보니 등허리에 *친친하던 땀이 어느결에 거진 말랐다. 자는 사람들도 이것을 꿈속에서 의식하는지? 숨소리가 부드러이 길게 내쉬었다.

2

마실 갔다 돌아오는 정도룡(鄭道龍)은 지금 자기 집 싸리문을 지치고 안마당으로 들어섰다. 모깃불이 한 줄기 회색 연기를 되풀이하는 그 짓에 염증이 난 듯이 게을리 가는 연기를 토하고 있다. 그 가닥 그 가닥이 바람에 솔솔 불리어 공중으로 회회 돌아 올라가다는 다시 사라지고 사라지고 한다.

뜰 뒤에는 밀방석을 깔고 그 위에서 홑이불을 덮고 누운 세 식구가 나란히 잠들었는데 모깃불은 마치 고요한 이 밤의 비밀을 홀로 지키려는 듯이 *호독호독 불똥을 튀며 모락모락 타오른다. 그러나 주위가 모두 꿈나라에 방황하는 이때이라 졸음은 저에게도 *침노하는지? 하품하는 입김 같은 연기를 실같이 점점 가늘게 토한다.

나뭇가지 사이로 흘러 비치는 달그림자는 흔들흔들하며 그 한가지 그림자가 지는 사람의 얼굴을 은은히 가리었다. 멀리 강 언덕에 늘어선 버들수풀은 우중충하게 한데 얼크러져 수묵을 던진 것 같은데 달빛은 그 속의 신비를 엿보려는 것처럼 *와사등 같은 푸른 빛을 그 위에 던지고 있다. 그리고 이편으로 톡 터진 사이로는 일면강색(一面 江色)이 환하게 보이는데 은파연월에 은근한 *경색이 누구의 가슴에 한 줄기 느낌을 자아낸다. 아! 이 밤 이때에 누가 무엇을 생각하느냐? 어디서 컹컹 짖는 개소리가 야반의 정적을 깨뜨리고 멀리 공기를 헤치고 사라져 간 뒤에는 다시 침묵. 오직 자는 사람의 숨소리가 색색! 하고 이따금 모기 소리가 앵 하고 귓가를 지나가는 소리가 가늘게 들릴 뿐! 그것은 멀리 지옥에서 들리는 마귀의 참회하는 울음소리와 같이……

정도룡은 지금 무심히 앞강을 바라보고 앉았다. 그는 무슨 생각을 하는지 또한 무엇에 감동함인지 한동안 등신같이 우두커니 앉아서 멍하니 앞강을 바라보다가 홀연 한숨을 후—하고 내쉰다. 그는 담배 한 대를 피워 물었다.

어느 틈에 담배도 다 탔는지 *댓진 끓는 소리가 꼬로록하고 나자 그는 마지막 한 모금을 쭉 빨고는 대를 탁탁 털었다. 타고 나머지 담배는 *섬돌 아래로 떨어지며 그래도 그 불이 다 타고야 말겠다는 듯이 가는 연기가 타오른다. 그게 최후로 깜박하며 연기가 폴싹 떠오르고 사라질 때 그는 비로소 자기의 정신을 차린 듯이 깜짝 놀라 고개를 이편으로 돌리었다.

그의 옆에는 비로 마누라가 누웠다. 그 다음에는 딸이 눕고 그 다음에는 아들이 차례로 누워 잔다. 이렇게 보는 순간, 그는 지금까지 하던 모든 생각은 다 어디로 가버리고 오직 자는 이들의 귀여운 생각이 *금시로 가슴을 치밀었다. 그의 입에는 어느덧 미소가 떠오르며 사랑이 가득히 괸 눈으로 아들과 딸 또는 마누라의 자는 얼굴을 번갈아 보았다. 그래 그들의 뺨을 번갈아 만져 주고 그리고 차례로 궁둥이를 두드렸다. 차례로 입을 맞췄다.

늙어가는 마누라이지마는 이렇게 은근한 달빛에 싸이어 전신을 자유로 펼치고 자는 양을 보니 유달리 아름다워 뵈는 것이 마치 처녀로 다시 돌아오지 않았나 싶다. 그래 자기도 청춘으로 돌아온 듯 싶었다. 그는 마지막으로 아내의 입술을 × × × × ×. 불현듯! × × × × × × × .

아내는 지금 서른다섯 살이다. 자기가 그와 만나기는 지금으로부터 십팔구 년 전이다. 그 때에 그가 순결한 처녀이었든지 아닌지 그것은 자세히 모른다마는 자기도 자기의 출처를 잘 모르는 터이라 그런 것을 물을 것은 없다. 자기 부친이 서울 뉘 집 *청지기로 있을 때에 어떤 백정의 딸을 상관하여 자기를 낳았다기도 하고 어떤 무당이라고도 하니까. 그런 아내의 신분을 가리거나 또한 정조(貞操)를 말할 여지도 없다. 자기야 개구녕으로 빠져 나왔든지 다리 밑에서 주워 왔든지 그야 어떻든지 자기에게도 생명이 있는 것을 가끔 행복한 줄로 느낄 때에는 그것을 감사치 않을 수 없었다.

그때 자기는 이리저리 돌아다니던 의지가 없는 혈혈단신이었다. 여기저기로 날품팔이를 하며 그날그날을 지나다가 어디 가서 머슴을 좀 살아 볼까 하고 어찌어찌 굴러간 것이 공교히 지금 아내가 사는 동리로, 더구나 그가 있는 집으로 가서 고용이 된 것은 지금 생각하여도 우연한 일 같지는 않다. 그게 인연이 되어서 그와 또한 결혼할 줄이야 누가 꿈에는 생각하였으랴 하고 그는 지금까지 신기히 여기는 터이었다.

그때 자기는 한창때이라 그러지 않아도 그를 곁눈질하며 흘끔흘끔 쳐다보았다. 혹! 저 색시하고…… 하는 헛침을 꿀떡 삼키기도 결코 한두 번은 아니었다. 한데 헛침을 자기보다 더 많이 삼키고 더 오래 있던 자들이 많이 있었는데 놈들이 그만 자기한테 다리 들렸겄다 하고 그는 지금도 이 최후의 승리를 달콤하게 웃지 않을 수 없었다.

아내는 그 집 젊은 부인의 조전비이었었다. 그 부인이 늘 말하기를,

"너는 댁에서 잘 골라서 시집을 보내 줄 터이니 그리 알아라."
하고 당부하였다 한다. 그런데 별안간 자기와의 관계가 소문이 났을 때 그 부인은 그를 조용히 불러 앉히고 사실을 일일이 심문할 때 그의 이실직고 하는 대답을 듣고 나서는 소스라쳐 놀라면서 마치 소금 벌레나 본 것처럼,

"아모리 천한 상년이기로 그렇게 함부로 몸을 갖는단 말이야? 상년이란 참 할 수 없고나! 나는 그런 줄 몰랐더니!"

하고 혀를 툭툭 차면서 눈이 빠지도록 나무랐다 한다. 그때 아내는 분하고 무안해서 눈물을 샘솟듯하며 이러한 대답을 당돌히 하였다 한다.

"아모리 아씨가 제 일을 잘 보아 주신다 해도 제 맘에 드는 사람을 어떻게 고르실 수 있어요! 저 같은 상년의 일은 제 눈으로 똑똑히 보고 제 손으로 골라야 하지요?"

하고 다시 열렬한 목소리로,

"저는 그것을 부끄러운 줄 모릅니다. 저하고 살 사람을 제 손으로 고르는 게 무엇이 부끄러워요? 아마 상년이라 그런지는 모르지마는, 그러나 아씨께서는 양반님의 법대로 예절을 갖추어서 이 댁으로 시집을 오셨지요? 그런데 아씨는 왜 서방님을 마땅치 못해 하십니까? 그런 혼인이 왜 금슬이 좋지 못하셔요? 아씨는 왜 눈물을 흘리시고 한숨만 쉬시나요? 서방님은 첫째 나이가 어리시지요! 아씨보다 철이 안 나셨지요? 다른 것은 고만두고라도 지금 아씨가 한창때에는 서방님은 어리시고 서방님이 한창때에는 아씨도 벌써 *이우는 꽃과 같이 늙으시지 않겠습니까? 아씨는 그게 좋으신가요? 예법대로 하신 혼인이 왜 그리 불행합니까? 저는 차라리 뭇사람에게 욕을 먹을지언정 저를 평생토록 불행으로 살 수는 없어요. 그러느니 차라리 목을 매어 죽지요! 그래서 저는…… 아씨! 그것은 용서하십시오! 상년이라 어찌 할 수 없습니다!"

하고 한참을 분한 말을 쏟아놓았더니 부인은 무슨 생각이 들었던지 아무 말이 없이 묵묵히 앉았다가 나중에는 입을 비죽비죽하더니 그만 그의 손을 붙들고 목이 메어 울었다 한다. 그래 마주앉아서 실컷 울었다 한다. 그날 밤에 아내는 나를 불러 가지고 으슥한 곳으로 가서 그 말을 죄다 하여,

"아주 무안해서 퍽 울었어요!"

하기에,

"울기는 왜 울었어? 남이야 뭐라던 우리 할 일만 잘했으면 고만이지."

하였더니,

"네! 그렇지요! 남의 비방이 무서워서 저의 참맘으로 하고 싶은 것을 못 하는 것은 *빙충맞지요!"

하고 그는 새로운 용기를 얻은 듯이 나의 손목을 꼭 쥐었다.

그야 어떻든지 우리의 이런 관계가 주인댁 양반님네에게까지 풍기상(風紀上) 좋지 못한 영향이 미친다고 주인영감이 *콩팔칠팔하며 불호령하는 꼴이 우스웠다.

"너희 같은 추한 연놈은 이 당장에 냉큼 나가거라!"

하고 내모는 바람에 우리는 얼씨구나 하고 종의 멍에를 벗어 놓았다. 청년남녀의 외짝은 신발의 짝과 같은 것이다. 외짝 신이 아무리 곱더라도 그것은 아무것도 아니다. 그래 제 발에 맞는 신을 제가 골라 신을 것이매 그런데 그 부인은 큰 짚신에다 나막신을 짝 맞춘 셈과 같다. 지금 자기의 아들에게는 큰 짚신을 신기고 며느리에게는 작은 신

을 신겨서 아들은 철덕철덕 끌고 며느리는 안 들어가는 것을 억지로 신으려고 애쓰지 않는가? 하고 자기는 그때 코웃음을 하고 나왔다. 그 덕분에 장가 잘 들고 종에서 *속량되어서 이 민촌으로 와서 살게 된 것이다.

'그때 아내도 자기가 맘에 들었던 모양이야!'
하고 정도룡은 다시 미소를 빙긋하였다.

피차에 눈이 마주칠 때마다 그는 얼굴을 살짝 붉혔지마는 조용한 틈만 있으면 자기와 이야기하기를 좋아하였다. 가끔 우스운 이야기를 할라치면 그는 그 하얀 잇속을 드러내 놓고 간드러지게 웃는 양을 볼 때에는 어찌도 귀엽던지 그 모양이 볼수록 보고 싶었다. 그래 우스운 이야기를 듣는 대로 꼭꼭 기억하였다가 그에게 들려주고 하면서 거의 웃는 꼴을 재미있게 보고 놀았다.

그러나 우스운 이야기도 늘 밑천이 없으므로 나중에는 웃말 사는 우스운 소리 잘하는 텁석부리 송첨지에게 이야기를 사다가 팔았다. 그자는 근년에 난 *궐련 맛을 보고 반한 자인데 궐련 한 개에 이야기 한마디씩 교환하였다. 그러노라고 자기는 궐련을 사다 놓고 한 개에 한마디씩 무역(貿易)하였다. 그 다음에는 그것도 밑천이 떨어져서 하루는 우스운 이야기를 궁리하다가 암만해도 생각이 아니 나서 한 번은 이렇게 그를 속였다. 처음에는 아주 이번 이야기가 제일 재미있고 우습다고 허풍을 쳐놓고는 별안간 두 무릎을 툭탁툭탁 치며 닭 우는 소리를 꼬끼요! 꼭! 하였더니 그는 너무나 어이없는 짓에 어떻

게 우스웠던지,

"아이고 배야! 배야."

하고 들입다 웃는데 과연 웃던 중 제일 많이 웃었다. 그래,

"거 봐! 이번 이야기가 그중 우습지 않은가?"

하였더니 그는 얄미운 듯이 눈을 샐쭉하며 어디 보자는 듯이 *눈찌 가의로 돌아갔다.

"남을 그렇게 속이는 것 보아!"

이를테면 그때의 자기네는 시체 개화한 청년들이 잘한다는, 연애를 하였던 모양이라고 그는 과거의 청춘을 돌아보며 그때의 단꿈을 다시 입맛 다셔 보았다.

아내는 지금 꿈에 사탕을 먹다가 입술이 근질근질한 듯한 바람에 깜짝 놀라 깨어 눈을 번쩍 떠보았다. 그게 누구인지 안 그는 다만 해죽이 웃었다.

달은 여전히 밝아서 나뭇가지 사이로 흘러들어와 은근히 비취었다. 그 빛이 아내의 얼굴을 비췄다 말았다 하는 것이 산들바람에 나뭇가지 흔들리는 모양이다.

아들과 딸은 지금 코를 콜콜 골며 잔다. 부부의 도란도란하는 말소리가 이때의 적막을 깨뜨렸다. 밤은 더욱 괴괴하다.

3

죄수(罪囚)를 감시하는 간수가 교대하는 것같이 괴로운 밤은 다시

괴로운 낮으로 바뀌었다. 검은 밤이 가며 흰 낮이 오는 것은 검은 옷 입은 간수가 가고 흰 옷 입은 간수가 오는 것 같다. 밤에는 모기, 빈 대, 벼룩에게 사정없이 뜯기고 낮에는 더위와 노역(勞役)에 알뜰히 볶이어서 그들의 애달픈 생명은 잠시도 안식할 때와 곳이 없다.

　지금은 새벽녘이다. 새벽의 회색빛이 차츰차츰 얇아지며 *산고랑에 굴러 있는 바윗돌같이 여기저기 *한전하는 사람들의 꼬라구니가 드러난다. 그것은 마치 건들바람에 열린 원두같이 때 아닌 생명을 시든 꼭지에 매달고 아무렇게나 굴러 있는 그것과 같다. 사람의 피 맛에 환장한 독충(毒蟲)들은 이 밤의 마지막 배를 불리려고 열광(熱狂)한다. 모기는 잉잉 하고 다니며 쏘고 음흉한 빈대는 다리 위에 착 붙어서 사람의 등골을 빨아먹는다. 그러면 벼룩은 살살 기어 다니며 뜯어먹고는 함부로 피똥을 갈긴다. 모기는 야만인같이 함성을 지르고 대들어 공격하다가 쫓겨 가지마는 빈대는 문명인같이 음흉하게—교묘하게— 자기의 존재를 감추고 사람의 피를 빨아먹는다. 그러면 벼룩은 누구와 같다 할는지? 그놈의 팔팔한 기운이 잠시도 한 곳에부터 있지 않고 바늘 끝같이 따끔하게 쏜다. 그놈은 습기에서 생기는 놈이다. 개는 땅에서 많이 자는 까닭에 그 놈은 개에게서 많이 생긴다. 이놈들이 사정없이 안팎에서 물지마는 잠자는 사람들은 무의식적으로 경련하듯이 근육을 꼼작꼼작하는 것은 꿈속에서도 고통을 느끼는 것이다. 새벽 무렵의 축축한 기운은 아무래도 단잠을 이루지 못하게 한다. 그들은 물구덩이에서 빠진 꿈을 꾸다가 깜짝 놀라 깨보면

찬이슬이 함씬 내려서 온몸이 축축하고 끈적끈적하였다. 그래 그들은 벌떡 일어나서 궁둥이를 툭툭 털고 머리를 긁적긁적하였다. 그리고 하품을 입이 찢어지게 하고 그 다음에는 담배를 붙여 물고 꿈지럭꿈지럭 일거리를 붙들기 시작하였다.

정도룡도 지금 일어나서 전례대로 궁둥이를 툭툭 털고 머리를 긁적긁적하고 하품을 입에서 딱 소리가 나게 하였다. 막 깎은 머리는 더부룩하게 마치 밤송이같이 털이 일어섰다. 무엇보다 먼저 활동하는 눈은 본능적으로 눈앞을 바라보았다. 태양은 미구에 떠오르려는 기별을 보내는 듯이 동천이 불그스레한데 여자들은 자고 깨서 우선 부엌에다 불을 싸놓았다. 그 연기가 아침 안개와 어우러져서 동구 앞 버들 숲에 엉키었는데, 그 한 가닥이 뒷산 중턱에 넌즈시 걸리었다.

앞으로는 맑은 강이 푸른 언덕을 뚫고 그윽이 흐른다. 신선한 아침 공기가 소녀의 입김과 같이 부드러이 진동하여 이슬에 젖은 나뭇잎을 하느작하느작 나부낀다. 어느 틈에 태양은 발끈 떠올라와서 그 사이로 금실 같은 광선이 화살같이 내뻗친다. 일면으로 푸른 들에 뿌옇게 패나는 보리이삭을 굼실굼실 물결을 치고 있다. 개가 두어 마디 컹컹 짖고 식전 닭이 유장한 목청으로 꼬끼요! 한마디를 늘어지게 우는데 제비는 부지런히 벌레를 물어들이고 참새는 한가히 울타리에서 짹짹거린다. 하나씩 둘씩 사람의 목소리가 들리며 그들은 제각기 할 일을 붙잡았다. 이것이 농촌의 유일한 여름 아침이다.

정도령은 아들과 딸을 깨우고 우선 담배 한 대를 피워 물었다. 식전 담배 맛이란 참으로 유명하였다. 덤덤한 계집보다 이 때의 담배가 훨씬 낫다고 그는 생각하였다. 그런데 담배도 줄여야 할 세상이다. 그는 그 담배 맛에 취한 듯이 연신 빨며 우러난 침을 탁 뱉었다. 그는 빗자루를 들어서 우선 안팎 마당을 쓸었다. 마누라는 아침을 짓느라고 부엌에서 달각달각하며 아래윗방으로 들락날락한다. 딸은 부엌 일을 거들어 주다가 지금은 샘으로 물 길러 갔다. 미구에 딸이 물 한 동이를 찰름찰름 이고 방울방울 흘러내리는 물방울을 손으로 씻으며 돌아오자,

"아버지! 진지 잡수서요!"

하는 소리에 네 식구는 비로소 방으로 모여들었다. 딸은 지금 숭늉 부을 물을 새로 길러 간 것이었다. 만주 좁쌀에 쌀이라고는 백미에 *뉘같이 약간 섞인 밥을 부자는 *겸상하고 모녀는 앞에 내려놓고 먹는다.

"아! 상 하나를 더 삽시다. 편편치 않게 땅에다 놓고 꾸부려서 먹기가 거북지 않소? 아마 당신의 허리가 꾸부러진 것이 그 까닭이 아닌가 몰라."

하고 그는 아내를 쳐다보며 웃었다.

"호호! 설마……? 상 살 돈이 어디 있소? 그보다도 더 급한 것도 못하는데.

"무엇은 살 돈이 넉넉해서 사겠소. 억지로 살래야 되는 게지!"

아내는 다시 해죽이 웃고는 손으로 김치를 집어다 먹는다.

"어머니! 우리는 상이 없어도 괜찮지요…… 밥을 뜨러 갈 때에는 허리를 굽히지마는 입에 넣을 때에는 다시 허리를 펴니까요. 오빠처럼 저렇게 젓갈질도 할 줄 모르는 것을 집으려고 애쓰는 동안에 밥은 벌써 삼키고 짠 반찬만 나중에 먹으니보다 이렇게 손으로 집어먹으면 젓갈내도 안 나고 더 맛있지요."

금순이의 이 말에 그들은 모두 웃었다.

"가난에는 참 잘 졸업하였구나."

하고 정도룡은 허허 웃었다.

"그래도 너는 나만치도 젓갈질을 할 줄 모르잖니? 너는 젓갈질을 할 줄 몰라서 남의 집 손 노릇은 평생에 못 해볼라!"

금석이는 금순이를 또 이렇게 빈정거렸다.

동향집이라 아침해가 발끈 비쳐서 눈이 부시어 견딜 수 없다. 그런데 방은 뜨겁다. 요새는 서늘해야 할 방이 불같이 뜨겁고 짜장 더워야 할 겨울에는 방바닥이 얼음판 같이 차다. 찰 때 차고 더울 때 더운 것이 자연이 맞을는지 모르지마는 약한 인간 생활에는 이것보다 *부적(不適)한 일은 없다. 그것은 고통인 까닭이다. 이 고통 중에서 그들은 거친 아침을 치렀다. 땀을 뻘뻘 흘리고 밥을 간신히 먹었다.

아침 후에 그는 무엇인지 아들에게 부탁하고 일터로 나갔다. 그것은 몇 마지기 안 되는 남의 논을 부치는 농사였다. 그 뒤에는 세 식구가, 금순이는 모친과 함께 바느질거리를 들고 앉았고, 금석이는 그 옆에 벌떡 드러누워서 *깝작깝작 재미있게 놀리는 여동생의 바늘 쥔 손을 들여다보고 있다. 두터운 나무그늘은 서늘하게 지면(地面)을 덮고 그 푸른 잎은 산들바람에 다시 부채질을 한다. 뜰 앞 그늘 밑에다 밀방석을 편 까닭이다. 이렇게 식후에 서늘한 맛을 느끼며 드러누웠는 것은 무엇이라 말할 수 없는 상쾌한 마음을 느끼게 한다. 금석이는 이 달콤한 맛을 미소로 표시하며 지금 가만히 누워 있다.

"오빠! 왜 웃어? 내 *괴불 하나 해주까? 이걸로?"

하고 금순이는 비단조각을 무슨 보물인 듯이 살짝 보이며 빙긋 웃고 쳐다본다. 금석이는 빙그레 웃고 여전히 누이를 마주 쳐다본다. 금순이는 분홍 *적삼에도 *구물치마를 입었는데 윤이 흐르는 머리에 좀 갸름한 얼굴이 아름다웠다. 벌써 처녀태가 나서 젖가슴이 *도도록한 게 탐스러운 숫색시 꼴이 났다. 얼비치는 팔뚝은 보랏빛으로 윤을 은연히 그리고 숨어 있다 또렷또렷한 눈매는 심상히 보지 않고 무엇을 캐려는 것 같다. 그래 금석이는 이렇게 꽉 생각하였다.

'너도 벌써 다 컸고나!'

"괴불은 이 다음에 시집가서 네 아들이 넣거든 해주랴무나! 그런 것은 고만두고 이렇게 좀 드러누워 보렴! 얼마나 유쾌한가?"

"아니! 아니! 나는 싫여! 오빠두…… 누가……? 게으름쟁이!"

하고 금순이는 부끄럼에 타올라 어쩔 줄을 모르겠는 듯이 얼굴이 다 홍빛이 되며 어리광하듯 우는 소리를 한다. 두 팔꿈치를 내저으며.

그런데도 모친은 무슨 의미인지 빙그레 웃고 잠자코 있다가,

"밥 먹고 바로 누우면 죽어서 소가 된단다. 어서 일어나 나가 보아라."

하였다. 아마 아까 부친에게 부탁받은 것을 주의시키는 모양이다.

"소나 되면 좋겠소! 소는 게으르니까 할 수 있는 대로 놀거든!"

"그래 게으른 소가 좋아?"

하고 금순이가 날카로운 목소리로 부르짖었다.

"그럼 좋지 않구! 나는 죽어서 소가 될란다."

"아! 소가 무에 좋아요? 내 참! 오빠두."

"이 숙맥아, 그걸 모르니? 암만 부지런해도 장 *제턱일 바에는 할 수 있는 대로 게으른 것이 한 쪽 손해는 덜지 않느냐 말이다? 부지런한 것은 고통이거든. 부지런히 고통을 사는 그런 천치가 있나."

"호호호! 그렇다고 게으르면 더 가난하지 무얼!"

"뭐 더 가난해! 이보담 더 가난할 게 있어야지? 아주 가난이 밑바닥이 드러났는데두? 응둥이가 찢어질래도 방둥이가 걸리도록."

모친과 금순이는 일시에 호호 웃는다.

"그래 나는……."

하고 금석이는 다시 말을 시작한다. 그는 순색으로 느물느물 말을 한다.

"저—소가 시냇가 잔디밭에서 푸른 풀을 뜯어먹으며 한가히 아귀를 삭이고 누운 팔자가 몹시 부러울 때가 많다. 부지런히 일하면 자꾸 부려먹거든. 그러므로 소는 할 수 있는 대로 게으름을 피우지. 아

니 소가 부지런히면 사람이 안 잡아먹겠니? 부지런하면 일찍 늙어서
*도수장으로 더 쉽게 들어갈 것이다."

"참! 사람에게 그렇게 유익한 소를 왜 잡아먹는다우?"
하고 금순이는 모친을 물끄러미 쳐다보며 웃는다. 모친은 빙그레 웃
으며,

"사람에게 유익하니까 잡아먹는단다."
하였다. 그는 이렇게 대답은 하였으나 자기도 무슨 뜻인지 모르고
말하였다.

"그와 같이 가난한 사람은 부자의 소란다."
모친의 말끝에 금석이는 이렇게 받고 채었다.

"너희같이 되지 않는 일에 밤낮 애쓰는게 어찌 좋으냐? 그런 괴불
같은 것을 하는 틈에 낮잠을 한잠 자는 것이 얼마나 유익할지 모르
겠다."
하고 금석이는 다시 금순이를 웃으며 쳐다본다.

"아이! 오빠두…… 고만두어요! 그라지 않아도 조선 사람은 게으르
다고 소문이 났다우."
하고 그는 표정이 샐쭉해지더니 다시 무슨 생각이 들었는지 미구에
방그레한 웃음으로 빛난다.

"오빠는 마치 예전 이야기에 있는 게으름쟁이 같구려!"
뒤미처 윤나는 웃음 섞인 소리로 그는 이렇게 부르짖자,

"무슨 이야기?"

하고 금석이는 그 뒤를 채었다.

"그럼 내 이야기하게!"

하더니 금순이는 이야기도 하기 전에 미리 나오는 웃음을 참지 못하는 듯이 호호 웃으면서,

"저기. 오빠! 호…… 예전에 한 사람이 있는데 어떻게 게으르던지 아마 오빠 같던 게야!"

하고 그는 또 들입다 웃는다.

"그래서? 이야기나 하고 웃어야지!"

"그래, 그런데 이……! (그는 손으로 입을 가리며) 그런데 하루는 쌀이 없다고 한 걱정을 하는 바람에 이웃 사람이 보다 못해서 우리 집에서 벼 한 섬을 갖다 먹으라 하였더니 그 사람이 깜짝 놀라며 하는 말이, 아! 그걸 누가 갖다가 누가 찧어 먹느냐고 기겁을 하였다우."

하고 금순이는 간신히 이야기를 그치고 우스워 죽겠는 듯이 배를 움켜쥐고 쓰러진다. 무심코 금순이의 들썩들썩하는 어깨를 바라보고 있는 금석이는 여전히 빙그레 웃으며 이렇게 대답하였다.

"무얼 그 사람의 팔자가 좀 좋으냐? 지금 부자들이 모다 그 사람 같은 줄을 너는 모르니? 애, *볏섬을 지기는 *고사하고 빗자루 한 *반을 안 드는 사람이 많다. 게으를수록 부자가 되거든. 왜 그러냐 하면 그들이 게으르면 게으를수록 우리 같은 노동자의 수고는 더해지는 까닭이다. 우리 같은 가난한 사람은 게으를래야 게으를 수가 없지 않느냐? 하루만 놀아도 내일은 입에 밥이 안 들어가니 말이다. 그러므로

우리 집도 게을를 공부를 해야겠다. 너는 나한테 배우고 어머니는 아버지한테 배우고……."

모친과 금순이는 웃었다. 금석이는 그만 무안하던지 무거운 궁둥이를 게을리 일으킨다. 그는 지게를 지고 들로 나갔다.

금석이는 지금 열여덟 살이요, 금순이는 올에 열여섯 살이었다. 그런데 모친은 다시는 동생을 보여 주지 않으려는지 도무지 소식이 감감하다. 그래 금순이는 가끔 이렇게 졸라 봤다.

"어머니! 왜 애기 안 낳아요?"

그러면 모친은 할 말이 없는지 다만 빙긋 웃기만 하였다.

"똑 더도 말고 둘만 낳아요! 사내 하나 계집애 하나. 그래 나두 형 노릇 좀 하게. 오빠한테 *절제만 받기 싫대두! 아니 둘 다 계집애를 낳아요! 그래 우리 삼형제한테 오빠가 찍찍하는 꼴 좀 보게!"

그 언제인가 금순이가 이런 말을 하였더니 모친은 어이없는 듯이 쳐다보며,

"기 애는 어린애를 누가 수수팥떡 만들 듯이 하는 줄 아나베!"
하고 웃었다. 그때 금석이는 의미 있는 미소를 띠며 참으로 그렇기나 한 듯이,

"네까짓 것들은 셋 아니라 열이라도 덤벼 보아라. 나 하나를 당할 수 있나?"
하고 장담을 썼다. 그래 금순이는 다시,

"어디 보까 그런가! 어머니 어서 낳아 봐?"

하고 어리광을 부리어서 모친을 또 웃기고 말았다. 벌써 오랫적, 예전 일이다마는,

"여보 마누라! 우리는 꼭 둘만 납세다."

하고 정도룡은 그 어느 날 밤 잠들기 전에 아내에게 이런 말을 하였다.

"아들 하나, 딸 하나만 납세다. 많이만 나면 무엇 하오. 잘 키우고 잘 가르치지 못할 바에야 도야지 새끼같이 얻어먹는 게 아닐 바에야, 수효로보다는 바탕으로 잘 낳아야 하지 않겠소!"

그때 아내는 새뜩해지며,

"누가 그걸 억지로 하나! 낳는 대로 낳고 되는 대로 낳지!"

하였다.

"그래도 자식 욕심은 퍽 많은가베!"

"그럼, 자식도 없으면 무슨 *자미로 사우?"

"맘부터 그렇게 먹으니까 안 된단 말이지. 아무리 억지로 못 한다 하더래도 욕심만 부리지 말고 단 하나를 낳더래도 훌륭한, 착한 자식을 낳아 보리라는 작정을 하고 정성을 드리면 그런 자식을 낳을 수도 있단 말이오. 지성이면 감천이라고 예전 말도 있지 않소? 그런데 더구나 가난한 처지에 자식만 많이 낳기, 피차에 고생을 하는 것은 죄악이요, 적악이니."

"자꾸 배면 어쩌구?"

하고 그때 아내는 힐끗 쳐다보며 방긋 웃었다.

"낙태시키지!"

"에구메나! 끔찍한 소리두 하네!"

아내는 눈을 동그라니 뜨며 놀란 표정을 지었다. 하긴 그는 산고를 치르던 때 생각을 하면 *미상불 그만 낳으면 좋겠다는 생각도 났다. 그러나 어떤 사람은 초산에 어찌도 혼이 났던지 다시 애를 낳으면 개딸년이라고 맹세를 하고도 불과 일년에 또 애를 배서 경을 치고 나서는 또 그 애가 귀여워서 죽겠다는 말과 같이 이렇게 금순이가 동생을 보자고 조르는 말을 들으면 다시 하나만 더 낳아 보았으면…… 하는 생각이 마음 한편 구석에서 슬그머니 일어났다. 그래 벌써 단산인가? 생각할 때에는 그는 어쩐지 시원섭섭한 생각이 *갈마들어서,

"당신 소원대로 잘되었소!"

하고 영감을 원망하는 듯이 이런 말을 불쑥 한 적도 있었다. 그러나 영감은,

"응! 무슨 소원?"

하고 눈을 둥그러니 뜨고 어리둥절 하는 바람에 그는 다시 제풀에 웃어버렸다. 그는 지금도 그런 생각이 나서 영감을 미운 눈치로 쳐다보다가 언뜻 생각난 듯이,

"참! 용쇠네는 셋째 딸을 또 삼백 냥에 팔어먹었다우!"

하고 아까 마실 왔던 춘이 어머니에게 들은 이야기를 하였다.

"잘했군! 딴은 그게 팔어먹기로 말하면 달마다 부지런히 옥토끼

새끼 낳듯 하였으면 괜찮을걸!"

"무식한 소리도 하네!"

"무에 무식해! 그런데 또 며느리가 태기가 있다니 이번에도 제발 딸을 납시사고 고사를 지내라지, 그러면 또 오백 냥쯤 받고 손녀를 팔어먹었으면 한 밑천 톡톡히 잡을 터이니!"

하고 정도룡은 퉁명스럽게 부르짖었다.

"자식을 크기도 전에 장가를 들여서 도야지 암 붙이듯 해서 새끼를 낳는 대로 팔어먹는다 하면 그야말로 *화수분이다. 다행히 딸만 낳는다 하면…… 그러나 삼신할머니는 심술쟁이라 가끔 사내를 맨들어 놓거든. 그런데 용쇠네는 복이 많어서 딸 삼형제를 한숨에 내리 낳아가지고 이백 냥 삼백 냥 사백 냥에 팔어먹었단 말이지. 하긴 그것은 용쇠네만 말할 것은 아니야. 소위 양반이라는 집에서도 그와 비슷한 짓을 하니까. 어떻든지 이 세상은 얼마나 고마운 것이냐. 아무리 악한 짓을 하고라도 아름다운 이름으로 그것을 잘 감출 수가 있으니까……."

하고 그는 코웃음을 하였다. 그는 남의 일 내 일 할 것 없이 불의한 일을 보면 이렇게 역정을 냈다.

어느 날 정도룡은 용쇠의 집 앞을 지나노라니까 용쇠는 그의 넷째 딸을 사정없이 회초리로 때려주는 판이다. 그 아이는 지금 너덧 살밖에 안 먹어 보이었다. 이 거동을 본 정도룡은 별안간 달려들어 용쇠의 따귀를 후려갈기고 그 손에 든 매를 잡아 뺏었다. 그래 용쇠는 별안긴 *얼을 먹고 입을 우물쭈물하여 등신같이 멀거니 쳐다보고만 있다.

"왜 어린애는 따리니? 저애가 니 집의 화수분이 아니냐. 어려서는 두드리고 헐벗기고 배곯리다가 열 살만 먹으면 팔어먹고 니 같은 놈이 도모지 사람의 자식이냐?"

하고 그의 무섭게, 흘겨보는 바람에 용쇠는 입을 딱 벌리고 어쩔 줄을 모르고 섰다. 정도룡은 다시 말을 잇대었다.

"이 못난 자식아! 세상에 저보다 약한 자를 학대하는 것같이 못난 것은 없다. 나보다 강한 자에게는 소인을 개올리는 주제에 누구를 깔보고 때릴 권리가 있느냐 말이다. 그것은 포학한 자를 위하는 행위다. 양반이 상놈을 천대하거나 관리가 백성을 학대하거나 남자가 여자를 구박하거나 부모가 자식을 박대하거나 그것은 모두 일반이 아니냐?"

하고 그는 잠깐 말을 멈췄다가 다시 용쇠를 흘겨보며,

"사람이란 *즘성은 우둔한 것으로서 제가 당해보지 못하면 남의 일은 모르는 것들이다. 무슨 공자님의 도학을 배웠다는 유식한 양반들과 같이 글로만은 착한 일을 모를 것이 없이 알지마는, 그런 이들 중에서 도리어 우리 같은 무식한 자보다도 악한 짓을 하는 자를 많이 보았다. 그들은 우리네 농민의 고통을 모른다. 그것은 마치 부자가 가난한 자의 사정을 모르듯이 이웃집에서야 며칠을 굶느니 추워 죽느니 해도 그저 그런가 심상히 보고 제 배부른 것만 다행으로 아는 자들이다. 놈들은 건망증에 걸려서 아까 한 일도 금시에 잊어버리고 지금 눈앞의 일만 생각하겠다. 그러므로 그들에게 배운 지식을 실행하게 하려면 우선 고통을 맛뵈어야 할 것이다. 할 수 있으면 어떤 놈이든지 모두 잡어다가 요새 저 논밭두렁 속에 몰아 처넣고 괭이와 호미를 하나씩 앵겨 놓고는 채찍으로 소 몰듯이 들두드려 일을 시킬 것이다. 그래 맛이 어떠냐고 좀 물어볼 것이다. 그렇지 않으면 예수교쟁이니 하느님이니 나무아미타불이니 공자니 맹자니 영웅호걸이니 하는 그들의 말과 일이 모다 소용없는 것이다. 아니 그들의 힘으로 인간을 구원한 일이 언제 있다더냐?"

하고 그는 마치 용쇠가 그들인 것처럼 들이대었다. 그러나 용쇠는 역시 아무 대꾸가 없다.

"내 자식이니까 내 맘대로 한다구? 자네는 이렇게 생각할는지 모르겠네마는 그러나 부모가 자식을 때릴 권리가 어디 있나? 사람에게 수족을 붙여준 것은 일하라는 것이지 남을 함부로 따리라는 것은 아니야. 부모나 자식이나 사람이기는 일반이라 하면 제 자식이나 남의 자식이나 그의 *등분이 없을 게다. 덮어놓고 제 뜻만 맞추랴고 남을 강제하는 것은 포학한 짓이 아닌가? *얼거박이를 밉다고 암만 뚜드려 준대야 그게 별안간 빤질빤질해질 이치는 없지! 자네는 오늘부터 즘성을 배우게!"

"무얼? 즘성을……?"

하고 용쇠는 얼굴이 빨개지며 불안한 표정으로 쳐다본다.

"그래! 즘성을 배우란 말이야! 자네 집에 제비가 제비 새끼를 치지 않는가? 그 어미 제비를 배우란 말이야! 공자님의 말이나 누구의 말보다도……."

용쇠는 그게 무슨 소리인지 다만 자기를 모욕하는 줄만 알았다. 그래 속으로는 분하였지마는 그대로 참고 들었다.

용쇠가 이렇게 혼이 난 뒤에 동리 사람들은 더욱 정도룡을 두려워하였다. 그러나 그를 경외하기는 그전부터 하였다. 그것은 그의 건강한 체격과 또한 그의 의리 있는 심지가 누구든지 자연히 그를 신뢰하고 싶은 마음이 생기게 하였다. 그것은 그를 미워하는 사람까지도 속으로는 그의 행동을 감복하였다. 그래 그의 이름이 근사한 것을 기화로 그를 모두 계룡산 정도룡이라 하였다.

그에 대한 이러한 존경은 건넛말 양반촌에서도—유명한 김주사까지도—그를 만만히 보지 못하였다. 그래 고양이 있는 집에서 기를 펴지 못하고 사는 생쥐같이 지내던 이 동리 사람들이 그로 말미암아 적지 않은 힘을 입었다. 그래 이 동리 사람들은 어른 아이 없이 그를 참으로 정도룡같이 믿으며 그의 말이라면 모두 복종하게 되었다. 물론 이 동리의 크나 작은 일은 그의 계획과 지휘로 해결되었다. 그런데 그를 그중 사랑한기는 어린아이들과 여자들이었다. 그것은 무지한 남자와 부모의 횡포를 규탄해 주는 까닭으로 그러하였다. 마치 일전에 용쇠를 혼내주듯 하므로.

4

그렇다고는 하지마는 이 동리 사람들의 생활은 참으로 가련하였다. 용쇠는 그래도 딸이나 팔아먹었지마는 늙은 부모하고 어린 자식들에 식구는 우르르한데 양식이 떨어져서 굶주리는 집이 *경성드뭇하였다. 더구나 지금은 농가에서는 제일 어려운 보릿고개를 당한 판이니까, 모든 심어야겠는데 보리는 아직 덜 익어서 채 익지도 않은 풋보리를 베다가 뽀얀 물을 짜내서 죽물을 끓여 먹는 집도 많다. 이 세상에는 종의 신세처럼 불쌍한 자가 없다 하지마는 의식이 없는 '자유인'은 종보다도 더 불쌍하다. 아니 지금 *'무산자'들은 의식이 없는, 주인 없는 종이 되었다.……(이하 18자원문 탈락)……

이웃집 춘이 할머니는 바람 앞에 흔들리는 나무뿌리같이 *근드렁근드렁하는 몸을 간신히 지팡이에 의지하고서 우두커니 보리밭을 쳐다보고 있다. 그는 마치,

'보리야! 어서 익어라. 우리 집에 양식이 떨어진 줄은 너도 알겠고나! 영악한 사람들 보고 장릿벼 달라고 하소연하느니 차라리 너보고 하는 것이 낫겠다. 그래도 우리집 식구의 목숨을 구해 줄 이는 네로구나! 보리야, 어서 익어라. 나는 다시는 사람에게는 말하기 싫다.' 하는 것처럼 그는 참으로 이런 말을 하지나 않은지? 오므라진 입을 쉴새없이 우물거리고 있다. 또한 보리는 이 말을 알아들었는지 걱정스러운 듯이 고개를 숙이고 있다. 그 잎새와 줄기가 바람에 스쳐 우는 것은 이 불쌍한 노인의 신세를 슬퍼하는 것 같다. 정도룡은 지금

자기 집 앞에서 서서 이 노인의 하고 섰는 의미를 캐보려는 듯이 우두커니 그를 바라보고 있다. *부지중 무거운 탄식이 그의 입에서 흘러나왔다.

춘이 집은 요사이 정도룡의 집에서 준 좁쌀 되로 끓여 먹는 형편이었다. 그는 어린 손자 춘이를 데리고 과부 된 고부가 논 댓 마지기를 지어서 근근이 살아가는 터이다.

이 나라에 많이 왔다갔다 하는 또는 이 땅에 와서 우리는 이렇게 잘산다 하는 문명인들은 저들의 참혹한 생활을 조소한단다. 저게 사람 사는 꼴인가? 하고. 오! 문명인아! 너희의 지식은 과연 저들보다 우월한 것은 사실이다. 너희는 그 지식으로 그와 같이 호강하는 줄도 안다. 그러나 너희의 행복이 어디서 나오는 줄을 아느냐?

나마(로마)는 1일의 나마가 아니라 함은 도리어 너희가 잘 하는 말이다. 그의 황금시절은 백 년 동안 노예의 피와 땀을 희생하였던 때라 하지 않는가? 그렇다! 너희의 문명은 모두 무수한 노예의 해골에서 희생한 '버섯'이다. 너희는 이 버섯을 따먹고 사는 유령이다. 우리의 피를 빨아먹는 입으로 붉은 웃음을 띠고 있는 *'야차'와 같은 너희는 얼마나 무서운 '아귀'인가? 참으로 아귀 인간은 너희들이다! 너희들이다……

너희에게서 허위를 빼면 남는 것은 아무것도 없다. 허위는 너희에게는 생명의 신이다. 그러므로 너희는 허위의 신을 숭배한다. 허위의 신은 정의를 가장하고 이 세상을 정복한다. 너희의 도덕, 법률, 정치,

예절, 그것은 모두 허위투성이다. 이러한 이야기를 들어봐라─어떤 사람이 도깨비를 잘 위하였더니 도깨비는 감투 하나를 주었다 한다. 그래 그자는 도깨비감투를 쓰고 대낮에 돌아다니며 *점방에 있는 쌀과 옷감을 훔쳐 와도 그 임자들은 도무지 도적맞은 줄도 모르고 있었다 한다. 그와 같이 너희는 도깨비감투를 쓰고 온 천하에 횡행한다. 황금으로 만든 도깨비감투를 쓰고

"놈들은 우리 같은 무식한 백성은 정치할 필요가 있다 한다. 군자는 소인을 다스려야 하고, 그 대신 소인은 군자를 먹여 살려야 한다고? 놈들이야말로 낯짝도 뻔뻔한 소리도 한다. 도적질을 하거든 정직하게나 못하고!"

정도룡은 이렇게 혼자 중얼거렸다.

"아니 자고로 우리에게서 중대한 일이 생긴 것이 무엇인가? 우리는 우리의 노동으로 우리의 목숨을 부지할 만하면 고작이다. 혹시 큰일이래야 술주정꾼이나 내외간의 싸움하거나 그렇지 않으면 불량한 놈이 남의 아내를 겁탈하려는 것 같은 것일 것이다. 그러나 그런 것은 우리도 잘 재판할 수가 있다. 이 세상의 모든 풍파와 난리는 모다 저희놈들이 꾸미고 있으면서 아! 됩다 우리네보고 *우악한 백성은 다스려야 한다고?"

"법률인지 무엇인지 그런 것은 무식한 우리는 모른다. 그러나 제가 벌어서 제각기 먹고 사는 우리 같은 농민에게야 그게 다 무슨 소용이 있느냐 말이다. 우리는 지금 그렇게 우리 일을 우리가 처리하고

있다. 놈들은 대체 웬 앞사락이 그리 넓어서 아무 일도 없는 우리 동리에 와서 무엇을 이래라! 저래라! 하고 늘 간섭을 하느냐 말이다. 그리고 우리의 주머니를 털어 간다. 더러운 도적놈들 같으니……"

"대체 우리에게 돈이 어디 있느냐 말이다. 그런 것은 부자한테 가서나 달랄 것이 아닌가? 놈들은 턱없는 갖은 *부역을 다 시키고 별 *추렴을 다 물리고 나중에는 내외 잠자리 자는 추렴까지 물릴 작정인지? 일껏 부역 나가서 신작로를 잘 닦어 놓으면 자동차를 휘몰아서 흙먼지를 끼얹는다. 그게 길 닦어 준 고마운 치사란 말이야!"

하고 그는 다시 코웃음을 하였다. 그 언제인가도 그는 이와 같은 코웃음을 톡톡히 한 일이 있었다. 그게 벌써 몇 해 전이다마는 금석이가 보통학교에 마지막으로 갔다 오던 날 저녁이었다. 정도룡은 식후에 담배를 붙여 물고 퍽퍽 피우다가 무심코,

"오날은 선생님이 무엇을 가라치시더냐?"

하고 아들에게 물어 보았다. 그때 금석이는 여러 가지 과정을 *주워섬긴 뒤에,

"선생님이 오날은 훈계하시기를 사람은 위생을 잘해야 된다고요. 음식을 일정한 시간에 먹고 잠도 일정한 시간에 자고 때때로 운동을 잘하라고요. 그리고 할 수 있는 대로 고기와 계란을 많이 먹으라고, 그래야 몸이 튼튼하다고요."

이 소리에 별안간 그는 소리를 버럭 지르며 담뱃대로 재떨이를 후려 때렸다.

"무엇이 어짜고 어째? 그래 그 말을 듣고 가만히 있었니? 누가 그런 것을 먹을 줄 모른다더냐고 하지. 죽이나마 제 양대로 못 얻어먹는 우리네보고 무엇이 어짜고 어째? 운동을 하면 도리어 허기가 지는 것을 어짜라냐고 좀 물어 보지! 그런 것은 배지 부른 놈들이나 할 노릇이라고 굶어가며라도 힘에 과한 *학교 추렴을 물고 다니니까 선생이라는 것들은 그런 고마운 소리를 하더냐? 부잣집 자식이 몇이나 되기에 그런 소리를 한다더냐? 살찐 놈 따라 '부'라는 수작도 분수가 있지 않은가? 아니 그게 선생질하는 놈의 말 따위라디? 숙맥의 아들놈들 같으니. 얘, 금석아! 너는 내일부터 그까짓 학교는 집어치워라! 그런 백주에 잠꼬대 같은 놈의 말은 차라리 안 듣는 편이 낫겠다. 그리고 또 일어인지 소 모는 겐지만 배우면 산다더냐?"
하고 그는 성이 머리끝까지 올랐다. 그래 금석이는 그 이튿날부터 학교를 그만두었다.

그 후 얼마 안 되어서다. 금순이는 그즈막에 한번 구경함직한 코보가 와서 새로 설립한 예배당에를 가보았다. 목사의 하는 말이 어찌 착한지 모르겠다고 그래 다녀보겠다 하므로 그는 허락하였는데 하루는 금순이에게도 또 금석이 쪽이 났다. 그것은 어느 날 주일에 생긴 일인데,

"그래 목사가 무슨 말씀을 하시데?"
하고 정도룡은 딸에게 오늘 예배당에서 들은 말을 물었다. 그때 금순이는 *총기 좋게 들은 말을 옮기었다.

"저기요! 우리가 사는 것은 모두 하느님의 은혜라고요. 그리고 사람은 누구나 작고 크고 간에 죄를 지은 죄인이니까 그저 범사에 감사해야 구원을 얻는다고요!"

"무어? 범사에 감사하라고?"

"네, 어떤 일이든지 그저 고맙게 생각하라고요! 주는 대로 받으라고요!"

이 소리에 정도룡은 또 코웃음이 나왔다.

"흥! 우리가 범사에 감사할 것이 무엇이라디? 배고프고 헐벗고 무시로 노동하는 우리네보고 무엇을 감사하란 말이야? 옳지! 우리네의 이렇게 가난한 것은 죄라고, 가난한 죄라고? 그래 주는 대로 받으라고? 어떠한 학대든지! 치욕이든지! 아니 그놈도 그놈이로구나! 고기 많이 먹고 *닭알만 해먹으라는 선생보다도 심한 놈이로구나! 아니! 그의 복치를 눈엣 불이 나도록 한번 후려 주어 보지! 그놈의 감사하다는 꼴을 좀 보게! 하긴 이 세상에서는 범사에 감사할 놈도 있겠지. 돈 많은 부자나 세력 좋은 양반들이나 무엇이든지 제 맘대로 잘되는 놈들은……저 건너 김주사 따위같이 돈 가지고 별 지랄을 다 하는 놈을 보고 무엇을 감사하라 하더냐? 놈들은 그런 소리를 하고 월급을 처먹으며 사니까 그런다 하지마는 그 소리를 듣고 가난한 사람은 무엇으로 감사할 턱이 있느냐 말이다. 우리에게는 그런 하느님은 소용없다. 이런 하느님은 우리에게는 마귀다! 그런 놈의 예배당에는 너도 다시는 가지 마라!"

하고 그는 또 금순이를 못 가게 하였다. 그는 그때도 무섭게 성이 났었다.

그의 이러한 생각은 불꾸러미를 해들고 돌아다니며 예배당이고 학교고 부잣집이고 무엇이고를 모두 불을 싸지르고 싶었다. 그런 것들은 모두 자기네와 같은 무죄하고 만만한 백성을 못살게만 만드는 *원부(怨府)라 하고 부르짖었다.

그는 이런 생각이 들 제마다 무의식적으로 주먹이 쥐어졌다. 그리고 무섭게 눈을 흘기고 이를 악물었다.

5

그런데 이 동리에는 뜻밖에 큰 일이 생기었다.

그것은 이 동리는 원래 가난한 상사람만 사는 터이므로 그들은 모두 소작농민이거나 그나마도 *전장 참례를 못 하고 짚신장사, 나무장사로 근근이 사는 집도 있다. 많이 짓는대야 논섬지기로서 *도짓소나 한 마리 먹는 집이 그중 상농가요 또한 넉넉하다는 집이었다. 이 앞 전장은 거지반 *경답이지마는 건넛말 김주사 집 땅도 더러 있었다. 그래 그 집 논을 부치는 사람도 더러 있었는데 말이 *작인이지 이건 제 집 하인보다도 심하게 부려먹는다. 그것도 논이나 많이 주고 그런다면 모르지마는 잘해야 논 댓 마지기나 그렇지 않으면 두세 마지기의 *박토를 주고서는 수시로 부역을 시키는 일이 여간 관청보다 심하다. 여름이면 으레 자기 집 모 심고 논 매는 데 한 차례씩 불러다 시키고 칠월 나무 벨 때에는 하루삯 나무를 베게 하고 그 나무를 묶어 내린 때 또 하루 시키고 벼 벨 때, *마당질할 때, 어떻든지 일이 있을 때마다 부려먹는다. 그리고 *구실은 작인더러 치르나 하고 *배징이니 *마정이니 도무지 더럽게도 알뜰히 할퀴어 가는데 그래도 목숨이 포도청이라도 땅이 없는 그들은 어쩔 수 없이 그 천대를 받아 가며 네! 네! 하고 복종을 한다. 그나마 떨어지는 날에는 장릿벼 한 섬도 융통을 못 하는 까닭이다. 춘이네도 그 집 논 닷 마지기를 부치는데 고부가 어린 춘이를 데리고 그것을 지어서 간신이 호구를 하는 터이다. 그런데 지금 모를 심을 임시에 별안간 그 논을 뗀다는 소문이 났다.

그것을 김주사 사는 건넌말서 한편으로는 사탕장사를 해서 어린애들의 코 묻은 돈을 뺏고 한편으로는 김주사와 합자(合資)를 하여 고리대금을 하는 일본 사람이 사는데 그 일본 사람이 그 논을 얻었다고 오늘 아침에 그자가 와서 모를 심지 말라고 이르고 갔다 한다. 그 때 춘이 조모가 기겁을 하여 한달음에 김주사한테 쫓아가 물어 본 결과 과연 그것이 사실이었다.

김주사는 감투를 쓰고―그는 지금도 평의원이다마는 감투 쓸 일은 이 밖에도 많다. 전 금융조합장, 전 보통학교 학무의원, 전 군 참사, 적십자사 정사원, 지주회 부회장(이담에 죽을 때에는 *명정을 쓰기가 어려울 만큼 이렇게 직함이 많았다)―점잖은 목소리로 논 떼는 이유를 이렇게 말하였다.

"여태까지 몇 해를 잘 지어 먹었으니 인제는 고만 지어 먹게. 다른 사람도 좀 지어 먹어야지."

그때 노파는 벌벌 떨리는 목소리로,

"아이구, 나으리! 지금 와서 논을 떼면 어찌합니까? 그러면 제 집 식구는 모두 굶어죽겠습니다!"

하고 개개 빌어 보았으나 김주사는 그런 것은 나는 모르고, 내 땅은 내 맘대로 언제든지 뗄 수 있지 않느냐, 됩다 불호령을 하였다.

그래도 춘이 조모는 한나절을 애걸복걸하며 올 일년만 더 지어 먹게 해 달래 보았으나 그는 도무지 막무가내였다. 벌써 다시 변통이 없을 줄 안 춘이 조모는 그 길로 나오다가 그 집 대뜰 위에서 그 아래로 물구나무를 서서 그만 그 자리에서 즉사하였다. 그는 지금 여든다섯 살인데 여기까지도 간신히 지팡이를 짚고 기어왔었다.

그러나 김주사는 조금도 개의치 않고 하인을 명하여 송장을 문 밖으로 끌어내게 하였다. 그리고 송장을 찾아가라고 춘이 집으로 전갈을 시키고 일변 구장을 불러서 경찰서로 보고하게 하였다. 김주사는 마침 그 일인과 술을 먹을 때이므로 그는 물론 튼튼한 증인이 되었다.

행여나 무슨 소리가 있는가 하고 기다리던 춘이 모자는 천만뜻밖에 이 기별을 듣고 천지가 아득하여 *전지도지 쫓아갔다. 그들은 지금 시체 옆에 엎드려서 오직 섧게 통곡할 뿐이었다.

그런데 정도룡은 오늘 자기 집 모를 심다가 이 기별을 듣고는 한 달음에 뛰어들어왔다. 벌써 마을 사람들은 많이 모여 서서 김주사의 포학한 행위를 욕하고 있다. 그 중에 핏기 있는 윈득이는 이 당장에 쫓아가서 그 놈을 박살내자고 팔을 걷고 나서는데 겁쟁이들은 우물 쭈물 눈치만 보고 겉으로 돈다. 더구나 김주사 집 땅을 부치는 사람들은 아무 말도 못 하고 벌써부터 꽁무니를 사리려 든다.

"허 참, 그거 원……나는 논을 갈다 왔는데 좀 가보아야겠군!" 하고 용쇠가 머리를 주죽주죽하며 돌아서는 바람에 나도 나도 하고 몇 사람이 그 뒤를 따러 서려 하는데 별안간 정도룡은 벽력같이 소리를 질렀다.

"동리에 큰 일이 났는데 제 집 일만 보려 드는 늬놈들도 김주사 같은 놈이다!"

이 바람에 개 한 마리가 자지러지게 놀라서 깨갱거리며 달아난다.

그래 그들은 *머주하니 *돌쳐섰다. 이 때의 정도룡은 눈에서 불덩이가 왔다갔다 하였다. 그는 아이들을 늘어놓아서 들에 있는 사람들을 모조리 불러들였다. 그들은 그의 전갈을 듣고 모두 뛰어들어왔다. 더구나 용쇠 같은 이 났다는 말을 듣고

정도룡은 그들을 일일이 지휘하여 일 치를 순서를 분배한 후 나머지 사람들은 상여를 메고 우선 김주사 사는 동리로 급히 갔다. 참혹한 노파의 송장은 동구 밖 느티나무 밑에 놓였는데 그 옆에는 춘이 모자가 엎드려서 우는지 까물쳤는지 모르게 늘어졌다. *섬거적을 떠들고 보니 노파는 목이 부러져서 뒤로 제쳐졌다. 앙상한 뼈만 남은 얼굴에 오므라진 입으로 혀를 깨물었는데 거기에는 새빨간 피가 흘

렀다. 웬일인지 눈은 한 눈만 흡뜬 것이 더욱 무섭게 보이었다. 벌써 살은 썩어서 시취가 탁탁 퍼지며 쉬파리가 왱 하고 떼로 날다가 다시 대든다.

정도룡은 자기 손으로 먼저 시체의 머리 편을 들어서 상여 위에 얹게 하였다. 이에 *상두꾼은 대들어서 상여를 메고 그는 다시 춘이 모자를 안동하여 그 뒤를 따라갔다.

그 동안에는 읍내로 *상포 바꾸러 간 사람과 매장 허가를 맡으러 간 사람도 돌아왔다. 경찰서에는 벌써 상여가 오기 전에 *경부와 의사가 나와서 시체를 검사해 보고(무엇보다 증인의 말을 듣고) 사실 자살이라 하고 내려갔다.

상포가 들어오는 대로 동리 여자들은 일제히 모여서 수의를 급히 만든 까닭에 상여가 온 뒤에 얼마 안 있다가 다 되었다 하였다. 그 동안에 상두꾼은 술을 한 사발씩 먹고 담배를 한 대씩 피우게 하였다. 그래 정도룡은 급히 서둘러서 원득이와 같이 염을 한 후에 그날 저녁때에 바로 장사를 지내게 되었다. 동리 안에서 *부조가 들어온 것은 많지마는 건넛말 양반촌에서도 돈냥 쌀말이 들어와서 상두꾼의 술밥(점심)과 조각포를 차려 놓을 제수까지도 마련할 수 있었다.

초여름 해가 너웃너웃 서천에 기울 무렵에 적막하던 산촌에는 난데없는 상여 소리가 높이 났다. 구름재일(약장)이 펄렁펄렁하는 상여 밑으로는 오—호! 오—호! 하는 상두꾼의 처량한 노래가 떠나오는데 그 뒤로는 남녀노소의 *회장꾼으로 행렬을 지었다. 동리 사람으로는 극노인과 새각시를 빼놓고는 모두 회장꾼으로 행렬을 지었다. *선소리와 *요령 소리 사이로 춘이 모자의 곡성이 쉴 새 없이 그들의 창자를 끊고 나왔다. 상여가 동구 밖으로 나갈 때 집에 남아 있는 노인들은 시름없이 멀리 바라다보며,

'어떻든지 팔자 좋게 잘 죽었다…….'

하고 그들의 속절없는 탄식을 발하였다. 올봄에 성옥이 조모의 상여가 나갈 때에도 그들은 그렇게 바라다보았다. 늙어 굶주리고 아들 손자가 가난에 허덕거리는 꼴을 보면 그들은 보리 꽁댕이와 조죽이나마 그게 잘 넘어가지를 않았다. 어서 죽어서 이 꼴을 보지 말고 싶은 생각은 이렇게 먼저 죽은 이의 팔자를 못내 부러워하도록 하였다. 어린 각시들은 싸리문 귀틀에 붙어 서서 그의 거슴츠레한 눈에 경이를 띠고 내다본다. 마치 죽는 게란 무엇인고 하는 듯이…….

어느덧 해가 넘어가고 어슴푸레한 초승달이 서쪽 하늘에 걸려 있다. 시간은 모든 일을 해결하는 것이다. 그래 *산말랑이 공동묘지에는 전에 없던 새 무덤 하나가 생기었다. 그 위에 서늘한 달빛이 그의 안식을 축복하는 듯이 키스를 주었다. 그리하여 춘이 할머니는 돈 없는 나라, 세금 없는 나라, 부자와 가난이 없는 나라, 밥 안 먹어도 사는 나라로 영원히 안식을 얻어 갔다… 그러나 아귀는 그를 한 조각 남루(襤褸)나 한 그릇 조죽을 아까워서 그를 이 세상에서 쫓아낸 까닭으로 얼마나 기쁘고 좋아할는가?

그 후로 정도룡이 찡그린 눈썹은 종시 펴지지 않았다. 그의 음울한 얼굴빛은 어떤 무서운 결심으로 보이었다. 과연 그 이튿날 그는 이 동리 사람들을 모두 놀랄 만한 일을 하였다. 그는 어제 심다 만 자기집 논을 그 땅 *마름에게 청하여 허락을 얻어서 춘이네에게 주기를 선언하였다. 그리고 오늘 아주 모를 심어 주자고 서두는 바람에 동리 사람들은 일제히 나서서 한나절에 심어 버렸다. 춘이 어머니는 그 말을 들을 때 깜짝 놀라 *한사하고 만류하였으나 그는 걱정말라고 종시 듣지 않고 그렇게 하였다. 그는 그 길로 바로 김주사 집을 찾아갔다. 마침 김주사는 사랑방에 혼자 있었다.

"아! 도룡이, 웬일인가?"

하고 평상 위에 누웠던 김주사는 벌떡 일어나 앉는다. 그는 그러지 않아도 그의 뜻밖의 *심방을 은근히 놀라는데 그의 무섭게 빛나는 눈동자와 마주치자 그는 어쩐지 두려운 생각이 났다. 그의 눈은 마치 성난 범의 눈 같아서 기하였다.

"네! 논 좀 달라러 왔소!"

도룡은 언제든지 이렇게 뭉뚝뭉뚝한 말을 아무 앞에서나 거침없이 하였다.

"논? 왜 논이 있지 않은가. 그리고 인제 와서 논을 달려라면 되나?"

하고 김주사는 어이없는 듯이 빙긋 웃고 쳐다본다.

"인제 가서 땅을 떼는 이도 있을라구요!"

이 바람에 그의 웃음은 쑥 들어가도 말았다. 그는 할 말이 없어서 얼떨떨한 것처럼 공연히 한눈을 이리저리 판다.

"우리 논을 춘이네를 주었으니까 나는 논 한 마지기도 없소!"

하는 말에 김주사는 두 번째 놀랐다. 그는 감히 왜 제 논을 남 주고 다시 얻으러 어리석게 다니느냐는 말은 못하였다. 하긴 이런 경우에는 어떠한 악인이라도 그런 말이 쉽게 나오지는 않을 것이다마는.

"논이 어디 있어야지! 댁에서 짓는 것밖에……."

하고 그는 무안한 듯이 슬쩍 저편의 눈치를 보다가 시름없는 하품 한번을 한다. 그리고 얼른 궐련을 붙여서 피운다.

"그럼 그것을 주시지요! 무슨 심사로 제 집 식구의 먹는 떡을 뺏어서 도적놈을 줄까요?"

"도적놈을 누가……? 그것은 댁에서 지어야지!"

하고 김주사는 딴청을 썼다마는 그의 가슴 속에는 확실히 이 말이 박히었다.

"그럼 줄 수 없소?"

"올에는 어려운 걸!"

말끝이 채 떨어지기 전에 정도룡은 벌떡 일어나서 뒤도 안 돌아보고 나가 버린다. 이 바람에 김주사는 또 한번 입을 열었다. 그는 한 참동안 그의 나가는 양을 멀거니 보았다. 정도룡은 그 길로 집으로 갔다.

그런데 그의 아내는 영감의 하는 일이 감히 타내지는 못하였으나 이때에 와서 *농사치를 톡톡 털어서 남을 주면 어린 자식들하고 어떻게 살 셈인가 하고 그 말을 들은 후로는 맥이 확 풀려서 일거리가 손에 잘 잡히지 않았다. 그러나 금석이는 만사태평하다는 기색으로 언제와 같은 빙그레한 웃음을 띄우고 금순이와 무슨 이야기를 하고 있다. 그래 모친은 그게 얄미웠다.

"아버지가 어디 가신지 너 아니?"

"몰라! 김주사 집에?"

하고 금순이는 눈을 되록하며 오빠를 쳐다본다.

"정녕 논 얻으러 가셨을 것이다. 그래 만일 논을 안 주면 아버지는 그 자식을 죽일 것이다. 참으로 제비 새끼를 잡아먹는 구렁이를 그대로 두는 것은 죄이니까."

금순이는 눈이 더욱 되록되록 빛난다.

"만일 아버지가 죽이지 않으면 내가 죽일 터이다. 저 낫(윗목 벽 밑에 세워 놓은 낫을 가리키며)으로 모가지를 후리면 그놈이 뎅겅 내려앉을 것이다. 그리고 정녕 펄떡펄떡 뛸 것이다. 거짓말인가 들어봐요! 그 언제인가 *진풀을 획획 후린 때이다. 대가리를 *꼰주 들고 있는 독사 한 놈을 낫으로 휘갈겼고나. 그랬더니 이놈이 팔딱팔딱 뛰더구나. 나는 그때도 생각하였다. 이 세상에 괴악한 놈들은 모다 이렇게 짤려 죽였으면 하고…… 그래 그놈들의 피투성이 대가리들이 *개고리 뛰듯 하는 꼴을 보았으면 하고 그런데 그렇게 죽일 놈이 하나 생기지 않았니?"

이 말이 채 떨어지기 전에 정도룡이 돌아왔다. 그래 금석이는 이야기를 뚝 그치고 부친의 기색을 살펴보았다. 그는 과연 더욱 음울하고 침통해졌다. 그는 아무말이 없었다. 그는 의미있게 식구들을 가끔 곁눈질하였다. 역시 아무 말이 없는 가운데서 저녁을 치르고 나서 한참 앉았다가 그는 슬그머니 일어나서 밖으로 나간다. 그는 역시 암말이 없었다. 그런데 이때에 금석이는 그의 나가는 등 뒤에 대고 아무말이 없었다. 그런데 이때에 금석이는 그의 나가는 등 뒤에 대고 이런 말을 부르짖었다.

"그까짓 칼보다 저 낫을 가지고 가시우!"

별안간 정도룡은 고개를 획 돌이켰다. 그는 한참 동안 아들을 멀거니 쳐다보다가 그대로 다시 돌쳐서서 나간다. 조금 있다가 모친은 그의 뒤를 쫓아나갔다. 금순의 눈에도 놀란 빛이 떠돌았다. 그러나 금석이는 아무렇지도 않은 듯이 역시 빙그레한 웃음을 띠우며,

"애! 어디 갈래? 너는 나하고 이야기나 하자!"

하고 지금 밖으로 나가려는 금순이의 발을 멈추게 하였다.

"너는 죽는 것이 그렇게 무서우냐? 너도 빈대는 잘 죽이더구나. 김주사 같은 놈은 사람의 피를 빨아먹는 빈대다. 빈대를 죽이는 것이 무서울 게 무에냐 말이야."

금순이는 얼을 먹는 듯이 그의 놀란 눈동자는 금석이 얼굴에 꼭 박히었다.

"사람은 원래 천생으로 죄를 타고난 줄 안다. 무슨 턱으로 소를 실컷 부려먹다가 잡아먹느냐 말이야? 그런 죄만 해도, 너는 지금 네 목숨을 바쳐라! 하면 네! 하고 당장에 바쳐야 할 것이다. 만일 하느님 같은 이가 참으로 있어서 그러한 명령을 한다면 말이다. 그런데 그 위에도 더 큰 죄를 짓는 놈은 용서치 않고 죽여야 할 것이요 또한 그런 줄을 알고 그런 놈을 죽이지 않는 자도 역시 죄인이다. 같은 죄라도 용서치 못할 죄가 따로 있거든! 마치 김주사 따위의 죄 같은 죄가……."

하고 금석이는 이렇게 느물느물 말하는데 금순이의 아까까지 놀라운 표정으로 빛나던 눈은 어느덧 어떤 강렬한 감격한 정서를 감춘 웃음으로 차차 빛나기 시작하였다.

"너는 감옥소에서 사람 죽인다는 이야기를 못 들었지? 아까 나는 누구를 죽여보고 싶다 하였지마는 그와 마찬가지로 나는 뉘게 죽어보았으면 하는 생각도 났다. 이것은 누구한테 들은 이야기다마는 나도 그렇게 죽고 싶더라."

"어떻게?"

하고 금순이는 비로소 한마디 말이 그의 붉고 촉촉한 입술 사이로 굴러나왔다. 금석이는 이 무서운 말을 아주 순색으로 이야기한다.

"여러 사람이 죽 둘러섰는데 죽일 사람을 사형대 앞에다 내세운다는구나!"

하고 무슨 의미인지 그는 씽긋 웃는다.

"그래 중이 나와서 극락세계로 가라고 염불을 한 후에 망나니가 줄을 잡아다릴라치면 그 위에서 *기계칼(기요틴)이 뚤뚤 굴러 나오려는데 칼날이 번쩍 하자 피가 뚝뚝 듣는 대가리가 눈을 끄먹끄먹하며 공중으로 달려 올라간다는구나! 그런데 이 못난이들은 대개 발써 죽기도 전에 낯빛이 송장같이 되어 가지고 벌벌 떤다는구나. 나 같으면 그때 천연히 웃고 잇을 터이다. 그래 모가지가 달려 올라갈 때는 마치 저녁 해가 붉은 놀 속으로 사라져 들어가듯이 웃음이 차차 사라져갈 때 그때 나는 이렇게 부르짖을 것이다. '통쾌하다! 통쾌……하……다!' 다 자까지 못다 마치고 웃음과 목숨이 일시에 사라져서 그 뒤로는 아주 캄캄한 밤중이 되고 말게."

별안간 금순이는 그 윤나는 목소리로 떼그르 웃었다. 이 웃음소리가 떨어지자마자,

"얘! 금석아! 금순아! 니 아버지가 어디로 가셨나 따라가 보려고 큰말로 넘어가려니까 저기서 누가 오더니만 아는 체를 하더구나! 그래 자세히 보니 그게 순득이 아버지야! 김주사 집에 있는. '금석 아버지 계세요! 댁에서 잠깐 넘어오시래우!' 이라겠지. 그래 지금 그리로 안 가더냐고 물어 보았더니 아니 못 만났다고 하더구나! 그런데 귓결에 얼핏 들으니까 이 뒤 춘이네 집에서 니 아버지 같은 목소리가 나는 것 같더구나. 그래 쫓아가 보니 과연 거기 계셔서 지금 같이 김주사 집으로 가것다……."

그는 간신히 여기까지 말을 마치고 숨을 돌리는데 금석이는 멍하

니 한참을 듣고 있더니만,

"다 틀렸군!"

하고 무엇을 절망하는 듯이 부르짖는다.

"인제 어머니는 걱정 안해도 잘되었소 그 자식이 명이 좀 더 오래 살라는 게로군!"

모친은 아들의 말귀를 못 알아들었지마는 어떻든지 이 말 속에 숨을 돌릴 만한 무엇이 있는 듯 하였다. 그래 그는 숨을 내쉬고 다시 아들의 눈치를 보았다.

"김주사가 정녕 논을 줄라는 게유. 자식이 겁이 났던 게지. 하긴 겁도 날 만하겠지마는 논을 줄 바에야 구태여 죽일 게 있나. 춘이네는 그 대신 더 잘되었으니까. 그를 죽이기로 춘이 할머니가 다시 살아나지는 못할 터이고! 그러나 이 앞으로 또 그런 짓을 하다가는 기어이 아버지 손에 죽어볼 걸! 나도 정녕 몇 놈은 죽여볼 게야! 그런데 너도 고깃값은 할 것 같다. 아모려나 잘됐군!"

하고 금석이는 여전히 빙그레 웃는 눈으로 금순이를 흘린 듯이 쳐다보는데 그런데 눈 쌓인 겨울날 갠 하늘에 빛나는 아침햇빛 같은 눈웃음치는 금순이는 아무 말 없이 별안간 *괴춤을 훔치는 척하더니 날 새파랗게 선 단도를 꺼내서 금석이 앞에서 내던졌다.

"아! 너도 김주사를 죽이라 했었고나! 정녕 그렇다니까! 고깃값은 한다니까!"

하고 금석이는 얼결에 부르짖으며 눈을 크게 뜨는데 이 바람에 모친

은 얼없이 금순이를 한참 쳐다보다가,

"아니! 무서운 씨알머리들!"

하고 마치 넋 잃은 사람의 혼자 말하는 것처럼 중얼거렸다. 그는 금순이가 저 칼을 곤두잡고 김주사의 목을 향하고 팩 달려드는 광경이 언뜻 눈앞에 그려지자 그는 전신에 소름이 쪽 끼치었다.

모친은 와락 달려드는 금순이를 싸안았다. 그리고 알지 못한 눈물이 샘솟듯 하며,

"금순아! 금순아!"

하고 목메어 부르짖었다. 그러나 금석이는 여전히 빙그레 웃고 있는데 거기에 정도룡이 돌아왔다. 그는 눈을 크게 뜨고 식구들을 번갈아 쳐다보았다. 그는 눈은 다시 단도를 보고 금순이를 쳐다보았다.

(『개벽』, 1926.1~2)

민촌民村

1

태조봉 골짜기에서 나오는 물은 향교말을 안고 돌다가 동구 앞에 버들 숲 속을 뚫고 흐르는데 동막골로 넘어가는 실뱀 같은 길이 개울 건너 논둑 사이로 요리조리 고불거리며 산 잔등으로 기어 올라갔다. 그 길가 내뚝 옆에 늙은 상나무 한 주가 마치 등 굽은 노인이 지팡이를 짚고 있는 형상을 하고 섰는데 그 언덕 옆으로는 돌담으로 쌓은 옹달샘이 있고 거기에는 언제든지 맑은 물이 남실남실 두덩을 넘어 흐른다.

그런데 그 앞개울은 가물에 바짝 말라붙었던 개천에 이 샘물이 겨우 메기침 같이 흐르던 것이 요사이 장마통에 생수가 터져 *벌창을 한나.

　*양청물처럼 푸른 하늘에는 *당태솜 같은 흰 구름이 둥둥 떠돌고, 녹음이 우거진 버들 숲 사이로 서늘한 매미소리가 흘러나온다. 그것은 마치 *청금단을 펼쳐 놓은 것 같은데 멀리 설화산이 까마득하게 하늘 끝과 마주 닿았다. 푹푹 찌는 무렵에 불볕이 쨍쨍 난다. 이른 저녁때다.

　조첨지 며느리, 점백이 마누라, 성삼이 처, 또는 점순이, 이쁜이들은 지금 샘가에 늘어앉아서 한편에서는 보리쌀을 씻고 또 한편에서는 푸성귀를 헹구는데 수다스러운 성삼이 처는 이런 때에도 입을 잠시도 다물지 않는다. 그는 웃을 때마다 두 뺨에 샘을 파고 말을 할 때에는 고개를 *빼뚜룩하면서 쌍거풀진 눈을 할금할금하는 것이 특징적이었다. 어떻든지 *해반주구레한 얼굴에 눈웃음을 잘 치고 픽 산들거리는―이 동네에서는 제일 멋쟁이로 유명한 여자였다. 그래 *주전부리(?)를 곧잘 한다는 소문이 떠돈 지도 벌서 오래 전인데 이웃간에서는 시아비와 서방은 도무지 그런 줄을 모르고 있는 멍텅구리 한 쌍이라고 흉이 자자하였다.

　지금 성삼이 처는 언제나와 같은 표정으로 점백이 마누라를 힐긋 쳐다보며 아주머니! 하고 *열쩨게 불렀다. 그의 날카롭고 윤나는 목소리가 쨍쨍 울린다.

　'또 무슨 소리가 나올려누?'

　일상 뜸하니 남의 말만 듣고 있는 조첨지 며느리는 은근히 남몰래 생각하였다. 하긴 그는 아직 *파겹을 못한 숫각시로서 이런 자리에서는 그들과 같이 말참례를 하기를 수줍어하였다.

안동포 적삼소매를 활짝 걷어붙이고 뿌연 살이 포동포동 찐 팔뚝으로 보리쌀을 이리저리 헤쳐서 푹 눌렀다. 썩! 썩! 푹 눌렀다. 썩! 썩! 하는 장단을 맞추어 재미있게 씻던 성삼이 처는 바가지로 물을 퐁퐁 퍼붓고는 한번 휘—둘러서 보리쌀을 헹구었다. 그 다음에는 그 옆에 놓인 *옹배기에다 뽀얗게 우러난 뜨물을 쪽—따라놓는다.

그러자 그는 무슨 의미인지 듯인지 점백이 마누라를 힐끗 쳐다보고 한번 생긋 웃는다.

"아주머니! 박주사 아들은 또 첩을 얻었다지요?"

"그렇다네. 돈 많은 사람이니까. 부잣집 소를 *개비하듯 얼마든지 갈아들일 수 있겠지."

점백이 마누라는 그리 대수롭지 않은 듯이 *볼먹은 소리로 대답한다.

그의 목소리는 원래 예사로 하는 말도 퉁명스럽게 들리었다.

"그런데 그 전 첩은 나가기 싫다는 걸 억지로 쫓았대요. 동전 한 푼 안주고…… 그래 울며불며 나갔다던가."

"왜 안 그랬겠나. 아무리 첩이라고 하기로니 같이 살겠다고 데려다놓고 불과 일 년도 못 되어 맨손으로 나가라니!"

"나 같으면 그렇게 쫓겨나지는 않겠어요."

하는 성삼이 처는 별안간 두 눈초리가 샐쭉해진다.

"그럼 어찌하겠나. 첫째는 *당자가 싫다하고 온 집안사람들이 돌려내는 데야, 그 눈칫밥을 먹고 어떻게 살겠나? 그렇기에 예전 말에도 여편네는 뒤웅박 팔자라고 했다네. 더군다나 민적도 없는 남의 첩된 신세가 아닌가?"

"나 같으면 그깐 놈의 고장을 들어서 메부치고 한바탕 본풀이라도 실컷해보고 나가지 그냥은 아니 나가겠소"

이 말이 채 떨어지기도 전에 눈앞을 힐끗 쳐다보던 점백이 마누라는 별안간 "쉬一" 하고 성삼이 처의 옆구리를 꾹 찔렀다. 그 바람에 성삼이 처는 깜짝 놀라서 고개를 홱 돌이켰다. 바로 거기에는 지금 흉을 보던 그 박주사 아들이 마주 온다. 그래 그는 시치미를 뚝 따고 잠착히 보리쌀을 헹구는 체하였다.

모시두루마기에 *맥고모자를 쓴 박주사 아들은 살이 너무 쪄서 아랫볼이 터덜터덜한다. 그는 얼굴을 쳐들고 점잖은 걸음걸이로 조를 빼며 걸어온다. 어느 틈에 나왔는지 개천가 논둑 위로 뒷짐지고 거니는 조첨지를 보자 박주사 아들은

"영감, 근력 좋은가?"
하고 거침없이 *하소를 내붙인다. 그런데 조첨지는 그게 누구인지 의아하는 모양으로 한참 동안 자세히 쳐다보더니만 그제서야 비로소 알아차린 모양으로 아주 반색을 하면서

"아! 나으리십니까? 웬수의 눈이 어두워서…… 해마다 달습니다그려. 어서 죽어야 할 터인데…… 아 그런데 어디를 가시나요?"

하고 그는 박주사 아들이 오는 편으로 꼬부랑꼬부랑 따라나온다.

"응! 이 아래 들에 좀……."

박주사 아들은 이런 대답을 거만하게 던지고 샘뚝에 둘러앉은 여자들을 자존심이 가득한 눈매로 한 번 쓱 둘러보더니만 다시 무슨 생각이 들었던지 저만침 가다가

"그래도 좀 더 살아야지!"

하고 고개를 홱 돌이키며 씨부렁거렸다. 그 순간에 그는 다시 한 번 샘뚝을 바라보았다.

"더 살면 무엇합니까? 살수록 더 고생이지요 아하!"

조첨지는 한숨 섞인 말을 하며 동구 안으로 들어가는 그의 뒷모양을 우두커니 서서 보더니 다시 돌아서서 멀리 설화산 쪽을 바라본다. 그는 부지중, 후 하는 한숨을 내쉬고 가까스로 등을 좀 펴보았다.

"새파랗게 젊은 놈이 제 할아비 뻘이나 되는 노인한테 하게 소리가 어떻게 나올까?"

하고 성삼이 처는 또 입을 삐쭉하는데

"할아비 뻘은커녕 증조할아비 뻘도 넉넉하겠네!"

하고, 지금 막 바가지로 물을 퍼먹던 점백이 마누라가 그의 말에 맞장구를 쳤다. 그는 다시 조첨지 며느리를 쳐다보며,

"참, 자네 시아버니 연세가 올해 몇에 나셨나?"

하고 묻는다.

"여든…… 일곱이시래요"

하는 말에 그들은 모두 입을 딱 벌리었다.

"같은 양반이라도 이 아래말 서울댁은 그렇지 않더구만."

"응, 그 양반은 원체 얌전하니까. 무얼, 저희보고 하오를 않기로나 근본이 안 올라서기나 피장파장이겠지. 지금 세상은 저만 잘나면 예전같이 판에 박은 상놈노릇은 않는가 보데. 저만 잘나고 돈만 있으면 아주 그만인 세상인데 무얼!"

"아이구! 아주머니는 아들을 잘 두셨으니까 그러시지 학교공부에도 번번히 일등 간다지요?"

"글쎄…… 장래가 어찌 되는지는 두고 봐야지, 우리 늙은 내외는 그저 저 하나만 바라고 살지마는 그나마 뒤를 대기가 여간 어려워야지. 참, 자네도 어서 아들을 낳아야 할 텐데. 도무지 웬 셈인가? 소식이 감감하니……좀 *단골한테나 물어보지."

"그러지 않아도 물어보았어요."

"그래 뭐라구?"

점백이 마누라는 별안간 목소리를 죽이며 은근히 쳐다본다.

"살풀이를 해야 한대요."

'살은 무슨 살? 서방질을 작작하지.'

점백이 마누라는 속으로 이런 말을 되이면서도 겉으로는

"그럼 그 살을 풀어야지. 무슨 터줏살이라던가?"

하고 다시 의심스러운 듯이 물어보았다.

"아니, 궁합이 안 맞는데요."

'핑계 김에 잘됐군!'

그는 또 속으로 이런 생각을 하면서 겉으로는 그런 체 고개를 끄덕끄덕하였다.

점백이 마누라는 이야기에 팔려서 멍청해 있던 것이 생각난 것처럼 *소두방 같은 손으로 보리쌀을 다시 씻기 시작하였다. 그의 큼직한 얼굴에는 얽은 구녁이 벌집처럼 숭숭 뚫렸다.

지금까지 기척이 없이 열무를 씻고 있던 점순이는 별안간 고개를 반짝 쳐들며

"그런 젊데 젊은 이가 노인을 보고 어떻게 그런 말버릇을 할까요?"

하고 이상스러운 표정으로 점백이 마누라를 쳐다본다. 그는 마치 여태까지 그 생각을 하느라고 잠자코 있었던 것처럼.

"양반이라고 그런단다."

점백이 마누라는 무심히 대답하였다. 이 말에는 무슨 생각이 들었던지 성삼이 처는 또 이야기를 끄집어 내놓는다.

"아주머니! 나는 참 저승에 가서라도 양반이 될까봐 겁이 나요. 잔뜩 갇혀 앉아서 그걸 무슨 재미로 산대요? 헤헤헤……."

"그래도 지금의 그까진 것은 아주 약과라네. 옛날에는 참말로 지독하였으니 어데서 남편의 얼굴을 바로 쳐다볼 뻔이나 하며 시부모 앞에서 철퍽 앉아보기를 할까. 꼭 *양수거지를 하고 서야 했지. 어떻든지 양반이란 것은 마치 옻이 소금을 마르듯이 한치 반푼을 다투고

매사에 점잖하기로만 위수했으니까!"

한참 말끄러미 쳐다보던 성삼이 처는 별안간

"그런 이들이 내외간 잠자리는 어찌했을까?"

하고 웃음을 내뿜는 바람에 조첨지 며느리는

"아이 형님도 참⋯⋯."

하고 손등으로 입을 가리며 웃는다.

"그러던 양반이 지금은 차차 상놈을 닮아간다네!"

하고 점백이 마누라도 빙그레 웃었다.

이쁜이는 그만 고개를 푹 숙였다.

"아마 그들도 자네 말마따나 양반을 '결탁'으로 알았던지. 그저 말버릇만 '양반'이 남은 모양인데. 다른 것은 모두 상놈을 닮아가며 상놈보고 하대하는 것만 그대로 가지고 있으니 하기는 그것마저 없어지면 아주 상놈과 마찬가지가 될 테니까로 양반의 꺼풀만 가지고 있는진 모르지만 참말로 이전 양반 중에는 양반다운 행세가 있었다네."

"박주사 양반 같은 것은 양반, 양반 개 팔아 두 냥 반만도 못한 것이 무슨 양반이라구—"

"예전 양반은 돈을 알면 못 쓴댔는데 지금 양반은 돈을 더 잘 알아야만 되나부네. 그이도 돈으로 양반이지 만일 돈이 없어 보게. 누가 그리 대단히 알겠나. 그러니까 그에게는 돈이 양반이란 말일세. 하니까 돈을 제 할아비 신주보다 더 위할밖에. 우리네 가난한 사람의 통깝데기를 벗겨서라도 돈을 더 모으자는 것은 좀 더 양반노릇을 힘

있게 하자는 수작이지."

"참, 돈이 그른지 사람이 그른지 지금 세상은 모두 돈만 아는 세상인가봐요. 의리도 없고 인정도 없고⋯⋯."

"사람이 글러서 돈이 생겼다네. 돈 없는 짐승들은 제각기 잘들 살지 않나!"

"참 그래요. 예전 이야기에도 짐승들이 돈을 만들어 썼다는 건 못 들었구먼."

"그렇지만 힘이 센 놈이 약한 놈을 잡아먹지 않아요? 짐승들은 ⋯⋯."

하고 별안간 점순이는 의심스러운 듯이 물었다. 그는 자기도 모르는 이런 말이 불쑥 나왔다.

"잡아먹힐 놈은 먹히더라도⋯⋯ 무얼 사람들도 그런 셈이지. 애, 나는 제멋대로만 살 수 있다면 하루를 살다 죽더래도 좋겠다."

"봄 하늘에 훨훨 나는 종달새처럼요?"

"그래! 참 네가 잘 말했다."

하고 점백이 마누라는 슬쩍 웃는다. 그가 제법 이런 소리를 하게 된 것은 실상은 자기 아들에게서 들은 것이었다. 서울 양반댁이란 이는 서울댁이라고 부르기 시작하였다. 그가 집에 있을 때면 점백이 아들은 늘 그를 찾아가서 같이 놀았었는데 그한테서 이런 말을 듣고 와서는 저의 부모에게 옮기곤 하였다. 그런 말을 들을 때에는 언제든지 신기한 것처럼 영감은 고개를 끄덕끄덕하며

"하긴 그도 그리여……."

하고 무엇을 생각하는 것같이 고개를 숙이고 있었다.

여인들은 우물에서 할 일이 끝나자 하나둘씩 제가끔 흩어져갔다. 성삼이 처는 보리쌀을 씻던 *자배기에다 물을 하나 가뜩 퍼 이고 한 손에는 뜨물 옹배기를 들고서 자배깃전으로 넘어 흘러내린 물방울을 입으로 연신 푸푸 내뿜으며 걸어간다. 어느덧 이 집 저 집에서는 저 녁연기가 꾸역꾸역 떠오른다.

2

향교말이란 동네는 자래로 상놈만 사는 민촌으로 유명한 곳이었다. 과연 4~50호나 되는 동리에 양반이라고는 약에 쓰려고 구해도 없는 상놈천지였다. 어쩌다 못생긴 양반이 이 동리로 이사를 왔다가는 그들에게 둘려서 얼마를 못살고 떠나고 떠나고 하였다.

그러나 그전에는 양반의 '덕'으로 향교 하나를 중심하여 향교 논도 부치고 향교 소임 노릇도 해서 그럭저럭 *구명도생은 하였었다. 그런데 시체양반이 생긴 후부터는 세상이 어찌도 박한지 종의 턱찌기까지 핥아먹는 바람에 그나마 죄다 떨어지고 지금은 향교땅은 모두 권세 좋은 양반들이 얻어서 농사를 짓고 소작으로 주기도 하는데 박주사 아들이 자기집 하인으로 부리는 이수사람에게도 이 논을 몇마지기 얻어주었다.

그래 향교말 사람들은 점점 더 못살게만 되어 가는데 작년에 흉년을 만나서 더구나 터무니가 없이 되었다. 그들 중에서 조금 살기가 낫다는 집이 남의 논 섬지기나 얻어부치는 것인데 박주사 집 논을 소작하는 빈농들도 더러 있었다. 그 나머지 사람들은 나무를 해다 팔거나 짚신을 삼아서 팔고 하며 메마른 산전(山田)을 파서 굶다 먹다 하는 이들뿐이었다. 그런데 금년에는 또 물난리까지 나서 수재를 당한 사람들이 많았다.

그 중에는 점순의 집도 논 댓 마지기를 지은 것이 절반 이상 떠내려가서 가을이 된대야 벼 한 톨 구경할 수 없게 되었다. 그것은 박주사 집 땅을 올해에도 다행히 부치다가 그만 그 지경이 된 것이었다.

박주사 집에서 이 논을 떼지 않고 그대로 둔 것은 점순이 어머니가 그 집 마나님한테 조른 보람이 있었던 것이 아니라 어떤 딴 속이 있었던 것을 그들은 모르고 있었다. 그것은 박주사가 그때 그 논을 벌써 언제부터 맨입으로 드난을 하며 논 좀 달라고 지성껏 조르는 성룡이를 주자는 것을 박주사 아들이 우겨서 아직 그대로 둔 것을 보아도…….

박주사집은 이 동리에 몇 대째로 웃말에서 살아왔다. 그는 해마다 형세가 늘어가서 이 통 안에서는 제일 *부명을 듣는다. 그 집 식구들은 안팎으로 이구멍이 몹시 밝았다.

박주사 어머니 귀머거리 노인도 잇속에 들어서는 귀가 초롱같이 밝아진다는 어떻든지 모두 그런 식구끼리 잘 만나서 사는 집안이다. 그래 그의 아들은 지금 20여 세밖에 안 되는 애젊은 친구가 어떻게도

*이익스러운지 모른다. 그래 남만 못지않은 그 아버지 박주사도 아주 세간을 그 아들한테 맡기었다. 그는 지금 *동척회사 마름이요 면협 의원이요, 금융조합 평의원으로 세력이 당당하다. 내년에는 보통학교 학무위원으로 추천해준다는 소문이 들리는데 칼 찬 순사나 군직원들이 출장을 나오면 의례히 그 집으로 먼저 문안을 왔다. 그들은 박주사 아들과 네냐 내냐 막 터놓고 *희영수를 하였다. 보통학교 훈도까지 가끔 나와서는 그와 마주 술잔을 나누기도 하였다.

그러나 이런 말을 장황히 늘어놓을 것은 없겠다. 왜 그러냐 하면 박주사 집 식구나 박주사 아들 같은 인간은 어느 시골이든지 결코 *절종이 되지 않았기 때문에.

지금 샘물터에서 돌아온 점순이는 푸성귀를 담은 바구니와 물동이를 부뚜막에 내려놓았다. 어머니는 벌써 보리쌀을 솥에 안치고 불을 때기 시작하였다. 보리짚이 화르르화르르 아궁지로 타들어간다.

"물을 그렇게 많이 이고 무섭지 않으냐? 순영이가 왔다 갔다."

"네! 언제쯤?"

"지금 막…… 또 온다구 하더라만, 그럼 너는 순영이와 같이 네 오빠 *등거리나 박아라!"

"어머니 혼자 바쁘시지 않아?"

"괜찮다."

하는 모친의 대답이 떨어지자마자

"그새 왔나?"

하고 순영이가 재빨리 들어온다. 그는 해죽이 웃는 낯으로 점순이를 쳐다보면서—순영이는 점순이보다 예쁘다 할 수는 없지만 얼굴이 좀 둥그스름한 게 살이 토실토실 올라서 탐스럽게 생긴 처녀였다. 역시 점순이와 동갑으로 올해 열여섯 살에 났다. 그러나 그는 엉뎅이가 제법 퍼지고 기다란 머리채가 발꿈치까지 치렁치렁하였다. 점순이는 키가 날씬하고 얼굴이 갸름한 게 그리 살찌지도 또한 마르지도 않은 데 살빛이 무척 희었다.

"나는 지금 샘으로 가볼까 하다가 이리 곧장 왔다. 왜 그렇게 늦었니?"

"열무에 버러지가 어떻게 먹었는지 좀 정하게 씻느라고…… 자, 방으로 들어가자."

"더운데 무엇하러 들어가니, 여기서 하자꾸나!"

"아니, 뒷문 앞은 시원하단다."

"그럴까!"

그들은 방으로 들어가서 손그릇을 벌려놓고 마주앉았다.

"이것은 뉘 버선이냐?"

"아버지 *해란다."

"요새 *삼복머리에 버선은 왜?"

하고 점순이는 순영의 얼굴을 이상한 듯이 쳐다보았다. 그 표정은 갑자기 웃음으로 변하여진다. 확실히 빈정거리는 웃음으로—

"옳지! 알겠다…… 그렇지?"

"무에 그래여?…… 삼복에는 왜, 버선을 못 신니?"

"네 선을 보러 갈 버선……."

하는 말이 채 떨어지기도 전에 순영이는 달려들어서 점순이의 입을 틀어막으며 한 손으로는 허벅다리를 꼬집었다.

"아야! 야…… 안 하께! 네, 다시는 안 하오리다! 호호호…… 그럼 거짓말이냐?"

"애, 그런 소리는 하지 말고 어서 바느질이나 가르쳐 주렴! 얼른 해가 지고 오라는데 기 애가……."

하는 순영이는 오히려 부끄러운 듯이 두 뺨이 가만히 붉어졌다.

"왜 그리 또 급한가?"

"기 애는…… 어머니가 얼른 오라고 한까 그렇지. 우리 어머니는 늬 집에 올 때마다 그런단다."

"그는 왜?"

"누가 아니, 커다란 머슴애가 있는 집에 가서 왜 그리 오래 있느냐고 그런다는구만, 커다란 계집애가 철을 몰라도 분수가 있지 않느냐고―."

"너는 우리 오빠가 좋으냐?"

별안간 밑도 끝도 없이 점순이는 이런 말을 불쑥 물어보았다. 그래 순영이는 또 얼을 먹고 뻔히 쳐다보며

"그럼 너는 좋지 않으냐?"

"난 좋지 않다. 아주 심술꾸러긴데, 무얼―"

"애, 사내들은 그래야 쓴다더라. 숫기가 좋아야—."

"그럼 너는 우리 오빠가 좋은 게로구나?"

"누가 좋댔니?…… 그렇단 말이지."

순영이는 얄미운 듯이 점순이를 흘겨보는데 눈 흰자가 외로 쏠리고 입에는 뱅글뱅글 웃음이 피었다.

"오빠는 아주 너한테 반했단다."

"아이 기 애는……."

순영이는 어이가 없는 듯이 점순이를 쳐다보았다.

"무얼 나도 다 아는데…… 늬들은 어젯밤에 담 모퉁이에서 속살거리지 않았나?"

이 말에 그만 샐쭉해지더니

"그럼 또 너는 어제 저녁때 '서울댁'하고 늬 원두막에서 단둘이 있지 않았니? 나두 *개굴창에서 똑똑히 보았단다."

"그리여, 기 애는 누가 아니라남! 그럼 그때 너도 왜 놀러 오지 않구?"

이렇게 아무렇지도 않게 말하는 점순이를 순영이는 은근히 놀랐다. 그럴 줄 알았더면 나도 성을 내지 말걸 하는 생각이 슬그머니 났다.

"남들 재미있게 노는 걸 훼방치면 좋으냐? 무얼! 그때 갔어봐. 속으로는 *눈딱총을 놓을 것이. 호……."

"아니야, 나도 어제 첨으로 그이하고 이야기해봤단다. 그런데—."

"그런데 뭐? 그때 너는 어째 혼자 있었니? *자욱맞이하려고 호—

호호……."

"기애는 별소리 다하네. 글쎄 내 말을 들어봐요. 점심을 해놓고 기다리니까 어머니가 원두막에서 들어오시더니만 나보고 어서 밥 먹고 원두막에 가 보아라, 내가 들에 밥 내다주고 올 동안만이라시겠지. 아버지와 우리 오빠는 어제 산 너머에 있는 집의 *화중밭을 매셨단다."

"오, 참, 어제도 늬 집은 일했지? 점심때 연기가 꼬약꼬약 나더라."

"그래 막 나가 앉아서 바느질거리를 손에 잡으려니까 별안간 인기척이 나더구나 깜짝 놀라 쳐다보니까 그이겠지. 나는 그때 어쩔 줄을 몰라서 고개를 푹 숙였단다."

"그래, 그이가 뭐라고 하던?"

"번—히 알면서 왜 모르는 체하나! 사람이 사람을 보는 것이 무엇이 부끄러워—이러겠지."

"얼레! 그이도 꽤 우습잖아. 그때 너는 뭐라고 했니?……"

"그런 때 무슨 말이 나오겠니. 거저 웃고 쳐다보았지. 그랬더니 그는 또 그렇지, 그렇지, 진작 그렇게 고개를 들 것이지, 하나 나를 꿰어 뚫을 듯이 쏘아보더구나. 그러더니만 무작정하고 망태기에서 참외를 꺼내 먹으며 나보고도 자꾸만 먹으라고 하겠지!"

"얼레! 그이가 왜 그렇다니…… 그래 어떻게 되었니?"

순영이는 한 걸음 다가앉으며 이상스러운 듯이 눈을 크게 뜨고 점순이를 쳐다보며 하는 말이었다.

"그담에는 이런 이야기를 하였단다. 참외를 어구어구 먹으면서— 나를 양반이라고 늬들이 돌려내랴 하지만 양반도 역시 사람이야! 하기는 같은 사람으로 누구는 양반이니 누구는 상놈이니 하고 또 누구는 잘살고 누구는 못사는 것이 벌써 그른 일이 아닌가? 그렇다며 너하고 나하고 같이 노는 것이 어떨 것 무어 있니?…… 다 같은 사람인데 나는 너한테 '창순아' 하고 불러주는 소리를 들었으면 제일 좋겠다구."

"얼레! 그것은 또 무슨 소리라니?"

"그렇지 않아도 그때 나는 그것은 왜요? 하고 깜짝 놀라며 물어보았단다. 그랬드니 그이는 이렇게 말하겠지. 그러면 너하고 나하고 동무가 되지 않냐고."

"그럼 같이 놀잔 말이구나?"

"그래 나는 당신도 우리네 상놈 같구려? 하였드니 그이는 그렇다 하며 나도 상놈이 되고 싶다 하겠지. 내 원 어찌 우스운지."

"왜 그런다니?…… 그이가 미치지 않았을까?"

"몰라…… 그리고 여러 가지 이야기를 하였단다. 서울 이야기, 여학생 이야기, 이 세상이 악하고 어떻고 어떻다고 한참 떠들었단다."

"그건 또 웬 소린가? 아니 참말로 들을 만했겠구나! 그럴 줄 알았드면 나도 좀 가서 들을 것을!"

"그리다가 주머니를 부시럭부시럭 하더니만 돈을 집히는 대로 꺼내면서 *세보도 않고 내놓고는 그만 뒤로 안 돌아보고 휘적휘적 가겠지!"

"얼레, 그래 얼마나?"

"동전하고 *백통전하고 한 댓 냥 되어 보이더라. 그래 나는 한참 동안 *덩둘하다가, 나 봐요! 하고 암만 불러도 세상 와야지. 그이는 그만둬 하고 손을 내저으며 가버렸단다."

"참외는 몇 개 먹었는데?"

"세 개 먹었지! 하기는 잘 안 익은 놈들 두 개는 도로 놓았지 만…… 먹은 값으로 치면 한 개의 닷 돈씩 치더라도 냥 반밖에 더 되 니?"

"그렇지!"

"나는 참외값을 안 받으려고 하였는데. 부끄럽게 그것을 어떻게 받니?……그런데 나중에 세어보니까 넉 냥 일곱 돈이던가―."

말을 그치자 눈앞을 힐끗 쳐다보던 점순이는 몸을 소스라쳐 놀란 다.

"아이 오빠두, *도둑괴마냥 왜, 거기가 찰딱 붙어 섰어?"

이 소리에 순영이는 기급을 하여 몸을 움츠렸다.

"나도 좀 같이 놀자꾸나! 무슨 이야기를 그렇게 재미있게 하니?" 하고 총각은 벙글벙글 웃는다. 그는 깎은 머리를 수건으로 질끈 동였 는데 *서근서근해 뵈는 얼굴이 매우 *귀인성이었다. 그는 열팔구 세 밖에 안 되는 소년인데도 힘줄이 켕긴 장딴지라든지, 굵은 팔뚝이 한 장정같이 기운차 보이었다. 그는 지금 들에서 무엇을 하다 왔는지 손에는 흙가루가 뽀얗게 묻었다.

　"순영이가 오빠의 흉을 봤다우—. 커다란 머슴애가 남의 색시 궁둥이를 졸졸 따라다닌다구⋯⋯."

　"누가 그래여? 기 애는 참!⋯⋯"

하고 순영이는 얼굴이 새빨개지며 불안한 웃음을 웃는데

　"아니 참말로 그랬니?"

하고 점동이는 순영이에게 팩 달려들었다.

　점순이는 뱅글뱅글 웃는 눈으로 그를 할겨보면서 밖을 살짝 나와 버렸다.

　"아이, 왜 이래, 저리 가래두⋯⋯."

하고 순영이의 징징 우는 소리가 들리자 부엌에서 모친의 소리가 났다.

　"점동아! 왜 그러니? 남의 낼모레 시집갈 색시를—가만 두어라! 성을 내면 어쩔려구?"

　"시집가기 전은 상관없지 않소"

　점동이가 빙그레 웃고 다시 순영이를 쳐다보는데 순영이는 얄미운 눈초리로 총각을 마주 쳐다본다. 그러자 별안간 고개를 푹 수그리더니 어느덧 그의 눈에서는 눈물방울이 뚝뚝 떨어졌다.

　이 꼴을 본 점동이는 다시 달려들어 그를 꼭 껴안았다. 그리고 뜨거운 입술을 그의 입에다 대었다.

일 분 후에 문밖에는 박주사 아들이 왔다.

"김첨지 집에 있나?"

하고 그의 목소리가 나자

"아이구! 나리 오십니까? 저—일 갔답니다."

하고 점순의 모친은 불을 때다 말고 부지깽이를 손에 든 채 쫓아 나와 맞는다.

"모처럼 오셔야 앉으실 데도 없고—원 사는 꼬라구니가 이렇습니다.…… 그 밀방석 위라도 좀 앉으시지요"

마침 그는 무슨 일이나 저지른 것처럼 얼굴에 당황한 빛을 띠고 섰다. 과연 그는 가난을 죄로 알았다. 그때 안방을 흘금흘금 곁눈질하던 박주사 아들은 교만한 웃음을 엷게 머금고

"무얼, 바로 갈 걸! 괜찮아."

하는데 그것은 자기의 행복을 더욱 느끼며 금방 더 한층 훌륭한 사람이 된 것을 의식하는 표정같이 거드름을 피우고 섰는 것이 꼴 같지 않았다.

"그래도…….."

점순이 모친은 이렇게 말끝을 흐리더니만 다시 무슨 생각이 들었던지 잠깐 머뭇거리다가 그제야 딴 말을 꺼냈다. 그는 있는 용기를 다하여 간신히 입을 여는데 그것은 할까 말까? 하고 몇 번을 망설이다가 하는 말같이 보이었다.

"저—내년에는 논을 좀 더 주십시오. 올해는 뜻밖에 그런 수재로…… 저희도 저희지마는 댁에도 해가 적지 않겠습니다."

"논? 어데 논이 있어야지. 그러나 가을에 가서 좀 보세."

이 말에 점순이 모친은 반색을 하였다. 그는 한 걸음을 자기도 모르게 주춤 나오며

"참, 나리만 믿겠습니다. 어데 다른 데는……"

"그리여 어디보세. 더러 댁에도 좀 놀러오게나그려! 인제 늙은이가 좀 바람도 쐬고 그러지! 집일은 딸에게 맡기고……"

그는 무슨 까닭인지 말끝을 이렇게 흐린다.

"하는 건 없사와도 좀처럼 나갈 새가 있어얍지요. 지지한 살림이 밤낮 바쁘답니다. 그까짓 것은 아직 *미거하고…… 참 언제쯤 새로 오신 마님도 뵈올 겸 한번 놀러 가보겠습니다."

"그라게! 난 그만 가겠네."

그동안 박주사 아들은 마당에 놓은 절구통전에 걸터앉았다가 별안간 벌떡 일어서 나간다. 궐련을 연신 퍽퍽 피우면서.

"아—그렇게 바로 가세요. 그럼 안녕히 가세요."

하고 점순이 어머니는 한동안 그를 눈으로 배웅하였다. 어쩐지 그의 눈에는 까닭 모를 눈물이 핑 돌았다.

3

동편 흑성산 쪽에서 난데없는 *매지구름이 둥둥 떠돌더니 우루루

하는 천둥소리와 함께 소나기가 새까맣게 묻어 들어온다. 미구에 높은 바람이 휙—소용돌자마자 주먹 같은 빗방울이 뚝뚝 듣더니만 그만 와—하고 정신을 차릴 수 없이 큰비가 퍼붓는다.

이제까지 조용하던 천지는 갑자기 난리 난 세상같이 소란하였다. 들에서 일하던 사람들이 어허! 하며 사방에서 뛰어 들어온다. 낙숫물이 떨어져서 개울물같이 흐르고 황톳물이 도랑이 부듯하게 나간다. 앞 논의 벼잎과 마당가에 있는 포플러 나뭇잎새가 빗방울을 맞는 대로 까땍까땍 너울거린다. 그리는 대로 우—와—소리를 친다. 그러나 어느 틈에 그쳤는지 가는 비가 솔솔 내리며 번개가 번쩍번쩍하며 무서운 천둥소리가 우루루 우루루…… 거먹구름은 북쪽으로 몰려간다. 어데서 자끈자끈하는 것은 벼락을 치는 것일까. 미구에 하늘은 씻은 듯 가신 듯 개이고 보름 가까운 달이 동천에 뚜렷이 떠올랐다.

보리죽, 보리밥으로 저녁이라고 끼니를 때운 뒤에 마을사람들은 항상 모이는 점백이 집 마당으로 모여들기 시작하였다. 점순이 아버지도 숟갈을 놓자 담뱃대를 들고 마실을 갔다. 멍텅구리 한 쌍이라는 조첨지 부자도 벌써 왔고 이 동리에서 어른 중에는 제일 유식하다는—하긴 겨우 국문을 깨쳐서 겨울에 이야기책을 뜨덤뜨덤 볼 줄 알지만 어떻든지 이 동리에서 제일 유식한 '지식계급'이라는 원득이도 왔다. 총각대방 수돌이! 코똥 잘 뀌는 박첨지커니, 죽 늘어앉아서 하루 동안 피곤한 몸을 쉬는 판이었다. 노인들은 *장죽에다 담배를 피워 물고 그것도 '희연'은 너무 비싸서 못 사먹는 사람이 많은데 배짱 크고 담대하기로 유명한 노름꾼 순익이가 몰래 담배를 심어서 *순썰이로 썰어 말린 것을 한 대씩 나누어 주었다.

노인들은 구성진 목소리로 이야기를 주고받는다. 나이가 그중 많고 이야기 잘하는 조첨지가 이 동리에서는 제일 상노인이었다. 젊은 축들은 저만침 따로 자리를 잡고 앉아서 담배를 피운다. 그들 중에는 어른들이 앉은 자리로 와서 이야기를 듣기도 하였다. 요즈음 이야깃거리는 경향 각처에 물난리가 난 소문들이었다.

안마당에서는 내일 논을 맬 밥거리의 보리방아를 찧는데 성삼이 처도 방아꾼으로 뽑혀왔다. 지금 그들은 세장단마치로 쿵쿵 쿵덕쿵! 하고 한참 재미있게 찧는 판이다.

성삼이 처는 방아를 찧는데도 멋이 잔뜩 들어서 절구전에다 사잇가락을 넣어서 뚝닥뚝닥 부딪치는데 그게 아주 흥취 있게 들리었다. 점백이 마누라, 이쁜이 어머니와 조침이 며느리는 저편에서 키질을 하고 변덕쟁이 진순이 어머니, 수다스런 수돌이 처, 여러 가지 의미로 유명한 성삼이 처는 한패가 되어서 방아를 찧는데 어떻든지 그들은 서로 잘 어울리었다.

성삼이 처는 물론 이런 때에도 입을 가만두지 않고 숨이 차서 씨근씨근하면서도 무엇을 속살거리고는 그 유명한 윤이 나는 웃음을 때그르 웃었다. 그러면 수돌이 처가 또 우스운 소리를 해서 그만 웃음통이 터지고 절굿공이를 서로 맞부딪치며 허리들을 잡았는데 별안간 순이 어머니가 이런 노래를 꺼내었다.

쿵덕! 쿵덕! 쿵덕쿵
잘두 잘두 찧는다!
이 방아를 다 찧어서
누구하고 먹고 살까?

　그래서 그들은 방아가 다시 어울렸는데 별안간 어디서 생겼는지
절구통 갈보라는 술장사 하는 순옥이 처가 엉덩이춤을 추며 절구공
이를 들고 대들었다.

한말 닷되 술을 빚고
말두 될랑 떡을 쳐서
동무님네 불러다가
먹고 뛰고 놀아보세!
얼싸절싸! 쿵덕쿵!

　그는 이렇게 소리를 받자 절구공이를 들고 한 번 핑그르 맴돌아서
다시 장단을 맞춰 찧는데 여러 사람들은 일시에 웃음을 내뿜는다.
　조첨지 며느리는 배를 움켜쥐고 속으로 웃느라고 땀이 다 났다.
그러나 절구질꾼들은 더욱 세차게 내리찧으며 모두 신명이 나서 어
깨가 으쓱거려졌다.

어떤 년은 팔자 좋아
*금의옥식에 싸였는데
이내 팔자 어인 일고?
삸절구에 손 터지네

아이구지구 쿵덕쿵!

이번에는 수돌이 처가 이렇게 받자 잇대어서 성삼이 처가 또 받았다.

*시뉘 잡년 화냥년!
*말전주는 왜 하누
콩밭고랑 김맬 적에
정든 님을 어쩌라구?
얼싸절싸! 쿵덕쿵!

그래 그들은 또다시 웃음을 내뿜고 절구공이를 맞부딪치고 보리쌀을 파헤치고 한바탕 야단법석이 났다. 더구나 성삼이 처의 웃음소리는 까투리나는 소리로 알바가지를 있는 대로 떨었다. 바깥마당에는 지금 서울댁 양반이 왔다. 그래 그들은 인사하기에 한참 부산하였다. 그들은 모두 서울댁 양반을 좋아하였다. 그것은 비단 그에게는 양반티가 없는 것뿐만 아니라 그의 *호활하고 의리 있는 것이 마음을 끌었던 것이다. 생김생김도 눈이 큼직하고 콧날이 서고 준수한 얼굴이었다. 그들은 마치 서울댁을 지식주머니로 아는 듯이 그를 만나면 우선 세상형편을 물어 보았다. 그럴 때마다 그는 여러 가지 이야기를 하였다. 그는 신문에서 읽은 것, 자기가 아는 일, 이 세상의 여러 가지 문제를 이야기해 들려주었다. 그러면 그들은 모두 재미있게 듣고 있었다. 요새 물난리 통에 서울 사는 민부자가 돈 천 원을 *기민구제에 기부했다는 말을 했을 때 그들은 모두 입이 딱 벌어지도록 놀랐다. 하나 그는 또한 이런 말을 첨부하였다. 그것은 부자들의 사탕발림이요, 그것은 소작인들을 짜먹으려는 가짜수작이라고 물론 이 말을 처음 들을 때 그들은 서울댁을 의심하였지만 어디까지 자기 의견을 주장하였다. 그가 그들에게 한 말을 간단하게 요약하자면 이러하였다.

 "첫째로 말할 것은 돈이 쌀이 아니요, 돈이 옷감이 될 수 없는데, 또한 그 쌀이나 옷감은 가만히 앉아 있는 사람의 손으로 된 것이 아닌데…… 어찌해서 손가락 까딱하지 않는 사람이라도 돈이라는 종이쪼각을 가지면 당장에 부자가 되느냐? 그게 벌써 틀린 일이다. 가령 지금 쌀 한 말에 2원을 한다고 하면 그 쌀 한 말을 만들어내기에는 봄부터 가을까지 전후 비용이…… 더구나 남의 장리를 얻어서 농사를 진 사람으로서는 2원의 몇 갑절이 더 들었을 것인데 이러한 품밥이 들 생각은 하지 않고 장사하는 놈들이 제 맘대로 쌀값을 올렸다 내렸다 하는 것은 불공평한 처사이다. 이것이 모두 장사치의 잇속으로 따진 사람까지도 상품으로 만들어서 저희의 부만 늘리자는 것이다. 그러므로 만일 돈을 쓸 터이면 그것은 반드시 사람에게 유익한 일을 하는 사람들끼리만 쓸 것이지 결코 놀고먹는 놈이나 못된 일을 하는 놈들은 못 쓰도록 해야 할 것이다. 그래 병신, 노인, 어린이들 외에는 제각기 재간대로 일을 하고 사는 것이 옳은 일이다."

 그는 이렇게 말하였다. 그는 부자를 욕하고 박주사 아들을 욕하고 이 너머 김지주 집한테도 욕을 하며 그놈들은 양반도 아니요, 사람도 아니요, 개만도 못한 놈들이라고 하였다. 그들이 처음으로 이 말을 들을 때는 대단히 놀랐다. 그것은 지금까지 자기들이 가장 점잖게 행세한다는 양반을 보고 이렇게 욕하는 사람은 서울댁 밖에 없었기 때문이다. 그러나 그의 말을 들을수록 그런 의심은 차차 풀리었다. 민 부자의 천 원 기부도 그리 장한 일이 아니라는 것을 알 수 있었다. 그 어제인가도 서울댁은

"지금은 돈만 아는 세상이다. 만일 개가 돈을 가졌다면 멍첨지라고 *공대할 세상이야."

해서 그들은 모두 웃음통이 터졌었다. 서울댁은 지금도 한참 그런 이야기를 하다가 집으로 간다고 일어섰다.

"아—더 놀다 가시지유."

하고 이 구석, 저 구석에서 만류하는데—그는 어디 볼일이 좀 있다고 그 길로 발길을 돌리었다. 그는 그 아래말에서 사는 백부의 집에 와 있는데 서울서 내려온 지가 며칠 되지 않았다. 그는 아직 장가도 아니 든 20여 세밖에 안 되어 보이는 소년으로 어려서부터 큰집에서 커났다.

가는 길에 그는 점순이네 집에 들렀다. 웬일인지 사립문 안에 들어서 보아도 아무 기척이 없다. 그는 집이 빈 줄 알고 막 도로 나오려하는데 별안간 안방에서 누가 쫓아온다. 알고 보니 점순이 혼자만 집에 있었다.

"나 봐요! 지……. 어저께 그 돈 받으세요."

점순이는 당황한 모양으로 일어서 나오며 부르짖는다.

"무슨 돈? 아—참외값을 도로 받으라고?"

"참외값이 더 된대요."

"더 되나 덜 되나 너는 그것만 점두록 생각하고 있니? 더 되거든 네가 쓰려무나."

"얼레! 남이 흉보게."

"흉은 무슨 흉?"

"남의 사내에게서 거저 돈을 받는다구."

"그게 무슨 흉 될 게 있니? 깨끗한 마음으로 주고 받았다면…… 너두 참 퍽 고지식하구나. 그러면 이담에 참외로 대신 주려무나."

"그럼 내일 와요? 참외막으로……."

"응—그라지."

그는 이렇게 대답하고 바로 자기 집으로 향하였다. 그는 자기가 점순이집에를 왜 들르고 싶었는지 알 수 없는 일이었다. 이날 밤에 점순이는 베개를 여러 번 고쳐 베고 생각하였다.

'퍽두 이상한 사람이다…….'

4

그 이튿날 밤이었다. 점순의 모친이 원두막에 나가는 길에 점순이 도 따라갔다. 서울댁은 오지 않았다. 그래 점순이는 은근히 기다렸지마는 지금은 그가 오려니 해서 나간 것은 아니다. 웬일인지 가고 싶은 마음이 *키어서…… 그것은 달이 *행창 밝아서 이상스럽게도 어떤 궁금한 생각이, 그대로 방안에 앉았기가 싫었음이다.

그런데 순영이가 아까 저녁때 와서 그 말을 듣고 그러면 저도 같이 놀러 가겠다고, 그래 저의 어머니한테 허락을 맡아가지고 오겠다 하였다. 과연 나갈 무렵에 그는 벙긋벙긋 웃고 뛰어왔다. 그래 지금 원두막으로 같이 나가는 길이다. 무슨 일인지 점순이 부친은 산 너머에 볼일이 있다고 저녁을 먹고 바로 나갔다. 그래 점순이 모친이 원두막을 지키러 나가게 된 것이다.

원두막은 앞산 모퉁이 개울 옆으로 기다랗게 생긴 원두밭둑에다 지었다. 거기는 냇물소리가 쏴―하게 들리고 물에서 일어나는 서늘한 바람이 원두막 위로 솔솔 불어왔다.

냇물은 달빛에 어른어른하고 저편 백모래밭에는 *돌비늘이 반짝반짝 빛나는데 이편 언덕 위로는 포플러의 푸른 숲이 어슴푸레한 그림자를 던지고 있다. 다시 눈앞으로는 설화산 쪽이 아지랑이 속같이 몽롱한데 푸른 하늘에는 뭇별이 깜박깜박 눈웃음을 치고 인간을 내려다본다.

점순이와 순영이는 지금 홀린 듯이 이 밤경치에 취하여 한참 재미있게 노는데 별안간 인기척이 나는 바람에 마주보니 그는 뜻밖에 서울댁과 점동이였다.

"너는 왜 또 오니? 집 보라니까…… 저이는 누구야?"

하는 점순이 모친은 점동이 뒤에 또 한사람이 있는 줄을 비로소 알고 묻는 말이었다. 그래 목소리를 듣고 그제야 안 것처럼 그는 다시 정답게 아는 체를 한다.

"아! 밤에 다 마실을 오시우? 나는 누구라구. 어서 올라오시지유!"

"네. 참외 먹으러 왔습니다. 점동이를 만나서……."

하고 서울댁은 원두막 밑에서 대답하였다.

"참외를 따온 것이 아마 없지. 그럼 점동아, 네가 좀 따라무나. 그럼 여기서 놀다 가시우. 나는 밭을 좀 매야!"

하고 노파는 원두막에 꽂힌 호미를 빼들고 내려왔다.

"달 밝고 서늘해서 밭매기는 썩 좋겠다. 기왕 나왔으니 너두 밭이나 좀 매야!"

"가만 있슈! 저 양반하고 이야기 좀 할라우. 어서 어머니 먼처 매시우!"

참외망태기를 메고 원두밭으로 가는 점동이는 이렇게 대답하였다.

"아, 참외나 하나 자시고 매시지요!"

서울댁은 이렇게 권하여보았다.

"지금은 생각 없어유. 내야 먹고 싶으면 이따가 따먹지요."

그는 이렇게 대답하고 맨 윗고랑으로 올라가서 *글밭을 매기 시작하였다. 호미가 흙덩이에 부딪는 소리가 사각사각 난다.

그동안에 점동이는 참외를 한 망태기 따가지고 왔다. 그래 서울댁보고 원두막으로 올라가자 하였다.

"무얼! 여기서 먹지."

하고 서울댁은 사양하였다.

"아니오. 올라가오! 앉을 자리두 없는데. 애들아! 올라가도 괜찮지!
응? 우리 큰애기들아!"

원두막에서는 킬킬 웃는 소리가 들리었다.

소곤소곤하는 소리도 났다. 뒤미처

"맘대로 해요!"

하는 점순이의 날카롭게 부르짖는 목소리가 들리자 그들은 원두막
위로 올라갔다. 그런데 점순이는 그들이 앉기도 전에 서울댁 앞에다
웬 돈을 절그럭 하고 꺼내놓았다.

"그게 뭐야?"

점동이가 눈이 휘둥그래지는 것을 보고 색시들은 또 웃었다.

"아, 참외값!"

하고 서울댁은 그 사연을 이야기하고 이런 말을 하였다. 서울서 장사
하는 사람들은 돈을 안 주어서 못 받는다고

"그럼 그 돈으로 지금 참외나 먹읍시다. 아무 돈이나 쓰면 됐지.
계집애들이란 저렇게 꼼꼼해. 담배씨로 *뒤웅을 파랴듯이."

하고 점동이는 참외를 한 개씩 안기었다.

"그럼 또 턱없이 남의 돈을 받어?"

점순이는 얄미운 표정으로 점동이를 쳐다보며 부르짖었다. 그러나
점동이는 참외를 깎아서 어석어석 먹으면서

"그래 잘했다. 상급으로 참외나 더 먹어라. 그리고 소리나 한마디 씩 하구!"

"아이구 망측해라! 누가 소리를 한담. 사내들 있는 데서!"

"사내들 있는 데서는 왜 못하는 법이냐? 니들끼리는 곧잘 하면서."

"니들이 이렇게 하지 않었니?"

하더니 점동이는 고개를 외로 꼬고 청승스런 목소리로 군소리하는 흉내를 내었다.

> 가세 가세!
> 나물 가세.
> 동산으로
> 나물 가세.
>
> 나물 캐고
> 피리 불고
> 노다 노다
> 임도 보고……

"아이 우리가 언제 그런 소리를 했어!"

하고 색시들은 얼굴이 빨개지며 부끄러워 죽겠다는 듯이 우는 소리를 한다. 그들의 안타까운 목소리로,

"안했걸랑 고만두렴! 오, 참 성삼이네가 하던가? 아니 서울댁 양반! 서울 색시들도 노래를 하나요. 여학생도?"

하고 점동이는 서울댁을 쳐다본다.

"하고말구. 창가를 하지."

"오—창가. 이렇게 하는 것 말이지. 학도야, 학도야! 청년학도야!
이렇게."

색시들은 또 킬킬 웃었다. 점동이의 털털한 수작에 그들은 적이
부끄럼이 가시었다. 그들은 이렇게 재미있게 노는데 나중에는 서울
댁의 이야기에 모두 귀를 기울이게 되었다. 그는 역시 이 세상이 악
하고 부자가 악하다는 말을 하였다. 그래 우리 젊으나 젊은 청춘이
꽃동산과 같은 아름다운 세상에서 잘 살 것을 지금 이렇게 되었다고
흥분하였다.

"보아라! 이 아름다운 경치를. 저 안타까운 별들을. 저 밝은 달빛.
저 그윽한 물소리. 저 은근한 수풀 속 나무나무 가지가지에 녹음이
우거진 이때, 우리들은 경치 좋은 이 산속에다 정결하게 집을 짓고
옷밥 걱정이 없이 살어본다고 생각해보자. 아버지와 어머니는 들에
나가서 일을 하고 우리들은 학교에 가서 공부하며 뛰고 놀다가 저녁
때 돌아와서는 들에 나가서 부모님의 일도 거들어주고 저 산 밖으로
노래를 부르면서 놀러 다닌다면 얼마나 우리의 사는 것이 아름답겠
니? 모든 사람이 다같이 일하고 다같이 벌어서 부자와 *간난이 없이
산다면 그때야말로 이웃 사람은 진정으로 정답고 사랑하고 싶어서
오늘은 너희집에 모이자, 내일은 우리집에 모이자 하고 즐기며 뛰놀
것이다. 그때에야말로 공중에 나는 새도 인간의 행복을 노래하고 땅

위에 피는 꽃도 사람의 즐거움을 웃어줌일 게다. 그때야말로 참으로 이 세상 만물이 인간을 위하여 축복을 드릴 것이요, 저 달을 보아도 우리의 마음이 즐거울 것이다. 그런데 지금은 어떠냐? 우리는 공부할 나이에 공부도 못하고 늙으신 부모는 밤낮 일을 해도 가난에 허덕허덕하지 않느냐? 처녀의 고운 손은 방아찧기에 *악마디가 지고 청춘남녀는 맘대로 사랑할 수도 없지 않느냐? 못 먹고 헐벗으며 게딱지만한 오막살이 속에서 모기, 빈대, 벼룩에 뜯겨가며 이렇게 하루 살기가 지겹도록 고생고생하게 된 것은 그게 모두 몇 놈의 악한 놈들이 돈을 모두 독차지해가지고 착하게 부지런히 일하는 많은 사람들을 가난의 구렁으로 잡아 처넣은 까닭이다. 아! 지금 저 달이 밝지마는 우리에게 좋을 것이 무엇이며 지금 이 바람이 서늘하다마는 우리의 가슴은 더욱 답답하지 않으냐? 낮에는 햇빛 밑에서 일을 하고 밤에는 달 아래서 하루의 피곤한 몸을 쉬는, 천만 사람이 다 같이 일해서 먹고 사는 세상이 참으로 사람답게 사는 세상이 될 것이다."
하는 그의 열정으로 부르짖는 말에 그들은 모두 넋을 잃고 귀를 기울였다. 점순이와 순영이는 하염없이 눈물이 글썽글썽하였다. 참으로 그런 세상을 어서 보고 싶으도록……그래 그렇지 못한 자기네의 지금 생활이 몹시도 분하고 애달팠다. 그렇게 허튼 소리를 하던 점동이까지 잠자코 앉아서 무엇을 우두커니 생각하고 있었다.……그래 사방은 괴괴하니 오직 물소리만 요란히 들리었다.

점동이가 눈짓을 하자 순영이는 슬그머니 원두막 아래로 내려갔다. 그런데 원두막 위에 단둘이 앉았던 점순이는 별안간 '서울댁' 무릎 앞에 푹 엎드러지며 흑흑 느껴 울었다. 그것은 무슨 그를 사랑하고 싶어서 그리한 것이 아니라 지금 그에게 들은 말이 감격하여 견디지 못한 발작이었다. 과연 그는 지금까지 살아온 것을 생각할 때 오직 '불행' 그것으로만 느껴졌다.

"당신은 왜 그런 말을 일러주셨소"

하는 것처럼 그는 이제까지 모르던 슬픔을 깨달은 것 같다.

이때 남자는 그를 마주 껴안고 그의 뜨거운 입술에다 자기 입술을 대었다.

저편 나무속에서도 목메어 우는 소리가 가늘게 들리었다. 점동이와 순영이도 거기서 우는 게다. 아직 인생의 대문에도 못 들어간 그들을 울리게 하는 것이 대체 무엇인가? 달아! 혹시 네나 아는가?

물소리, 울음소리! 또는 모친의 밭 매는 호미소리…… 이 소리들이 서로 어울리어 이 밤의 심포니를 싸고 고요히 흐른다.

5

그 후 한 달이 지나서이다. 가난한 집안에는 보리양식이 떨어질 *칠궁으로 유명한 음력으로 칠월달을 접어들었다. 향교말에는 양식이 안 떨어진 집이 별로 없는데 점순이집에도 벌써부터 보리가 떨어졌다.

그동안에는 어떻게 부자가 품도 팔고 이력저력 지내왔으나 앞으로는 앞뒤가 꼭 막혀서 살아갈 길이 망연하였다. 그것은 논밭에 김도

다 매고 두렁도 다 깎은 터이므로 일꾼들은 모두 *나무갓으로 올라 갈 때이다. 인제는 품을 팔아먹을 일거리라고는 없어졌다. 벼는 벌써 부옇게 패었다.

그러므로 점순이네 부자도 나무나 해서 팔아먹는 수밖에는 다른 수가 없었다. 원두도 인제는 다 되어서 더 팔아먹을 것은 없었다.

산이 없는 점순이네는 나무갓을 얻기도 용이치 않았다마는 그래도 부자가 일을 하기만 하면 남의 나무를 베어주고라도 나무갓을 조금 얻을 수도 있었는데 *화불단행이란 옛말이 거짓말이 아니던지 이런 때에 뜻밖에 김첨지가 덜컥 병이 났다. 그는 벌써 한 이레째나 *생인 발을 앓느라고 꼼짝을 못하고 드러누웠는데 그게 순색으로 *더치게 되었다. 그래 뚱뚱 부었다. 그런데 양식은 똑 떨어졌다. 점순이 모친 은 생각다 못하여 마지막으로 박주사 아들한테 장릿벼 한 섬을 얻으 러 갔다.

박주사 아들이 흉악한 *불깍쟁인 줄은 그도 모르는 바가 아니었지 마는 *거번에 논을 좀 달라고 할 적에도 그리할 듯한 대답을 한 것이 라든지 그때 은근히 한번 놀러오라던 말을 생각해보면 어디로 보든지 호의를 가졌던 것만은 확실한 모양이다. 나중에 알고 보면 이 호의가 무척 고가임을 알고 그는 아연실색할 것이다마는 지금 *두수 없이 꼭 죽었다 할 판이므로 이런 때에는 턱에 없는 것도 믿고 바라는 것이 사람의 정리이다. 물에 빠진 사람은 지푸라기도 붙잡는다 하지 않는 가? 한번 놀러오라 하고 더구나 논까지 줄 듯이 대답한 그런 고마운 사람에게 어찌 구원의 손을 내밀지 않을 수 있으랴? 그자가 도척이거나 동척회사 마름이거나 이런 때는 그런 것이 상관없다. 그저 한번 놀러오라는 말과 논을 줄 듯이 대답한 그런 고마운 생각만 나는 것이다. 하기는 이런 사람을 어리석다 할는지 모른다. 과연 박주사 아들은 그의 어리석음을 비웃었다. 그러나 이런 죄 없는 어리석은 사람을 농락하려는 사람은 또한 어떠한 사람이라 할까? 옳다! 지금 이 세상에서는 물론 이런 사람을 잘났다 하겠지! 남을 잘 속여서 제 *낭탁을 하는 사람을 똑똑하다고 칭찬하지 않는가? 그렇다면 박주사 아들도 물론 똑똑한 사람으로 칭찬을 받을 터인데 다만 너무 *뚝뚝해서 *알깍쟁이가 된 까닭에 똑똑한 사람을 칭찬하는 이 지방 사람들까지도 그를 좀 비방하게 되었단 말이다.

그러나 이런 말을 지금 여기서 옥신각신할 때가 아니다. 점순이 모친은 지금 등이 달아서 많은 희망을 품고 박주사 아들을 찾아갔다.

과연 박주사 아들은 서슴지 않고 한마디로 선뜻 승낙하였다. 한 섬으로 만일 부족하거든 두 섬이라도 갖다 먹으라고

이때 점순의 모친은 얼마나 기뻐하였던가? 과연 자기도 모르게 입이 저절로 벌어졌다. 그래 그는 무수히 감사하다는 치사를 드리고 마치 승전고나 울리고 돌아오는 장수의 마음같이 걷잡을 수 없는 기쁜 마음으로 그 집 대문을 나섰다. 그런데 박주사 아들이 대문 밖에까지 따라 나오더니 잠깐 조용히 할 말이 있다고 구석진 곳으로 손짓을 한다.

그것은 이러한 조건이었다. 장릿벼는 지금 말한 대로 줄 터이니 그 대신 자네 딸을 나 달라고.

그래도 집에서는 이런 줄은 모르고 행여나 무슨 수가 있나? 하고 은근히 기다리었다. 고집하기로 유명한 김첨지까지─가지 말라고 큰소리 지르던─도 무슨 수가 있는가? 하고 바라는 바가 있었다. 그런데 마누라는 눈물만 얻어가지고 돌아왔다. 그는 그때 박주사 아들한테 그 소리를 들을 때에 고만 가슴이 덜컥 내려앉으며 별안간 두 눈이 캄캄하였다. 그는 아무 대답도 않고 그길로 돌아서서 눈물만 비오듯 쏟으며 정신없이 돌아왔다. 그는 지금 눈갓이 퉁퉁 부은 눈으로 안산만 우두커니 쳐다보고 한 손으로 턱을 괴고는 풀이 없이 앉았다. 그래 김첨지는 화가 버럭 났다.

"아! 뭐라구 하던가?"

그는 돌아누우며 궁금한 듯이 이렇게 물었다.

"한 섬은 말고 두 섬이라도 갖다먹으랍디다."

"그럼 잘되지 않았나! 무얼?"

"그 대신 점순이를……."

마누라는 목이 메어 말끝을 못다 마치고 우는 얼굴을 외로 돌렸다. 이 소리에 별안간 김첨지는 벌떡 일어나 앉으며

"무엇이 어짜고 어째?"

하고 그는 *갈범의 소리로 부르짖는다. 온 집안이 찌르릉 울렸다. 이 바람에 점순이 모친은 깜짝 놀래서 뒤로 *무르청하고, 부엌에서 무

엇을 하던 점순이는 방으로 뛰어들어왔다. 이때 김첨지는 수염 속으로 쭉 찢어진 입을 실룩실룩하더니 무섭게 이를 악물고 두 주먹을 불끈 쥐었다. 그의 큰 눈에서는 불덩이가 왔다갔다하였다.

"글쎄 가지 말라니까 왜 기어이 가서 그런 드러운 소리를 듣느냐 말야. 이것아! 응?"

"누가 그럴 줄 알았소"

마누라는 주먹으로 때릴까봐 겁이 나는 듯이 몸을 옴츠렸다.

"내가 굶어 죽어보아라! 그런 짓을 하나. 글쎄 셋째 첩 넷째 첩으로 딸을 팔아먹는단 말이냐? 그래 뭐라고 대답하였나! 이편은 응?"

"뭐라긴 무얼 뭐래요. 하두 기가 막혀서 아무 말두 안했지!"

"그래! 그 말을 듣고 가만히 있었단 말이야? 이년아! 그놈의 낯짝에 다 침을 뱉지 못하고 응! 예이 드러운 놈! 네까짓 놈이 양반의 자식이냐 하고 어서 가서 그래라! 어서. 네까짓 놈에게 딸을 주느니 차라리 개에게 주겠다고. 개만도 못한 놈아, 박주사 아들놈아! 이 드러운 양반놈아! 였다! 너는 이것이 상당하다! 하고 그놈의 낯짝에다 침을 탁 뱉어줘라! 자, 어서 가서 그래 응! 어서 가서!"
하고 그는 소리를 고래고래 지르며 마누라를 자꾸 *주장질하였다. 그러나 마누라는 아무 말이 없이 고만 흑흑 느끼어 울기만 한다. 그래 점순이도 따라 울었다. 이때 별안간 어—하는 외마디 소리를 지르자 김첨지는 쾅 하고 방바닥에 거꾸러졌다. 이 바람에 그들의 모녀는 에구머니 소리를 쳤다. 점순이는 한걸음에 뛰어들며 "아버지!" 하고 그의 몸을 얼싸안고 모친은 *창황망조하여 오직 "찬물 찬물"하였다. 그래 점순이는 얼른 냉수를 떠다가 부친의 이마에 뿜었다. 김첨지는 고만 딱 까무러쳤다.

모녀는 어쩔 줄을 모르고 다만 사지가 벌벌 떨리었다.

점순이는 아까 순영이가 갖다주던 좁쌀 한 되로 미음을 쑤느라고 부엌에 있었던 까닭에 그들이 수작하는 말을 낱낱이 들었다. 그래 그는 부친의 *까물쓴 까닭도 잘 알 수 있었다.

이 소문이 난 뒤로는 향교말 사람들은 모두 박주사 아들을 욕하며 점순이집 식구를 구제하기 시작하였다. 그것은 성삼이 처까지도 그리하였다. 아래윗동리로 돌아다니며 상놈의 반반한 계집이라고는 모조리 주워 먹던 박주사 아들도 웬일인지 성삼이 처만은 건드리지 못하였다. 아니 그는 벌써 언제부터 성삼이 처를 상관하려고 애써보았지마는 서방질 잘하기로 유명한 성삼이 처는 박주사 아들이라면 고만 고개를 흔들었다. 그것은 동리마다 박주사 아들의 뚜쟁이가 있는데, 향교말 뚜쟁이가 박주사 아들의 말을 넌지시 비쳐볼라치면 성삼이 처는 대번에 입을 비죽거리며

"그까짓 자식이 사람인가. 양반인지는 모르지마는 사람은 아닌데 무얼!"

하고 다시는 두말도 못하게 하였다.

이 유명한 성삼이 처가 우선 쌀 닷 되와 돈 열 냥을 가지고 왔다. 그래 점순이 모친은 은근히 놀래었다. 점백이 집에서도 보리 두 말을

가져왔다. 수돌이 집에서도 보리 한 말을 가져왔다. 이쁜이 집에서도 밀가루 두 되, 만엽이 집에서는 좁쌀 한 되······ 심지어 밥 한 그릇, 죽 한 사발이라도 모두 가지고 와서는 김첨지의 *고정한 마음을 칭찬하였다.

그러나 속담에 가난 구제는 나라에서도 못한다고, 허구한 날에 그들을 구제할 수는 없었다. 그날 저녁에 점동이도 일하고 돌아와서 이 소리를 듣고는 역시 김첨지만 못지않게 펄펄 뛰었다. 그는 자기 혼자 벌어먹일 터이니 걱정 말라고 큰소리를 하였다. 그러나 그의 한몸으로 온 집안 식구를 건져가기는 그야말로 하늘에 올라가서 별 따기같이 어려운 일이었다.

김첨지는 그 후에 다시 깨어나기는 났지마는 그 뒤로 병은 점점 더치었다. 약 쓸 일에 무엇에 돈 쓸 일은 그전보다 몇 갑절 더 들게되었다. 그러나 그 역시 박주사 아들의 말은 다시는 입 밖에 내지도 못하게 하였다.

하루는 점순이가 아버지 앞에 무릎을 꿇고 조금도 사색 없이 공손한 말로 박주사 아들한테 시집가지란 말을 자청해보았다. 그러나 김첨지는 역시 펄펄 뛰며 듣지 않았다.

"그러면 넌 내 자식이 아니다!"

그의 병세는 날이 갈수록 더해졌다. 인제는 아주 자리에 눕게 되었다. 그런데 약을 써볼래야 돈 한 푼 없고 미음 한 그릇을 제대로 쑬 거리가 없다. 모친은 실망 낙담 끝에 울기만 하고 앉았다. 점동이가 겨우 나뭇짐을 해다 팔아서 그날그날 연명해 나가는 형편이었다.

점동이는 이를 악물고 결심하였다. 그는 뼈가 부서지더라도 어떻게든지 제 힘으로 버티어 보려고 하였다. 그는 밤에도 산에 가서 나무를 해오고 날 궂은 날은 짚신을 삼아다 팔았다. 할 수 있는 데까지 해보다가 만일 되지 않으면 나중에는 어떠한 것이든—무슨 일이든지 해보겠다고 결심하였다. 점동이는 자기의 뉘동생을 더러운 돈에 팔아먹고 사느니 차라리 강도질을 하고 감옥에 들어가는 것이 훨씬 낫겠다고 생각을 하였다.

그러나 점순이는 또한 점순이 대로 자기 한 몸을 어떻게 처치할 것을 단단히 뼈무르고 있었다. 그것은 지금 다시 자기의 부모한테서나 오빠에게서는 박주사 아들한테로 시집을 가도 좋다는 허락을 애당초 얻을 수가 없다는 것이 뻔한 일이었다. 이에 그는 아무도 모르게 자기 혼자 결행하기로 하였다. 그것은 내일이라도 이 동네에 있는 박주사 아들의 뚜쟁이에게 간단한 한마디 대답을 기별해 주면 그만이다.

점순이가 이 일을 작정하기에는 며칠을 두고 밤잠을 못 자고 그의 조그만 가슴을 태울 대로 태웠다. 그는 울기도 많이 하고 참으로 어찌해야 좋을지 안타까운 가슴을 진정할 수가 없었다. 그런 자에게 자기의 한 몸을 바친다는 것은 참으로 죽기보다 쓰라린 일이었다.

만일 지금 누가 그보고 이렇게 말한다면—내가 네 집 식구들을 먹여 살릴 터이니 그 대신 네가 죽어라…… 한다면 그는 선뜻 대답하였을 것이다. 그러나 지금 세상에서는 그런 의협심을 가진 고마운 사람도 없다. 과연 그는 이 일만 말고는 다른 어떠한 일이라도 무서워하지 않겠다고 아무리 발버둥치고 허공을 우러러 탄식해 보았건만 역시 이 일밖에는 다른 도리가 없었다. 그도 저도 할 수 없다면 *좌이대사(坐而待死)나 한다지만 자기의 한 몸을 바치게 되면 그들을 구원할 수 있는데 어떻게 모르는 체 할 수 있으랴? 그들의 목숨의 자물쇠는 오직 자기 한 손에만 쥐여졌다. 더구나 부친은 병석에 누워 신음하는데 미음 한 그릇 쑬 거리가 없는 이때가 아닌가! 아무리 할 수 없는 일이라도…… 슬프고 또 슬프고 죽기보다 쓰라린 슬픔이라도…… 자기는 그것을 참고 견딜 수 밖에 없다!…… 아니 자기는 살다가 살 수 없거든 그때는 자기 혼자 조용히 죽자. 비록 박주사 아들은 말고 도적이한테라도 지금 사정으로는 갈 수 밖에 없다!고 그는 악에 받쳐 부르짖었다.

　하기는 이 근처에도 다른 부자가 없는 것은 아니다. 소위 행세한 다른 양반 부자도 많다. 그러나 그들은 모르는 체하였다. 자기 집안 형편을 잘 알면서도 그들은 모두 모르는 체 하였다. 장리벼 한 섬이나 두 섬은 그게 하상 몇 푼어치나 되는가? 그들이 그것을 줄 생각만 있으면 가난한 집의 쌀 한 줌이나 동전 한 푼보다도 하찮고 쉬운 일인데…… 그것도 자기 부친의 고정한 심사는 여태까지 남의 것을 떼먹은 일이 없는데도—어떻게든지 해 갚을 마음을 먹고 장리벼를 달라는데도……그들은 벼 한 톨을 주지 않았다. 그것도 더구나 이런 때에 한 집안 식구가 몰살할 지경에 벼 한 섬이나 두 섬으로 죽을 사람이 살겠다는데도 있는 사람들은 모두 모르는 척하였다. 그것은 마치 자기네는 *봉황선(선유배) 타고 뱃놀이를 하면서 바로 지척에서 물에 빠져 죽어가는 사람들이 억! 억! 소리를 치며 물을 켜고 허우적거리는데도 그들은 모르는 체하고 그대로 보고 있다. 닻줄 하나만 내려주면 살겠다는데도 모르는 체하고 저희들만 놀고 있는 것과 무엇이 다르랴?

그렇다! 이것이 지금 세상이다. 이것이 짐승보다 낫다는 사람 사는 세상이다. ×××× 이것이 옳다 한다. 거룩한 하느님의 교회는 이것을 찬미한다. 아! 이 땅에다 어서 유황불을 던지소서! 소돔 고모라성에다가—아멘! 아멘!

점순이가 이런 생각을 한다면 그 즉시 부엌으로 뛰어 들어가서 식칼을 들고 나섰을 것이다. 희미하게나마 '서울댁'이 하던 말이 옳게 생각되었다. 과연 그의 말은 이 세상이 악한 줄을 즉각적으로 깨닫게 한다. 가난은 전생의 죄업이요 부귀는 하늘이 낸다는 게 새빨간 거짓말이다! 그는 서울댁의 말과 같이 박주사 아들은 얄미운 생쥐 같은 도적놈으로 알게 되었다. 그런데 자기는 그 생쥐 같은 더러운 도적놈에게 몸을 바쳐야만 하는가? 그러나 할 수 없다.

마침내 점순이는 내일아침에 박주사 아들에게 기별하기로 마음을 결정하였다.

그는 지금 마지막으로 이 하룻밤을 순결한 처녀의 몸으로 밝히려

하였다. 아까까지도 악에 받쳐서 두 눈이 뽀송뽀송하던 점순이는 *백 척간두에 일 보를 내딛는 결연한 마음으로 닥쳐오는 자기의 운명에 대하였다. 그는 아무도 모르게 울어나 보고 싶은 심정이었다. 아직 초저녁인데 달이 뜨려면 먼 것 같다.

어슴푸레한 황혼이 차차 어둠의 장막으로 싸여드는 적막한 산촌은 마치 죽음의 나라와 같이 괴괴하였다. 그것은 자기의 운명도 이 밤과 같이 점점 어두워서 앞길이 캄캄해지는 것만 같았다. 하늘에는 뭇별 이 박이고 은하수가 그 복판을 짝 가르고 나갔다. 직녀성은 견우성을 마주보고 있다…… 산뜻한 바람이 어서 이는지? 포플러 잎새가 바르 르 떨고 있다. 아래말로 가는 산길이 희미하게 뒷산 잔등으로 보인다.

새가 바삭바삭 맞비비는 야릇하고도 답답한 소리가 나는가 하면 무슨 새인지 "빽"하고 외마디소리를 지르며 날아간다…… 벌써 지랑 폭에는 이슬이 촉촉이 내리었다. 그는 이때의 모든 것이 다만 슬픔의 상징으로만 보이었다. 그래 그는 하늘을 쳐다보고 울었다! 땅을 굽어 보고 울었다! 산을 바라보고 울었다!

저—아득한 숲을 보고 울었다! 그러나 그는 아무런 하소연하는 말 은 하지 않고 오직 어머니……아버지……

오빠 하고 부르며 울었다.

그런데 어느 틈에 왔는지 서울댁이 자기 옆에 섰는 것을 발견하였 다.

그때 그는 소스라쳐 놀라며 고개를 폭 숙이었다. 과연 그가 밤에 여기로 오려니는 꿈에도 생각지 못한 일이었다.

"아니 이게 웬일이야?"

하고 서울댁은 깜짝 놀라며 묻는다.

"아니오! 저…… 저……."

점순이는 그만 울음을 삼키었다. 그리고 그는 아무렇지도 않은 표정을 지었다.

그러나 '서울댁'도 이 소문은 벌써부터 들은 터이다. 그도 자기의 있는 돈을 몇 냥간 점동이를 갖다 준 일이 있었다.

"나도 다 아는데 무얼!" 하는 그의 말이 채 떨어지기도 전에 점순이는 와락 달려들어 그를 얼싸안고 고개를 그만 그의 가슴에 푹 쳐박았다. 그리고 열정에 떨리는 목소리로

"용서해주서요. 용서해주서요! 부잣집 첩으로 가는 것을…… 당신이 미워하는…… 박…… 박주사 아들에게로……."

하고 그는 가늘게 부르짖었다. 서울댁은 아무 말 없이 그를 껴안은 채 다만 멍하니 하늘을 쳐다보았다.

그때에 하늘에서는 유성이 죽 흘렀다.

6

그 이튿날 박주사 집에서 벼 한 바리와 돈 쉰 냥을 점순의 집으로 가져왔다. 하인의 전갈에는 특별히 돈을 보낸 것은 병인의 *약시세를 하라는 것이었다.

점순이는 밤 동안에 아주 딴 사람이 되었다. 그는 마음을 *도슬러 먹었다. 그렇게 생기 있고 상냥하던 그의 표정이 어디로 가버렸다. 김첨지는 이런 일도 모르고 여전히 위독해 누웠다. 그는 이상하게도 오늘부터는 시렁시렁하기 시작하였다. 그는 눈을 뜰 때마다 누구든지 쳐다보일 때는 "저놈이 벼 한 섬에 부자집 첩으로 팔아먹은 놈이야!" 하고 손가락질을 하였다. 그래도 모진 것은 목숨이다. 점순이의 모친은 딸을 팔은 그 벼와 쌀로 밥을 지어먹었다. 안 먹는다고 굶어 죽어도 안 먹는다고 울며불며 야단을 치던 점동이도 그 밥을 먹기 시작하였다……. 그것은 점순이가 그 벼를 찧어서 얼른 밥을 지어다 놓고 지성으로 모친을 권하고 또한 오빠를 권하였기 때문이다.

그날 점동이는 아침도 굶고 산에 가서 나무를 진종일 하다가 다 저녁때 집에 돌아와 보니 점순이는 난데없는 하얀 쌀밥을 차려다 준다. 행여나 무슨 수가 생겼나 하고 우선 한 숟가락을 뜨며 모친에게 물어보다가 그만 눈치를 채고는 숟갈을 내동댕이쳤다. 그는 엉엉 울었다.

그러나 그때 점순이는 뛰어가서 오빠의 무릎 앞에 엎드러지며

"오빠 용서해줘요."

하고 빌며 울었다. 그 길로 점동이가 머리를 싸고 드러누웠다.

다만 모친만은 아무 말 없이 마치 혼망이가 다 빠진 사람처럼 하고 앉아서 그들을 멀거니 쳐다보았다.

그는 자기마저 어린 딸의 속을 태워서는 안 되겠다고 생각하였다.

그것은 짐동이의 하는 짓은 다만 점순이의 속을 자질히 태워주는 것밖에 다른 아무것도 아니기 때문이었다. 아들딸 남매를 둔 늙은 내외는 그것들이나 잘 길러서 착실한 사람들로 장성하기를 유일한 희망으로 삼아왔다. 그런데 아들의 장가는 고사하고 어린 딸이 이 지경을 당하게 되었다. 참으로 그것은 꿈밖의 일이었다. 원수의 가난이 자식을 팔아먹게까지 하지 않는가?

영감의 마음씨로 보든지 자기 집안 식구들은 누구 하나 악한 짓을 한 것이 없다. 하건만 웬일인지 남과 같이 살아보려고 밤낮으로 애를 써도 언제나 제턱으로 그들은 가난에 허덕허덕하였다. 그것은 전에 무슨 죄를 지은 *벌역으로 뜻밖에 이런 일이 생기었다. 도대체 이게 누구의 죄냐? 나중에는 세상에 누명을 쓰고 딸자식까지 팔아먹게 되지 않았는가? 오직 구습에 젖어 있는 점순의 어머니는 그것을 모두 사람으로는 어찌할 수 없는 천생 타고난 팔자소관으로 알았다. 이런 경우에는 누구는 어찌하랴? 자기 한 몸이 이 당장에 칼을 물고 엎드러져 죽기는 어렵지 않다. 그러나 중병이 든 늙은 영감하고 어린 자식들을 두고서 차마 죽을 수는 없었다. 그러면 영감도 죽는게다! 그것들도 죽는다. 한 집안 식구가 몰사를 하고 말 것이다. 아! 차마 차마 그것은 못할 일이다. 그래 그는 그 쌀로 지은 밥을 자기가 먼저 먹었다. 그는…… 이게 마음을 도슬러먹고 자기도 먹으며 영감도 먹이었다. 그러나 불현듯 딸에게 못할 노릇을 했다고 생각하니 목이 막혀서 밥알이 곤두선다. 어린 딸의 가슴에다 못을 박았다는 생각은 참

으로 뼈가 저리고 간이 녹는 듯! 그러면 점순이가 얼른 달려들어 그를 얼싸안고 모친의 등을 탁탁 쳐주며,

"어머니, 어머니! 울지 마세요. 그러시지 말어. 그러면 나도 죽을 테여요……"

하고 마주 눈물을 흘리었다. 그들은 밥상을 앞에 놓고 서로 얼싸안으며 슬피 통곡하였다.

이런 때에 김첨지가 눈을 번쩍 떠보다가는 공중으로 헛손질을 하며

"저놈들이 벼 한 섬에 딸을 첩으로 팔아먹은 놈들이여!"

하고 중얼거렸다.

아! 이게 도무지 무슨 일이냐? 그는 곰곰이 생각해 보았으나 차마 병든 영감을 굶어 죽일 수는 없었다…… 그냥 두면 살지 못한 병든 영감을…….

점동이도 또한 점동이로서 이미 이 지경이 된 바에는 할 수 없다고 생각하였다.

그는 그래도 자기의 힘으로 어떻게 버티어 보려하였는데 점순이가 설마 그런 생각을 할 줄은 몰랐다.

하나 그는 자기 누이를 탓하지 않았다. 결국은 모든 것이 자기가 못나서 그렇다고 하였다. 명색이 사내 코빼기로서 많지 않은 식구를 못 건사하고 어린 누이가 그런 생각을 먹게 한 것은 오직 자기의 못생긴 탓이라고 하였다. 그러나 지금 아무것도 배우지 못한 그의 처지

로서는 하루 진종일 산에 가 나무를 해다가 이십 리나 되는 읍내가지 져다주어도 기껏 3~4십 전 밖에 못 받는다. 하루 진종일 꼬부리고 앉아서 짚신을 삼는대야 역시 4~5전에 불과하였다. 이것으로 어떻게 한 집안 *식솔을 부양해 갈 수 있겠는가.

그들은 부자가 같이 벌어야만 간신히 지내던 것을 부친이 자리에 눕게 되고 더구나 농사마저 홍수에 다 떠나가서 금년에는 장리벼도 얻어먹을 수 없고 꼼짝 두수없이 굶어죽을 수밖에는 별 수가 없다. *여북해서 점순이가 그런 맘을 먹었을까. 철모르는 저로서도 이밖에 두수가 없음을 잘 알았음이다!

그래도 그는 밥을 먹고 사는 것은 참으로 낯이 뜨뜻한 일이었다. 하나 지금의 사정으로는 어찌할 수가 없었다.

그런데 순영이는 그 며칠 전에 쌀 두 섬을 미리 받아먹은 데로 민며느리 시집을 갔다. 가던 날 식에 그는 점순이를 찾아와서 손목을 붙들고 흑! 흑! 느껴 울었다. 그는 차마 점동이를 붙들고 울 수는 없어 그 대신 점순이를 붙들고 울었던 것이다. 점순이도 마주 눈물을 흘렸다. 그 후에 점동이는 더욱 얼빠진 사람같이 되었다. '서울댁'도 확실히 그전같이 쾌활하지가 않았다. 그 역시 실심하니 무슨 깊은 상심에 싸인 것처럼 보였다. 하나 그의 침착하고 굳건한 신념은 여전하였다. 그는 무섭게 침통한 얼굴로 변하였다.

물론 점순이의 모친도 반실성을 하다시피 되었다. 그는 잠시도 영감의 곁을 떠나지 않고 병구원을 성의껏 하였다. 그는 부질없이 한숨과 눈물을 짜내었다. 다만 박주사 아들만이 홀로 자기의 성공을 기뻐하며 어서 김첨지의 병이 낫기를 고대하였다. 그것은 병인이 낫기만 하면 점순이를 그날로 데려가려 함이었다.

7

김첨지의 병은 점점 더해지는 것 같았다. 안노인은 만일 영감이 죽으면 어쩔까 싶어서 겁이 났다. 그것은 잇속만 아는 박주사 아들도 부모가 죽었다는 데야 어찌 차마 점순이를 바로 데려갈 수 있으랴? 하는 마음이었다. 박주사 아들에게 이런 생각이 있다면 그것은 고마운 일이다. 마음속으로야 어쨌든지 간에 겉으로는 부모를 위하는 것이 이 세상에서 제일 중대한 일인 줄로 어려서부터 배운 터이라.

그의 부모도 역시 존중한다는 생각이 있게 할 터이므로…… 그러나 박주사의 아들은 그런 생각이 아니었다.

그러면 적어도 몇 달 혹은 반 년은 될 터이니 더구나 저편의 핑계거리가 생겨서 이것으로 구실을 삼아가지고 장사를 치르고 오느니 대상을 치르고 오느니 하면 더욱 큰일이라고…… 그래 그는 점순이를 속히 데려올 작정을 하였다.

또 한 가지 그로 하여금 점순이를 속히 데려오고 싶은 마음이 나게 한 이유는 새로 얻어온 첩이 벌써 마땅치 못하게 틈이 벌어진 까닭이었다. 물론 좀 더 그의 사랑을 핥아보지 않고 내박차기는 아직 좀 이르지마는 이번 첩은 성미가 너무 괄괄하여 어떤 때는 자기를 깔보는 때까지 있기 때문이다. 그래 그 분풀이로 점순이를 곧 데려다가 이것을 보아라! 하고 그의 기를 꺾어놓고 싶었다. 그것은 저번에 점순이를 보니까 작년보다도 훨씬 큰 것이 아주 처녀의 태도가 제법났다. 그만하면…… 하는 생각이—더구나 그의 아리따운 자태가—그만 욕심이 부쩍 나게 한 것이다. 한편에서는 피려는 꽃송아리 같은 나긋나긋한 어린 사랑을 맛보며 또 한편으로는 은근한 큰첩의 사랑을 받다가 그만 싫증이 나거던 이것저것을 모두 혹 *붙어세우자는 수작이다. 그래 그는 오늘 아침에 가마를 꾸며서 별안간 김첨지 집으로 내었다.

시절은 칠월도 다 가고 팔월 초생이 되었다. 점순이의 집에서는 지금 막 아침을 치르고 난 참인데 간밤까지도 청명하던 하늘은 어느 틈에 구름이 잔뜩 낀 *음랭한 날씨가 되었다. 이제는 더욱 원기가 *쇠잔하여 미친 소리도 잘 못하는 김첨지는 겨우 미음 한 모금을 마셨는데 아랫목에서 꿍꿍하고 누웠는데 그 옆에서 세 식구가 경황없이 아침이라고 치르고 났다. 모친은 오늘 아침에도 그 생각이 나서 밥도 변변히 못 먹고 눈물만 점두룩 흘리었다. 그때 밖으로 나갔던 점동이가 교군군과 앞마당에서 마주쳤다. 그는 한동안 그 자리에 실신한 사람처럼 멍하니 서있었다…….

모친은 별안간 눈앞이 캄캄하였다.

점순이는 그저 가슴을 얼떨떨하였다. 그는 잠깐 당황하다가 부친을 쳐다보던 눈을 모친에게로 옮기며

"어머니……."

하는 한마디 말을 간신히 입 밖으로 꺼내었다. 그리고 그는 아무 말 없이 고개를 숙이고 조용히 가마 앞으로 걸어나갔다. 이때에 별안간 애끓는 목소리로

"점순아! 점순아! 아……점순아! 점순아……."

하고 모친은 한달음에 뛰어나와 딸의 발 앞에 꼬꾸라졌다.

"아, 점순아!"

점동이가 뛰어들며 또한 그를 얼싸안았다.

그런데 이마적은 미친 소리도 못하고 인사불성으로 누웠던 김첨지 가 마치 기적같이 안방 문을 일어나 앉아서 바깥을 내다보며

"저놈들이 장리벼 한 섬에 딸을 팔아먹은 놈들이여!"

하고 손가락질을 하며 중얼거리더니만 히! 히! 하고 웃는다. 이 바람 에 점순이는 다시 뛰어들어오며

"아─아버지!"하고 문지방 앞에 *어푸러졌다.

"아─점순아!"

어머니가 마주 소리를 내어 운다.

점순이는 천천히 일어나며 두 손으로 자기의 얼굴을 가리웠다.

그는 마지막으로 집안 식구들을 휘─ 둘러보고는 발걸음을 돌이켜 서 가마 안으로 들어가 앉으려 할 순간이었다. 점순이는 언뜻 무섭게 빛나는 두 눈동자와 마주쳤다. 그것은 지금 막 들어오다가 사립문 앞 에서 발이 딱 붙어서 맥놓고 쳐다보는 '서울댁'의 눈이었다. 점순이

는 그만 가마 안으로 폭 꼬꾸라졌다.

그때 '서울댁'은 점순이를 쫓아가서 그의 등 뒤에다 대고 가만히 그러나 저력있는 목소리로 "점순아! 결코 낙망해서는 안돼. 자기의 처지를 잘 생각해서 재생의 길을 찾아야 한다!"하고 *인차 발길을 돌리었다. 하나 지금 그들의 모든 힘은 벼 두 섬 값만 못하였다. 부친의 실성과 모친의 기절과 오빠의 울음과 또는 '서울댁'의 무서운 눈도 벼 두 섬의 힘만 못하였! 부모의 사랑과 형제의 우애와 '서울댁'의 순결한 사랑의 힘도 벼 두 섬의 힘만은 못하였! 벼 두 섬은 부친을 미치게 하고 딸의 가슴에 못을 박고 모친을, 오빠를 영원히 슬프게 하고도 남음이 있었다. 그리하여 지금까지 귀엽게 길러온 점순이는 부모의 자애도—동기간의 따뜻한 우애로도 또한 인간의 행복아! 어서오너라 하고 동경하고 바라던 처녀의 꽃다운 희망도! 어찌할 수 없이 벼 두 섬에 실려갔다.

점순이는 가마를 타고 가는데도 '서울댁'의 하던 말이 두 귀에 쟁쟁히 들리는 것 같았다.

"점순아! 결코 낙망해서는 안 돼. 자기의 처지를 잘 생각해서 재생의 길을 찾아야 한다!"

이 말은 점순이를 힘차게 고무하여 주었다.

'그렇다! 내가 무슨 죄가 있어서 팔려가는 거냐? 가난은 죄가 아니다……. 그러므로 나는 그 빚을 갚을 때까지 종으로 살지 첩으로는 안 살겠다! 차라리 이 몸이 죽을지언정…….'

이렇게 마음을 뼈물러먹은 점순이는 입을 옥물고 눈물을 거두었다.

(『문예운동』, 1926.5)

홍수

1

박건성이가 일본에서 나오기는 지금부터 한 달 전이었다. 그는 칠 년 전에 고향을 떠났었는데 그 동안에 아주 몰라볼 만큼 딴 사람이 되어 나왔다. K강의 맑은 물은 여전히 구비구비 흐른다. 그는 예나 이제나 한결같이 꾸준히 흐른다―.

뒷산 밑으로 탁 터진 넓은 들―들 건너로 하늘 *갓을 막아선 먼 산―그 사이로 큰 뱀같이 흰 배를 꿈틀거리는 것이 K강이었다.

여름이다. 넓은 들 일면은 푸른 물결이 출렁거린다. 벌써 벼는 검었다. 강 언덕에는 우뚝우뚝 수양버들이 섰다. 아직 나이 어린 포플라 숲은 일렬로 군대처럼 늘어서기도 하였다. 강 위로는 물새들이 떼를 지어난다. 강변의 모래 숲에서는 돌비늘이 *백인처럼 번뜩인다—.

쩔쩔 끓던 태양도 너울너울 석양에 비꼈다. 맑은 강 위에서는 서늘한 바람이 분다—아직 달뜨기 전 해질 무렵의 침통한 강촌에 저물어 가는 황혼— *낙조는 하늘가에 피 흘리고 그것은 다시 강 속으로 물기둥을 처박았다.

—땅 위에도 피가 흐른다……. 그 위로 검푸른 땅거미는 마치 거먹곰(黑熊) 같이 기어왔다. 그것은 미구에 모든 것을 한 입에 삼키고 말았다.— 장미꽃의 붉은 입술도, 귀부인의 화려한 복장도, 황금의 찬란한 광채도…… 그러나 이때의 '자연'은 힘차게 자라나는 성장의 기쁨을 상징하지 않느냐?

T촌 사람들은 하나둘씩 마을 앞 강변으로 모여들었다. 사람뿐 아니라 개와 소도 나왔다. 그리하여 아이들은 모래 숲에서 뛰놀고 소는 아귀를 삭이며 푸른 풀밭에 누웠다. 일꾼들은 혹은 앉고 혹은 서서 어두워가는 이때의 강색을 굽어본다.

그들은 오늘도 온종일 들에 나가서 일하고 돌아왔다. 그래 그들은 피곤하고 쩔은 땀을 들이기 위하여 서늘한 강변을 찾아온 것이다.

만일 이러한 광경을 어떤 무심한 사람이 본다면 이들의 *청한한 생활을 부러워할런지도 모른다. 사실 이러한 전원의 경치만 보고 농촌을 찬미하는 시인이 얼마나 많은지 모른다. 그러나 금강산도 식구경(食求景)이라 하지 않더냐?

과연 그렇다! 지금 이들에게도 '생활'에 부족함이 없다면—그래서 제각기 디고난 재능을 다하여 인생의 행복을 한 가지로 누릴 수가 있다면—그들의 눈에 비치는 이 강이 얼마나 아름다우랴? 그러나 그들은 가난한 농군이었다. 풀뿌리 나무껍질로 연명하는 농촌이었다—.

뒷산 밑에 마치 사태에 밀려내린 바윗돌처럼 함부로 굴러 있는 것이 그들이 집이었다. 그 속에서 무엇이 꾸물거린다. 그것은 마치 유령 같다! 과연 그들은 유령이다. 유령은 밥을 먹지 않고 산다. 그러므로 그들은 *초근목피를 먹고 살지 않느냐? 그들은 그들의 지은 곡식은 부자집 창고 속으로 들어간다는 말이다!

K강은 일 년에 한두 번씩은 홍수가 난다. 큰물이 나게 되면 이 강 연안의 촌락들은 다시 물난리를 겪는 것이다. 바람 앞에 등불 같은 그들의 운명은 오직 자연의 횡포에 맡길 수밖에 없었다—.

그래서 심할 때는 집이 떠나가고 사람이 죽고 농작물까지 물 속에 처넣고 마는 것이다. 그들은 좀 더 산 위로 집을 짓든지 이사를 했으면 좋겠지만, 물론 그들에게 그러한 자유가 없었던 것이다—.

그러나 지금의 K강은 평화한 꿈속에 곤히 잠들어 있었다. 그는 거울 속 같이 맑고 비단결 같은 물결을 희롱쳤다. 그것은 마치—모든 가난한 이 마을사람들아! 어서 나의 품안으로 오너라!—하는 듯이— 그래 그들은 올해는 홍수가 나지 않기를 바라고 있었다.

이런 때면 마을사람들은 다시 강변으로 모이는 것이다. 그리하여 무어라고 말할 수 없는 이 K강을 굽어본다—그들은 K강이 무서웠다.

하기는 거저 받는 청풍은 고맙기도 하였다. 무엇이나 돈 안주고는 얻을 수 없는 세상에서 어째서 거저 주는지 이상하기도 하였지마는. 그러나 지금 T촌 사람들은 이곳을 다만 잠시 휴식을 얻는 장소로만은 두지 않았다―그들은 이 강변에서 야학을 시작한 것이다.

야학! 누구나 배워서 모를 사람은 없다. 그들도 차차 호두 속 같은 이 세상 이치 속을 알 수 있었다……

그것은 건성이가 나와서 새로 시작한 노동야학이 있은 연후이었다.

2

건성이가 ○○방적공장으로 팔려가기는 그의 열다섯 살 먹던 해 봄이었다. 보통학교를 겨우 졸업한 건성이는 두 해 동안 부친의 농사 짓는 것을 거들어보았으나 그렇다고 가세가 늘지는 않았다. 그런데 고생살이에 지레 늙은 모친은 중병이 들어서 누워있었다.

공부를 더할 수도 없었지마는 언제까지 그 노릇만 하기도 싫었다. 그럴 때에 마침 일본 ○○방적공장에서 유년 직공을 모집하러 왔었다. 이 소문을 들은 건성이는 자기도 뽑혀가지라고 그의 부친을 졸랐던 것이다.

그래 그는 읍내 사는 그와 동창생인 삼룡이와 함께 팔려간 것이었다. 모친은 아들을 노동시장에 판 돈으로 병을 고쳤다. 그때 그들은 서로 붙들고 울었다―옛날 심청이는 공양미 삼백 석에 뱃사공에게 팔려가서 그의 부친 심 봉사의 눈을 뜨게 하였다고 그를 하늘이 낸 효녀라고?—하였다.

그러나 오늘날 건성이는 단돈 몇 십 원에 그의 대장부를 팔아서 모친의 죽을 병을 고쳐놓았다. 그와 같이 팔려간 삼룡이는 들어간 지 석 달 만에 기계에 말려서 치어죽었다—.

지금 세상에서 이러한 효자효녀를 들추어내라면 그야말로 *거재두량일 것이다. 그런데 웬일이냐? 이 세상은— 이 개명한 세상은 이런 효자를 표창하기는 고사하고 도리어 학대하지 않느냐?

그러나 그들은 효자효녀가 아니었다. 그들은 다만 노동자에 불과한 것이다. 예전의 효자는 지금의 노동자다! 효자가 가난한 집에서 태어났듯이 노동자도 가난한 집에서만 나온다!

건성이는 훌륭한 노동자가 되어 나왔다.

그는 칠 년 동안의 노동생활을 회상해 보았다—처음에 방적공장에 들어갔을 때 감독의 학대와 공장주의 무리한 ××로 쉴 새 없이 노동하는 수천 명 직공의 참담한 생활을! 기숙사에서 마치 ××와 같이 갇혀서 햇빛을 못 보는 여직공들의 얼굴! 폐병 들린 그들의 기침과 *각혈!

그런데 음침한 공장 속에서는 악마 같은 기계가 쉴 새 없이 돌아갔다. 그러는대로 그들은 산 기계와 같이 수족을 놀린다. 그러다가 까딱하면 금시에 멀쩡하던 사람이 송장으로 떠메어 나오지 않는가? 그는 삼룡이가 그렇게 죽었을 때 얼마나 놀랐는지 모른다. 그때 그는 자기도 조만간 저와 같은 운명에 부딪치지나 않을까?—하는 무서운 공포에 떨고 있었다.

그러나 그는 언제까지 제단에 오른 조그만 양으로만은 있지 않았다. 그는 마치 저 콜럼버스가 아메리카 신대륙을 발견한 때와 같이 마음속에서 새 세상을 발견하고 기뻐하였다.

—사람은 운명에 매여 사는 것이 아니라 사람은 밥을 먹지 않고는 살 수 없다. 그렇다면 그 밥은 누가 만드느냐? 우리 같은 노동자의 손으로……. 아주 간단한 것을 지금까지 모르고 있었다. 세상은 이 '밥'을 둘러싸고 모든 복잡한 현상이 일어난다. 밥을 남보다 많이 먹으려는 사람. 가만히 앉아서 잘 먹고 살려는 사람! 그러니 노동자는 가난할 수밖에. 이것은 모두 사람과 사람끼리의 관계이다.

귀신의 *작희도 사주팔자도 아니다!

전생의 *업원도 조물주의 조화도 아니다!

일평생 노동한 죄로 일평생 가난해야 한다는 그런 망할 이치가 어디 있담!

작년 봄에 일어난 저 유명한 ××사건 때에는 그도 쟁의단의 한 사람으로 열렬히 싸우는 투사가 되었다. 공장에서 쫓겨나기는 물론, '감옥'까지 갔었다.

한번 쫓겨난 그는 다시 공장에 들어갈 수 없었다. 그래 그는 한동안 자유노동을 해보다가 지난달에 고국으로 나왔다. 그는 고국에 나오고 싶었음이다.

그러니 마을사람들이 그가 몰라볼 만치 변하였다고 놀라는 것도 무리가 아니다. 그는 과연 ××××로 변하여왔다.

칠 년 만에 나오는 고국은 그 동안에 얼마나 변하였던가? 강산은 의구하다마는 촌락은 더욱 *영락해갈 뿐이었다. 늙은 부모는 그 동안에 더 늙고 어린 동생과 누이는 몰라보도록 컸다. 누에 번데기 같은 모친은 그의 생전에 다시 못할 줄 알았던 아들을 보고 기뻐하였다. 그러나 그는 끝으로 이런 말을 꺼내었다.

"너 돈 좀 벌어가지고 왔니? 난 돈 아쉬워서 똑 죽겠구나⋯⋯."

"아이 어머니는 밤낮 돈⋯⋯."

이것은 건성이의 누이 순남이의 말이었다.

"참말로 돈에 갈급이 났다. 웬일로 사람 살기는 점점 극난이라니?"

그는 이 알지 못하는 수수께끼를 건성이에게 묻는 것 같았다.

멀리 타향에 가서 칠 년 동안이나 있다 온 개화한 아들에게.

벌써 처녀태가 나는 순남이는 부끄러운 듯이 건성이를 흘겨보았다. 그도 타향에서 멀리 나온 건성이에게 호기심이 났던 것이다.

모친의 말을 들은 건성이는 아무 대답이 없이 다만 빙긋 웃었다. 그리고 순남이를 쳐다보며 물어보았다.

"넌 돈이 좋지 않으냐?"

순남이는 고개를 푹 숙였다. 어쩐지 그는 자꾸 부끄럽기만 하였다. 건성이는 말없이 호주머니를 뒤져서 여비를 쓰고 남은 지전 몇 장을 모친의 손에 쥐어주었다.

그는 여전히 빙그레 웃으며 칠 년 만에 만나는 집안 식구들을 둘러보았다. 영양 부족에 걸린 그들을! 그는 건강한 육체를 가지고 있었다.

그는 그날 밤에 다른 식구들은 모두 코를 골고 자는데도 웬일인지 잠이 오지 않았다. 그는 장차 앞일을 이리저리 궁리해보다가 끝으로 이렇게 부르짖었다.

"어머니, 돈 못 벌어온 이 아들을 용서해주세요! 비록 돈은 벌지 못하였습니다마는 어머니의 아들 되기에 과히 부끄럽지 않은 자식이 되어 온 줄 아십시오……."

그는 다시 아까 듣던 모친의 말이 생각났다.

"……웬일로 사람 살기가 점점 더 극난이라니?"

밤은 깊었다. 사방은 괴괴한데 오직 그들의 피곤한 숨소리가 어둠을 뚫고 흐른다— 모기소리가 앵 하고 귓가로 지나간다. 인간의 피에 주린 벌레는 빈혈증에 걸린 그들의 피라도 빨지 않고는 견딜 수가 없는 모양이었다.

3

자본주의의 잔인한 '마수'는 농촌의 구석구석까지 빈틈없이 침입하였다. 저들 자본가는 '광대'한 농촌을 원료시장과 식료공급지로 만들었다. 그래 그들은 본값도 안 되는 '금새'로 농산물을 모조리 몰아간다. 목화가 그렇고 누에고치가 그렇고 밀 보리 *두태며 벼와 살도 그런 셈이다.

그래도 부족하여 그들의 '부하'인 부정상인과 불량한 *거간들은 그 속에서 또 속여먹기를 예사로 한다. 잠견 공동판매를 할 때 부정 사실이 가끔 돌발하지 않는가? 이것은 어쩌다가 폭로되는 것이니까 드러나지 않고 감쪽같이 속여먹는 수도 얼마든지 있을 것이다. 그들은 근량을 속이고 품질을 속이고 값을 깎아서 어리숙한 농민들을 온갖 부정한 짓으로 속여먹는다마는 그것이 훌륭히 합법적으로 행하여진다.

그래서 농촌을 기근의 막다른 골목으로 몰아넣었다.— 농촌은 지금 신음한다. 농촌은 정말로 '아귀'에게 물려있다.— 농촌뿐이랴. 공장지대도 그렇지만—T촌 이십여 호에도 조석 걱정 없는 집이 한 집도 없다. 그들은 모두 농사를 지었지마는 웬일인지 살기는 점점 어려워간다.

그것은 흉년이 드나 풍년이 드나 노동을 하나 안 하나 굶주리기는 일반인 것처럼 흉년이 들면 소작료도 모자란다. 풍년이라도 소작료와 각황 무리 꾸럭을 치르고 나면 역시 남는 것이 별로 없다. 설령 남는 것이 좀 있다 해도 그것이 돈이 되지 않았다. 가을이 되면 모든 빚쟁이는 성화같이 조른다. 또는 *각항 세금도 바쳐야 한다.

그런데 신곡이 나오면 *곡식금이 별안간 뚝 떨어진다. 흉년이 들어도 곡식금만은 오르지 않는다. 그래서 그들은 빚 얻어 장리 얻어먹고 지은 곡식을 헐가로 팔아버리지 않으면 안 되는 것이다. 일 년 내

쌀농사를 지어서는 죄다 팔아버리고 다시 만주 좁쌀을 비싼 금으로 사먹어야 한다. 세상에 이런 빌어먹을 일이 있어야 옳단 말인가? 그러나 사실이 그러하다!

그런데도 근래에는 그 정도가 점점 심해간다. 이것을 불경기라 하고 *긴축정책 때문이라 한다. 그러나 왜 '불경기'가 오고 긴축정책을 쓰지 않으면 안 된다는 것이냐? 산업합리화니 돈이 귀해졌느니 하지마는 왜 돈이 귀하고 산업합리화를 하지 않으면 안 되느냐 말이다! 돈이 귀하다하지마는 있는 데는 더미로 쌓이지 않았는가? 은행에는 지전 뭉치가 금궤 속에 잔뜩 갇히어 애쓰는 '불경기'에 불과하다.

그러나 이 때문으로 노동자와 농민에게 오는 '불경기'는 실업자와 기근의 홍수를 내게 한다. 저들은 상품을 과잉생산하여 재고품이 산같이 쌓였는데 노동자와 농민은 그것을 살 돈이 없어서 굶어 죽고 얼어 죽어야 한다. 그들은 그들이 피땀을 흘리고 생산한 물건과 곡식을 다시 돈을 주고 사지 않으면 아니 된다! 한데 그들에게는 돈이 없다! 세상에 이런 기급할 놈의 일이 또 있단 말이냐?…….

지난 결과부터 양식이 떨어진 마을 사람들은 이른 봄부터 풀뿌리와 나무껍질을 벗겨다가 연명을 하는 사람이 많았다. 그래 그들 중에는 *부황이 나서 '퉁퉁' 부어 죽는 사람이 많았다. 그래도 그를 매장하는 수속에는 분명히 '무슨 병'으로 죽었다는 의사의 진단서가 붙어 있었다.

아랫골목 간난네집도 이렇게 죽을 지경이어서 그의 부친은 간난이를 올 봄에 제주도 섬에서 온 뱃사공에서 좁쌀 한 푸대를 받고 팔아먹었다. 간난이는 올해 열한 살 그는 뱃사공에서 끌려갈 때 몸부림을 치며 울었다. 허기가 져서 딸을 팔아먹은 그의 부모도 그를 붙들고 마주 울었다. 간난이는 다시 인육시장으로 팔려갔다.

이런 비극이 있기는 비단 간난네집뿐만이 아니었다. 한참 *춘궁 무렵이라 보리고개를 앞둔 마을 사람들은 모두 양식이 떨어져서 죽을 지경이었다.

그들은 돈에 갈급이 났다. 그래 무슨 짓을 하든지 돈을 좀 벌어볼려고 발버둥이를 쳤다.

혹부리 김 서방은 간밤에 뒷동산에서 금덩이를 줏은 꿈을 꾸었다고 망치를 둘러메고 산으로 치달았다. 그는 온종일 산으로 쏘다니며 바윗돌을 깨뜨려보았지마는 금덩이는커녕 납덩이도 얻지 못하고 돌아왔다. *투전 잘하는 원식이는 인근 동으로 노름판을 찾아다녔다. 광성이는 점순네가 몰래 술 해먹는 것을 군청 술 조사 다니는 관리에게 밀고하였다. 그는 범칙자를 고발하면 ××의 눈에 잘 보여서 논마지기나 얻어볼까 함이었다.

점순 어머니는 앞 못보는 소경이었다. 그는 자기 같은 병신을 데리고 사는 영감을 지성껏 공경하였다. 영감은 술을 좋아하였다. 가난한 살림살이에 그에게 술대접할 도리가 없었다. 그래 그는 찬밥덩이를 누룩에 삭혀서 그것을 술이라고 가끔 영감을 해먹이었던 것이다. 군청에서는 조사를 나와서 점순네 집을 샅샅이 뒤진 결과 살강 및 조그만 항아리 속에 든 이 찬밥덩이를 발견하였다. 관리는 그것을 증거품으로 압수해 갔다.

그 이튿날 영감을 군청으로 불려가서 '이십 원의 벌금을 당장 바쳐라! 그렇지 않으면 경찰서로 고발하겠다'는 청천벽력 같은 명령을 받았다. 밤이 지나도 영감이 돌아오지 않으니 소경 마누라는 무슨 일인지 궁금하여 그 이튿날 아침에 어린 딸을 앞세우고 삼십 리나 되는 군청에를 들어가 보았다.

영감은 벌써 유치장 속으로 들어갔다 한다. 그는 ××앞에 무릎을 꿇고 앉아서 애걸복걸해보았으나 아무 소용이 없었다. 이리하여 그들은 집을 팔아서 벌금을 물고 이집 저집으로 빌어먹으러 다니는 걸인이 되고 말았다. 그러나 광성이는 밀고했다고 땅 한 되지기도 얻지 못하였다.

옛날에 어떤 철학자는 하늘에 있는 별만 쳐다보고 가다가 구렁에 빠졌다 한다. 지금 이들은 *배금철학에 눈이 어두워서 돈만 쳐다보고 갈팡질팡하다가 서로 이마받이를 하고 나가자빠지는 격이었다. ─그럴수록 인심은 점점 각박해지고 살 수는 점점 더 없었다. 그들은 제각기 잘 살려고 서로 *척푼오리를 다투었다마는 웬일인지 살기는 점점 더 어려워갈 뿐이다!

그럴 판에 건성이가 나왔다. 칠 년 전에 돈벌이를 하러 일본으로 들어간 건성이가 나왔다 하매, 그들의 눈에는 우선 그의 묵직한 돈지갑이 어른거리었다. 그래 그들은 오랜간만에 만나는 반가움보다도 제각기 소망을 품고 건성이를 찾아갔었다. 무슨 살 도리가 없을까? 하고……

"이제는 박 첨지도 허리끈을 끌러놓겠다. 설마 건성이가 빈손으로 나왔을 리는 없겠지……."

하고 그를 은근히 부러워하는 사람도 있었다. 과년한 딸을 둔 치백이는 건성이를 사위 삼고 싶은 생각이 슬그머니 났다. 심지어 아랫마을 술장수 마누라인 뚱뚱보까지 "저렇게 외국 박람을 많이 하고 하이칼라가 되어 나왔으니 읍내 건달 친구를 많이 사귀어서 자기 집 술동이나 좋이 따러주겠지!" 하는 소망을 품게 하였던 것이다.

그런데 그들의 소망이 여지없이 깨지고 말 줄을 누가 알았으랴? 그는 단돈 십 원을 못 벌어가지고 나온 모양이다. 그래 그들은 모두 건성이를 손가락질하였다. 뒷집 치백이도 그를 사위삼고 싶은 마음이 쑥 들어갔다.

그러나 건성이는 돈을 못 벌어가지고 왔을망정 돈 있는 사람을 무서워하지도 부러워하지도 않는 것 같다. 그는 술도 안 먹고 노름도 할 줄 몰랐다. 지금 그만 나이면 한참 계집애들 궁둥이를 따라다니기에 바쁠 터인데 그는 그렇지도 않았다. 그는 건달도 아니요 선비도 아니었다.

그는 낮에는 끙! 끙! 일을 하고 밤에는 무슨 책을 읽었다. 그리고 가끔 순사가 나와서 그를 찾았다. 그가 일본서 나오던 이튿날 아침에도 읍내에서 순사가 나왔었다. 그러나 그는 칼 찬 경관 앞에서도 조금도 무서운 기색이 없이 유창한 일본말로 쾌활하게 담화하였다.

"대체 건성이는 어떻게 생긴 사람이라냐? 참 별 희한한 사람이 되었데 그려!"

"글쎄 원, 그 사람이 일본 갔다 오더니만 아주 별사람이 되었던데."

그들은 이렇게 건성이를 아주 별사람으로 취급하게 되었다. 그들은 그밖에는 도무지 다시 더 형용할 수가 없었던 것이다.

그가 나오던 사흘 날 아침 해 돋기 전이다. 건성이는 그의 부친을 따라서 *고지논을 매러 갔다. 박첨지가 그날 식전에 건성이의 입에서 저도 논을 매러 가겠다는 말을 들을 때 그는 부지중 한숨이 흘러나왔다(그러나 그의 건달 같지 않은 행동을 가상히 여길 수는 있었다).

"안 해 본 상일을 별안간 어떻게 하니? 고만두어!"

하고 부친은 볼 먹은 목소리로 만류하였다.

"*목도판 일도 해보았는데 그까짓 논을 못 매요!"

그는 한사코 따라가게 된 것이었다.

고지논 매러 가는 일군들은 마을 뒤에 있는 느티나무 정자 밑으로 모여서 '농자는 천하지대본'이라 씌인 기폭을 날리며 풍물을 치고 나갔다. 그들은 일제히 꽁무니에다가 호미를 차고 머리에는 수건을 썼다. 쇠잡이는 그 위에 벙거지를 쓰고 벙거지 꼭대기에는 상모를 달았다. 그들은 벌써부터 흥이 나서 그것을 뺑! 뺑! 돌리며 뛰논다. 그러다가 일렬로 늘어서서 농장으로 나갔다. 건성이도 그들과 같이 차리고 그들 가운데 섞이었다.

"깽매갱깽 깨매갱깽 깨매갱깽 깨매갱깽 깽매갱깽꾸강깽매갱 깽깽 깽……."

하는 풍물소리와 함께 아침 바람에 기폭을 펄!펄! 날리고 나가는 광경이 건성이에게는 다시 없이 즐거웠다. 그것은 마치 원시 부락민족이 전쟁에 나가는 것 같은 건장한 기분을 느끼게 하였다.

일터로 나가자 건성이도 다른 일꾼과 같이 호미를 빼들고 논 속으로 들어갔다.

"어—하— 얼러를 가—세—"

그들에게서는 또 이러한 농부가가 흘러나왔다. 선소리는 앞니 빠진 준필이가 매겼다. 처음으로 논을 매보는 건성이는 호미가 벼포기 사이로 잘 돌아가지 않았다. 그래 그의 서투른 호미질하는 것을 보고 농군들은 모두 다 웃었다. 건성이는 그들의 호미질하는 것을 한참동안 견습을 해보았다.

"타국에 가 칠 년 동안이나 있다가 온 것이 기껏 논 매러 왔던가!"

"논을 맬 터이면 진작 상일을 할 노릇이지 타국에는 뭐하러 갔노?"

"상일도 연골에 배워야 되는 게지…… 인제는 뼈가 굳어서 되거디."

"남의 일이라도 참 딱하군. 박 첨지가 이제는 *셈평이 좀 펼 줄 알았더니…… 저게 무슨 일이람 끌! 끌!"

그들은 건성이를 이렇게 흉보고 *비양하고 싶었다.

그러나 그런 말이 그들이 입 밖에까지 나오지는 않았다. 그것은 어디인지 모르게 건성이의 *인금에 눌려서 그런 말을 감히 토하지 못하였음이다…… 그의 진중하고 늠름한 기상에는 어디인지 넘어보지 못할 구석이 있었다. 건성이는 그들과 농담도 잘하였다. 그러나 그의 이야기 끝은 언제든지 다만 잡담으로만 그치지는 않았다. 그들은 그에게 생전 듣지 못하던 신기한 말을 들었다. 그의 이야기는 다만 '유식'한 이야기가 아니었다. 그것은 *고담에서도 글방선생에게서도 듣지 못하던 말이었다.

"참말 그렇지! 그래여!" 하고 자기네도 모르게 무릎을 탁! 탁! 치게 하는 말이었다. 그래 그들은 차차 이 세상 속을 짐작하게 되었다. 자기네가 왜 가난한 까닭도 알게 되었다. 부자는 왜 점점 더 부자가 되고 가난한 사람은 왜 점점 가난해지는 까닭도 짐작하게 되었다. 그들은 도회의 공장노동자도 자기들과 같이 비참한 생활을 하고 있다면 이야기, 그래 그들은 자본가를 대항하여 ××××한다는 이야기, 노동자와 농민의 대다수가 가난의 지옥에서 면하려면 오직 ××하여…… 하다는 이야기.

그리하여 건성이는 그들의 진정한 동무로 사귀게 되었던 것이다. 그는 이제는 한 사람 몫의 일군으로 대우받게 되었다. 그래 그는 날마다 그들과 같이 일하러 다녔다. 그가 품일을 하게 되는 날에는 하루에 삼십 전씩 품삯을 받아왔다.

일꾼이 하나 더 생긴 박 첨지 집에는 농사일이 한결 수월하게 되었다. 박 첨지는 은근히 건성이를 사랑하게 되었다. 그래 그는 돈푼이나 벌어왔다고 가만히 앉아서 늙은 애비를 부려먹으려는 난봉자식보다도 건성이와 같이 진실한 아들을 도리어 탐탁히 생각할 수 있었다.

그는 오늘도 온종일 강 건너 큰 들에 가서 고지논을 매고 돌아왔다.

4

차차 둥글어가는 초생달은 큰 희망을 품고 중천에 솟아올랐다. 은근한 달빛에 잠긴 강색은 다시 밝는 날의 광명을 꿈꾸고 있었다.

강변에다 떼우적을 치고 멍석을 깐 위에 조그만 램프등을 달아 놓은 것이 그들의 간단한 야학원이었다. 늙은이들은 그 옆에 둘러앉아서 젊은이들의 배우는 것을 구경하고 있었다. 야학교사로는 건성이 외에도 한 사람의 보통학교 졸업생인 일룡이가 있었다. 건성이는 야학을 시작하기 전에 우선 자기 돈으로 신문을 사서 밤마다 낭독을 하였다. 그는 낭독을 한 후에 그것을 정확히 비판하였다. 이 신문 독회가 차차 자라서 야학이 된 것이다.

그들의 교과서로는 농민독본을 가르쳤다. 그들은 그야말로 낫 놓고 ㄱ자도 모르는 터이므로 가갸거겨부터 가르치지 않으면 안 되었다.

야학생의 한 사람인 투전 잘하는 원식이는 밤마다 모이는 사람들을 웃기었다. 그는, 한문숫자를 읽을 때에도 마치 투전 글자 외우듯이 '석삼' '넉새'라고, 산술을 할 때에도 '오륙 따라지'니 '칠팔 진주'니 하였다. 그러나 그들 중에는 열심히 공부하는 사람이 많았다. 가르치는 사람이 열심히 가르치게 되면 배우는 사람도 열심히 배우게 되는 것이다. 장접장네 집에서 머슴 사는 완득이는 한문자를 두 팔뚝에다 써놓고 그것을 틈틈이 들여다보았다. 그는 하루에 몇 자씩을 작정해 놓고 날마다 그것을 익히는 터이었다.

오늘밤도 야학이 끝나자 신문 독회를 전과 같이 마치고 그들은 다시 이야기판을 벌이게 되었다.

"완득이가 저렇게 공부를 잘하니 장가 쉬 들겠다 히히히……."
하고 조 첨지는 농담을 꺼내었다.

"글쎄, 완득이 국수를 얻어먹어야겠는데 올 가을에나 먹어질랴나 원!"

이것은 앞니 빠진 준필이 말이었다.

완득이는 빙글빙글 웃으며

"장가는 들면 뭐하나여! 돈 없는 놈이!"

"넌 그럼 돈 벌어가지고 장가들 셈이야? 네까짓 게 무슨 돈을 벌어!"
하고 원식이는 완득이를 놀려댄다.

"고만두어! 나도 네까짓 것은 부럽지 않다! 투전은 너를 못 당하지만!"

좌중에서는 와 하고 *홍소(哄笑)가 일어났다.…… 사실 완득이는 원식이와 투전을 하게 되면 *판판이 떨어졌다. 그는 일 년 내 머슴살이한 '*새경'을 받아가지고는 원식이와 투전을 해서 하룻밤에 날려보내고 만다. 그리고 나서 그는 쓴 입맛을 다시고는 다시 일 년 동안 머슴살이를 또 한다! 그러나 그는 *자승지벽이 대단하였다.

그래 원식이와 해마다 도 노름을 해서 전과 같이 잃어버리는 것이다. 그것은 원식이가 그가 새경받은 눈치를 알고 슬금슬금 골을 올려줄라치면 그는 당장에 돈주머니를 풀어놓고 팩! 달려들어서 단판에 승부를 다투는 것이다. 그러나 워낙 수가 부족하므로 원식이를 당할 수 없었다. 그는 지금 삼십이 불원하였지마는 아직 장가도 들지 못한 총각 대방이었다.

완득이는 오히려 긴장한 표정으로 건성이를 쳐다보며 호소하는 것처럼

"저 자식이 노름을 하게 되면 나를 번번이 속인단 말이지…… 그러나 원 수대로만 정당히 해보지 내가 너한테 지나."

건성이는 빙그레 웃으며

"그러나 그것은 원식이만 나무랄 것도 아니야. 노름이란 서로 빼앗어 먹자고 하는 것이니까. 그런 것을 같이 하여 속은 사람도 옳지 못하겠지."

"그도 그렇지만."

하고 완득이는 고개를 끄덕끄덕 하였다.

"얘. 이담부터는 우리 노름을 하지 말자."

그는 금시에 맘이 풀려서 원식이를 웃는 낯으로 쳐다볼 수 있었다. 이 동리에서 제일 늙은 조첨지의 말이다.

"참말로 인제는 노름들은 하지 말게. 우리도 소시쩍에는 노름을 좀 했지마는 노름 친구란 술 친구만도 못한 게니 그것도 다 예전 시절같이 돈이 흔할 때 말이지. 이건 먹고 살기가 난리인데 노름할 경황이 어디 있느냐 말이야. 없는 놈끼리 서로 뺏어서 먹으라니 뺏어서 먹을 것이 무엇이 있어야지."

"저희도 다시야 노름을 할 리가 있어요. 그전에는 다 모르고 그런 짓을 했지요만!"
하고 노름꾼 대장 원식이가 말을 꺼냈다.

"참 그렇지요. 그전에는 동리가 바로 잡히지 않아서 그런 일 저런 일이 생겼지만 인제야 그런 짓 할래야 할 틈이 있어야지요… 이렇게 야학을 늦도록 하고 나면……."
사실 그들에게는 다른 잡념이 생길 여유도 없었다.

5

치백이도 저녁마다 야학을 다니었다. 그는 열일곱 살 먹은 딸 음전이를 여직 여의치 못하여 은근히 걱정 중이었다. 아직 장가들지 않은 줄을 안 건성이가 처음 나왔을 때는 그를 사위 삼고 싶었지마는 그가 돈 벌지 못하고 나온 줄을 안 때에는 그 맘이 쑥 들어가고 말았더니 건성이의 *위인을 정작 알게 되자 그는 다시 먼저 생각이 부활

되었다.

그러나 건성이에게 그 의향을 물어본즉 그는 장가를 안 들겠다고 거절하였다. 음전이는 비록 농촌에서 자랐을망정 인물이 똑똑하니만치 그들은 사위를 잘 얻고자 오랫동안 고르던 중이었다. 자기와 같은 농군을 구할 양이면 진작 여읠 곳도 많았겠지만 무지막지한 데 한이 된 그들 내외는 글공부한 사위를 얻고 싶은 것이다.

그런데 건성이가 나와서 야학을 시작한 후부터 그의 인생관에도 차차 변동이 생기게 되었다. 노동자나 농민은 결코 천한 인간이 아니다. 도리어 일하지 않고 놀며 살려는 인간이 기생충 같은 천한 인간이다. 노동자와 농민이 그러한 지식계급에게 딸을 주려는 것은 마치 부잣집으로 딸을 첩으로 파는 것이나 다름이 없다. 그는 차차 이런 생각이 들게 되었다. 그래 그는 건성에게 부탁하였다.

"그럼 어디 중신 하나 해주게. 그렇드래도 자네는 나보다 발이 넓을 터이니……."

"네……. 그러지요. 아니 바로 한 동리에 좋은 남자가 있지 않아요?"

"응? 누구?"

치백이는 잠깐 놀래며 묻는다.

"완득이가 어떠서요?"

"아, 완득이!……"

많은 기대를 가지고 있던 치백이는 다소 실망하는 표정을 나타냈다.

"완득이 왜 어때서 그러서요? 제 생각 같아서는 그만한 자리도 없을 것 같은데요."

"완득이도 위인은 진실하지마는 남의 집에서 머슴 사는 사람이라…하나 내야 관계없겠지만 안에 좀……."

하고 치백이는 말끝을 *흐리마리한다.

"머슴이면 어떤가요? 그런 말씀을 또 하십니다그려! 아들같이 한 집에서 다리고 살면 좋지 않습니까?"

"글쎄 그도 그렇지마는…… 어듸……."

"정히 마땅치 않으시다면 고만두셔도 좋겠지요마는 저는 그런 이유로는 반대하고 싶지 않습니다."

그날 저녁에 치백이는 식구들과 같이 저녁상을 받고 앉아서 마누라에게 하는 말이었다.

"여보! 마누라 난 애기 혼인을 어서 정하고 싶소."

"누구는 안 그런가요. 어디 마땅한 곳이 있우?"

"응 있어…… 저 완득이 말일세."

"응! 누구요?……"

"아따 완득이 말이야."

"아니 여태 고르고 있다가 겨우 완득이를 골랐단 말씀이유? 난 싫소!"

마누라는 별안간 성이 나서 쌔근쌔근 한다.

"조론 *소가지 좀 보았나! 아니 완득이가 어때서 그래! 남의 말을 자세히 듣지도 않고"

"어떻긴 무에 어때. 남의 집 머슴꾼이지 집도 절도 없이 무 밑둥 같은 남의 집 머슴꾼이지!"

치백이는 숟갈을 든 채로 한참동안 마누라를 흘겨보다가

"그러지 않대도 그러는군. 나도 그전에는 이녁같이 생각했었지만 우리 같은 노동자는 노동자끼리만 상종을 해야 한단 말이야. 이 세상 에서 제일 천대받는 사람이 제일 옳게 사는 사람이란 말이다. 마누 라! 예전 노래도 있지 않은가, 나물 먹고 물 마시며 팔을 베고 누웠 으니 대장부의 살림살이 이만하면 족하다고"

그의 노래곡조 비슷한 말에 음전이는 고만 웃음이 터졌다. 마누라 는 기가 막힌 듯이 따라 웃으며

"그럼 거지로 사는 것이 제일 옳겠소구려! 난 가난이라면 아주 지 겨워 죽겠소!"

"아니, 그럼 이녁은 음전이를 어떤 부자집으로 *여의어서 사위 덕 을 볼 것 같소? 부자들이 무엇이 부족해서 우리네 같은 가난한 농군 의 딸을 다려가겠오 돈만 있다면 여학생들도 대가리를 싸매고 대드 는데— 기껏 한 대야 첩으로 줄 터인데 윗말 정고령집 아들을 좀 못 보느냐 말이야. 불과 몇 달을 안 살고 내보내고는 또 얻고 또 얻고 하는 것을 그래도 첩으로 주고 싶단 말이야! 이 밸겨갈 년아!"

"누가 첩으로 주고 싶댔소! 툭하면 욕은 웬 욕이야."

"그럼 뭐야, 딸의 덕을 보자면."

"누가 덕을 본댔다고 그러우. 공연히 당신 혼자 야단을 치면서."

"아니, 대관절 당자한테 물어볼 일이야. 제 자식이라고 강제혼인을 하는 것은 구식이니까. 네 맘엔 그래 어떠냐? 응."

치백이는 음전이에게 입을 가까이 하며 묻는다.

그러나 음전이는 별안간 고개를 푹 숙이며 아무 대답도 않았다.

"아이 별 것을 다 묻는구려! 오늘 약주를 자셨오? 그러시우. 남 부끄럽구면……."

"약주는 웬 약주야 밀밭 근처도 안 갔는데. 마누라도 야학에 다녀봐요! 내 말이 옳지 않은가. 가난한 사람의 살 길이 마치 신작로같이 환하게 내다보인단 말이야. 아니 그것은 아모리 무식한 마누라도 짐작이 있겠구려!

저 광성이가 점순네를 고발해서 제게 유익한 노릇이 무엇이었소? 그리고 지금 점순네는 어떻게 되었느냐 말이야…… 저도 지금은 후회한답디다. 저도 사람놈이면 후회해야 싸지. 그리고 웃말 정고령집에 조석으로들 문안을 하며 서로 논을 좀 얻을라고…… 서로들 아첨을 하며 '누구네 부치는 논을 나를 떼어달라'고 없는 닭 마리와 계란 근을 갖다 바쳐서 서로 소득이 무엇이었더냐 말이야. 그럴수록 살찌는 놈은 누구냐 말이야? 나도 전자에는 더러 그렇게 생각하고…… 아니 나는 그래도 그렇게 내 욕심만 채우려 들지는 않았지. 마누라도 잘 알다시피……."

"그러니까 작년 겨울에도 나를 시켜서 암탉 두 마리를 그 집에다 주라 안했구려? *쉿통!"

치백이는 잠깐 얼굴을 붉히다가

"그것은 내가 어디 남의 논을 뗄라고 그런 것인가─논 서너 마지기 얻어 부치는 것을 윗말 어떤 놈이 뗄란다는 소문을 듣고 그런 것이지…… 그런 소리는 새삼스레 왜 해!"

치백이는 소리를 꽥 질렀다.

건성이가 저녁을 먹고 나오다가 와자지껄하는 소리를 듣고 치백이 집으로 들어왔다.

"무엇들을 그라서요?"

건성이는 마당에 놓인 절구통 끝에 걸터앉으면 이렇게 물어보았다.

"아 참 자네 잘 왔네! 저녁 먹었나……."

"네. 지금 먹고 옵니다."

"다른 게 아니라 저 애 혼인 말이 나서 이야기를 하는데 도모지 땅파기 같이 힘이 드네 그려! 여봐요! 우리 건성이가 여북 잘 알고서 완득이를 말하겠나."

"아니 아니 그럼 그게 건성이가 말한 게요?"

"완득이 말인가요? 그 사람을 나는 좋은 사람으로 봅니다."
하고 건성이는 말하였다.

"그렇고 말고 사람이 진실하고 요새는 야학도 잘 하고 하는데 마누라는 쥐뿔도 모르고 반대적이란 말이야. 남의 집 머슴이라고 안된

다고 하니 이런 제기 그야말로 비렁뱅이가 거지를 넘보는 게나 일반
이지. 대체 이녁은 뭐냐 말이야!"

"명색이 가난한 농군의 마누라지 뭐야…… 이를테면 그렇단 말이
지. 누가 완득이를 못 생겼댔소? 고자랬소?"

"그러니까 잠자코 내 말을 들어요! 어련히 알아서 할라고 음……
건성이 그렇지 않은가?—"

"네. 그렇게 작정하셔도 좋겠지요."

음전이는 벌써 상을 들고 부엌으로 들어가서 설거지를 하기 시작하
였다. 이리하여 그들은 딸의 혼인을 거의 작정하다시피 하였다.

음전이도 완득이를 그리 싫어하는 모양은 아니었다. 그는 부자집으
로 첩으로 가든지 그렇지 않으면 콧물 흘리는 어린 신랑한테로 가느니
보다는 차라리 완득이 같은 튼튼한 총각이 낫지나 않을까? 생각되었음
이다.

6

음력으로 유월 그믐께. 어느덧 더위도 고개를 넘은 늦은 여름철이
었다. 올해는 비가 알맞게 와서 T촌 사람들도 농사를 잘 지었다. 이
제는 기심도 거진 다 매서 한편으로는 두렁풀도 베기 시작하였고 일
찍이 뗀 사람들은 산으로 기어올라서 '나무갓'을 뜯기도 하였다.

그들이 *살포를 집고 들에 나가서 장한 벼가 허옇게 팬 것을 볼
때에는 비록 남의 곡식이라도 배가 저절로 부른 것 같았다. 그래서

올 칠 월 백중에는 *'두레'를 한 밥 잘 먹자고 그들은 벌써부터 개를 잡느니 돼지를 잡느니 하며 벼르고들 있었다. 이런 기미를 안 건성이는 그날을 무의미하게 보내고 싶지 않았다. 그래 그는 그날을 어떻게 보낼까? 하고 궁리를 하다가 마침내 그날에 완득이와 음전이의 결혼식을 거행했으면 좋겠다 하였다.

치백이는 건성이의 이 말을 들을 때

"아모 준비도 없는데 별안간 어떻게 지내나!"

하고 입맛을 다시었지마는

"가을에 가면 별 수 있겠소? 공연히 *새잡이로 빚을 지느니 그런 *계제에 간단히 치르고 맙시다!"

하는 건성이의 말에 그도 그렇다고 동의하게 되었던 것이다.

뜻밖에 장가들게 된 완득이는 너무나 좋아서 어쩔 줄을 몰랐다. 그래 그는 주인집에서 선 새경을 몇 십 원 타오고 점순네도 건성이가 주선을 하여서 의복감과 약간의 준비를 하게 되었다. 물론 모든 혼인 절차는 건성이가 지휘하게 되었다.

그는 재래의 '구습'을 타파하고 아주 간단한 농민의 결혼식을 새로 만들어서 거행하기로 하였다.

어느덧 기다리던 *백중날은 돌아왔다.

일랑풍청한 좋은 날이었다. 이날 식전부터 T촌 일경은 발끈 뒤집혀서 잔치 차리기에 분주하였다. 백중놀음에 혼인까지 겸하였으니 촌에서 이만큼 큰 일을 치르기는 과연 처음이었던 것이다.

건성이는 먼저 결혼식부터 거행하자 하였다. 그래 마을 뒤 느티나무 정자 밑에다 차일을 치고 결혼식장을 베풀었다. 그 밑에다가는 멍석을 깔고 신랑 신부가 들어올 길에는 정한 볏짚을 두 귀에 맞추어서 쪽 깔아놓았다.

탁자 위에는 들꽃을 꺾어서 한 병을 꽂아놓았다. 그리고 그 옆에는 신랑 신부의 예물이 놓였다. 예물은 호미와 낫이었다.

구경꾼은 차일 안팎으로 꽉 들어찼다. 기다리던 신랑 신부가 *초례청에 들어섰다. 이때 쇠잡이들은 농악을 쳤다. 피아노 대신이다. 신랑은 베 *고의적삼에 두루마기를 입었다. 신부도 모시 치마적삼을 수수하게 입었을 뿐이다. 그는 분도 바르지 않았다. 들러리로는 신랑편에는 원식이가 서고 신부편에는 일룡이 부인이 섰다.

풍악 소리에 그들이 들어서자 이 예식의 주례인 건성이는 지금부터 신랑 박완득과 신부 김음전의 결혼식을 거행하겠다는 개회사를 시작하였다. 그는 우선 종래의 강제혼인과 매매혼인과 정략혼인의 옳지 못함을 통론한 후 혼인이란 진실하게 두 사람의 행복을 위하여 결합할 것이란 뜻을 말하고 또한 예식에 있어서도 가난한 농민에게 있어서는 인간의 행복을 위하여 거행되는 혼인 예식이 도리어 감당치 못할 큰 빚을 지게 하여 일가파산하는 비극을 낳게 한다.

혼인을 잘 지냈다는 것은 결코 음식을 많이 차렸다거나 기구가 놀라왔다는 데 있는 것이 아니고 그것은 오직 두 사람의 만남이 행복하냐 않느냐 한데 달린 것이다. 그러므로 냉수 한 그릇을 떠놓고 초례를 지낸다 할지라도 그 혼인이 두 사람에게 행복을 주는 진실한 혼인이라면 그것을 잘 지낸 혼인이라 할 것이지 비단 치맛자락으로 눈물을 씻는 혼인은 그것이 혼인이 아니라 죄악이라고 열렬히 부르 짖었다.

"그러므로 여러분께서도 앞으로는 재래의 모든 허위와 허식을 버리고 이 두 신랑 신부같이 간단한 예식으로 하시기를 바랍니다!" 하고 끝을 맺은 후에

"지금은 신랑 신부가 이 결혼을 맹세하는 의미로서 예물을 주고 받겠습니다. 그런데 농민에게 제일 귀중한 게 무엇이냐 하면 호미와 낫과 같은 농구올시다. 우리는 우리의 생활에는 도모지 당치도 않은 금가락지니 보석반지나 하는 그런 허영(虛榮)을 바리고 우리와 가장 친한 호미와 낫을 우리의 결혼 예물로 선택하였습니다. 그럼 여러분 생각은 어떠십니까?…… (청중에서는 좋소 좋소 하는 소리가 일어난 다)"

"신랑 신부는 예물을 교환하겠습니다."

건성이가 이렇게 선언하자,

신랑은 신부의 바른 팔에 호미를 걸쳐주고 신부는 신랑의 왼편 어깨에 낫을 얹어주었다. 낫은 날이 서지 않았다.

이것으로써 결혼식은 마치고 말았다. 신랑신부가 나갈 때에 쇠잡이들은 또 농악을 쳤다. 군중 속에서는 나가는 신랑 신부에게 '여물'을 끼얹어주었다.

식이 파하자 그들은 다시 잔치를 베풀었다. 원래 백중놀음으로 준비된 음식과 혼인집에서 따로 준비한 음식이 있기 때문에 그들은 배를 두들기며 한바탕 잘 먹을 수 있었다. 술, 떡, 고기, 국수, 과실 모든 것이 골고루 있었다. 그때 그들은 진종일 잘 놀았다. 농기를 내다 꽂고 풍물을 치며 뛰놀기도 하였다. 신랑을 달아 먹는다고 헹가래질도 치고 춤도 추고 소리도 하고 이리하여 백중놀음과 결혼식은 성대하게 거행되었다.

완득이는 내년부터 음전이 집으로 오기로 하고 올 일 년은 그대로 장접장의 집에서 머슴을 살기로 하였다.

그들 부부는 참으로 결혼 예물인 호미와 낫을 귀중이 여기었다.

7

T촌 사람들이 백중놀이를 잘 치르고 난 그 이튿날 밤부터 난데없는 비가 퍼붓기 시작하였다. 그래도 그들이 생각하기를 설마 비가 오면 얼마나 오랴? 원체 한동안 가물었으니 비가 좀 와야 전곡 *해갈도 되고 진장밭도 깨생이 되겠다고 아주 안심을 하고 있었다. 그러나 어찌 뜻하였으랴? 부실부실 오던 비가 어느덧 폭우로 변하고 폭우가 *놋날 들이듯 연사흘 내리쏟더니 그만 큰 장마가 지고 말 줄을……

K강은 별안간 새빨간 뱀으로 변하였다. 장마는 마침내 칠월 한 달 내 개이지 않았다. 그 연안에 넓은 들도 바다와 같이 물이 고이고 강 면안은 진흙바다로 화하였다. 그런데 비는 개이지 않고 자꾸 퍼부었

다.

　이제는 강변의 농작물은 말할 것도 없이 모두 침수가 되고 산 밑에 있는 마을 집들까지 물 속에 들어갈 지경이었다. K강 상류에서는 집이 떠내려온다. 그 지붕 위에 사람이 올라서서 "사람 살려라!" 하는 처참한 소리가 들린다. 어린애 송장이 떠내려온다. 소와 말도 떠내려오고 세간 농짝과 절구통 등이 떠내려온다.

　어떻든지 을축년보다도 더 큰 장마라고 한다. 강원도 어디서는 산이 무너져서 여러 백성이 한꺼번에 몰사를 하였다 하고 충청도 경상도 전라도 함경도 각처에서 죽은 사람이 수천 명이요 여기저기 전멸된 동리가 부지기수라는 각처의 물난리 소문은 온 조선에 빗발치듯 하였다.

　그런데 K강 연안에 있는 T촌도 각일각 위험에 빠지게 되었다. 물은 점점 불어서 집안으로 대들었다. 마을 사람들은 이제는 집을 버리고 산으로 피난하는 외에는 별 도리가 없을 지경이었다. 그들은 곡식이 물에 잠길 때에도 하늘을 부르짖어 울었다. 정작 땅 임자는 그렇게 울지 않는데 이들 소작인이 무슨 정성으로 그렇게 울 것이랴마는 그래도 풍년이 들면 단 한톨이라도 자기 앞에 떨어지는 것이 있기 때문이다.

　그런데 이제는 *토막살이나마 집이 떠나가고 보면 나무에도 돌에도 부칠 곳이 없는 그들은 장차 어떻게 살 것이냐! 그들은 이 불의지면에 참으로 *망지소조하였다. 그러나 하늘에서는 쉬지 않고 폭우가 내리 쏟아졌다.

마을사람들은 마을 뒤 정자나무 밑에 모여서 엄청나게 물이 나가는 K강을 건너다 보았다. 건성이도 그들 중에 섞여서 바라보았다. 그는 암만 생각하여도 마을이 위험할 것 같았다. 그래 그는 부랴부랴 서둘러서 완득이, 자선이, 원식이 그 외에도 누구누구를 선발하여 '구호반'을 꾸미었다. 그래서 제각기 한편으로는 세간을 간단하게 짐을 매는 외에 또 한편으로는 장성들과 합력하여 그것을 모두 정자나무 밑으로 옮겨 놓았다.

그는 자기도 무거운 짐을 져 나르며 각 집의 살림살이가 서로 섞이지 않도록 잘 단속하였다. 그래 마을사람들은 네 것 내 것 할 것 없이 모두 성의껏 일을 보았다. 그리하여 그들은 어둡기 전에 세간을 모조리 옮겨 놓게 되었다. 강물은 마을 앞마당 까지 들어왔다. 마을 사람들도 모두 정자나무 밑으로 올라왔다.

밤은 점점 깊어가는 비는 여전히 쉬지 않고 쏟아진다— 깜깜한 밤중지척을 분별할 수 없는데 그들의 귀에는 무서운 빗소리와 물소리만 처참하게 들렸다. 그 사이로 우루루 하는 천둥소리와 번갯불이 팍 —하늘을 긋고 사라진다. 그들은 무서웠다.

또한 자기네 집이 떠나가지 않나? 하고 서로들 조바심을 하였다. 그러나 새까만 어둠 속에서는 아무것도 보이지 않았다.

그들은 배가 고팠다. 물이 급히 대들어서 저녁 해 먹을 겨를도 없었던 것이다.

밤이 깊을수록 찬 비를 맞는 그들은 속이 비어서 *우장과 삿갓을 있는 대로 두르고 정자나무 밑으로 은신을 하였지마는 그나마 사람이 다 차례가 못 갔을 뿐외라 원체 몹시 쏟아지는 폭우이므로 그들은 아주 노바기를 하고 있지 않으면 안되었다. 그래 노인들은 앓는 소리를 연발하고 어린애들도 '아이고 추워…… 배고파' 하고 어머니 아버지를 부르짖었다.

그것은 노약이 아니라도 아래 윗니가 딱!딱! 들어맞게 떨릴 지경이다. 그런데 나뭇잎 사이로 쏟아지는 빗소리는 폭포수처럼 무섭게 떨어진다. 이런 때는 이야기를 할 수도 없었지만 비바람 소리에 들리지도 않을 것이다. 그러나 한줄기 쏟아진 뒤에는 다시 뜸하여서 그 동안에 정신을 좀 차릴 수가 있었다. 지금도 비가 다시 뜸하자 어둠 속에서는 사람의 목소리가 들리었다.

"누구 성냥 가졌어?"

"성냥은 있지마는 *추져서 될라구!"

"그래도 인내. 어디 좀 켜보게. 원 담배가 먹고 싶은데 성냥이 있어야지."

하는 것은 선소리 잘 먹이는 준필이 목소리였다.

"원 아저씨는 이 경황 중에 웬 담배는 자신다구 그러시유!"

"그래도 먹어야 살지! 이 사람아."

하는 말에 여러 사람들은 와 하고 웃음이 나왔다. 준필이는 바람맞이를 피하여 여러 번 만에 간신히 담배 하나를 피어 물었다. 불이 번쩍!

하는 동안에 여러 사람들은 자기들의 참혹한 광경을 비쳐볼 수 있었다. 그것은 참으로 유령 같았다. 누가 그런 생각이 들었는지 깔깔하고 웃음을 내놓자 여러 사람들은 또 따라 웃었다. 바람이 분다.

"그런데 밤은 언제나 샐 모양이야!"

"닭도 아즉 안 울었지!"

완득이와 걸출이 목소리다.

"건성이 여보게."

"예!……"

"그런데 참 어떻게 산다나. 집이 안 떠나가도 무엇을 먹고 살는지 모를 터인데 후…… 집마저 떠나가게 되면 장차 어떻게들 산단 말인가?"

조첨지는 새삼스럽게 기운 없는 소리로 이런 말을 꺼내었다.

"뭐! 그리 걱정 마시지요!"

"자네는 참 만리타국에 가서 박람도 많이 하고 개명을 잘고 왔으니 말이지 참 자네 말을 들으면 속이 시원하단 말일세. 그런데 우리 같은 무식한 사람들은 아주 꿈속에서 살아온 셈이 아닌가? 허허허……."

"글쎄요. 이거 큰 일 났는데…… 대관절 비가 개어야지! 내둥 잘하다가 늦장마는 웬 늦장마야! 제길할 하늘이……."

"글쎄 말이지…… 야속한 한울님도 있지…… 어떻게 좀 살 도리를 마련하게 후 우리 같은 무식한 사람이야 무엇을 알겠나."

"저 혼자서야 무슨 힘이 있겠습니까? 다 여러분과 함께 힘을 합해야 되겠지요! 참으로 우리의 믿을 곳은 우리들 자신밖에 없습니다(건성이는 차차 흥분되어서 목소리에 힘을 주었다). 여러분께서도 이미 경험이 많으시니 말이지. 우리 노동자나 농민을 위해서 유익을 준 사람이 누구입니까? 정자 말 사고 정고령집입니까, ××이나 ××입니까? 그들은 한 푼이라도 긁어가고 한 시간이라도 우리를 부역시킬 뿐 아니었어요……."

(남녀노소는 모두 그의 말을 정신없이 듣고 있었다.)

건성이는 기침을 하고 목소리를 가다듬어서 다시 말끝을 이었다.

"여러분들은 지금까지 나는 무식하다, 우리는 아무 힘없는 가난한 농민이다 하고 오죽 팔자 한탄만 하고 한숨만 쉬고 있었지만 그것은 우리에게 있는 힘을 서로 합치지 못한 까닭입니다. 여러분 보십시오! 지금이 강의 저 무서운 큰물도 그 근원을 살펴보면 한 개의 조고만 개울물에 지나지 않습니다. 그 여러 갈래 개울물이 서로 합쳐서 흐른 까닭으로 저와 같이 큰 강이 되고 지금 우리들의 멀리 위에 떨어지는 빗방울이 합해서 그렇게 큰 물이 되지 않습니까? 저 큰 강은 본래부터 큰 강이 아닙니다. 조고만 개울물들이 한데 합쳐서 흐르니까 저렇게 큰 강이 된다는 말입니다. 그러면 여러분! 조고만 개울물을 아모 힘이 없어서 어린애라도 무난히 건널 수가 있지마는 저렇게 큰 강이 되고 보면 능히 산을 무너뜨리고 상전을 벽해로 만들고 우리 T촌의 백여 명이나 되는 *인총들도 집을 내버리고 저 물에 쫓겨서 이렇게 피난하게 되지 않았습니까?(그렇지! 참말 그래여) 그와 마찬가지외다. 여러분을 한 사람씩 떼어놓고 생각하면 마치 이 산골 저 산골의 조고만 개울물과 같지마는 여러분이 서로 처지가 똑같은 여러분이 지금이라도 일심합력만 하게 되면 저 강물과 같이 큰 힘을 낼 수가 있습니다.—그러면 그 여러분의 힘으로 무슨 일을 못하겠습니까? 또한 우리는 무엇이 겁나겠습니까.(옳타! 그렇소!) 그래서 우리를……(一行略) 굳은 힘과 마주 ××××야 되겠습니다. 그렇지 않으면 우리는 점점 더 가난하고 못 살게 될 뿐입니다! 여러분은 생각해보십시오. 그런가? 그렇지 않은가?……"

건성이는 어느덧 한마당의 연설을 하게 되었다. 그는 자기가 어느 틈에 일어섰는지 모르게 일어선 것도 지금서야 비로소 알 수 있었다.

"참 그래…… 그렇고 말고."

"한 맘 한 뜻만 된다면 세상에 못할 일이 없지 내남없이 그렇지 못하니까 못하지만."

"원체 악이 나면 겁날 것도 없느니. 이래… 저래… 나…는 일반이 아닌가?"

"그러면 어떻게 한 맘 한 뜻이 되게 한단 말인가?"

조첨지가 다시 묻는 말이다.

"그것은 농민조합 같은 것을 만들어서 우리들은 아주 한 집안 식구처럼 한데 뭉쳐야 되겠지요."

"농민조합? 저 큰들에서들 한다는 것과 같은 것 말인가?"

하며 혹부리 김서빙이 의심스럽게 웃는다.

"그렇지요!"

"그러면 그것을 속히 좀 만들세그려!"

"그러나 그것은 말로만 되는 것이 아니라 여러분의 힘을 합해야 될 것입니다."

"그야 두말할 것인가 우리 중에서 설마 딴 맘을 먹을 사람이야 있겠나."

"암 그렇지요. 단 딴 먹을 사람이 어디 있겠어요!"

"자. 그럼 속히 만들어 보자구 그려!"

"하긴 우리도 강 건너 큰들에서는 벌써부터 그런 것이 생겼다는 말을 듣고 우리 동리도 그런 것을 해보고 싶은 생각이 있었지마는 누가 선도할 사람이 있어야지요. 우리같이 무식한 사람들끼리야 무엇을 할 수 있어야지."

"참 그렇지요. 누가 먼저 *선등나서서 그런 것을 꾸미면 따러갈 수야 있지마는."

그들의 의식은 이렇게 한곳으로 모이었다. 농민조합이란 어떠한 것인가? 하고 그들은 제각기 몽롱한 생각을 쥐어짜보기도 하였다. 그러나 그들은 어떠한 호기심과 아울러 거기에 큰 희망을 붙여 보았다. 참으로 그들의 살 길은 그것밖에 없나보다 생각되었다.

피난한 우중에서도 닭은 홰를 치고 울었다. 어떤 곤란 중에도 그는 제 맡은 바 직분을 다하려는 것처럼.

차차 밤은 밝아간다. 어둠 속에서 분명히 보이지는 않았으나 물은 엄청나게 불어서 온 동리집이 물 속에 든 것 같았다. 그들은 이 정자나무 본대 위에도 위험하지나 않을까? 하고 성냥을 그어서 추진 나무로 횃불을 놓아 보았다. 아직 그러지는 않았다.

그러나 그들은 경계를 게을리 하지 않고 돌을 던져 보기도 하며 불을 비쳐보기도 하며 밤을 새우고 있었다. 이 경황 중에도 잠자는 사람이 있었다. 그러는 동안에 먼동이 훤하게 터진다. 그들의 지리한 밤은 차차 밝아왔다. 비도 그만 저만 그쳐간다.

8

이튿날 아침에 일어나 보니 T촌은 하룻밤 동안에 수라장이 되어버렸다. 물가로 가까이 있는 얕은 집들은 모두 떠나가고 그렇지 않은 집도 거의 무너지지 않았으면 반쯤 쓰러지고 말았다. 물은 엄청나게 온 동리집에 침수하였던 것이다. 그리하여 조사한 결과는 *유실가옥(流失家屋) 오 호(五戸) *도괴가옥(倒壊家屋) 십 이호(十二戸) *반괴가옥(半壊家屋) 팔 호(八戸)라는 종래에 보지 못한 큰 수해를 내었다.

집을 떠나보낸 사람들은 제 집터에 가 앉아서 땅을 치며 울었다. 온 *동중은 마치 초상난 집같이 "아이구" "지구"하며 울부짖는다. 어른들이 우는 서슬에 어린애들도 덩달아 울어서 아주 악마구리 끓듯 한다. 떠나간 집 중에는 원식이와 일룡이 집도 끼었고 준필이네 조첨지네 장접장네 집도 끼었다. 치백이 박첨지집은 전부 무너졌다.

건성이는 이럴 것이 아니라고 그들을 쫓아다니며 일일이 위로하는 한편에 '구호반'을 독려하여 우선 거접할 곳을 준비하였다. 홑이불 같은 것으로 천막을 치고 있는 대로 양식을 내어서 밥을 지어 가지고 공동으로 나눠 먹었다. 그들은 밤새도록 떨고 잠을 못자서 근력이 없던 차에 더운 밥으로 우선 허기진 배를 채우게 되었다.

날은 *완구히 개이기 시작하였다. 강물도 쉽사리 빠져간다. 한낮이 되어가자 면소와 군청에서 수해조사를 나왔다. 신문기자도 오고 순사도 나왔다. 그들이 일일이 조사해 간 후에 농민조합에서도 조사를 나왔다.

건성이가 조합에서 온 사람은 무슨 이야기를 한참 하다가 다 저녁 때 돌아갔다.

마을사람들은 우선 무너진 집을 다시 건축하기 시작하였다. 그래 온 동리 사람들이 일제히 나서서 공동으로 일을 하는 동안에 ○○조합과 그 외 각 단체에서도 수해 구제금이 나왔다. 그래 그것으로 또 유실도니 집들을 새로 짓게 되었던 것이다. 이런 역사로 그들은 팔월 한 달 내 눈코 뜰 새 없이 바쁘게 지내었다.

그러나 그들은 조금도 피곤할 줄을 모르고 모두 제 힘껏 부지런히 일을 하였다. 그것은 거저하는 부역이 아니기 때문이었다. 다 같은 자기네의 일이요, 또한 진정한 동정을 하는 일이었다. 그들은 이 한 달 동안의 공동생활에서 많은 교훈을 얻게 되었다. 그것은 과연 한 사람 한 사람이 각자 위심하느니보다는 온 동리 사람의 힘을 합치는 데서 얼마나 큰 힘이 생기는지를 두 눈을 똑똑히 볼 수가 있었음이라.

이 한 달 역사할 동안에는 그들은 모든 것을 공동으로 생활하였다. 따라서 그들은 제각기 분업(分業)으로 일을 맡아보았던 것이다. 우선 밥을 짓는 것도 각 사람이 차례차례 돌려가며 짓는데 식구 비례대로 양식을 추렴하여다가 큰 솥에 한데 지어서 한 자리에 둘러앉아 먹었다. 물론 양식 없는 이는 추렴에서 빠졌다. 그렇게 하는 것이 나무도 덜 들고 양식도 덜 들고 제일 간편하였다.

그것은 이런 비상한 때에는 그렇게 하는 수밖에는 다른 도리도 없었음이다. 대관절 제가끔 집이 없는데 어떻게 각각 살림을 할 수가 있느냐 말이다. 그래서 나무하고 절구질하고 심부름하고 반찬 만들고 하는 모든 일을 모두 떼어 맡아서 돌아가며 하고 그리고 자기 차례가 돌아오기까지는 편안히 놀 수 있었다. 나무는 대개 건석이 같은 소년들이 해오고 식사는 여자들이 맡아보게 되었다. 그리고 장정들은 오직 집 짓는 역사에 전력하였던 것이다.

그러나 처음에는 좀 어수선하여서 정신을 차릴 수가 없더니 차차 치르나니까 두서를 알게 되었다. 그것은 건성이가 질서 있고 공평하게 잘 지휘한 보람도 있었지마는 큰 일을 많이 치러 본 장접장 마누라가 시원스럽게 팔을 걷어붙이고 나서서 일을 잘 보살피기 때문이었다. 밥 때가 되면 한 아이가 징을 꿍!꿍! 울리었다. 그러면 일꾼들과 어른 아이가 정자나무 밑으로 쭉 모여들었다. 그들이 멍석 위로 가족끼리 죽 늘어앉으면 식사 보는 사람들이 밥과 반찬을 똑같이 나눠주는 깃이었다.

이러는 동안에 팔월 한가위가 돌아왔다. 그동안에 마을 역사는 거죽일은 거의 끝나고 이제는 흙일과 잔일이 많이 남게 되었다. 그래 올 벼심은 집에서는 벼를 베어다가 송편을 빚고 막걸리 동이와 북어 마리를 사다 놓고 백중 이후의 처음으로 추석놀이도 잘 하였다.

구월 초생부터는 모두 집을 들게 되었다. 그래 그들은 오래간만에 각기 자기 집을 제각기 솥을 붙이게 되었다.

그러나 그들이 각기 자기 집으로 흩어진 후에는 한번 결합한 힘은 그대로 뭉쳐 있었다. 그들은 한 달 동안의 공동생활에서 이 힘을 길러낸 것이다. 그들은 그 전에 다 각기 남보다 잘 살아보려고 허덕이던 것이 모두 *공사인 줄을 알게 되었다. 자기 한 몸의 조그만 힘과 맘뿐으로는 잘 살아지지 않는다는 것을!

그것은 마치 헤엄칠 줄 모르는 사람은 아무리 허위대며 물 밖으로 나오려고 하여도 점점 더 물속으로만 들어가고 말 듯이 그들은 허덕일수록 점점 더 가난이 파고들었다. 그들은 이런 공상을 언제까지 되풀이하고 있느니보다는 차라리 야학이라도 하는 것이 얼마나 나은지 알 수 있었다.

덮어놓고 안 벌어지는 돈을 벌려고 하느니보다도 돈이란 게 어떻게 생겨서 어떻게 유출되는 것인가? 하는 경제의 초보지식부터 배울 필요가 있었다. 그래 혹부리 김서방, 광성이, 원식이부터도 그렇게 생각되었던 것이다. 그들은 종래의 모든 공상과 미신과 소경 제 닭 잡아먹는 셈과 같이 사리사욕을 차차 버리고 *대동지환에 처한 자기네의 전체 운명을 바라보게 되었다.……

그러나 인간이란 다만 관념적으로, '이것이 옳으니 이대로 하라!'고 한다고 그대로 곧 실행되는 것은 아니다. 행동은 언제든지 '실제'를 요구한다. 종래의 그들은 다 각기 막다른 골목에서 저 혼자만 잘 살아가보려고 발버둥이를 쳐보았다. 그러나 더 나갈 곳이 없는 그들은 그 자리에서 서로 이마받이를 할 뿐이었다. 그 길밖에 모르는 그들은 막다른 골목에서 서로 맞부비고 떠밀고 *드잡이하며 다 각각 저 혼자만 돈구멍으로 빠져나가려고 조바심을 쳤다마는 다시 더 빠져나갈 곳은 없지 않은가!

그런데 그들에게는 난데없는 딴 길이 발견되었다! 그 길은 지금까지 걸어온 반대방향에 있는 큰 신작로였다. 아니 아까까지도 도무지 보이지 않던 새 길이었다. 그것은 마치 지금까지 안개가 자욱한 속에서 보이지 않던 것이 차차 안개가 사라지며 새로 보이는 길 같았다. 그것은 마치 이 앞 K강과 같이 아래로 흐를수록 넓은 강이었다. 강은 마침내 양양한 바다로 통하듯이 이 신작로도 그런 길로 뚫린 것 같았다. 자유의 바다로!

그들의 이 힘은 마침내 ○○농민조합 지부를 설립하게 되었던 것이다. 그들의 이 힘은 마치 저 K강의 '홍수'때와 같이 앞길을 막는 것은 무엇이든지 박차고 나갈 힘이었다.—그들은 ○○농민조합 후원 밑에서 그들 일동의 굳건한 결합으로 이 조합을 만든 것이었다!

그들은 미리 준비하고 벌써 역사할 때에 공청 한 채를 더 지어놓았었다. 그것을 조합 사무실로 사용하게 되었다. 그래 그들은 지부위원장인 장접장 이하로 건성이, 치백이, 완득이, 원식이, 준필이, 일룡이 그 외에도 적당한 사람으로 집행위원을 설정한 후 각기 부서를 나누어서 사무를 집행하게 되었다. 조합에는 조합기가 꽂혀있었다.

야학도 이 사무실로 옮기었다. 그들은 남자뿐만 아니라 여자야학도 시작하였다. 거기에는 음전이와 순남이도 열심히 다녔다.

이리하여 그들의 모든 힘은 조합으로 집중되어갔다.

9

어느덧 수확할 무렵이 돌아왔다. 그래 T촌 사람들도 일제히 나서서 벼를 베기 시작하였다. 그러나 큰 수해를 치르고 난 농작물은 아주 여지가 없이 되어서 소작료를 정한대로 치르고 나면 아무 것도 남지 않을 뿐 아니라 도리어 부족할 집도 많았다.

이에 그들은 전 수확의 이 할 혹은 아주 면제해주기를 제각기 수해정도를 따라서 지주에게 진정하고 그렇지 않으면 소작료×× 동맹을 일으키기로 하였다. T촌 사람들의 짓는 전장은 거의 윗마을 사는 정고령집 땅이었다. 큰들에도 그 집 전장이 많았으므로 ○○농민 조합에서도 *쟁의를 일으키게 되었다.

그래 T촌에서도 그들과 공동투쟁을 취하게 되었다. 그러나 쟁의는 *수이 끝나지 않았다. 이에 조합에서도 지구전을 할 준비와 또는 *명

년 *보릿동까지 살아갈 식량 준비로 매호마다 노동을 징발하고 단 한 푼이라도 생리할 부업을 하기 시작하였다. 여자들도 멱을 치고 새끼를 꼬아서 팔았다. 장정들은 큰들로 마당질 품팔이를 나갔다. 노인들은 신을 삼아 팔았다.— 그들은 모든 것을 공동으로 하였다. 공동으로 사들이고 공동으로 팔았다. 그들은 모든 것을 조합에서 처리하게 되었다.

쟁의에는 혹시 그 중에서 배반하는 자가 있을지도 몰라서 그들은 서로 경계하였다. 그래 저녁을 먹으면 일제히 조합으로 모여서 쟁의에 대한 방책과 오늘까지에 조사한 보고를 듣고 늦도록 이야기하다가 돌아가 자고 그 이튿날 아침에는 또 누구누구는 무슨 일을 하러 어디로 가고 누구누구는 무엇을 하겠다는 것을 일일이 조합에 와서 보고하였다. 그래도 미심하여서 그들 중에서는 또 규찰대를 조직해 가지고 그들의 행동을 엄중히 감시하기까지 하였다.

이 판렬에 건성이는 고만 *검속이 되었다. 그러나 그 후로 완득이, 원식이, 치백이, 준필이, 장접장 등이 꾸준히 잘 싸우고 있었다. 그러나 그들이 아직 처음 경험이니만치 혹시는 실패할런지도 모른다마는 그것은 그저 실패만은 아니었다. 이미 뿌리잡고 든든히 선 조합은 그로 말미암아 흔들리지 않았다. 그들에게는 참으로 '홍수'같은 힘이 점점 한 데로 뭉쳐 흐를 뿐이었다.

(『조선일보』, 1930.8.21~9.3)

부역賦役

1

강참봉 집 창고를 짓는 인부들은 점심시간이 되자 한참 동안 쉬게 되었다. 목수들은 주막으로 더운점심을 먹으러 가고 인부들 중에서도 찬밥을 싸가지고 온 사람들도 밥을 먹기 시작하였다.

"치삼이 어서 이리 오게 응!"

"아니 난 생각 없어…… 자네나 어서 먹지."

원식이는 찬밥 바가지를 망태기에서 꺼내며 한 동리에 사는 치삼이를 보고 같이 먹자고 부르는데 치삼이는 저편으로 베돌며 굳이 사양하는 말이다.

"아따나 같이 좀 뜨게나그려. 조곰 요기하면 그래도 낫지. 근행아,

너도 이리 오너라 웅!"

하고 '아따나 박서방'도 밥을 못 가지고 온 정첨지 아들을 같이 먹자
고 권한다. 그러나 그들의 싸가지고 온 *벤또라는 것은 거의 맨 좁쌀
에다가 풋나물을 찢어 넣어서 마치 풀떼기같이 만든 것이었다. 어떤
이의 것은 그것도 못 되고 수숫겨와 쑥으로 개떡을 부친 것도 있었
다. 그래도 그들은 모두 *허발을 해서 먹으며 그나마 못 가지고 온
사람보고 같이 먹자고 동정하는 터이었다.

"아, 배부르다…… 아따나 같이 좀 뜨지 않고 그래!" 아따나 박서
방은 빙그레 웃으며 치삼이를 또 바라보다가 부시럭부시럭 담배를
담는다.

"아니 괜찮어요…… 참 시작이 반이라드니 거진 절반은 된 모양이
지."

그는 뒷짐을 지고 서서 벽돌로 쌓아 올리고는 창고를 쳐다보며 신
기한 듯이 부르짖는다.

"글쎄 처음 시작할 때는 엄두가 안 나 보이더니만…… 참 사람의
힘이란 무서운 것이야."

"벌써 우리도 이틀째가 아닌가. 아즉도 며칠은 더 와야 할 모양이
지."

"글쎄…… 난 큰일 났는데……"

"누구는 큰일 안 나고…… 돈이나 있어야 품을 사서 대신 보내지."

"제—미 붙을…… 지금이 어느 때라고 남을 며칠씩 *건부역을 시

킨담! 그래 자기 혼저만 잘 살자고 남은 죽어도 좋단 말인가."

우락부락한 원식이는 별안간 분통이 터지는 듯이 두 주먹을 부르쥔다. 그는 자기 집에 할 일이 많았다.

"허허 누가 살라는 것을 사나. 돈 없으면 죽으라는 세상인데."

"그래도 우리 농군들이 없어보우. 부자들이 저 혼저 잘 살 수 있겠나."

"그야 그렇지만…… 우리들이 무슨 힘이 있는가 원!"

"왜 힘 없어요. 그렇기에 일심 단합을 하란 말이 아니여요?"

"하긴 그렇지. 일심 단합만 되면 천하에 무서울 일이 어디 있겠나."

"참 강참봉 아들은 또 첩을 얻었다지?"

"이번 첩은 아주 하이칼라 여학생이던데요."

"넌 벌써 보았니? 곰보가 계집은 *되우 줏어들인다."

"아니 그럼 멧쨀가?"

하고 원식이가 신이 나서 대드는데

"무얼 아즉 한 다쓰도 못 되는 셈이지."

하고 *식자나 있는 치삼이가 시치미를 뚝 따고 말한다.

"감참봉도 월전에 기생첩을 했다지."

"아니 부자가 번갈어 계집만 줏어들이면 그것들이 대체 가만있나."

"그러기에 밤낮 풍파라우. 일전에도 큰마누라와 사이에 싸움이 나서 시쳇말로 동맹 파업을 했게."

"허허…… 이 사람아! 동맹 파업인가 동맹 파첩이지."

"그래 어떻게 됐다나?"

하고 아따나 박서방의 뒤미처 묻는 말에

"아따나 강참봉이 개개 빌었다나."

하는 원식이의 말에 그들은 와그르르하고 웃음통이 터졌다.

"이 사람아 어른흉내 내지 말게!"

그들에게서는 또 홍소가 일어났다.

"야, 고만 일이 해라! 어서어서."

더운점심에 술까지 얼근히 먹은 목수들은 백구야 하고 콧노래를 부르며 오다가 이렇게 고함을 지른다. 이 바람에 인부들은 벌떡 일어서서 제각기 맡은 일터로 *헤져갔다. 그들은 모두 헌 누더기를 걸치고 얼굴은 영양 불량으로 누르퉁퉁하였다. 그들의 호된 고역은 때때로 무거운 한숨을 토하게 하였다.

긴 봄날은 해가 지려면 아직도 멀었다…….

2

고요하던 건축공장은 다시 요란한 소리를 내기 시작하였다!

광토골서 온 아따나 박서방 외의 칠팔 명은 *비계 맨 위로 벽돌을 져 나르는 판이다. 그들은 이런 일은 처음 해보는 터이라 벽돌 한 짐씩을 지고 높은 비계 위로 올라갈 적에는 정신이 아찔하도록 현기증이 났다. 그것은 마치 수십 길 되는 외나무다리를 건널 때와 같이 두

다리가 벌렁벌렁 떨린다. 그래 그들은 한 행보를 치르고 나면 온몸에 진땀이 죽 흐르며 숨이 턱에 닿아서 씨근거렸다.

정첨지는 오늘 양식을 구하러 선바위를 가기 때문에 부역을 대신 나온 근행이(정첨지 아들)는 점심도 못 싸가지고 가서 이 위험한 일을 하게 되었다. 그는 아따나 박서방한테 쑥개떡 두어 쪽을 얻어먹긴 하였으나 배는 금시로 다시 고파서 허리를 가눌 수 없었다. 나중에도 두 귀가 먹먹하고 눈이 아물아물하기 시작하였다. 그래도 그는 계속해서 벽돌을 지지 않으면 안 되었다.

이와 같이 애달픈 고역은 괴로운 시간을 삭이며 일각일각 *질행하였다……

이 때 별안간 "철걱!" 소리가 나자 사람의 아우성 소리가 쏟아졌다.

"사람이 떨어졌다!"

뒤미처

"누구야? 누구야?"

하고 군중이 우 몰려와 보자 광터골 사람들은 다시 외쳤다.

"아 근행이다!"

근행이는 과연 땅바닥 위에 정신 모르고 척 늘어졌다. 그는 머리가 깨져서 피를 내쏟는다. 목수들도 뛰어왔다.

"누구 한 사람이 이 사람을 업고 병원에 가라!"

목수 중에 한 사람은 이렇게 부르짖었다.

"병원에는 돈이 있어야 가지."

"그러나 사람이 당장 죽어가니 병원으로 가야 않겠나."

"아니 그럼 누구 한 사람은 강참봉 댁으로 가서 치료비를 좀 달래보지."

그들은 이렇게 공론하다가 급기야 원식이는 부상자를 업고 읍내로 가고 아따나 박서방은 *최참봉 집으로 달려갔다. 하기는 광터골 사람들은 모두 그들을 따라가 보고 싶었으나 첫째 그런 자유도 없거니와 만일 강참봉이 알게 되면 하루 부역을 더 시킬까봐서 고만두었다.

그래 그들은 우두커니 서서 서글픈 듯이 원식이와 그의 등에 업혀 가는 근행이를 바라보았다. 근행이는 고개를 가누지도 못하고 근드렁 근드렁 매달려 간다. 아따나 박서방은 두 주먹을 부르쥐고 경충경충 *노루걸음으로 뛰어간다.

이른 저녁때—너웃너웃한 해는 구름 한 점 없는 하늘에 걸렸다. 그 햇빛이 논물 속에 백금처럼 번쩍인다. 넓은 들 건너 먼 산에는 아지랑이가 아물거린다. 나물을 캐는 계집애들은 바구니를 끼고 밭고랑에 앉았다.

"야, 어서 일이 해라! *바새기⋯⋯"

목수가 고함을 치는 바람에 그들은 다시 일터로 헤어졌다.

3

옥녀봉 밑 산골짜기 사이로는 큰 내가 흘렀다. 그 내 건너 넓은 들

가운데 있는 많은 전답은 무학동 사는 강참봉 집 땅이었다. 수십 호나 되는 이 마을에도 오직 강참봉 집 대소가뿐이 지붕에 기와를 덮고 산다. 그 밖에는 인근동—사람들도—모두 가난뱅이 농민으로서 대개는 이 강참봉 집 전장 몇 두락에 실 같은 목숨을 매달고 사는 터이었다.

어느덧 삼동도 지나고 새해의 농사철이 돌아오자 이 근처 강참봉집 작인들은 농사지을 준비를 부지런히 하였다. 그런데 강참봉 집에서는 올봄에도 각 작인들에게 또 부역을 징발하였다. 그는 올부터는 창고에다가 곡식을 쌓으려고 지금 곡물 창고를 굉장히 짓는 중인데 인부는 사지 않고 이런 근동 작인에게다 벌써 며칠씩 부역을 시키는 터이었다. 그런데 근행이도 그날 남과 같이 부역을 나왔다가 고만 비계 위에서 떨어진 것이다.

그날 원식이는 십 리나 되는 읍내를 진땀 흘려가며 근행이를 업고 갔다. 병원에는 다행히 의사가 있었다.

의사는 위선 상처를 진찰해본다.

"대관절 어떻겠습니까? 곧 나을까요?"

원식이는 의사의 말을 기다리다 못하여 이렇게 물어보았다.

"저렇게 중상을 당했는데 곧 나을 수 있겠소"

하고 의사는 당치 않은 말이라는 듯이 원식이를 흘끗 쳐다보더니 다시 말을 이어서

"머리는 곧 낫겠으나 팔목을 몹시 삐었는데 위선 치료해봐야 알겠

지마는 아마 수술을 해야 될 것 같소 한 삼 주일 동안 입원을 하고"

"네? 입원을 해야 돼요? 며칠간이나요?"

원식이는 놀라운 눈으로 다시 의사를 쳐다보며 묻는데

"스무 날 말이여요!"

하고 어느 틈에 왔는지 모르는 간호부가 대신 말한다.

"그럼 어떻게 하겠소 입원을 시킬 수가 있겠소?"

"글쎄요…… 저 애 집이 가난하니까 어떻게 할는지요."

"네! 그럼 위선 붙일 약을 드리지요 지금 약값은 이 원이올시다."

"네! 그 돈은 지금 누가 가지고 올 것입니다. 그런데 입원을 시키자면 하루에 얼마씩이나 됩니까?"

"형세가 구차하다니까…… 삼등으로 해서 하루에 삼 원씩이올시다."

"삼 원? 서른 냥 말이여요?"

원식이는 입을 딱 벌리었다. 스무 날이면 육백 냥이 아닌가! 그런 큰돈은 근행이네 집을 팔아도 나올 도리가 없다. 그래 원식이는 오직 강참봉네 집에서나 반가운 소식이 오기를 기다렸다.

저녁때 아따나 박서방은 숨이 차서 돌아왔다.

"대관절 어떻게 되었소?"

하고 원식이는 궁금증이 나서 아따나 박서방을 대하기가 무섭게 물어보는데 그는 입맛을 한 번 쩍 다시며 또 한 번 씽끗 웃는다.

"돈 스무 냥 주데."

하더니 그는 품 안에서 일 원짜리 두 장을 부시럭부시럭 꺼내놓는다.

"뭐? 이 원?…… 아니 요것뿐이야?…… 예, 여보! 그까짓 것을 그래 뭐 하러 받어가지고 온단 말이오!"

"그럼 어짜나. 나도 받기가 싫데마는 당장에 돈도 없이 병원에 간 생각을 하니 그나마라도 없는 것보다는 날 것 같애서."

하고 아따나 박서방은 다시 근행이를 들여다본다.

"아니 사람이 죽게 되었는데 겨우 돈 이 원을 줘요? 뉘 일을 하다가 그랬는데…… 박서방만 해도 그렇지 그것을 준다고 그래 주는 대로 받어 온단 말이오?"

"아따나 이 사람아 나도 그런 생각이야 왜 없겠나마는 아모리 사정을 해도 더 주지 않는 것을 어짜나. 제가 잘못해서 떨어졌지 누가 떨어뜨렸냐고까지 말하는데야 도모지 더 할 말이 있거디. 자네도 강참봉의 심보를 뻔히 알면서도 그러네그려."

"무엇이 어째? 참 멀쩡한 도적놈이로군! 그렇게 말하는 자를 그대로 두었단 말이오?"

하는 원식이는 만일에 강참봉이 이 자리에 있으면 당장에 박살을 낼 것 같이 주먹을 부르쥔다.

"아따나 그런 말은 예서 할 말이 아니야. 대관절 근행이는 어떻겠다나?"

"무에 어때요? 어서 약값이나 치르고 가십시다."

"약값은 얼마라건데?"

"이 원이라우! 참 귀신 곡하게 잘 알고 주었구려! 하허…… 내—
원."

"글쎄 말일세. 아니 그대로 가도 낫겠다나?"

원식이는 간호부에게 약값을 치르고 나서

"괜찮으면 팔을 짤러야 하겠대요!"

"무어? 팔을 짤르다니?……"

"팔을 짤르고 한 스무 날 입원을 해야 된다우."

"입원을 해…… 그럼 하루에 얼마씩?……"

"삼 원!"

"삼 원?…… 아니 서른 냥 말인가?"

"그래요!"

아따나 박서방은 하도 기가 막힌 듯이 말도 못 하며

"이 사람아 어서 가세!"

하고 손을 내젓는다. 그래 원식이는 근행이를 다시 업었다. 그 뒤를
박서방이 따라 선다. 그들은 어둠컴컴하도록 근행이를 번갈아 업고
광터골까지 다시 걸어왔다.

4

집에 돌아온 뒤로 근행이 병은 점점 더하였다. 그는 팔이 뚱뚱 부
어서 전신을 꼼짝 못하고 드러누웠다. 그날 병원에서 얻어온 고약을
몇 번갈아 붙여보았으나 그까짓 것으로는 아무 효험이 없었다. 그래

징첨지 내외는 밤에 잠이 오지 않았다. 그 뒤로는 좋다는 상약은 모조리 해보았다. 그러나 병은 점점 더칠 뿐이었다.

어느 날 아침 밥상머리에서

"여보 영감 오늘은 강참봉 댁에 좀 가보시구려. 암만해도 저 애를 그대로 두어서는 못쓰겠다고 보는 사람마다 그러는구려."

하고 마누라는 슬쩍 영감의 눈치를 보았다. 노란 맨 좁쌀만 삶은 조밥을 된장국에 떠먹던 정첨지는

"글쎄 강참봉 집은 뭐 하러 가란 말이야?"

하고 볼먹은 소리를 꽥 지른다.

"설마 그 양반도 사람이지. 자기 집 일을 하다가 그리되었으니 사정 이야기를 하면 거저야 있겠소? 하다못해 빚으로 주더라도……"

"이거 왜 익은 밥 먹고 *선소리를 해. 그렇게 후할 것 같으면 벌써 주었지 여적 있어!"

"그래도…… 그럼 어떻게 하우…… 병은 점점 더쳐가고 아모것도 먹지를 못하니."

어느덧 마누라의 목소리도 떨리어 나왔다.

"무엇을 어째 죽으면 죽었지……"

영감이 밥을 먹고 밖으로 나가자 마누라는 입에 넣었던 숟갈을 던지고 방바닥에 쓰러져 운다. 그는 암만해야 영감이 그 집에는 갈 것 같지 않으므로 되든 안 되든 자기가 한번 가보기로 작정하였다. 강참봉이 돼지 같거나 무엇 같거나 그래도 그 집밖에는 떼를 쓸 데도 없

지 않은가.

그래 그는 아홉 살 먹은 딸에게 다녀올 동안 병인의 시중을 잘 보아주라고 당부하는 그길로 강참봉 집을 찾아갔다.

이날 강참봉 집에는 무슨 잔치가 있는지 큰사랑에는 손들이 가뜩 모여 앉았다. 안팎으로 하인들이 왔다 갔다 하며 연해 긴 대답 소리가 난다. 안에도 여간 부산하지 않아서 솥마다 불을 지피고 한편에서는 부침개질을 하네 한편에서는 갈비를 굽네 또 한편에서는 술상을 보느라고 야단인데 이 집 마님은 총대장 격으로 팔간대청에 돗자리를 깔고 앉아서 이래라! 저래라 하고 담뱃대로 지휘를 한다.

정첨지 마누라는 일 년 내 가도 이런 음식은 구경도 못 하는 터이었다. 그는 그 고기 한 점을 아들에게 주었으면 얼마나 잘 먹으랴 하는 생각이 났다.

이런 생각을 하며 그는 한편 구석에 서서 주저주저하다가 주인 마누라가 담배 한 대를 다시 담는 틈을 타서 겨우 인사를 하였다. 그리고 강참봉 나리를 좀 뵙게 해달라고 사정을 하였다.

볼춘댁 마님은 한참 동안 그의 말을 듣고 나더니

"응 광터골 정첨지 마누라여!"

하는 한마디로 겨우 누군지를 알았다는 눈치를 보일 뿐! 비록 *외면 치레라도 어린 아들이 그렇게 다쳐서 안되었다는 말 한마디가 없다. 그리고 지금은 손님이 와서 부산할 뿐 외라 그날 병원에 갈 때 나리가 치료비를 주신다던데 무슨 돈을 또 달라느냐고 다시 두말 못하게 잡아떼었다. 소위 혹을 떼러 갔다가 붙이는 셈이 아닌가? 정첨지 마누라는 너무도 기가 막혀서 말이 나오지 않았다. 그는 분이 나는 대로 하면 한바탕 몸부림을 하고 칼부림도 하고 싶었지만 그러는 날에는 당장에 논이 떨어질 터이라 할 수 없이 꿀꺽 참았다. 그래 그는 그길로 돌아서고 말았다. 그는 두어 걸음을 떼어놓자 별안간 두 눈이 캄캄하여 앞길이 잘 보이지 않았다.

"근행아! 근행아! 네가 무슨 죄로 남의 집 부역을 하다가 팔이 부러졌느냐?⋯⋯"

그는 이렇게 부르짖으며 자기 집에까지 울고 돌아왔다. 근행이는 여전히 끙! 끙! 앓는 소리를 하며 누웠다.

강참봉 집 창고 짓는 부역은 근행이의 팔이 부러진 뒤에도 날마다 계속되었다.

그러지 않아도 요새 한창 바쁜 때—못자리 가꾸고 논 갈고 보리밭 매고 미구에 모를 내야 할 판인데 막걸리 한잔 안 주는 건부역을 벌써 며칠째 하는 그들 작인은 여간 불평이 있지 않던 터에 불행히 근행이가 그렇게 떨어져서 중상이 되었는데도 치료비까지 안 물어주려는 강참봉의 심사에는 순하기 양과 같은 그들도 와락 *역증이 떠올랐다.

그들이 이 공통한 불평은 차차 한 덩어리로 뭉치기 시작하였다.

그날 저녁때 강참봉 집에서는 "내일 또 광터골 사람들은 일제히 부역을 나오라"는 기별이 왔다. 날이 저물자 동리 사람들은 저녁을 먹고 하나 둘씩 정첨지 집 마당으로 모여들어서 강참봉 집 욕을 빗발치듯하고 있을 때 근행이 모친은 설거지를 하고 나와서 오늘 아침에 강참봉 마누라에게 당한 *소조를 눈물을 흘리며 이야기하였다.

그 말을 듣자 여러 사람들은 일시에 열이 꼭두까지 올랐다. 성미가 괄한 원식이는 분이 나서 씨근거리며 그 자식을 당장에 쫓아가서 박살을 내자고 서둘렀다.

이렇게 예서제서 위불군 뒤불군 하던 그들은 마침내 인근 각동에 있는 강참봉 집 작인에게 *사발통문을 돌리었다.

그들이 그날 밤중까지 서로 모여서 의논한 결과는 각 동리 작인 일제히 내일 아침에 강참봉 집으로 몰려가서 다시는 부역을 시키지 말 것과 근행이의 치료비를 배상하라는 조건 등으로 진정을 하는데 그중에서 교섭위원으로 각 동리마다 두 사람씩을 미리 뽑아 넣기로 하였다.

그래 광터골서는 치삼이와 원식이, 중터에는 박첨지와 원여, 선바위는 김접장과 원석이, 왜장골은 원출이와 성선이, 사기소는 덕춘이와 광보, 정자말은 인화와 석여 등 여섯 동리 열두 사람이 뽑히었다.

그리하여 그 이튿날 아침에 그들의 근 백 명의 군중은 한 패 두 패씩 길거리에서 만나자 일렬로 행렬을 지어가지고 강참봉 집으로 몰려갔다.

강참봉 집 사랑은 무학동 골안의 수양버들이 우거진 높은 지대에 올라섰다. 뜰 앞에는 화단을 모으고 거기만은 각색 화초를 심었다.

읍내××××이슨시란 장월게화도 있었다. 마당 저편으로는 연못을 파고 그 한가운데는 *석가산을 모았다. 연못 속에는 금잉어가 꼬리 치며 논다. 여기서만 심심하면 강참봉 아들이 낚시질을 하는 것이다.

후원에는 대숲이 우거지고 좌우 산기슭으로는 푸른 솔이 울창하였다. 수양버들이 우거진 돌개천이 흐르는 유수한 이 동학에 강참봉의 수십 간 와가는 왕궁과 같이 덩그렇게 섰다. 옥녀봉 *중터리에는 아침 안개가 뭉게뭉게 떠오른다.

그들이 그의 호화로운 이 생활을 엿볼 때 증오심은 불같이 더욱 탔다. 그들의 무의식한 중에도 이렇게 잘사는 것이 누구 때문이냐 하는 생각이 들었음이다.

강참봉은 사랑에서 담배를 먹고 있었다. 별안간 그들이 우 달려드는 것을 보자 심상치 않은 듯이 놀라는 눈으로

"웬일들이야!"

하고 마루로 뛰어나온다. 대뜰 아래로 *근감하게 늘어선 군중 속에서

"억울한 사정이 있어서 여쭐 말씀이 있어 왔습니다."

"무슨 억울한 사정?······"

군중 속에서 치삼이가 대뜰 위로 올라서자 호주머니에서 봉투 한 장을 꺼내서 강참봉을 내주었다. 거기에는 지금 농번기에 있는 작인들에게 부역을 시키는 억울한 사정과 근행이가 부역을 하다가 그렇게 중상을 당하였다는 사정을 말한 후에 다음과 같은 요구 조건을

제출하고 일치한 행동을 취한다는 것이었다.

一, 부역을 시키지 말 것
一, *사음을 없앨 것
一, 박근행의 치료비를 물어줄 것
一, 농자금을 *무변리로 대부해줄 것
一, 농자와 비료는 무상 배부할 것
一, 소작권은 상당한 이유 없이 이동치 말 것
一, 소작료는 사 할 이내로 할 것

강참봉은 보기를 다 하자 코똥 한 번을 "쿵!" 하고 뀌었다.

그는 한참 있다가

"그래 일들을 못 나오겠단 말이야!"

"네 못 하겠습니다 대관절 지금이 어느 때입니까?"

원식이가 부르짖었다.

"아니 그럼 여기 온 여러 작인이 모다 그렇단 말이야?"

하고 다시 붙는 말에 일동은

"그렇습니다!"

"그럼…… 다들 올라가서 맘대로들 하소! 나는 이 가운데서 한 가지도 들어줄 수가 없으니까!"

강참봉은 얼굴에 핏대를 세우며 성이 나서 부르짖더니만 고만 안으로 들어가버린다.

이 거동을 본 군중들은 별안간 와자지껄하고 떠들었다. 강경파는 이곳을 끝까지 떠나지 말고 판단을 짓자는 말에 온건파는 그래도 별수가 없을 것이니 그대로 돌아가 다시 대책을 강구하자는 것이었다. 이때 치삼이와 원식이는 팔을 걷고 나서며 외쳤다. 우리가 만일 지금 이대로 헤어지면 모두 *산심이 되어서 아무것도 되지 않는다. 그러니까 *기위 일을 벌인 이상에는 좌우간 끝까지 결론을 보고 가는 것이 옳은 일이라고 역설하였다.

과연 그렇다! 그들은 벌써 강참봉의 심사를 엿보았음이다. 그는 내일부터라도 부역을 나오지 않는 사람은 누구나 논을 뗀다고 위협할 것이다. 그러면 겁쟁이들이 무서워서 하나 둘 씩 일을 나가게 되면 이번 일은 아무것도 안 되고 도리어 자기들만 경을 칠 것이 아닌가? 그래 그들은 온화파를 누르고 끝까지 이 집을 떠나지 않기로 작정하였다. 이렇게 작정되자 그들은 맨땅에 죽 둘러앉아서 *하회를 기다렸다.

그런데 웬일이냐! 날이 거의 한낮이나 되자 별안간 온 동리 개가 발끈 짖더니만 뒤미처 제걱제걱 소리가 나자 경관 한 패가 대들었다. 이 기미를 알자 강참봉은 다시 사랑으로 뛰어나왔다.

부장은 마루 위로 올라서자 강참봉과 인사를 한 후 위선 기간 사정을 청취하더니 대표 열두 사람을 즉시 불러 올렸다. 그는 열 두 사람의 주소 성명을 수첩에다 일일이 기록한 후에

"이 진정서는 누가 꾸몄나?"

"우리들이 모다 꾸민 것이올시다."

원식이가 대답하였다.

"그래도 이것을 기초한 사람 말이야!"

"네, 내가 했습니다."

치삼이가 대답하는 말이었다.

"그러면 이런 진정서를 제출하였으면 그대로 돌아가서 회답을 기다릴 것이 아닌가? 이렇게 군중이 집단을 해서 행동하는 것은 옳지 못한 일인 줄 모르나."

"그러나 우리는 그대로 갈 수가 없습니다. 경관께선 이미 참견하셨으니 우리의 억울한 사정을 잘 가려줍시오!"

"뭐, 그대로 갈 수 없다니!……"

하고 그는 눈을 딱 부릅뜨자 부하에게 무슨 명령을 한다. 그러니까 그들은 일시에 해산! 해산! 하고 군중을 마구 내몬다. 이 광경을 보자 원식이는 피가 끓어올랐다.

"그래 우리가 잘못한 것이 무엇이오? 멀쩡하게 이 바쁜 때 작인에게 며칠씩 건부역을 시키고 또 부역을 하다가 팔이 부러진 사람의 치료비도 안 물어주랴는 그런 행동을 하는 사람은 가만두고 그런 억울한 사정을 하러온 만만한 우리들은 말도 못하게 내쫓으니" 하고 그들에게 달려들어서 한바탕 격투가 일어났다. 이 풍파에 마침내 그들 열두 사람은 읍내로 검속을 당해서 압송하고 군중은 다시 그들의 뒤를 쫓아가서 아우성을 쳤다. 그들이 가는 도중에서 각기 가족들이 알고 쫓아오며 또한 울며불며 야단이었다.

5

그 이튿날 강참봉 집에서는 인근동 각 작인에게 내일부터 부역을 나오지 않는 사람들은 모두 소작권을 뗄 터이니 생각해 하라는 통지서를 발하였다.

그러나 이때는 벌써 모를 미구에 낼 무렵이므로 그들의 논을 뗀대야 새로 주는 작인이 못자리를 다시 할 수가 없는 만큼 그 많은 전장을 누구에게 줄 사람이 없었다. 고지식한 그들에게도 이만한 전술은 알았다. 그런데 강참봉 집 작인이 소작쟁의를 일으켰다는 소문을 듣자 읍내 농민조합에서는 가만히 응원단을 보내서 그들의 결속을 끝까지 지속하도록 격려하여놓았다.

그래 그들 작인은 그런 통지를 받고도 모르는 체하고 무학동 사는 강참봉 집 행랑살이 외에는 한 사람도 부역을 가지 않았다.

××에서도 그것이 관청 부역이 아닌 이상 부역을 나오지 않는다고 강제 징발하지는 못하였다.

일이 그쯤 된 바에는 강참봉 집에서도 할 수 없었다.

머리를 숙이는 것이다. 부르주아는 할 수 있는 대로 지배 계급으로서의 체면 유지를 하려 하지마는 큰 이익 앞에서는 생쥐처럼 한 푼이라도 긁어모으려고 눈이 벌건 강참봉은 자기가 논을 떼기 전에 작인들이 불경 동맹을 일으킬까봐 그는 체면은 안되었지만 부역을 다시 시키지는 못하였다. 그 뒤로 그는 창고를 짓는 인부들은 목수보고 사서 쓰라고 내맡기어버렸다.

그래서 검속한 사람들도 열흘 구류를 살고 무사히 석방될 수 있었다.

그러나 근행이의 치료비는 받지 못하고 말았다.

정첨지는 할 수 없이 원식이의 보증으로 집문서를 잡히고 읍내 ××한테서 이십 원의 빚을 얻어 왔다. 그동안에 이 집이 몇 번을 나갈 것을 그는 어떤 곤란이 오더래도 집만은 잡히지 말자더니 이번 통에 기어코 올라가고 말았다.

정첨지가 근행이를 업고 병원에로 다시 가니 의사는 남의 사정은 모르고 이렇게 다시 올 것을 왜 그때 바로 입원을 시키지 않았느냐고 핀잔을 한다. 그는 상처를 한참 들여다보더니 대번에

"팔을 짤러야겠소!"

"네?"

정첨지의 가슴은 덜컥 내려앉았다. 그러나 인제는 죽든지 살든지 병원에 맡길 수밖에 없다. 근행이는 그 말을 듣고 훌쩍훌쩍 울기 시작하였다.

의사와 간호부는 수술할 차비를 차리었다. 간호부가 근행이를 업고 수술실로 들어가자 안으로 문을 꽉 잠가버린다. 정첨지는 문밖에서 아들이 나오기를 기다렸다. 그는 멀쩡하던 아들이 이 뒤로는 팔병신이 될 것을 생각해보았다. 이럴 줄 알았으면 진즉 장가나 들일 것을 어떤 놈이 병신자식에게 딸을 주겠느냐고— 그는 이런 생각이 나자 별안간 긁! 하고 울음을 터치며 두 주먹으로 눈물을 씻었다……

한참 만에 근행이는 팔을 무섭게 붕대로 휘감고 나왔다. 그는 병실에 갖다 뉘어도 정신없이 눈을 감고 있다. ……간호부는 그를 잘 누이고 팔을 다치지 않도록 베개로 고여놓았다. 거의 팔꿈치 가까이 자른 모양이었다.

그래서 근행이는 십여 일 만에 병원에서 퇴원하게 되었다. 하기는 완치가 되려면 아직도 멀었지만 돈이 부족하여서 그대로 온 것이다. 인제는 이틀에 한 번씩 병원에 와서 약만 갈아 붙여도 좋겠다고 하여서 그리하였다.

장래에 약속 바르고 튼튼한 일꾼이 되겠다고 인근동에서 이르던 근행이도 인제는 속절없이 팔 병신이 되고 말았다. 그는 그전과 같이 나무도 못 하고 짐질도 못 하였다. 철모르는 아이들은 그를 팔 병신이라고 손가락질을 하였다.

그러나 이번 투쟁을 경험한 강참봉 집 작인들은 여러 가지로 얻은 것이 많았다. 그들은 첫째로 단결의 필요를 느끼었다. 그 다음으로 그들은 농민조합의 필요를 느끼었다.

—우리들의 무기는 단결이다!

—농민은 농민조합으로!

무의식한 그들에게는 이러한 슬로건이 이번 투쟁을 통해서 머리에 박혔던 것이다.

그래서 그들은 암암리에 이 가을까지는 농민조합을 설립하고 이번에 실패한 대부분의 요구 조건으로 수확기에 가서 다시 소작쟁의를 일으키기로 지금부터 벼르고 있었다.

그것은 그들 중에도 이번 쟁의 때에 각 동리 대표로 뽑힌 열 두 사람이 주체가 되어서 읍내 있는 농민조합 간부와 비밀히 연락을 취하였다. 그들의 연락을 잇는 다리로는 근행이가 부지런히 왔다 갔다 하였다.

이 비밀한 계획은 가을을 앞두고 착착 진행되었다.

(『시대공론』, 1931.9)

서화鼠火

1

며칠째 연속하던 강추위가 오늘은 조금 풀린 모양이다. 추녀에 매달린 고드름이 녹아내린다. 바람이 분다.

그래도 정초(음력설)라고 산과 한길에는 인적이 희소하였다. 얼음 위에 짚방석을 깔고 잉어 낚기로 생애를 삼던 차첨지도 요새는 보이지 않았다.

얼어붙은 강 위에는 벌써 언제 온지 모르는 눈이 그대로 쌓여 있다. 갓모봉의 험준한 절벽 밑을 감돌고 다시 *편한 들판으로 흘러내린 K강은 마치 백포(白布)를 편 것같이 눈이 부시다. 간헐적으로 벌판에서 불어오는 비림은 *선풍(旋風)을 일으키며 공중으로 올라간다.

광풍은 다시 강상백설(江上白雪)을 후려쳐서 강변 이편으로 들날린다. 그것은 마치 은비와 같이 일광에 번뜩이며 공중으로 날리었다. 하늘은 유리처럼 푸르다.

"정초의 일기로는 희한하게 좋은걸…… 한데 명절이라고 심심도 하다."

콧노래를 부르고 있던 돌쇠는 별안간 고개를 쳐들었다. 태양은 눈이 시다. 편한 들 건너 *하늘갓으로 둘러선 먼 산에는 눈이 하얗게 쌓여있다. 거기는 어쩐지 무슨 신비하고 숭엄한 별천지같이 감정이 무딘 돌쇠로서도 느껴졌다.

*소리개가 갓모봉 위로 날아와 강 위 하늘을 빙빙 돈다.

돌쇠는 이 산잔등을 좋아한다. 여기에 올라서서 보면 원근 산천이 다 보인다. 이 산뿌리를 내려가면 바로 강 *벼루를 접어드는 어구였다.

돌쇠는 두루마기를 뒤로 젖히고 바위에 걸터앉았다. 그는 담배 한 대를 피워 물었다. 어제 화투판에서 딴 것이다.

이마에 대추씨만 한 흉터를 가진 돌쇠는 넙적한 얼굴에 입이 비교적 컸다. 그러나 열기 있는 눈이 그의 건장한 기품과 아울러 남에게 위신이 있어 보였다. 젊은 여자가 더러 반하는 것이 아마 그 때문일 것이다.

그는 아침을 먹고 나서 어디 노름판이나 없나 하고 윗말로 슬슬 올라가보았다. 거기도 어디나 마찬가지로 모두 쓸쓸하였다. 어린 애들의 *당성냥 내기 윷 노는 소리가 산지기 조첨지 집에서 목 갈린 거위울음처럼 들릴 뿐이었다. 젊은 사람들은 모두 일 보러 나간 모양이다. 모두 먹고살기에 겨를이 없는 것 같다.

그래서 돌쇠는 짚신 장사 남서방 집에 가서 온종일 이야기를 하다가 무료히 내려오는 길이었다. 거기서 막걸리 한 사발을 먹은 것이 아직도 주기가 있다.

해는 서산에—석죠(夕照)는 하늘갓을 물들이고 설산(雪山)을 연연하게 비추었다.

한데 난데없는 불빛이 그 산 밑으로 반짝이었다. 그것은 마치 땅 위로 태양 하나가 또 하나 솟아오르는 것처럼…… 불길은 볼 동안에 점점 커졌다. 그러자 도깨비불 같은 불들이 예서제서 웅기중기 일어났다.

"저게 무슨 불인가?"

돌쇠는 이상스레 쳐다보았다. 순간에 그는 어떤 생각이 번개 치듯 머리로 지나갔다.

그는 그길로 벌떡 일어나서 네 활개를 치고 집으로 내려왔다.

그는 금시에 우울한 표정이 없어지고 생기가 팔팔해 보이었다.

돌쇠가 저녁을 먹고 나서 먼저 나선 성선(成先)이 뒤를 쫓아갔을 때는 벌써 날이 저물었다. 낫과 같은 갈고리달이 어슴푸레한 서쪽 하늘에 매달렸다. 그동안에 광경은 일변하여 불길은 먼 들 건너 산 밑을 빵 둘러쌌다. 새빨간 불이 참으로 장관이었다. 달은 놀라운 듯이 그의 가는 눈썹을 찡그리며 떨고 있다. 별은 눈이 부신 듯이 깜짝이었다.

그러나 불은 그곳뿐만이 아니다. 너른 들을 중심으로 지금은 동서남북이 모두 불천지다.

어두울수록 불빛은 더욱 빨갛게 타올랐다. 그리는 대로 군중의 아우성 소리가 그 속에서 떠올랐다.

"불이야—*쥐불이야!"

돌쇠는 엉덩춤이 저절로 났다.

"그렇다! 오늘이 쥐날이다! 아 저 불 봐라! 하하, 한우님의 수염 끄실르겠다!"

사실 너른 들을 에워싼 불길은 하늘까지 마주 닿았다. 하늘도 빨갛다.

K강 지류를 끼고 올라간 반개울 안꽈 동리에서도 아이들이 쥐불을 놓으며 떼로 몰려서 내려온다.

―불이야—쥐불이야!

예전에는 쥐불 싸움의 *승벽도 굉장하였다. 각 동리마다 장정들은 일제히 육모방망이를 허리에 차고 발감개를 날쌔게 하고 나섰다. 그래서 자기편 쪽의 불길이 약할 때에는 저편 진영을 돌격한다. 서로 육박전을 해서 불을 못 놓게 훼방을 친다. 그렇게 되면 양편에서 부상자와 화상자가 많이 나고 심하면 죽는 사람까지 있게 된다. 어떻든지 불 속에서 서로 뒹굴고 방망이찜질을 하고 돌팔매질을 하고 그뿐이랴! 다급하면 옷을 벗어가지고 서로 저편의 불을 뚜드려 끄는 판이라 여간 위험하지기 않았다. 돌쇠의 이마에 있는 대추씨만 한 흉터도 어려서 쥐불을 놓다가 돌팔매로 얻어맞은 자국이었다.

*졸망구니 아이들은 동구 앞 냇둑에다 불을 놓으며 내려왔다. 손이 곱아서 성냥이 잘 그어지지 않았다. 몇 번 신고를 해서 간신히 그을라치면 마치 기다렸던 것처럼 바람이 꺼놓는다. 그래서 그들은 논둑 밑에 가 납작 엎드려서 옷자락으로 가리고 불을 붙였다. 어떤 계집애는 치마폭으로 바람을 가려주었다.

그러나 큰 사람들은 어느 *하가에 그런 짓을 하고 있을 수는 없었다. 그들은 솜방망이에다가 석유 칠을 해서 횃불을 켜가지고는 뛰어다니며 불을 붙였다.

반개울 앞들에는 순식간에 불천지가 되었다. 마른풀은 불이 닿기가 무섭게 활활 타올랐다. 호도독호도독 재미있게 탄다.

물 아래로 무더기무더기 몇 갈래로 타는 것은 읍내 편 사람들의 놓는 불이었다. 왼편으로 기러기 떼처럼 일렬을 지어서 총총히 늘어선 불길은 한들 쪽 사람들—다시 이쪽으로 가물가물하게 훨씬 멀리 보이는 것은 장들 쪽 사람들—왜장골, 정자말, 공서지, 원터 쪽에서도 불! 불!……

멀리 어디서 풍물 치는 소리가 바람결에 들린다.

"깽매! 깽매! 깨갱—영……"

젊은 여자와 머리채가 치렁치렁한 처녀들은 동구 앞까지 나와서 어마어마하게 타오르는 사방의 불빛을 쳐다보고 재깔대었다. 거기에는 간난이네 응삼이 처 아기네 또순이도 섞여 있다.

돌쇠와 성선이를 선두로 한 반개울 사람 십여 명은 읍내 편의 불길이 성한 것을 보고 쫓아 내려갔다. 간난이를 업은 돌쇠 처는 또 누구와 싸움이나 하지 않을까 하고 은근히 걱정하였다. 반개울 사람은 자래로 읍내 편 사람들과 쥐불 싸움을 하는 때문에.

그러나 돌쇠의 일행은 미구에 실망하고 돌아왔다. 그들이 쫓아가 보니까 쥐불을 놓는 사람은 모두 졸망구니와 아이들뿐이므로 도무지 대거리가 되지 않기 때문이었다.

돌쇠는 이런 승벽이나마 해마다 쇠하여가는 것이 섭섭하였다. 그것은 읍내 사람들이 더한 것 같았다.

농촌의 오락이라고는 연중행사로 한 차례씩 돌아오는 이런 것 밖에 무엇이 오는가? 그런데 올에는 작년만도 못하게 어른이라고는 씨도 볼 수 없다. 쥐불도 고만이 아닌가!

정월 대보름에 줄다리기를 폐지한 것은 벌써 수삼 년 전부터였다. 윷놀이도 그전같이 승벽을 띠지 못한다. 그러니 노름밖에 할 것이 없지 않으냐고 돌쇠는 생각하였다.

그는 이것이 무슨 까닭인지를 모른다. 쥐불은 관청에서도 장려한다 하지 않는가? 그런지 아닌지는 몰라도 쥐불을 놓으면 논두렁 속에 묻혔던 벌레가 모두 타 죽어서 곡식을 유익하게 한다는 것이다. 그런데도 쥐불을 놓는 어른은 없었다. 그러나 하필 쥐불뿐이랴! 마을 사람들의 살림은 해마다 줄어드는 것 같았다.

사실 그들은 모두 경황이 없어 보인다. 수염이 댓 자 오 치라도 먹어야 양반 노릇을 한다고 가난한 양반은 양반도 소용없었다. 올 정월에 흰떡을 친 집도 몇 집 못 된다. 그러니 쥐불이야! 세상은 점점 개명을 한다는데 사람 살기는 해마다 더 곤란하니 웬일인가!

오직 사는 보람이 있어 보이는 집은 가운데말 마름 집뿐인 것 같았다.

밤이 차차 이윽해지자 각처의 불길은 기세가 죽어갔다. 반딧불같이 띄엄띄엄 붙은 곳은 마지막 타는 불꽃인가? 불은 저 혼자 타라고 내버려두고 사람들은 제각기 흩어져 갔는지 아까까지 들리던 아우성 소리도 없어졌다.

"이런 제—미! 그럴 줄 알었으면 공연히 내려갔지."

"글쎄 아— 춥다."

돌쇠와 성선이는 언 발을 구르며 돌아온다. 돌쇠는 추운 중에도 담배를 꺼내서 붙여 물었다.

"여보게 한케 안 하려나?"

돌쇠는 성선이에게도 담배 한 개를 꺼내주며 물었다. 그들은 외딴 주막에서 먹은 술이 얼근하였다.

"어디 할 축이 있나."

담뱃불을 마주 붙이는 성선이는 귀가 솔깃하였다.

"응삼이하고 완득이하고……"

"응삼이가 할까?"

"그럼 내가 꾀이면 된다."

"하자!"

성선이의 눈은 담뱃불에 빛났다.

"뉘 집에 가 할까?"

"글쎄…… 윗말로 가보세."

돌쇠는 고개를 외로 틀었다. 그는 노름할 장소를 궁리해보았다. 아주 누구나 *땅뜀을 못할 곳, 그래서 *개평꾼이 쫓아오지 못할 으슥한 곳에서 오붓하게 하고 싶었다.

달은 벌써 졌다. 별이 총총 났다. *고추바람이 칼날같이 귀뿌리를 에인다. 강빛은 어두운 밤에도 훤하게 서기한다. "콩! 콩!" 마을에서 개 짖는 소리. 산모퉁이를 돌아오니 바람이 들차다. 주막거리를 접어들자 술집에서는 옻들을 노느라고 왁자지껄하였다.

"이— 걸어가자 떡 사주마!"

"옻이냐! 사치냐! 오곰의……"

"석동문이가 죽었구나. 야 우리는 막이다."

두 사람은 술집 앞에 와서 걸음을 멈추고 귀를 기울였다. 거기에는 완득이도 끼여 있는 모양이었다.

"자, 그럼 완득이를 불러내라. 나는 응삼이를 잡아내 올 테니."

돌쇠는 성선이의 옆구리를 꾹 찔러가지고 가만히 소곤거렸다.

"응 그래."

"눈치 채지 않게!"

"알었어"

성선이는 고개를 끄덕이고 술집으로 들어갔다. 돌쇠는 그길로 자기 집으로 들어갔다. 그는 우선 밑천을 더 만들어야 할 판이었다. 삽짝을 열고 들어가니 뜰에서 자던 바둑이가 주인의 인기척을 듣고 반가이 꼬리를 치며 달려든다. 돌쇠는 가만히 윗방 문을 열었다.

*

돌쇠 처 순임이는 간난이를 업고 쥐불 구경을 나갔다가 추워서 바로 들어왔다. 그는 집으로 오면서도 남편이 무슨 일이나 저지르지 않을까 걱정하였다. 그는 열두 살 때에 민며느리로 들어왔다. 그게 벌써 십 년 전이었다. 얼굴에 주근깨가 돋고 약간 얽은 티가 있는 조그만 여자였다. 그는 남편이 무서웠다.

"오늘 밤에도 안 들어오랴나?…… 요새는 뉘 집에서 자는지 몰라!"

자기 방으로 올라와서 자리를 펴고 누운 순임이는 입속으로 중얼거렸다. 간난이는 젖을 물고 자다가 몇 모금씩 빨고 빨고 한다.

그는 어려서는 시집살이하기에 쪼들리다가 남편의 그늘을 알만하니까 남편은 난봉을 피웠다. 한 달이면 집에서 자는 날이 며칠 안 된다. 간난이는 벌써 세 살이 되었는데 아직 아무 기별이 없다. 그는 어서 아들을 낳고 싶었다.

어느 날 그는 가만히 시어머니 몰래 마을의 당골(무당)에게 가서 물어보았다. 당골은 손가락을 꼬부렸다 폈다 하며 *육갑을 짚어보더니 서로 살이 끼어서 그렇다 하였다. "짚신살이 껴서 나돌아 다니기를 좋아한다. 살풀이를 하자면 큰고개 서낭으로 가서 큰굿을 해야 된다"는 것이었다.

"또 어디 가서 노름을 하나 원…… 참으로 짚신살이 꼈나 부다!"

응삼이 처가 어쩨 눈치가 다르더라. 문득 그는 이런 생각이 떠올랐다. 갑자기 고적을 느끼었다. 가슴이 두근거린다.

그는 이리 뒤치고 저리 뒤치며 남모르는 가슴을 태우다가 겨우 잠이 들었다……

밤이 어느 때나 되었는지 무엇이 선뜻하는 바람에 놀라 깨 보니 어느 틈에 들어온지 모르는 남편이 이마를 짚고 흔든다. 그는 기지개를 켜며 더듬어서 사내의 억센 손목을 잡아보았다. 그것은 언제와 같이 익숙한 자기 남편의 손이었다.

"아이…… 손도 차라! 왜 앉었수?"

"두루마기 어디 있어?"

"두루마기? 또 어디 가우?"

그는 눈을 반짝 떠 보았다. 방 안은 캄캄한데 사내의 황소 같은 숨소리가 어두운 속에서 들리며 입김이 얼굴에 스치었다.

"어서 찾아줘!"

돌쇠는 성냥불을 켜서 담배를 붙였다.

"아이 귀찮구먼! 밤중에 또 무얼 하러 간대…… 아까 아랫방에다 벗어놓지 않었수?"

순임이는 괴춤을 추키고 일어나서 남편이 주는 성냥불을 켜가지고 아랫방으로 내려갔다. 자다가 일어난 그의 가냘픈 몸뚱어리와 쪽이 풀어져서 늘어진 뒷모양은 성례를 갖추기 전에 그의 처녀 때 모양을 방불케 하였다…… 돌쇠는 아내가 없는 동안에 미리 보아두었던—아내의 머리맡에 빼놓은—은비녀를 얼른 집어서 조끼 주머니에 넣었다.

"자, 옛수! 밤중에 어디를 또 간대……"

아내는 두루마기를 이불 위에 놓고 다시 성냥불을 켜서 실뱀 같은 들기름 등잔에 불을 켜놓았다. 반딧불 같은 희미한 불이 두 사람의 그림자를 흙벽 위에 비춘다. 밤은 괴괴하다.

돌쇠는 얼른 일어나서 두루마기를 입는데 아내는 말끄러미 한 짝 눈을 찌그려 감고 사내를 쳐다보았다. 그는 눈이 부시었다.

"왜 자지 않고 앉았어?"

될쇠는 망건 위로 *풍뎅이를 눌러썼다.

"난 여적 자지 않았수. 어디 갈라기에 저리 야단이야."

아내는 불만한 듯이 말한 것을 남편이 혹시 노하지나 않을까 해서 뒤끝으로 슬쩍 웃었다.

"떠들지 마라. 어디를 가든지 웬 참견이야."

아랫방에서 자던 모친이 들레는 소리에 잠이 깨인 모양이었다.

"간난 애비 왔니? 또 어디를 가니? 이 치운 밤중에."

"윗말로 윷 놀러 갈라우!"

돌쇠는 문을 탁 치고 나왔다.

순임이는 나가는 사내의 뒷모양을 우두커니 앉아서 바라다보았다.

그는 간신히 든 잠을 깨어서 그런지 좀처럼 잠이 오지 않았다. 잠은 어디로 아주 멀리 달아난 것 같다. 밖에서는 바람 소리가 우하고 일어난다. 그는 별안간 답답증이 났다. 뭐라고 말할 수 없는 부아가 끓어올랐다.

그는 부엌으로 들어가서 냉수를 떠먹었다. 얼음이 버걱버걱한다. 마당에 서서 보니 앞들 너른 벌판에는 불이 아직도 타고 있다. 사방에서 타들어와서 그런지 불은 다시 기세 있게 들 한가운데서 화광이 충천하다. 새빨간 불길은 폭풍에 날뛰는 미친 물결 같이 이리 쏠리고 저리 쏠리며 불똥은 하늘로 올라갔다.

그는 어쩐지 별안간 그 불 속으로 뛰어들고 싶은 충동이 나서 견딜 수 없는 것을 억제하고 있었다.

방에 들어와서 그는 비녀가 없어진 것을 발견하였다.

2

윗말 최소사 집 윗방에서는 희미한 석유 등잔 밑에 네 사람이 상투를 마주 모으고 앉았다. 그 옆에는 머리를 얹은 노파가 뻐드렁니를 내밀고 *불쩍을 떼며 앉았다. 노파는 장죽을 뻗치고 앉았다.

돌쇠는 *투전목을 잡고 척척 쳐서 주르륵 그어가지고는 *아기패에게 떼어 얹은 뒤에 한 장씩을 돌려주고 나서 자기 패를 빼보더니만

"자, 들어갔네!"

히고 패장을 투전 맨 위로 엎어놓았다. 그리고 아기패에게

"얼마 실었니?"

"일 원 태라!"

성선이는 패장을 엎어놓고 오십 전짜리 은전 두 푼을 꺼내놓았다. 돌쇠는 그대로 일 원을 태워놓고 다시 완득이에게

"넌 얼마냐?"

"난 오십 전 했다."

"또 자네는?"

"난 패가 잘 모못 들었는데…… 에라 일 원 놓게!"

응삼이는 주저하다가 지전 한 장을 꺼내놓았다. 돌쇠는 아기패에게 돈을 제대로 다 태워놓은 뒤에 토전목을 다시 성선이에게 돌려대며 눈을 끔적끔적하였다.

성선이는 투전장을 빼어서 먼저 놈과 마주 겹쳐가지고 번쩍 들어서 두 손으로 죄어보더니

"되었네!"

그담 장을 완득이가 빼서 조여본다.

"난 들어갔네!"

그는 한 장을 빼서 다시 조여본 후에 자리에 엎어놓았다.

응삼이 차례다.

그도 벌벌 떨리는 손으로 투전장을 빼어서 서투르게 조여보더니

"나도 들어갔어!"

하고 한 장을 다시 빼었다.

돌쇠는 투전 두 장을 빼어서 그의 큰 입을 오므리고 빠드득 소리
가 나도록 조여보더니만 다시 한 장을 들어가자 별안간 활기가 나서
소리친다.

"자들 까라구!"

"*서시!"

돌쇠는 성선이 앞에 놓은 돈을 좍 긁어들였다.

완득이가 석 장을 까놓는 것은 일육팔 진주였다.

"난 일곱 끗이야."

하고 응삼이도 석 장을 까놓으며 머리를 긁는데 돌쇠는 거침없이 응
삼이 앞에 놓은 돈도 소리개가 병아리 움키듯 집어당기면서

"*청산만리일고주(靑山萬里—孤舟) 칠칠오 돛대 갑오 흔들거리고
떠온다!"

툭 잦히는데 그것은 분명히 오칠칠 *가보였다. 응삼이는 두 눈이
툭 불거졌다. 일곱 끗으로도 못 먹는 것이 분하였다.

"이런 제—미! 아니 속이지 않나."

"속이긴 어느 제미 붙을 놈이 속여! 그럼 네가 패를 잡으렴!"

돌쇠는 핀잔을 주었다.

응삼이는 *더펄머리를 다시 긁적긁적하였다. 그는 망건도 안 쓰고
맨상투 바람으로 사랑에서 자다가 붙들려 나왔다.

그는 돌쇠가 꼬이는 바람에 섣달 그믐께 소 판 돈의 절반을 가지

고 나와서 서지반 다 잃었다. 가슴이 두근두근하고 눈이 캄캄해서 벌써부터 투전장도 잘 보이지 않는다.

"아주머니 무엇 먹을 것 좀 해주소. 한잔 먹어야지 속이 출출한데."

"무슨 안주가 있어야지."

노파는 불쩍 딴 돈을 주머니에 넣으며 뻐드렁니를 벌리고 웃는다. 아랫방에서는 아이들이 코를 골며 정신없이 잔다. 뒷동산 솔밭에서 부엉이가 운다.

"계란이나 한 줄 삶으시오 두부나 한 모 지지고 안주 값은 내가 내지."

돌쇠는 계란 값과 두부 값을 절그럭거리는 호주머니에서 꺼내 놓고 다시 아기패에게 패장을 돌라주었다.

"얼마야?"

"이런 제—미!"

응삼이는 또 패장이 잘못 든 데 속이 상해서 등신 같은 소리를 혼자 중얼거렸다. 웬일인지 패장은 장자가 아니면 '새오'자가 드는데 두 장을 대기는 안 되었고 석 장을 들어가면 영락없이 끗수가 더 줄었다. 그는 처음에는 끗수가 잘 나오더니 차차 줄어들어가는 것이 웬 까닭인지를 몰라서 이상하였다.

그동안에 안주인은 아까 사 온 술을 병째로 데우고 술상을 차려서 들여왔다. 무 밑동 김치 줄거리가 *개상소반에 늘어지고 *통노구 속에 두부점이 둥둥 떴다. 온돌의 골타분한 흙먼지내가 지독한 엽초(葉草) 탄내와 시크무레한 간장 냄새와 어울려서 일종의 야릇한 악취를 발하였다.

성선이는 술병을 기울여서 우선 노파에게 한 잔을 권한 후에

"자, 너 먹어라!"

돌쇠는 텁텁한 막걸리 한 사발을 받아들고 한숨에 쭉 들이켰다.

"아, 좋다! 목이 컬컬하더니."

팔뚝 같은 무 밑동을 들고 줄거리째 어석어석 씹는다.

그러나 응삼이는 술 먹을 경황도 없었다.

"자, 응삼이!"

완득이가 술을 먹고 다시 따라서 응삼이를 권하는데

"난 싫여!"

"이 사람아 한 잔만 하게나? 돈 좀 잃었다고 술도 안 먹으랴나!"

"자네들은 남의 속도 모르고…… 내일 경칠 생각을 하면…… 참, 남은 하기 싫다는데 공연히 끌고 와서……"

응삼이는 여전히 머리를 긁죽긁죽하며 무슨 소리인지 모르는 반토막을 등신같이 웅얼댄다.

"자식도 못도 났다. 잃기 아니면 따기지. 이 자식아 돈 잃었다고 술까지 안 먹겠다는 그런 할미 붙을 자식이 어디 있니!"

돌쇠가 핏대를 세우고 고함쳤다.

"그럼 난 노름은 고만 놀겠다!"

"이 사람아 어서 들어…… 이게 무슨 재민가?"

응삼이는 마지못해서 술잔을 받으며

"아니 그렇게 골낼 게 아니라…… 나는 내 사정이 따분해서……
그……그……그래서……한 말인데……"

별안간 응삼이는 무엇이 걸린 것처럼 목 갈린 소리를 하며 군침을
삼킨다. 그는 떨리는 손으로 술잔을 받아서 약 먹듯 들이마셨다.

"저 자식이 제 마누라한테 부지깽이로 맞을까 봐서 그러지 허허
허."

"아따 그러거든 기어올르렴!"

"하하하…… 자식이 그게나 ×하는지 몰라!"

"빌어먹을 놈들……"

*

하늘이 아는 개평꾼이라는 순칠이는 어떻게 알았는지 최소사 집을
찾아왔다. 그는 아까 아랫말 술집에서 윷을 놀 때 성선이가 들어오더
니 미구에 둘이 함께 나가는 것을 보자

"저 애들이 어디서 한판 어울리는가 부다!"

하고 조금 뒤에 쫓아 나왔다. 그래서 아래윗말의 그런 냄새가 날만한
집은 사냥개처럼 모조리 뒤져 올라오다가 마침내 최소사 집에 그들
이 숨어 있는 것을 발견하였다.

그는 거침없이 *삽짝문을 열고 들어서며 문밖에서부터 *게두덜거린

다.

"에, 치워! 치워…… 이 사람들이 여기 와 있는 것을."

"저 염병할 친구가 기어이 찾아왔군!"

"그러기에 눈치 안 채게 불러내랬더니…… 아저씨도 참 기성도스럽소."

돌쇠는 성선이의 말을 받다가 방문을 열고 들어서는 순칠이를 쳐다보며 빙그레 웃는다.

"이 사람들 이렇게 구석진 데 와서 하는가. 에, 치워 우선 한잔 먹세!"

그는 우선 고드름이 매달린 거의 반백이나 된 수염을 쓰다듬어서 버선 발바닥에 문지르고 나서 젓갈을 붙들고 상머리로 달려든다.

"참 아재는 용하기도 하지 어떻게 여기를 다 찾아왔수!"

주인 노파가 술을 따르며 쳐다본다.

"그러기에 한우님이 아시는 최순칠이라지, 허허!"

순칠이는 술잔도 붙들고 배짱을 부리기 시작한다. 술거품을 후 불며

"다들 자셨나!"

"예! 아저씨! 어서 잡수시유!"

순칠이는 그전에 청주 병영을 다니었다. 병정 다닐 때에 술 먹고 노름하기를 배웠다. 그는 지금도 그때 소싯적에 흥청거리고 놀던 것을 한편으로는 자랑삼아서 다른 한편으로는 동경(憧憬)되는 듯이 이

아기하였다.

"참 그때 세상이 좋았느니 옷밥 걱정이 있겠나 고기 술은 먹기가 싫어서 못 먹고…… 흥! 계집은 더 말할 것 없고……"

그때 이야기가 나면 그는 신이 나서 코똥을 뀌어가며 젊은이들에게 떠벌리었다.

갓모봉 너머 지주 이참사 집이 그때 한창 의병 떼와 화적(火賊)에게 위협을 받을 무렵에 순칠이는 그 집으로 청주 병영에서 보호병(保護兵)으로 파송을 받아 나왔다. 그는 이참사 집에서 삼 년을 지나는 동안에 밤이면 한 차례씩 순행을 돌고 낮이면 총 메고 사냥질하는 것이 직무였다.

그때만 해도 이 산촌에서 병정이라면 신기해 보였다. 그래서 마을 사람들은 그를 두렵게 보고 한편으로는 호기심으로 대하였다. 더구나 그가 이참사 집에 있음이랴! 미상불 그는 그때도 호강으로 지나던 판이었다.

그런데 청주 병영이 해산되고 따라서 자기도 일개 평민으로 떨어지게 되자 그는 이리저리 굴러다니다가 이참사를 연줄로 가족을 데리고 이곳으로 이사해 왔다. 과거의 그런 생활을 하던 순칠이는 자연히 노름판을 쫓아다니게 되었다. 그는 한편으로 이참사 집 농사 몇 마지기를 짓는 체하지만 농사는 부업으로 짓는 셈이요 도박이 본업이었다. 그는 노름판에는 어느 판이든지 알기만 하면 들어갈 수가 있었다.

술상을 치우자 투전판은 다시 벌어졌다.

떠들썩하는 바람에 자다가 오줌을 누러 일어난 이웃 사람들이 하나 둘씩 모여들었다. 신장수 남서방 산지기 조첨지 아들 군삼이 또 누구누구가ㅡ. 닭은 벌써 세 홰째 운다.

개 짖는 소리가 요란하다.

"나도 한케 하세!"

순칠이도 토전판으로 달려들었다.

"아저씨 돈 있수?"

"그럼 있지."

"어디 뵈시유?"

"있대두 그래."

"그럼 하십시다. 한 장 (일 원) 이하는 못 놓기요."

"그라지."

이번에는 응삼이가 물주를 잡았다. 그는 아기패로만 한 것이 돈 잃은 까닭이 아닌가 해서. 한 판은 다시 죽 돌아갔다.

"까시유……"

"장구 지구 북 지구 노들로……"

순칠이는 팔을 걷고 패장을 까놓는데 *장귀였다.

"일이육 저리육 선달 갑오!"

돌쇠는 일이육을 까놓는다. 아기패가 모두 먹었다.

"빌어먹을…… 이놈의 노름을 어디 하겠나……"

응삼이는 *갈깃녀리를 마치 갈퀴로 잔디밭을 긁듯이 북북 긁으며 징징 우는소리를 하였다.

"누구 잡게. 난 패 안 잡겠네!"

"자식두 변덕은. 인 내라 내 잡으마."

돌쇠는 와락 투전목을 잡아챘다.

그래서 응삼이는 다시 아기패로 붙어보았다. 그는 눈을 홀딱 까고 정신을 차리고 대들었다. 그러나 원체 투전이 서투른 데다가 자겁이 많은 응삼이는 점점 눈이 게슴츠레해지고 정신이 얼떨떨해서 도무지 노름이 되지 않았다. 투전장을 붙들고 가끔 넋 잃은 사람같이 한동안 앉았다가 옆에 사람에게 핀잔을 먹었다. 못난 사람은 이러나저러나 *지청구꾸러기였다.

마침내 그는 화중이 버럭 나서 있는 돈을 톡 털어가지고

"너고 나고 단둘이 한번 빼고 말자…… 그까짓 것! 밤샐 것 무엇 있니."

하고 돌쇠에게로 달려들었다.

"그것 좋지!"

돌쇠는 투전목을 잡고 익숙하게 척척 쳐서 주르륵 긋자

"자 떼라!"

"자 뗐다!"

"빼라!"

"뺐다!"

단판씨름의 큰판이라 방 안의 공기는 긴장되었다. 개평꾼들은 노름판을 욱여싸고 눈독을 쏜다. 석 장을 들어간 응삼이는 *신장대 떨듯 투전을 붙잡고 쥐는 손이 떨리었다. 그는 어떻게 뙁이 타던지 느침이 흐르고 이마에는 땀이 솟았다.

"서시!"

"이놈아! *장팔이다!"

돌쇠는 투전장을 젖히자 자기 앞에 쌓인 돈뭉치를 번개같이 집어 놓고 벌떡 일어섰다.

"아이구! 이런 복통할 놈의 투전아!"

응삼이는 투전짝을 찢어버리고 주먹으로 가슴을 치며 자빠진다.

그러자 좌중은 와하고 돌쇠에게로 손을 벌리고 달려들었다.

"개평 좀 주소…… 나두 나두."

돌쇠는 두 손을 조끼 주머니 속에 잔뜩 처넣고 팔꿈치로 좁혀드는 사람들을 떠밀면서 군중을 정돈하였다.

"글쎄! 줄 테니 가만히들 있어요. 이렇게 하면 정신을 차릴 수가 있나."

그는 호주머니에서 집히는 대로 은전을 집어서 손바닥마다 내 주면서 문밖으로 뛰어나왔다. 그는 별안간 누구를 발길로 차고 뿌리치며 군중을 헤치고 나왔다.

"이건 왜 심사 사납게 두 손씩 벌려!"

순칠이 성선이와 몇 사람들은 돌쇠의 꽁무니를 따라섰다. 기운 세고 쌀쌀한 돌쇠에게 그들은 마구 덤비지 못하였다.

3

돌쇠는 다 저녁때 함박눈을 맞고 집으로 돌아왔다. 어제는 그렇게 좋던 일기가 아침부터 눈이 퍼붓기 시작하다. 그는 술이 취해서 들어오는 길로 방 안에 쓰러진다.

아내는 부엌에서 저녁을 짓다가 뛰어들어와서 우선 사내의 호주머니를 뒤져보았다. 비녀가 나온다. 그는 여간 기쁘지가 않아서

"그렇지 아니면 머야! 어머니 비녀 찾었어요!"

"어디서 찾었니?"

머리 없은 박성녀가 장죽을 물고 올라온다. 그는 겨울이 되면 *해소병이 도져서 지금도 기침을 콜록콜록하였다.

"애비 호주머니 속에서요!"

별안간 돌쇠는 두 눈을 번쩍 떠 본다.

"왜 남의 호주머니는 뒤지고 야단이야!"

"누가 야단이야. 왜 남의 비녀는 가져갔어!"

"가져가면 좀 어때!"

"말도 않고 가져가니까 그렇지."

"아따 찾었으면 고만이지. 그런데 너는 어디를 갔다가 인제오니? 콜록! 아이구 그놈의 기침이……"

"가긴 어디를 가요. 요새 정초니까 사방으로 놀러 다니지요. 물 가

져와. 목말러 죽겠다."

투, 그는 벽에다 침을 뱉는다. 며느리가 물을 뜨러 나간 사이에 모친은 아들의 옆으로 가까이 앉으며

"너 어젯밤에 응삼이하고 노름했니?"

"노름? 했소…… 했으면 어째서."

"아따 아까 응삼이 어머니가 와서 네가 꼬여가지고 노름을 해서 소 살 돈을 잃었다구 한참 야단을 치고 갔으니까 그렇지야."

"참 그런 야단이 어디 있어."

순임이도 실쭉해서 말참견을 하였다.

돌쇠는 물 한 그릇을 벌떡벌떡 켜고 나서

"꾀이긴 누가 꾀여…… 제가 하고 싶으니까 했지!"

"그래도 네가 꾀었다고 야단이던데…… 그래 아버지께서 여간 걱정을 안 하셨단다."

"그 그 빌어먹을 늙은이가 경을 치지 못해서…… 자식을 여북 못나야 남의 꾀임에 노는 자식을 낳는담! 에, 아이구 나도 그런 자식을 둘까 보아…… 저것이 그런 자식을 내질르면 어짠담!"

돌쇠는 상혈된 눈알을 굴리며 순임이를 손가락질한다. 몸이 저절로 끄덕거린다.

"미친 소리 마라. 자식을 누가 맘대로 낳니?"

"어쩐 말이야. 콩 심은 데 콩 나고 팥 심은 데 팥 나고 다 제 꼴대로 생기는 것이야. 그러면 저 *오망부리도……허허."

"공연히 가만있는 사람을 가지고 그러네. 이녁은 뭐 그리 잘나서……"

순임이는 뾰로통해서 입을 내민다.

"아따 요란스럽다…… 그래 응삼이가 돈을 많이 잃었니? 삼백냥을 잃었다는구나."

"가만있어!"

돌쇠는 새로 사 입은 모직 조끼 주머니를 만져보다가

"지갑 누가 가져갔어? 응 지갑!"

"지갑을 누가 가져갔대. 잘 찾어보지!"

"응! 여기 있다. 고것 쏘기는 *왕퉁이 새끼처럼."

돌쇠는 지갑을 열고지전 뭉치를 꺼내 보이며

"야단은 얼마든지 치래. 욕하고 돈하고 바꾸자면 얼마든지 바꾸지. 욕먹어서 입 아프지 않으니까…… 어머니 그렇지 않소!"

모친은 돈을 보더니 한 걸음 다가앉으며

"그래도 한이웃 간에서 그런 경우가 있느냐고 아주 펄펄 뛰는 꼴이라니……"

"허허…… 지금 세상이 어디 경우로만 살 수 있는 세상이냐 말이야지. 눈 없으면 코 벼먹을 세상인걸."

돌쇠는 상반신을 꼬느지 못하고 근드렁근드렁하며 곱은 손으로 돈을 세어본다.

"하나, 둘, 셋, 넷, 다섯……나더러 꾀여냈다고? 꾀여내면 좀 어때……하나, 둘, 셋……그렇다면 다른 놈의 좋은 일을 시키느니보다 이웃 간에 사는 내가 먹는 것이 당연한 목적이 아니냐 말이야.… 가만있어 몇 장을 세다 말었니! 하나, 둘 셋……"

돌쇠는 돈을 세다가는 잔소리를 하고 잔소리를 하다가는 세던 것을 잊어버리고 또다시 새로 센다. 모친은 다시 한 걸음을 다가앉으며

"애야! 그게 모다 얼마냐? 인 내라 내가 세어주마."

"가만있어요 내가 세야지 어머니가 셀 줄 아나 원. 하나 둘 셋…… 어머니도 돈 좀 주리까?"

"그래 좀 다구. 돈 말러서 어디 살겠니."

"허허허…… 그러면서 노름한다구 야단들이람. 노름을 안 하면 우리 같은 놈에게 돈이 어디서 생기는데…… 여보 어머니 하루 진종일 나무를 한 짐 잔뜩 해서 갖다 판대야 십 오 전 받기가 어렵고 품을 팔래도 팔 수가 없지 않소 그런데 노름을 하면 하룻밤에도 몇 백 원이 왔다 갔다 한단 말이야. 일 년 내 남의 농사를 짓는대야 남는 것이 무에냐 말이야. 나도 그전에는 착실히 농사를 지어보았는데…… 가만히 그런 생각을 하니까 할수록 그런 어리석은 일이 없는 줄 깨달었소 어떻든지 이 세상은 돈만 있으면 제일인즉 무슨 짓을 하든지 돈을 버는 것이 첫째가 아니냐 말이야. 그래서 나도 순칠이 아저씨한테 노름을 배웠는데 무얼 어째. 아차! 또 잊었다 하나 둘……"

"여보 나두 한 장만 주. 그러다가 잃어버릴라고 그러우."

아내는 돈을 욕기가 나는 듯이 들여다보고 섰다가 해죽이 웃으며

사내 옆으로 앉는다.

"네가 돈은 해 무엇 해…… 흥! 참 참 돈이 좋더라. 내가 돈을 땄다는 소문을 듣더니 만나는 사람마다 집적대겠지. 평상시에는 소 닭 보듯 하던 놈들도 아주 다정한 듯이 달러붙으며 '여, 돌쇠 돈 생겼다데 한잔 내게!' 하는 놈에, '돌쇠형님! 돈 따셨다는구려! 개평 좀 주구려' 하는 놈에, 세배할 테니 세배 값을 내라는 놈에 돈을 꿰어달라는 놈에…… 아따 참 사람 죽겠지. 그뿐인가 저 술집 마누라는 좀 크게 먹겠다고 연신 꼬리를 치겠지…… 허허허……."

"그래 그년에게 많이 디민 게로구나."

"그까짓 것한테 디밀어요 절구통 같은 것한테! 허허……."

돌쇠는 모친의 묻는 말에 코웃음을 친다.

"뭘 안 그래! 여적 거기서 자다 왔지!"

"뭐 어째 이게 게다가 강짜까지 할 줄 아네."

"누가 강짜한대. 그깟 년들한테 돈을 쓰니까 그렇지."

"허허허, 강짜는 아닌데 돈을 쓰는 것이 아깝단 말이지 허허허, 그 자식 그런 말은 제법인걸…… 어디 입 한번 맞출까!"

"이이가 미쳤나 왜 이래!"

돌쇠가 귀뿌리를 잡아당기는 것을 아내는 *무색해서 뿌리쳤다.

"허허허, 어머니 내가 술 취한 모양인가? 그러니 돈이 좋지 않소 이 세상은 돈 가진 사람이 제일이란 말이야. 그래서 돈 있는 싹수를 보면 어떻게든지 그놈의 돈을 할퀴어 내랴고만 하는 세상이야. 내가 하룻밤 동안에 돈 몇 십 원이 생겼나 보아 모든 사람들이 핥으러 덤비는구려. 우선 어머니도 이 *궐자도…… 그렇다면 내가 응삼이 돈을 따먹은 것이 무엇이 잘못이란 말이야. 어머니 그렇지 않소?"

돌쇠는 점점 혀 꼬부라진 소리를 하며 몸을 가누지 못한다.

"하하…… 참 그렇다. 세상 사람이 모두 돈에 약이 올라서 그렇구나."

"한 이십 원 남었을 터인데…… 이렇게 된 셈이야 한 장 두 장……"

돌쇠는 여태껏 세다 만 돈을 인제는 한 장씩 방바닥에다 죽 벌여 놓는다. 모친과 아내의 눈은 *황화전 벌여놓은 듯하다. 지전장 위로 왔다 갔다 한다. 돌쇠는 일 원짜리를 다 놓고 나서 다시 오 원짜리를 집어내며

"이러면 십삼 원 이리하면 십팔 원……"

"애야! 십팔 원이 얼마냐?"

모친은 궁둥이를 들먹대며 아들을 쳐다본다.

"십팔 원이면! 일백여든 냥이지 얼마요. 자 잔돈이 또 있거든!"

돌쇠는 다시 봉창을 뒤진다.

"어머나…… 참 퍽 많고나! 아니 너 저렇게 술이 취해서 더러 잃어버리지나 않었니?"

돌쇠는 오십 전짜리 은전 지전 동전을 섞어서 이삼 원을 다시 벌여놓으며

"잃어버리긴 왜 잃어버려요 나를 그렇게 정신없는 놈으로 아시유

노름을 무엇으로 하건데.”

아내와 모친의 얼굴은 더욱 긴장되었다.

“너 무엇을 먹었니? 콩나물국 좀 끓여주랴!”

“콩나물국? 그것보다도 고기를 좀 사고 술을 좀 받어 오시유. 한 잔 더 먹어야지 아버지도 좀 드리고 자, 이 오 원으로는 양식을 팔란 말이야. 그리고 이것으로는 술 사고 고기 사고…… 그리고 또…… 집안 식구가 모두 몇인가 하나 앞에 한 장씩 하면 다섯이지?”

“어짠 게 다섯이야 간난이 알러 여섯이지.”

“그런 데는 약빠르다. 그럼 자, 여섯! 이건 또 밑천을 해야지. 장사는 밑천이 있어야 하니까.”

돌쇠는 몫을 노나준 후에 나머지 돈은 도로 지갑에 넣고 조끼 주머니에—

“가지고 가시유 나는 좀 자야겠수!”

“그래라!”

모친은 떨리는 손으로 돈을 집어들고 아랫방으로 내려가자 돌쇠는 아내의 무릎을 잡아당겨 베고 쓰러진다. 간난이는 아랫목에서 잔다.

“권연 한 개 붙여드류?”

“그래!”

“아이 술내야……”

“술내 너 언제 술 받어줬니?”

아내는 담배를 붙여주고는 남편의 망건을 벗겨 문 앞 *말코지에 팔을 뻗쳐 걸고 나서 상투 밑을 비집고 *배코 친 머릿속을 되작이며 이를 잡았다.

하얀 비듬이 서캐 슬듯 깔린 것을 손톱으로 죽이는 대로 지끈지끈 하는 소리가 났다.

"그게 다 이야? 아 션하다."

"다 이유."

아내는 웃었다.

그는 남편의 묵직한 몸뚱이를 실은 다리가 따뜻한 체온에 안기는 흔흔한 촉감을 느끼었다……

미구에 사내는 담뱃불을 붙여든 채로 코를 골기 시작하였다.

*

김첨지가 저녁을 먹으러 들어오자 마누라는 어서 영감이 들어오기를 기다렸던 것처럼 신이 나서 아들이 돈 벌어온 이야기를 하였다. 사실 그는 지금까지 오십 평생에 그렇게 많은 돈을 한 번에 쥐어본 일이 없었다. 그래서 그는 연래로 해소로 *고롱고롱하는 병객임에도 불구하고 별안간 활기가 나서 이리 닫고 저리 닫고 하며

"애들이 다 어디로 갔나! 돌이는 잠시도 집에 안 붙어 있지 누가 있어야 심부름을 시키지. 내가 기운이 웬만하면 가겠다마는 죽어도 못 가겠다 콜록콜록…… 아이 쳐라! 웬 눈은 이리 퍼붓나. 올에는 풍년이 들라나 *설밥이 많이 쌓이니…… 애 어미야! 뭐하니? 고만 나

오니라!"

이러던 판에 영감이 들어왔던 것이다. 그는 오늘이야말로 영감에게 큰소리를 할 수 있는 것을 자랑삼아 아들의 이야기를 장황히 하고 나서 영감의 귀에다가 다시 가만히 소곤거렸다."

"이백 냥이나 가졌습디다그려."

진물진물한 눈에 눈곱이 끼고 두 볼이 오므라진 노파는 아래턱을 우물우물하며 *체머리를 흔든다. 그것은 은근히 영감에게 아들을 야단치지 말라는 암시를 주는 것 같았다.

김첨지는 *우멍한 눈에 구리같이 검붉은 뻣쩍뻣쩍하는 큰 얼굴을 반백이 된 *고추상투 밑으로 쳐들고 두루마기 소매로 팔짱을 낀 채로 쭈그리고 앉아서 잠자코 마누라의 말을 듣고만 앉았더니

"그래 어디 갔어? 자나?"

"지금 정신 모르고 잔다우."

김첨지는 입맛을 쩍! 쩍! 다시었다.

마누라는 영감의 심사를 알 수 없었다. 언제는 아들이 벌이를 않고 논다고 성화를 하더니 이렇게 돈을 많이 벌어 왔는데도 좋아하는 기색이 없이 입맛을 다실 건 무엇인가! 하기야 노름해서 따 온 돈을 남에게 자랑할 것은 없겠지만 그렇다고 가만히 좋아하지 못할 것도 없지 않은가! 마누라는 영감의 얼굴을 뻔히 쳐다보았다. 마치 이 늙은이가 속으로는 좋아하면서도 겉으로만 우엉을 까는 셈이 아닌가? 하는 것처럼—.

"돈도 좋지마는…… 한이웃 간에서 그래서야 너무 인심이 사나웁지 않은가. 차라리 돈을 꾸여달랄지언정……"

김첨지는 소싯적에는 *골패도 해보고 투전도 해서 남의 돈을 따먹기도 하고 잃어보기도 하였다. 그러나 그는 그때 시절과 지금 시절은 시대가 다르다 하였다. 예전 시대에는 살기가 그리 어렵지 않기 때문에 심심풀이로 도박을 하였는데 지금은 모두 돈에만 욕기가 나서 서로 뺏어먹으려는 *적심(賊心)을 가지고 노름을 한즉 그것은 벌써 심사가 틀린 것이라 하였다.

"여보 어림없는 소리 작작하오. 누가 우리와 같은 가난한 집에 돈을 꾸여주겠소 그리고 노름을 기 애만 하기에! 이참사 나으리 같은 한다 한 양반네도 노름을 한다며 콜록! 콜록!"

"흥! 다, 그런 유명한 이는 노름을 해도 잘난 값으로 흉이 파묻히지마는 우리 같은 상놈의 자식이 노름을 하게 되면 그것은 남에게 손가락질을 받는 법이야!"

김첨지는 장죽을 털어서 잎담배를 부시럭부시럭 담는다.

"사람은 다 마찬가지지…… 아이구 가난이라면 아주 지긋지긋해서 난 먹고살 수만 있다면 무슨 짓이라도 하고 살겠소 도적질 이외에는."

"그럼 자식에게 노름을 가르치란 말이야 저런 쇠새끼같이 미련한 계집 봤나."

영감은 마누라를 흘겨보다가 소리를 버럭 지른다.

"누가 가르치랬소 못 본 체하란 말이지! 콜록콜록."

마누라는 기침하기에 그러지 않아도 숨이 가쁜데 부아가 나니까 더욱 헐! 헐! 해지며 어깻숨이 쉬어진다.

"도적놈이 어디 따로 있는 겐가. 바늘 도적이 황소 도적 된다고 그런 데로 쫓어다니면 마음이 *허랑해져서 사람을 버리기 쉽고 까딱하면 징역살이를 할 테니까 말이지. 그런 걸 못 본 체하란 말이야!"

"아따 노름판을 안 쫓어다니는 사람도 별수 없습니다…… 다 제게 달렸지. 이녁은 해마다 농사를 짓는대야 남의 빚만 지고 굶주리게 하면서 무슨 큰소리를 하우."

"뭣이 어째…… 예이 경칠 년 같으니."

김첨지는 별안간 물고 있던 담뱃대를 들어서 *대꼬바리로 마누라의 등줄기를 후려갈겼다.

"아이구머니…… 아이 개개개……"

마누라는 그 자리에 자지러지는 소리를 하며 삭은 등걸같이 쓰러진다.

"늙은 년이 제 밑구녕으로 내질렀다고 자식 역성은 드럽게 하지. 이년아! 안되면 조상 탓한다고 가난한 탓을 왜 나보고 하는게냐! 네년이 얼마나 팔자가 좋았으면 나 같은 놈에게로 서방을 해 왔느냐 말이야. 이 주리를 틀 년 같으니."

김첨지는 열이 벌컥 나서 갈범의 소리를 지르며 담뱃대를 거꾸로 들고 다시 마누라에게로 달려든다.

"아이구 아버지! 고만두셔요 고만두셔요"

부엌에서 저녁을 짓던 순임이는 한걸음에 뛰어들어가서 떨리는 손으로 김첨지의 소매를 잡고 늘어졌다.

"아버지! 고만 참으셔요!"

그는 오장이 벌렁벌렁 떨리는 몸으로 두 틈을 가르고 끼여 서서 목멘 소리로 애걸한다.

김첨지는 마치 고양이가 생쥐를 노리는 것처럼 마누라를 노려보다가 문을 열고 나가버린다. 돌쇠는 여전히 정신없이 코를 곤다.

*

김첨지는 이참사 집 논 열 마지기를 얻어 부치는 소작인이었다.

사실 해마다 농사를 짓는대야 *도조 치르고 구실을 치르고 나면 농사지은 빚은 도리어 물어넣어야 하는 *오그랑장사였다. 어떻든지 예전에는 넉 짐 닷 뭇이니 닷 짐밖에 안 되던 구실이 몇 배나 오르고 도조도 닷 섬 남짓하던 것이 지금은 열한 섬을 매놓았다.

지주는 땅을 팔 때마다 *가도(加賭)를 해서 판다. 그러면 새로 산 땅임자는 헐한 땅의 도조를 마저 올린다. 그들은 자기 땅이므로 도조를 맘대로 추켜 매놓고 작인에게 징수하였다. 그래도 토지 기근에 울고 있는 소작인은 울며 겨자 씹기로 그런 논이라도 아니 부칠 수는 없었다.

김첨지가 짓는 열 마지기도 토지가 이동되는 때마다 도조가 올라서 그렇게 된 것이다. 그것은 이참사 집에서 수년 전에 경답을 새로 산 것이었다.

김첨지는 오십이 넘었으되 아직도 근력이 정정하였고 돌쇠가 또한 한다는 장정이었으므로 농사는 얼마든지 더 지을 수가 있었다. 그러나 해마다 땅 난리가 심해가는 소작농에게는 김첨지에게도 좀처럼 땅 차례가 오지 않았다.

그래서 김첨지는 일 년 생계에 거의 태반이나 부족한 것을 다른 부업으로 벌충을 하고자 그는 차첨지를 따라서 낚시질을 하고 산에 올라 나무를 해다가 읍내에 팔아보아야 그런 것이 도무지 돈이 되지 않았다. 여름에는 칡을 끊어서 *청올치를 짜개 팔고 겨울이면 자리를 매어서 장에다 판다. 어떤 해는 원두(참외 장사)를 놓아보고 어떤 해는 돼지도 길러보고 이 몇 해 동안을 해마다 누에를 몇 봉씩도 놓아보았지만 웬일인지 그 모든 일은 수고만 죽게 들 뿐이요 생기는 것은 별로 없었다. 모두 똥값이었다.

김첨지가 돌쇠보고 노름꾼이 된다고 꾸짖지만 사실 이런 환경 속에서 찌들리는 젊은 놈으로서는 여간해가지고 마음을 잡기가 어려웠다.

*

김첨지는 그길로 차첨지 집을 찾아가서 두 늙은이는 세상을 한탄하는 이야기를 주고받았다. 차첨지는 짚신을 삼고 있었다.

"이세상이 도무지 어떻게 되어갈 셈인고?"

돌쇠가 노름을 해서 웅삼이의 소 판 돈 수백 냥을 땄다는 소문은 그 이튿날 낮전에 반개울 안팎 동리에 쫙 퍼졌다.

이 소문은 동리 사람들에게 적지 않은 충동을 주었다. 그들은 만나는 사람마다 이 이야기를 화제를 삼았다.

반개울 상중하 뜸의 백여 호는 대부분이 영세한 소작농이었다. 그들은 거개 갓모봉 너머 사는 이참사 집 전장을 얻어 부쳤다. 돌쇠도 그중의 한 사람이었다.

어떻든지 자기네와 생활이 같은 돌쇠가 하룻밤 동안에 수백 냥의 돈이 생겼다는 것은 기적 같은 놀라운 일이 아닐 수 없었다. 이런 큰 돈을 하룻밤 동안에 벌었다는 것은 그것은 참으로 기막힌 일이 아닌가? 돈이 생기려면 그렇게 쉽게 생기는 것이라고 그들은 새삼스레 돈에 대한 욕기가 버썩 났다.

그래서 그들은 겉으로는 돌쇠를 불량한 사람이라고 욕하였지마는 속으로는 은근히 그 돈을 욕심내고 돌쇠의 횡재가 부러웠다. 노름을 할 줄 알면 자기도 한번 해보고 싶었다. 불시로 노름을 배우고 싶은 사람도 있었다.

연전에 이 근처에도 금광이 퍼졌을 때 안골 사람 하나가 금광을 발견해서 가난하던 사람이 별안간 돈 백 원이나 생겼다는 소문을 들었을 때 이 마을 사람들은 모두 망치를 둘러메고 높은 산을 헤매며 금줄을 찾았다. 누런 돌멩이만 보아도 이키! 저게 금덩이가 아닌가?

하고 가슴을 두근거렸다.

마치 그때와 같이 이 마을 사람들의 눈에는 지금 지전 뭉치가 눈에 번하였다. 십 원짜리 뺄겅 딱지—감투 쓴 영감의 화상을 그린—지전 뭉치가 어디 아무도 모르게 굴러 있는 것 같았다! 그들은 장날이면 읍내 가서 청인 *송방이나 큰 장사치가 아니면 은행이나 부자에게서만 볼 수 있는 그것이 자기네와 처지가 같은 돌쇠에게도 차례온 것은 마치 자기네에게도 그런 행운이 뻗쳐올 것 같은 희망의 한가닥 광선이 비치는 것 같았다. 그들의 이러한 공상과 선망과 초조와 아울러 그림자같이 따라다니는 아귀의 위협은 다시 절망과 비탄의 옛 보금자리로 돌아갔다. 그러는 대로 그들은 돌쇠를 시기하고 욕하였다.

"그 자식은 사람이 아니다. 돈을 많이 따고도 개평 한 푼 안주는 자식……"

＊

면서기를 다니는 김원준(金元俊)은 오늘도 출근을 하였다가 저녁에 돌아왔다. 면사무소는 이 동리에서 오 리밖에 안 되는 갓모봉 너머에 있었다.

원준이는 저녁을 먹다가 무슨 말 끝에 그 소문을 들었다.

원준이는 노름이라면 *빡하는 위인이다. 그도 응삼이가 소 판돈이 있는 줄을 알고 어떻게 화투판으로 그를 꾀어내볼까 하여 은근히 기회를 엿보고 있었던 만큼 먼저 돌쇠한테 다리를 들린 것이 분하였다. 그러나 그는 그 대신 다른 욕심을 채워볼 기회가 닥친 것을 기뻐하였다. 그는 가슴이 뛰었다.

*

응삼이 처 이쁜이는 올해 스물을 겨우 넘은 해사한 여자였다. 그의 친정은 바로 인근동으로서 지금도 부모가 거기서 산다. 그는 응삼이가 천치인 줄 알면서도 땅 마지기나 있다는 바람에 사위 덕을 보려고—역시 가난한 탓으로—어린 이쁜이를 민며느리로 주었다. 이쁜이가 열한 살 먹었을 때 아버지 앞을 걸어서 낯선 이 동리로 왔다.

이쁜이는 차차 커갈수록 그의 이름과 같이 이뻐졌다. 그래서 열네 살에 응삼이와 성례를 갖추었을 때도 제법 숙성하였다. 응삼이는 그때 열일곱 살.

동리 사람들은 모두 응삼이를 천치라고 흉보았다. 이쁜이는 어린 소견에도 그런 말이 들릴수록 천치 사내를 데리고 사는 자기의 신세가 애달팠다. 그는 어떻게 생긴 사람인지 도무지 성을 낼 줄 몰랐다. 밤낮없이 입을 헤벌리고 늘 침을 흘리었다. 이쁜이는 지금도 첫날밤을 겪던 생각을 하면 얼굴이 화끈거렸다. 그는 열일곱 살이나 먹었으면서도 그때까지 여자라는 것을 잘 모르는 모양 같았다.

그런데 어떻게 된 셈인지 그 뒤로부터는 밤낮없이 자기의 궁둥이를 떠나지 않으려 한다. 이건 마실을 다닐 줄도 모르고 점도록 안방

구석에만 처박혀 있다. 그는 그 꼴이 더욱 얄미웠다. 그래서 건드리는 대로 벌 쏘듯 쏘아붙인다. 그럴라치면 응삼이는 역시 천치 같은 웃음을 헤 웃으며 우멍한 눈으로 쳐다본다. 느럭느럭한 힘없는 목소리로

"그렇게 쏠 것 무엇 있어!"

"쏘긴 무얼 쏘아…… 흘레개야…… 아이그 저 염병할 것이 언제나 거꾸러지누."

혀를 차고 눈을 흘겼다.

"내가 죽으면 네가 서방 해 갈라구!"

"서방 해 가면 어째! 병신이 지랄한다구…… 참 언제까지 네놈의 집구석에서 살 줄 안다데."

이쁜이는 사내를 몹시 미워한 까닭인지 웬일인지 아직까지 초산을 않고 있다.

어느 날 아침에 응삼이는 아침을 먹다가 느닷없이 자기 모친을 부른다. 뻔히 쳐다보면서

"어머니 왜 우리 집에서는 애를 안 낳는다우? 윗말 갑성이는 아들을 낳았다는데……"

"빌어먹을 놈! 내가 아니 왜 안 낳는지!"

이쁜이는 막 밥숟갈을 입 안에 넣다가 고만 웃음을 내고 문밖으로 뛰어나갔다. 그는 뱃살을 붙잡고 간간대소를 하다가 나중에는 그것이 눈물로 변해서 그날 진종일 우울히 지냈다.

"아이구! 저 웬수를 어째⋯⋯"

그럴수록 그는 사내가 미워서 죽겠다. 먹는 것도 살로 안 갔다. 만일 법이 없는 세상이라면 그는 벌써 응삼이를 사약이라도 해서 죽였을 것이다.

이런 생각은 한편으로 돌쇠에게 정을 쏟게 되었다. 돌쇠는 자기 집에 사랑방이 있는 때문에 자주 놀러왔다. 낮으로 밤으로 일거리를 가지고 와서 응삼이와 함께 새끼를 꼬기도 하고 멱을 치기도 하였다.

이 동리는 모두 그렇지마는 남녀간에 내외를 하지 않는 까닭으로 그는 안에도 무상출입을 하였다. 돌쇠는 자기 시어머니를 보고 아주머니라 불렀다. 그럴 때마다 이쁜이는 돌쇠에게 추파를 보내고 남모르는 가슴을 태우며 있었다.

―돌쇠의 사내답게 생긴 풍채와 언변 좋은 데 고만 반하고 말았다.

그러나 시아버지는 벌써 돌아갔지마는 시어머니가 늘 집에 있고 응삼이가 안방구석을 좀처럼 떠나지 않기 때문에 그는 오직 상사의 일념이 조각구름처럼 공허한 심중에 떠돌고 있었다.

작년 가을이었다.

동리 사람들은 한창 논밭을 거두어들이기에 바쁠 참이었다. 응삼이 집에서도 집안 식구가 모두 들로 나가고 이쁜이만 혼자 집을 보고 있었다. 시동생 응룡(應龍)이는 학교에서 아직 돌아오지 않았다. 이웃 아이들도 모두 들로 나갔다.

마침 그때 무슨 일로 왔던지 돌쇠가 응삼이를 부르며 들어왔다.

그때 이쁜이는 돌쇠를 보고 웃었다. 그는 그때 *꽈리를 불고 있었다.

지금도 그 생각을 하면 심장이 뛰었다. 그것이 그에게는 *초련의 독배였다.

그 뒤로 두 사람의 소문은 퍼져갔다. 돌쇠는 응삼이 집을 자주 갔다. 이쁜이도 무슨 핑계만 있으면 돌쇠 집을 찾아갔다. 그는 돌쇠 처 순임이에게 친히 굴고 돌쇠의 부모를 존경하였다. 그리고 간난이를 몹시 귀여워했다.

"자네도 어서 아들을 낳아야 할 터인데 웬일인가? 아즉도 소식 없나?"

이쁜이가 간난이를 안고 뺨을 맞춘다 입을 맞춘다 하고 있을 때 돌쇠 모친은 이런 말을 하고 쳐다보았다.

"아이구 참 아주머니도…… 소식이 무슨 소식이 있어유!"

이쁜이는 얼굴이 빨개졌다. 그때 돌쇠 모친은 빙그레 웃으며 속으로는

'그 자식이 참으로 병신인가? 고자인가?……'

그러나 이런 의심은 비단 돌쇠의 모친뿐 아니었다. 그는 이쁜이를 동정하였다. 바보는 바보끼리 만나야겠는데 이건 너무 짝이 기운다. 마치 비루먹는 당나귀에다가 호마를 붙여준 셈이 아닌가?…… 지금 돌쇠 모친은 이런 생각을 하고 다시 웃었다.

이쁜이는 돌쇠 집에를 가려면 은비녀를 꼽고 은가락지를 꼈다.

원준이도 이와 같은 두 사람의 관계를 눈치 채고 있었다.

익어가는 앵두 같은 이쁜이의 고운 입술은 그도 한 알을 따 넣고 입안에 굴리고 싶었다.

*

원준이는 저녁을 먹고 나서 응삼이를 찾아갔다. 응삼이는 집에 있었다.

응삼이는 오늘 집안 식구에게 저물도록 쪼들려서 그러지 않아도 흐리멍덩한 사람이 혼 나간 사람같이 되었다.

"응삼이 있나?"

"누구여!"

응삼이 모친은 원준이가 들어오는 것을 보자 반색을 하며 영접하였다.

"아이구 어려운 출입을 하시는군! 오늘도 면청에 가셨었지?"

그는 원준이보고도 의당히 하소를 할 것인데도 그가 면서기 벼슬을 다니게 된 뒤로부터는 반존청을 주었다.

"네 저녁 잡수셨어요?"

"어서 들어오. 퍽 춥지."

원준이는 안방으로 들어와서 그의 해맑은 얼굴을 들고 우선 방안을 휘둘러본다. 이쁜이는 윗방 문턱에 가려 앉았다.

원준이는 털외투 자락을 뒤로 젖히고 앉아서 우선 담배 한 개를 화롯불에 붙이며

"응삼이가 간밤에 돈을 많이 잃었다지요!"

"그랬다우. 아이구 저 망할 놈이 환장을 하였는지 어쩌자고 돌쇠 같은 노름꾼하고 노름을 했다우."

아픈 상처를 칼로 에이는 듯이 응삼이 모친은 다시 복통을 한다.

"이 사람아! 참 자네가 미쳤지. 자네가 돌쇠와 노름을 하면 그 사람의 돈을 먹을 줄 알았던가?"

원준이는 점잖게 말하고 면망한 듯이 응삼이를 쳐다보았다.

"심……심……심심풀이로…… 하……하자기에 했는데……그…… 그……사람이 공연히……"

응삼이는 말을 병신같이 말을 더듬으며 머리를 긁는다. 그는 역시 입을 헤벌리고 이뻔이는 고만 그의 상판을 흙발로 으깨주고 싶었다. 낯짝에다 침을 뱉고 싶었다.

"허허허…… 사람도 그러나 아주머니도 잘못이시지 왜 돈을 맡기셨어요."

"누가 맡겼어야지. 밤중에 몰래 들어와서 훔쳐내었지."

"허허, 아마 돌쇠가 꾀었던 게지요! 꾀수든가? 응삼이!"

원준이는 담배 연기를 맛있게 들이마셨다가 입으로 코로 내뿜으며 응삼이를 돌아본다. 응삼이는 *북상투의 갈깃머리를 긁죽거린다. 그는 어떻게 말을 해야 좋을지 모르는 모양으로 입만 벙끗벙끗하였다.

"저 등신은 누가 하자는 대로 하는데 무어. 그렇지만 돌쇠란 놈도 못쓸 놈이지 한이웃 간에서 다른 사람과 노름을 한 대두 말려야만 할 터인데 그래 제가 노름을 해서 돈을 *뺏어먹어야 옳소”

응삼이 모친은 생각할수록 *절통하여서 목소리가 떨려 나왔다. 그는 원준이에게 하소연하면 무슨 도리가 있을까 보아 빌붙었다.

“그런 사람이야 말해 무엇 해요 아무튼지 그런 자리가 걸리지 않아서 걱정일 텐데요 하여간 우리 동리는 큰일 났어요 해마다 노름 꾼만 늘어가니 선량한 사람들도 자연히 나쁜 물이 들지요”

“글쎄 말이야…… 그놈의 노름꾼 좀 씨도 없이 잡아갔으면……조카님도 면소를 다니니 말이지 그래 이걸 어떡해야 옳다우?”

“그럼 어떻게 할 수 있나요. 고발을 하면 응삼이도 경을 칠 테니 그저 노름을 하기가 불찰이지요. 이 사람아 다시는 말게!”

“그러니 그 많은 돈을…… 어떻게 화가 나던지 아까 돌쇠란 놈이 있으면 제가 죽든지 내가 죽든지 해보랴고 쫓어갔드니만 그놈이 있어야지. 그래서 그 집 식구보고 야단을 한바탕 쳤지마는 그게 무슨 소용 있수?”

“그렇지요 고발을 한댔자 돈은 못 찾을 것이니. 그래도 본보기를 해서라도 한번 혼을 내놓아야겠어요! 에, 고약한 사람들!”

“그러면 작히나 좋을까!”

윗방에서 그들의 이야기를 듣고 있던 이쁜이는 원준이의 얼굴을 뻔히 쳐다보았다. 그도—지금은 동리 간에서는 노름을 않지마는—읍내에서 노름만 잘하고 요릿집과 술집으로 돌아다니며 주색잡기라면 사족을 못 쓴다는 소문이 났다. 그래서 월급을 탄대야 집에는 한 푼 안 가져오고 저 한 몸뚱이만 안다는 녀석이 남의 흉만 보고 앉았는 것이 꼴 같지가 않았다.

"참, 조카님은 이 동리에서는 제일 유식도 하고 면청에도 다니고 하니 우리 응삼이를 잘 건사해주었으면 좋겠어. 조카님이 만일 그렇게만 한다면 다른 사람이 꾀여낼 틈도 없지 않겠수!"

응삼이 모친은 다소 불안스러운 청을 하는 것처럼 하소연해보았다.

"네, 그게야 사실 내 말만 들으면 해될 게야 없겠지요."

원준이는 응삼이를 쳐다보는 한쪽 눈으로 이쁜이를 곁눈질하였다.

응삼이 모친은 그 말에 반색을 해서 자리를 고쳐 앉으며

"그럼 조카님이 좀 괴롭드라도 자주 놀러 다녀서 저 애를 끼고 잘 타일러주. 아이구 그렇게 했으면 내가 참으로 마음을 놓겠수."

그는 웬일인지 별안간 눈물이 핑 돌았다.

"동리 간이라도 어디 믿을 사람이 누가 있수. 저 애가 원체 반편인데다가 아비 없는 후레자식으로 그저 귀둥이로만 커났으니 무엇 배운 것이 있어야지 사람이 되지. 애 응삼아 그럼 너 이담부터는 다른 사람의 말은 듣지 말고 이서기 양반의 말을 잘 들어라! 응?"

모친은 오므라진 입을 벌리고 안타깝게 말하는데 응삼이는 힘 하나 안들이고 모친의 말이 떨어지자

"그라지유!"

그는 다시 머리를 긁었다.

이쁜이는 별안간 고개를 돌리고 입을 싸쥐었다.

‘이 밥통아! 어서 죽어라!’

*

이날로부터 원준이는 응삼이 집을 자꾸 드나들었다. 그는 들어올 때마다 응삼이를 불렀다. 그러나 언제든지 한 눈으로는 이쁜이를 곁눈질하였다. 그의 뱁새눈같이 쪽 째진 갈고리눈으로 말끄러미 쏘아보는 것은 어쩐지 기미가 좋지 않아서 이쁜이는 가슴이 떨리었다. 그는 원준이의 심상치 않은 행동에 은근히 겁을 먹었다. 맑은 시냇물같이 밑구멍이 빤하게 들여다보이는—조금도 어수룩한 구석이 없는 원준이가 자기 집을 자주 찾아오는 것은 반드시 그 이면에 무엇이 숨어 있지 않으면 안 되었다. 무엇일까?……

물새가 논고에 자주 오는 것은 송사리를 찍어 먹기 위함이다!

이쁜이는 원준이가 올 때마다 무서웠다. 그는 무엇인지 자기에게서 찾아내려는 것처럼 음흉한 눈을 쏘았다. 무슨 말을 할 듯 할 듯한 표정이다.

어떤 불길한 조짐이 생길 것 같은 예감이 날이 갈수록 그의 마음을 조마조마하게 하였다. 그런데 원준이는 꾸준히 드나들었다. 그러는 대로 돌쇠와는 멀어지는 것 같았다. 돌쇠는 응삼이와 노름을 한 뒤로부터는 한 번도 오지 않았다. 그는 모친에게 경을 칠까봐 그러는지 그렇지 않으면 다른 까닭이 있는지?……

그래서 이쁜이는 외나무다리를 건너는 때와 같이 위험을 느끼었다.

그는 원준이와 돌쇠 사이에 무슨 일이 생기지 않을까 아슬아슬 가슴을 졸이었다.

그러는 가운데 보름이 닥쳤다.

5

돌쇠의 집에서도 보름 명절이라고 아내와 모친은 수수를 갈아서 전병을 부치고 쌀을 빻아서 떡을 쪘다. 또순이는 한옆에서 그들을 거들고 있었다. 그는 올해 열네 살이나 키가 훌쩍 크고 숙성하였다. 눈창이 맑고 큰 눈에 콧날이 선 데다가 그의 입모습이 귀염성 있게 생겼다. 또순이는 숱이 좋은 머리에 새빨간 공단 댕기를 드렸다. 그가 뛰어다닐 때마다 댕기는 잉어 뜀을 하였다.

마을에는 들기름내가 떠올랐다. 있는 집 어린애들은 새 옷을 갈아입고 음식을 길거리로 먹으며 다닌다. *명일 기분이 떴다.

보름 명일은 어린애들 명일이다. 그리고 또한 여자들의 명일이었다.

계집애들은 물론 젊은 여자들은 이날이야말로 *분세수를 곱게 하고 새 옷을 갈아입었다. 없는 사람도 할 수 있는 대로—그들에게 만일 혼인 옷을 간수해두었다면 일 년에 두 차례인 이날과 팔월 추석에는 반드시 꺼내 입었다.

그들의 모양은 가지각색이었다. 다홍치마에 연두저고리 남치마에 노랑저고리 연두치마에 분홍저고리…… 문자 그대로 울긋불긋하게 차려입고 나서서 그들은 오리같이 뒤뚱거리며 떼로 몰려다녔다. 풀을 억세게 해 입은 광목 것을 입은 사람은 걸음을 걸을 때마다 와삭와삭 소리가 났다.

그들은 널을 뛰고 깍대기 벗기기 윷을 놀았다. 명일 기분은 열사흘부터 농후하였다. 이날까지 여유가 있는 집은 보름을 쇠려고 대목장을 보아 왔다. 오막살이나마 집칸을 의지한 사람은 나무를 해다가 팔아서라도 북어 마리와 다시마 오라기를 사들고 돌아왔다.

그전에는 보름 명일에도 소를 잡았다. 그러나 지금은 상중하 안팎 동리 백여 호 대촌에서도 소 한 마리를 치울 수가 없었다. 하기는 올 설에도 소 한 마리를 잡아먹었지만 그것은 고기의 대부분을 가운데 말 마름 집과 면서기 원준이 집에서 치우기 때문에 잡은 것이었다. 고기 한칼 구경 못 한 집이 적지 않았다.

열나흘 아침부터 아이들은 수수깽이로 보리를 만들어서 잿더미에 꽂아놓았다. 그것을 저녁때 타작을 한다고 뚜드려서 올해 농사의 풍년을 점치는 것이었다. 이날은 누구나 밥 아홉 그릇을 먹고 맡은 일을 아홉 번씩 한다는 것이다. 나무꾼은 나무 아홉 짐, 글 읽는 사람은 글 아홉 번. 있는 집 아이들은 부럼을 깨물고 늙은이들은 *귀밝이술을 홍실로 늘이고 잔대로 마셨다.

돌이도 학교를 갔다 와서 또순이하고 수숫대로 보리를 만들어 꽂았다.

이날 밤에 자면 눈썹이 세고 밤중에 하늘에서 짚신할아비가 줄을 타고 내려와서 자는 사람을 달아본다 하여 아이들은 작은 가슴을 태우며 졸음을 참고 있었다. 돌쇠가 어릴 때만 해도 이런 풍습은 마을 전체로 성행해서 그는 과연 자고 일어나 보면 눈썹이 하얗게 세었다. 지금 공주에서 사는 고모가 몰래 분칠을 한 것이었다. 그래서 어른들에게 눈썹이 세었다고 놀림을 받았었다. 어느 해인가 한번은 이날 아침에 누구한테 더위를 사고 분해서 깩! 깩! 울고 들어온 적도 있었다. 이날 더위를 사면 그해 여름내 더위를 먹는다는 것이었다. 그것은 돌쇠가 아주 어렸을 때 일이다. 밤에는 아이들이 떼로 몰려다니며 말달리기를 하고 *제웅놀음을 하였다. 어른들은 귀여운 듯이 그들을 보호해주고 따라다니며 구경하였다. 그해 일 년간의 액막이를 이날 밤에 하는 것이었다.

그러나 이런 풍속도 쥐불이나 줄다리기와 마찬가지로 지금은 다만 어린애들에게 형해가 남아 있다. 마을 사람들은 모두 생기가 없어졌다. 모두 누르퉁퉁한 얼굴을 들고 늙은이처럼 방구석으로만 기어들었다. 그리고 신세 한탄을 하며 한숨 쉬는 사람이 늘어갔다.

돌쇠는 이런 분위기에 싸인 것이 답답하였다. 마치 사냥꾼에게 쫓긴 짐승이 굴속에 끼인 것 같다. 왜 그들은 전과 같은 팔팔한 기운이 없어졌을까? 그래서 이런 명일도 전과 같이 활기 있게 지나지 못하는가?……

그는 날이 갈수록 우울해졌다. 그런데 이 우울을 풀기에는 술과 노름이 약이었다.

"모두 살기가 구차해서 맥이 빠졌구나!"

*

돌쇠는 저녁을 먹고 나서 윗모퉁이로 슬슬 올라가보았다. 그는 지금도 마음이 공허하였다. 많은 사람들에 끼여서도 심정은 고독을 느끼었다. (그것은 돌쇠뿐 아니라 마을의 가난한 사람들은 모두 그런 기분에 싸였다.)

윗모퉁이 서기(書記) 집 마당에는 벌써 이웃 사람들이 많이 모였다. 늙은이들은 장죽을 물고 섬돌 위에 쪼그리고 앉았다. 거기에 부친과 차첨지도 마주 앉아서 무슨 이야기를 하고 웃고 있었다. 부친도 그전같이 기운이 없었다. 그는 해마다 침울해져서 집에 있을 때에는 웃는 얼굴을 좀처럼 보이지 않았다. 그도 가난에 지쳤다.

이 동리에서는 서기 집이 제일 터전이 넓었다. 사랑방이 두 칸이나 있는 집도 이 집뿐이었다. 주인 김학여(金學汝)는 마을 중의 부농으로서 도짓소가 댓 바리나 되고 토지도 두어 섬지기를 가지고 있었다. 그 역시 일자무식한 상놈이었으나 아들이 보통학교를 일찍 졸업하고 면서기를 다니는 까닭에 마을 사람들은 서기집이라는 택호를 붙여주었다.

*망(望)을 접어든 둥근 달이 갓모봉 뒷산으로 삐주름히 떠오른다. 비늘구름이 면사포와 같이 거기에 반쯤 가렸다. 달은 지금 너울을 벗

고 산 위에서 내려다본다. 그고 둥근 달은 서릿발을 머금고 마치 울고 난 계집애의 *안정과 같이 불그레하였다.

뉘 집 개가 짖는다.

아이들은 달에 홀린 것처럼 아래 모퉁이에서 재깔거렸다. 그래도 생기가 있기는 어린애들뿐이었다.

"철꺽! 철꺽!"

안마당에서는 널뛰는 소리가 들리었다. 젊은 여자들이 삥 둘러섰다.

이쁜이와 아기(阿只)—이 집 주인의 딸—가 지금 널을 뛴다. 이쁜이는 소복을 하얗게 입었다. 달 아래서 널뛰는 두 사람의 맵시는 아리따워 보인다. 달을 향해 선 이쁜이는 그의 전신이 공중으로 올라갈 때마다 해사한 얼굴이 달빛에 비쳤다. 그는 석류 속 같은 잇속을 내놓고 웃었다. 아기는 비단옷을 휘감았다. 선녀가 하강한다는 것이 이런 여자를 이름이 아닌가? 돌쇠는 취한 듯이 그들을 보았다..

원준이도 안마루에 걸터앉았다. 그는 술이 취한 모양이었다. 무엇을 먹었는지 낄낄하고 있다.

"나도 좀 뛰어볼까. 아주머니 나구 뜁시다."

아기가 고만 뛰고 내려오자 돌쇠는 성선이 처의 소매를 꼬잡았다.

"아이그 망칙해라. 남정네가 널은 다 무에야!"

"왜 남정네는 널을 못 뛰나요. 아무나 뛰면 되지."

"호호 난 뛸 줄을 알어야지. 잘 뛰는 이하고 뛰구려."

성선이 처는 이쁜이를 돌아보며

"이 아재하고 한번 뛰어보소"

이쁜이는 부끄러운 듯이 물러선다.

"형님 싫여!"

이쁜이는 가늘게 부르짖었다. 그래서 성선이 처는 다시 이쁜이에게
로 널밥을 더 많이 놓아주었다. 두 사람은 널을 을러보았다. 이쁜이가
먼저 구르니까 돌쇠는 떨어질 듯이 서투른 두 발길로 간신히 널판을
밟는다. 그는 얼마 올라가지 않았다. 구경꾼들은 웃음을 내뿜었다. 그
러자 돌쇠가 다시 탁! 구르니까 이쁜이는 까맣게 공중으로 올라간다.
구경꾼들은 아슬아슬해서 쳐다보았다. 그러나 이쁜이는 조금도 자세
를 잃지 않고 어여쁜 발 맵시로 널판을 구른다. 돌쇠는 다시 엉거주춤
하고 줄 타는 광대처럼 올라갔다. 구경꾼들은 또 폭소를 터치었다. 돌
쇠가 떨어지며 다시 밟자 이쁜이는 이번에는 아까보다도 더 높이 올
라갔다.

"아이 무서워라."

"참! 잘 뛴다."

제비같이 날쌘 동작에 여러 사람들은 감탄하기 마지않았다. 사실
이쁜이는 돌쇠가 기운차게 굴러주는 바람에 신이 나서 뛰고 있었다.
그는 널에 정신이 쏠려 있으면서도 심중으로 부르짖었다.

'그이가 참 기운두 세군!'

원준이가 뜰에서 보고 있다가 내려오며

"어디 나도 좀 뛰어봅시다!"

하고 돌쇠가 뛰던 자리로 올라섰다. 이쁜이는 어쩔 줄을 모르고 뭉칫 뭉칫한다.

"아따 아무나하고 한번 뛰어보라고!"

이쁜이는 할 수 없이 원준이와 널을 을렀다. 원준이는 힘껏 굴러 보았다. 그러나 이쁜이는 아까 돌쇠와 뛰던 것의 절반도 못 올라간 다. 이쁜이가 떨어지며 널을 구르니까 이번에는 원준이가 까맣게 올 라갔다가 베갯머리의 옆으로 떨어진다. 그 바람에 널판이 삐뚤어져 서 핑그르르 돌며 두 사람은 땅 위로 둥그러졌다.

"하하하……"

구경꾼들은 일시에 폭소를 터쳤다. 이쁜이는 남부끄러워서 얼굴이 빨개진다. 그는 원준이에게 눈을 흘겼다.

"밥을 그렇게 해서는 안되겠구면그려……호호호."

"난 안 뛸래."

이쁜이는 골딱지가 나서 성선이 처를 쳐다본다.

"허허, 널 한번 뛰려다가 망신을 했군!"

원준이는 궁둥이를 털고 일어서자 무색해서 있을 수가 없던지 슬 그머니 밖으로 나가버렸다.

"아잰 참 기운두 세시유. 어쩌면 그렇게 세우!"

성선이 처는 돌쇠를 보고 다시 혀를 내둘렀다. 이쁜이가 흥이 깨 지는 바람에 구경꾼들도 흥미가 없어졌다. 그는 옷을 버렸다고 핑계

하며 한옆에 가 끼어 섰다. 그래서 널은 다시 아이들에게로 차례가
갔다.

돌쇠는 또순이가 아기와 널을 뛰는 것을 보자 고만 나왔다.

돌쇠는 부친에게 꾸지람을 듣고 나서 한동안은 노름방을 쫓아다니
지 않았다. 그러나 그렇게 야단을 치던 부친도 자기고 노름해서 따 온
돈으로 사 온 술밥과 고기를 먹었다. 만일 그 돈으로 양식을 사 오지
못했다면 그동안에 무엇을 먹고 살았을는지?······ 이런 생각을 하는
돌쇠는 어쩐지 그의 부친이 우스워 보이고 세상일이 다시 이상스러워
졌다.

그러나 냉정히 다시 생각해볼 때 그는 과연 응삼이에게 잘못한 줄
을 깨달았다. 아니 그것은 응삼이보다도 그의 아내 이쁜이였다. 그는
자기의 정부가 아닌가? 그런데 그의 남편을 꾀어서 그 집 돈을 뺏어
먹었다는 것은 아무리 내 앞으로만 따져보아도 얼굴이 간지러운 일
이었다. 그래서 돌쇠는 사실 면목이 없어서 그 후로는 응삼이 집에를
가지 못하였던 것이다.

그런데 오늘 저녁에 뜻밖에 그를 서기 집에서 만나보았다. 같이
널도 뛰었다. 그는 지금 아까 그와 마주 서서 널뛰던 생각을 하자 별
안간 가슴이 뭉클해졌다. 눈물 같은 것이 두 눈에 어린다. 그는 무심
히 달을 쳐다보았다. 달빛은 아까보다 명랑하게 구름을 헤치고 나온
다. 그는 술이 먹고 싶었다. 누구하고 싸움이라도 하고 싶었다. 그는
기운이 북받쳤다.

"어니를 갈까?……"

돌쇠는 울적한 심사를 걷잡지 못하여 *발범발범 윗말로 가는 길을 향하여 한발 두발 떼놓았다. 막 개울을 건너서 우물 앞을 지날 무렵이었다. 뒤에서 누가 부른다.

"여보!"

홱 돌아다보니 달빛에 보이는 얼굴은 생각지 않은 이쁜이였다. 돌쇠는 공연히 가슴이 선뜻하였다.

"어디 가우?"

돌쇠는 손을 내저으며 가만히 부르짖는다.

"쉬— 누가 듣는구면……"

"아따 그렇게두 겁이 나우."

이쁜이는 돌쇠를 따라오자 해죽이 웃으며 그를 붙들고 개울골 안으로 올라갔다.

얼음 밑으로 깔려 내리는 산골 물이 꿀꿀 소리를 내며 흐른다. 그들은 상류로 올라가서 언덕 밑 바윗돌을 가리고 앉았다. 얼음에서 이는 찬 기운이 선뜻선뜻하였다.

사방이 괴괴한데 밝은 달을 향하여 마주 앉아서 그윽한 물소리만 듣고 있으니 어쩐지 마음이 처량하였다. 두 사람은 한동안 무슨 말을 해야 좋을지 몰랐다.

순간 돌쇠는 목 안이 뿌듯하며 무엇이 치밀어 올랐다. 그는 떨리는 목소리로

"아! 임자한테 잘못했수다. 참으로 볼 낯이 없소……"

"이이가 미쳤나…… 무슨 소리야!"

이쁜이는 점점 숙어지는 돌쇠의 *턱어리를 쳐들었다.

"아니……진정……용서해주소. 이놈이 참으로 죽일 놈이다!"

돌쇠는 주먹으로 눈물을 씻는다.

"아니 별안간 왜 그러우. 누가 임자보고 잘못했댔수?"

이쁜이는 웬 영문을 몰라서 얼떨떨하였다.

"……그런 게 아니라 내가 한 깐을 생각하니까 임자에게 잘못된 줄을…… 고담에 솥 떼가고 뭐 한다는 말과 같이 내가 그따위 짓을 한 것이― 후."

"아이구 인저 보니까 당신도 못났구려. 빙충맞게 울기는 왜 울우?"

이쁜이는 안타깝게 치마폭으로 눈물을 씻긴다.

"나도 임자보고 잘했달 수는 없어. 그러나 나는 그까짓 일로는 조금도 임자를 원망하지 않수."

이쁜이도 자기 설움이 북받쳐서 목소리가 칼끝같이 찔린다.

"그러면 임자도 옳지 못하지…… 어떻든지 임자의 남편이 아니겠소"

"나도 모르지 않아. 그래두 옳지 못한 것과 살 수 없는 것과는 다르지 않수?……난……어떻게든지 살구 싶수!"

별안간 이쁜이는 돌쇠의 무릎 앞에 엎더지며 흐늑흐늑 느껴 운다. 응삼이의 못난 꼴이 보였다.

"이기 왜 이래! 이끼는 니보고 운다드니……"

"흑! 흑!…… 우리 부모가 때려×일 ××이지 어짜라고 나를 그것한 테!……"

돌쇠는 이쁜이를 잡아 일으키며

"임자의 부모도 여북해야 그랬겠나! 임자는 벌써 배고픈 걸 잊어 버렸구려!"

"차라리 배고픈 것이 낫지……"

"흥 그건 임자가 모르는 말이지. 그렇다면 임자는 아즉도 내가 응삼이와 노름한 사정을 모르는 모양이구려."

"노름한 사정을?"

이쁜이는 말귀를 잘 모르는 것처럼 눈썹을 찡그리며 쳐다본다.

"그래! 그럼 임자는 나를 그저 노름에 미친 사람으로만 보고 있단 말이지. 그러나 나는 그렇게 노름에만 정신이 팔린 놈이 아니네. 나는 지금도 노름꾼이 되고 싶지는 않아…… 집에 먹을 것이 없다. 나무는 산에 가서 해 올 수 있다 하나 쌀은 어디서 가서 얻나? 농사는 해마다 짓지마는 양식은 과세도 못 하고 떨어진다. 해마다 빚만 는 다. 엄동설한이 치운데 어린 처자와 부모 동생이 굶어 죽을 지경이 되었다. 나는 이 꼴을 차마 그대로 보고 있을 수가 없었다…… 오냐 도적질 이외에는 아무것이라도 하자! 아니 도적질이라도 할 수만 있 으면 하자! 그러면 노름이라도 하자!…… 그래서 나는 응삼이를 꾀여 낸 것이다! 그런데 임자는……"

"아 고만……고만……"

이쁜이는 한 손으로 돌쇠의 입을 틀어막으며 가쁜 듯이 부르짖는다. 그는 돌쇠의 긴장된 표정이 무서웠다.

"……나도 그런 줄은 잘 안다우."

그는 간신히 중단했던 말을 끝막았다.

"갓모봉 너머 이참사 같은 부자가 하는 노름과 우리네 같은 사람이 하는 노름과는 유가 틀리단 말이다. 그들은 심심풀이로 하는 노름이지마는 우리는 살 수 없어서 하는 노름이다."

"이참사도 노름을 하우?"

이쁜이는 놀라운 듯이 묻는다.

"그럼 하고말고……일전에는 부자들과 화투를 해서 몇 백 원을 땄다는데 순칠이 아저씨가 그 통에 요새 돈 십 원이나 생기지 않았나."

"아…… 웬수놈의 가난…… 참 내가 임자를 부른 것은 꼭 할 말이 있어서……"

이쁜이는 비로소 그 말을 꺼내었다.

"무슨 말?"

"아! 달도 밝다. 저, 다른 말이 아니라 이 앞으로 원준이를 조심하란 말이야."

이쁜이는 목소리를 다시 한층 죽여서

"눈치를 가만히 보자니까 아마 임자의 뒤를 밟을 모양이야. 그래서 만일 걸리기만 하면 가만히 안 둘 것 같습디다."

이쁜이는 돌쇠의 주머니를 뒤져서 담배 한 개를 피워 물고는 원준이가 자기 집으로 처음 찾아오던 날 밤에 시어머니와 이야기하던 말과 그 후로 날마다 드나들며 이상스레 구는 행동을 겁나는 듯이 말하였다.

"제까짓 것이 그러면 누구를 어쩔 테야. 공연히 건방지게 굴어봐라 다리를 분질러 놀 터이니."

돌쇠는 별안간 역증이 나서 부르짖었다.

"나는 걱정 말라구. 나보다도 그 자식이 임자를 욕심내서 음흉한 행동을 하라는 모양이니 임자도 정신 차리라구!"

돌쇠는 어쩐지 불안을 느껴서 이쁜이에게 이런 주의를 다시 주었다. 별안간 돌쇠는 질투의 불길이 솟아올랐다.

"내게야말로 제가 어짜게!"

"반할는지 누가 아나?"

"아마!"

이쁜이는 야속한 듯이 돌쇠를 쳐다본다…… 눈물이 달빛에 빛난다.

"임자가 나를 그렇게 알우?"

"아이 치워!"

"고만 갑시다."

이쁜이는 허전허전하였다. 그는 그대로 떨어지기가 싫었다.

돌쇠가 윗말로 올라가는 산잔등이로 올라가는 것을 그는 몇 번이나 뒤를 돌아다보며 시름없이 내려왔다.

우물을 지날 때 그는 빠져 죽고 싶은 생각이 났다. 이쁜이는 막 자기 집으로 들어가는 골목을 접어들자 뒤에서 누가 큰 기침을 한다. 그는 가슴이 달랑하였다. 원준이다.

*

보름도 흐지부지 지나가고 마을 사람들은 다시 싸늘한 현실에 부닥쳐서 제각기 발등을 굽어보았다. 그야말로 *각자도생(各自圖生)이다. 그들은 마치 눈 쌓인 산중을 주린 짐승이 헤매듯이 사면팔방으로 돈벌이에 헤매었다. 마을에도 차례로 양식이 떨어져갔다. 돌쇠도 눈을 뒤집고 다시 노름판으로 쫓아다니지 않으면 안 되었다. 차첨지는 고기 낚기를 다시 시작하였다. 그는 고기를 잡으면 그놈을 가지고 읍내로 가서 파는 것이었다.

김첨지는 부지런히 자리를 쳤다. 해마다 청올치를 해서 팔고 남은 *치레기로 그는 여름내 노를 꼬아두었다가 겨울이면 자리 장사를 하는 것이었다.

그런데 원준이는 그들과는 아주 별세계에 사는 사람처럼 유유하게 한가한 세월을 보내고 있었다. 그는 면사무소를 갔다 오면 번들번들 놀았다. 마치 사냥개처럼 무슨 냄새를 맡으려는 듯 이집 저집으로 돌아다닌다. 그는 여전히 응삼이 집을 자주 왔다.

이월 초생이다. 추위는 계속되었으나 그래도 겨울 같지는 않았다. 쌀쌀한 바람도 봄 기분을 내고 품안으로 기어들었다. 양지짝으로 있는 언덕 밑에는 풀썩이 시퍼렇게 살아났다. 그것이 눈보라를 치면 얼었다가 양지가 나면 다시 깨어났다. 풀도 이 마을 사람들과 같이 잔인한 추위와 싸우고 있었다.

논밭둑에는 벌써 나물 캐는 아이들이 바구니를 끼고 헤맨다. 보리밭에는 국수덩이 꽃다지 냉이 달래 싹이 돋아난다.

응삼이 집에서는 아침을 치르고 나자 모자는 윗말 마름 집 물방앗간으로 *용정을 하러 갔다. 응삼이는 소 살 돈을 노름해서 잃은 까닭으로 벼를 찧어 팔아서 그 돈을 벌충하지 않으면 안 되었다. 올에도 논 섬지기를 짓자면 큰 소를 세우지 않으면 안 되었다. 응룡이는 돌이와 사랑 마당에서 놀더니 어디로 몰려갔는지 아무 기척도 없어졌다.

이때 이쁜이는 혼자 *반짇그릇을 앞에 놓고 버선 귀머리를 볼 박고 있었다. 그는 사내의 버선짝을 보아도 미운 생각이 났다. 그는 지금도 이 생각 저 생각에 움직이던 바늘을 몇 번인가 멈추고 한숨을 쉬었다.

그런데 거기에 원준이가 응삼이를 부르고 들어온다. 오늘이 공일이었다.

원준이는 언제와 같이 털외투 *'에리'에 목을 움치고 윤이 반질반질 나는 노랑 구두를 신고 들어왔다.

"없어요!"

이쁜이는 깜짝 놀라 일어나서 문을 열고 내다보았다. 그는 공연히 가슴이 뛰어 얼굴이 화끈하였다.

"어디 갔어요?"

원준이는 싱글싱글 웃으며 뜰 위로 올라선다.

"방아 찧으러 갔어유."

이쁜이는 문설주에 붙어 서서 몸을 반쯤 가리고 간신히 대답하였다.

"아주머니도 가셨나요?"

"네⋯⋯."

담배 귀신이란 별명을 듣는 원준이는 담배를 또 한 개 꺼내 문다.

"성냥 있어요?"

"네⋯⋯ 성냥이 어디 있나!"

이쁜이는 화급하게 방 안을 둘러보다가 성냥을 찾으러 부엌으로 원준이 앞을 지나 들어갔다. 그는 부뚜막에 있는 성냥갑을 흔들어보고 조심스럽게 두 손을 뻗쳐서 원준이에게 공손히 내밀었다. 그는 면구스러워서 고개를 다시 숙이고 아까와 같이 방 안으로 들어가서 문설주에 붙어 섰다.

"⋯⋯참 당신한테 물어볼 말이 있는데."

원준이는 잠깐 주저하다가 어색한 듯이 이런 말을 꺼내고 이쁜이를 쳐다본다.

"예⋯⋯무슨⋯⋯."

이쁜이는 구석으로 숨었다. 그는 원준이가 심상치 않게 구는데 점점 불안을 느끼었다. 원준이는 여전히 싱글벙글 싱글벙글한다.

"당신의 집안 식구는 속여도 나는 속이지 못할 게요?"

"……"

이쁜이는 가슴이 떨리었다. 무슨 일일까? 열나흗날 밤 일인가? 그 생각이 번개 치듯 지나간다.

"나는 벌써 다 알고 묻는 말이니까 바른대로 고백하지 않으면 당신에게 손해가 될 것이오. 당신은 지난달 열나흗날 밤에 어디를 갔었지?"

"가긴 어디를 가요?"

이쁜이는 자기도 알지 못하게 절망에서 떨리는 목소리가 나왔다. 인제 보니까 그날 밤에 뒤를 밟았나 보다!

"아무 데도 안 갔어?…… 당신이 말하기 싫다면 구태여 들을 것은 없소 그것은 당신이 생각해보면 알 것이니까…… 나는 당신을 위해서 하는 말이야. 만일 내가 한마디만 당신 시어머니에게 뗑구게 되면 당신은 어떻게 될지 모르지 않소?"

"……"

원준이는 어느 틈에 문지방에 걸터앉았다.

"하기는 당신의 소행을 생각하면 이런 말을 귀띔할 것 없이 당신 어머니한테 말할 것이지마는, 그렇게 하면 전도가 창창한 당신에게 불행하지 않겠소? 그러니 내 말을 듣겠소 못 듣겠소?"

원준이는 차차 흥분되어서 숨을 헐떡거린다.

"무슨 말이여요 들을 말이면 듣고 못 들을 말이면 못 들……"

이쁜이는 인제 악이 올라서 무서움도 없어지고 원준이를 똑바로

쏘아보았다. 그러나 원준이는 여전히 빙그레 웃으며

"그만하면 알지 뭐?……"

이쁜이는 별안간 고개를 벽에 기대고 훌쩍훌쩍 울기 시작하였다. 그는 참으로 원준이가 아는가 봐 겁이 나서 그런 것이 아니라 그의 하는 행동이 분하기 때문이었다.

—그가 참으로 점잖을 것 같으면 모르는 체하든지 그렇지 않으면 자기를 훈계하고 말 것이 아닌가? 그런데 자기의 과실을 책 잡아가지고 그 값으로 비루한 제 욕심만 채우려는 것은 가증하기 짝이 없다. 너를 주느니 개를 주지! 하는 미운 생각이 지금 이쁜이의 마음속에 가득 찼다.

"나가요! 당신이야말로 대낮에 이게 무슨 짓이유?"

이쁜이는 별안간 고함을 쳤다.

이 의외의 대답에 원준이는 깜짝 놀라서 몸을 벌떡 일으켰다.

"아니 당신이…… 정말들 이러기야!"

눈을 휘둥그렇게 뜨고 쳐다본다.

"그러면 누구를 어쩔 테야! 어서 나가요. 공연히 안 나가면 *왜장 칠테니."

이쁜이는 독이 *푸독사같이 올랐다. 그는 자기에게도 이런 용기가 어디 있던가 하고 내심으로 은근히 놀랐다.

"뭣이 어째? 정말 이래도 좋을까? 후회하지 않을까!"

"맘대로 하라구. 이르면 쫓겨나기밖에 더할까? 고작 가야 죽기밖에 더할까?…… 행세가 천하에 못되었수! 임자는 면서기를 다닌다고 남을 이렇게 깔보는가? 유식한 사람의 버릇은 다 그런가?……"

원준이는 고만 모닥불을 뒤어쓴 것같이 얼굴이 화끈 달았다. 그는 무섭게 눈을 흘기고 한참 서서 노려보다가 할 수 없이 나가버린다.

이쁜이는 그 자리에 쓰러져서 보리밥 한 솥지기는 울었다. 그는 암만 울어도 시원치 않았다.

―저는 이 마을에서 제일 잘산다고 누구에게 권리를 부리려 드는가? 그는 생각할수록 안하무인한 그의 행동이 분하였다. 그런 생각을 하면 전후사연 모조리 *토파를 하고 죽든지 살든지 한번 해보고 싶었다. 그는 마침내 이런 모든 소조가 천치 같은 사내를 얻은 까닭으로 벌써 넘보고 그랬다는 자기 팔자 한탄으로 결론을 지을 수밖에 없었다.

그러나 분한 정도를 따진다면 원준이도 결코 이쁜이만 못하지 않았다. 그는 이쁜이에게 그런 봉변을 당하기는 참으로 의외였다. 더구나 그런 볼모를 잡아가지고 위협을 하게 되면 웬만한 여자일 것 같으면 대개 넘어갈 줄만 알았었는데 이런 계집이 여간 당차지 않다고 그는 은근히 놀라기를 마지않았다. 그래서 그는 그 뒤로 응삼이 집에는 발을 끊고 말았다.

원준이는 그길로 가운데말 사는 구장 집을 찾아갔다. 마름 집에 선생으로 있던 이생원은 연전에 갓모봉 너머 이참사의 조선으로 향교 장의를 지냈다고 지금도 감투를 쓰고 나왔다.

"아니 자네가 웬일인가?"

구장은 원준이를 사랑으로 맞아들였다.

"오늘은 면에 안 갔던가!"

"네! 일요일이올시다."

"옳아 내 정신 봤나. 오늘이 참 공일이지."

"선생님께 잠깐 의논드릴 말씀이 있어서요."

원준이는 그전에 서당에 다닐 때 구장에게 글을 배운 일이 있기 때문에 선생님이라고 부르는 터이었다.

"응! 무슨 일?"

구장은 노를 꼬면서 묻는다.

"이 동리는 노름들을 않습니까? 저희 동리는 노름이 심해서 큰일 났어요."

"못 들었어. 요새도들 한다나?"

"하는 것이 뭡니까? 일전에 노름들을 해서 응삼이가 소 판 돈 삼십 원을 잃었다는 말씀은 선생께서도 들으셨지요. 바로 쥐불 놓던 날 밤이올시다."

"그 말은 들었지!"

구장의 뾰족한 아래턱에 달린 염생이 수염이 말할 때마다 까불까불한다.

"그 돈을 돌쇠가 따먹었다는데요. 그때도 응삼이 모친이 고발을 한다고 펄펄 뛰는 것을 어디 한이웃 간에서 차마 그렇게 하랄수가 있어야시요. 그래 밀렸지요."

"아무럼 그 다 이를 말인가."

"그런데 이 사람들이 지금도 정신을 못 차리고…… 요새는 버쩍 더합니다그려. 그리고 어디 그뿐입니까. 도무지 풍기가 문란해서 커가는 아이들에게 여간 큰 영향이 아니올시다. 이대로 가다가는 동리가 망하지 않겠어요?"

원준이는 무슨 큰일이나 생긴 것처럼 긴장해서 부르짖었다.

"그러니 어떻게 한단 말인가. 어디 한두 사람이어야지 무슨 도리를 강구하지. 에, 고약한 사람들 같으니!"

구장도 다소 역증이 나는 것처럼 꼬던 노끈을 제쳐 매놓고 담배를 부스럭부스럭 담는다.

"저희 같은 젊은 애들 말은 어디 들어먹어야지요. 그러니까 선생님께서 진흥회장 어른과 상의를 하셔서 속히 동회(洞會)를 부쳐가지고 어떤 제재를 내리는 것이 좋겠습니다."

구장은 잠깐 무엇을 생각하다가

"그게야 어렵지 않겠지마는, 그렇게 해서 효력이 있을까?"

"확실히 있을 줄 압니다. 그들을 불러다 놓고 엄중하게 징계를 하고 만일 차후에도 노름을 하는 사람이 있으면 벌금을 물게 한다든지 하는 그런 규칙을 만들어놓게 되면 실행될 수가 있겠지요. 그래도 노름을 하고 싶으면 바로 타동에 가서는 할지라도……"

"글쎄 어디 의논해보지…… 자네들은 인저 착심하고 면서기를 다니기까지 하니 더 부탁할 말이 없네마는…… 우리 동리란 웬 노름꾼이 그리 많은지…… 참 한심한 일이야!"

"저희야 다시 그런 장난을 하겠습니까. 그전에는 철모르고 그랬지요만."

원준이는 면구한 듯이 고개를 숙이고 자리를 긁는다.

구장은 장죽을 재떨이에 뻗치고 앉아서 뻑뻑 빨다가

"자네가 그런 말 하니 말일세마는 노름이 이렇게 퍼지게 된 것은 꼭 이참사 까닭이니. 촌이란 일상 읍내를 본뜨는 것인데 이참사 같은 명망 있고 일군의 유력한 지위를 가진 이가 노름을 하게 되니 무식한 사람들이야 무족거론이 아니겠나…… 더구나 요새 세상같이 모두 살기가 어려운 판에……허허……"

구장은 별안간 이가 물던지 배꼽에 걸친 *괫마리를 까고 득득 긁는다. 때비늘이 허옇게 긁힌다.

"그렇습죠 *상탁하부정으로……"

원준이는 제 얼굴에 침 뱉는 것 같아서 하던 말을 멈추고 다시 고개를 숙였다.

6

이틀 후에 소임은 아래위 동리를 집집마다 돌아다니며 저녁에 마름 집으로 모이라는 말을 전하였다. 특히 노름꾼으로 지목되는 사람은 하나도 빠지지 않도록 직접 찾아보고 일렀다. 동리 사람들은 별안간 무슨 일인지 몰라서 수군거렸다.

해가 어슬핏하자 집회 장소인 정주사 집에는 하나 둘씩 사람이 불어갔다.

시계가 여덟 시를 쳤을 때에는 아래윗간 사랑이 꽉 차서 마루에까지 사람이 앉아야 할 만큼 상중하 동리의 거진 절반이나 모인 셈이었다.

거기에는 이날 회합의 문제 인물인 돌쇠는 물론이요 완득이 성선이도 왔는데 웬일인지 노름꾼의 대장인 최순칠이가 오지 않았다.

"더 올 사람 없나. 고만 이야기들 해보지."

아랫목에서 구장하고 나란히 앉은 진흥회장 정주사는 좌중을 둘러보며 물었다. 제각기 패패로 앉아서 까마귀 떼같이 떠들던 사람들은 일시에 말을 그치고 아랫방으로 고개를 돌리었다. 윗말 남서방 산지기 조첨지도 왔다.

정주사 아들 정광조(鄭光朝)는 윗방에서 원준이와 마주 앉았다.

"네! 시작해보시지요."

원준이는 정주사와 구장을 바라보았다.

"선생님이 먼저 말씀하시지요?"

"아니 회장이 말씀하셔야지…… 허허……"

"동회니까 구장이 말씀하셔야지…… 그럼 아모려나!"

정주사는 담뱃대를 놓고 수염을 쓰다듬으면서 말을 꺼내었다. 그도 세무서(稅務署) 주사를 다녔다고 깎은 머리에 감투를 쓰고 있었다.

"오늘 밤에 동리 여러분들을 이렇게 오시란 것은 다른 것이 아니라 우리 동리에 좋지 못한 일이 있어서 그 대책을 강구하지 않으면 안 되겠어서 모이라 한 것이오. 그 좋지 못한 일이란 것은 지금 아랫말 김서기가 사실을 보고할 터이니까 여러분은 잘 들으시고 아무 기탄없이 여러분은 좋은 의견을 말씀해주시기를 바랍니다. 그래서 우리 동리도 풍기를 숙청(肅淸)해서 훌륭한 모범촌이 되도록 여러분이 서로 도와가기를 바라기 마지않습니다."

정주사는 구장을 돌아보며

"그뿐이지? 더할 말씀은?"

"그렇지요 더 무슨."

구장은 훈장질하던 버릇이 남아서 상반신을 끄덕끄덕하였다.

"그러면 김서기 보고하지!"

"네!"

정주사의 말이 떨어지자 원준이는 대답을 하고 일어섰다. 그는 양수거지를 하고 서서

"에, 오늘 밤에 보고할 사실이란 것은 지금 진흥회장 영감께서 말씀한 바같이 우리 동리의 문란한 풍기를 '개량'하자는 것입니다. 헴! 여러분께서도 이미 아시다시피 우리 동리에는 도박이 제일 심합니다. 그 증거로는 올 정초에—바로 쥐불 놓던 날 밤에—도박을 한 것이 증명됩니다. 그날 밤에 도박을 하신 분이 지금 이 자리에 계신 것 같으니까 누구라고 지명을 않더라도 다들 아실 줄 압니다. 더구나 그날

밤에 *불소한 금액을 잃은 사람은 한이웃에 사는 반편 같은 불행한 사람이라는 데는 같은 노름이라할지라도 정도가 다르다고 생각합니다……."

원준이는 마치 승리의 쾌감을 느끼는 사람과 같이 기고만장해서 돌쇠를 슬슬 곁눈질하며 부르짖었다.

그러나 돌쇠는 벌써 이날 저녁의 모인 의미를 잘 알기 때문에 별로 놀란 것은 없었다. 그는 어저께 원준이가 이쁜이에게 대한 행동을 자세히 들었다. 그러므로 돌쇠는 오늘 집회가 원준이의 책동이라는 것을 벌써 짐작하고 있었던 것이다. 그러니만큼 그는 이를 옥물고 '어디 보자!' 하는 결심을 굳게 할 뿐이었다.

원준이는 손을 입에 대고 기침을 두어 번 한 후에 다시 말을 이어서

"에헴! 그런데 그분들은 그 후에 조금도 반성하는 기색이 없어 계속해서 지금도 노름을 합니다. 이것이 하나올시다. 에헴, 또 한 가지는."

"에, 그게 원 무슨 일들이람."

"원체 노름이 너무 심하지. 진즉 무슨 수를 내든지 해야 할 게야."

"그거 참 옳은 말일세. 그 사람 똑똑한데."

"암 *승어부했지. 저 사람 집 산수에 꽃폈는데!"

청중에서 이런 말이 수군수군거리자 구장은 담뱃대를 들고 정숙하라고 명하였다.

원준이는 더욱 어깨가 으쓱해졌다.

"에, 또 한 가지는 신성한 가정의 풍기를 문란하는 것이올시다. 아마 이것도 여러분께서 대강 짐작하실 만한 소문을 들으셨을 줄 압니다. 그러면 이만큼 말씀해두고 끝으로 한마디 아뢰고저 하는 것은 이런 불미한 일을 그대로 두어서는 오륜삼강의 미풍양속이 없어지고 동리가 멸망해갈 것이니 여러분께서는 그 대책을 잘 생각하시고 책임자에게 어떤 제재를 주어서라도 동리를 바로 잡게 하시기를 바랍니다."

원준이는 연설조로 하던 말을 마치고 자리에 앉는다. 그는 다소 흥분이 되어서 숨이 가빴다.

"그러면 어떻게 할까요? 여러분 의견을 말씀하시지요!"

정주사는 좌중을 돌아본다.

원준이는 다시 일어서서

"에, 제 생각 같애서는 먼저 문제의 책임자들이 각기 자기 양심에 비춰서 이 자리에서 사과를 한 후에 앞으로는 다시 불미한 행동을 않겠다는 맹서를 하고 그리고 나서 다시 여러분께서는 그의 만일을 보장을 하기 위해서 어떠한 벌칙을 작정하는 것이 좋을 것 같습니다."

이때까지 아무 말 없이 앉아서 빙글빙글 웃고만 있던 정광조는 별안간 좌중의 침묵을 깨치었다. 하기는 여러 사람은 오늘 저녁이 모임이 동회인 만큼 그가 먼저 무슨 말이 있을 줄 알았는데 오히려 지금까지 아무 말이 없는 것을 이상히 생각할 만큼이었다. 왜 그러냐 하면 그는 동경 유학생이기 때문이었다. 그는 폐병이 걸려서 작년 *연종(年終)에 일시 귀국하였던 것이다.

"지금 이 모임에 저도 발언권이 있습니까?"

광조는 좌중에 묻는 말이나 시선은 원준이에게로 갔다. 그는 원준이의 '오륜삼강'이니 '신성한 가정'이니 하는 말이 우스웠다.

"네! 동회인 만큼 누구나 말씀하실 수가 있었지요."

원준이가 대답하였다. 좌중은 동의한다. 광조는 일어서서 우선 머리를 숙여 예한 후에 그는 다시 팔짱을 끼고서

"에. 지금 보고한 말씀을 들어보면 첫째 조목과 둘째 조목 모두 추상적인 것 같습니다. 옛말에도 *명기위적이라야 적내가복(明其爲賊賊乃可福)이라고 그 죄를 밝힌 연후에야 형벌을 작정할 것이 아닙니까? 그러면 지금 그 보고를 좀 더 소상히 할 필요가 있을 줄 압니다. 즉 누구누구는 어떠어떠한 범과가 있다는 것을 본인은 물론이요 제삼자에게도 확실히 알려줄 필요가 있을 줄 압니다."

광조가 말을 마치고 앉자 좌중은 이 의외의 발언에 모두 두리번두리번하였다.

"참 그렇지! 그래야지!"

"네! 그것은……"

원준이가 다시 일어난다. 그는 불안한 표정이 나타났다.

"……이미 여러분께서 잘 아시는 사실이므로 구태여 지적할 필요

가 없을 것 같아서 그랬습니다…… 또한 고현(古賢)의 말씀에도 그 죄를 미워하고 그 사람은 미워하지 않는다는 의미를 본받아서 되도록은 관대한 처분을 하는 것이 좋을까 해서 그만큼 보고를 하였습니다."

광조는 다시 일어났다.

"에, 그러면 이 보고를 정당한 사실로 인정한다는 전제에서 저의 의견을 잠깐 말씀하겠습니다. 저 역시 들은 소문을 조합해가지고 말씀드리겠는데 첫째 도박으로 말하면 우리 동리에서 젊은 사람치고 별로안 하는 사람이 없는 줄 압니다. 더구나 노름꾼의 대장이라 할 만한 이가 오늘 밤에 안 오신 것은 대단 유감으로 생각합니다. (청중이 모두 웃는다.) 둘째 신성한 가정의 풍기를 문란 한다는 조목에 있어서는 더구나 문제를 막연히 취급하는 것 같습니다. 가정이란 대개 결혼을 기초한 것으로 볼 수 있는데 오늘 우리 사회의 결혼 제도라는 것이 어떠합니까? 이미 여러분도 잘 아시는 바와 같이 소위 이성지합(二性之合)의 *백복지원(百福之源)이라는 인간대사를 부부가 무엇인지도 모르는 젖내 나는 어린것들을 조혼을 시키거나 그렇지 않으면 당자에게는 마음도 없는 것을 부모가 강제 결혼을 시키는 것이 오늘날 우리 사회의 결혼 제도가 아닙니까? 그러나 한번 머리를 돌이켜서 저 문명한 나라를 볼 것 같으면 거기서는 청년 남녀가 각기 제 뜻에 맞는 배필을 골라서 이상적 가정을 세우는 것이올시다. *어시호 '신성한 가정'이 될 수 있겠습니다. 원래 결혼이란 당사자끼리 할 것이지 거기에 제삼자가 전제(專制)할 것은 아닙니다. 그러므로 우리 사회의 불합리한 결혼 제도에는 따라서 많은 폐해가 있습니다. 남자는 첩을 얻고 외입을 합니다. 여자의 본부를 독살하고 음분 도주합니다. 이것이 모두 강제 결혼과 조혼의 폐해올시다. 그러므로 아까 둘째 조목으로 보고한 사실이란 것도 결국 우리 사회의 결혼 제도의 결함에서 생기는 반드시 없지 못할 폐해인 줄 압니다. 그렇다면 이와 같은 제도에 희생된 사람들에게는 오히려 '동정'할 점이 많이 있을 줄 압니다."

원준이는 이 불의에 공격에 어쩔 줄을 몰랐다. 그는 다시 일어서서

"그러나 우리는 이 제도를 일조일석에 고칠 수는 없습니다. 그렇다면 우리는 종래의 관습을 복종할 의무가 있을 줄 압니다."

"그것은 말 되지 않습니다. 우리가 만일 우리의 생활상에 어떤 잘못을 발견할 때는 우리는 그 즉시로 그것을 고쳐야 할 의무가 있을 줄 압니다. 만일 그렇지 않다면 우리는 그 잘못을 영영 고치지 못하고 말 것이외다."

"그렇지! 그게 옳은 말이지."

청중에서 누가 부르짖었다. 그는 돌쇠에게서 그날 밤에 개평을 얻은 남서방이었다.

"그러면 문제를 간단히 *낙착 짓기 위해서 다시 번복합시다. 대관절 아까 김서기의 보고를 여러분은 정당하다고 인정하십니까?"

광조는 다시 일어나서 묻는다.

잠시 방 안은 쥐 죽은 듯이 고요하였다.

그러자 돌쇠가 별안간 벌떡 일어선다. 그는 아까부터 하고 싶은 말이 많았으나 어떻게 조리 있게 말할 만한 자신이 없어서 지금까지 망설이고 있던 참이었다. 그런데 그는 광조의 말에 용기가 났다.

"첫째 노름으로 말씀하면, 제……제가 물론 잘못했사와유. 하지만 저는 본시 노름꾼이 되고 싶어서한 것은 아니외다. 어떻게 합니까? 일 년 내 농사를 지어야 먹을 것은 제 동을 못 *대고 식구는 많은데 굶어 죽을 수 없으니…… 쥐불 놓던 날 밤에 응삼이와 노름을 한 것도 실상은 이렇게 *환장지경이 되었을 뿐 아니라 응삼이가 소 판 돈이 있는 줄을 알고 노름하자고 꾀이는 사람이 많은 줄을 알기 때문에 그렇다면 남에게 뺏길 것이 없어서 그날 밤에 노름을 하였지요. 그것은 지금 당장 응삼이를 불러다가 물어보셔도 알 것입니다. 그리고 노름을 어디 저 혼자만 합니까! 갓모봉 너머 이참사 영감 같으신 이도 노름을 하시지 않습니까."

"노름은 그렇다 하고 가정의 풍기 문란에 대해서는 또 변명할 말이 없느냐?"

정주사는 정중하게 돌쇠에게 묻는다. 그는 양반인 까닭에 아랫사람들에게는 언어에 차별을 하였다.

"네?…… 둘째로 무슨 말씀인가요? 거기 대해서도 저만 특별히 잘못한 것은 없습니다. 그것도 이실직고하오니 응삼이 처를 불러다 물어보십시오!"

좌중은 이 새 사실에 모두 놀랐다.

"그럼 누구란 말이냐!"

정주사의 묻는 말에 돌쇠는 원준이를 손가락질하였다.

"원준이올시다."

"저 사람이 미쳤나 내가 어쨌단 말이야!"

원준이는 얼굴이 새빨개졌다. *색 먹고 대든다.

"자네가 그렇게 아무도 없는 기미를 보고 대낮에 응삼이 집에 들어가지 않었나."

좌중의 시선은 모두 원준이에게로 집중하였다. 돌쇠는 다시 긴장해서 부르짖었다.

"어?"

"오늘 저녁에 이렇게 모인 것이 저는 누구의 조화라는 것을 잘 알고 있사외다. 저 하나를 이 동리에서 제일 불량한 사람이라 지목해가지고 그러는 것 같습니다마는 사실인즉 이와 같은 흉계를 꾸민 것입니다. 아까 이 댁 나리가 말씀하신 것과 같이 젊은 사내로 우연만한 사내 쳐놓고 누가 외입 않는 사내가 있습니까? 네! 제 죄는 지당히 벌을 받사오리다. 그러나 벌을 주시되 공평히 주십시오."

돌쇠의 말에 여러 사람은 가슴이 찔리었다. 참으로 누가 감히 먼저 돌쇠에게 돌을 던질 수 있느냐?

"잉! 잉!"

별안간 구장은 담뱃대를 들고 휭 나간다. 그는 원준이에게 속은 것이 분하기 때문이었다.

"아니 왜 일어나셔요?"

"그럼 가지 무엇 해요 *깍두기판인데!"

정주사의 묻는 말에 그는 이 말을 던지고 나가버린다.

그는 콧구멍이 벌름벌름하였다.

"허허 참, 별꼴 다 보겠군!"

"똥 묻은 개가 겨 묻은 개를 나무라는 셈이로군!"

좌중의 시선은 원준이에게로 집중되었다.

회합은 별안간 *묵주머니가 되고 여러 사람들은 허구픈 웃음을 웃으며 하나 둘씩 돌아갔다. 원준이는 어느 틈에 달아났는지 가는 것도 보지 못한 사람이 많았다.

광조는 회심의 미소를 웃었다. 그는 신성한 가정의 풍기 문란(?)이 쥐구멍을 못 찾고 쑥 들어간 것이 통쾌하였다. 자유연애 만세!……

돌쇠가 뒷산 잔등을 막 넘으려니까 뒤에서 누가 헐헐 가쁜 숨을 쉬며 쫓아온다.

"누구야?"

"나!"

그는 천만의외에 이쁜이였다.

"아니 임자가 웬일이야?"

돌쇠는 깜짝 놀라서 부르짖었다.

"쉬, 나도 나도 구경을 왔었다우!"

"어, 그래 죄다 들었는가?"

"그럼, 무슨 일인지 궁금해서 쫓어와봤지."

이쁜이는 돌쇠의 손목을 꼭 쥐었다.

"정주사 아들의 말을 알어들었소?"

"저, 무슨 말인지 자세히는 몰라도 임자를 퍽 두둔하는 것 같애! 그렇지? 난 뜰아래 짚 동가리에 숨었었어!"

이쁜이는 다시 돌쇠의 손목을 꼭 쥐어본다.

"그래!"

"그럼 우리를 두둔해주는 사람도 이 세상에 있구려!"

이쁜이는 죽은 사람이 다시 산 것처럼 희한하게 생각되었다.

"그렇지! 사람은 기운차게 살어가야 돼. 설사 죄를 짓더라도 사람으로서 진실해야 하느니."

"우짜면 그이가 말을 그렇게 한다우!"

"일본 가서 대학교 공부하지 않었나!"

두 사람의 대화는 어둠 속에서 도란도란한다. 이쁜이는 돌쇠에게 온몸을 실리다시피 치개면서 걸음을 떼놓았다.

"세상은 우리가 모르는 별세상이 또 있는가 부지? 그이(정주사의 아들)는 그것을 아는 모양이 아닌가!"

돌쇠는 무엇을 골똘히 생각하다가 무심코 이런 말을 하였다.

"참말로 우리도 그런 세상에서 살았으면……"

그들은 한동안 아무 말 없이 걸어갔다.

(『조선일보』, 1933.5.30~7.1)

변절자의 아내

1

세상에서는 지금 그의 이름을 민족(民足)이라고 부른다. 그를 왜 '민족'이라고 부르는지 그것은 나도 잘 모른다. 나는 신문 기자나 정탐이 아닌지라 남의 비밀을 잘 알지도 못하거니와, 또한 그런 것을 알고 싶어 하지도 않는다. 그러나 이 유명한 '민족'에게 대해서는 다만, 그의 드러난 '사실'만 가지고라도 훌륭한 이야깃거리가 몇 '다스'라도 될 줄 안다. 그것은 우선 '민족'이라 하면 *아동주졸까지라도 모를 이가 없으리 만큼 그는 너무도 유명짜하기 때문이다.

이렇게 유명한 '민족'의 이야기를 쓰기는 참으로 곤란한 일이다. 왜 그러냐 하면 이렇게 온 세상 사람이 다 잘 아는 사람의 사적을 쓰기란 아무것도 모르는 이의 그것을 쓰기보다도 어려운 법이다. 워낙 그가 유명한 만큼 그는 일화도 많을 것이요 행적도 많을 것인데, 그 것들을 하나도 빼놓지 않고 일일이 쓰자면, 우선 그에 대한 지식이 풍부해야 될 것이요 또한 그렇다고 해서 그의 전기(傳記)를 쓰는 마 당이 아닌 바에야 일동일정을 모조리 써 놓아도 안 될 것이다.

그러면 그의 복잡다단한 행동 중에서 가장 뼈대가 굵은 것만을 소 설적으로 추려서 그것을 정확하게 또한 재미있게 써야만 되겠는데 그것이 정말로 어렵다는 것이다. 또한 이야기란 것은 남이 잘 모르는 —아주 처음 듣는 것을 해야 어시호 흥미를 끄는 것인데 이렇게 세 상이 다 아는 '민족'의 평범화한 사실을 가지고 이야기를 꾸민다면 어떻게 독자 대중에게 백 퍼센트 이상의 흥미를 끌게 할는지 도저히 나와 같은 서투른 솜씨로서는 감당치 못할까 봐 저어한다. 그것은 어 느 의미로 보아서 마치 저 중국의 *노신(魯迅)이가 *『아큐정전(阿Q正 傳)』을 쓰기보다도 더 어려운 일이 아닐는지 모른다. 그러니 만큼 나 는 더욱 나의 외람한 것을 후회하고 은근히 두려워하기 마지않는다.

그러나 나는 이미 *벌인 춤이 되고 말았다. 이 땅에서 '민족'의 이 야기를 나보다도 더 잘 쓸 수 있는 사람이 물론 있을 것이요 또한 그 것을 하루바삐 써 주기를 나는 은근히 기다리고 있었는데 웬일인지 아직까지 그것을 써 주는 사람은 하나도 나서지 않는다. 내가 이러한 일에 대하여 스스로 부족을 느끼면서도 굳이 이 붓을 들게 된 동기도 실로 여기 있는 것이다. 그러므로 나는 지금 어릿광대와 같이 등장하기를 주저치 않고 나섰다. 웬일인지 나는 그런 충동이 나서 참을 수가 없다. 누구의 말마따나 이 역시 신비의 원리라 그런지 참으로 이상한 일이다.

한데 나는 아직 '민족'의 본명이 무엇인지도 모른다. 하긴 그를 '민족'이라고 부르는 것을 보아서 그의 성이 민가(閔哥)나 아닌가 하는 추측이 없지도 않다. 그러나 그의 성이 정말로 민가인지 아닌지 그것을 나는 모른다.

듣는 말에 의하면—물론 이것도 사실인지 아닌지는 꼭, 믿을 수 없는 말이나—그는 본시 미천한 몸으로 저 함경도라든가 어디라든가 어느 궁벽한 산골에서 출생하자 조실부모하고 의지가지없이 돌아다녔는데 그가 열 살 전후까지도 어떤 시골 장거리에 있는 음식점에서 *중노미로 심부름을 하고 있으며 *봉놋방에서 새우잠을 자고 있었다 한다.

그러므로 그의 부모가 누구인지 조부모가 누구인지 그것은 남도 모를 뿐 아니라 당자인 '민족'이 자신도 아마 모를 것이라는 억측까지 있는데 모르면 모르되 이것은 아마 그가 너무도 유명하다니까 그를 시기하는 사람들이 일부러 지어내서 그가 한미한 출생이라니까 이렇게까지 훼방하는 말인지도 모른다. 또한 그와는 정반대로 그를 숭배하는 사람들이 자고로 훌륭한 사람들은 모두 한미한 출생으로서 어려서는 갖은 고초를 겪다가 장성해서는 훌륭한 사람이 된다는—마치 고대소설의 주인공과 같이 그를 만들고자 하는…… 이를테면 기적을 만들고자 하는 나머지에 그 역시 성명도 없이 개구멍받이로 나온 것처럼 지어낸 말인지도 모른다.

만일 그렇지 않고 그의 성이 정말로 민가라든지 다른 성이 있다든지 하면 그는 반드시 그 성명을 써야만 할 터인데 그는 왜 '민족'이란 별명을 하필 부르게 하는가? 이것이 그에 대한 수수께끼요 그래서 그는 성도 없는 사람이라는 말까지 듣게 하는 것이요 따라서 그에게 대한 별별 억측과 중상이 있게 하는 것인데 원래 그는 유명하니까 세상 사람들의 이따위 평판쯤은 개의치도 않을 것이다. 하여간 그의 본성이야 알든 모르든 지금은 그의 본성보다도 이 '민족'이란 별명이 더 훌륭히 통용되고 있다. 그것은 마치 현 사회에서는 지전장이 금화보다도 훌륭하게 더 잘 유통되는 것과 마찬가지로.

한데 또 한편으로 생각해 보면 그는 그의 총명한 두뇌로 백성을 지극히 사랑한다는 의미에서 일부러 그런 별명을 붙인 것이나 아닌가 싶다. 그러면 족(足)은 또 무엇이냐 할 것인데 이 '족'이란 것도 물론 훌륭한 의미가 있는 글자다. 우선 예수 그리스도도 *적자(赤子)의 발을 소중히 하지 않았던가. 민은 이식위천(民以食爲天)이나 왕은 *이민위천(王以民爲天)이란 말로만 보더라도 자고로 지배계급이 민중으로 근본을 삼았던 만큼 우리 민족 선생도 꼭 그런 의미에서 '백성의 발'이 되고 싶다는 지극히 거룩한 생각에서 착취한 별명인지도 모른다. 즉 이 땅에 발을 붙이고 사는 이 백성을 사랑한다는—가장 향토애(鄕土愛)를 강조하자는 의미에서—다시 말하면 '민족주의'를 상징하기 위한 것이나 아닌가 싶다. 그러나 이것도 물론 나의 추측에 불과한 것이니까 꼭 그렇다는 말은 아니다. 구태여 그것을 꼭 알아야 할 필요가 있다면 그것은 불가불 '민족'인 당자한테 물어보아야만 할 것인데 그는 이때까지 거기 대해서는 한 번도 발표한 일이 없고 나 역시 듣지도 못한 바이라 이 이상 더 말할 거리가 못 된다. 그야 하여간 그가 유명한 민족개량주의자라는 것만은 사실이 증명하고 있다는 그의 그런 별명쯤이야 아무렇든지 미주알고주알 캘 필요가 없을 줄 안다.

그러면 이 유명한 '민족'의 별명에 대해서는 고만 막설하기로 하고 어서 이야기를 전개시키자!

2

○○동 개천가를 끼고 올라가자면 왼손 편으로 돌다리를 건너서 수통 *물고동이 놓인 막다른 골목 안에 새로 지은 문화 주택이 붉은 기와를 덮고 있는데 그 집 안에서 조석으로 드나드는 양장미인은 이 근처의 수통 물을 짓는 사람들의 입에서 벌써부터 오르내리고 있었다.

"그 여편네 예쁘게도 생겼다!"고 부러워하는 축도 있고

"아주 *모단걸인 걸! 아주 말쑥한 걸!" 하고 그의 첨단적 신식을 기발하게 보는 축도 있고

"아이구 망측해라 여편네가 더펄머리를 하고 넉살 좋게 어디로 싸 대노!" 하고 구식으로 욕하는 축도 있고

"어떻든지 그 여편네는 잘두 났다. 남들이야 뭐라든지 잘 먹고 잘 입고 제멋대로 쏘다니니 그 위 더 상팔자가 있나 넌정할 것!" 하고 그의 처지를 부러워하는 축도 있다.

"그 여편네는 눈가죽이 팽팽하고 가로 쪽 째진 걸 보니 독살이 나면 여간 *암상쟁이가 아니겠는 걸!"

"저런 계집을 데리고 사는 놈팽이는 대개 부처 아래 토막 같겠다. 그래 *내주장이겠다."

"아마 그치도 그런가 봐. 그러기에 여편네가 밤낮없이 난질을 다니지."

"그 계집애 눈매를 좀 보지. 여간 색골로 생겼나 하하하……"

지금도 그 여자가 눈이 부시는 흰 양복에 분홍색 파라솔을 받고 뒤굽 높은 되똑한 흰 구두를 신고 비단 양말 위로 미끈둥한 장딴지를 드러내 놓고 갸우뚱거리며 지나갈 때 그들은 한마디씩 이렇게 지껄이고 있었다.

그러나 그들이 이 유명한 민족의 집안 내용을 비로소 자세히 알기는 얼마 전에 이 집 행랑어멈의 이야기를 들은 뒤부터였다.

이 양장 아씨는 행랑어멈을 두어도 인물이 반반한 여자를 골라 두었다. 그것은 첫째로 남 보기에 추하지 않고 손님 앞에서 심부름을 시킨대도 남우세 부끄럽지가 않다는 이유도 있지마는 그보다도 행랑어멈은 음식을 다루는 까닭에 인물이 못생기게 되면 어쩐지 음식 맛까지 추해진다는 것이 이 얼굴 이쁘게 생긴 주인아씨의 철학이었다.

그런데 이번에 골라 둔 행랑어멈은 다행히도 이 신식 아씨의 마음에 꼭 들어맞았는데 한 가지 병통은 그도 인물값을 하느라고 누구만 못지않게 주전부리를 하는 것이다. 그래서 주인아씨는 비록 행랑방이라도 그렇게 난잡한 행동이 있게 되면 자기의 신성한 스위트 홈[理想的家庭]까지 추해진다고 하루는 행랑어멈을 조용히 불러서 주의를 시킨 일이 있었다 한다.

그때 행랑어멈은 생글생글 웃으며 대답하는 말이 "쇤네가 뭘 어쨌어요! 누가 한술 더 뜨나 어디 두고 볼까요……."
하였다나.

그 뒤부터 행랑어멈은 주인아씨를 흉보기 시작하였다 한다. 이것도 그가 소문을 낸 말인지 누가 소문을 낸 말인지는 모르되 지금 세 살 먹은 주인아씨의 아들이 웬 까닭인지 이 집 선생님을 조석으로 문안을 다니는 ○○잡지사 주간인 피개량(皮皆良) —(이것도 물론 그의 본명이 아니요 별명이다)—선생의 발가락을 닮았다나 손가락을 닮았다는 풍설이 있다.

그러나 또 웬일인지 이 신식 아씨는 행랑어멈의 그런 말전주를 아직도 모르고 있는지 알고도 모르는 척하는지 그를 쫓아낼 생각도 않는 것이 이상하다. 이것도 신비의 세계라 그러한지 그들의 비밀을 또한 남들이 어찌 알까 보냐?

다만 행랑어멈의 말을 들으면 이 집 양장 아씨 함희정(咸戱貞)씨는 일찍이 이 집 주인 민족 선생이 동경 유학을 할 때부터 시쳇말로 '연애'를 속속들이 했다 한다.

그래서 당시 유학생계에 수재이던 '민족'씨도 이 '모던걸'인 함희정에게는 어쩔 수 없이 홀딱 만해서 아들까지 낳고 아무 죄도 없는 전실 아내를 친정으로 쫓아 버렸다 한다. 그것은 말똥 같은 쪽을 찌고 봉건적 구도덕에 젖은 구식 여자의 언제든지 '날 잡아 잡수' 하는 동양식 부인보다는 육감적이요 열정적이요 활발하고 요염하고 또 이성(異性)을 끌어당기는 지남철 같은 마력이 있는 근대적인 신여성인 함희정이가

"나는 당신을 사랑해요!" 하고 붉은 키스를 보낼 때 그의 소부르적 자유사상과 부합했던 것이다.

그래서 자유연애의 고비를 넘어서 연애지상주의(戀愛至上主義)에까지 막다른 그는 비록 변절은 할지언정 이 '경국지색'을 배반할 수는 없었다. 그래서 그는 마치 새끼에 맨 돌멩이처럼 해외에서 끌려들어왔다.

*

그게 바로 기미년 만세통이 벌어진 판이었다.

이에 민족 선생은 하루아침에 다시 새로운 의미로서의 아주 유명한 사람이 되고 말 줄을 누가 알았으랴? 그것은 마치 차돌 같은 얼음덩어리가 금시에 녹아서 냉수로 된 것처럼, 함희정의 불같은 사랑에 민족의 절개도 아니 녹지는 못했던 모양이다.

왜 그러냐 하면 그가 해외에 있을 때는 열렬한 ××운동자가 아니었던가? 하기는 일개 여자의 유혹을 못 이긴 그를 무슨 열렬한 ××운동자로 볼 것이냐? 그가 진실로 열렬한 운동자일 것 같으면 그보다 더한 유혹에라도 결코 사로잡히지 않을 것이라 할는지는 모른다. 아니 그보다도 그의 본바탕을 캐어 본다면 재래 봉건사상에 중독된 소위 영웅 심리를 잔뜩 가진 ××주의자라는 것들의 갈 길이란 것은 조만간 원래 이렇게밖에는 더 될 나위가 없는 것이라 하겠다.

그러나 하여간 그가 한참 당년에 ×××의 ××××○○로 있을 때 그의 붓끝과 혀끝에서는 피가 끓고 고기를 뛰게 하는 불덩이 같은 말이 쏟아져 나왔던 만큼 그것은 이 땅의 뜻있는 사람들로 하여금 주먹을 쥐게 하고 가슴을 치며 통곡을 하게 하고 또한 끓어오르는 의분을 참지 못하게 하여서 많은 젊은 사나이들은 큰 뜻을 품고 북쪽으로 북쪽으로 내달리었다. 그만큼 그마 적의 민족의 성명은 우레같이 사해에 진동하여 그를 존경하고 칭찬하고 숭배하고 탄복지 않은 사람이 별로 없었던 것이다.

그렇던 민족이가 하루아침에 자기의 주의 주장을 헌신짝 버리듯이 내버리고 일개 아녀자의 뒤를 따라서 마치 도수장에 들어가는 짐승처럼 풀기가 없이 어슬렁어슬렁 목을 늘이고 기어들어옴을 볼 때 누구나 놀라지 않을 수 없었다면 그들이 그렇게 말하는 것도 과히 괴이치 않을 줄 안다.

한데 민족이가 이 땅으로 들어온 것은 자기의 사상에 전환이 생긴 까닭이라고 한다. 그가 별안간 왜 이런 사상으로 급변을 했는지는 모르지마는 그의 새로 변한 사상이란 것은 참으로 온건 착실한 것이었다.

그는 이렇게 생각하였다.

'이 세상 만물은 모다 힘으로 움직인다. 한울의 일월성신(日月星辰)도 힘의 운행이요 산천초목의 변화도 힘의 표현이다. 그러므로 우리 인간이 산다는 것도 모다 힘의 발동이고 따라서 적은 힘은 큰 힘에게 희생된다. 실 한 겹과 두 겹이 서로 싸우면 반드시 한 겹이 먼저 끊어지고 말 것이다. 고양이가 호랑이와 싸워서 질 수밖에 없는 것은 그만큼 힘이 적은 까닭이다.

그러면 지금 이 땅에는 무엇이 있느냐? 무슨 힘이 있느냐? 과학이 발달되었느냐? 지식이 보급되었느냐? 그렇지 않으면 남의 나라와 같이 산업이 발전되었느냐?…… 아모것도 없다! 어시호 우리들은 먼저 힘을 길러야 하겠다. 호랑이와 싸우랴면 우선 호랑이만큼 힘을 준비해야 되겠다. 우리는 지금부터 실력을 양성하자! 학자를 양성하고 기사를 양성시키자! 청년을 수양시키고 교육과 문화를 보급시키자! 그것이 십 년이 되든지 내지는 백 년이 되든지 그만한 힘을 기른 연후에야 비로소 남과 한번 견주어볼 것이 아니냐? 그런데 우리의 현상은 마치 고양이가 호랑이에게 덤비는 셈이다. 아니 계란으로 바윗돌을 깨치랴는 형국이다……'

이것이 그의 유명한 실력양성론(實力養成論)의 골자였다.

땅 싶고 헤엄치기 같은 이런 튼튼한 이론(?)을 실천에 옮기려면 그는 물론 이 땅으로 들어와야 될 것인데 이와 같이 온건한 군자식(君子式)의 이론이라면 또한 누구나 그의 행동을 조금도 위험시할 것조차 없겠다.

이만큼 그는 자기의 안전한 생활을 합리화시키기에 총명하였다.

일방 함희정은 민족이가 ××로 건너간 그동안 홀로 떨어져서 안타까운 세월을 보내고 있었다. 정들자 이별이란 웬 말이냐! 옷고름에 차고 다녀도 부족한 내 사랑을 만리타국에 생이별을 시키다니…… 그는 참으로 일각이 삼추같이 임 그리워 못살 지경이었다.

한데 민족의 소식은 한번 간 후 묘연하였다. 그때 통은 국내도 소란한 판인지라 더구나 해외에서 활동하고 있는 민족의 신상을 염려하기 마지않았다. 그는 참으로 죽었는지 살았는지 모른다. 또한 앞으로도 무슨 일이 닥칠는지 모르는 것이었다.

그럴수록 함희정의 간장은 타고 녹았다. 그는 밤마다 악몽을 꾸고 가위에 눌렸다. 그럴 때마다 그의 애인 민족이는 피를 흘리고 부르짖는 모양과 육혈포를 맞고 거꾸러지는 거동이 보이었다.

"사랑하는 희정씨! 나를 구원해 주소서. 나는 다시 또 당신을 못 만나고 죽을 것 같소이다. 오, 거룩하신 당신은 이내 몸에 구원의 손을 내미소서……"

하룻밤에는 민족이가 전신에 피투성이를 하고 이렇게 부르짖으며 별안간 자기의 품안으로 달겨들 때 그는 기겁을 해서 마주 얼싸안으

며

"에그머니나 당신이 이게 웬일이오!"

하고 대성통곡을 하였다. 이 바람에 고만 가위를 눌렸던지 희정은 그 길로 내처 울기 때문에 안방에서 자던 친정어머니가 쫓아와서 깨운 적까지 있었다 한다. 이만큼 그도 민족을 사랑하였고 그러니 만큼 자기의 주의—연애지상주의에 충실하였던 것이다!

이에 그는 *천사만려(天思萬慮)한 끝에 마침내 한 꾀를 생각해 냈으니 그것이 또한 민족의 사상 전환과 똑같은 온건 착실한 묘책이었다. 과연 함희정이도 민족이의 아내 되기에 조금도 부끄럽지 않은 천생배필이었다.

어느 날 아침에 함희정은 변으로 일찍 일어나서 분세수를 곱게 하고 오랫동안 폐하였던 화장을 유달리 한 후에 새 옷을 갈아입고 *체경 속으로 자기의 몰골을 들여다보았다.

"이만하면 됐지! 그렇다. 왜 진즉 그런 꾀를 못 냈을까!"

그는 입속으로 이렇게 중얼거리며 제 옷맵시에 제가 홀려서 그윽이 만족한 웃음을 머금었다. …… 그는 그길로 요로의 어떤 인물을 심방하였다.

"……민족씨는 지금 병환으로 편치 않으신 것 같애요. 그이는 그 전부터 폐병이 있답니다. 이역 풍토에서 그의 본병이 더치고 보면 그의 생명은 퍽 위험해서요……"

하고 그는 그때 다시 간곡히 청하였다.

그래서 그는 마침내 뜻한 바 계획을 수행할 수 있었다. 그때 희정이가 그처럼 소란한 통에도 탄탄대로로 애인을 만나러 가려고 길 떠날 준비를 하고 있을 때 그는 얼마나 기쁘던지 자기 모친에게 이렇게 자랑하기까지 하였다.

"어머니! 나는 민족씨를 만나러 갈래요. 이번 길에 그이를 아주 데불고 오겠어요!"

"아니 어떻게 만나러 간단 말이냐? 거기는 그렇게 험난하다는 데를!"

모친은 눈을 둥그렇게 뜨고 놀라운 듯이 물었다.

"다, 무사하게 되는 수가 있으니 어머니는 굿이나 보고 떡이나 잡수시오!"

그때 희정의 입에서는 점도록 미소가 사라지지 않았다. 그것은 사실이다!

희정은 그길로 ××에를 들어갔었다. 과연 그는 어렵지 않게 민족을 만날 수 있었다. 타국에서 오래 그리던 애인을 만나는 기쁨은 무엇이라고 형용할 수 없었다······ 그는 애인을 얼싸안고 한참 떨다가 오장이 녹을 듯한 다정한 목소리로

"나는 당신이 병환이 나셨나 보아서 불원천리 찾어왔어요! 객지에서 얼마나 고생을 하셨어요?"

하고 붉은 입술로 장미꽃 같은 키스를 던졌다. 별안간 두 눈에는 눈

물이 팽 돌았다.

뜻밖에 희정이가 찾아왔다는 통지를 받고 허둥지둥 달려온 민족은 이 바람에

"아! 당신이 여기를 어떻게 왔소?"

하고 *혼불부신하여 놀라운 표정으로 쳐다보았으나 급기야 진정한 후 그의 말을 자세히 듣고 보니 마치 가려운 곳을 긁어 주는 것같이 유쾌한 느낌도 없지 않았다.

그래서 민족은 그 길로 바로 몇몇 동지와 의논을 한 후에 희정이와 손목을 마주 잡고 마치 신혼여행을 하고 돌아오는 신랑 신부처럼 고국으로 들어왔다.

그들은 들어오는 길로 서울 한복판에다 시쳇말로 스위트 홈(이상적 가정)을 신설하고 재미있는 새살림을 시작하였다. 그들이 자기네의 행복한 생활을 위해서는 민족의 전처가 어린 아들을 데리고 친정으로 쫓겨 가서 눈물을 흘리고 있는 것도 그대로 희생시킬 수밖에는 없었다. 그것은 민족의 실력주의(實力主義)로 보든지 연애지상주의로 보든지 조금도 죄악이 되지는 않는다 하였다.

왜 그러냐 하면 적은 힘은 으레 큰 힘에게 희생되어야 마땅하다는 것이 그들의 이론이므로.

과연 구식 부인인 민족의 전처는 그들이 너무나 신식이요 신사숙녀로 유명한 서슬에 감히 대항할 생의도 못 해보고 애꿎은 눈물만 흘릴 뿐이었다. 그는 오직 어린 아들이 모락모락 자라는 것을 유일한

낙으로 알고 그날그날을 보내고 있었다.

　—그는 이렇게 하염없이 눈물만 샘솟고 있는데 민족과 희정이는
이와 같은 남의 눈물로 연못을 파고 선유배 위에서 사랑의 보금자리
를 치고 있었다.……

　그러나 그들의 새 생활은 이제부터 *시작이었다.

(『신계단』, 1933.5)

원치서

1

치서는 오늘도 면산나무를 가려고 뜰 밑에서 당목테낫을 갈고 앉았다. 희연을 붙여 문 곰방대를 마치 젖대처럼 삐딱하게 물고 앉아서 숫돌에다 낫을 가는 대로 뱁새집 같은 터벌머리 속에서 북상투가 끄덕거린다. 땟국이 흐르는 깜장바지는 벌써 언제 입었는지 물이 바래서 도리어 희어지는 것 같다. 회색 저고리는 더 말할 것도 없이 만국지도처럼 얼룩진 데다가 군데군데 헝겊을 대고 당창먹은 코를 수술한 것처럼 얼기설기 꿰어매었다.

전에 듣지 못하던 색의 장려인지 때문에 치서도 무색옷을 아니 입을 수가 없어서 남과 같이 물들인 옷을 해입었다. 옷감도 살 수 없는 치서인데 헛 옷에다 물을 들이는 물감까지 사자니 여간 곤란이 아니다. 그러나 말이 염색옷이지 그것은 경제도 아무것도 아니 되고 까막족제비처럼 보기만 흉하게 만들었다. 까딱하면 물감도 속아 사서 검정물이 *재깨미처럼 잡동사니 천지요 먹물을 탄 것같이 희끄무레하지 않은가. 그래서 또 사다가 더 들여보면 역시 전보다 별로 낫지 못하다. 그러나 돈은 남보다 덜 주지 않았는데 왜 장사치들은 좋은 물감을 팔지 않는가? 옷을 너절하게 입으면 장사치들도 깔보는 모양이다.

속담에 뺨을 맞아도 은가락지 낀 손에 맞고 싶다는 셈인지 치서는 온 세상이 자기 같은 사람은 알아주지 않는 것이 속으로 야속하였다.

그러나 한편으로 생각하면 장사치가 속이는 것도 무리가 아닐 것 같다. 무명것이란 새감도 물이 잘 들 것이다. 또한 그런 것에다 좋은 물감을 들여서 무엇 하느냐?…… 그래 그는 한 번 속아본 뒤로는 그저 흰옷을 안 입는다는 표적으로 눈가림이나 하려고 생돈을 안 들이기만 위주로 하였다.

옥분이는 아침상을 치우느라고 부엌에서 달각거린다. 금분이는 할머니와 함께 화롯가에 앉아서 불을 쬐었다. 할머니는 눈을 찌그려 감고 창문 앞으로 앉아서 해진 버선꾸레미를 깁는다.

치서는 낫을 갈면서 수채 앞으로 구정물을 버리러 나오는 옥분이를 곁눈질로 쳐다보았다. 열다섯 살이라면 숙성한데다가 머리가 좋아서 더욱 처녀태가 나타난다. 저의 어머니를 닮아서 인물이 그리 밉상은 아니었다. 어려서부터 민며느리로 사방에서 청하는 것을 어미 없이 커난 딸자식이라 불쌍한 생각이 나서 그는 한곳도 응하지 않았다.

"제 어미만 그저 있어두…… 설마 저를 굶겨 죽일까 봐서…… 천하에 독한 계집도 있지…… 지금 어데 가서 또……"

치서는 토막토막 지나간 일이 생각나자 별안간 눈물이 핑 돈다. 아무리 서방과 자식을 떼놓고 달아난 계집이라 하더라도 자식들을 두고 보니 그 어미가 생각난다. 중년 상처는 대들보가 휜다는데 더구나 생이별을 당한 치서일가 부냐! 이제는 여러 해를 지났으니 오히려 잊어버리는 때가 많았지만 그가 하룻밤 동안에 없어지고 말던 그 이튿날 아침에 아내가 달아난 줄을 알았을 때 두 살 먹은 금분이와 일곱 살 먹은 옥분이가 어머니를 찾고 몸부림을 치며 울 때 뼈에 사무치는 그 원한을 어디에다 하소연할 곳이나 있었더냐?…… 지금도 생각하면 그때 일이 눈에 선하다. 갈팡질팡 사방으로 찾아다니다가 헛수고만 하고 돌아와서 모자가 어린것들을 하나씩 붙들고 달래다가 두드리다가 악쓰다가 하던 일이…… 그리고 모자가 마주 앉아서 눈물과 한숨으로 밤을 새우던 일이…… 그 뒤에도 어린것은 할머니의 빈 젖을 빨면서 밤마다 꼬빡 새우지 않았던가!……

그러던 것들을 생각하면 지금은 다 키워놓은 셈이다. 큰딸은 열다섯 살이나 먹어놓고 작은딸도 열 살이나 키워놨다. 금분이는 할머니의 빈 젖을 빨면서 *암죽으로 키워왔다.

"천하에 몹쓸 년두 다 있지…… 어린 자식들을 떼어놓고 어떻게 발길이 돌아설가?…… 발자국마다 피가 괼 일이지…… 그렇게 간 년이 저두 어데를 가던지 복은 못 받는다! 못 받아."

모친은 그럴 때마다 달아난 며느리를 저주하였다. 참으로 그는 몇 백 번 몇 천 번씩 이 말을 거듭하였던가! 그러나 지금 다시 생각하면 그가 자식을 떼놓고 간 것이 도리어 다행한 일이었다. 만일 손자자식 들도 없었다면 그나마 무엇을 바라고 살았겠느냐? 홀아비 아들과 늙 은 과부가 청승맞게 마주앉아서 오직 한숨과 눈물을 짜내었을 뿐 다 른 무엇이 있었겠는가?⋯⋯

그것은 치서도 어머니만 못하지 않게 자식들을 사랑하였다. 그 역 시 딸자식이라도 없었다면 어데다 마음을 붙일 곳이 없어서 참으로 어떻게 되었을는지 모른다. 그는 가난한 집안 형편을 생각한다면 어 디든지 민며느리라도 나눠주고 싶었으나 모든 설움을 어린것들에게 서 위안을 받고 싶어서 모조리 거절하였던 것이다.— 어미 없이 자라 난 그것들을 민며느리까지 준다면 남들이라도 아비를 손가락질할 것 이 아닌가. 어떻게라도 잘 키워서 남과 같이 떳떳하게 시집을 보내주 는 것이 아비 된 자의 책임일 것이다. 그래서 그전에는 좀 느리다는 평판을 받는 치서가 이를 깨물고 부지런히 노동일을 하였다. 단돈 한 푼이라도 생기는 일이라면 그는 불원천리하고 대들었다.

일이란 것은 결심하기에 달렸다. 몸 성하고 건강한 치서가 주먹을 부르쥐고 나서니까 살기 어려운 세상이라도 간신히 연명을 해갈 수 있다. 그래 그는 어디에 *홀과수가 있다고 이웃사람들이 권고를 할 라치면

"그만두겠네. 속 모르는 여자를 얻었다가 또 달아나면 어쩌게!"
하고 좋은 말로 거절하며 허허 웃고 말았다.

사십이 겨우 넘은 치서가 지금인들 장가들 생각이 왜 없으랴. 양식이 떨어지면 배고픈 생각이 더 나는 법이다. 그러나 한 번 그런 일을 겪고 나니 무시무시한 그때 일이 앞을 서서 그럴 때마다 이를 깨물고 자기를 억제하였다.

"설마 계집 없어서 죽지는 않겠지.— 계집 대신에 자식을 위하자! 어미 없이 커가는 자식들을 돌보자."

과연 오늘날 치서는 옥분의 형제에게 아내 대신으로 위안을 받는다. 어데를 갔다와도 그것들이 먼저 눈에 안 띠이면 서운하였다. 더구나 옥분이는 나날이 색시꼴이 박혀가는 것이 얼마나 예쁘고 귀여운가! 그것은 아내를 생각하는 슬픔도 되었지만 그 마음을 한번 돌이키면 아버지의 무한한 자애를 그 딸에게 줄 수 있었다.— 순결한 사랑을!

2

치서가 사는 동리는 K군에서 시오리를 동쪽으로 들어가는 큰 산밑이었다. K군 읍내 앞으로는 큰 들이 가로 뚫렸으나 치서가 사는 삼태리는 장산이 둘러선 산골이었다.

이 산골 안에 사는 사람들은 농사짓고 나무해 팔고 숯을 굽는 것이 오직 그들의 생애였다. 그들은 마치 누에가 번데기로 되고 번데기가 다시 나비로 변하듯이 제철을 따라서 직업을 변하였다. 봄에는 나무장사를 하다가 여름에는 농사를 짓고 겨울에는 숯을 구웠다.

치서도 이 마을에서 자라나 어릴 때부터 선일을 하였다. 그의 부친이 죽을 때 그에게 물려준 재산이라고는 오직 *삼간두옥과 옹대가리솥 한 개와 숟가락 몽당이, 그릇 몇 개 그리고 쇠뿔등잔걸이와 궤짝 한 개뿐이었다.

그는 비록 낫 놓고 기역자도 모르는 무식꾼이라고는 할 망정 마음은 고정하고 인정이 많아서 남의 어려움을 내 일같이 아는 성미를 가졌다. 그는 근 십 년 전에 이웃에 사는 김서방이 금융조합돈 오십 원을 얻어 쓰는 데 보를 썼다가 그가 다 갚지 못하고 달아나는 바람에 집 한 채마저 올려 보내고 할 수 없이 먼 촌일가별 되는 원첨지의 문간채에서 곁방살이를 하기 시작하였다. (지금도 그 곁방을 면하지 못하고 살아간다.)

아내는 그때 남편을 사람이 못났다 지청구를 퍼부었다. 그래도 제 집 구석이라고 살다가 아무리 일가간이라고는 하더라도 별안간 곁방살림을 하게 되니 기가 막히는 일이었다. 하나 그는 자기가 주색잡기를 해서 패가한 것이 아닌 만큼 부끄러울 일은 아니라고 하였다. 그것은 어려운 사람의 사정을 보아준 때문이 아니냐고.

그런데 아내는 그 후부터 *앙앙불락하여 하루도 심정이 편한 날이 없었다. 그는 이 동리에서 제일 부명을 듣고 사는 조동지집을 마주 건너다볼수록 애달픈 생각을 더하게 하였다. 자기 집이 남과 같이 못

사는 것은 그의 남편이 지지리 못났기 때문이라고…….

지금으로부터 칠팔 년 전─그때도 봄이었다. 그날 밤에도 전과 같이 내외가 한방에서 잤는데 자고 일어나보니까 아내는 온데간데없이 연기와 같이 사라졌다.…… 사내를 죽으라고 박대하던 아내는 안 죽으니까 제가 먼저 달아나고 말았다.

치서는 생각하면 달아난 그 아내도 불쌍하다하였다. 거의 십 년 동안이나 함께 살았다고 한들 의식주에 무엇 한 가지 그 아내를 만족하게 해준 것이 있었던가? 그때나 이때나 가난의 맨 밑창을 파고 들기는 일반이다. 자기는 몸이 둔하였지마는 그때도 아무쪼록 가족을 잘 살리고 싶어서 열 손가락을 버둥거리며 밤낮없이 허덕거리지 않았던가. 해마다 농사를 짓고─봄과 겨울에는 나무장사도 하였다.

했건만 웬일인지 살림살이는 늘지 못하였다. 그것은 비단 자기 하나뿐만이 아니라 이 동리 수십 호의 가난한 농민들은 모두 다 같은 운명으로 떨어져갔다. 다른 한편 마주 뵈는 양지말에 사는 조동지는 형세가 버쩍버쩍 늘어간다. 그 집은 해마다 소를 사고 땅을 사고 있었다. 소도 언덕이 있어야 비빈다고 원체 주먹이 굵은 데야 어찌하랴. 있는 사람이 잘되는 세상이니 없는 사람은 그 반대로 못될 것 아닌가. 하나는 올라가게만 만들고 하나는 떨어지게만 만든다. 하나는 나막신을 신기고 하나는 맨발로 벗겨서 경주를 시키니 맨발벗은 놈이 일등을 탈 것은 정한 이치가 아니냐?

조동지집은 원래 제 땅마지기나 있는데다가 서울 정병사집 선영의 산지기를 맡아보아서 그 집 *위토논을 몇 섬지기씩 거저 부치기 때문에 제 땅은 오히려 소작을 주는 형편이었다.

그 집은 자식들도 있는 대로 학교에 보내고 그 아들들이 장성하니까 모두 제 밥벌이를 할 수 있었다. 큰아들은 면서기를 다니고 작은 아들은 정거장에서 몇 해 전까지 일본사람 운송점에서 사무원노릇을 하더니만 형세가 차차 늘어가니까 그것도 그만두고 자기 부친과 함께 고리대금을 시작하였다. 돈이 있으니까 그 집 식구들은 읍내를 들어가도 대우를 받는다. 관공청 출입이 잦은 만큼 자연 권세까지 당당하게 되어서 이래저래 그 집은 수입이 늘어간다.

그런데 치서의 아내는 자기가 그들같이 못산다고 서방과 자식을 떼놓고 달아났다. 과연 그는 아내의 말과 같이 못났는지 모른다. 아니 사실 못났다. 배우지 못하고 남과 같이 영악하지가 못하다.

(요새 세상은 악독한 사람이 잘된다고 하지 않는가?)

치서는 달아난 아내를 원망하지 않았다. 다행히 그가 어데 가서든지 잘 산다면 그보다도 더 좋은 일이 없을 것 같다. 그러나 어데서나 제 것 없으면 학대받고 고생하는 세상에서 그는 어떤 사내를 얻어서 무엇을 하며 사는가?……

지금도 치서는 이런 생각을 하며 이웃집 순철 아버지와 함께 범바위재 모래봉 너머로 먼산나무를 올라갔다. 그는 작년부터 달아난 아내가 부러워하던 조동지집 논 닷 마지기를 부치게 된 것이 이런 생각을 할 때마다 더구나 면구스럽기 짝이 없었다. 그것은 역말 송참봉의 땅을 부치던 것이 그만 재작년에 조동지 집으로 팔린 때문에 간신히 사정을 해서 그대로 짓게 된 것이었다.

3

치서와 광삼이가 먼산나무를 하러 지게를 지고 나간 것을 보자 광삼의 처는 허둥지둥 설거지를 하다말고 옥분이 집으로 마실을 왔다.

"아주머니! 아침 해 잡수셨수?"

"거 누구야, 순철이넨가. 어서 들어와."

광삼의 처는 들어오라기 전에 벌써 방으로 들어와 앉으며 두 손으로 질화로에 담은 잿불을 헤집는다. 스무칠팔 세나 먹어 보이는 동그스름한 얼굴에 보기 싫지 않은 덧니를 가진 여자였다.

처녀 때부터 '염문'이 많던 여자로서 이 동리의 젊은 여자로서는 제일 해뜩해뜩하는 난봉꾼이다. 그는 괴춤에서 권연 한 개를 꺼내서 빠금빠금 화롯불에 붙여 물더니 "훅—" 하고 한 모금을 잔뜩 빨아들인 연기를 목구멍으로 골딱 들여마시면서

"아주머니 골연 한 대 잡수."

하는데 입으로 들어갔던 연기가 다시 콧구멍으로 꼬약꼬약 나온다.

"아이 골연이 어데서 났나. 난 어데 먹을 줄 알아야지."

노인은 두 손가락으로 권연을 받아서 어색하게 입에다 문다. 순철 어머니는 괴춤에서 권연갑을 꺼내 가지고 또 한 개를 붙여서 전과 같이 흡연을 한다. 마치 그것은 권연을 이렇게 먹는 것이라는 것을

노인에게 알려주려는 것처럼.

"아주머니, 나물 뜯으러 안 가실래요?"

"글쎄 가볼까."

"그럼 가세요. 어데로 갈까?"

"아무데로나 가까운 데로 가지 뭐……."

"가까운 데는 좋은 나물이 있어야지요."

순철 어머니는 연해 산들거리며 노인의 눈치를 곁눈질로 할끔할끔 본다. 그는 무슨 말을 하려고 기회를 엿보는 것 같다. 주인 노파는 겉으로는 좋게 대답하고 있는 체하였으나 속으로는 딴 궁리를 하고 있었다.

(이 *여수가 어쩔라구 식전부터 와서 얄을 피울까. 여수가 다 되고서 꼬리만 안 돋친 것이……. 저 은반지는 어떤 놈이 사주었노?— 아래말 구장인가, 건넌말 조동지 손자녀석인가?)

순철이네는 바른손무명지에 은반지를 끼고 날 보라는 듯이 그 손을 추시르며 담배를 피운다.

"아주머니, 옥분이는 어데 나갔수?"

"부엌에서 설거지를 하더니 어데 갔는지 모르겠는데—아마 밖에 나간게지."

순철이네는 웃음을 머금고 금분의 머리를 쓰다듬으며

"금분아, 엄마 보구 싶지 않어?"

금분이는 아니라는 듯이 고개만 쌀쌀 내흔든다.

"호호호…… 저것 봐— 아주 정말 보고 싶지 않은 가바."

"그럼 보고 싶어 한다면 제가 어떻게 살겠나베."

"아이구 기특해라! 원체 보고 싶지도 않겠다. 어쩌면 엄마가 그렇게 매정하게 너희들을 떼놓고 갔다니……."

"그러기에 열 길 물 속은 알아도 한 길 사람 속은 모른다지."

노인은 부지중 한숨을 후— 내쉰다.

"참, 그 성님이 그렇게 갈 줄은 몰랐어…… 하긴 고생도 무척 했지마는— 저것들이 불쌍해서라도 쩌! 쩌……."

광삼의 처는 측은한 듯이 치마끈으로 눈갓을 씻으며 다시 또 금분이의 머리를 매만진다. 한참동안 말을 끊었다가 갑자기 생각한 것처럼 노인을 정면으로 쳐다보며 그는 목소리를 나직이

"아주머니한테 참 의논할 말씀이 있는데요……."

"응 무슨 말?"

"저 옥분의 혼처가 좋은 데 있는데요, 그리고 여의시지……."

"옥분의 혼처? 그까짓 것을 어느새 혼인이 무슨 혼인……."

"왜요. 그 애가 좀 숙성해서요…… 어머니도 없는 애를 오래 두고 있으면 뭐 하실랴우. 합당한 데가 있으면 진작 여의지."

"제 어미가 없기 때문에 더 떼놓기가 서운하다네. 제 아비나 내가 무얼 바라고 살겠나. 그것들이 커가는 재미로나 살지."

"그렇다고 한평생 두고 늙히실랴우. 아주머니도 참… 호호호…"

"그야 그렇지만 시집도 보낼 만큼 커야만 보내지 인저……."

노인의 오무러진 입을 벌리며 순철이네를 따라 웃었다. 광삼이 저
는 다시 새뜩해지며

"부모는 일반이지 누군 안 그렇겠어요 그렇지만 한 동리간에서야
어떨 것 있어요. 서로 찾아다니고 외롭지 않은 게 더 좋지 않겠어요"

"한 동리간에서 적당한 혼처가 누군가?…… 난 암만 생각해봐야
그런 데가 없는걸!"

노인은 반신반의해서 늙은 황소처럼 고개를 쑥 빼고 순철이네를
멍하니 바라본다.

4

"왜 없어요……."

"대관절 그게 누구여? 난 모르겠어."

순철이네는 연해 생글생글 웃다가

"저! 조동지 작은손자 말이유!"

"뭐 조동지 작은 손주……."

별소리를 다한다는 듯이 노인은 펄쩍 뛴다.

"그 사람은 벌써 장가를 들지 않았는가배."

"그랬어요"

"그런데 왜……"

"그래도……"

"그래도라니?!"

순철이네는 말을 꺼내다가 거북한 것처럼 잠깐 얼굴을 붉히며

"저! 그런 게 아니라……."

하더니 노인의 귀에다 입을 대고 무엇인지 한참 소곤거린다. 그러는 대로 노인은 연신 고개를 끄덕거리며 "응! 응!" "그렇지! 그렇지!" 소리만 줄달아 하였다.

순철이네는 귀속 이야기를 다 끝내고 나서 거의 성공이나 한 것처럼 만족한 웃음을 웃으며

"그렇게 하시면 좋지 않아요…… 아주 땡이지 뭐요… 아주머니도 내 집에서 살고 농사도 마음대로 지을 것 아니여유. 설움 중에 배고픈 설움이 제일 크다우."

노인은 한참동안 담배를 푸썩푸썩 빨고 있다가

"자네 말하는 본정은 나두 잘 알겠네마는…… 그러나 소첩이라니 말이 숭하지 않은가. 더구나 어미도 없이 자라난 것을……"

"아이구 아주머니두 원 별말씀을 다하시지. 요새 세상에 더 바랄 것이 뭐 있어요 병신이라도 돈만 있으면 그만인데."

"그래두 원……"

"그리구 그 사람이 내외간 금실이나 좋다면 모르지만 그렇지 않은 이상에야 행랑채가 몸채 노릇할 수도 있지 않어유. 기애는 똑똑하니까 넉넉히 제 실속을 차릴 것인데 뭘…… 사내란 한번 반해놓으면 낚시에 물린 물고기처럼 잡아다리는 대로 끌려오는건데 뭐…… 아주머니도 소시적에 겪어 보시지 않았수. 헤헤헤……"

"아이구 자네두…… 호랑이 담배 먹던 시절에 나 같은 게 무슨……"

"그저 두말말구 그렇게 하셔요. 그러면 다 누이 좋고 매부 좋고 할 터인데 뭐……"

"그러나 걔 아비가 들어야 말이지. 공연히 불쑥 그런 말을 했다가 애들 문자로 코를 때리면 어쩌게."

"호호호…… 그러기에 그건 아주머니가 잘 타이르고 수단을 부려야지요. 열 번 찍어 안 넘어가는 나무 없다구…… 공든 탑이 무너질까요."

"그럼 어데 말이나 붙여볼까?"

"네! 잘해보셔요. 그만한 자리도 없어요."

"글쎄 원……"

노인은 사실 그의 말이 옳은 것 같기두 하였다. 며느리도 가난을 못 이겨서 달아나지 않았는가. 그 보복을 하기 위해서라도 손녀딸은 밥술이나 먹는 지붕갓머리가 두두룩한 집으로 여의고 싶었다. 그렇다면 첩이거나 무엇이거나 조동지 집만한 집이 이 근처에 어데 또 있는가. 순철이네 말마따나 삐뚜로 가도 서울만 가면 그만이라 싶었다.

순철이네는 담뱃갑 속에서 50전짜리 은전 한 푼을 얼른 꺼내며 슬그머니 노인의 손바닥에 쥐여주며 능청스럽게 측은한 목소리로

"아주머니, 이걸로 고기나 한칼 사 잡숴…… 벌써부터 그런 생각이 있으면서도 원 돈이 생겨얍지요."

"아니여…… 순철네는 뭐 그리 넉넉하다구! 원 별소리가 많지. 아

서! 였어."

노인은 돈을 도로 내놓는다.

"아니에요. 돈으로 드린다구 어찌 아시지 말어요. 하긴 고기를 사다 드릴 것이지만…… 한 이웃간에서 무슨 숭허물이 있어유…… 우리집 꼼바리가 알면 어찌 생각할지도 몰라서…… 사람이 살자면 내외간에도 더러 속여야겠어요. 호호호……"

젊은 여자는 얄바가지를 있는 대로 까부친다.

노인은 명목 없는 돈을 받기가 장히 거북하였다. 그러나 하두 수선을 피우고 전에 없이 친절히 구는데 굳이 안 받으면 실쭉할는지도 몰라서 그대로 받았다.

옥분이는 밖에서 그전에 들어오다가 무슨 이야기를 저렇게 하나하고 부엌에 숨어서 엿을 들었다. 어떤 말은 헷갈려서 잘 들리지 않는다. 그가 방으로 들어오니까 그들은 하던 이야기를 뚝 그친다.

"옥분아! 너두 나물 뜯으러 갈래?"

"난 싫수."

"왜?…… 그럼 아주머니 혼자 가실라우."

"글쎄, 있다 보아서……"

"나두 가고도 싶고 말고도 싶은데…… 그럼 있다가 가시려거든 같이 가셔요."

"그러세."

순철이네는 그 길로 자리를 일어서 나간다.

"왜 일어서? 더 놀다 가지."

"아이구 설거지를 하다 말고 왔대유. 나도 미쳤지…… 참!"

뚱쟁이는 성공이나 한 것처럼 의기양양해서 꼬리를 치며 돌아갔다. 그는 속으로 생각하기를 '오냐, 돈백이나 생길 모양이다.…… 그걸로 무슨 옷감을 끊어야 해! 요새 치마감으로는 하부다이가 좋다던가!'

5

작년 겨울에 지겹게 춥던 추위도 어느덧 풀리는 개울 밑 언덕에는 파릇파릇한 풀잎이 돋아났다. 봄이다! 잔디밭 언덕에는 할미꽃이 피었다.

해동하는 봄바람이 산골 안에도 불어온다.

옥분이는 벌써 언제부터 나물을 캐러 논둑과 밭고랑을 헤매었다. 국수뎅이, 꽃따지와 달래, 소시랑나무, 말굴레, 씀바퀴 같은 들나물을 뜯던 계집애들은 차차 산비탈로 기어올랐다. 양달에는 어느덧 진달래꽃이 피어났다.

조동지의 작은 손자는 순철이네가 돌아오기 전에 벌써 그 집에 와서 기다리고 앉았다.

"아이구 언제 오셨수? 벌써 오셨수."

"웬 이야기를 그렇게 오래 한담."

만용이는 음흉한 눈웃음을 치며 여자를 흘겨본다. 계집이라면 회를 쳐 먹으려 드는 만용이가 이 여자를 어째 여태 그대로 두었을 것이나마는 자기 형 천용이가 좋아하기 때문에 손을 대지 못하였다.

그러나 이 여자는 치서와 이웃 간에서 살 뿐만 아니라 그런 등사에는 여간 수단이 능란하지 않기 때문에 만용이는 옥분이를 소개해 달라고 벌써부터 졸라왔다. 소개비는 후하게 줄 테라고—

"그래 어떻게 됐어? 일이 될 모양인가?"

"그럼!"

사내는 군침을 꿀꺽 삼킨다.

"아니 정말로 됐어?"

"아따 급하기는 그 양반…… 우물에 가서 숭늉 달라겠네."

"쇠뿔도 단김에 빼랬다고, 그런 일이란 얼른 돼야지."

"꼭지가 물러야 감두 떨어진다우…… 한참 경을 읽어야지, 세상일이 그렇게 쉬운가 뭐— 호호호……."

여자는 간드러지게 덧니가 난 잇몸을 드러내놓고 웃는다. 잇속이 예쁘다.

형보다 동생을 보았더라면…… 그 형은 면서기를 다니더니만 자기 같은 촌여자가 눈에 차지도 않는지 점점 본체만체하는 것이 안타까웠다. 천용이는 요새 읍내 어떤 기생과 좋아서 지낸다는 소문이 났다.—그럴수록 그는 더욱 앙심을 먹고 있었다.

"그럼 꼭 아주머니를 믿우…… 하—"

"피, 아주머니는 웬 아주머니……."

"옛날 아주머니도 아주머니가 아닌가베."

"요새 참 정말 아주머니를 얻었디며?"

"왜 샘나서?…… 하하—"

"샘날 것도 퍽은 없던가베!"

여자는 사내의 어깨를 탁 치며 음탕한 웃음을 마주 웃는다. 남자가 *씨까스르는 바람에 여자도 면구스럽던지 살짝 얼굴을 붉히며 별안간 정색을 해서 화제를 돌린다. 그러나 마음속으로는 건드려 주었으면 하였다.

"옥분 아버지한테 오늘밤에 의논해본다고 했으니까 설마 되겠지."

"치서— 그 땅파기가 고집을 세우면 어째?"

제 아비 친구의 이름을 그는 마구 부른다.

"무얼. 그럴 때는 다시 딴 수단을 쓰지."

"그것을 주지 왜……"

"주었어…… 고기 사먹으라고……"

"응, 잘했군."

"나두 돈 좀 주지 않어?"

"그야 물론…… 일이 돼야지."

"무얼 잡아놓은 토낀데!"

여자는 만용이가 노인을 달래라고 일 원을 주었는데 오십 전은 제가 떼먹고 절반만 주었던 것이다. 그리고는 또 손을 벌리었다. 만용이는 그런 줄도 모르고 다시 일 원 한 장을 꺼내주며

"우선 이게나 받우. 나머지는 일이 된 뒤에……"

"이까짓걸로 무엇에 쓰래!"

여자는 눈썹을 찡그리며 실쭉해한다.

"왜? 무엇을 하려구……"

"옷 해입을 테야……"

"옷은 천천히 해입지.― 자 그럼!"

만용이는 지갑을 꺼내서 다시 2원을 내놓는다.

"아따 퍽은 아까운가베―"

사내는 싱글싱글 웃으며

"그럼 옷은 왜 나보구 해달라우."

"형님보구 해달란 말이지? 그럼 또 좀 못해줄건 무에야."

여자는 눈초리가 쌍끔해지며 얄미운 웃음을 머금은 눈을 사내에게로 할기죽 흘긴다.

"하하하…… 우리 아주머니가 참 한다하는 오입쟁이다."

"인제 알았어! 호호호……"

그들은 음탕한 웃음을 마주 웃으며 야릇한 감정을 서로 느끼었다.…… 뜰에서 놀던 순철이는 그들이 하는 양을 이상스레 흘금흘금 쳐다보았다. 만용이는 어린애의 눈치가 재미없어 보이던지 벌떡 자리를 일어서며

"그럼 아주머니만 믿고 가겠수."

"그래요. 내일 낮에 또 와요 웅!"

만용이는 개선장군처럼 의기충천하였다. 콧구멍이 벌름거린다.……

송치를 먹는 것같이 나긋나긋한 입맛이 당긴다.

　재작년에 송창봉 집 논을 샀을 때 치서가 부치는 논을 떼지 않은 것은 그때부터 옥분이를 마음에 두었기 때문이었다. 어서 커라! 그러면…… 하고 만용이는 은근히 기다렸던 것이다. 덜 익은 열매를 따먹을 수는 없다…… 그러나 인제는 더 참을 수가 없다. 실과는 무르익어간다. 그래서 자기 형과 좋아하는 순철 어머니를 사이에 넣고 옥분이를 자기에게 보내면 새집을 사주어서 딴살림을 시키고 농사치도 더 주어서 마음대로 농사를 짓게 해준다고 우선 노인에게 낚싯밥을 던져보았던 것이다.

　그런데 생각하던 바와 같이 늙은 고기는 낚시에 물렸다고……

6

　작년 봄에 옥분이는 범바위골로 나물 뜯으러 갔다가 소리개가 새매집을 습격하고 새새끼를 차가는 광경을 목도하였다. 어미새가 밥을 물러간 사이에 기회를 엿보고 있던 잔인한 소리개! 그놈은 별안간 대들어서 한 마리를 차가지고 날아갔다…… 그때 그는 무심히 조약돌을 집어들고 소리개를 향하여 내던지지 않았던가!

　"휘여— 이놈의 소리개……"

　그의 노한 목소리와 아울러 돌멩이는 힘없이 떨어졌다.

　지금 옥분이는 마치 그때의 새새끼와 같다할까. 한 마리의 소리개는 촉새를 앞세우고 솜털이 가져지는 예쁜 새끼 새를 후려갈리고 한다.

그러나 옥분이는 그때 그 새새끼처럼 아무런 줄 모르고 앞날에 자유롭게 하늘 위로 날아다닐 크나큰 희망을 품고 있었다. 만일 일후에 이런 일을 회상한다면 그는 자기의 운명과 그때 그 새끼 새가 어찌 그렇게 서로 똑같았던가? 하고 놀라는 동시에 그때 그 솔개미가 더 한층 미웠을 것이다…… 잔인한 '소리개'는 오히려 인간에 더 많은 것 같다.

다 커나는 새끼 새 한 마리는 언제 어느 때 습격할는지 모르는 소리개의 노리는 것도 모르고 천진난만하게 앞날의 행복을 꿈꾸고 있었다…….

옥분이는 점심상을 치르고 나서 바느질거리를 들고 앉았다. 그는 문을 열어놓고 따뜻한 양지를 향하여…… 고요한 봄날의 정적을 꿰매었다. 실밥을 튀기는 바늘소리가 톡! 톡! 톡! 들린다.…… 옥분이는 한참동안 잠자코 바늘을 놀리었다.

별안간 그는 바늘을 멈춘다. 가슴속에서 사나운 여울물이 소용돌았다. 올 봄부터 전에 없던 생각이 나지 않는가!…… 어머니는 지금 어데 가서 사는지? 그래도 우리들을 생각하고 있을까?…… 원수의 가난! 할머니의 말마따나 가난원수를 언제나 갚누?…… 아버지가 불쌍하시지!…… 생으로 홀아비가…… 그는 펄쩍 새 정신이 돌았다.— 나는 왜 이런 생각을 하고 있을까?……흑! 그는 울음을 삼키었다.

옥분이는 다시 바늘을 움직였다. 점심 닭이 "꼬끼요!" 운다…… 남의 더부살이! 어머니는 달아나고 아버지는 생홀아비, 늙은 할머니와 어린 동생!…… 이들의 운명은 장차 어찌 되려는가?…… 또 그 생각 ─옥분이는 다시 바늘을 멈췄다─ 그러자 별안간 그는 전에 없던 한 숨이 저절로 쉬어진다─ 눈물 한 방울이 소리 없이 뺨을 흘러내린다 ─ 그는 그만 참을 수가 없어서 바느질거리를 집어던지고 문지방 밑 에 엎드러졌다.……

얼마를 있었던지 뜰 밑에 진 그늘이 한 치나 물러갔다. 그는 울음 을 진정하고 얼른 일어나서 손등으로 눈물을 씻었다. 수은이 다 벗어 진 거울 속으로 희미하게 비치는 얼굴에도 두 눈언저리가 빨갛게 부 풀었다…….

봄날은 아까와 같이 고요하다. 아지랑이를 두른 산봉우리 위로 푸 른 하늘이 말없이 내려다본다. 옥분이는 웬일인지 오늘은 변으로 이 상한 생각이 난다. 공연히 마음이 처량하다. 이런 것을 예감이라 할 는지 그는 까닭모를 어떤 불안을 느끼었다. 할머니의 태도가 달라진 것도 같다. 할머니는 별안간 허둥지둥하며 아까도 밥을 자시다가 무 엇을 생각하는 것처럼 앞산을 건너다보고 있었다.……

할머니는 점심을 자신 후에 금분이를 데리고 순철 어머니와 함께 나물을 뜯으러 갔다.

점심이래야 좁쌀에다 쑥을 짓찧어 넣고 만든 흙덩이 같은 개떡이 었다. 아침에 먼산나무를 가신 아버지의 점심을 싸고 남은 서너 쪼각 을 낮에 한 쪼각씩 떼어먹었던 것이다.

그들은 옥분이더러도 같이 가자고 권했으나 웬일인지 그는 나물을 뜯으러 다니기도 싫었다. 차차 나이가 먹을수록 모든 것이 시들해져서 그저 방속에만 고요히 파묻혀 있고 싶었다. 그는 할머니의 말마따나 인물은 어머니를 닮았어도 성미는 아버지를 닮아 *안존해서 그런지 모른다. 그러나 그는 그보다도 밖에 나가면 남들이 흉보고 손가락질하는 것 같아서 도무지 나가고 싶지가 않았다. 남들은 남의 속을 모르고 도도해서 그러느니 새침떼기 꼴로 빠지느니 별소리를 다하지만 그는 못 들은 체하고 동무들과 싸우지도 않았다.

옥분이는 다시 시름없이 바느질거리를 들고 앉아서 이 생각 저 생각 가시덤불을 헤매었다.……

해가 너웃너웃 넘어가자 그는 부친의 흰 겹저고리를 꾸미던 것을 주섬주섬 집어치우고 수수비로 방안을 쓸어내었다. 몇 해를 깔았는지 모르는 다 떨어진 왕굴자리는 쓸으나마나 제턱이었다. 만일 햇빛이 방안으로 비친다면 흙먼지가 연기 끼듯 하였을 것이다. 그것을 그들은 밤낮없이 들여마신다…… 흙벽에는 종이 한 장 안 바른 것이 가물에 마른논 터지듯 죽―죽― 금이 나갔다. 그 속으로 빈대 알이 쪽 깔렸다. 고리타분한 흙먼지냄새와 석유냄새, 된장내, 음식내, 지린내는 한데 뭉치어서 구역이 날 만큼 이상한 악취를 발사한다. 농촌에 이런 집에 얼마나 많을 것이냐? 그것은 우선 이 동리에도 수십 호의 소작인은 이런 집에서 살고 있었다. 그나마도 집이 없어서 치서는 이 집으로 곁방살이를 들지 않는가. 다만 조동지네만이 훌륭한 집에서 산다.

옥분이는 방을 쓸고 나서 저녁거리 좁쌀을 떠가지고 나왔다. 먼산 나무를 간 아버지가 시장하실 것 같아서 저녁이나 일찍 지어놓으려고 한 것이다. 그가 *방구리를 이고 샘으로 가서 좁쌀을 닦아가지고 돌아오니까 부친은 어느 틈에 왔는지 나무를 한 짐 잔뜩 지게에 받쳐놓았다. 어린 딸을 주려고 그는 진달래꽃을 꺾어왔다.

"아버지 벌써 오셨수? 아이 벌써 진달래꽃이 피었네."

"그럼 양달에는 많이 폈더라."

옥분이는 꽃다발을 코 가까이 들어서 맡아보며 꽃과 같은 웃음을 해죽이 웃는다.

"할머니는 어데 가셨니?"

부친의 다정한 목소리.

"금분이랑 나물 뜯으러 가셨에요."

옥분이의 상냥한 대답이다.

아버지는 딸을 보고 무한한 행복을 느끼었다. 그 딸도 아버지를 만나본 것이 비 맞은 화초처럼 생기가 돈다. 아버지와 딸! 그들은 그동안 서로 말없는 가운데 얼마나 그리고 보고 싶어 하였던가?……

치서는 세수하고 발을 씻고 와서 피곤한 몸을 쉴 겸 담배 한 대를 피워 물었다. 뒤미처 금분이는 나물을 한바구니 뜯어 이고 할머니와 함께 들어왔다.

7

네 식구는 저녁을 먹고 반딧불 같은 등잔불 밑에 둘러앉았다.……
그들은 오늘 하루해를 무사히 넘겼으나 내일 살 일이 또다시 걱정이
었다. 내일 모레 장까지 양식 말이나 얻어놓아야 *낙종할 준비가 되
겠다고 생각하였다. 거름도 져내고 못자리도 앙궈야 하고, 보리밭도
매야 하겠다. 들일은 한꺼번에 태산같이 밀렸는데 양곡을 되풀이로
사먹으려니 세상에 감질날 노릇이 아닌가? 당장 살 일, 앞으로 살 일
첩첩한 산중같이 둘러싼 근심걱정에 치서는 오늘밤에도 잠이 잘 오
지 않았다. 두 딸은 벌써 잔다. 아래윗목에서 같은 걱정으로 잠을 못
자는 외로운 모자는 말없이 앉아서 애꿎은 담배만 풀무질을 하였다.

모친은 옥분이가 잠든 줄로 알자 비로소 아들에게—아침에 순철이
네가 와서 귀띔을 하던 말을 슬그머니 꺼내봤다. 그는 참으로 그 말
을 해야 할까? 얼마동안 주저하였다. 그러나 남의 돈까지 받았을 뿐
아니라 정말로 그렇게만 해준다면 해로울 것도 없을 듯해서 마침내
그 말을 전한 것이다.

치서는 모친의 말이 끝나기까지 잠자코 듣더니만 쓰다 달다 아무
대답이 없다. 한동안 그는 우두커니 앉았었다. 무서운 침묵이 이삼
분 계속 되었다…… 불안한 공기가 방안을 숨막히게 한다.

언뜻 보니 치서의 눈에는 눈물이 번득이지 않는가!…… 모친은 몸
이 떨리었다.

그는 아들의 눈치를 흘끔흘끔 보다가

"무얼 속 썩일 것 있니? 생각 없이 안 하면 그만이지……"

"그래 어머니는 뭐라고 하셨수?"

아들은 원망스러운 듯이 모친을 정면으로 보며 비로소 무거운 입을 열었다.

"뭐라긴…… 제 애비한테 물어보마구 하였지."

"아니 왜 그런 말을 들으실 때 입을 막지 못하고 그대로 듣고만 계셨수?"

아들은 역증이 나서 씨근거린다.

"누가 들을래 들었나. 그렇게 일부러 찾아와서 좋은 말로 하기에 그저 들을 만하고 있었지."

모친은 아들의 고지식한 성미를 아는 만큼 공연한 말을 했구나하고 그저 휘덮어싸려고만 애를 쓴다.

"그럼 어머니는 누구나 모두 우리 집을 위해서 그러는 줄 아셨수?"

"그럼 그렇지 뭐……"

"어머니도 그렇게 하고 싶었수? 어린 손녀를 남의 첩으로 주고 싶었수?"

"누가 그라고싶댔나베. 한번 물어보아 달라기에 한 말이지……"

"어머니!……어머니……"

치서는 별안간 두 주먹으로 눈물을 씻고 목 막힌 소리로 울음을 삼키며

"어머니, 생각해 보시우. 이 세상에서 누가 우리를 진정으로 위해 줄 사람이 있겠수? 자식까지 낳고 십 년을 같이 살던 계집년도 달아나지 않았수! 그것을 생각해 보시우. 누가 우리를 위해주겠소…… 저는 아무데를 가보아두 우리 같은 놈은 누구 하나 위해주는 사람이 없습데다…… 모두들 뜯어만 가려고 속이고 구박하고 발길로 차 내던지지 않던가요? 어머니! 어머니도 환갑진갑이 다 지나도록 이때까지 살아오셨지만 누가…… 누가 어머니를 진정으로 위해줍데까? 건넛말 조동지집이 우리를 정말로 위할 줄 알우? 네!……"

"……"

모친은 몸을 부들부들 떨기만 한다.

"어머니! 그래두 저는 집안 식구는 믿었지요. 식구만은 믿구 살았어요. 그런데…… 애어미까지 달아나지 않았습니까? ……가난 때문에 달아나지 않았습니까? 아! 그런 세상인데 어머니는 누구를 믿고 살려 드시우? 누구를 바라고 그래 제 어미를 떨어져서 불쌍하게 커난 저것들을…… 아, 저것들을 어머니는 그래 남의 첩으로 주고 싶수?…… 만용이를 어떤 사람으로 보셨수?…… 그 사람이 진정으로 우리 집을 위해서 그런 말을 하는 줄 아슈?……일시 농락으로 제 욕심을 채우려드는데 어머니는 어찌자고 그런 말에 귀를 기울이시우, 아이구……"

모친도 마주 울었다. 아들의 뼈에 사무치는 말은 마디마디 가슴을 찌른다. 그것은 뇌성벽력이 삽시간에 소나기를 몰아오듯이 하염없이 늙은이의 마른 눈에도 울음을 쏟게 히였다.

8

치서는 더욱 흥분되어서 주먹을 불끈 쥐고 이를 보독보독 갈았다. 그는 자기의 복장을 들이치며

"이 눈에 흙이 들어가기 전에는 어떤 누가 무슨 소리를 하더라도…… 굶어죽게 되어서 이 집 저 집으로 동냥질을 다니더라도 저것들은 그렇게 안 줄테요…… 없어서 천대받는 것만도 원통한데 더구나 그런 짓을 한다면 인두겁을 쓰고 어데루 다시 얼굴을 들고 나서겠소?…… 어머니나 제나 무엇을 바라고 누구를 믿고 살겠수. 오직 저것들을 잘 키워서 사람 축에 들게 만드는 것이 아비 된 자의 직책이 아니겠습니까…… 어머니!"

치서는 눈물을 흘리며 오히려 분통을 참지 못하여 흐늑흐늑 느낀다. 가난한 놈은 성명도 없다고 하도 못사니까 동리간에 사는 놈들까지 사람대접을 안 하는구나. 천하게 무지한 놈들! 조동지와 자기 부친은 젊어서부터 친구간이 아니었던가. 자기는 존장벌이 되는데 그의 손자놈이 그런 말을 감히 한다는 것은 비록 뒤죽박죽이 된 세상이라도 너무나 도덕을 모르는 불상놈이라고 그는 열이 벌컥 나서 부르짖었다. 분한 생각대로 한다면 그 당장에 쫓아가서 조동지의 손자놈을 박살을 내고 싶었다.

"치서야. 내가… 내가 잘못했다! 그만둬라!… 원수의 가난이… 모

든 염치를 무릅쓰고 눈을 어둡게 하였구나. 다시야 또 그런 일이 있겠니?… 한 번 실수는 *병가상사라고… 그저 모르고 그랬구나. 아이구…"

모친도 아들의 말을 듣고 나니 분하였다. 그는 왜 아까 그 당장에 순철이네를 면박주지 못하였던가. 그런 말을 옮기는 낯짝에다 왜 모닥불을 끼얹지 못하였던가. 왜 그때는 그런 생각이 안 났던가?……

"자네도 사람인가. 그런 말을 뇌게다 하나. 죽은 우리집 영감님고 그 집 영감하고 소싯적부터 친구간인데…… 에! 쾌씸한 사람 같으니, 그게 다 어데 당한 말인가."

그는 이런 말로 준절히 꾸짖지 못한 것이 뉘우쳐진다.…… 그러나 그의 눈앞에는 돈 오십 전이 어른거리였다. 오십 전…… 그것은 자기 아들이 이틀 동안을 두고 태산같이 나무를 해다가 시오리나 되는 읍내로 가서 두 짐을 팔아 와야 생길 수 있지 않는가?……

이 순간에 그는 다시 가슴이 두근거렸다. 그는 아들이 무서웠다. 만일 그 돈을 받았다고 하면 더욱 펄펄 뛸 것이 아닌가? 아니 또 그 말을 했다가는 아들이 그 돈을 도로 갖다주라고 할까봐서 겁이 난다. 촌에서 오십 전은 큰 돈이다. 그 돈으로 옷감을 끊으면 벌거벗은 네 몸뚱이 중에 누구든지 옷 한 가지는 얻어 입을 것이 아닌가.…… 두 가지 마음은 악착한 현실을 안고 싸웠다— 그래 그는 아들이 나중에 알게 되더라도 그 돈은 숨기자고 하였다. 누가 갖다달랬기에 제가 자청해서 고기 사먹으라고 주지 않는가. 그런 돈을 못 먹는다면 이 세상에서 먹을 논이 어디 있으랴고…….

방구석에서 자는 옥분이는 부친이 떠드는 소리에 잠이 깨어서 그들의 대화를 낱낱이 듣고 있었다. 그는 아버지와 할머니의 말다툼이 자기로 인해서 벌어진 줄을 알고 또한 자기 이름이 벌써부터 남의 첩으로 오르내리게 된 줄을 듣고 있을 때 남모르게 어깨를 달싹이며 속으로 울었다…… 아버지! 아버지…… 밤새도록 세 식구는 밤을 새워 울었다.

그 이튿날 아침에 치서는 조반을 먹고 어제와 같이 낫을 갈아가지고 먼산나무를 가자마자 광삼의 처는 옥분 할머니를 울타리 너머로 손짓을 하여 불렀다. 그는 두 눈이 부석부석한 노파에게서 지난밤의 *소경력을 대강 듣더니만 별안간 샐쭉해져서 그 길로 만용이를 쫓아갔다.

9

그 후 두 번째 돌아오는 장날이었다. 치서는 호미도 버리고 양식되도 구할 겸 나무를 지고 장을 보러갔다. 할머니는 금분이를 데리고 나물을 삶아가지고 장으로 그것을 팔러갔다. 안집식구들도 장보러 가고 들일을 하러 모두들 나갔다.

혼자 있는 옥분이는 실심해서 바느질그릇을 뒤적거렸다. 괴불이나 주머니를 만들어서 할머니와 어린 동생을 주고 싶으나 무엇 하나 그렇다할 헝겊이 없지 않은가. 그래 그는 부증이 나서 바느질그릇을 내

동댕이치고 방바닥에 쓰러졌다.…… 이 생각 저 생각 갈피 없는 생각에 헤매다가 그는 *솔곳이 잠이 들었다.

순철 어머니는 발자국을 가만가만 디디고 방문 앞까지 들어와서 동정을 살피더니 숨을 죽이고 도로 나가서 울타리 너머로 손짓을 하였다.

사내가 개구멍으로 빠져서 기어 나왔다. 그들은 벌써부터 옥분이의 동정을 엿보고 있었던 것이다. 만일 생시에 들어갔다가는 그가 소리를 지르고 뒷문으로 달아날까 무서워서……

별안간 인기척이 나는 바람에 옥분이는 깜짝 놀래어 눈을 번쩍 떠 보았다. 천만뜻밖에도 자기 앞에는 만용이가 들어와 앉았다. 옥분이는 하도 의외의 일이라 어쩔 줄을 모르고 일어나서 벌벌 떨었다. 사내도 사지를 벌렁벌렁 떨고 있다……

옥분이가 정신을 차려서 밖으로 나가려 하니까 만용이는 싱글싱글 불안한 웃음을 웃으며

"잠깐만 앉아…… 할 말이 있다."

하고 그의 손목을 붙든다. 옥분이는 홱— 뿌리쳤다. 그러나 장정이 힘껏 붙든 손목을 그는 용이히 빼칠 수가 없었다. 두 사람은 한참동안 승강이를 하였다.

"아이…… 어서 놔요!"

옥분이는 독이 나서 비로소 악을 썼다.

"너 왜 그러니?…… 너 내 말만 들으면 호강하고 너의 집도 잘 살

텐데……"

별안간 '철꺽!' 하는 소리와 함께

"예이 개새끼!"

날카로운 옥분이의 목소리다. 만용이는 한 손으로 뺨을 만지며

"아! 요런 망할 계집애 보았나. 누구의 뺨을 때리니."

하고 성이 나서 씨근거린다.

"너 같은 더러운 자식을 때리면 좀 어때 퉤! 퉤!"

옥분이의 사내의 낯짝에다 침을 뱉었다. 만용이는 순하게 달래서
는 점점 망신만 당할 것 같은 생각이 들자 그만 잡담제하고 달려들
어서 옥분이를 껴안았다.……

"아이구 이놈아 사람……살리우."

옥분이는 외마디 소리를 질렀다. 그러나 놈은 그 뒤부터는 소리도
못 지르게 수건으로 입을 틀어막는다. 옥분이는 죽을힘을 다해서 악
을 쓰며 대항해보았으나 누구 하나 구원하여 주는 사람이 없었다.

옥분네 집과 순철네 집은 조금 떨어진 이웃집이었다. 아래우 집도
그리 멀지 않지마는 집집마다 사람들은 장으로 들로 볼일을 보러갔
다. 장날이 아니라도 마을사람들은 요새 한창 농철이 되어서 바쁜 터
이라 좀처럼 집에 있을 적이 없는데 더구나 장날까지 겸하였으니 말
할 것이 없지 않은가. 그런데 안식구들은 또 점심 전에 나물을 뜯으
러 나갔기 때문에 어린애들과 노인밖에는 집에 붙어있지 않았다. 이
집에서 제일 가까운 말불이 할아버지는 집에 있었겠지만 그 늙은이

는 귀가 절벽같이 어두워서 황소가 우는 것을 보고 하품을 한다할 만큼 되었으니 그런 이야 집에 있은들 무엇하랴? 더구나 년놈은 벌써 언제부터 날마다 기회를 엿보고 있다가 오늘이야 말로 다시없는 좋은 기회라고 마침내 행패를 한 것이다. 순철 어머니는 살짝 문 뒤에 붙어 서서 망을 보고 있었다.

"순철 어머니! 아이구! 이… 우…"

옥분이는 이웃집에 사는 순철 어머니를 불러보았다. 그러나 놈과 한통이 되어서 망을 보고 있는 순철 어머니가 대답할 리가 있는가?… 순철 어머니는 자기를 부르는 소리를 듣고 속으로 웃었다.

그러나 옥분이는 그런 줄도 모르고 연신 순철 어머니만 부르며 구원을 청하였다. 장에 간 식구들은 언제 올는지 몰라서 그의 생각에는 순철 어머니도 어디를 나가고 없나보다 하여 그가 돌아오는 대로 들으라고 다급하게 자꾸 소리를 질렀다.

"순철 어머니! 아이구 이놈아……"

순철 어머니는 혀를 찼다. 그리고 자식을 꾸짖듯이

"아이구 너도 참 옹고집이다! 눈 한번 끔쩍 감고 잠깐만 참으면 될 걸…… 저게 무슨 짓이냐…… 사내란 처음 겪을 때는 어린 마음에 호랑이같이 무섭지만 그 다음부터는 개같이 순한겐데 눈짓만 해두 줄줄 따르고 한번만 웃어도…… 애야, 나두 어려선 그랬단다…… 잠깐만 참으면 될 터인데 뭘 그래……"

그러나 옥분이는 여전히 악을 쓰며 순철 어머니를 불렀다. 그는 사내가 입을 가까이 대는 것을 그만 "잉!"하고 입술을 물어뜯었다. 사내의 입술에서는 피가 흐른다. 아래위 잇자국에 그의 윗입술은 마주 창이 뚫어지고 살점 하나가 떨어졌다.

"아야. 야……"

그것을 도로 놈의 낯짝에 뱉었다.

사내는 피가 흐르는 입술을 두 손으로 붙들고 쩔쩔 맨다. 옥분이는 그 틈을 타서 사내를 떠다박지르고 일어섰다. 그는 그 길로 방문 밖으로 뛰어나가려다가 다시 놈의 손에 치맛자락을 붙잡혔다. 놈도 그만 악이 났다.

"으악!"

소리를 치고 옥분이는 문지방 안으로 엎어졌다.

그 뒤로 옥분이는 어떻게 되었는지 아주 정신을 모르고 인사불성이 되어서 늘어졌다.

10

아들은 나무를 지고 어머니는 산나물을 이고 장으로 팔러간 세 식구는 그동안에 집에서 이런 불의의 사변이 생긴 줄도 모르고 저녁때에 허기진 배를 안고 아픈 다리를 끌며 돌아왔다.

그들은 떡 5전어치를 사서 나눠먹었으나 길고 긴 봄날에 그까짓 것으로는 간에 기별도 가지 않았다.

그들은 집에 있는 옥분이를 생각하고 엿을 두어 가락 사가지고 왔다. 아침나절까지 멀쩡하던 옥분이가 이불을 쓰고 누웠다. 그는 정신을 못 차리고 눈도 거들떠보지 않고 있지 않은가. 그들은 별안간 어떤 예감에 공포를 느끼었다. 그것은 무슨 일인지 모르지만 어떤 변이 있었던 것이 아닌가? 얼굴에는 핏기가 하나도 없고 군데군데 시퍼런 멍이 들었다. 이불을 떠들고 보니 치마 주름이 터지고 옷매무새가 풀어졌다.

"아……"

치서는 그 꼴을 보자 피가 끓어올랐다.— 그는 정신이 아찔하고 땅이 팽— 돌아서 그 자리에 장승처럼 헤멀거니 섰다. 다리에는 쥐가 오르고 전신이 뻣뻣한 게 도무지 손가락 하나를 꼼짝할 수 없었다.

"아이구 옥분아…… 흑… 흑… 애야, 옥분아, 네가 이게 웬일이냐?……흑! 흑!……"

할머니는 옥분이의 손을 주무르고 가슴을 만져보고 콧김을 맡아보고 맥을 짚어본다. 그는 흑흑 느껴 울며 다시 흔들어보았다. 그러나 옥분이는 아무 대답이 없이 자는 사람과 같이 드러누웠다. 죽었느냐 살았느냐?……

"아이구 애야, 이 일이 어쩐다니?……"

할머니는 망지소조해서 아들을 돌아보며 묻는다.

"주…죽…죽……"

치서는 아무리 말을 할래도 혀가 돌아가지 않는다. 노파는 애가 타서 허둥거리며 옥분이를 주물렀다. 참으로 이 일을 어찌해야 옳단 말이냐? 그러자 순철 어머니가 헐레벌떡이며 그들의 앞으로 나타났다. 그가 일부러 놀라운 표정을 띄우고 호들갑스럽게

"아주머니, 옥분이가 좀 어때유?"

하고 노파의 옆에 와서 환자의 가슴을 만져보더니

"걱정 마세요. 괜찮겠어요."

그는 이웃 간에 살면서 더구나 요전에 그런 일까지 있었는데 아주 모르는 척하고 있다가는 무슨 의심을 받을지 몰라서 일부러 숭을 떨고 대들었다.

"대관절 이게 웬일이래여. 응?······"

"누가 알아요. 저도 들에 나갔다가 점심때 돌아와 보니까 아주머니 댁이 괴괴하겠지. 그래 슬슬 와보니 이 애가 늘어졌겠지요. 그래 찬물을 떠다 먹이고 이불을 덮어서 재웠지요······"

"아니 그래 그···그때도 이렇게 정신을 못 차렸나?"

"아니요. 아까는 눈도 뜨고 했는데 아마 무엇에 놀라서······."

광삼이 처는 짐짓 대담한 체하였으나 속으로는 제 발이 저려서 몸이 떨리고 어쩔 줄을 몰라 하였다.

"흥! 무엇에 놀라서? 대낮에 호랑이가 들어오지는 않았겠지?"

치서는 무섭게 눈을 뜨고 광삼의 처를 노려보다가 비로소 말을 하기 시작하였다. 그의 무섭게 부릅뜬 눈은 벌써 너의 행동을 죄다 들여다보고 있다는 것처럼.— 계집은 치서의 엄숙한 눈을 감히 쳐다볼 수가 없어서 고개를 숙이었다.

"낮에 호랑이는 웬 호랑이가……."

"흥! 이놈들 어떤 놈이 죽나 보자!…… 천하에 개짐승만도 못한 것들 같으니."

그는 옥분이가 괜찮겠다는 말에 원기를 얻어서 갈범의 소리를 한바탕 질렀다. 평상시에는 말이 없던 치서도 성이 나면 여간 무섭지 않았다.— 순철 어머니는 간이 콩알만 하였다. 얼마 뒤에 옥분이는 눈을 스르르 떠본다.

"물!"

그는 겨우 한마디를 간신히 하고 다시 눈을 감는다. 순철 어머니는 얼른 일어나서 사발에 냉수 한 그릇을 떠가지고 들어왔다.

"자 물먹어!"

옥분이는 상반신을 일으켜서 벌떡벌떡 물 한 그릇을 들이마시고 다시 눕는다. 그는 눈을 크게 뜨고 방안사람들을 한 바퀴 둘러본다.

"옥분아, 인제야 정신 났니?"

할머니의 묻는 말에 옥분이는 그렇다고 고갯짓을 한다. 그들은 더 묻지 않았다. 짐작할 수 있는 일을 더 물어 무엇하랴. 그것은 가엾은 피해자를 괴롭게만 할 뿐이다.

옥분이는 그날 *해전에 깨어났다. 원체 별안간 놀라서 한동안 시달리는 바람에 있는 힘을 다 써서 기운이 쇠진할 뿐이었지 다른 상처는 없었다.

*

　독자 제군! 이런 때에 치서의 처지로서 어떤 수단을 취하는 것이 가장 현명할 것인가? 하긴 동리 사람들은 만용이를 걸어서 가택침입과 소녀 능욕죄로 경찰서에 고소를 하라고 귀띔을 해준다.

　광삼이도 그 아내의 소위를 모르고 분개해서 부르짖었다. 그러나 치서가 그렇게 한다고 정말로 설분을 할 수 있을까?

　마을사람들은 안 듣는 데서는 조동지집을 욕하고 *타매하였으나 그 집의 세력이 무서워서 하나도 대항할 사람은 없었다. 그들은 모두 조동지 집 논밭을 짓지 않으면 빚을 얻어 쓰고 장 없는 일로 닥드리면 그 집 사람들에게 아쉬운 청을 하지 않는가? 조동지집은 흡사히 이 동리 안의 왕이었다.

　만용이도 벌서 이만한 뒷갈마리는 어떻게든지 될 줄 알고 백주에 야만적 행동을 한 것이다. 그러나 그는 자기의 한 짓이 예상했던 것과는 반대의 결과를 나타냈다. 그는 자기도 그럴 줄을 몰랐다.

　왜 그러냐하면 치서는 논이 떨어질까봐서도 자기의 소청을 거절하지 못할 것이라고 생각하였기 때문이다. 임농기에 논이 떨어지면 그들은 당장에 명맥을 부지하지 못할 것 아닌가? 그런데 치서가 광삼의 처의 전하는 말을 듣고 펄펄 뛰더라는 말을 들었을 때 그는 도리어 괘씸한 생각이 나서 그러면 어디 얼마나 버티나 보자고 그 여자와 같이 짜고서 불의행동을 제 이단으로 취해본 것이었다.

　그래서 옥분이와 강제로라도 관계만 맺게 되면 그들은 원수같이 밉더라도 울며 겨자 먹기로 그대로 수응할 것이 아닌가 하였다. 그런데 그는 목적을 이루지도 못하고 그만 입술만 물어뗴이었다.

만용이도 그 길로 돌아와서 이불을 쓰고 드러누웠다. 입술은 통통 부어올랐다.

11

그날 밤에 치서는 식칼을 갈아들고 광삼의 처를 찾아갔다. 벌써 살기가 등등한 치서의 안색을 살피자 계집은 얼굴이 새파랗게 질린다.

치서는 밖에서 들어오는 광삼이를 불러 앉히고 지난번에 자기 모친에게 옥분이를 만용의 첩으로 보내라고 감언이설로 꾀었다는 말을 저저히 설파한 후에 당초부터 일이 그쯤 되었으면 이번에도 결코 그의 만행을 모를 리가 없을 텐즉 사실대로 자백하라고— 선고하였다.

새로 간 식칼이 눈앞에 번득인다. 광삼이는 웬 영문을 몰라서 두 사람의 얼굴을 번갈아 쳐다보기만 하였다.

그러나 광삼의 처는 처음에는 모른다고 딱 잡아뗴었다. 지금 치서는 오늘 낮에 그가 어데 어데로 가서 무엇 무엇을 했는가? 그의 한 일과 시간을 조목조목 대라고 캐어보았다. 이에 그는 어쩔 수 없이 말이 *외착나서 할 수 없이 사실을 자백하였다.

"이년아, 이 주릿대를 안길 년 같으니. 밥 처먹고 할 일이 없어서 그런 짓을 하고 다녔니? 이 가랑이를 찢어 죽일 년아!"

광삼이는 일상 아내에게 쥐여지내다가 이때야말로 남편의 위엄을

뵈어야 하겠다는 것처럼 아내의 머리채를 휘어잡고 방망이찜질을 시작했다.

"그래 이놈아 날 죽여라! 사내놈이 여북 못나서 계집을 뚜쟁이질이라도 해야 하게 만들라더냐. 아이구 이놈아!"

여자는 애매한 분풀이를 남편에게 하려고 마주 달려들어 죽이라고 악을 쓴다. 치서는 그들의 싸움을 말릴 여유도 없이 그 길로 칼을 들고 조동지 집으로 쫓아갔다. 벌써 그의 눈에는 내일 날 죽고 사는 것을 염두에 두지 않았다.

치서는 그 집 문간으로 가서 만용이를 불렀다.

"이놈이 나오거든 당장에 모가지를 끊어놓자!"

그런데 만용이는 앓아누웠다고 그의 부친 조진달이 나왔다. 그도 치서의 서슬이 시퍼런 바람에 평소 같으면 눈도 거들떠 안 볼 터인데 아주 반색을 하며 웬일이냐고 묻는다.

치서는 별안간 조진달의 멱살을 잡아뉘며

"웬일이고 뭐고 좀 가자! 우리집에 좀 가봐라!"

조진달은 멱살을 붙잡혀서 숨을 통치 못하고 씨근씨근한다. 치서 앞에 조진달 따위는 어림이 없다.

"아니 어데를 가자고…… 놓고 말해유."

"놓고 말해! 이 천하에 목을 베여서 주루를 돌릴 놈들 같으니."

치서의 고함은 산 고랑을 찌르릉 울리었다. 조금만 말이 거칠게 나오면 칼날이 번뜩일 판이다.

그 바람에 조동지 집 안팎식구들은 모조리 뛰어나왔다. 동리사람들도 하나둘씩 모여든다. 워낙 죽고 살기를 불고하고 덤비니까 누구 하나 손대는 사람이 없었다. 그래 그 집 식구들은 벌벌 떨기만 하였다.

치서는 위엄 있는 목소리로 동리사람이 다 모인 가운데서 만용이의 죄상을 자초지종 설명하였다. 순철이네를 꾀어서 처음 농락하던 말로부터—오늘 낮에 그들이 하던 갖은 만행을 낱낱이 폭로해서 부르짖었다.

그리고 그는 땅을 치며

"아이구…… 이놈들!"

하고 이를 북북 간다. 마을사람들도 가슴이 떨리었다. 치서의 말을 듣고 보니 자기네 깐에도 할 말이 없던지 조동지 집 식구들은 빌기를 시작했다. 조동지로부터 아들손자까지 매달리며 팔을 붙들고 잘 못했다고 비는 것이었다. 그래도 펄펄 뛰니까 조동지는 문제의 장본인인 만용이를 불러내서 *고두사죄를 시켰다. 만용이는 돼지주둥이같이 쑥 내민 입술을 해가지고 감히 얼굴을 쳐들지 못한다.

치서는 비로소 못이기는 척하고 그 집 식구 중에 누구나 한 사람을 자기집으로 붙들고 가서 옥분이의 몰골을 보이려던 결심을 거두었다.

동리사람들은 모두 치서의 한 일을 정당하게 생각하였다.

그 이튿날 조동지 집에서는 치서의 호통에 혼이 나서 논을 뗄 생각은 *감불생심이요 오히려 쌀 한 말과 돈 이 원을 보냈다. 그러나 치서는 명목 없는 그런 돈을 받을 필요가 없어서 그대로 돌려보냈다.

12

그해 가을에 치서는 농사를 지어가지고 소작료와 장리벼를 제한 나머지를 판 돈과 칠월 나무를 베어 쌓은 몇 십 동의 나무를 팔아가지고 누대선조의 뼈가 묻히고 자기도 잔뼈가 굳어진 고향을 헌신짝 버리듯 떠나버렸다.

동리사람들은 치서가 떠나는 것을 여간 섭섭해하지 않았다. 그들은 자기네들도 어느 때 치서와 같이 떠나게 되는지 모른다. 또는 김서방과 같이 파산을 하고 일가족이 야반도주하게 되는지도 모른다. 또는 치서와 같이 아내가 달아나고 옥분이와 같이 환난을 만나게 될는지 몰라서 떠나는 사람만 못지않게 장래의 불안을 느끼었다.

치서는 늙은 어머니와 어린 두 딸을 앞세우고 그 길로 K군의 도청 소재지의 철도변 도회지로 들어갔다. 그리하여 어미를 잃은 자식과 며느리와 아내를 잃은 모자는 한 많은 고향을 영구히 떠났다.

거기에는 처가로 먼촌 되는 일가집의 아는 이가 있기 때문에 그 사람의 반련으로 혹시 무슨 도리가 있을까 하는 막연한 생각으로 찾아간 것이다.

그밖에는 생각해봐야 갈 데도 없고 아는 사람도 없기 때문에.—그들은 생전 처음으로 먼데 가는 차를 타보았다. 치서는 달아난 마누라를 찾는다고 몇 십 리씩 차를 타보기는 하였으나 이렇게 먼 곳을 타보기는 이번 처음이었다.

철모르는 금분이는 차를 타니까 호숩다고 좋아한다.—이날 마을 사람들은—광삼의 내외로부터 여러 사람이 정거장까지 배웅을 나와서 아이들에게 과자를 사주며 차가 떠날 때까지 그들과 석별의 정을 나누었다.

웬일인지 순철 어머니는 치마끈으로 눈물을 씻으며 옥분 할머니를 붙들고 섧게 울었다. 차가 떠날 임시에 보내는 사람과 떠나는 사람은 모두 눈물이 글썽글썽하였다.

호각을 불자 귀청이 떨어지게 기적을 불고 차는 서서히 움직이더니 미구에 연기만 남기고 사라졌다.

"잘 가시유."

"잘들 있수."

그들의 마지막으로 서로 당부하던 말—서로 좋은 일이 있거든 편지하라고 당부하던 말…… 그러나 그들에게 좋은 일이 어데 있던가.

*

그 후에 들으니까 치서는 거기 가서 셋방살이를 하며 머리도 깎고 날품을 팔아서 구명도생을 하는데 그 이듬해 가을에 그의 모친은 한 많은 세상을 떠나서 공동묘지에 파묻혔다는 말과 옥분이는 그전에 그곳 제사공장에 직공으로 들어가서 실을 뽑는 노동을 한다는 것과 그리고 금분이는 몰라보도록 그동안에 커서 집에 있으며 부친과 언

니의 조석을 짓고 옷가지를 꿰매고 있다는—온 집안 식구가 모두 알
뜰한 노동자가 되었다는 것과 그리고 또 칠 년 전에 달아난 치서의
아내가 천만뜻밖에 그곳 어느 술장사 집에서 행랑어멈으로 부엌일을
하고 있는 것을 치서가 품을 팔고 돌아오는 길에 막걸리 한 잔을 사
먹으러 들어갔다가 발견하였다는 말을 풍편에 들을 뿐이었다. 그들
은 다시 치서의 근경이 생각나서 남의 일 같지 않은 암담한 불안을
느끼었다.

(『동아일보』, 1935.3.3~3.17)

십 년 후 十年後

1

며칠 전에 인쇄에 부칠 잡지 원고에 교정이 오늘부터 나온다는 말을 들은 경수는 아침을 재촉해서 먹고 그 길로 바로 D인쇄소로 달려갔다.

그는 이층에 있는 공장 사무실로 올라가 보니, 벌써 사무원들은 늘어앉아서 제각기 맡은 일에 열중하고 있었다.

한 달에 한 번씩 발행하는 잡지 원고의 교정을 혼자 맡아 놓고 보기는 여간 성가신 노릇이 아니다. 더구나 *문선이 서툴러서, *준장에 뻘겅 글자 투성이를 만들게 하는 데는, 골치가 아파서 견딜 수 없다. 그런 것을 삼준 사준을 본 뒤에야, 겨우 오자를 메울 수가 있는데 어떻든지 이런 일로 오륙 일 동안을 날마다 시달리고 나면, 그는 마치 중병을 치른 것처럼 얼굴이 축났다. 그렇다고 불행을 말할 수도 없다. 월급은 쥐꼬리만치밖에 못 받지만, 그나마 그만두면, 당장 식구들이 살 수 없는 형편이다. 갈수록 생활난이 심하여 취직이 어려운 세상인 만큼, 남들은 이런 속은 모르고, 직업을 가졌다고 자기를 부러워하는 축도 있다. 그래서 시골 사람들이 간혹 서울을 왔다 갈 때는 으레 찾아와서 제가끔 취직을 시켜 달라는 데는 질색한 노릇이다. 그런 말을 들을 때마다 경수는 기가 막혔다.

지금 자기도, 직업다운 직업을 갖지 못해서, 물질적으로나, 정신적으로나, 여간 고통을 받고 있는 것이 아닌데 어떻게 남의 직업을 구해줄 수 있겠는가. 그러나 이런 사정을 솔직하게 말하면 투박한 그들은 도리어, 박정하다고 오해를 할는지 몰라서, 그는 좋은 말로, 차차 두고 보자고, 그런 자리가 있는 대로 구해 보겠다는 대답을 하곤 하였다. 그러나 그것은 자기 얼굴이 간지러운 멀쩡한 거짓말이었다.

*

경수는 지나온 경험을 돌이켜 보아도 쓰라린 기억이 새로이 씹힌다. 고향에서 보통학교를 졸업하고 나서, 면서기로 고원으로 굴러다니다가 공부에 뜻을 두고 서울로 올라올 때는 —어려서부터 재동이라는 칭찬을 들었던 그는 미상불 자부심도 다소 생겨서, 설마 어디든지, 붙일 손이 잡히려니 하였는데, 막상 올라와 보니, 생각하던 바와는 아주 딴판으로서, 어디 하나, 발붙일 곳이 없었다. 그래 그는 몇 차례를 올라와서 헛물만 켜고 내려갔다. 돈 없고 *반연 없고 학력조차 박약한 그를 누구나 채용해 주지 않았다. 마침내, 그는 실망한 끝에, 할 수 없이 단념하려던 차에, 그때 마침 지금 있는 잡지사에서, 모집하던 현상 문예(懸賞文藝)에 응모한 것이 요행으로 당선되자, 그런 반연으로 기자란 직업을 얻게 된 것이다.

그러나, 그야말로 *식소사번이다. 원고 쓰랴, 편집하랴, 교정보랴, 발송하랴, 도무지 빤한 틈이 없다. 그것은 실직의 비애를 면한 대신에, 다시 취직의 비애를 느끼게 할 뿐이다. 집에 들면, 생활난이 파고들고, 밖에 나가면, 또한 남의 지배 밑에서 마차 말같이, 부림을 받지 않는가? 마음의 자유도, 몸의 자유도 없는 생활은 오직 초조와 번민을 자아내게 할 뿐이다. 이것이 인간의 생활이냐? 만물의 영장이란 인간의 생활이냐? 사람은 왜, 누구나 배우고 싶은 대로 배우고, 일하고 싶은 대로 일하고 하여, 제각기 타고난 천품을 발휘할 수 없는 가?…… 그는 이렇게 아무리 항변(抗辯)해야, 소용없었다. 무거운 생활의 짐은, 갈수록 천근같이 내리눌러서 잠시 반틈, 옆 눈 하나 팔 수 없게 하였다.

그는 자기의, 악착한 현실에 맞부딪힌 신세를 생각할 때마다, 저 *『죄와 벌』을 읽을 때의 비루먹은 마차 말의 꿈 이야기를 연상하였다. 그리고 그는 자기를 그 말에게 비겨 본다.

─무거운 짐을 끌고 가는 마차 말은 차부의 무자비한 채찍 밑에

헐떡이며, 죽기를 기 쓰고 끌려 한다. 그러나 짐은 워낙 힘에 벅차다. 끌려지지 않는다. 그래도 채찍은 용서 없이 비 오듯 한다. 말은 견딜 수 없어 뒷발로 찬다. 그러면 구경꾼들은 웃음통을 터친다. 차부는 더욱 성이 나서, 무섭게 매질한다. 그래도 말은 가지 못한다. 마침내 차부는 무지한 철봉을 들어서 사정없이 내리쳤다. 말은 펄쩍 뛰면서 최후의 있는 힘을 다하여 끄당겨 본다. 그러나 말은 그대로 땅 위로 거꾸러져서 죽어 버린다.

과연, 자기의 생활은 이 가련한 마차 말보다 무엇이 나을 것이냐? 소리 없는 채찍은 머리 위로 간단없이 내리친다. 생활의 무거운 짐을 지고, 허덕이는 자기는, 그 매를 피할 수도 없고, 그렇다고 짐을 벗어 멜 수도 없다. 힘이 벅차는 짐은 끌 수도 안 끌 수도 없다. 그러니 이런 생활이 장래가 어떻게 될 것이냐? 가련한 말의, 최후의 운명! 그것은 자기의 장래를 상징함이 아니었던가! 그는 이런 생각이 들수록 무서운 공포를 느끼었다.

그런데, 양복때기를 입고 잡지사의 기자 명함을 가졌다고 자기를 부러워하는 사람이 있다면, 그것은 참으로 얼마나 허구픈 일이냐? 얼마나 잔인한 *히니쿠냐.

2

경수는 지금도 이런 생각을 하면서 새로 나올 *초준을 기다리는 동안에, 담배 한 개를 피워 물고 앉았는데, 웬 문선 직공이 원고를 손에 든 채로 들어와서 경수에게 논문 원고의 흘려 쓴 글자를 묻는다. 그것은 악필로 유명한 K씨의 경제 논문이었다.

경수는 그 글자를 일러 주고 나서, 다시 한 번 문선 직공을 쳐다보았다. 그의 얼굴이 몹시도 낯익어 보이기 때문에. 그러나 누구라고 얼른 집어낼 수 없이 생각은 *상막해진다. 그도 그런지 한동안 마주 쳐다보고 있다.

"실례올시다만, 고향이 서울이신가요?"

경수는 마침내 궁금증이 나서 먼저 물어보았다.

"아니요, 시굴입니다. ××이여요."

"매우 낯이 익은데요."

"글쎄요!"

"아, 인제 생각나는군! 저, 정인학씨 아닌가요."

"네, 그렇습니다, 어떻게 아시는지요."

"난, 김경수요."

"김경수. ……글쎄 어디서 뵈었던가, 원……."

문선 직공은 그저 아리송해서 경수를 잘 몰라보는 것 같았다.

"아따 왜, 우리가 십여 년 전에, 저 경상도 풍기 땅에서 한 달 동안이나, 같이 있지 않었소 그때 우리는 누구보다도 친절하게 지나지 않었소"

"아, 옳지! 인제 알겠군요 그런데 아주 몰라보겠는 걸요."

문선 직공도 그제야 알은체를 한다.

"참, 반갑소이다. 십여 년 전 일이니, 그렇지 않고 노형도 무척 변했는데."

"변하다 뿐이여요, 아주 늙었지요. 참! 자세히 보니까 그때 얼굴 모습이 그대로 남아 있는 것 같군요. 그래도 나보다는 눈이 밝으신데…… 난 선뜻 못 알아보겠는데…… 허허."

"그래 언제부터 인쇄소 일을 배우게 되시고, 서울로 오셨던가요? 참, 훌륭한 기술을 배우셨소"

"훌륭하다니 그저 죽지 못해 하는 노릇이지요 무슨……"

문선 직공은 별안간 부끄러운 듯이, 어색한 대답을 한다. 그는 사무원들을 곁눈질한다.

"천만에…… 그럼, 바쁘실 테니 이따 만나서 조용히 이야기합시다. 참 이렇게 만날 줄은 천만 꿈 밖인데요"

"글쎄요……. 참 그럼…… 다시 또 뵙지요"

하고 인학은 경수가 악수를 하려고 내미는 손을 못 본 체하고 그대로 횡하니, 돌아서 나간다. 경수는 인학이가, 간 뒤에도 한참 동안 그가 걸어가던 눈앞을 내다보고 있었다. 그는 뜻밖에 인학을 만난 것이 여간 반갑지 않은데, 인학은 어째 *서름서름하게, 자기를 대하는 태도가 섭섭하였다.

그것은 그가 만일 진보된 의식을 가졌다면, 직공이 된 것을 그리, 부끄러워할 리가, 없겠는데, 그래서 자기도 소탈하게 대하였는데, 그는 웬일인지 늠름한 기개를 엿볼 수 없었다. 그는 오히려, 봉건 의식에 사로잡혀 있기 때문인가? 아니 그럴 리도 없겠지. 그렇다면 그가 어떻게 그런 생활을 청산할 수 있었으랴? 어떻게 *룸펜 생활을 집어치우고, 직공이 될 수 있었으랴? 그의 성격은 그 전부터, 겸손하였다. 그것을 오해해서는 안 된다. 그는 건강한 신체를 가졌다. 그것이 그로 하여금 오늘날의 생활을 가져오게 하고, 시대의 선두를 용감히 걷게 함이 아니었던가? 그렇다면, 그는 도리어, 자기의 기자 생활을 민망히 여길는지도 모른다. 잘 익은 이삭은 고개를 더 숙인다는 말과 같이, 그래서, 그는 아까도 자기의 생활을 겸손하게 말한 것이나, 아닌가? …….

그렇다. 자기의 지금 생활은, 그 앞에서는 오직 가련한 존재로 나타날 뿐이다. 그것은 마치 *매소부(賣笑婦)의 본색을 드러내 뵈는 것과 같다 할까? 잡지 기자! 통속적 취미 잡지의 삼문 기자! 그것은 참으로 인류 사회에 얼마만한 유익을 끼칠 수 있는 것인가? 만일 정당한 의미에서 자기의 생활을 찾을 수 있다면, 자기는 그와 같은 *빙공영사의 타락한 잡지는 응당 박멸해야 될 것이다. 이런 생각은 경수로 하여금, 저절로 얼굴이 붉어지게 하였다.

3

십 년—속담에 십 년 적공을 들이면, 세상에 못 할 일이 없다 하고, 또한 십 년 동안에는 산전이 벽해로 변한다는 말이 있다.

경수는 십 년 전의 과거를 더듬어 올라가 볼수록, 그런 말이 믿어졌다. 참으로 세상은, 십 년 동안에 얼마나 엄청나게 변하였을까? 그는 우선, 그것을 인학의 변해진 생활에서 느낄 수 있다. 그런데 자기는, 마치 십 년 동안 자다가 깬 것 같다. 참으로 자기는 그동안에 무엇을 하고 있었던가? 정신없이 잠만 자고 있지 않았는가?

그것은 십 년 전 일이었다. 경수는 소년 시절에 어떤 동무의 꾀임으로 우연히 집을 나와서, 방랑 생활의 지향 없는 길을 떠났다. 그것은 바로, 보통학교를 졸업한 직후인데, 충청도 아래대로—전라도로 헤매다가, 다시 경상도로 접어들어서, 나중에는 금광을 발견한다고 망치를 들고, 소백산 속을 더듬던 무렵에, 풍기 구읍 어떤 주막집에서, 역시 자기와 같은 헛바람을 맞아 다니는 인학이와 우연히 만나 알게 되자, 그 뒤로부터 서로 친하게 된 것이다. 타향에 봉고춘이라 할 만치, 같은 충청도에도 고을을 이웃해 산다는 것이, 그들로 하여금, *일면이 여구하게 한 것이었다. 그러나 그들은 일확천금의 몽상이 좀처럼 실현할 가망이 없이 뵈고, 따라서 의식을 붙일 곳이 없어, *객고가 심한지라 나중에는 할 수 없이 제각기 고향을 찾아갔다. 그때 서로 갈린 뒤로는 피차에, 오늘날까지, 소식을 몰랐는데 오늘 아침에, 우연히 또, 인학은 인쇄 직공으로, 자기는 잡지 기자로 등장하여, 역사적 회견을 다시 할 줄 누가 알랴? 그러나 직공과 기자! 공장 노동자와, 섬약한 얼치기 *인텔리! 그것은 십 년 전의 똑같은 룸펜 생활과는 얼토당토않은 *운양의 차이였다. 한 사람은 인간의 큰길을 걷고 있는데, 한 사람은, 매음부와 같이 어둠 속에서 헤맨다. 그는 비록 어떠한 고생이라도 진리를 위해서, 살 수 있다면, 위대한 순교자적 정신으로, 그것을 생활하고 싶다. 자기의 이상과, 하는 일이 일치한 생활, 이상과 현실이 부합한 생활이라면, 그것은 얼마나 거룩한 생활이냐? 때로 그것은 고통일는지 모른다. 그러나, 그런 고통은 고통일수록 위대할 것이다. 고통일수록 거룩할 것이다. 그것은 마치, 격류에 부대끼는 조약돌[小石]과 같다 할까. 부대끼면 부대낄수록, 추잡한 이끼가 묻을 새도 없이, 갈려져서 정결한 광택을 내는 것이다.

그렇다면, 자기의 지금 생활은, 마치 웅덩이에 담겨 있는 썩은 물, 아니, 그 밑창에 깔려 있는 시궁 흙이 아니냐? 경수는 이런 생활을 할수록, 자기 생활의 모순을 느끼고 그럴수록, 양심의 가책을 받았다. 그렇다고 지금의 생활을 벗어날 수 없는 약점을 가진, 그로서는, 반성이 반성에 그치고, 가책을 가책대로 되풀이하는 데, 자기 증오를 느끼었다. 차라리 그런 생각이나 말 수 있다면 그는 의미 없는 생활이나마, 고통은 덜할 수 있지 않은가. 그것은 무거운 짐을 끄는 마차 말 이상의 가련한 동물이라고, 그는 다시, 자기를 채질하였다.

4

그 뒤로 경수는 인학을 친하려 들었다. *괄목상대한 그의 구의를 생각할수록, 더욱, 새로운 우정을 자아내게 한다.

며칠 후에 공장의 노는 날을 틈타서, 경수는 인학을 찾아갔다. 동대문 밖 용두리에서, 사글셋방살이를 하는, 인학이는 집에 있었다.

"김선생님, 이거 웬일이십니까?"

경수가 문밖에서 찾자마자, 인학은 동저고리 바람에 *풀대님으로 나오더니, 황망히 머리를 숙이며 당황한 표정을 짓는다.

"놀러 오시지 않기에, 내가 먼저 찾아뵈러 왔지요."

하고, 경수는 소탈한 웃음을 웃었다. 그는 요전의 경험으로 악수는 청하지 않았다.

"너무 불안스럽습니다. ……한번 가뵌다면서도 도모지 틈이 없어서요"

"물론 그러시겠지. 더구나 이렇게 멀리 사시니까."

경수는 단장을 짚고 서서, 인학을 반가운 표정으로 쳐다본다.

"그런데, 모처럼 나오셨는데, 들어앉으실 데도 없어서…… 산다는 것이 이렇답니다."

하고, 주인은 무의식적으로 대문 안을 돌이켜보며, 불안스러운 듯이 머뭇거린다. 경수는 그가 오히려, 자기를 어설프게 대하는 것이 서운하다. 자기 같으면 아무리 누추한 방이라도, 소매를 붙잡고 들어가서, 십 년 전에, 타향에서, 사귄 친구라고 아내한테도 소개를 하고 어린 애들까지도 인사를 시켰을 것인데, 그는 어때 도무지 이처럼 어색히 구는지 모르겠다. 유유상종으로 자기의 생활과 같지 않은, 생활 의식의 간격인가?

"날이 따뜻한데, 집 안에 들어앉어 뭐 하겠소 볼일이 없으시면, 우리 산보나 나갑시다."

"글쎄요……"

인학은 다소 난처한 모양으로, 잠시 머리를 긁고 섰다. 그 눈치를 챈, 경수는

"무슨 바쁜 일이 계신가요?"

하고 다시 인학을 쳐다보며 물어본다.

"아니요? 별로……"

"그럼, 옷 입고 나오시오. 오래간만에 조용히 만났으니 막걸리라도 한잔 나누고 *적조한 *서회나 합시다. 저 경상도에서 불고기 해 놓고, 술 자시던 생각 나시지요."

"하하…… 참, 그때가 좋은 시절이었지요. 그럼, 잠깐만 계셔요."

"네."

미구에 인학은 중절모자에 흰 두루마기를 입고 나왔다. 그들은 전찻길로 나와서, 청량리를 향하여 걸어갔다. 사월 초생의 따스한 일기는, 오늘이야말로 봄 기분의 농후한 색채를, 유난히 푸른 하늘빛과 아울러, 먼 산의 자줏빛 아지랑이 속으로 바라보게 하였다.

경수는 기분이 유쾌하였다. 청량리 앞, 다리를 당도하자, 담배 한 개씩을 피우고 가자고, 걸음을 멈춰 섰다. 다리 밑으로는 백사장 위를 맑은 물이 쫄쫄 흐른다. 그는 담뱃갑을 꺼내서, 인학이와 한 개씩을 피워 물었다. 오래간만에, 교외를 나와 보니, 어느덧 십 년 전으로 흘러간 물 같은, 옛날의 방랑 시절이 눈앞에 다시 온 것 같다.

"우리, 피차에 지나간, 이야기나 해봅시다. 그동안 어떻게 지내셨

나요? 서울로는 언제 오시고?……"

경수는 비로소 인학의 경과를 물어본다. 그는 어떠한 경로를 밟아서 인쇄 직공이 되었는지 그것이 제일 알고 싶고, 흥미를 끌게 했다.

"뭐, 지나간 말이야 다 해 무엇합니까? 그때나 지금이나, 그저 생활난으로 허덕거릴 뿐이지요."

"그야 그렇지만…… 대관절 서울로는 언제 올라오셨소?"

"한 육칠 년째, 되었어요."

"그러나 그 전에는 고향에 계셨던가요?"

"네! 그때 참, 김선생님과 그렇게…… 들어와 보니 집안 형편은 점점 말 아닌데, 그 이듬해에, 아버님도 돌아가시고, 단칸살림이 되고 보니, 다시 돌아다닐 수도 없거니와 또는 그랬댔자 무슨 소용이 있어야지요. 그래서 추레하게도, 훈장질을 몇 해 해보지 않았겠어요. 허허."

"하―."

"그러나, 그것도 어디 셈이 돼야지요. 아이들이 차츰 학교로 달어나니까요. 그래 할 수 없이 전후를 불계하고 그야말로 남부여대로 서울로 올라왔습지요. 어떻게 합니까? 연골 적에, 배우지 못한 노동은 할 수 없고 장사를 하랴니, 밑천이 있나요, 경험이 있나요. 그래 서울로 올라와서 갖은 고통을 다 겪다가, 어떤 인쇄소에 다니는 친구 하나가―그 친구도 그저 식자공을 다닙니다마는, 인쇄소 견습을 다녀보라고, 자네는 식자가 있으니, *문선공을 배우게 되면 될 것이라고 그래 참, 그 친구의 반연으로 견습을 다니다가 몇 해 전부터 명색 직공 구실을 한다고, 월급을 받게끄름 된 셈이지요. 그러나 원, 이까짓 생활로야 어디 셈이 돼야지요. 식구는 많고……"

인학은 말을 그치자, 경수를 쳐다보며 허구픈 듯이 실쭉 웃는다. 경수는 인학의 소경력을 비로소 자세히 듣고, 어느덧 *감구지리(感舊之理)가 없지 않았다.

"지난 일이야 하여간, 지금은, 좋은 직업을 잘 얻으셨소 물론 고생되는 점도 많겠지만, 그 대신 마음 편코, 아모 거리낄 것 없는 생활이 좋습니다."

하고, 경수는, 참으로 진정에서, 흐르는 말을 평소에 생각하던 그대로, 진중하게 말하였다.

그런데, 웬일이냐? 이 말을 들은 인학은 별안간 표정이 달라지며, 실쭉한 기색을 은연히 나타내 보인다.

"천만에! 그런 농담은 마십시오. 여북해야, 직공 생활을 합니까?"

인학에게 많은 기대를 가졌던 경수는 자못, 낙망하였다.

"아니, 나는 결코 농담으로 하는 말이 아닙니다. 나 같은 생활이야말로, *오죽잖게 살기 때문에……"

"원 별 말씀을!…… 노동자가 되었다고 그처럼 비양하지는 마십시오. 아니 선생님 생활이 어때서 그라셔요? 참, 워낙 그 전부터 재주가, 좋으시니까, 서울 바닥에 들어서도, ……그런데 어느 틈에 글공부는 그렇게 하셨어요, 소문이 높으시니."

고만 경수는 와락, 불쾌한 생각이 치밀었다. 그는 인학을 어떻게 종잡을 수가 없었다. 처음에는 저편에서도 히니쿠를 하는 줄만 알았다. 만약 그렇다면, 그는 얼마든지 그것을 감수했을 것이다. 그러나 경수는, 그가 처음부터, 선생이라고 부르는 게나 유달리 존경하는 말이 도리어 섭섭하게 들려왔는데, 그는 그래도 그것을 서로 생활이 같지 않은 생소한 분위기로 알고, 다시 한동안은, 돌려 생각해 보기도 하였다. 그러나 차차 그의 노골적으로 드러나는 태도는, 전혀 그런 것이 아니었다. 그는 진정으로, 그런 말을 한다. 아니, 그는 오히려, 십 년 전의 의식을 그대로 가지고 있는 성싶었다.

"나는 결코 누구를 비양거리거나, 조롱하려는 그런 생각은 조곰도 없소. 더구나 오래간만에 만나는 자에게 그런 실없는 말을 할 리 있나요."

하고 경수는 비로소 정색을 하며, 다소간 무색한 표정으로 말하였다. 인학은 아무 대꾸도 않는다. 그 동안에 무거운 침묵이 흘렀다. 흐르는 물소리가 갑자기 높이 들린다. 그들은 무료한 듯이 서로 한동안 먼 산을 쳐다보고 있었다.

5

경수는 손톱이 뜨거워진 담배 토막을 냇물 위로 던졌다. 담배 토막은 물 위로 떨어지는 순간에, 불이 꺼지고 둥둥 떠간다. 경수는 무심히 그것을 바라보다가 별안간 발작적으로 시선을 돌이키며 "고만 갈까요"하고, 인학에게 물었다.

"그라지요."

그들은 걸음을 떼 놓았다. 그러나 경수는 갑자기 기분이 좋지 않았다. 그는 마치 무엇을 잃은 것처럼, 서운한 생각이 들어갔다. 그는 아까까지 유쾌하던 기분이 사라지고, 차차 우울증에 사로잡혔다.

그는 인학을 데리고 청요릿집으로 들어가서 간단한 점심 요기를 하였다. 음식을 먹어도 맛이 없다. 별안간 경수의 표정이 달라진 눈치를 채자, 인학은 더욱 *서름서름한 구석을 보이는 것이, 경수로 하여금 한층 불유쾌하게 하였다.

그는 이런 심사를 *강잉히 누르고, 다시 인학의 심중을 캐 보았다. 그러나 경수는 인학의 마음속에서, 자기가 발견하려는 광명은 한 가닥도 찾아낼 수 없었다. 그의 의식은, 여전히 십 년 전의 암흑을 그대로, 안고 있었다. 그의 의식은 여전히 룸펜이었다.……

참으로 그것은 놀라운 일이었다. 그는 인학으로 하여금, 이렇게 두 번째 놀랐다. 그러나 이번의 놀라움, 그것은 자기에게 얼마나 큰 실망을 주었던가?

경수와 인학이―그것은 참으로 기이한 *콘트라스트다! 이 얼마나, 가소로운, 모순의 대립이냐? 육체적으로 정당한 생활을 하는 사람은 정신이 썩었다. 정신이 아직, 성한 사람은, 육체가 썩었다. 만일 두 사람이, 다 같이 양면으로 건전한 생활을 못할진대, 차라리 한 사람이나, 온전한 생활을 못할 것인가? 그는 자기의 정신을 인학에게 주고 싶다. 그런 생활을 사기가 못할진대, 차라리 반신불수와 같은 자기 몸에 붙은 정신을 그에게나 보태주고 싶음이었다. 두 사람이 똑같은 반신불수가 되느니, 차라리, 한 사람이나 성한 사람을 만들고 싶다. 그것은 한 사람의 성한 사람만 위하는 것이 아니라 역시 두 사람을 다 같이 건지는 일이 아닐까? 왜 그러냐 하면 인간의 위대한 이상은 영육의 완전을 동경하기 때문에……

룸펜 생활은 인간을 동물 이하로 타락시킨다. 그와 마찬가지로, 룸펜 의식은 노동자를 타락시킨다. 오직 건전한 생활에서 체득하는, 건전한 의식의 소유자야말로 그의 앞길에, 태양과 같은 광명을 비춰 올 수 있지 않은가!

경수는 음식점을 나와서, 인학을 작별하였다. 그는 아무 볼일도 없건만, 우울한 심사를 걷잡지 못해서, 때마침 원산으로 가는 기차가 도착하는 것을 보고 그길로 정거장으로 걸어갔다. 그는 덮어놓고, 창동 가는 차표를 샀다.

경수는 여러 사람 틈에 끼어서, 차에 올랐다. 전에 없이 쓸쓸한 적막이 덮어 눌렀다. 그는 무료히 차창 밖으로 먼 경치를 내다보고 있었다. 야릇한 공허는 공상의, 하늘을, 쇠잔한 불나비와 같이 헤매었다.

그는 잠시 가슴이 뭉클하다. 그것은 자기 자신보다 인학을 위함이 더하였다. 십 년이란 세월은 참으로 허사였던가?…… 사람의 관념이란, 이렇게도 변해지기가 어려운 것일까?……

그는 다시 십 년 이전의 그와 자기를 돌이켜보았다. 그때는 두 사람이 누구나 할 것 없이 안팎 생활이 똑같은 룸펜이 아니던가? 그런데 지금은 비록 반신불수라도 한편의 생활을 혁신하지 않았는가? 그것은 그만큼, 시대의 진보로 볼 수 있지 않은가? 의식의 과정으로 볼 수 있지 않은가?……

그는 이런 생각이 들자 다시금 자기도 모르게 고소하였다.

*

경수는 창동역에서 기차를 내던지고, 시원한 들 가운데로, 걸어 나왔다. 어느덧 오후의 석양이 홋홋하게 등허리를 내리쪼인다. 그러나 봄은—벌써, 몇 달 전부터 오려는 봄은, 아직도 오지 않았다. 꽃이 피려면, 멀었다. 얼음은 확실히 풀려서 물은 소리치고 흐르건만 완구한 봄은 아직도 먼 것 같다. 아, 이 봄은 언제나 오려는가?…….

경수는 높은 하늘을 찌를 듯한 도봉산 봉우리를 쳐다보며 지향 없이 들 가운데로 걸어 나갔다. 태양은 봄빛을 끌어오는 양염을, 모락모락 타 올린다. ……어느덧 경수의 입에서는 자기도 모르게 휘파람이 불어졌다. 무슨 군호 같은, 호된 휘파람 소리는 고요한 공중으로 높이 떠올랐다.

(『삼천리』, 1936.6)

*맥추麥秋

1

하늘과 땅이 맞닿은 듯이 착 가라앉은 구름 밑으로 T촌 일경을 자욱하게 둘러싸고 *잠풍이 내리는 비는, 날이 저물어도 한 대중으로 퍼붓는다. 주사 댁 머슴 성백이는 저녁을 먹고 나서 담배 한 대를 태울 새도 없이 우장을 차리고 나섰다. 그는 주인의 명령을 받고 내일 모심을 일꾼들을 부르러 가는 길이었다. 굵은 빗방울은 도롱이 삿갓 위를 우박같이 후려치고 그것은 다시 폭포수처럼 굴러 떨어진다. 그는 그 길로, 아랫말로 내려갔다. 각일각 어둠은 짙어간다.

"집에 계시유?"

박첨지 집에서는 지금 막 저녁상을 치운 모양인지 식구들이 한 방

안에 몰켜 앉았다. 그러나 그들은 진종일 내린 비에 온 집안이 습기가 차서 눅눅하기 때문에 따뜻한 아랫방을 떠나고 싶지가 않았던 것이다.

"거, 성백이여?"

"나유. 저녁 잡쉈수?"

성백이는 마당 한가운데에 *종가래를 짚고 섰다. 박첨지 마누라와 점돌이도 알은체를 한다.

"아 물꼬 보러 가는 길인가? 참 비 잘 오시는 걸!"

박첨지는 이 우중에 성백이가 찾아온 것을 어떤 불안한 예감이 있으면서도 겉으로는 시침을 뚝 뗐다.

"우리 댁에서 낼 모심는다우. 집에서도 한 품 나와야겠수."

박첨지는 잠자코 입맛을 다신다.

"아이구 김서방! 낼 우리 집에서도 모를 내기로 했다우. 일꾼을 얻을래도 어디 얻을 수가 있어야지…… 그래 *호락질로라도 심을랴는데 그럼 어떻게 해야 좋다우?…… *쓰레질할 소까지 얻어 놨는데유……"

마누라는 영감을 대신해서 하소연하며 안타까운 듯이 성백이를 쳐다본다.

"그렇지만 어떡하우 작인들을 죄다 나오라는데…… 지금 그래서 집집마다 일르러 가는 길이라우."

삼 년째나 주사 댁에서 머슴을 사는 성백이는 주인만 못지않게 기세가 등등하다. 그는 지금도 불쾌한 듯이 볼먹은 소리를 한다.

"글쎄 원…… 우리 집만 아닌 터에 안 갈 수야 없지만두…… 비가 얼마나 더 올는지 이번 비를 놓치면 낭팬데."

박첨지는 야속한 심사를 비난할 수도 없고 치미는 부아를 억제키도 어려워서 가래침을 곤두세워 내뱉고는 애꿎은 담배 *물주리를 뻑뻑 빨아들였다.

"뭘, 이번 비는 못물은 넉넉하겠지요."

"우리 집 논은 인제 겨우 건목을 축였던데."

"봄내 여간 가물었어야지유."

"아니 주사 댁에서는 이번에는 품꾼을 좀 사서 하시라지. 마냥 모는 하루가 새로운데 작인들의 사정도 좀 보아주셔야 하지 않겠어유?"

"품꾼을 살 수도 없다우."

"아따 어머니는 그런 말은 왜 하시유?…… 김서방 어른보고 그러면 무슨 소용 있어유."

여적까지 잠자코 있던 점돌이가 화증이 나는 듯이 모친의 말을 핀잔 준다.

"허허! 그렇지요. 어디 내가 하는 일이래야지요."

"그럼 할 수 없지 뭐…… 점돌이 네가 가거라. 소를 얻었으니 아버지는 논을 쓰리셔야지."

"그럼 누구든지 일즉이 나와요. 에, 언제 다, 돌아다니나!"

"어둔데 조심하슈!"

성백이가 나간 뒤에 박첨지 내외는 별안간 벙어리가 된 것처럼 우두머니 마주 보고 앉았다.

그들은 흉중이 어색한 모양이었다.

점돌이와 점순이도 실심하니 침묵을 지켰다.

"그 빌어먹을 놈의 농사를 안 질 셈 잡고 한바탕 염병을 부릴까부다! 논밭에 더 떨어질까!"

하고 별안간 점돌이가 침묵을 깨치며 벌떡 일어난다. 그 바람에 여러 사람은 일시에 시선을 쳐들었다.

"쟤는 객쩍은 소리 좀 말래두! 농사 안 짓고 뭘 하고 살래?"

"설마 굶어 죽을까 봐 걱정이시유."

점돌이는 분통이 터져서 울음 섞인 목소리를 지른다.

"아이구 얘야…… 너두 큰소리 좀 말어…… 없는 놈이 속만 살면 뭐 하니?"

"그렇지요 어머니는 여직까지 죽어지내서 참 잘사십디다! 하긴 어머니만 그런 것도 아니지만……"

점돌이는 주먹으로 눈물을 씻었다.

"그러니 말이다. 없는 놈이 별수 있니. 소경 개천 나무랄 것 없이나 눈 탓이나 하지. 누가 너보고 가난하라더냐!"

"누군 또 가난하고 싶어서 가난하답디까?"

"그러니까 피장파장이란 말이야!"

"어째 피장파장이유…… 사람들이 모두 그렇게 *시르죽은 이 같으

니까 점점 얕잡어보고 그라지요…… 어너니는 생가죽을 벗겨도 가만
있을라우?"

"그럼 어떡하니! 남들이라고 다 그럴라구…… 어디 우리만 그랬어
야지……"

모친은 실력은 없이 공연히 흰목만 쓰는 아들이 딱해 보인다. 그러
나 점돌이는 옛 생각만 하려 드는 그의 모친이 더욱 딱하게 보였다.

"글쎄 남이고 다 우리고 간에 생각을 좀 해보시유. 지금이 어느 때
라고 부역을 시키는 것이냐 말이여유? 설령 주사 댁은 그 전부터 그
런 예가 있다 하더라도 일 년에 그것도 한두 번 말이지 큰일을 치를
적마다 품을 앗어가면 작인은 어떻게 살란 말인가유? 그래도 아무
말을 못하니까 자꾸 더할밖에…… 두고 보시유. 나중에는 똥 누고서
밑까지 씻어 달랄 테니…… 어머니는 그래도 가서 씻어 주실라우?"

"하—."

별안간 박첨지는 한숨을 길게 내쉬는데 점순이는 오빠의 나중 말
이 우스워서 한 손으로 입을 가리고 돌아앉으며 킬킬거리고 웃었다.

다섯 살 먹은 점동이는 밥숟갈을 놓는 길로 아랫목에서 쿨쿨 잔다.
그는 진종일 물장난을 치더니만 곤해서 떨어진 모양이었다.

박첨지 내외는 또 한참을 우두커니 아무 말이 없이 앉았었다. 점
돌이는 그대로 있을 수가 없던지 윗방으로 올라간다. 그는 다시 무슨
생각이 났는지 밖으로 나간다.

모친은 아들의 말을 되새겨보았다. 그는 참으로 아들의 말이 옳은

지 자기의 생각이 옳은지 몰라서, 두 가닥 길을 지향 없이 헤매고 있었다.

2

올해도 농사차라고는 주사 댁에서 얻어 부치는 *봉천지기 논 닷 마지기밖에 없었다. 그래도 박첨지의 다섯 식구의 명맥은 이 박토 몇 마지기에 달리기 때문에 그는 모든 희망을 거기에 붙이고 사는 셈이었다.

그런데 올해는 늦가뭄이 들었다. 이른 봄에는 그렇게 자주 오던 비가 웬일인지 가물기 시작하더니 하지가 지나도록 못물이 오지 않았다. 마을 사람들은 날마다 하늘을 쳐다보며 비를 고대하였다. 이제는 며칠 안으로 비가 안 오면 올 *연사는 갈데없이 흉년이 들었다고 야단들이었다. 그것은 논농사만 아니라 밭곡식도 그러하였다. 보리는 겉늙어서 실염이 안 되고 두태도 비가 안 오니 자랄 수가 없지 않은가?

원래 이 C 일경은 메마르기로 유명한 곳이었다. 그 중에도 T촌 뒷들에서 건답을 부치는 박첨지와 같은 작인들은 이와 같이 가무는 해는 여간 애가 타지 않는다.

못자리가 바짝바짝 말라서 모싹이 크지 못하고 노랗게 타들어간다. 그 꼴을 날마다 들여다볼 때에는 마치 젖 떨어진 어린아이가 배배 꼬여서 말라죽는 경상과 같이 참혹해서 못 볼 지경이었다.

그런데 오늘 아침부터 시답지 않게 시작한 비가 솔솔 부는 남풍에 불려서 부실부실 내리기 시작하더니, 차차 빗발을 돋우면서 한나절부터는 살대 같은 떼줄기가 늣날 드리듯 한 대중으로 퍼부었다. 벌써 대깔물이 제법 붇고 산골짜기에서 내리쏟는 물소리가 요란한 것을 들어보면 *구레논들은 물 걱정이 없을 것 같다. 이렇게 밤새도록만 퍼붓는다면 *천수바라기도 못물은 염려 없겠다고…… 그래서 박첨지도 봄내 마른하늘을 바라보며 찌푸렸던 이마 주름살을 겨우 펴고 앉아서 아까 낮전부터

"에, 참 비 잘 오신다! 그 비 참 잘 오신다!"

고 수없이 중얼거렸다. 어떤 때는 신이 나서 자기도 모르게 무릎을 치기도 하였다.

그는 날이 새기만 하면 못물이 적더라도 *말뚝모를 꽂아서라도 모를 심으려는 판인데 뜻밖에 부역일을 또 하라니 참으로 그것은 너무나 심한 일 같다. 도무지 자기의 욕심만 채우자는 수작이지 남의 사정은 조금도 모르는 모양이니 그래가지고서야 참으로 작인들이 어디 살겠느냐고 그의 이러한 생각은 아들의 말이 다만 철없는 *객설같이도 않게 들렸다.

그렇다니 말이지 골안 말 김승지 집이 승지가 죽은 뒤에 그의 외아들 김택수가 유산을 상속 받은 지 불과 십 년에 주색잡기로 죄다 털어먹고 오막살이 한 채도 없이 거지가·되어서 떠나가자, 그 집 전장을 서울 사람이 살 때에 흥정을 붙여주고 마름을 해온 것이 바로

오륙 년 전에, 들어온 유주사였다. 주사 댁은 그전에도 토지가 이곳에 있었는데 그 기회를 타서 사음까지 얻어 하게 된 것이다.

유주사는 본시 서울 사람으로 개화 벼슬까지 다닌 머리 깎고 글 잘하는 양반이었다.

그러나 그가 이 동리로 이사를 온 뒤부터 지주 겸 마름의 권리를 여간 부리지 않아서 남의 땅을 부치기는 일반인데도 그전에 김승지 같지는 않았다. 김승지 집에는 행랑이 수십 호나 되기 때문에 그 집 큰일은 모두 그들이 거두기도 하였거니와 그렇게 얌치없이 작인을 부려먹으려 들지는 않았다. 그 역시 시대의 변천이라 할는지는 모르지마는.

그런데 유주사 집에서는 논 한 마지기를 거저 주지 않을 뿐더러 부역을 시키는 것도 일 년에 몇 재예인지 모른다. 그는 알토란으로만 쏙 빼서 논밭 서너 마지기나 짓는 것을 거의 작인의 부역으로 하는 셈이었다. 그리하여 모심을 때 논맬 때 나무 벨 때 마당질할 때—큰 일이 있을 때마다 작인들을 자기 집 사람들 부리듯 하는 것이었다. 그는 소작료를 받는 것보다는 작인을 부려서 한편으로 자작농을 짓는 것도 또한 유리하기 때문이었다.

유주사의 아들 영호는 점돌이와 같이 읍내 보통학교를 졸업했다. 그는 서울로 공부하러 간다고 올라가더니 그 해 안으로 도로 내려와서 뻔둥뻔둥 놀았다. 그는 서울서 내려올 때에 웬 여학생을 달고 다시 왔다. 그래서 집안에 한바탕 풍파를 이뤄 놓고 나더니 다시 한옆으로는 첩을 얻어 들이고 한옆으로는 가난한 작인들에게 대금 영업을 시작하였다. 그는 금융조합 돈과 은행 돈을 싸게 얻어다가, 그들에게 고리로 대부하였다. 마을 사람들은 마치 그 돈은 낚싯밥을 따먹는 것과 같이 자기네의 모가지를 잘라 가는 무서운 돈일 줄을 알면서도 우선 다급하니까 아무 돈이나 쓰고 보자고 덤비었다.

그 돈을 쓰고 난 사람들은 열이면 열 백이면 백, 하나도 예외가 없이 거덜이 났다. 그는 연대 보증을 튼튼히 세우고 돈을 주기 때문에 채무인에게서 못 받게 되면 보증인에게라도 기어이 받고 말았다. 받을 수만 있다면 기둥뿌리 솥단지 할 것 없이 일호 사정이 없었다. 그래도 마치 자선이나 하는 것처럼 그는 누가 돈이 옹색한 눈치를 보면 자청해서 돈을 쓰라고 충동이었다.

그는 이웃 동리로 슬슬 돌아다니며 어디 반반한 계집애를 둔 집이 있으면 그 집에다 갖은 수단을 다해서 빚을 주었다. 그러고는 얼마 동안은 고삐를 늦추고 가만 내버려두었다가 별안간 그 집이 꼬일 무렵을 틈타 가지고 바싹, 고삐를 잡아채는 것이었다. 불시에 지불 명령을 받은 채무자는 그야말로 청천벽력을 맞는 것 같아서 어쩔 줄을 모르고 애걸복걸한다. 그럴 때는 으레 그 집 처녀가 새로 익은 앵두 같아서 손을 대도 좋을 만한 때였다. 그때 그는 돈 대신에 사람을 요구한다. 처녀는 할 수 없이 그의 손으로 넘어간다. 낚시질은 성공하였다. 그러나 그는 몇 달을 살지 않고 그 여자를 내버린다. 왜? 다음으로 또 다른 여자를 그렇게 데려올 차례가 되기 때문에…… 참으로 얼마나 많은 여자가 그의 *독아에 이렇게 걸려들 것인가?……

그는 점순이도 은근히 눈독을 들이었다. 그리고 그 계획을 쓰려다가 코를 떼고 말았다.

점돌이는 세상없이 죽을 지경이 되더라도 그 집 돈은, 쓰지 않기로 작정하였다. 영호는 이 동리에서 *곤댓짓을 하고 지나는 만큼, 자기가 한번 맘먹은 것을 못 해보는 것이 항상 *앙앙불락하였다. 그는 점돌이만 없으면 벌써 점순이의 청춘을 따먹었을 것을 못 했다고 그를 눈에 든 가시같이 미워했다. 그리고 물새가 송사리를 노리듯이 언제든지 그 기회를 엿보았다.

점돌이도 그런 눈치를 채자 영호를 벼르고 있었다. 그는 영호보다 한 살을 덜 먹었으되 *부조전래의 장대한 골격을 타고나서 열 육칠 세 때부터 장골이 되었다. 그만큼 그는 동창 시절에 영호를 쩔쩔매게 하였다. 그것은 완력으로뿐만 아니라 학력으로도 그랬다. 그런데 이것이 장가를 들었다고 어른 행세를 하려 들고 또한 돈푼이나 가졌다고 안하무인으로 젠 척하는 것이 참으로 꼴같지 않게 보였다.

3

점돌이는 그길로 삿갓을 쓰고 나섰다. 그는 윗모퉁이 광삼이 집 사랑으로 마실을 가려는 것이었다. *팽나무 정자를 지나서 왼편 골목으로 꼬부라진 명운이 집 넓은 마당 앞에 건너갈 무렵에 곁눈질로 힐끗 보자니까 어둑어둑한 속으로 웬 희끄무레한 사람의 그림자가 나타나서 수천이 집으로 사라진다. 그 순간 점돌이는 어떤 생각이 슬쩍 나자 고무신을 벗어 들고 가만가만 그 뒤를 쫓아가보았다.

싸리문은 지쳤으되 아주 잠그지는 않았다. 비는 여전히 퍼붓는다. 그는 삿갓을 옆에 끼고 마당 안으로 들어섰다. 그는 우선 뜰 앞에 놓인 신발을 살펴보았다. 과연 거기는 점돌이가 추측한 바와 같이 검은 장화가 여자의 옥색 고무신과 나란히 놓여 있다.

'옳다! 이 자식 봐라…… 어디 좀 보자!'

점돌이는 어떤 복수의 쾌감을 느끼며 가슴을 두근거렸다. 방 안에서는 도란거리는 목소리가 빗소리 틈에 가늘게 들린다. 점돌이는 숨을 죽이고 뜰 위로 올라섰다.

그는 삿갓을 놓고 방문 옆으로 바짝 붙어 서자 문틈으로 그 안을 엿보았다. *거무하게 점돌이는 별안간 기침을 크게 하고 방문을 덜컥거렸다.

"수천이 있나? 문이 어째 걸렸어!"

"아이구…… 집에…… 없어유."

방 안에서는 쥐를 잡을 때처럼 후닥닥한다. 불이 탁 꺼진다. 점돌이는 그들의 쩔쩔매는 꼴이 속으로 우스웠다.

"어디 갔어유."

"아이구…… 몰라유……아! 아!……"

하는 모양은 이 일을 어쩌면 좋으냐는 것을 사내에게 하소연하는 것 같다. 그러나 장화 임자는 말소리도 없다.

"어서 문 열어! 냅다 부시기 전에."

점돌이는 소리를 꽥 지르며 방문을 힘껏 푹 들이밀었다가 왈칵 잡아 낚았다. 그 바람에 헐겁게 잠겼던 문고리가 벗겨지며 문이 펄쩍 열린다. 그 순간! 점돌이는 방 안으로 성큼 들어섰다.

"불 켜라구! 이러면 누가 모를 줄 알고…… 드런 것들 같으니."

"아, 점돌이 아니라구…… 뭐 그리 떠들 것 있나!"

얼굴이 뵈지 않는 남자는 *열적은 웃음을 *강작하며, 점돌의 손목을 꼭 붙잡는다. 그는 무언중에 살려달라고 애걸하는 것 같다.

"이 자식아 누구 손목을 잡니? 드럽다!"

하고 점돌이는 그를 홱 뿌리쳤다.

"자식은 사내가 외입을 하기도 예사지 뭐 그렇게."

그 남자는 머주하니 물러서며 두런거리는데 역시 떨리는 목소리였다. 점돌이는 봉창을 뒤져서 우선 성냥을 득 그어가지고 불을 켜 놓았다. 수천이 처는 놀란 토끼처럼, 아랫목 구석에 가 끼어 앉아서 어쩔 줄을 모르고 색색거린다. 영호는 주먹 맞은 감투처럼 머주하니 이편으로, 앉았다. 그는 창피한 이 자리를 어떻게든지 얼른 빠져나가고 싶어서 몸이 달았다.

"이 사람아! 낯짝 좀 보자. 어디? 그래도 뻔뻔한 게 말이 나와?"

하고 점돌이는 영호의 턱주가리를 주먹으로 치받쳤다. 그 바람에 아래윗니가 마주 닿느라고 딱 하고 부딪혔다.

"아프구만. 이 자식이 왜 이래여."

영호는 한 손으로 저 편을 막으며 한 손으로 입모습을 어루만진다.

"뭣이 어째? 이 자식이 누구보구 자식이라니!"

또 한 번 점돌이는 번개같이 따귀를 서너 개 올려붙였다.

"앗!……"

영호가 맞는 꼴을 보고 여자는 "아이구 이 일을 어짜나 아이구……" 하며 무릎을 세웠다 뉘었다 안절부절을 못한다.

그리고 여전히 벌벌 떨었다. 그는 한숨과 애끓는 소리를 번갈아 부르짖으며……

"이 자식아, 뭣이 어째? 사내가 외입을 하기도 예사라구."

영호는 점돌이한테 봉변을 당하는 것이 이가 갈리도록 분하였다. 그래서 지금까지 굴복하던 태도를 버리고 강경한 태도로 대들었다.

"아니 네가 정말로 이럴 테냐? 남이야 무슨 짓을 하든 네가 웬 참견이냐……"

"뭣이 어째!"

하고 점돌이가 재차 주먹을 쥐고 덤비자 그는 기운으로는 못 당할 줄 알고 얼른 문밖으로 튀어나와서는 고무장화를 훔쳐 쥐고 똥줄이 빠지게 버선발로 달아난다. 그는 이런 마당에는 돈의 권리도 소용없이 삼십육계의 상책을 쓰는 것이 제일이라고

"저런 못생긴 것 보게. 이 자식아 달어나면 무사할 줄 아니? 어디 좀 보자!"

점돌이는 영호를 쫓아가려다가 고만두고는 이렇게 뇌었다. 그리고

영호가 달아난 이상에야 더 있을 필요가 없다고 막 발길을 돌이키려는데 별안간 수천이 처가 발칵 대들며 점돌의 손목을 붙잡고 늘어진다.

"아이구! 점순이 오빠! 사람 살리우! 응."

여자는 벌렁벌렁 떤다. ……그 순간 점돌이는 어떤 맹렬한 충동을 느끼었다. 그는 이 동리에서 젊은 여자로서는 인물이 제일 반반하게 생겼다. 그는 키가 작달막하고 얼굴이 동그란 게 아래 윗도리가 채가 맞았다. 그를 이렇게 호젓하게 단둘이 만나보니 고만 거저 볼 수 없는 정욕의 불길을 일으킨다. 그러나 영호가…… 하는 생각이 다시 들어가자 그는 고만 더럽고 미운 감정이 솟구쳐서

"저리 가요 누구한테 대들어!"

하고 손목을 홱 뿌리쳤다. 그 바람에 여자는 방바닥에 쓰러진다. 점돌은 그 틈을 타서 문밖으로 뛰어나왔다. 뒷문 바로 재운 어린 애는 그래도 깨지 않았다.

앗! 어느 틈에 들어왔는지 안마당에는 수천이가 한가운데 *섰다.

"점돌아 너 웬일이냐?"

"아! 수천이, 지금 여기서 달아난 사람을 못 보았나?"

점돌이는 다급하게 물었다.

"보았다!"

"그게 누군지도 알았나?"

"주사 댁 아들 아이라구?"

"그럼 자네 아낙한테 물어보게. 내가 여기 왜 있었다는 까닭을 알 테니."

하고 점돌이는 골목길로 나왔다. 뒤미처 수천의 집에서는 여자의 애 끓는 소리가 들리었다.

"애 개! 개! 개! 개!……"

"이 년아! 어서 대라! 그래도 못 대겠니? 이 주릿대를 앙굴 년 같으니."

수천이가 방망이로 무지하게 매질하는 소리가 "픅! 픅"하는 대로 여자는 자지러지게 비명을 지른다.

"아이구 나 죽네 아이구…… 아이구! 대께…… 대께…… 아이구 날 죽여라!"

수천 어머니는 두 달 전에 죽었다. 어머니가 죽기 때문에 이런 일이 생겼다고 수천이도 어머니를 부르며 통곡하였다.

4

밤새도록 퍼붓던 비는 날이 번하여 새며 깨끔하였다. 착 가라앉은 하늘 밑으로 고스란히 잠겨 있는 구름이 멍울멍울 북쪽으로 몰려가되 이슬비가 오락가락하는 것을 보면 날이 고만 개려는 것 같다.

이날 식전에 점돌이는 주사 댁으로 일을 가고 박첨지는 호락질로 논을 쓸었다.

개울물은 벌창을 하고 돌덩이같이 말라붙었던 *건갈이 논고랑에도 빗물이 가득가득 실렸다. 박첨지 내외는 오후에 호락질로 모를 심었다.

주사 댁 못자리판에는 작인의 집마다 한 사람씩 일을 나왔다. 거기는 수천이도 끼여 있었다. 점돌이는 어젯밤 일을 생각하니 수천이의 얼굴이 다시 쳐다보였다. 그들은 제 논에 모심을 것을 제쳐 놓고 남의 일을 나온 것이 누구 할 것 없이 서글픈 일이었다마는 그중에서도 더욱 수천이 신세가 가엾어 보였다.

아침 전에 모를 다 쪄 내놓고 나서 밥을 먹고 한참을 쉴 판이었다.

비는 아주 그치고 조각구름이 성공자의 걸음같이, 호기 있게 달아난다. 넓은 들안에는 사방에서 소 모는 소리가 기운차게 들리고 그 사이로 황새 떼 같은 일꾼들이 늘어서서 모를 심기 시작했다.

개울 섶과 논귀에서는 맹꽁이 떼가 제철을 만난 듯이 시끄럽게 운다.

수천이도 점돌의 눈치를 채었던지 그의 시선을 슬슬 피한다. 점돌이는 남의 일이라도 그대로 있기가 분하였다. 만일 자기가 그런 경우를 당했다면 어젯밤에 무슨 일을 냈든지 하지 지금까지 그대로 있을 수도 없지 않은가? 그런데 그 집으로 부역까지 나온다는 것은 참으로 수천이가 남과 같은 오장육부가 있는지 없는지 모르겠다.

그런 생각을 하면 못난 위인과 더불어 말할 나위도 없게 생각되다가도 만만한 사람을 죄 없이 행악하는 있는 놈의 하는 것이 더욱 가증해서 그는 마침내 수천을 찍어 가지고 으슥한 곳으로 가서 물어보았다.

"그래 물어 보았나? 어젯밤 일을……"

"물어 보았다."

"그래 누구의 죄가 더 많던가?"

수천이는 그 대답은 하지 않고 별안간 한숨을 땅이 꺼지도록 내쉰
다.

"참 첫째 내 계집이 잘못했지만도 죄는 계집년보다 사내놈이 더하
단 말이야…… 그렇지만 이웃이 남부끄러워서 어떻게 할 수 있어야
지…… 그리고 또……"

점돌이는 두 눈이 번쩍 빛났다.

"응! 어떻게 더하단 말이야. 우리끼리야 뭐 흉허물 있나. 사실대로
들려 주게."

"암 그렇지 우리끼리야 뭐…… 그보다 더한 일이라도 말할 텐데.
더구나 점돌로 말하면 어젯밤에 *등시포착을 한 셈이 아닌가베. 기
일 것이 뭐 있어…… 그런데, 참 기가 막혀서…… 참 이러다가는 없
는 놈은 어디 계집이나 데리고 살겠어 원……"

수천이는 헤멀건 눈을 지르뜨고 느럭느럭 하는 말을 힘없이 토막
토막 내뱉는데 입술이 실룩거리고 떨리는 것을 보면 그는 매우 분한
모양이었다. 이마가 쑥 붓고 코가 납작한 것이 외모로 보아도 미련하
게 생겼다. 뚱뚱하게 푸석살이 찐 것이 뼈 없는 사람을 만들어 논 듯
도 싶었다.

"그런 말은 있다가 하고. 그래 그 자식이 무슨 농간을 부렸다나?"

"그럼 농간이면 여간 이만저만한 농간이야…… 당초에 어떻게 된 노릇이냐 하면…… 이렇게 됐대여…… 그 자식이 초저녁 때부터 우리 집 근처에 와서 망을 보았던 모양이래여. 그래 내가 저녁을 먹고 나가니까 바로 쫓아 들어와서 사정을 하며 만일 말을 듣지 않으면 동네에다 그런 소문을 퍼쳐서 머리를 들지 못하게 한다고…… 그러며 또 논을 뗄 테니 어떻게 살 테냐고…… 그래 사람을 살려달라고 애걸을 하기 때문에…… 막……"

별안간 수천이는 눈물이 글썽글썽하며 비죽비죽 울기 시작한다.

"여봐 울긴 왜 울어. 못나게. 원체 그랬을 게다! 내가 그 위로 마실을 가랴고 큰 마당께를 올라가느라니까 눈결에 누가 당신 집으로 들어가겠지. 어둔 밤이라도 희끄무레한 옷빛이 아무래도 당신 옷 같지 않게 뵌단 말야. 엊저녁에도 이 옷을 입지 않었어? 그랬지 그래! 이렇게 검은 옷이 어둔 밤에 더구나 동안 뜬 곳에서 그렇게 희게 뵐 수는 없지 않은가베! 그래 어쩐지 수상한 생각이 나서 신발을 벗어 들고 가만가만 들어가 보지 않었나베…… 아니나 다를까 뜰 앞을 살펴보니 낯설은 검은 장화 한 켤레가 놓이고 방 안에서는 도란거리는 목소리가 들리는데 가만히 문틈으로 들어가 보니까 내가 의심했던 그 자식이란 말이야."

"으으흐흐…… 흥! 흥! 흥……"

수천이는 점돌의 말을 듣는 대로 점점 울음소리가 커진다. 점돌이는 그 꼴이 민망해서 볼 수 없다. 수천이는 울음 반 말 반으로 하던 말을 잇댄다.

"참, 점돌이가 그렇게 와 보기가 불행 중 다행이지…… 만일 그렇지 않았더면…… 아주 금이 났을 텐데…… 그런 생각을 하면 신세를 무엇으로 갚어야 할는지. 하."

"여보 내 신세 갚을 생각은 말고 이편 분풀이할 생각이나 하라구. 하, 그러니 어떻게 할 테야?"

"글쎄 어떻게 해야 좋다니?…… 강약이 *부동이니 겨룰 수가 있어야지!"

"강약이 부동이면 무슨 짓을 당해도 좋겠구먼!"

"그러나 고소를 한댔자 어디 별수 있을 것 같대야지! 그 집은 권리가 좋으니까 됩다 옭힐는지 누가 아나베."

"원…… 저렇게도 겁이 많고야 어디 사람이 살 수 있나, 왜 고소를 못 하느냐 말야!"

"그럼 고소를 해 볼까?"

"물을 것 뭐 있어. 벌써 할 노릇이지. 예이…… 사람두…… 내가 증인을 설 테니 당장 고소를 하라구."

"오늘이야 인제 할 수 있나베! 내일이나 해 보지."

"아이구…… 예이 이 사람! 젊은 사람이 자네 같으면 세상에 못 참을 일이 없겠네. 그래, 고소는 그렇다 하더래도 그래 간밤에 제 계집을 간통 놈의 집으로 꾸시럭꾸시럭 부역을 하러 나온단 말인가?……

옳거니, 안팎으로 부역을 착실히 하면 논마지기나 더 줄 줄 알고 그랬던가? 에! 똥물에 튀한 사람 같으니. 퉤."

점돌이는 참으로 구역이 나와서 가래침을 곤두세워 뱉었다.

"아니 그런 것이 아니라…… 부역을 안 나오면 자연 소문이 퍼질까 봐서 그래 나왔지. 그러면 좀 낯부끄러우냐 말이지……안 그런가베!"

"여보 맙시사! 그럼 여편네가 *봉욕당한 것은 분하잖고 그런 소문만 부끄럽구먼! 아이구 임자 맘대로 하라구!"

점돌이는 더 말할 필요가 없을 것 같아서 고만 홱 돌아서서 일자리로 나왔다. 열이 나는 대로 하면 어젯밤에 영호의 따귀를 후리듯이 등신 구실을 하는 수천이도 갈겨 주고 싶었다.

5

다른 때 같으면 영호가 식전부터 일터로 나와서 이런 일 저런 일 간섭을 하며 잔소리를 노닥거릴 터인데 웬일인지 오늘은 점심참이 가깝게 모를 심었는데도 그림자를 볼 수가 없다. 그가 안 나오는 까닭을 점돌이와 수천이는 눈치채었으나 그 속을 모르는 사람들은 은근히 궁금한 생각이 나서 한마디씩 지껄인다.

"오늘은 젊은 쥔 양반도 어째 꿈쩍을 아니할까."

"글쎄 참 별일인데."

"성백이 웬일이야? 쥔 양반들 어디 갔나?"

군필이가 의심스레 묻는다.

"가긴 어딜 가요?"

"그럼 웬일들이야."

"젊은 양반은 몸이 아프다고 못 나온다 하며 나보고 잘 *총찰하라 그럽디다."

"아따 어듸가 몹시 아프던가베. 웬만하면 벌써 나왔을 텐데."

"또 유주사는?

"그 양반은 오늘 글을 짓는다든가 풍월을 한다든 뭘 한다든가⋯⋯"

"옳거니! 그래서 모두들 안 나오는군! 하긴 안 나온대도 해로울 건 없지만."

"그럼 구장 샌님이랑 강 선생이랑 정 선달이랑 맹 이방이랑 경필이 박 서방이랑—글자나 하는 축들은 죄 모였겠구먼."

"암 다 왔지."

하고 성백이가 의미 있게 웃으며 *모춤을 져 가지고 와서는 한 춤씩 아래 논바닥으로 내던진다.

"이보게 성백이 그럼 오늘 주인은 자네가 독차지했네 그려, 그렇지?"

"암, 그렇지."

"그럼 먹을 게나 두둑하게 내오소 이런 젠정할 것⋯⋯ 상전의 빨래를 해도 발꿈치가 희다는데⋯⋯ 백제에 부역을 할진대는 얻어먹기나 잘해야지⋯⋯ 안 그런가? 이 사람아!"

"암 그렇지요! 쉿차!" 성백이가 던지는 모춤이 공중에 금을 긋고 *논 배미 속으로 떨어진다.

"참 우리 집은 큰일 났어. 물 마르기 전에 어서 모를 내야겠는데."

덕삼이가 하는 말에

"이 사람아! 자네만 큰일 났나 모두들 그렇지."

하고 광춘이가 가로챈다.

"그렇지 누구누구 할 것 있나베. 여기 온 사람들은 모두 그렇지."

"그러니 언제 모를 심고…… 화중을 그루고 밀보리 타작을 하고 밭 모종을 하느냐 말이지요."

"그런데 멀쩡한 날에 부역을 한다! 허허 참…… 딱한 신세들이다."

"참 이래선 못살겠는데. 생기는 건 쥐뿔만도 못한데 *무리꾸럭은 헤일 수가 없으니……"

"언제는 별수 있던가?"

"그래도 점점 더하니까 그렇지요"

어느덧 그들은 제각기 신세 한탄이 나왔다. 그들은 여럿이 모여서 허튼소리를 재미있게 하다가도 끄트머리는 화제가 으레 자기네의 암담한 신상으로 꼬리를 물고 돌아왔다.

그래 자기도 모르게 우울에 사로잡히는 것이었다.

성백이가 논물에 손을 씻고 점심밥을 가지러 들어간 뒤에 그들은 맥이 없이 힘없는 손으로 모를 꽂고 있는데 이제까지 아무 말도 없던 점돌이가 별안간 묵중한 입을 열었다.

그는 "아저씨!" 하고 군필이를 불렀다. 일꾼들 중에는 여자와 늙은 이들도 있었다. 구름 속으로 햇발이 비쳐 나온다.

"왜 그라니?"

군필이는 왼손에 감아쥔 모춤을 마저 심고 허리를 펴면서 점돌이 쪽으로 눈을 돌린다.

"젊은 쥔이 오늘 왜 안 나온지 똑똑히 아시랴우."

"뭐! 그 사람은 앓는다메?……"

"점돌이 아서! 아서!……"

별안간 수천이가 질겁을 하며 손을 들어서 제지하려 든다. 그러나 점돌이는 이미 결심한 터이므로 수천의 말은 영이 서지 않았다.

"수천이 염려 말어요. 내가 무슨 임자를 흉보는 게 아니니까…… 그런 일은 그대로 있을 수는 도저히 없지 않은가? 그런즉 이 자리에서 여러 어른들 앞에 *편론을 하고 어른들의 말씀을 들어보는 것이 좋지 않어! 그건 결코 수천이 한 사람만 당한 봉욕이 아니라, 여기 있는 모든 사람이 죄다 당한 거나 마찬가지거든!"

"아니 무슨 일이야?…… 무슨 일이 있기에 그러니."

여러 일꾼들은 모두 수상스러운 듯이 점돌이와 수천이를 번갈아 본다.

"다른 게 아니라요, 어젯밤에 기막힌 일이 생겼답니다."

하고 점돌이는 비로소 간밤에 자기가 목격한 사실과 아까 수천의 입에서 들은 말을 자세히 말하였다. 여러 일꾼들은 모두 쥐 죽은 듯이 침묵을 지키고 모를 심을 뿐, 그들은 참으로 무거운 압박을 느끼었다.

"그래 아까 저는 수천이보고 그랬어요! 이 못생긴 똥물에 튀한 사람아! 그래 간밤에 그런 욕을 당하고 오늘 또 자네는 부역을 나왔는가? 고소를 하고 칼부림을 하는 대신에 그 집으로 부역을 나왔단 말인가? 참 자네 같은 성현 군자는 고금에 둘도 없겠네, 그렇게 안팎으로 부역을 하면 논마지기나 더 줄 줄 알았더냐고요. 그러나 지금 다시 생각해보니 수천이만 책망할 수도 없지 않어요? 우리도 부역을 나오지 않었어요! 올에도 벌써 몇 번쨉니까? 그런데 우리들을 이렇게 알뜰히 부려먹고 우리에게 또 빚놀이까지 해서 형세가 버쩍버쩍 느는 그 집에서는 대체 무슨 생활을 하고 있습니까. 그들은 어떠한 생활을 하고 있습니까?…… 다시 말하면 그 집에서는 어젯밤과 같은 그런 행악을 할 수 없이 하는 데 그 돈을 쓰지 않습니까?…… 여러분들! 우리가 아모리 이렇게 부역을 하더라도 그 집에서 돈을 점잖게 쓰고 행세를 깨끗이 한다면, 그래서 참으로 그 집이 우리 동리의 모범이 되고 사람의 옳은 도리를 가르쳐 줄 만한 그런 사람이라면 우리는 도리어 그 집을 위해서 일하는 것을 달게 여기고 또한 영광으로 생각할 수도 있지요. 그러나 그와 반대로 인간의 왼갖 행악을 다하며 우리를 못살게 군다면 그것은 우리들이 그런 악인을 기르는 셈이 아닙니까? 참으로 그 집으로 말미암아서 망한 집안이 얼마나 됩니까? 또한 그 아들로 말미암아 처녀를 버린 집이 얼마나 됩니까? 어머니들은 마치 병아리를 거느린 암탉이 솔개미를 단속하듯이 그 집 아들을 지키고 단속하지 않습니까? 그게 양반의 행실인가요? 그러면 우리들은 언제까지 그 집에 매인 생활을 할 것인가요? 참으로 서는 여러분의 감상을 듣고 싶습니다."

점돌은 차차 흥분이 되어서 어느덧 연설조로 긴장하여 부르짖는데

"흥!"

하고 군필이는 감개무량한 빛을 띠며 코를 내분다. 젊은 축들도 감격한 듯이 기침을 연신 하였다.

"참 말이 났으니 말이지 그 집 식구의 행세들이란 개차반이니."

"아니 그런데 수천이! 왜 진작 고소를 못 하는가? 논 떨어질까 봐 그러나?"

"그럼 어째유!"

수천이는 부끄러운 듯이 얼버무린다.

"허허 참."

"아니 수천이만 나무랄 것이 아니라 우리도 무슨 수를 내야지 이 대로 가다가는 참 못살겠수."

치순이가 새삼스레 열이 나는 듯이 부르짖는다. 그는 젊은 또래 중에서는 그중 생기 있는 사람이다.

"무슨 수를 어떻게 낸단 말인가?"

"별수 없이 이럽시다…… 우리 점심 먹고 나서 일을 떼고 들어 갑시다."

"떼고 들어가? 그리고?"

군필이와 성필이가 의심스레 묻는다.

"뭘 그리고? 지금이 어느 때라고 왼종일 부역을 시키느냐고, 한나절밖에 못 하겠다고 그러지요."

"별안간 그래도 괜찮을까? 그럴 테면 당초에 일을 나오지 말었어야지."

"아따 아저씨도 딱한 말씀은. 한나절만 하고 다 각기 제 집 일을 보아도 그게 이(利)하지 않어요."

"그야 그렇지!"

하고 젊은 축들이 동의한다.

"허! 이 사람! 그 말을 누가 못 알어 듣는 게 아니야. 여적 아무 말 없이 일을 하다가 별안간 왜 그런 생각이 났느냐고 물으면 어쩌냐 말이지."

"글쎄 그도 그런 걸!"

"그야 말하기에 달렸지요! 그라지 않어도 아침에 사정을 말하랴 하였는데 아무도 나오지 않어서 못 했다고."

점돌이가 하는 말에

"참, 그라면 좋겠구면!"

하고 근심하던 축들이 또 눈살을 편다.

"자, 그럼 이렇게 하지요. 대표로 말할 사람을 몇 명 뽑아 세워 가지고 일제히 들어가서 말해보지요. 그래서 만일 듣지 않거든 그까짓 것 어젯밤 영호의 행실을 만좌중에 편론해서 그 집 부자의 얼굴에다

똥칠을 해 주지 못해요! 원 조금도 겁날 것이 뭐 있어야지요."

"그래 그래 우리 그러자구."

할미새라는 별명을 듣는 키 작은 명쇠가 무슨 수가 난 것처럼 좋아하며 촐싹댄다.

"그럼 자네도 대표로 뽑힐라나."

"아니 그건 못해요. 어디 말을 할 줄 알어야지요."

그는 두 손을 찔쩔 내흔든다.

"그럼 이렇게 하지요. 아저씨랑 치순씨 수철이 어르신네서껀 또 누구 한 분 그렇게 서너 너덧 분이 말씀을 하서요. 그럼 우리들은 뒤에서 일제히 부축해 드릴 테니."

하고 점돌이는 군필이와 광삼이와 치순이를 지명하였다.

"그게 좋구먼. 그렇게들 하시지요."

"글쎄, 우린들 어디 말할 줄을 알어야지. 아따 깜냥대로 해보세만!"

"그래요 길게 말할 것 무엇 있어요. 지금이 어느 때냐고 우리는 모두 *약시약시한 사정이 있으니 한나절밖에 더 부역할 수 없다고 그라지요."

"그렇지 그밖에 더 별말 할 것 뭐 있는가베!"

"자! 그럼 여러분들! 잘 들으셨어요? 공연스레 이따가 꽁무니를 슬슬 뺀다든지 남에게 미루랴거든 아주 지금 이 자리에서 말을 해요."

"암, 그렇지. 반대적으로 나설 사람은 아주 미리 말을 해야지."

갈까마귀 떼같이 제각기 지껄이던 그들은 마침내 이렇게 의견이

통일되자 다시 잡담을 시작하며 부지런히 모를 꽂았다.

6

점심밥이 나오는 것을 보고 일꾼들은 손발을 씻고 언덕 위 *정나무 밑으로 옹기중기 나왔다. 어느덧 날은 말짱하게 볕이 들었다.

점심밥 광주리 뒤에는 벌거숭이 어린애들과 수캐 한 마리가 따라 나왔다. 성백이는 밥그릇과 반찬 짐과 술병을 한 짐 잔뜩 지고 왔다.

다른 때 같으면 일꾼들이 껄껄대며 젊은 패는 장난치고 늙은 패는 이야기판이 벌어졌을 터인데 웬일인지 지금 그들은 자물쇠처럼 입을 잠그고 살기가 등등해 보이는 것이 성백이 눈에는 이상히 보였다.

점심을 먹고 나서 그들은 담배를 한 대씩 피워 물더니, 별안간

"자, 그럼 들어가 볼까?"

하고 하나 둘씩 일어선다.

"어디를 들어가?"

성백이는 의심스레 묻는다.

"오늘은 한나절밖에 일을 못 하겠기에 댁으로 들어가서 그런 *사정말을 하자구 공론이 됐어!"

"뭐! 그게 다 무슨 말이여?"

하고 성백이가 퉁을 부린다.

"무슨 말은 뭬 무슨 말이야. 지금이 어느 때라구 그럼 진종일씩 부역을 할 줄 알았던가베!"

"그래도 일을 하다 마는 수가 있나. 반나절 일이 어디 있어!"

"아따 한나절이구 반나절이구 걱정할 것 뭐 있수. 뭐 당신 손해나는 일 있어?"

"손해고 말고 간에 일하는 경우가 그럴 수가 없거든."

"아따 기급을 할…… 부역을 하는데 경우는 무슨 경우야. 자, 어서들 갑시다!"

하고 치순이가 열이 나서 소리를 지른다. 그 바람에 여러 사람들은 일제히 그의 뒤를 죽 따라섰다.

"참 별꼴을 다 보겠군! 절반도 못 심었는데 이 일을 어찌한담!"

성백이는 혼자 *게두덜거리다가 그도 밥그릇을 주워 담아 지고 집으로 들어갔다. 주사 댁에서는 일꾼들이 품을 메고 들어오는 줄은 모르고 주객은 술이 거나하게 취해서 글을 짓기에 정신이 없었다. 유주사는 모심는 이날을 기회로 근동의 글 친구를 모아서 시회(詩會)를 부친 것이다. 군필이를 선두로 일꾼들이 유주사 집 사랑방 툇마루에 다다랐을 때는 그들이 사율을 한 수씩 지어 가지고 지금 한참 정선달이 그것을 *시축에다 올려 쓰는 중이었다.

"아니 웬일들이야…… 점심들 먹었나?"

난데없이 일꾼들이 몰려 들어오는 것을 보고 유주사는 눈이 둥그레서 방문 밖을 내다보며 묻는다.

"네 잘 먹었습니다. 다름 아니외라 여쭐 말씀이 있는데요. 댁에서 한 분도 안 나오셔서 이렇게 들어왔습지요."

하고 군필이가 운을 뗀다.

"무슨 말? 오늘 손님들이 오셔서 못 나갔어. 저녁때나 나가보려고……"

"지금이 어느 때냐고, 마냥모는 하루가 새로운데, 왼종일 부역을 못 하겠다고, 그래 한나절밖에는 일을 더 못 하겠다고들 그란답니다."

성백이는 어느 틈에 들어왔는지 그러지 않아도 군필이가 뭐라고 말을 잇대야 좋을지 몰라서 은근히 걱정하던 차에 이렇게 대신으로 대답한다. 그 바람에 군필이는 자기가 말했으면 말끝이 길어졌을 뿐 아니라 또한 구차하게 구겨졌을는지도 모르는데 성백이가 대신하기 때문에 오히려 잘되었다고 생각하였다.

"아니 그게 별안간 무슨 말이야! 응!"

유주사는 금시로 상글상글 웃던 얼굴이 무섭게 찡그려지며 불쾌한 듯이 묻는다.

"네 사정이 그렇습니다. 참 지금이 어느 때오니까."

유주사는 괏마리를 추키고 툇마루로 나왔다. 그는 한잔 먹은 김에 속이 더욱 *부퍼서 괘씸한 그들을 그대로 둘 수 없다고, 그래 고만 분을 참을 수가 없는 듯이 마루청을 한 번 쾅 구르며 추상같이 호령을 하였다.

"그래 모두들 그런가? 어떤 놈이 그런 조화를 꾸몄어."

"네?……"

"조화는 무슨 조화니까. 모두들 사정이 그렇지 않아요. 봄내 가물다가 못물이 인제야 왔는데 누구나 하루바삐 모를 심어야 하지 않습니까? 댁에는 기구가 있으니까 품을 사시기도 쉽겠지만 저희 같은 작인들이야 어디 그럴 수가 있어야 합지요."

치순이가 참다못해서 군필이 다음으로 말을 꺼냈다.

"이 놈! 넌 누구냐? 건방진 놈들 같으니. 뭐? 댁에는 기구가 좋다니…… 너 그런 말 어디서 배먹었니!"

유주사는 치순이를 흘겨보며 콩팔칠팔한다.

"아니 그럼 그렇지 않습니까. 무엇이 건방지단 말씀이여요?"

"이 놈 건방지잖고…… 참 세상이 망할라니까 별꼴을 다 보겠군!"

"무에 세상이 망해요? 건 너무하십니다."

"뭐 너무해?"

"아버지 고만두시고 들어가서요. 제가 말할 테요."

사랑에서 부친의 떠드는 소리를 듣고 영호가 쫓아 나와서 유주사를 방으로 안동해 들인다.

"아! 가만있어라…… 응! 두말할 것 없이 군필이 자네들 생각대로 하소. 한나절을 하고 말 사람은 말고 또 왼종일 다 할 사람은 하고…… 그러면 나도 다 생각이 따로 있을 테니."

"네! 그렇습죠, 저희도 참 어찌할 수 없는 사정이 있어서 하소연한 것이니까요."

"아저씨 고만 가십시다. 뭐 더 말씀할 것 없지 않아요"

"흥! 이 놈들 어디 보자. 어느 놈이 농간을 부린지 모를 줄 알고……"

"아니 글쎄 농간은 무슨 농간이라고 그러십니까? 그런 말씀은 마십시오!"

"그렇습죠…… 참 농간이 무슨 농간이 있사오리까."

대표로 뽑힌 광삼이가 여태 말 한마디도 못 하고 있다가 겨우 남의 다리를 쳐든다.

"농간이 아니고 무에야 응!"

유주사의 호령을 듣자 광삼이는 고만 질겁을 해서 쥐새끼 숨듯 군중 속으로 고개를 파묻었다.

여자들과 젊은 패들은 그 꼴을 보고 속으로 웃는다.

"아니 무엇이 농간이라고 자꾸 그러십니까? 우리는 아주 창자도 없는 놈인 줄 아십니까?"

부르튼 김에 치순이는 고만 부아통을 잡아 터트렸다. 어찌 되거나 한번 해 보고 싶었다.

"원 저 놈이 버릇없이…… 예이 후레 개아들 놈 같으니."

"우리도 생각이 있어요!"

"뭐, 어째? 건방진 놈 같으니. 아니꼽게 네까짓 놈이 무슨 생각이 있니? 무슨 생각이 있느냐 말이야."

"아따 고만 들어가서요! 치순이 왜 이리 떠드나 남의 집에 와서."

영호는 부친을 다시 만류하며 자기가 가로막고 나선다.

"누가 떠들어요 댁에서 먼저 떠들었지? 세상 망할 짓은 누가 정작

했는데요. 흥! 공연히 너무 그라지 좀 마십시오."

"아, 저 놈 보게! 그럼 누가 세상 망할 짓을 했니? 응 이 놈아……"

유주사는 다시 담뱃대로 *상앗대질을 하며 대든다. 그는 깎은 머리에 감투를 쓴 것이 벗겨지는 것을 연신 다시 눌러썼다.

"누가 망할 짓을 했나 생각해 보시지요!"

"아, 저 놈 보게! 저 놈이 미쳤나?"

"뭐요? 내가 미쳐요? 증거를 대야겠습니까?……"

"뭐? 증거?…… 증거가 다 뭐냐?"

"얘, 수천아! 여기 구장 샌님도 계시고 하니 이실직고로 바로 여쭤라! 어젯밤에 자네 집에 무슨 일이 있었던가. 어떤 놈이 남의 집 *내정돌입을 했었는가? 편론해요."

치순이가 느닷없이 호통을 치는 바람에

"아, 이 자식이 왜 이리 떠들어! 고만 가라는데…… 술 취했군!"
하고 영호는 별안간 마루 아래로 내려서며 치순이의 어깨를 밀어 내친다.

"뭐, 술 취해? 멀쩡하게…… 닭 잡아먹고 오리발을 누게 내미는 게야!"

치순이는 분이 나서 손을 뿌리치며 다시 돌아서는데,

"아니 그게 다 무슨 소리야 응!"
하고 유주사는 금시로 풀이 죽어서 어인 영문을 모르고 영호를 바라본다.

만좌중은 긴장하였다. 방 안의 손님들은 모두 눈을 두리번두리번하며 수천이를 찾는다. 수천이는 어쩔 줄을 모르고 입술만 실룩거리고 있는데 바로 수천이 뒤에 있는 옥분 어머니가 그의 옆구리를 꾹! 꾹! 찌르며 귀에 대고 소곤거린다.

"어서 말해요…… 어서…… 어서…… 아이구 이 못난아!"

그래도 수천이는 뭉씻뭉씻하고 있으니까 옥분 어머니는 고만 화가 나서 그의 볼기짝을 냅다 꼬집었다.

"아야!"

수천이는 별안간 외마디소리를 빽 지른다. 그 바람에 군중의 수천이에게로 일시에 쏠리었다. 사방에서 하는 손가락질이 총부리처럼 들이댄다.

"저게 수천이야! 응?……"

겹겹으로 눈총을 맞는 수천이는 땀을 뻘뻘 흘리고 섰는데 등 뒤와 옆에 섰는 사람들이 들입다 꼬집는 바람에 "저—" 하고 수천이는 말을 꺼냈다. 영호는 무서운 눈을 그에게로 흘기고 섰다.

"구장 샌님! 다름 아니외라…… 이 댁 젊은 양반이 어젯밤에…… 저두 없는데유…… 안방에를 들어왔대유…… 그래 말을 들으라구 강제로 막!……"

사방에서는 킬킬거리며 웃는 소리가 들린다. 손님들은 이 의외의 말에 모두 당황한 듯이 수군거린다. 참으로 그런 일이 있었는가?…… 그 순간! 영호는 어디로 들어가 숨었는지 금시로 보이지 않는다. 그는 점돌이만 없었어도 사실을 부인하려 들었는데 그럴 수도 없고 그 대로 있기도 창피해서 달아난 것이었다.

"샌님…… 정말 그랬어유! 그건 점돌이도 보고 저도 달아나는 것을 보았어유! 구장 샌님! 이런 절통할 데가 있어유? 아이구 어머니…… 엉! 엉! 어머니가 귀끼기 때문에 이런 일이 생겼어요……
……"

별안간 수천이는 주먹으로 자기의 앙가슴을 쾅 치더니 고만 그 자리에 털썩 주저앉으며 어린애처럼 몸부림을 친다.

"아이구…… 엉! 구장 샌님! 양반의 행실로 그럴 수가 있습니까? 아이구 어머니!……"

군중은 우습고도 가엾고 분한 감정을 느끼었다. 그들은 제각기 수군거리며 비양거렸다.

"그따위 양반은 개 팔아 두 냥 반도 못 되지!"

"그럴래서야 어디 가난한 놈은 계집이나 데리고 살겠나 원!"

"한 이웃 간에서 그럴 수 있나! 개만도 못한 행실이지."

"나 같으면 그까짓 것 칼부림을 하고 말지 그대로 있담……"

이런 소리가 유주사의 귀에도 들리자 그는 구장한테 눈을 끔적끔적하였다. 그 눈치를 챈 구장은 문 앞으로 다가앉으며 큰기침을 하더니만

"애, 수천아! 그러지 말고…… 간밤에 무슨 일이 있었는지 난 모르되 그런 억울한 사정이 있거든 이따가 우리 집으로 와서 자세히 들

려 달란 말이야…… 그럼 할 수 있는 대로 잘해줄 테니. 지금 한시가 바쁜데 어서들 가서 모들을 심어야 하지 않는가? 그래서들 이렇게 들어왔다며? 응?"

"네! 그럼 구장 샌님이 잘 처리해 주셔유! 그렇잖으면 낼 읍내 가서 고소할래유! 아이구 분해!"

수천이는 주먹으로 눈물을 이리 씻고 저리 씻고 하며 흑흑 느낀다.

"자! 어서 군필이 자네가 어서들 건사하고 건너들 가소. 딴은 지금은 좀 바쁜가? 다시 생각해본즉 그렇구먼! 암, 누구나 남 먼저 모를 심어야지! 그럼 자 어서들 돌아가라구…… 그리고 그 외의 일은 구장 샌님에게 맡기란 말이야. 구장 샌님은 동리의 어른이니까! 손님들이 계신데 이렇게 떠들면 어디 되었나베! 허허! 그렇지 않어!"

유주사는 아까와는 아주 딴판으로 *동에 닿지도 않는 말을 횡설수설하며 얼없이 *어리손을 친다. 사실 그는 취안이 몽롱하여 정신이 왔다 갔다 하는 판이었다.

"네! 고맙습니다. 그럼 물러가겠사오니 손님들 모시고 잘들 노십시오!"

군필이는 일동의 대표 격으로 허리를 굽히며 예를 올렸다. 불안을 느끼다가 뜻밖에 승리를 얻고 보니 여간 기쁘지가 않다. 그래 그는 신이 나서 어깨를 으쓱였다.

승리의 기쁨! 그것은 군필이 하나뿐이 아니었다.

7

일꾼들이 물러 나간 뒤로 유주사 집은 갑자기 괴괴해졌다. 유주사는 불의의 돌발 사건으로 흥이 깨져서 시회고 무에고 시들해졌다. 그렇지만 그대로 있기도 더욱 불유쾌할 것 같아서 손들이 눈치를 채고 일어서는 것을 한사코 만류해서 그대로 글을 읊기로 하였다.

그러나 어쩐지 좌석이 어울리지 않았다. 이런 어색한 자리는 오직 술이 있어야만 면할 수가 있다고, 그래서 인색하기로 유명한 유주사는 전에 없이 호걸풍을 보이며 자꾸 술을 내오라고 하였다. 술꾼들은 은근히 기뻐하였다.

그런데 유주사가 이와 같이 변한 것은 다만 돌발 사건으로 인해서 불쾌한 때문만은 아니었다. 그는 평일에 아들에게 쥐여지내는 형편이다. 그것은 아들이 살림을 잘하기 때문에 일체를 내맡기다시피 하였는데, 그 뒤로는 자연히 돈의 권리가 없어졌다. 그런데 마누라는 아들과 한통이 되어 가지고 자기를 돌려냈다. 그는 돈 한 푼을 맘대로 쓰지 못하고 어쩌다 반가운 손님이 찾아와도 술 한잔을 대접하려면 여간 창피한 꼴을 보지 않는다. 그런 불평은 은근히 날이 갈수록 심하였다. 그렇다고 다투게 되면 집안에 풍파가 벌어지고 말 테니 점잖은 체통에 자연 망신이 되는 것은 자기뿐일 것이다. 상담에 마구 덤비는 놈하고는 해보는 수가 없다고, 무식한 여편네와 *미거한 자식을 상대해서 다투는 것은 자기의 *위세만 더 될 것 같아서 꿀꺽 참고 지낸다. 그러나 저희들은 못 할 짓이 없이 돈을 자유로 쓰는 것이 괘씸하였다. 여편네는 무당이니 불공이니 하며 객쩍은 돈을 쓰고 자식 놈은 주색잡기를 제 맘대로 한다. 그런데 나중에는 남의 유부녀까지 상관을 해서 이런 망신을 당하고 보니 해괴한 *소위도 소위려니와 평소의 하는 짓과 아울러서, 이중으로 괘씸하기가 짝이 없다.

그래 유주사는 이제야말로 자기가 큰소리를 할 판이라고 호기 있게 술을 청한 것이다. 그는 자식도 자식이지마는, 일상 자식 편을 드는 마누라를 이번 일로 단단히 한번 오금을 박아 주자고 내심으로 벼르고 있었다.

해가 설핏하자 시회도 이럭저럭 끝을 막고 손님들이 일어서는 *사품에 구장도 따라서는 것을 유주사가 꽉 붙들었다. 구장은 으레 그럴 줄 알았다는 듯이 사양할 것도 없이 그 자리에 다시 앉았다.

손님들을 배웅하고 나서 유주사는 술상을 다시 보아 내오라고 명령한 뒤에 구장 앞으로 바싹 다가앉으며

"여보! 농암(구장의 별호)! 이 일을 어째야 좋소?"
하고 나직이 묻는다. 그는 부지중 한숨을 내쉰다.

"거, 모양이 좀 *수통한 걸요……"

"자식이 원…… 엥이!…… 그러니 만일 고소를 당하게 되면 그런 *해거가 어디 있겠소 그러니 어떻게 농암이 잘 무마를 해 주셔야겠소……"

"암! 고소를 하게 해서야 쓰겠소"
구장은 유주사의 비위를 맞춘다.

"참, 미거한 자식을 두어서…… 나중에는 별일을 다 당하는군!……
아니 그 자식이 누구를 닮아서 계집이라면 그렇게 사족을 못 쓰는지
모르겠소?"

"그걸 누가 아오. 돈 있는 탓입니다. 돈이 없으면 그런 생각을 할
여가가 없거든요."

구장은 자기의 직책상 동리의 풍기를 위해서 개탄하는 눈치가 보
인다. 그렇다니 말이지, 만일 이런 사건을 영호가 저지르지 않고 다
른 만만한 사람 중에서 저질렀다면 그는 당장에 그 사람을 잡아다가,
엄중하게 문초를 했을 것이다.

미구에 주안상이 나오자 유주사는 탐탁히 구장을 대접하였다. 재
삼 부탁하는 모양은 구장에게 혹시……? 하고 바라는 마음이 생기게
하였다.

유주사는 구장을 보내고 돌쳐서는 길로 안으로 들어갔다. 그는 구
장하고 다시 먹은 술이 또 취해서, 겨우 정신을 가눌 만치 되었다.
그는 대문간에서부터 큰기침을 하면서 들어가는데, 감투가 삐딱하게
머리에 얹히고 발이 제대로 놓이지 않았다.

대청에 올라서니 부인이 전에 없이 일어서서 맞는다.

"아니, 웬 약주를 이렇게 많이 잡수셨수?"

머리에 흰 털이 약간 섞인 *갈걍갈걍한 부인이 그의 가로 째진 눈
을 상큼하니 뜨고 안심찮게 묻는다.

"마누라가 언제 술 사주었소"

하고 유주사는 안방 아랫목으로 가서 털썩 주저앉는다. 그는 장죽으로 시늉해서 부인을 조용히 불러 앉힌 후에

"여보! 인제 집안이 망했구려."

"그게 다 무슨 말씀이유?"

부인은 샐쭉하니 유주사를 쳐다본다.

"아니, 개한테 물어보지 않았소?"

"뭘 물어봐요?"

"어제 저녁 일 말이야…… 그 자식이 저지른 일 말야!"

하고 유주사는 별안간 역정을 낸다.

"아따 떠들지 좀 말아요. 물어보나 마나 그렇지."

"그러니 집안이 망하지 않았느냐 말이지. 응!"

"망하긴 왜 망해요? 돈이 없어야 집안이 망한 게지."

"흥, 돈만 있으면 안 망한 게로군! 양반의 집에서 그런 망신이 어디 있어?"

유주사는 차차 열이 나서 콧구멍으로 벌름거리며 장죽에다 다시 불로연을 담는다. 사랑 담배는 헤프다고 희연을 내 가고 불로연은 안에서만 피우기 때문에 유주사도 그것을 얻어 피우려면 반드시 안으로 들어와야 된다.

"아따, 당신은 젊어서 어땠기에…… 젊은 애들이 그렇기도 예사지요."

하고, 부인은 언제와 같이 아들의 편을 들어서 어리손을 친다.

"내가 젊어서 어땠기에?…… 조곰만 여자에게 한눈을 팔어보지 이 녁이 가만히 두었겠나……"

유주사는 사실 예전에, 양반이 호강하던 시절에도 아내의 질투가 무서워서 별로 방외색을 해본 일이 없었다.

"글쎄 그런 말은 고만두어요."

하고 부인도 마주 장죽을 피워 문다.

"아니 그럼 내가 젊어서 외입을 했단 말이야? 무슨 말이야?"

유주사는 억울한 듯이 들이대었다.

"글쎄 요란스럽구면 왜 이라시유? 난 당신의 술이라면 지긋지긋 해!"

"허허…… 술은 그래도 괜찮아! 그렇지만 계집질이란 천하에 천격이거든…… 한데 그 자식이 누구를 닮어서 그렇게 계집질을 하는 게야? 아니 그 자식이 계집이 부족해서, 그러는 게야? 만일 그래도 부족해서, 그런다면 차라리 또 얻지…… 왜 남의 유부녀를 건드려 가지고 망신을 하느냐 말야! 도무지 참 알 수 없는 일이거든……"

유주사는 잊었던 것을 생각한 것처럼 별안간 담배 물주리를 뻐끔 뻐끔 빨기 시작한다.

"글쎄 요란스럽대도 저 방에서 들어요…… 뭘! 술이나 계집이나, 다 마찬가지지. 점잖은 이도 빠지면 할 수 없는 게라우."

부인은 입술을 비쭉거리며, 유주사의 반대편으로 얼굴을 돌리었다. 술내가 지독하게 난다.

"아니할 말로, 젊은 놈이 외입을 하는 것이 예사라 할지라도 그럼 아무 문제가 없이 해야지 *뒤갈마리를 못 할 짓을 왜 하느냐 말이야…… 그렇기에 그 자식이 처음에 계집을 얻어 들일 때도 나는 아예 반대를 했거든! 설혹 자식을 낳는다 할지라도 자연 집안에 풍파를 일울 뿐 아니라, 그런 정욕이 차차 자라면 나중에는 별짓을 다 하게 되거든! 아니나 다를까! 이런 일이 생기지 않았느냐 말이야? 나는 그때도 벌써 이럴 줄을 짐작했거든…… 그런데 분수없는 마누라가, 그런 일은 설혹 내가 권하더라도 이녁이 집안의 장래를 위해서라도 만류해야 할 터인데, 됩다 잘하는 일인 것처럼 싸고도니…… 아니, 그 자식이 점점 방탕할밖에…… 내 말이 거짓말이야!"

"아따 인제 와서는 모든 것이 다 내 탓이유? 그럼 그때 왜, 당신이 *잡도리를 잘해서 휘잡지 못하고 인제 와서 딴소리유? 그때 제 맘대로 못 하게 했어 보지, 그 대신 읍내 요릿집에 가 살았을 테니…… 어디 내 자식만 그래야지! 돈 있는 집 자식들은 모두 다 그런데……"

영호는 임질이 들려서 그런지 아직껏 초산을 못 해 보았다.

"그러니까 가정교육을 잘 시켜야 된단 말야……"

"누가 잘 시키지 말랬수?"

"잘 시키게 가만 내버려두었구면!"

유주사는 심정이 나서 소리를 꽥 지른다.

"아따 그러니 가만 내버려두시구려. 저두 한두 살 아니구, 어련히 제가 한 일을 감당할까 봐!"

부인도 속이 토라져서 톡 쏘아붙인다.

"저러니까 자식을 버린단 말이지. 에, 망할 놈의 집안 같으니!"

"글쎄 왜, 공연히 역증을 내 가지구 그러시유. 누구에게 트집을 잡는 게유?……"

"내가 트집이야…… 도무지 이래서, 아무 말도 말자면서도…… 그래도 가장 된 책임상, 차마 그대로 있을 수가 없어서…… 이번 일만 해도, 구장에게 공연히 사정을 했지! 가만 내버려둘걸!"

"구장한테 무슨 사정을 했단 말이오?"

화제가 새로워지매, 부인은 다시 돌아앉으며 묻는다.

"무슨 사정이라니! 수천이란 놈이 고소를 한다는데, 어떻게 하느냐 말이야, 그래 구장한테 *사화를 붙여 달라고 부탁하고 그 대신 위자료로 돈 백 원이나 주도록 하였지."

"뭐요? 돈 백 원을 준다니, 누구를 주어요?"

부인은 별안간 펄쩍 뛰며, 눈이 똥그래서 쳐다본다.

"수천이를 주지, 누구를 주어!"

유주사는 자기 부인에게는 이렇게 말했으나 아까, 구장한테는 금액을 지정하지 않았다. 그는 자신의 용렬함을 내심으로 모르는 바 아니었다. 그러나 갈수록 금전에 부자유한 그는 이런 기회에 돈푼이나 만져 보고 싶어서 이렇게 금액을 많이 불러본 것이다.

"여보! 맙시사, 그게 *입때 생각한 묘책이군? 아이구 글하는 이 뱃속에는 똥만 괴인 게야! 예, 여보!"

하고 부인은 소리를 꽥 지른다.

"아니 어떻게 하는 말이야? 그게……"

부인은 이 뜻밖의 공격에 유주사는 고만 머주하니 코가 납작해졌다.

"왜는 뭬 왜여! 어디 돈이 썩었던가 부다!"

"뭐?…… 그럼 돈을 안 주면 고소를 해도 좋단 말인가? 어떻게 하는 말이야, 도무지."

"그런 걱정은 마시고 사랑에 나가서 어서 한심 주무시유!"

"뭐!……"

유주사는 하도 기가 막혀서 부인의 얼굴만 뻔히 쳐다보았다.

"돈 한 푼 안 들이고도 쉐일 수가 있다고 그랍디다! 기 애가 당신처럼 어리석은 줄 아시유!"

"아니 기 애가 그런 말을 했단 말이야?"

"그럼요, 그 애가 못 하면 내라도 처치할 테니 쓸데없는 걱정은 말어요, 당신은 그저 글이나 짓고, 술이나 먹는 것이 제격이니."

"엥이! 망할 놈의 세상!"

유주사는 한참 동안 울분한 감정을 어쩔 줄을 모르다가 담뱃대를 들고 벌떡 일어났다. 그는 *분지도로 하면 당장에 그 아들을 불러다가 종아리를 치는 동시에 부인의 머리채를 잡아서 동댕이를 치고 한바탕 집안을 벌컥 뒤집어 놓고 싶었다. 그러나 자기의 체통만 생각하는―점잖이란 것과 *인지위덕(忍之爲德)이라는 무능한 '한학 지식'의 관용(寬容)?이란 것이—실상은 자기만 믿지는 장사이지만은— 그것이 지금도 그를 꿀꺽 참게 하였다. 그는 아들보다도 오히려 부인이 더 미웠다. 그래서 아들을 문책할 생각도 없어지고 말았다.

"망할 놈의 세상 같으니…… 이러고서야 세상이 안 망할 수가 있는가! 집안이 안 망할 수가 있는가…… 아따 그럼 늬 멋대로 놀어라! 난 모르겠다."

유주사는 혼자 이렇게 중얼거리며 사랑으로 나와서 쓰러졌다.

미구에 드르렁! 드르렁 코 고는 소리가 들린다.

8

영호는 그길로 남의 이목을 피해 가며 수천이가 일하는 논으로 찾아갔다. 그는 *간활한 수단으로 수천이를 꾀러 간 것이었다.

혼자 모를 심던 수천이는 영호가 부르는 바람에 영문을 모르고 논둑으로 나왔다.

"수천이 자네 정말 고소하랴나?"

영호는 싱글싱글 웃으며 느닷없이 이렇게 묻는다.

"그럼 나도 분하지 않수?"

수천이는 뭐라고 대답해야 좋을는지 몰라서, 이렇게 말했다.

"물론 어제 저녁 일로 말하면 내가 잘못했네. 하지만 잘못은 내게만 있는 게 아니란 말일세! 알어듣겠나?"

"그럼 누가 또 잘못했수?"

"자네 *내상도 잘못이란 말일세. 나는 결코 ……을 하지 않았거든!"

"그럼 그게 뭐란 말유, 그런 법이 있수? 동네지간에서?……"

수천이는 그저 분한 모양으로 가슴을 벌떡벌떡한다.

"그건 잘못했다고 지금 사과하지 않았나. 그런데 ……이 아니라면 자네가 고소를 한대도 나 혼저만 못 할 것이니, 가사 벌을 받는다 할지라도 나 하나만 받게 되지 않고, 자네 내상까지 받게 되지 않겠나? 여보게 그렇게 되면 자네는 무에 그리 좋겠나. 자네같이 가난한 사람이 장가를 또 들기도 쉽지 않을 게고, 또 제 어미를 떨어진 어린것은 못 살 것이 아닌가? 그렇게 되면 나도 앙심이 생겨서 자네한테는 주었던 땅도 도루 뺏을 테니, 이래저래 자네도 화액만 당하고 말 게란 말일세. 그렇게 되면 공연히 두 집안이 망신만 하고 손해만 보게 될 뿐 아닌가?……"

"……"

영호는 여기까지 말을 끊고 저편의 동정을 슬쩍 살피었다. 다행히 수천이는 자기의 말을 묵인하는 것 같은 것이 더욱 말할 힘을 내게 하였다.

"그렇다면 말일세, 자네는 고소를 고만두는 것이 좋지 않겠나? 속담에도 *항자는 불살(降者不殺)이라 하지 않는가? 아무리 중한 죄를 졌더래도 잘못했다고 항복하는 자는 죽이지 않는다는 말일세! 그러면 나도 진심으로 사과하고 자네 내상도 회개해서 다시 그런 일이 없으면, 아무 일이 없지 않은가?…… 자네가 그렇게 원만하게만 처사를 해 준다면 나도 그만큼 고맙게 생각할 터일세. 내년쯤은 어떻게 좋은 논으로 논마지기도 더 별러 주겠고 또…… 그 외라도……"

하고 영호는 수천이를 다시 쳐다보면서

"그러니 어떤가? 좌우간 이 자리에서 회답을 해주게!"

수천이는 그동안 잠자코 앉아서 머리를 지루 숙이고 있다가 별안간 몸집을 뭉짓뭉짓 하더니 영호를 한 번 슬쩍 쳐다보고는

"참 댁에서 그렇게 말씀을 하신다면야…… 그렇게까지 말씀하신다는데야, 나인들 굳이 고소를 한다고 할 것 뭐 있나유…… 그건 다 분지도에 한 말이지유."

하고 돌멩이로 논둑 진흙 위에 금을 긋는 장난을 하고 있다. 그는 *우물고누를 그려놓았다.

"물론 나도 그럴 줄 알았네! 내가 진작 자네를 못 찾어보기 때문에 그런 줄도 아네. 그럼 오늘 저녁에 구장 댁에를 가서 말일세. 만일 구장 샌님이 묻거든 지금 우리끼리 피차간 타협이 잘되었다는 말을 하고, 길게 떠들 것 없이 바로 건너오게 그려! 우리 읍내 가서 술이나 한잔 먹세. 그런 말은 더 떠들수록 우리 두 집의 체통만 사나워지니까. 그렇지 않은가?"

"암 그렇지요 그 다 이를 말씀이여유."

하고 수천이는 몸을 일으켰다. 이리하여 영호는 힘 안 들이고 수천이를 완전히 삶아 놓았다. 수천이 생각에도 그의 말이 옳을 뿐 아니라

세력이 당당한 그를 섣불리 건드려서 문제를 시끄럽게 하느니보다는 피차에 원만 무사한 것이 좋을 듯해서 그리한 것이었다.

그날 밤에 수천이가 저녁을 먹구 구장 집에를 건너가 보니 거기는 군필이 치순이 광삼이 점돌이 그 외에도 누구누구 하는 여러 사람이 모여 앉았다.

그래 수천이는 들어가는 길로 구장이 묻기도 전에 오늘 영호가 찾아와서 잘못한 사과를 해서 피차간 화해를 하고 말았다는 말을 하였다. 구장은 그 말을 듣고 나서 다소 서글픈 듯이 물어본다.

(그는 자기가 중재를 못 붙이고 만 것이 은근히 서운한 모양으로)

"아, 그럼 잘됐구나!…… 그래, 어떻게 화해를 했단 말이냐?"

"뭘 어떻게 해유. 잘못했다구 자꾸 빌기에 그럼 용서한다구 그랬지유."

"하하, 너 참, 장하다! 허허……"

"아니 이 사람아! 어떤 조건으로 화해를 했단 말이야?"

"뭬 어떤 조건이여, 무조건인 게지…… 치!"

누가 안타까운 듯이 혀를 찬다.

"그래 무조건이란 말인가?"

"그렇지 뭐…… 잘못했다구 그래, 사화를 해 주면 생각이 다 있다구 하기에……"

"생각은 무슨 생각?…… 무슨 계약서 받았나?"

"계약서는 무슨 계약서!…… 설마 그런 일까지 거짓말을 할까 봐!"

"흥! 설마가 사람 죽인단다."

"원, 저런 *어리배기 보게!"

그들은 오늘 밤에 수천이의 일로 문제가 확대될 줄 알았는데 뜻밖에 못난 위인이 영호의 솜씨에 떨어지고 만 줄 알자 고만 실망되었다. 그것은 누구보다도 점돌이와 치순이가 더하였다.

"구장 샌님 그럼 이 일을 그대로 내버려두시겠습니까?"
하고 군필이가 실심한 듯이 묻는다.

"그럼 어떻게 하나. 저희들끼리 사화를 하였다는 바에야."

"그렇지만 이런 일은 동리 간에도 폐해가 있는 일이온즉, 그렇게 저희들끼리 묵살할 것 아니라, 설사 고소는 고만둔다 할지라도 죄 있는 사람을 공석으로 불러다가 동리 어른들 앞에 사과를 시키는 것이 이담번의 본보기로도 좋지 않습니까, 더군다나 유주사 영감은 진흥회장이 아니신가요?"

"참 아저씨 말씀이 옳습니다. 만일 두 사람이 다 죄가 있다면 여자와 남자를 둘 다 불러가지고 그렇게 문초를 해 주셔야지, 저희끼리 단둘이 한 게야 무슨 소용이 있겠어유, 누가 알아야지요."

치순이가 하는 말이었다. 점돌이는 말을 하고 싶어도 아이놈이 건방지다고 할까 봐, 그는 다른 사람을 충동이만 시키고 있었다.

"글쎄 나도 그렇게 생각은 하지마는 다른 사람과도 다른데…… 직접 화해가 되었다는데야 새삼스레 문제를 삼기는, 좀 난처하지 않은가? 그 댁에서 오해하지 않겠어?"

"그래도 그렇게 사를 두어서야 어디 동리 일이 바로잡힐 수 있나요?"

"하긴 그도 그러웨요…… 도대체 수천이란 사람이 너무 용해 빠지기 때문에……."

"그렇지요 생각은 무슨 생각이어요. 그대로 묵삭하고 말자는 수작이지."

"번연히 그런 속을 잘 알면서도 그렇게 속는담! 사람도 원……."

여러 사람들이 수천이를 비난하는 소리가 들리자, 그는 슬그머니 꽁무니를 빼고 달아난다.

"구장 샌님! 전 건너갈래유!"

사실 그날 밤에 수천이는 술 몇 잔을 얻어먹고 그 문제를 쓱싹하고 만 셈이었다.

9

C촌 사람들이 모를 얼추 심고 나자, 한편으로 보리 마당질을 시작했다. 비는 그 뒤로도 가끔 오기 때문에.

영호는 수천이를 무사히 처치한 데 대해서 집안에서도 큰소리를 하게 되고 동리에서도 여전히 곤댓짓을 하고 돌아다녔다. 그의 모친은 춘풍 샌님인 영감보다는 아들이 잘났다고 더욱 내세웠다. 그 바람에 더욱 영호는 의기양양해졌다. 그는 그전 같으면 몇몇 미운 놈들의 논을 당장 뗄 터인데, *농지령이 새로 나서 그렇게 못 하는 것이 속

싱했다.

보리 마당질을 하던 전전날, 이번에는 영호가 친히 작인의 집으로 직접 돌아다니며, 모레 일을 나오라고 일렀다. 그들은 그전부터 그런 전례가 있었더니 만큼 그 당장에 거절할 수도 없어서 *어리뺑뺑한 대답을 하였다. 그가 군필이 집을 찾아왔을 때는, 마당에 여러 사람들이 모여 앉았다.

치순이 광삼이 점돌이, 또 그 외에도 먼저 모심을 때 말썽을 일으키던 사람들이 가지런히 모였다.

그는 이 자리에서 그런 말을 이르기가 좀 어떨까 하고 저어하였으나, 다시 한편으로 생각해보면 그렇다고 그들을 무서워하는 것도 자존심이 허락지 않아서, 다짜고짜 들어가는 길로 쾌쾌히 말했다.

"저녁들 자셨어? 여기 죄 모였군!"

"아, 저녁 잡숫고 오시유?"

"진지 잡수셨어유!"

하고, 일어나서 인사하는 아이들도 있다.

"이리 좀 앉으시지요!"

하고 군필이가 주인 된 예를 차린다.

"그런데 댁에서 모레쯤 마당질을 할 텐데 어떻게 하루씩 일을 해 줘야겠어!"

아무도 대답하는 사람이 없으니까 영호는 제 풀에 *면괴하던지 다시 말을 꺼낸다.

"품을 살 수도 없고 해서…… 또 그리고 그건 전대로 하는 것이니까……"

"우리 집에도 모레는 일을 해야겠는데!……"

"우리 집에도 모레로 날을 받았는데!……"

점돌이는 영호가 그와 같은 추행을 하고서도 조금도 부끄러운 기색이 없는 것이 괘씸하였다. 그는 도리어 제가 잘나서 그러는 줄 알고 교만을 부리는 것이 당장으로 박살을 내고 싶었다. 게다가 그래도 양반이라고 누구를 깔보고 행세를 하려 드니 세상은 참으로 거꾸로 선 것 같다. 그런데, 한갓 돈 있는 세력을 무서워서, 그가 무슨 악행을 하든지 그것을 내버려 두고 도리어 그 앞에서 굴복을 하려고만 드는 동리 사람들의 너무나 무능하고 용해 빠진 것도 새삼스레 놀랄 만한 일이 아닌가? 동리 사람들 중에는 언문을 아는 이도 얼마 되지 않았다. 그들은 모두 까막눈이로서 예전 생각을 곧이곧대로 믿고 있어서, 봉건적 사상에 젖었기 때문에, 언제든지 그것이 옳은 줄만 알았다. 그래서 시대는 변천하고 현실은 해마다 달라지건마는, 토지에 목을 매고 사는 그들의 완고한 머리는, 시대의 양심을 따라갈 만한 용기도 비판력도 없었다. 이렇게 해마다 되풀이 생활을 하는 가운데 늙은이가 죽고, 새 사람이 생겨났다. C촌에도 어느덧 보통학교의 졸업생이 생기고 점돌이와 같이 이십여 세나 되도록 장성한 사람도 그 가운데 생겨났다.

그는 보통학교를 겨우 졸업했을 뿐이나 제법 비판적 두뇌를 가지고 사물을 분석해 볼 줄 알았다. 그런 만큼 신문 잡지도 구해 보고, 그의 진취성은 선배의 말을 귀넘어듣지 않았었다. 따라서 그는 현실에 비추어 선악을 분간할 줄 알았다. 그런데 이런 눈으로 자기 동리를 둘러보니 참으로 올바른 정신을 제대로 가진 사람이 별로 없는 것 같았다. 그러나 교활한 양반 따위나 엇박이 건달보다는 오히려 무지한 농군들이 인간적으로 순진한 편이었다. 그는 그 중에서도 자기 또래뻘밖에 안 되는 영호가 갖은 죄악을 다 지으며 양반 행세를 하려는 것이 더욱 얄미웠다. 지금도 그는 영호의 하는 말이 가증해서

"아니 여보! 그 전대로 하던 것은 무엇이나 언제든지 꼭 하는 법인가요?"

하고 다부지게 질문을 하였다.

"그럼 전대로 하는 것이 뭬 잘못인가?"

영호는 정색을 하고 대든다.

"흥, 아무리 그전대로 하는 것이라도 시체에 맞지 않으면 폐지할 수도 있고 고칠 수도 있단 말이야, 전에 없던 농지령도 새로 생기지 않았나! 전에 없던 법이 왜 생겼느냐 말야?"

하고 점돌이는 열이 나는 듯이 가래침을 탁 뱉으며 몸을 도사리고 앉는다.

"아니 그래서 일을 못 나오겠단 말이야?"

"그래 못 나가겠소. 누굴 어쩔 테야! 배 쨀 테야?"

"너도 어린애가 공연히, 너무 속 좀 살지 말아! 그럼 네 신상에 해

로워!"

영호는 은연중 위협을 한다.

"뭐 어째? 어린애…… 아이구 저렇게 점잖은 어른이시니까 행세를 잘하시는군! 참 장하시더라! 어째 그렇게 하시는 일마다 착하신지…… 남에게 *적덕을 여간 많이 하셔야지…… 나무아미타불!"

옆에 애들이 킬킬거리고 웃는 소리가 들린다.

"이놈아! 넌 누구를 놀리니?"

별안간 영호가 이를 악물고 호통을 치며 대든다. 그러나 점돌이는 눈도 깜짝 않고 여전히 *이억거린다.

"놀리면 좀 어때? 왜 이래! 어르면 누구를 어쩔 테야? 아무나 수천이 쪽으로 알았다가는 공연히 큰코다칠 테니 정신 차리라구!"

영호는 주먹다짐을 할 수도 없고, 그래 분이 나서 죽으려고 한다.

"응! 넌 네 맘대로 해 보렴…… 그럼 다른 이들은 다 나오겠지?"

"난 못 나가는데요!"

"나도 못 가겠는 걸!"

"나도 그날 볼일이 좀 있어서."

치순이의 뒤를 따라서, 여러 사람들은 모두 끙짜를 놓는다.

영호는 그 바람에 더욱 분이 났다.

"에이, 어디들 보자!"

그는 인사도 않고 홱 돌아서 가는데, 여러 사람들은 웃음을 내뱉어서 그를 전송하였다.

영호는 구장을 충동여서 양반을 모욕한 죄로 점돌이를 문책해 달라고 싶었으되, 자기의 한 깐이 있으므로 그것이 시행될 것도 같지 않아서, 은근히 분통만 끓이고 있었다.

*

유주사 집 보리 마당질 날에 작인들은 하나도 일을 나오지 않고 오직 수천이만 나와서 다른 품꾼들과 같이 *도리깨질을 하였다.

그날 작인들은 공동으로 보리타작을 하였다. 먼저 치순이 집 마당질을 하고 그 다음에 광삼이 군필이 점돌이 성운이…… 차례대로, 한 패는 보릿단을 져 나르고 또 한 패는 그것을 늘어놓고 뚜드렸다. 그리하여 그 집 보리를 다 뚜드리고는 그 다음 집으로 일터를 옮기는 것이었다.

그리고 먹이는 각 집에 분배해서, 한 때씩 술 밥을 *별러 가지고 공평하게 낭비가 없도록 분배하였다.

이렇게 공동으로 일을 해 보니 훨씬 쉬운 것 같다. 일이 거뜬하게 치워지고 일꾼들의 기분도 전에 없이 유쾌해서 단합해지는 것 같았다.

그들은 전과 같이 제각기 흩어져서 단독으로 째는 품을 서로 앗아 가려고 애를 쓰는 대신에 이렇게 돌려가며 어우리로 하는 것이 유리한 것 같았다.

그것은 제일 외롭지가 않고, 어딘지 모르게 믿음직한 힘이 뭉쳐 있는 것 같기도 하였다.

그들의 이러한 기분은 자연히 한데 어울려지고 절망의 탄식에서
갱생의 희망을 부둥켜안고 싶은 공통된 의식이 막연하나마 그들의
감정의 밑바닥을 흐르고 있었다. 그들의 공통한 사정은 오직 자기들
의 손으로만 운명을 개척할 수 있을 것같이 생각되었다.

그런 만큼 그들은 수천이와 같은 테 밖에 있는 사람들과는 자연
히 *버성기게 되어서 피차간 상종이 없이 지나갔다.

그래 수천이는 안팎곱사등이가 되었다. 자기에게 있는 힘을 비로
소 깨달은 그들은—비록 조그만 이해 상관일 망정—그들이 합력함으
로써 두 번째나 부역을 면하게 하였다는 것이 그들로 하여금 새 힘
을 얻게 하였다.

10

그날 밤에 점돌이는 해가 진 뒤에 일을 마치고 집으로 돌아왔다.
그는 진종일 *보리까락을 뒤어쓰고 진땀에 전 몸을 개울물에 씻고
나서 다른 옷을 갈아입었다.

초생달이 어슴푸레하게 지붕 추녀 끝으로 남실거린다. 딱따구리가
딱딱딱…… 하고 둥구나무 속에서 도마질을 한다. 아랫말에서 개 짖
는 소리가 두어 번 컹! 컹! 울리더니 주위의 정적은 다시 푸른 밤 속
으로 잠기어 들어갔다.

박첨지는 오늘도 타동으로 논 가는 품을 팔러 가서 아직 오지 않

앉다. 그는 삼십 년 동안에 해마다 쟁기질을 하였다. *가용과 *추렴새를 물자면 보리 말이나 좋이 팔아야 할 터이니, 그러자면 *햇농 댈 양식이 태반 부족할 것 같아서 그는 할 수 있는 대로 품을 팔아 가지고 돈을 만져 보려 하였다.

안마당에는 쑥대와 진풀로 모깃불을 놓았다. 모기떼는 솔개 진을 치며 앵! 앵! 하고 위협을 한다. 마을 사람들은 모기장 하나도 없다!

점순이와 모친은 모깃불 연기 속에서 보리방아를 찧고 있었다. 두 사람은 땀을 뻘! 뻘! 흘리었다.

그들은 이렇게 밤에는 물것에 시달리고 낮에는 힘찬 노동에 피곤하였다. 조석으로 불을 때는 방 안은 화덕같이 덥고 게다가 보리까락 같은 빈대가 아귀같이 덤비기 때문에 그들은 방에서 잠을 못 자고 벌써부터 한전을 하고 있었다.

그래서 그들은 사람이 물것을 위해서 사는지 물것이 사람을 위해서 사는지 모를 만큼 원수같이, 서로 친밀한 생활을 한다.

뜰에는 맷방석을 깔고 점돌이가 그 위에서 잔다. 빈대는 거기도 쫓아 나왔다.

점돌이는 그들이 절구질을 하는 것을 보고 마당 아래로 내려서며

"어머니 내가 좀 찧어 드리우?"

"고만두어라! 다 찧었다."

모친은 그 뒤로 몇방아를 찧다가 이듬 찧는 보리쌀을 절구통 안에서 집어 보더니 고만 찧자고 절굿공이를 내던졌다.

그리고 그는 키를 가져 오래서, 그것을 달빛 아래서 까부르기 시작하였다.

"점돌아! 너 참 어쩔라구 그러니?"

하고 모친은 무슨 말인지 화제를 꺼내며 별안간 근심스레 점돌이를 옆눈으로 흘겨본다.

"뭘 어째유?"

"주사 댁 젊은 양반이 너를 벼르더라니 말이다."

모친은 낮에 수돌이네한테 들은 말이 생각나서 안심찮은 듯이 하는 말이었다.

"제까짓 게 벼르면 누굴 어쩔 테야! 난 조금도 잘못한 것 없소"

"뭐 세상일이 어디 잘잘못으로만 꼭 돼야 말이지야…… 그러다가……"

모친은 아들의 비위를 건드릴까 무서워서 주저하며 말끝을 *흐리머리해 버린다.

"걱정 마셔요! 그까짓 자식이 기어이 못 먹겠다구 덤비거든 다리를 하나 분질러 놀 테니."

"그럼 참 너는 무사할라!"

"무사치 않는대야 징역밖에 더 살겠수, 원 조금도 겁날 것 없수!"

하고 점돌이는 긴장해서 부르짖는다.

"그래서 참 징역 가면 꼴좋겠다!"

모친은 종래 아들의 말이 불복이었다. 점돌이는 어느덧 흥분해졌다. 그래 그는 한바탕 평소의 먹은 맘을 토해 냈다.

"글쎄 어머니 들어 보시유! 우리가 지금 어떤 생활을 하고 있나요? 우리같이 가난한 사람이 무엇을 바라고 사는 겐가요? 주사 댁과 같은 돈 있는 사람은 돈 모으는 재미로도 살고 잘 먹고 잘 입으며 호강을 하니까 남을 해치구라도 돈을 모을 생각도 있고, 또 그렇게 해서 돈을 모을 수도 있겠지요. 그러나 우리같이 가난한 사람들은 아무리 돈을 모을래야 모을 수도 없지 않어요? 가난한 사람은 악해도 부자는 못 되지 않수? 어머니! 그렇다면 우리는 돈을 모으는 대신에, 남과 같이 잘사는 대신에, 죽어서도 옳은 귀신이 되고 살어서도 옳은 사람으로 사는 것이 목적이 아니겠소. 가난하고 고생하는 대신에 옳은 행동이나 하는 것이 떳떳하지 않겠소? 어머니! 사람의 목숨이 아무리 귀중하다 할지라도, 거저 짐승과 같이 목숨만 연명한다면 그것이 뭬 그리 귀할 게 있겠소? 가난한 사람들이 한평생동안 뼈진 일을 해도 이렇게 개짐승이나 먹는 것 같은 험한 음식을 먹고, 옷이 없어서 살을 가리지 못하고 토굴 같은 움막집에서 밤이면 빈대 모기 벼룩에게 뜯기며 잠도 편하게 못 자는 신세는―다만 그런 목숨은 짐승이나 조금도 다를 것이 없지 않습니까?…… 그렇다면 이와 같은 생활 속에서 귀중한 것이 있다면 그것은 오직 옳은 도리로 살기를 바라는 정신상 위안밖에는 다른 것이 없지 않습니까? 그렇지 않다면 우리 같은 사람의 사는 의미가 어디 있을까요? 어머니! 참으로 우리는 무엇을 바라고 사는지요? 그렇다면 옳은 일을 위해서는 죽는다는

것은 도리어 개짐승처럼 목숨만 부지해서 사는 것보다도 정당한 일
이라고 볼 수 있지 않습니까…… 어머니! 나는 그밖에 사는 보람이
없는 줄 알어요."

어느덧 점돌이는 울분을 참지 못해서 목멘 소리를 하였다.

모친은 아들의 말귀를 잘 알아들을 수 없었다. 그러나 어쩐지 그
의 말에 가슴이 찔리는 것 같다. 참으로 자기는 오십 평생을 오늘날
까지 어떻게 살아왔던가?…… 지긋지긋한 가난살이에 얼마나 갖은
고생을 겪어왔던가! 그것은 과연 인간다운 생활이었던가? 일은 인간
이상으로 하고 생활은 금수 이하가 아니었던가? 점순이는 오빠의 말
을 듣고 자기도 모르게 눈물이 글썽글썽해졌다. 그도 오빠의 말을 이
해할 수는 없었으나 어쩐지 감격하여서 견딜 수 없었다. 모친은 보리
쌀을 다 까부르고 나서, 뜰에다 자리를 펴 놓았다. 그는 담배 한 대
를 피워 물고 앉아서 은근히 영감이 오기를 기다리고 있었다.

점순이는 부엌으로 들어가서 손을 씻고 나오는 길에 낮에 김첨지
네 원두막에서 먹어 보라고 가져온 참외 한 개를 들고 나왔다. 그는
그것을 식칼로 깎았다.

"아버지 드릴 것을 하나 냄겼니?"

"네…… 오빠…… 잡수셔요!"

"어머니도 잡수시유!"

점돌이는 대접에 놓인 참외 한 쪽을 집어들고 먹었다. 그는 점순
이가 *애색해 보인다.

"오빠! 올 가을에는 참으로 야학을 하게 되나유?"

"그래 하기로 했단다."

"그럼 나두 공부할 테야! 응?"

"커드란 계집애가 인제 공부가 무슨 공부냐!"

"그래두 난 밸 테야! 응? 오빠……"

점돌이는 빙그레 웃으며, 점순이를 쳐다본다. 그는 올에 열다섯 살이었다.

"그게야 어려울 것 있니."

점순이는 자기의 청을 들어주는 오빠가 고마웠다. 그래 그는 다정한 눈으로 웃음을 지으며 점돌이를 마주 보았다.

그는 공부를 해서 안목이 넓어진 자기 오빠를 부러워했다. 그리고 사내답게 씩씩한 기상을 가진 것이 남몰래 자랑하고 싶었다.

그는 자기도 공부를 하고 싶었던 것이다. 밤이 이윽해서 점순이 모녀는 뜰에서 자고 점돌이는 마실을 다시 갔다. 그는 집에서 자는 날이 별로 없었다.

아랫말 쪽에서 소 *워낭 소리가 쩔렁쩔렁 들리며 소 몰고 오는 인기척이 차차 가까이 들려온다. 그리고 사람의 목소리도 났다.

"이러 쩌! 쩌! 쩌…… 이러! 쩌쩌!"

그것은 쟁기를 짊어지고 그제야 하루 일을 마치고 돌아오는 박첨지의 목소리였다. 박첨지도 소처럼 일을 했다.

(『조광』, 1937.1~2)

봉황산鳳凰山

1

아침 해가 솔밭 위로 찬란히 떠오른다. 새날의 빛나는 광선은 때
마침 곱게 물들어가는 단풍숲 새로 더욱 영롱하게 반사된다.

"깟깟! 깟깟깟!……"

울안에 선 버드나무 가지가 흔들리며 별안간 까치 한 마리가 지붕
마루를 내려다보고 영악스레 짖는다. 치수는 그 밑에서 *풋벼바심을
하고 있었다.

"반가운 손님이 올라 카나. 무슨 까치가 저리 짖노!"

화롯불에 미음을 데우던 보배는 행주치마로 코를 씻으며 처마 밖
을 내다본다. 까치는 또 한 번 꽁지를 촐싹대며 짖다가 가지를 옮겨

앉는다. 거기는 *'겨우살이'가 새 둥지처럼 시퍼렇게 엉겨 붙었다.

"반가운 손님이 어디서 와, 내사 그런 손님이 올 것 같잖다."

아내의 목소리를 듣고, 치수는 퉁망스레 대답한다. 그는 여전히 도리깨질을 하기에 분주하다.

"혹시 알 수도 없지……"

보배는 전에 없이 음성이 아름답다. 청명한 가을 아침을 맞이한 그는 자기도 모르게 명랑한 기분이 뜬 것 같다. 그러나 보배는 남편의 말을 다시금 새겨보았다. 과연 이 집엔 반가운 손님이라곤 찾아올 아무도 없었다. 하긴 친정에나 누가 있다면 보배에게는 그들이 제일 반가운 손님이 될 수 있고 이런 때에 그들이 왔으면 얼마나 반가우랴마는 홀로 있던 친정아버지마저 작고한 터이니, 다시 또 바랄 사람이 누가 있으랴.

그런가 하니, 보배는 새삼스레 자기의 신세가 여지없이 고달픈 것 같다. 그는 친정만 그런 게 아니라, 시집 역시 고단하다. 시집도 지금 사는 세 식구들뿐이었다. 먼 촌 일가는 더러 있다지만 그들은 있으나 마나, 어쩌다 몇 해 만에 한 번씩 다녀가면 고만이다. 하긴 만주 가서 산다는 그중 가깝다는 일가는 찾아오지도 않지마는……

그런데 시어머니는 벌써 오 년째나 속병으로 고롱고롱한다. 시어머니만 그렇지 않아도 집안 꼴이 이 지경은 안 되었을 것이다. 그 역시 가운이 불길하다면 고만이겠지만.

몇 해 전만 해도―이 산중으로 이사를 오기 전까지는 농사를 *광작하고 *소바리나 세웠던 것이다. 지금 생각하면 부질없는 짓을 한 것뿐이었다. 낫지도 않는 약을 쓰다가 빚구렁에만 들었기 때문이다. 그랬으면 집을 팔더라도 그 근처로 줄여 앉든지 하지 않고, 무얼 하러이 산골로 *피접을 온다고 들어왔는가. 시아버지는 봉황산이 명산이요 피난처로 유명하다고, 그전부터 이사를 못 가서 애를 썼다. 그래그 좋은 월하감나무가 열 그루나 따른 *가대를 뎅경 팔아버리고, 강원도 오색이 물보다도 더 좋다는 이 산속을 찾아 들어왔다. 그러나 소득이라고는, 살림을 더욱 망친 것뿐이요, 병주머니는 그대로 처져 있다. 글쎄 약으로 못 고친 병을 맹물로 어떻게 고친다는 것인가?

그들은 명산을 찾아와서 산전이나 파먹고, 좋은 약물을 장복하면병도 나을 것 같았고, 그러다 사는 재미도 있으리라 싶었지만, 세상일이 어디 그렇게 뜻과 같이 되느냐 말이다.

하긴 이곳 물이 나쁘든 않았다. 산중 물이 어디는 나쁘랴마는, 시어머니도 물을 갈아 자신 뒤로는 한동안 *우선한 듯하였다. 그러더니만, 웬걸 몇 달 뒤에는 도로, 전과 마찬가지로 악화할 뿐인 데야…… 그게 무슨 까닭이었는지는 모르나, 보배의 생각에는 물 대신밥이 나쁘기 때문인가 하였다. 이 산중에서야—큰절 중들은 모르지만, 누가 무슨 형세로 쌀밥을 먹을 수 있는가. 시어머니도 음식이나잘 공양했던들, 그길로 병줄을 놓았을지도 모른다. 그런데, 성한 사람도 먹기가 어려운 조밥과 메밀 *당수만 우겨대자니, 아무리 물이좋다기로 중병 든 노인이 어떻게 원기를 차릴 수 있으랴? 그는 날이 갈수록 낫긴커녕, 병은 점점 더 골수에 박여서, 인제는 *호정출입도 못 하고 아주 몸담아 드러눕게 되었다.

2

"아이고······애야······응! 끙······아무도 없나? 아이고······"

보배는 그동안 무심히 서서 까치가 올라앉은 버드나무를 쳐다보고 있는데, 안에서 어머니의 목소리가 들리는 것 같다. 그것은 다 죽어가는, 실낱 같은 음성이다.

'와 또 뭐 할라꼬, 불르노 원수놈의 병이 기어코, 집안을 망치고 말 게다! 두고 보랑이.'

보배는 속으로 쭝얼거리며 눈살을 찌푸린다. 그는 인제 고만 병치다꺼리엔 몸서리가 쳐진다. 무슨 놈의 병이―그전 당골의 말과 같이 무슨 귀신이 붙었는지 참말 알 수 없다. 낫지 못할 병이거든 차라리 얼른 죽기나 하든지······ 이건 노상 한대중으로 성한 사람까지 달달 볶아가며, 무작정 끌어가는 것은 마치 무슨 심사로 부지깽이 하나도 이 집에 안 남기고, 죄다 없애는 꼬락서니를 보고야만 내가 죽겠다고, 부러 심청을 부리며 버티고 있는 것 같았다.

"아이고 야 야 나 좀······이······일으켜 도고······아이고······"

목 안에서 가래가 가릉가릉 끓는다. 피골이 상련한 얼굴은 두 눈이 움푹 팽기고 반백이 넘어 센 머리가 화투 보구니처럼 엉겨 붙었다. 그것은 대낮에 보아도 산 귀신같이 무시무시하다. 오랫동안을 병객으로 있는 노파는 병꼴이 몸에 박여서, 성한 사람과는 아주 다른 어떤 이상한 체취와 분위기를 발산한다. 그는 해소병까지 겸했다.

"와 일어날라꼬, 가만 눕어 있지!"

"아이고…… 가슴이 갑갑해서……나 물 좀 도고"

병인은 두 손을 허공으로 저으며 어서 일으켜달라는 시늉을 한다.

보배는 그를 벽으로 기대서 일으켜 앉혔다. 그리고 밖으로 나가서 끓이던 미음을 한술 떠다 먹이었다. 그는 미음도 잘 못 마신다. 욕지기가 나서 못 먹겠다 한다.

"느그 아버지는…… 장에 갔나?"

"네, 장에 갔대요."

"아이고 약을 지어 오지 말라 카지…… 그까진……약을……묵으면 뭘 한다꼬 암만 묵어야 나……낫지도 않는 걸!…… 원수의 귀신은 아! 아…… 다 뭘 하는지………"

병인은 여기까지 간신히 말을 이어가다가, 고만 기침이 나와서 한바탕 콜록콜록 자지러진다. 그러더니만, 고만 기진한 듯이 자리에 픽, 쓰러진다.

보배는 한동안 어쩔 줄을 모르고 서서 보기만 하였다. 그가 쓰러지자, 이불자락을 덮어줄 뿐이었다. 병인은 죽었는지 아무 기척이 없다. 숨 쉬는 소리도 안 들린다. 그러나 보배는 별로 놀라지도, 무섭지도 않았다. 그는 그런 경험이 많았기 때문이다.

일순간 그는 시어머니의 일생이 가엾다 생각해본다. 성한 사람이 고생을 하다가 죽는 것도 남들은 다 불쌍하다 않는가. 황차 저런 몹쓸 병을 오래 앓다가 죽으면 여북하랴 싶었다. 그러나 그는 일순간 그 생각을 자기에게로 다시 옮겨다 본다. 불쌍해 보이던 시어머니가 별안간 *불공대천의 원수처럼 미워진다.

참으로 시어머니만 아니었더면, 집안은 살기도 넉넉했고, 병구원과 약시중하느라고, 이렇게 신역이 고될 것도 없지 않은가? 아니 그보다도 그는 먼저 살던 감나무골을 떠나서 이 산중으로 처량맞게 올 까닭도 없었고, 청춘의 오륙 년간을 아무 경황없이 지나지도 않았을 것이다. 그런 생각은 보배로 하여금 별별 생각을 다 들게 한다. 어려서 같이 크던 동무들은 지금 다 잘되었을 것 아닌가? 그들은 제가끔 시집을 잘 가서 모두가 잘살 것만 같았다. 그런데 자기 혼자만 남모르는 고생을 하며 이 산속에서 처량히도 고목과 같이 썩는 것 같았다. 왜 하필 시어미 있는 데로 시집을 보냈을까? 그는 오늘날 자기의 신세는, 원수의 시어미가 똑 망쳐 준 것만 같았다. 그런 줄 알았으면 왜 진즉 양잿물이라도 타서, 저 산 귀신을 몰래 못 먹였던가 하는 악독한 생각이 치받치기도 한다.

그러나, 보배는 다시 가슴을 진정하고 냉정히 생각을 돌려보았다. 아까까지는 모든 것을 시어머니 탓이라 하였지만, 과연 시어머니가 없었다면 자기의 신세가 나아졌을까? 그것은 물론 그랬을 것이다. 아니 그것은…… 그럴 것 같기도 하였고 또 안 그럴 것 같기도 하였다. 왜 그러냐 하면, 시어머니가 병나기 전에도, 그의 신세는 별반 나은 것 같지 않았기 때문이다.

그때도 남편은 일 년 내 농사를 짓기에 허덕이었다. 자기는 안에서 그 뒤치다꺼리로 또 그러했다. 방아 찧고, 김매고, 밥 짓고, 빨래하고, 오줌동이를 이기에 도무지 눈코 뜰 새가 없지 않았던가! 고생되기는 그때나 이때나 일반이었다.

그렇다면, 자기의 일생은 누가 망쳤는가? 친정어머니는 일찍 돌아가고 완고한 아버지는 훈장질로 돌아다니다가, 근년에 작고했다. 보배는 그 아버지를 생각하면 뼈가 아프다. 그도 어려서는 남과 같이 잘 입고 잘 먹고 잘 살아보자고, 이를 빼물었었다. 그랬건만 인생의 기구한 운명은 부지중, 그의 찬란하던 젊은 꿈과 희망을 어디로 빼앗아갔다. 그리고 그 대신 지금은 이울어가는 꽃과 같은 시든 청춘에, 오직 아귀 같은 어린것을 두서넛 매달아서 이 산속에다 휙 내던진 신세가 되지 않았는가? 아, 과연 자기를 이 산중으로 집어 내던진 자는 누구일까?……

별안간 남편의 기침 소리에 정신을 차려보니, 그는 어느 틈에 밖으로 나와서 버드나무에 붙은 '겨우살이'를 맥없이 쳐다보고 섰다. '겨우살이'는 언제 보아도 신기한 생각이 든다. 지금도 그래서 무의식중에 쳐다본 모양 같다. 그것은 비록 미물이라도 자기보다는 훨씬 훌륭한 생활을 한다 싶었다. 다른 나무에 붙어서, 남의 진액을 빨아먹고 사는 놈이, 도리어 원나무보다도 성성하게 사철을 살고 있다는 것은 얼마나 이상스런 물건인가?…… 그래서 겨우살이는 기생초(寄生

草)라는 별명이 붙었다 하거니와. 보배는 미물인 '겨우살이'만도 못한 신세를 다시금 애달파할 뿐이었다.

햇살이 차차 퍼지면서, 좌우의 우중충하던 산그늘이 활짝 걷어치우고, 맑은 추공(秋空) 위로 백옥 같은 태양이 번득인다.

봉황산 단풍은 자고로 유명했다. 그러나 교통이 불편하던 옛날에는 근처의 사람들과 시인 묵객이 간혹 찾아들 뿐이었는데 근년에 신작로를 내고, 자동차가 개통된 뒤로부터는, 명산을 찾아드는 먼뎃손들이 도리어 더 많아지는 것 같았다.

그래서 해마다 단풍철이면 철도국에서는 탑승객을 이곳으로 유인하려고 머리를 쥐어짜는 모양이었다. 올해도 그들은 ××도 내의 각 역마다 오색으로 인쇄한 선전 포스터를 내걸었다. 그것은 기생이 활옷을 입고 단풍 가지 밑에서 춤을 추고 있는 광경이었다.

산 밑까지는 정기로 두 차례씩 내왕하던 자동차가 요새는 네 차례를 통래한다. 그것은 철도국에서 직영하는 버스를 임시로 운전한다는 것이었다.

따라서 봉황산은 단풍이 들기 전부터 각처에서 모여드는 탑승객으로 복잡하다. 나날이 붉어가는 단풍이 무르녹는 요즈음에는 더욱 그들의 발자취가 시끄러워서 날마다 이때쯤 되면 벌써 구경꾼들이 산 위로 치미는 것이었다.

아니나 다를까! 지금도 산 밑에서 자동차 소리가 뿡 하고 난다. 아이들이 그 소리를 듣고 모두들 쫓아 나간다. 자동차 왔다! 자동차 왔다! (순식이도 거기를 따라갔는가?)

산골 아이들은 구경꾼들이 먹고 내버린 사이다 병과, *미루꾸 갑과, *간쓰메 통과, 벌레먹은 실과 쪽을 마치 무슨 보물처럼 줍는 재미로 몰려간다. 그리고 어떤 날은 기생들이 춤추며 노래 부르는 구경을 하기도 한다. 그런 때에는 희떠운 손님들한테서 먹던 과자 봉지를 재수 좋게 얻어 볼 수 있는 횡재를 만나기도 한다. 보배는 순식이가 그런 것을 얻어 온 것을 보고, 처음에는 지청구를 하였었다. 그러나 지금은 내버려둔다. 그것은 다른 아이들이 모두 그렇대서뿐 아니라, 그런 자존심을 꺾인 지도 이미 오래전이기 때문이다.

그의 집은 바로 봉황사 큰절 밑에 있다. 좌우로 계곡을 끼고 앉은 개울 바닥 옆이었다. 물소리가 사철 귀에 떠나지 않는다. 먹을 건 없어도 경치만은 훌륭한 곳이다.

먼저 온 구경꾼들의 한 패가 절 위로 올라온다. 고요하던 산중이 별안간 떠들썩해진다. 앞뒤로 둘러싼 푸른 솔과 잣나무 전나무가 쭉쭉 뻗어 올라간 산허리. 그 사이로 동학을 이룬 골짜기마다, 무성한 수림이 마치 술 취한 군중처럼, 서로 얼크러지고 비틀어지고 한 거기에 또한 뻘겅 칠 노랑 칠을 해서 일면으로 시뻘겋게 빛나는 색깔의 아리따움은 참으로 무어라 형용할는지?……

다시 그 위로 톱니 같은 연봉(連峰)이 하늘을 치받는가 하면, 땅 밑으로는 한 줄기 벽계수가 굽이굽이, 폭포를 매달고 옥을 부시며 떨어진다. 이때의 만산홍엽과, 맑은 공기와, 빛나는 하늘빛과, 산중의 청허

(淸虛)한 정적과, 거기에 다시 그윽한 물소리와 문득 이름 모를 새소리의 반주는, 음향과 색채가 한데 어울린 위대한 음악이요 미술이요, 또한 장엄한 자연계에 누구나 머리를 숙이게 하는 무엇이 있었다.

그래서 사람들은 이 산을 명승지라 한다.

그러나 보배는 이런 경치를 무시로 보아야 아무런 감상이 나지 않는다. 그는 마치 다른 사람들과는 감정의 세계를 달리한 딴 나라 사람 같이 보이는 것이었다. 그의 이와 같이 무딘 감정은 도리어 구경꾼들을 미친 사람으로 보았다. 요새 과연 그들은 단풍에 미친 것 같았다.

하긴, 그도 여기 와서 단풍의 장관인 걸 처음 볼 때는 남과 같이 좋은가 보다 하였다. 그러나 그는 어느 틈인지 그런 생각은 없어져버렸다. 그것은 마치 그에게서 청춘과 행복을 빼앗아간 때처럼…… 인제는 그런 것과는 아주 상관없는 딴 남으로밖에 더 안 뵈었다. 그는 단풍을 구경할 돈이 있으면 차라리 옷 한 가지를 더 해 입지 싶었고, 그만큼 저게 무슨 돈지랄들인가 싶었다. 그는 모든 것이 시들해 보였다.

그 동안 치수는 벙어리처럼 서서 도리깨질만 부지런히 하고 있다. 댓 마지기 논을 모처럼 지은 것이다. 워낙 마냥모로 심었지만 다 타버린 게 아주 *모지락스럽게 되어먹었다. 난쟁이 키 같은 *홰기에 벼알이 간혹 두세 개씩 붙었을까. 그래도 그것이 일 년 내 지은 농사라고, 베어 들이긴 했다. *개상질을 하기도 난중스러워서 펴놓고 *검부러기째 두드리는 것이었다. 지주는 봉황사 중이었다. 소작료는 간신히 반감을 시켰다. 그러나 논농사를 시작한다고 올해 공연한 생빛을 진 것이 이자를 합하면 이십 원이 된다. 그 돈을 갚을 일이 난감하다. 치수는 지금도 그 생각에 가슴이 뻐근하다. 그는 논농사를 지으면 셈평이 좀 나을 줄 알았는데, 올 같은 해에는 공연한 헛수고를 한 것뿐이었다.

점심 전에 한참을 쉬면서 담배 한 대를 피우자니까 누가 문 앞에 와 어른거리며 찾는다.

"주인 집에 있소?"

"누구요?"

치수가 나가보니 뜻밖에 그는 걱정하던 빚쟁이였다. 올봄에 돈 십오 원을 얻어 쓴 읍내 강주사 집 *차인으로 있는 김선달이었다.

"아! 영감님 나오십니까? 좀 들어오시지요."

치수는 떫은 표정을 짓다가, 어찌할 수 없이 그를 마당 안으로 인도한다.

"부친은 어디 출타하였소"

"자, 약 지으러 장에 갔습니다."

"와 누가 병났는데?"

"네 저의 오마니가 벌써부터 속병을 앓으십니다…… 좀 들어앉아야 할 낀데 방이 더러버서 온……"

지수는 민망한 모양으로 둘러보다가

"참, 여기라도 좀 앉으시오."

하고 짚 토매를 갖다 놓는다.

"아니 괜찮소…… 그런데 오늘 일부러 나오긴 당신도 알겠지만 그 차금 조간을 기한 안에 해야겠소…… 어련히 요량하겠소만, 그래도 미리 통지를 해두는 것이 좋겠고 또 나중에 딴말이 있을는지도 모르니까……"

"예 참 그런 줄은 잘 압니다…… 아버지도 매우 걱정을 하시면서 오늘 장에 이자라도 만들어가지고 한번 찾아가 보겠다고 합디다……"

하고 치수는 불안한 듯이 머리를 긁는다.

"이자라니? 그건 안 될 말이고…… 본전을 다 받아야겠소"

"그렇지만 이 나락 된 것 좀 보소 이 통에다가 집에 *앵화까지 들었으니 시방은 아무 경황이 없습니다. 한즉 내년 가을로 좀 연기를 해주시오!"

치수는 부친 대신으로 이렇게 사정을 해 보았다.

"그건 당초 안 될 말이라 카니 그래! 그까진 돈 십오 원을 내년까지 누가 미루겠소"

김선달은 머리를 좌우로 흔든다.

"그렇지만 사정이 딱하지 않소? 더구나 올 같은 해에……"

"그거야 당신 집 사정이지, 우리야 알 배 있소"

치수는 허망한 웃음을 지어 본다.

"그럼 어쩌겠소? 없는 돈을 *각중에 변통할 수 있어야지요 소작료도 몬 치르겠는데요"

"글쎄 그런 말은 소용없다니까! 인자 와서 무슨 소리요! 만약에 기한 안에 아니 물면, 지불 명령을 해서 재산 차압을 할 것이니 당신 부친한테 그렇게 말하소. 더 길게 말할 것 없이."

"앙이 무엇?…… 차압을? 하……"

"뭣이 무어! 뻔한 일 아닌가. 당신이 줄 수 없으면, 보증인한테 받아도 될 것이니까…… 당신 집에서 물든지, 보증인이 물든지, 좌우간 기한 안으로만 돈을 갚으면 안 되오. 자, 그럼 난 가겠소"

그러자, 김선달은 수대를 집어들고 휙 나간다. 치수는 그 당장 사지가 얼어붙은 사람처럼, 장승같이 한동안을 우두커니 섰을 뿐이었다.

3

빚쟁이가 개울로 건너가는 것을 바라보던 보배는 남편 앞으로 한 걸음 선뜻 대들었다. 그러나 그도 말문이 콱 막혔다. 보배는 그들의 수작을 부엌문 안에 숨어서 낱낱이 듣고 있었다. 차압! 차압을 한단 말을 들었을 때는 사지가 금방 벌벌 떨리었다. 차압! 그것은 호랑이보다도 얼마나 더 무서운 괴물인가? 그는 자기의 친정에서나 시집을 와서도, 그 괴물 때문에 집을 빼앗기고, 솥단지를 떼우고, 풍비박산하는 이웃 사람들을 무수히 보아왔다. 그때는 그래도 남의 일이라, 가엾단 말이나 할 뿐이었더니, 아, 이 무서운 괴물이 자기 집 대문 안까지 들어올 줄은 뜻밖이었다. 그는 마치 사형 선고를 받은 죄수와 같이 두 눈이 뒤집히며 눈앞이 금시로 캄캄해졌다.

"어보 어쩌겠소?"

"뭘 어째여. 제길헐 당하면 당했지 별수 있나!"

치수는 그 아내와는 반대로 아주 무표정한 거동을 보인다.

"온! 당신은 그렇게 생각하오. 아이고, 이 산골로 들어와서 인제는 집까지 뺏기는가 부다. 장차 이 치운 겨울에 어디로 빌어먹어 나갈라 꼬······"

보배는 땅바닥에 가 털썩 주저앉으며 또 한 번 한숨을 내쉰다. 치수는 아무 말 없이 담배만 뻐끔뻐끔 피운다.

"에이 빌어먹을 것 듣기 싫여. 청승맞구만······"

"방정맞은 놈의 까치! 난 누가 반가운 손님이나 온다꼬!······"

보배는 애꿎은 까치한테 분풀이를 하려 든다.

"그러니 내가 뭐라쿠데! 우리 집에 빚쟁이밖에 찾아올 사람이 누가 있겠다고!"

치수는 자기의 말이 맞은 것이 신통해서 아내에게 오금을 박다가 제풀에 그도 웃음이 나와 싱그레 웃었다.

"당신은 뭣이 좋아서 웃음을 다 웃는교!"

"그럼, 웃음도 내 맘대로 몬 웃을까. 체!"

치수는 담뱃대를 빼어들며 가래침을 탁 뱉는다. 집어 내던진 마음 —되는대로 되거라, 새삼스레 겁날 것도 없다 싶다.

"사람은 와 밥만 묵고 산다고 이 야단인가 몰라······"

누구나 흔히, 너무 벅찬 힘에 눌릴 때, 그것을 항거하지 못하면 애상적으로 흐르기 쉽다. 보배도 지금 갑자기 센티해지며 눈물이 그렁그렁한 눈으로 시름없이 버드나무 고목을 쳐다보다가, 혼잣말처럼 이렇게 중얼거린다.

"흥! 밥 안 묵고 사는 건 귀신이나 있지."

치수도 공연히 심사가 뒤틀려서 엇조로 말이 나간다.

"그럼 저으사리는 저렇게 가만히 붙어서도 잘 처먹고 살지 않나."

"그놈은 남의 몸에 덧붙이기로 사는 놈이니까, 말할 것도 없지……"

치수는 또 한 번 가래침을 탁 뱉었다.

"덧붙이기라도 고생 않고 잘살기만 한다면 난 좋겠더라. 그런 생각을 하면 사람은 저으사리만도 못하지 뭐!"

"넌 그럼 이담에 죽걸랑, 부처님한테 저으사리가 되게 해돌라카라믄!"

"누가 이담 말인가, 지금 말이지!"

보배는 남편에게 눈을 흘긴다.

"그 대신 지금은 일을 많이 하지 않나. 이 세상에서 일 많이 한 사람은 죽어서 천당 가고 극락 간다더라."

"아이가! 어느 시러배 친구가 그럽디까?"

보배는 남편의 말이 같잖아서 웃음이 나오곤 말았다.

"누가 그래여 다 그러지. 그럼 일하는 게 나쁘다는 사람은 누가 있던가? 이 세상에 일해서 나쁘다 카는 사람이 하나나 있는가 보지!"

보배는 남편이 들이대는 말에는 대답이 막힌다. 그러나 그 말은 옳은 듯하면서도 어딘지 모르게 수긍되지 않는 점이 있다.

"그럼 와 판판 놀고서도 잘사는 사람이 있고, 일하기보담도 놀기를 좋아하는 사람이 더 많은교?"

"흥 그건 저으사리 같은 사람들이라!"

치수는 무심히 이런 말이 혀 위로 떠올랐다. 그것은 자기도 무슨 의사로 한 말인지 모른다. 그래 그도 버드나무 위를 처다본다.

그러나 보배는 남편의 지금 말이 머릿속을 번개같이 환해 놓고 지나갔다.

─겨우살이는 아무 나무나 높다란 가지에 붙는다. 그러고 그것은 흠집 있는 가지만 골라 붙는다. 그놈은 그런 가지의 흠집에 다 제 씨를 붙여서 키운다. 그래 그놈은 원나무의 진액을 빨아먹고 살아간다. 따라서 그놈은 뿌리가 없다. 뿌리가 있어야 소용없다. 왜 그러냐 하면 남의 뿌리에서 올라오는 진액을 얻어먹고 붙어살기 때문에. 그래서 이놈을 꺾어보면, 대 밑동이 원나무 가지에 붙었다가 그대로 살쩍이 묻어나서 떨어진다. 그것은 마치 원나무 가지를 꺾은 것과 같이 붙어 있던 자리에 생채기를 나게 한다. 한데 이놈이 사철 살아서, 지금같이 낙엽이 지는 가을에도 이놈은 시퍼런 잎사귀와 노랑 구슬 같은 열매를 맺고 있다.

보배는 이런 생각이 들자, 이 세상에서 놀고도 잘 사는 사람들은 과연 이 '겨우살이'와 같지 않은가 하는, 신기한 생각이 들기 때문이었다.

"그럼 또 일하는 사람은 뭣 같을고?"

보배는 남편의 엉뚱한 말에 잠깐, 현실의 자기를 잊고 동화(童話)의 나라 같은 꿈속을 더듬는다.

"당신같이 일하는 사람은 돼지! 하하……"

"뭣이라?"

보배는 주먹을 둘러멘다.

"안 그런가 보지. 돼지는 밤낮 코로 땅을 쑤시며 먹을 것만 차지 않애? 그러니 돼지 아니고 뭐이라."

보배는 무슨 말을 하려다가 생각이 잘 안 나와 고만두었다. 그리고 남편은 마치 술 먹은 사람처럼 농담한듯하는 통에 상대하기가 싫어졌다. 그러나 그의 한 가지 의심은, '겨우살이'도, 돼지도 아닌 사람이 따로 있을까? 함이었다. 하긴, 그런 사람이 있어야 정말 옳은 사람일 것 같기도 하였다.

그는 부엌으로 들어가서, 남편의 점심을 주려고 조밥 덩이—조, 보리, 팥이 절반씩 섞인 삼위일체를 솥 안에 넣고, 푹푹 삶았다.

4

그 후 며칠 뒤 치수의 부친 서노인은 십오 원 차금에 대한 변리를 간신히 변통해 가지고 읍내로 들어갔다. 그 길로 강주사를 만나보고 *비진 사정을 해보았으되, 그들은 예상했던 바와 같이 두말도 못하게 거절하였다.

그런데 설상가상으로 아내의 병은 점점 덧쳐만 간다. 암만해도 그는 이 겨울을 못 넘길 것 같다.

보배는 귀찮은 생각만 나서 그전에는 시어머니가 어서 죽기를 남몰래 *축수하였다. 그러나 지금과 같은 딱한 형편에는 그가 죽을까봐도 겁이 난다. 죽으면 더 큰일이다.

빚은 몰리고 먹을 것은 없는데, 초상마저 나면, 장례를 어떻게 치러내느냐? 이왕 병줄을 오래 끌었으니, 내년 가을에 농사나 잘 짓거든 돌아가주었으면 하였다. 아닌 게 아니라 제발 그래 줍시사고 그는 심중으로 무수히 빌었다.

그래 그는 남편과 완고한 시아버지를 우겨서 큰절로 불공을 가보았다. 그것은 지주 되는 중의 말에, 이 절 밑으로 들어와서 부처님 은혜로 사는 사람들이 불공 한번을 안 올리니 무슨 병이 나을 수 있냐는 것이다. 미상불 그 말에 찔리기도 하였다. 인제는 약을 쓸 돈도 없으니, 정성이나 드려보자는 최후로 바라는 마음에서 그러하였다.

보배의 이기적인 그런 정성에는 부처님이 감동할 리도 없겠지만, 그렇지 않더라도 난치의 병근이 박인 것을 불공을 한다고 나을 턱이 없었다.

그러나 한편으로 빚 갚을 걱정 하랴, 병인을 간호하랴, 정신이 없는데, 거기에 또 산 입을 풀칠할 것까지 다급하니, 이야말로 어느 장단에 춤을 추어야 할는지 모르겠다. 보배는, 저녁마다 이 밤이 영구히 새지 말았으면 하였다. 그것은 날이 밝으면, 조석을 끓일 걱정이 크기 때문이다.

그렁저렁하는 동안에, 빚 갚을 기한은 닥쳐왔다.

보증을 선 이웃집 박서방도 안팎으로 드나들며 애를 바글바글 태운다. 그러나 그들은 무슨 수로 이십여 원을 장만하는가? 그들은 지주에게 소작료를 내년으로 미루어 달라고 간청해 보았다. 지주 편에서는 사정은 딱하지만 절반이나 감한 것을 금년에 못 받으면 되느냐 한다. 그러니 거기도 할 말 없고, 다른 수는 도무지 없다.

그렇다고 보증인에게 물릴 수도 없었다. 보증을 선 박서방도 물론 가난하지만, 설사 넉넉한 형편이 되더라도, 남의 빚을 물어줄 사람이 누가 있는가.

그것도 본인이 정히 갚을 수가 없다면, 채권자에게 졸리어서라도 대신 무리꾸럭을 하겠지만, 명색 집칸이라도 지닌 터에 그럴 수도 없는 일 아닌가.

그래서 치수는 부친과 의논하고 집을 잡히든지 팔아서 빚을 청장하자 하였다.

집을 판다는 말에 누구보다도 먼저 보배의 가슴이 덜컥 내려앉았다.

"날은 차차 치워가는데, 집을 팔면 어떻게 살라꼬 여러 식구가 어디서 잔단 말이오…… 내사 모르겠소!"

보배는 토라져서 남편에게 역정을 내며 대들었다.

"아니 또 집을 잡힌다면 그 돈 변리는 누가 갚겠노! 공연히 헐값으로 잡혔다가 이자도 못 물고 보면 집만 날라갈 것이니 내 말은 차라리 돈이나 더 받고 팔아버리자는 게라! 사정이 안 그런가?"

부친은 그들의 말을 들으니, 두 편 말이 다 옳았다. 그것은 어느 편을 들어야 하는지 모르겠다. 그래 그는 검다 쓰다 말이 없이 오직 담배만 피우고 앉았다. 생계에 아무 능력이 없는 노인은, 젊은이들의 의사에 맡길 수밖에 없다는 듯이.

"그렇지만 당장 *용신할 데도 없으니 답답하지 않소."

보배는 최후까지 우겨본다.

"그건 어떻게 변통할 수도 있겠지."

"모든 변통을 한단 말이오? 백주에 택도 없이……"

"무슨 택이 없다노? 내 말 들어보라니…… 집은 팔랴면 당장 팔 수가 있겠는데, 집 내놓는 걸 내년 봄까지 미루자고 할라는구만…… 그런다면 내년 봄까지 있다가 이 집을 내놓게 되거들랑 그때 가선 또 어떻게 하든지 임시변통을 할 수 없겠나!…… 혹시 만일에 그때 가서도 별도리가 없다면 말이다, 뉘 집 곁방을 얻어들더라도…… 또 박서방한테라도 방 한 칸 빌려돌라 카면 안 빌려 줄까니? 세 개나 방을 쓰면서……"

"그야 그렇지만……"

이리하여 그들은 집을 아주 팔기로 결정하였다. 치수의 말대로 집을 아주 판다면, 빚을 갚고도 몇 십 원 떨어진다. 그러면 그 돈으로 무슨 대책을 세우자는 것이었다.

남편의 이런 심중을 모르는 보배는 초조한 가슴을 쥐어뜯고 있었다. 그는 절박한 사정으로는, 집을 부득불 팔아야 되겠고 그래서 자기도 동의를 하였지만 막상 최후로 그렇게 작정하고 보니 서러운 생각이 북받친다. 인제는 집도 절도 없는 신세가 되었는가? 아니 그보다도 이 집을 쫓겨나면 여러 식구들이 당장 어디 가 의지를 한단 말이냐! 명산을 찾아왔다 집도 없이 되었구나! 그래 그날 밤에 보배는 아이들을 재우고 나서, 남편의 의사를 또 한 번 물어보지 않을 수 없었다. 인제는 아주 *멱이 찼다. 죽든지 살든지 양단간 무슨 구정을 내어야 할 최후의 막다른 골목이 닥쳐왔다.

"집을 팔고 나면 그래 어쩌겠소? 그까진 돈 얼마 더 받는다 한대도 입에 묻은 밥티로 며칠거정 가겠능교? 그럼 그 뒤는 어찌한단 말이오. 병든 어무이와 어린 새끼들하고…… 식구나 한둘이래야 얻어나 묵는다 카지……"

"그러기에 나도 생각한 바가 있거등. 집을 팔고 나면 그 일을 당신과 의논하자고 마음을 묵고 있는 터야!"

치수는 전에 없이 침착히 말을 꺼낸다.

"아니 어떻게 할 작정으로?…… 인자 조용하니 좀 예박(이야기)해 보소!"

보배는 남편의 턱밑으로 바짝 달려들었다. 참으로 그는 무슨 수가 있는가?

치수는 한참, 침울한 표정으로 희미한 등잔불을 바라보다가 갑자

기 무슨 결심을 긴단히 한 모양이다. 이윽고

"나는 *노수를 장만해가지고 집을 떠나겠소!"

한다.

"아니! 뭐? 집을 떠나다니. 어디로요?"

보배는 남편의 의외의 말에 더욱 놀라지 않을 수 없었다.

"아무 데나 돈을 좀 벌러 가보지. 만약에 조선 안에서 돈을 몬 벌게 되면 *만주라도 가볼밖에……"

"뭐, 만주?"

남편은 점점 더 놀라운 말만 하지 않는가.

"와, 만주는 몬 가 사능가? 만주 가면 쌀밥 묵는다더라!"

"만주는 좁쌀 곳이라던데?"

"조선 사람이 들어가서는 쌀농사를 짓는다 해."

쌀밥! 지금의 보배로서는 이 얼마나 행복스런 소리냐? 아이들은 벌서 언제부터 쌀밥을 먹어지란 소원이었다.

치수는 느럭느럭 다시 말을 잇는다.

"전엔 만주라 카면 나도 조선 안에서 굶어 죽는 한이 있더라도 안 갈라 캤지만 지금은 영판 달라졌다더라. 그러니, 오늘날 이 지경에 어디 간들 몬 살겠노 아무 데나 살 수만 있으면 뿌리박고 살지. 금강산도 식후경이라꼬, 먹을 것 없는 이 산속에서 경치만 좋으면 멀 하겠노 그러니 아버님이 이리로 들어오자고 할 때도 나는 애초부터 반대했거든!—그것은 당신도 그때 그랬지만—짐승은 산중으로 가고 사람은 대처로 가라 캤는데 황차 지금 같은 개화 세상에서 산중으로 들어가면 무슨 수가 있겠노 했지만, 이곳은 물이 하도 좋다기에 나는 어무이 병환이나 낫기를 바라고 그 하나 때문에 앙 그랬던가…… 인 젠 그 소망도 없이 집도 절도 없이 되었지만……! 그러니 나는 벌이를 나갈 수밖에 없는데…… 내야 튼튼한 몸이 어딜 간들 설마 내 한 몸 감당 몬 하겠소마는 집에 있는 당신을 생각하면 떠나잔 맘도 잘 내키지 않소. 그러나 어찌겠노 고시란히 앉아서 굶어 죽길 기다리는 것보담은 무슨 짓을 해서라도 살아야 하잖겠소? 그러니 내사 나가서 몇 달이 되든지 간에 당신을랑 그 동안 고생을 참아가며 내 소식을 기다려주소! 여러 식구를 당신 한 몸에 떠맡기고 가는 것 같아서 안 되었지만, 설마 한 달에 다만 몇 원씩이야 몬 보내겠소 한 달에 오 원씩만 보내준다 캐도 그냥저냥 목숨은 부지할 게니까…… 만약 그 것도 여의하게 안 된다면 아까도 말했지만, 나는 만주로 들어가보겠 소. 그 전부터 살 수 없걸랑 들어와 농사를 지어보란 일가 사람이 북 만주에 사는 줄 아니까, 나는 그 사람이라도 마주막 찾아가겠소"

어느덧 남편도 눈물이 글썽하니 말을 끊으며 한숨을 내쉰다.

보배는 가슴이 콱 결린다. 그것은 남편의 말이 마디마디 폐부에 찔리기 때문이었다.

그렇다! 만일 남편이 그런 결심만 갖는다면 나도 어떠한 고생이든 지 참고 기다리마. 나도 몸이 성하니 무슨 장사인들 못 할 게 무엇이 냐! 인제는 체면이니 양반을 찾을 시절도 아니다. 그렇다! 무슨 장사라도 해 보자. 남들이라고 다 사는데 왜 우리만 못 살 것인가. 땅이 두 쪽이 나더라도 끝까지 살아 보자!

"당신이 정말로 그런다면 나도 집에서 무슨 짓을 해서라도, 기다리겠어요. 감 장사를 하든지, 도토리묵 장사를 하든지…… 그래서 어디든지 살 수만 있다면 당신을 쫓아가겠어요. 만주는 말고 대국이라도!"

보배는 남편의 말에 뒤를 이어서 자기도 이렇게 감격한 말로 부르짖었다. 그러고 나니 그들은 전에 없이 새 용기가 난다. 그들은 마치 생활의 새 출발을 시작하는 희망과 기쁨과 용기가, 자신도 모르게 용솟음치는 것이었다. 그래 그들은 마치 신대륙을 발견한 콜럼버스와 같이, 남 모르는 희망을 품고 명일의 새 활동을 동경하고 있었다.

5

며칠 뒤에 치수는 예정대로 집을 팔았다.

그는 시세보다는 약간 헐값을 받았다. 그것은 첫째 속히 팔게 된 원인도 있었지만 몇 원간 더 받을 *자옥도 고만두었다. 왜 그러냐 하면 거기는 집을 속히 내놓지 않으면 안 되기 때문이다.

하지만 팔십 원이나 받았으니 큰돈이다. 그래 치수는 그 돈으로 우선 빚진 돈과 산 밑 가게의 외상값을 모조리 갚아버렸다. 장래사는 어찌 되었든지 그들은 무거운 짐을 벗고 나니 시원하다. 그랬어도 오십여 원 돈이 남아 있다.

그런데, 마치 돈 생긴 싹수를 잘 보았다는 듯이, 돈 쓸 구멍이 뜻밖에 생기었다.

치수는 옷을 해 입고 며칠 뒤에 집을 떠나기로 하였는데, 모친의 병세가 갑자기 더해진다. 서두는 품이 암만해도 이번에는 무슨 일을 당할 것만 같다.

그래 치수는 하루 이틀 미뤄가며 동정을 살피고 있는데, 하룻밤은 밤새도록 기침을 되우 하더니만 그 뒤로는 아주 인사불성이 되었다. 그들은 망지소조했다. 최후로 약을 또 써보았다. 그러나 다섯 첩 약을 다 써보기 전에 모친은 마침내 한 많은 일생을 떠나고 말았다.

뜻밖에 상사를 당한 그들은, 며칠 동안은 또 정신을 못 차리게 되었다. 서노인은 간단하게 상포를 준비해서, 그 아내를 이튿날 불식(佛式)으로 화장을 지내었다. 그 바람에 돈 몇 십 원이 쑥 들어갔다.

궂은일을 치른 집안은 더욱 쓸쓸하였다. 살았을 때는 죽기를 바라던 시어머니라도, 인제 턱 죽고 나니 불쌍하고, 잘못한 것이 후회된다. 그러나 보배는 은근히 시어머니가 내 집에서 돌아간 것을 감사하였다. 참으로 내년 봄에 아들도 없고 집도 없이 쫓겨난 뒤에 큰일을 당한다면 어찌할 뻔했나? 죽은 영혼인들 그러면 얼마나 서러울 것이며, 산 식구인들 또 얼마나 참혹한 경상이랴!

보배는 남편의 바지저고리 한 벌을 새로 몰래 꾸몄다. 치수는 장사를 치르고 남은 돈에서 노수로 할 오 원만 떼놓고, 몽땅 아내에게 맡겼던 것이다. 헌 옷은 한두 벌 있지마는 타관으로 나가서 더구나 노동판을 쫓아다닐 것을 생각하니, 아무래도 튼튼한 새 옷이 필요할 것 같다. 그것은 돈이나 넉넉하다면, 당장 사 입을 수도 있겠지만, 겨울철에 더군다나 무슨 벌이가 있다고, 옷 사 입을 여유가 있으랴! 밥은 한때 굶더라도, 옷 주제는 성해야만 우선 남 보기에도 궁상이 없어 보인다고……

그래 그는 축낸 돈은 자기가 물어놓을 셈 잡고 남편 몰래 무명 한 필을 끊어다가 바지저고리 한 벌을 새로 지었다. 하긴 상중이 아니라면, 아래위를 깜장 물을 들이려 했던 것을 할 수 없이 흰옷으로 그냥 지었다.

이럭저럭 모든 준비는 다 되었다. 치수는 집상을 할 형편도 못될 바에야 하루바삐 떠나고만 싶었다.

남편의 떠난다는 일자가 임박해질수록 보배의 마음도 그에 따라 설렁하여 간다.

헤어질 일을 생각하면, 그이를 꼭 붙들고 싶다. 그러나 집안 형편을 생각하면, 어서 보내고 싶다. 그는 이렇게 무시로 두 가지 마음에 번롱되었다.

치수가 떠나던 전날 밤, 보배는 눈 한 번을 안 붙이고 곱다랗게 새웠다. 그것은 그의 남편인 치수도 그러했다. 그들은 서로 떠난 뒤에 앞일을 생각하니 아득한 장래가 안개가 낀 것 같다. 어쩌면 피차간 무슨 수가 생겨서 불과 몇 달 안에 서로 만날 것도 같고, 어쩌면 또, 그와 반대로 이 길이 아주 영구히 갈리는 최후가 아닌가도 싶었다.

"편지나 자주 하고 몸조심하소이."

보배는 오늘 하루 동안에도 열 번은 더 이 소리를 하였으리라.

"그래 내 걱정은 말고, 당신이나 아버님 모시고 아이들과 잘 지내소."

남편도 그와 마주 이런 말을 주고받았다.

어느덧 이 밤도 밝아오나 보다. 큰절에서는 새벽 예불을 드리는 종소리가, 뎅 뎅 울려온다.

보배는, 어린것을 남편의 자리 위로 밀어 뉘고, 가만히 일어나서 치마를 입었다.

그는 남편이 먼 길을 떠나는 새벽밥을 지어야 한다. 남편은 여기서 백 리를 걸어서 ○○ 정거장을 당일에 대어야 한다는 것이다.

그는 오래간만에 쌀밥을 지어본다. 아침거리를 떠 가지고 부엌으로 나갔다. 바깥은 아직도 캄캄하다. 새벽 공기는 쌀쌀하게 품 안으로 스며든다. 그는 잠을 안 잤어도 조금도 졸리지가 않다. 정신은 오히려 또랑또랑해진다. 그리고 알지 못할 가냘픈 피로와 흥분이 그의 정신을 휩싸고 흐른다.

그들은 해가 돋기 전에 아침을 다 같이 먹었다. 아이들도 깨워서 떠나가는 아버지와 마지막 인사를 드릴 겸 밥상 앞에 느런히 앉혔다. 일곱 살 먹은 순식이, 네 살 먹은 태식이—그들은 졸려서 눈을 비비고, 하품을 친다. 그는 어제 받아 온 술을 부친에게 올렸다. 무언중에 그들은 비극적 작별을 이렇게 하고 있었다.

치수는 아침을 먹고 나자, 옷 보따리를 둘러메고 나섰다. 아직도 해는 뜨려면 멀었다.

그는 부친에게 하직 절을 하였다. 그리고 아이들의 머리를 하나씩 하나씩 따로 쓰다듬으며

"할배랑 느그 음매 말 잘 듣고 잘 있그라이!" 하였다.

그가 문밖으로 나서자, 식구들은 죄다 따라 나왔다.

"아배! 갔다 오이소이!"

보배는 자기 대신으로 아들에게 인사를 시켰다.

"응! 그래!"

보배는 남편이 개울을 건너가서 그림자가 다 사라지도록, 삽짝문에 우두머니 붙어 섰었다.

"아!······"

그는 가냘픈 한숨을 또 쉬었다.

그리하여 치수는 이날도 '겨우살이' 같은 구경꾼들이 봉황산으로 단풍놀이를 하러 들이미는 자동차 길을 한옆으로 비키면서 봇짐을 짊어지고 먼 길을 떠났다. 집에는 어린애들과 젊은 아내와 늙은 부친을 두고, 그리고 지금은 영혼이 되어서 어디로 떠나가 있는지 모르는, 모친의 임종하던 광경을 눈앞에 그려보면서······.

그러나 그들은—떠나보낸 아내나 떠나가는 남편이나—절망하진 않았다. 오히려 그들은 생활의 재출발을 위하여 전에 느끼지 못하던 명일의 희망에 불타고 있었다.

이날도 일기는 명랑하였다.

(『인문평론』, 1940.3)

| 낱말 풀이 |

가대家垈. 집의 터전. 집터와 그에 딸린 논밭, 산림 따위를 통틀어 이르는 말.

가도加賭. 도조의 부과율을 올려서 매기는 것.

가보 노름에서 아홉 끗을 일컫는 말.

가외加外. 일정한 표준이나 한도의 밖.

가용家用. 집안 살림에 드는 비용.

각일각刻一刻. 시간이 지나감.

각자도생各自圖生. 제각기 살아나갈 방도를 꾀함.

각중에 '갑자기'의 사투리.

각항 세금 각종 항목의 세금.

각혈咯血. (결핵, 폐암 따위로 인하여) 폐나 기관지 점막에서 피를 토함.

간난艱難. 몹시 힘들고 고생스러움.

간쓰메かんづめ. '통조림'의 일본말.

간활奸猾. 간사하고 교활함.

갈강갈강한 얼굴이나 몸이 야위었으나 강기가 있고 단단해 보이다.

갈깃머리 상투나 낭자, 딴머리 따위와 같이 머리를 묶어 모양을 만들 때 함께 묶이지 않고
　　　아래로 처지는 머리털.

갈마들어서 서로 번갈아들어서.

갈범 '칡범'의 북한어. 몸에 칡덩굴 같은 어룽어룽한 줄무늬가 있는 범.

감구지리感舊之理. 지난 일을 떠올리며 감회에 젖는 이치.

감불생심敢不生心. 감히 엄두도 내지 못함.

강잉히 억지로. 마지못하여.

강작强作. 억지로 함.

강짜 '강샘'을 속되게 이르는 말. 부부 사이나 사랑하는 이성(異性) 사이에서 상대되는 이성
　　　이 다른 이성을 좋아할 경우에 지나치게 시기함.

개고리 '개구리'의 옛말.

개굴창 '개골창'의 방언. 수채 물이 흐르는 작은 도랑.

개비改備. 있던 것을 갈아 내고 다시 장만함.

개상소반 개다리소반.

개상소반

개상질 벼, 보리, 밀 등의 단을 태질하여 낟알을 떠는 일.

개올리고 상대편을 높이어 대하다.

개평꾼 노름이나 내기 따위에서 남이 가지게 된 몫에서 공으로 조금 얻어 가지는 사람.

객고客苦. 객지에서 고생을 겪음. 또는 그 고생.

객설 실없는 말, 객쩍은 말.

거간居間. 사고파는 사람 사이에 들어 흥정을 붙임. 거간꾼.

거무하게 있은 지 얼마 안 되어서.

거번去番. 지난번.

거재두량車載斗量. 수레에 싣고 말로 된다는 뜻으로, 물건이나 인재 따위가 많아서 그다지 귀하지 않음을 이르는 말.

건갈이 마른갈이. 마른논에 물을 넣지 않고 논을 가는 일.

건부역 보수 없이 하는 부역.

검부러기 검불의 부스러기.

검속檢束. 예전에, 공공의 안전을 해롭게 하거나 죄를 지을 염려가 있는 사람을 경찰에서 잠시 가두던 일.

겅성드뭇하였다 많은 수효가 듬성듬성 흩어져 있다.

게두덜거리다가 굵고 거친 목소리로 자꾸 불평을 늘어놓다.

게우 '거위'의 사투리

겨우살이 겨우살잇과의 상록 관목. 높이는 40~50cm이며, 잎은 마주나고 긴 타원형이다. 이른 봄에 작고 노란 꽃이 가지 끝에 피고 반투명한 공 모양의 열매는 가을에 누런 녹색으로 익는다. 줄기와 잎은 약용한다. 참나무 오리나무 버드나무 따위에 기생하는데 한국, 일본, 중국, 대만, 아프리카, 유럽 등지에 분포한다.

겸상하고 둘 또는 그 이상의 사람이 함께 음식을 먹을 수 있도록 상을 차리고.

겻불 겨를 태우는 불. 또는 미미한 불기운.

경답京畓. 서울 사람이 시골에 가지고 있는 논.

경부警部. 대한 제국 때, 경시의 아래, 경부보의 위에 있던 판임 경찰관.

경색景色. 경치.

계제階梯. 사닥다리라는 뜻으로, 일이 되어 가는 순서나 절차를 비유적으로 이르는 말.

고담古談. 옛날이야기.

고두사죄叩頭謝罪. 머리를 조아리며 잘못을 빎.

고롱고롱하는 몸이 약하거나 늙어서 늘 골골하다.

고사하고 더 말할 나위도 없이.

고의적삼 여름에 입는 홑바지와 저고리.

고정한 마음이 외곬으로 곧은.

고지논 고지로 내놓은 논.

고총古塚. 오래된 무덤.

고추바람 몹시 찬 바람.

고추상투 고추같이 작은 노인의 상투.

곡광 낟알을 넣어 두는 광.

곡식금穀食金. 예전에, 시장에서 돌아가던 그때그때의 곡식 값.

곤닭알 '곤달걀'의 북한어. 곯은 달걀.

곤댓짓 뽐내어 우쭐거리며 하는 고갯짓.

골패骨牌. 노름 기구의 한 가지. 납작하고 네모진 검은 나무 바탕에 흰 뼈를 붙여 여러 가지 수효의 구멍을 새긴 것.

공교히 솜씨나 꾀 따위가 재치가 있고 교묘하게.

공대恭待. 공손하게 잘 대접함.

공사空事. 헛일.

곽쥐 예전에 세력을 떨치던 '走'자 변의 이름을 가진 곽준의 여덟 형제의 별명. 곽주(郭走)가 변한 것으로, 보채거나 우는 아이를 을러서 달랠 때에 쓰는 말이다.

괄목상대刮目相對. 눈을 비비고 상대편을 본다는 뜻으로, 남의 학식이나 재주가 놀랄 만큼 부쩍 늚을 이르는 말.

광작廣作. 농사를 많이 지음.

괴괴하다 쓸쓸한 느낌이 들 정도로 아주 고요하다.

괴불 괴불주머니. 어린아이가 주머니 끈 끝에 차는 세모 모양의 조그만 노리개. 색 헝겊을 귀나게 접어서 그 속에 솜을 통통하게 넣고 수를 놓아 색 끈을 단다.

괴불주머니

괴춤 '고의춤'의 준말. 고의나 바지의 허리를 접어서 여민 사이.

굇마리 '허리춤'의 사투리.

교교한 (달이) 썩 맑고 밝은.

구레논 고래실. 바닥이 낮고 물이 늘 있거나 물길이 좋은 논.

구명도생苟命圖生. 구차스럽게 목숨을 부지하여 살아감.

구실 각종 조세.

궐련 얇은 종이로 가늘고 길게 말아 놓은 담배.

궐자厥者. '그'를 낮추어 이르는 말.

귀밝이술 음력 정원 대보름에 귀가 밝아지라고 마시는 술.

귀인성貴人性 신분이나 지위가 높고 귀하게 될 타고난 바탕이나 성질.

근감하게 남 보기에 굉장하다.

근드렁근드렁 큰 물체가 매달려 조금 거볍고 느리게 큰 진폭으로 자꾸 흔들리는 모양

글밭 그루밭. 밀이나 보리를 베어내고 다른 작물을 심은 밭.

금시로今時. 바로 지금.

금의옥식錦衣玉食. 비단옷과 흰 쌀밥이라는 뜻으로, 호화스럽고 사치스러운 생활을 이르는 말.

기계칼(기요틴)guillotine. 단두대. 사형수의 목을 자르는 대.

기민구제饑民救濟. 굶주린 백성을 도움.

기승스러워 억척스럽고 굳세어 굽히지 않으려는 데가 있는 성질.

기위既爲. 이미.

기계칼

긴축정책 국가 재정의 기초를 튼튼히 하기 위하여 국고금의 지출을 최소한으로 억제하는 정책.

까물쓴 까물거리다. (작고 약한 불빛 따위가)사라질 듯 말 듯 움직이다.

까부러지려는 '까부라지다'의 잘못. 높이나 부피 따위가 점점 줄어지다.

까질르니 까지르다. 주책없이 쏘다니다.

깍두기판 난장판.

깔따구 깔다굿과의 곤충을 통틀어 이르는 말. 몸의 길이는 5mm 이하이며, 모기를 닮았다. 애벌레 시기의 수생종(水生種)을 장구벌레라고 한다. 우리나라 전국에 걸쳐 분포한다.

깝작깝작 방정맞게 자꾸 까불거나 잘난 체하는 모양.

꼰주 들고 있는 힘 주어 들고 있는.

꽈리 가짓과의 여러해살이풀. 높이는 40~90cm이며 잎은 어긋나고 긴 타원형이다. 여름에 노르스름한 꽃이 잎겨드랑이에 하나씩 피고 열매는 둥근 모양의 붉은 장과(漿果)를 맺는다. 어린잎은 식용하고 뿌리는 약용한다. 마을 근처에 심어 가꾼다.

나뭇갓 나무의 줄기와 잎이 많이 달려 있는 줄기의 윗부분. 침엽수는 원뿔 모양을 이루고 활엽수는 반달 모양을 이룬다.

낙조落照. 저녁에 지는 햇빛.

낙종落種. 논밭에 씨앗을 떨어뜨려 심음.

낙착落着. 일이 결말이 남.

난질 여자가 정을 통한 남자와 도망하는 짓.

남대문입납南大門入納. 겉봉에 주소도 이름도 없이 남대문이라고만 쓴 편지라는 뜻으로 주소나 이름을 모르면서 집을 찾는 일. 또는 그런 사람을 조롱하여 일컫는 말.

남루襤褸. 낡아 해진 옷.

낭탁囊橐. 자기의 차지로 만듦. 또는 그런 물건.

내깔려서 여기저기 어지럽게 내버리어.

내닫지는 감히 어떤 일을 하려고 덤벼들다.

내뚝 '냇둑'의 북한어.

내상內相. 남을 높이어 그의 '부인'을 이르는 말.

내정돌입內庭突入. 남의 집 안에 허락도 없이 불쑥 들어감.

내주장內主張. 집안일에 관하여 아내가 자신의 뜻을 내세움.

노루걸음 노루가 걷는 것처럼 겅중겅중 걷는 걸음.

노수 노잣돈. 먼 길을 떠나 오가는 데 드는 비용.

노신魯迅. 루쉰(1881~1936) 중국의 작가. 일본에서 유학하여 의학을 배우다가 문학으로 전환하였다. 민중애, 사회악과 인간악의 증오 및 투쟁 정신이 작품 전체에 흐르고 있다. 작품에『아큐 정전(阿Q正傳)』,『광인 일기』등이 있다.

노신(루쉰)

논꼬 논의 물꼬.

논배미 논두렁으로 둘러싸인 논의 하나하나의 구역.

놋날 돗자리 따위를 엮을 때 날로 쓰는 노끈.

농사치 농사짓는 사람이 부치는 땅.

농지령 농지에 관한 법령

눈딱총 마음에 맞지 않거나 미워서 쏘아봄을 비유적으로 이르는 말.

눈찌 흘겨보거나 쏘아보는 눈길.

뉘 쓿은 쌀 속에 등겨가 벗겨지지 않은 채로 섞인 벼 알갱이.

다복다복 풀이나 나무 따위가 여기저기 아주 탐스럽게 소복한 모양.

다복솔 가지가 탐스럽고 소복하게 많이 퍼진 어린 소나무.

단골 '무당'의 방언.

닭알 '달걀'의 북한어.

당성냥 딱성냥. 단단한 곳이면 아무 데나 그어도 불이 일어나게 만든 성냥.

당수 쌀, 보리, 녹두 등의 곡식을 물에 불려서 간 가루나 마른 메밀가루에 술을 조금 넣고
　　　물을 부어 미음같이 쑨 음식.

당자 當者. 바로 그 사람.

당태솜 예전 중국에서 나던 솜.

대고 끊이지 않고 잇대게 하다.

대꼬바리 '담배통'의 사투리.

대동지환大同之患. 모든 사람이 다 같이 겪는 환난.

댓진 담뱃대 속에 낀 진.

다복솔

더치게 더치다. 낫거나 나아가던 병세가 다시 더하여지다.

더펄머리 더펄더펄 날리는 더부룩한 머리털.

덩둘하다가 매우 굼뜨고 미련하다.

데퉁맞기두 말과 행동이 거칠고 미련한 데가 있는.

도가니 쇠붙이를 녹이는 그릇. 단단한 흙이나 흑연 따위로 우묵하게 만든다.

도괴倒壞. 넘어지거나 무너짐. 또는 넘어뜨리거나 무너뜨림.

도깨비감투 머리에 쓰면 자기 몸이 다른 사람의 눈에 보이지 않는다고 하는 감투.

도도록한 가운데가 조금 솟아서 볼록한 모양.

도둑괴 '도둑고양이'의 방언.

도리깨질 도리깨로 곡식 이삭을 두드려 낟알을 떠는 일.

도리깨침 도리깨가 꼬부라져 넘어가는 모양으로 침이 삼켜진다는 뜻으로, 너무 먹고 싶거
　　　나 탐이 나서 저절로 삼켜지는 침을 이르는 말.

도수장屠獸場. 도살장.

도슬러먹었다 도스르다. 무슨 일을 하려고 별러서 마음을 다잡아 가지다.

도조賭租. 남의 논밭을 빌려서 부치고 그 대가로 해마다 무는 벼.

도짓소 한 해 동안에 곡식을 얼마씩 내기로 하고 빌려 부리는 소.

독아毒牙. 독을 내뿜는 이빨. 악랄한 수단.

돌비늘 운모(雲母). 화강암 가운데 많이 들어 있는 규산염 광물의 하나. 단사 정계에 속하는 결정으로, 흔히 육각의 판(板) 모양을 띠며 얇은 조각으로 잘 갈라지는 성질이 있다. 백운모와 흑운모 따위가 있는데, 백운모는 유리의 대용 전기 절연체 따위로 널리 쓰나 흑운모는 그다지 잘 쓰지 않는다.

돌쳐섰다 '돌아서다'의 잘못.

동 사물과 사물을 잇는 마디. 또는 사물의 조리.

동중洞中. 한 동네 전부.

동척회사 동양척식주식회사(東洋拓殖株式會社) 1908년에 일본이 한국의 경제를 독점 착취하기 위하여 설립한 국책 회사. 주로 토지를 강점, 강매하여 높은 비율의 소작료를 징수하고 많은 양곡을 일본으로 반출하다가, 1917년부터 본점을 일본 도쿄로 옮기고 동양 각지로 사업을 확대하였으나, 일본이 제이 차 세계 대전에 패전하면서 문을 닫았다.

되우 되게, 몹시.

됩다 '도리어'의 북한어.

두레 둥근 켜로 된 시루떡 덩이.

두수 이렇게도 하고 저렇게도 할 수 있는 두 가지 방도.

두태豆太. 콩과 팥.

뒤갈마리 뒷갈망. 일이 벌어진 뒤에 그 뒤끝을 처리하는 일. 뒷감당.

뒤웅 뒤웅박. 박을 쪼개지 않고 꼭지 근처에 구멍만 뚫어 속을 파낸 바가지. 마른 그릇으로 쓴다.

뒤웅박

드잡이 서로 머리나 멱살을 움켜잡고 싸우는 짓.

들거치 '들것'의 방언. 환자나 물건을 실어 나르는 기구의 하나. 네모난 거적이나 천 따위의 양변에 막대기를 달아 앞뒤에서 맞들게 되어 있다.

무색한 듯이 겸연쩍고 부끄러운 듯이.

등거리 등만 덮을 만하게 걸쳐 입는 홑옷. 베나 무명으로 깃이 없고 소매가 짧거나 없게 만든다.

등분等分. 등급의 구분.

등시포착登時捕捉. 죄를 저지른 즉시 현장에서 범인을 붙잡음.

땅거미 해가 진 뒤 어스레한 동안.

땅띔을 못할 땅띔을 못하다. 감히 생각조차 못하다.

떠박지르고 떠다 박지르다. 마구 떠다밀어 넘어뜨리다.

뚝뚝해서 바탕이 거세고 단단해서.

뜬뜬장이 '고림보'의 북한어. 몸이 약하여 늘 골골거리며 앓는 사람을 놀림조로 이르는 말. 또는 마음이 너그럽지 못하고 옹졸하며, 하는 짓이 푼푼하지 못한 사람을 놀림조로 이르는 말.

룸펜Lumpen. 부랑자나 실업자.

마당질 곡식을 떨어 알곡을 거두는 일.

마름 지주를 대리하여 소작권을 관리하는 사람.

마정馬政. 말의 사육, 개량, 번식, 수출입 따위에 관한 행정.

만주 중국 둥베이(東北) 지방을 이르는 말. 랴오닝(遼寧), 지린(吉林), 헤이룽 장(黑龍江)의 둥베이 삼성(東北三省)으로 구성되어 있다. 동쪽과 북쪽은 러시아와 접해 있고, 남쪽은 압록강과 두만강을 경계로 한반도와 접해 있다. 젠다오(間島)를 중심으로 우리 동포가 많이 산다.

만지장서滿紙長書. 사연을 많이 담은 긴 편지.

만판 마음껏 넉넉하고 흐뭇하게.

말뚝모 '꼬창모'의 잘못. 강모의 하나. 논에 물이 없어 흙이 굳었을 때에 꼬챙이로 구멍을 파고 심는다.

말전주 이 사람에게는 저 사람 말을, 저 사람에게는 이 사람 말을 좋지 않게 전하여 이간질하는 짓.

말참례 말참견.

말코지 물건을 걸기 위하여 벽 따위에 걸어두는 나무 갈고리.

망望. 보름달. 태양, 지구, 달이 순서대로 한 직선 위에 놓이는 때. 또는 그때의 달. 달의 반구(半球) 전체가 햇빛을 받아 밝게 빛난다.

망지소조罔知所措. 너무 당황하거나 급하여 어찌할 줄을 모르고 갈팡질팡함.

매소부賣笑婦. 매음부.

매지구름 비를 머금은 검은 조각구름.

맥고모자麥藁帽子. 밀짚이나 보릿짚으로 만들어 여름에 쓰는 모자. 위가 높고 둥글며 갓양태가 크다. '밀짚모자'로 순화.

맥고모자

맥추 보리가을. 익은 보리를 거두어들이는 철.

머주하니 '머쓱하다'의 잘못. 무안을 당하거나 흥이 꺾여 어색하고 열없는 상태.

먹고 언걸먹다. 다른 사람 때문에 해를 당하여 골탕을 먹다.

메붙여도 '메어붙이다'의 준말. 어깨 너머로 둘러메어 바닥에 힘껏 내리치다.

멱이 찼다 멱이 차다. 더 이상 할 수 없는 한도에 이르다.

면괴하던지 남을 마주 보기가 부끄럽다.

명기위적이라야 적내가복明其爲賊乃可福. 그 나쁘게 함을 밝혀야 적이 항복할 수 있다.

명년明年. 올해의 다음. '내년(來年)', '다음해'로 순화.

명일名日. 명절과 국경일을 통틀어 이르는 말.

명정銘旌. 죽은 사람의 관직·성씨 등을 기록하여 상여 앞에 들고 가는 기다란 기.

모단걸 모던걸.

모지락스럽게 보기에 억세고 모진 듯하다.

모춤 보통 서너 움큼씩 묶은 볏모나 모종의 단.

목도판 목도질(두 사람 이상이 짝이 되어, 무거운 물건이나 돌덩이를 얽어맨 밧줄에 몽둥이를 꿰어 어깨에 메고 나르는 일)을 하는 일터.

무르청하고 '무르춤하다'의 잘못. 뜻밖의 사실에 놀라 뒤로 물러서려는 듯이 하여 행동을 갑자기 멈추다.

무리꾸럭 남의 빚이나 손해를 대신 물어주는 일.

무변리 이자가 없음.

무산자無産者. 재산이 없는 사람. 또는 무산 계급에 속하는 사람.

무색해서 겸연쩍고 부끄러워서

묵주머니 뭉개거나 짓이기거나 하여 못쓰게 된 물건을 비유적으로 일컫는 말.

문선文選. 활판 인쇄 과정에서 원고대로 활자를 뽑는 것.

문선공文選工. 인쇄소에서, 원고대로 활자를 골라 뽑는 사람.

문안 사대문 안.

물고동 '수도꼭지'로 순화.

물주리물부리. 담배를 끼워서 빠는 물건.

미거한未擧. 철이 없고 사리에 어두운.

미구에未久. 얼마 오래지 아니하여.

미루꾸ミルク. milk. '우유'의 일본식 표현.

미상불未嘗不. 아닌 게 아니라 과연

미혹迷惑. 무엇에 홀려 정신을 차리지 못함.

바새기 바사기. 사리에 어둡고 이해력이 부족한 사람을 조롱하여 일컫는 말.

박토薄土 메마른 땅.

반 얇게 펴서 다듬어 만든 조각.

반괴半壞 건물 따위가 반쯤 허물어짐. 또는 건물 따위를 반쯤 허묾.

반연攀緣. 무엇에 이르기 위한 연줄로 삼음. 또는 그 연줄.

반자 지붕 밑이나 위층 바닥 밑을 편평하게 하여 치장한 각 방의 천장.

반짇그릇 '반짇고리'의 북한어. 바늘, 실, 골무, 헝겊 따위의 바느질 도구를 담는 그릇.

발벼멸벼 '발밤발밤'의 북한어. 가는 곳을 정하지 아니하고 발길이 가는 대로 한 걸음 한 걸음 천천히 걷는 모양.

발써 '벌써'의 방언.

방구리 주로 물을 긷거나 술을 담는 데 쓰는 질그릇. 모양이 동이와 비슷하나 좀 작다.

방구리

배금拜金. 돈을 최고의 가치로 여기고 숭배함.

배지 '배'를 속되게 이르는 말.

배징倍徵. 정한 액수의 두 배를 거두어들임.

배코 상투를 앉히려고 머리털을 깎아낸 자리.

백복지원百福之源. (二姓之合百福之源) 남녀의 혼인은 온갖 복의 근원이라는 뜻.

백인 白刃. 서슬이 시퍼렇게 번쩍이는 날카로운 칼날.

백중날百中. 음력 칠월 보름. 승려들이 재(齋)를 설(設)하여 부처를 공양하는 날로, 큰 명절을 삼았다. 불교가 융성했던 신라나 고려 때에는 이날 일반인까지 참석하여 우란분회를 열었으나 조선 시대 이후로 사찰에서만 행하여진다. 근래 민간에서는 여러 과실과 음식을 마련하여 먹고 논다.

백척간두百尺竿頭. 백 자나 되는 높은 장대 위에 올라섰다는 뜻으로, 몹시 어렵고 위태로운 지경을 이르는 말.

백통전 백통(구리, 아연, 니켈의 합금. 은백색으로 화폐나 장식품 따위에 쓴다)으로 만든 돈.

버성기게 사귀어 지내는 사이가 탐탁하지 않다.

벌역 잘못에 대한 벌을 받는 일.

벌인 춤 이미 시작하여 중간에 그만둘 수 없는 것을 이르는 말.

벤또 [일본어] 도시락.

벼루 강가나 바닷가의 위태로운 벼랑.

벌창 물이 넘쳐 흐름.

별러 가지고 벼르다. 일정한 비례에 맞추어서 여러 몫으로 나누다.

볏섬

볏섬 벼를 담은 섬.

병가상사兵家常事. 실패하는 일은 흔히 있으므로 낙심할 것이 없다는 말.

보리까락 보리의 낟알 겉껍질에 붙은 수염 또는 동강.

보릿동 햇보리가 날 때까지의 보릿고개를 넘기는 동안.

볼먹은 볼멘. 말소리나 표정에 성난 기색이 있는.

볼멘소리 서운하거나 성이 나서 퉁명스럽게 하는 말투.

봉놋방 주막집에서 여러 나그네가 함께 묵을 수 있던 큰 방.

봉욕逢辱. 욕된 일을 당함.

봉천지기 천둥지기, 봉천답(奉天畓). 물의 근원이나 물줄기가 없어서 비가 와야만 모를 심고 기를 수 있는 논.

봉황선鳳凰船. 이물을 봉황의 머리처럼 꾸미고 호화롭게 만든 놀잇배.

부동이니 강약부동(强弱不同) 둘 사이의 힘이나 역량이 한편은 강하고 한편은 약하여 서로 상대가 되지 않음.

부명富名. 부자라는 평판. 또는 부자라는 소문.

부역負役. 백성이 부담하는 공역.

부적한 부적당한.

부조扶助. 잔칫집이나 상가(喪家) 따위에 돈이나 물건을 보내어 도와줌. 또는 돈이나 물건.

부조전래父祖傳來. 조상 대대로 자손에게 전해 내려옴.

부지깽이 아궁이 따위에 불을 땔 때에, 불을 헤치거나 끌어내거나 거두어 넣거나 하는 데 쓰는 가느스름한 막대기.

부지중不知中. 알지 못하는 동안.

부퍼서 성질이나 말씨가 매우 급하고 거칠다.

부황浮黃. 오래 굶주려서 살가죽이 들떠서 붓고 누렇게 되는 병.

북상투 아무렇게나 막 끌어 올려 짠 상투.

분세수粉洗手. 세수하고 분을 바름.

분지도 분김에. 분이 난 김에.

불공대천不共戴天. 하늘을 함께 이지 못한다는 뜻으로, 이 세상에서 같이 살 수 없을 만큼 큰 원한을 가짐을 비유적으로 이르는 말.

불깍쟁이 불-깍쟁이. 아주 지독한 깍쟁이.

불소한 적지 않은.

불어세우자는 불어세우다. 사람을 따돌려 보내다.

불쩍 '불전'의 북한어. 노름판에서 자리를 빌려준 사람에게 떼어주는 얼마의 돈.

불한당 떼를 지어 돌아다니며 재물을 마구 빼앗는 사람들의 무리.

비계 건축 공사에서 높은 곳에서 일을 할 수 있도록 긴 나무 등을 가로세로 얽어서 만들어 놓은 시설.

비양 얄미운 태도로 빈정거림.

비진備盡. 마음과 힘을 다함.

빙공영사憑公營私. 공적인 일을 빙자하여 개인의 이익을 꾀함.

빙충맞지요 똘똘하지 못하고 어리석으며 수줍음을 타는 데가 있다.

빡하는 모든 것을 제쳐두고 덤벼들 만큼 즐기다.

빼뚜룩하면서 빼뚜룩하다. 작은 물체가 한쪽으로 약간 기울어져 있다.

뻔둥뻔둥 아무 일도 하지 아니하고 뻔뻔스럽게 놀기만 하는 모양.

뼈지고 '삐여지다'의 준말. 일정한 범위나 한계 따위를 벗어나다.

사그릴 '사그라뜨리다'의 북한어. …을 삭아서 없어지게 하다.

사발통문沙鉢通文. 격문에서 주모자를 감추기 위해 가담자의 성명을 사발 모양으로 적어놓은 것.

사발통문

사욕私慾 자기 한 개인의 이익만을 꾀하는 욕심.

사음 마름. 지주를 대리하여 소작권을 관리하는 사람.

사정말 일의 내력을 자세히 전하는 말.

사족四足. 짐승의 네 발.

사품 주로 '사품에' 꼴로 쓰여 어떤 동작이나 일이 진행되는 바람이나 겨를.

사회私和. 법으로 처리할 송사(訟事)를 개인끼리 서로 좋게 풀어 버림.

산고랑 두둑한 땅과 땅 사이에 길고 좁게 들어간 곳. 골짜기.

산말랑이 산모퉁이의 휘어 들어간 곳.

산심散心. 마음이 어지럽게 흩어짐.

살강 그릇 따위를 얹어 놓기 위하여 부엌의 벽 중턱에 드린 선반.

살포 논에 물꼬를 트거나 막을 때 쓰는 농기구. 두툼한 쇳조각의 머리 쪽 가운데에 괴통이 붙은 모가 진 삽으로 긴 자루를 박아 지팡이처럼 짚고 다닌다.

삼간두옥三間斗屋. 몇 칸 되지 않는 작은 오막살이집.

삼복머리三伏. 초복, 중복, 말복을 통틀어 이르는 말. 여름철의 몹시 더운 기간.

삽기간에 삽시간에. 매우 짧은 시간에.

삽짝문 '사립문'의 북한어.

상사디 성사디야. 농부가의 후렴구의 한 가지.

상두꾼 상여꾼. 상여를 메는 사람.

상막해진다 기억이 분명하지 않고 아리송하다.

상앗대질 '삿대질'의 본말.

살강

상탁하부정上濁下不淨. 윗물이 탁하면 아랫물도 깨끗하지 않다는 뜻.

상포喪布. 초상 때 쓰는 포목.

새경 머슴이 주인에게서 한 해 동안 일한 대가로 받는 돈이나 물건.

새새거리는 실없이 웃으며 가볍게 자꾸 지껄이는.

새잡이 어떤 일을 처음 시작하는 사람.

색 먹고 성이 나서 독한 마음을 먹다.

생인발 발가락 끝에 종기가 나서 곪는 병.

서고暑苦.심한 더위로 인한 괴로움.

서근서근해 뵈는(생김새나 성품이) 상냥하고 시원스러워 보이는.

서기瑞氣. 상서로운 기운.

서름서름한 사이가 자연스럽지 못하고 매우 서먹서먹한.

서리서리하고 (식물의 줄기, 뿌리, 가지 따위가) 구부러져 얽혀 있는 모양.

서시 노름판에서 여섯 끗을 일컫는 말.

서회敍懷. 회포를 풀어 말함.

석가산石假山. 정원 따위에 돌을 모아 쌓아서 조그마하게 만든 산.

선등先等. 남보다 먼저 함.

선불 급소에 바로 맞지 아니한 총알.

선소리 맨 앞에 서서 치는 소리.

선소리 이치에 맞지 않은 서툰 말.

선풍旋風. 회오리바람.

설밥 설날에 오는 눈.

섧은 서글픈. 쓸쓸하고 외로워 슬픈.

섬거적 섬을 만들려고 엮은 거적이나 섬을 뜯은 거적.

섬돌 집채의 앞뒤에 오르내릴 수 있게 놓은 돌층계.

섰다 원문은 '한 온 대섰다'로 되어 있다.

세보도 않고 세어 보지도 않고.

셈평 이익을 따져 보는 생각.

소가지 '심성(心性)'을 속되게 이르는 말.

소경력所經歷. 겪어 지내 온 일.

소두방 '소댕'의 방언. 솥을 덮는 쇠뚜껑. 가운데가 볼록하게 솟고 복판에 손잡이가 붙어
　　　있다.

소리개 '솔개'의 북한어.

소바리 소의 등에 짐을 싣고 나르는 일. 또는 그 짐.

소위所爲. 하는 일.

소인小仁. 여자가 지니는 좁은 소견의 인정. 하찮은 인정을 비유적으로 이르는 말(늑부인
　　　지인婦人之仁).

소조所遭. 고난이나 치욕을 당함.

속량 몸값을 받고 노비의 신분을 풀어 주어서 양민이 되게 하던 일.

솔곳이 은연중에 조용히.

솔포기 가지가 다보록하게 퍼진 작은 소나무.

송방松房. 예전에, 주로 서울에서 개성 사람이 주단, 포목 따위를 팔던 가게

쇠경衰境. 늙바탕. 늙어 버린 판.

쇠잔衰殘. 쇠하여 힘이나 세력이 점점 약해짐.

쇳통 '전혀' 또는 '온통'의 방언.

수이 쉽게.

수중다리 수종(水腫)다리. 병으로 말미암아 퉁퉁 부은 다리.

수태羞態. 부끄러워하는 태도.

수통 부끄럽고 원통함.

순썰이 '순쓰리'. 담배의 순을 말려서 썬 것. 질이 낮은 담배.

승벽勝癖. 호승지벽. 겨루어 이기기 좋아하는 성미.

승어부勝於父. 아버지보다 나음.

시기猜忌. 남이 잘되는 것을 샘하여 미워함인지.

시뉘 시누이.

시르죽은 맥이 쑥 풀리거나 풀이 죽은.

시작이었다 원문에는 '계속'이라고 표기되어있으나 『신계단』 1933년 6월호에는 목차만 있
　　　을 뿐 본문은 없음. 미완 소설임.

시체時體. 그 시대의 풍습이나 유행.

시축詩軸. 시를 적은 두루마기.

시취屍臭. 시체에서 나는 냄새.

식소사번食少事煩. 먹는 것(생기는 소득)은 적은 데 하는 일은 많음.

식솔食率. 한 집안에 딸린 구성원. '가족', '식구'로 순화.

식자識字. 글이나 글자를 앎. 또는 그런 지식.

신장대 신장(神長)대. 무당이 신장을 내릴 때 쓰는 막대기나 나뭇가지.

심방尋訪. 방문하여 찾아봄.

쓰레질 써레질. 갈아놓은 논밭을 바닥을 써레로 고르는 일.

씨까스르는 '쓸까스르다'의 북한어. 남을 추기었다 낮추었다 하여 비위를 거스르다.

씨알머리 남의 혈통을 속되게 이르는 말.

아귀 계율을 어기거나 탐욕을 부려 아귀도에 떨어진 귀신으로, 몸이 앙상하게 마르고 배가
　　　엄청나게 큰데, 목구멍이 바늘구멍 같아서 음식을 먹을 수 없어 늘 굶주림으로 괴로
　　　워한다고 한다.

아기패 노름판에서 물주를 상대로 하여 승부를 다투는 사람 또는 그 패거리.

아동주졸兒童走卒. 철없는 아이들과 어리석은 사람들.

아큐정전阿Q正傳. 중국의 작가 루쉰이 지은 중편 소설. 자기의 어리석음과 약함을 모르고
　　　잘난 체하는 아큐가 신해혁명 때 들뜬 기분에 날뛰다가 폭도로 잡혀 혼자 총살된다
　　　는 내용으로, 당시 중국의 농촌 생활을 풍자적으로 부각한 작품이다. 1921년에 발표

하였다.

악마디 결이 몹시 꼬여서 모질게 된 마디.

안정眼精. 눈동자.

안존해서 아무런 탈 없이 평안히 지내서.

알깍쟁이 성질이 다부지고 모진 사람.

암상 남을 미워하고 샘을 잘 내는 잔망스러운 심술.

암죽 곡식이나 밤의 가루로 묽게 쑨 죽. 어린아이에게 젖 대신 먹인다.

앙앙불락怏怏不樂. 매우 마음에 차지 아니하거나 야속하게 여겨 즐거워하지 아니함.

애색해 마음이 애처롭고 안타깝다.

앵화 액화(厄禍), 재화, 재난.

야반夜半. 밤중.

야차 밤 도깨비.

약시세 '약시시'의 잘못. 앓는 사람을 위하여 약을 쓰는 일.

약시약시한 약시약시(若是若是)하다―이러이러하다.

얄 야살스럽게 구는 짓. 보기에 얄망궂고 되바라진 데가 있다.

양수거지 두 손을 마주 잡고 서 있음.

양염陽炎. 아지랑이.

양지洋紙. 서양에서 들여온 종이. 또는 서양식으로 만든 종이. 주로 목재 펄프를 원료로 하며 신문용지, 인쇄용지, 필기용지, 포장용지 따위로 나뉜다.

양청물 푸른 물감의 하나. 당청(唐靑)보다 빛이 밝고 진하다.

어리배기 '어리보기'의 잘못. 말이나 행동이 다부지지 못하고 어리석은 사람을 낮잡아 이르는 말.

어리뻥뻥한 어리벙벙하다. 어리둥절하여 정신을 차릴 수 없다.

어리손 '엉너리'의 북한어. 남의 환심을 사기 위하여 어벌쩡하게 서두르는 짓.

어시호於是乎. 이제야. 또는 이에 있어서.

어푸러졌다 어푸러지다. 엎어지다.

얼걱박이 몹시 얽은 것이나 그런 사람을 낮잡아 이르는 말.

얼을 먹다 놀라서 어리둥절해지다.

업원業冤. 전생에서 지은 죄로 말미암아 이승에서 받는 괴로움.

에리えり. '옷깃'의 일본말.

여북해서 '얼마나', '오죽', '작히나'의 뜻으로 언짢거나 안타까운 마음을 나타낼 때에 쓰는 말.

여수 '여우'의 방언(강원, 경남, 전라, 충청).

여의어서 여의다. 딸을 시집보내다.

여일餘日. 앞날.

역증逆症. 몹시 언짢거나 못마땅하여서 내는 성.

연사年事. 농사가 되어가는 형편.

연종年終. 한 해가 끝날 무렵.

연해 연이어.

열쌔게 (행동이나 눈치가) 매우 재빠르고 날쌔게.

열적은 '열없는'의 북한어. 겸연쩍고 부끄러운.

영락零落. (초목의 잎이) 시들어 떨어짐.

예서제서 여기저기서.

옹배기

오그랑장사 들인 밑천만 먹어 들어가는 장사. 밑지는 장사.

오망부리 전체에 대하여 어느 한 부분이 너무 볼품없이 작게 된 형체.

오죽잖게 예사 정도도 못 될 만큼 변변하지 아니하게.

옥니 안으로 옥게 난 이.

옹배기 옹자배기. 둥글넓적하고 아가리가 쩍 벌어진 아주 작은 질그릇.

와사등瓦斯燈. 가스등.

완구히 어떤 상태가 완전하여 오래 견딜 수 있게. 또는 오래갈 수 있게.

왕통이 '말벌'의 사투리.

왜장칠 왜장치다. 맞대어 바로 말하지 아니하고 괜스레 큰 소리로 말하다.

외로 왼쪽 방향으로.

외면치레 체면이 서도록 일부러 어떤 행동을 함. 또는 그 행동.

와사등

외착外錯. 착오가 생기어 서로 어그러짐.

요령 놋쇠로 만든 종 모양의 큰 방울. 위에 짧은 쇠자루가 있고 안에 작은 쇠뭉치가 달린 것으로, 군령이나 경고 신호에 쓴다.

용신容身. 이 세상에 겨우 몸을 붙이고 살아감.

용정舂精. 곡식을 찧음.

우멍한 의뭉한. 겉으로는 어리석은 것처럼 보이면서 속으로는 엉큼한.

우물고누 고누의 한 가지, '十'자의 네 귀를 둥글게 이어 한쪽만 터놓
　　은 판에 서로 말 둘씩을 놓고 가두어 이기는 놀이.

우선한 병에 좀 차도가 있는.

우악한 미련하고 험상궂은.

우장雨裝. 비를 맞지 아니하기 위해서 차려 입음. 또는 그런 복장.
　　우산, 도롱이, 갈삿갓 따위를 이른다.

우장

운양雲壤. 하늘과 땅을 아울러 이르는 말.

워낭 마소의 귀에서 턱 밑으로 늘여 단 방울. 또는 마소의 턱 아래에 늘어뜨린 쇠고리.

원부怨府. 뭇 사람의 원한의 대상이 되는 단체나 기관.

위세 매미나 뱀이 벗는 허물.

위인爲人. 사람의 됨됨이.

위토논 묘위토. 묘에서 지내는 제사의 비용을 마련하기 위하여 경작하던 논밭.

유실流失 떠내려가서 없어짐. 또는 그렇게 잃음.

유장한 급하지 않고 느릿한.

육갑六甲. 육십갑자.

음랭한 그늘지고 찬.

이민위천王以民爲天 백성은 먹을 것을 하늘로 여기나 왕은 백성을 하늘로 여긴다.

이억거린다 달라붙는 기세가 꽤 굳세고 끈덕지다.

이우는 꽃이나 잎이 시들다.

이윽하였다 '이슥하다'의 잘못. 밤이 꽤 깊다.

이악스러운지 달라붙는 기세가 굳세고 끈덕진 데가 있다 / 이익을 위하여 지나치게 아득바
　　득하는 태도가 있는 듯하다.

인금 사람의 가치나 인격적인 됨됨이.

인지위덕忍之爲德. 참는 것이 덕이 됨을 이르는 말.

인차 '이내'의 북한어. 그때에 곧. 또는 지체함이 없이 바로.

인총人總. 인구.

인텔리intelligentsia. 지식층.

일면이 여구一面如舊. 처음 만났으나 안 지 오래된 친구처럼 친밀함.

일진청풍一陣淸風. 한바탕 부는 맑고 시원한 바람.

입내 소리나 말로써 내는 흉내.

입때 (주로 '입때까지' 꼴로 쓰여) 여태까지.

자미 '재미'의 방언.

자배기 둥글넓적하고 아가리가 넓게 벌어진 질그릇.

자승지벽自勝之癖. 자기 스스로 남보다 낫다고 여기는 버릇.

자옥 형편이나 처지 또는 어떤 조건을 내세우는 경우.

자욱맞이 은밀히 열렬한 사랑의 정을 나누려고 사람을 불러들여 깊이 사귀는 일.

자지리 주로 부정적인 뜻을 나타내는 말과 함께 쓰여 '아주 몹시' 또는 '지긋지긋하게'의 뜻
     을 나타낸다.

자처 자결, 자살.

작인作人. 소작인.

작희作戱. 방해를 놓음.

잔말 쓸데없이 자질구레하게 늘어놓는 말.

잠방이 가랑이가 무릎까지 내려오도록 짧게 만든 홑바지.

잠풍 드러나지 않게 잔잔히 부는 바람.

잡도리 잘못되지 않도록 엄중하게 단속함.

장귀 투전 끗수인 가보의 하나. 열 끗짜리 한 장과 아홉 끗짜리 한 장.

잠방이

장릿벼 장리(長利). 돈이나 곡식을 꾸어 주고, 받을 때에는 한 해 이자로 본디 곡식의 절반
     이상을 받는 변리(邊利). 흔히 봄에 꾸어 주고 가을에 받는다)로 빌려 주거나 또는
     장리로 갚기로 하고 꾸는 벼.

장죽長竹. 긴 담뱃대.

장판방 장판지로 바닥을 바른 방.

장팔 투전에서 열 끗과 여덟 끗을 합하여 이르는 말.

재깔재깔하는 나직한 소리로 조금 떠들썩하게 자꾸 이야기하는 .

재깨미 '기왓개미'의 방언. 기와의 부스러진 가루.

쟁의小作爭議. 소작권과 소작료 따위의 이해관계를 둘러싸고 지주와 소작인 사이에 벌어지
     는 투쟁

저거번 '저번'의 잘못. 지난번.

적덕積德. 덕을 많이 베풀어 쌓음. 또는 그런 덕행.

적삼 윗도리에 입는 홑옷. 모양은 저고리와 같다.

적심賊心. 도둑질하려는 마음.

적자赤子. (赤子) 백성.

적조積阻. 서로 연락이 끊겨 오랫동안 소식이 막힘.

전장田莊. 개인이 소유하는 논밭.

전지도지顚之倒之. 엎드러지고 곱드러지며 몹시 급히 달아나는 모양.

절제節制. 정도에 넘지 아니하도록 알맞게 조절하여 제한함.

절종絶種. 생물의 씨가 아주 없어짐.

절통切痛. 뼈에 사무치도록 원통함.

점방店房. 가게로 쓰는 방.

정나무 쪽동백. 때죽나뭇과의 낙엽 활엽 교목. 높이는 6~15미터이며, 잎은 어긋나고 둥글 넓적하다. 6월에 흰 꽃이 총상(總狀) 꽃차례로 늘어져 피고 열매는 핵과(核果)로 9월 에 익는다. 나무는 가구재로, 씨는 머릿기름이나 초[燭]의 원료로 쓴다. 산지의 숲 속에서 자라는데 한국, 일본, 중국 등지에 분포한다.

정밤중 '한밤중'의 북한어.

정정히 나무 따위가 우뚝하게 높이 솟은 모양.

제웅 짚으로 만든 사람 모양의 물건.

제턱 변함이 없는 그대로의 정도나 분량.

조끼세간 조끼 주머니에 소지하는 물건.

조석으로 아침저녁으로.

졸망구니 졸망졸망한 조무래기.

제웅

종가래 작은 가래. 한 손으로도 쓸 수 있게 되어 있다.

좌이대사坐而待死. 앉아서 죽기만을 기다린다는 뜻으로, 아무 대책이 없이 운수에 맡김을 이르는 말.

죄와 벌 러시아의 소설가 도스토예프스키가 지은 장편 소설. 주인공인 라스 콜리니코프가 고리대금업자인 노파를 살해하고 죄의식에 시달리다가 순수한 영혼의 소유자인 창녀 소냐를 만난 후 고독과 자기희생으로 살아가는 그녀에게 감동을 받아 자수하여 시베리아로 송치되기까지 를 그린 작품이다. 1886년에 발표하였다.

종가래

주워섬긴 들은 대로 본 대로 이러저러한 말을 아무렇게나 늘어놓다.

주장질 주장(주릿대나 무기 따위로 쓰던 붉은 칠을 한 몽둥이)으로 매질하던 일. 또는 몹시 나무라거나 때리는 일.

주전부리 때를 가리지 아니하고 군음식을 자꾸 먹음. 또는 그런 입버릇.

준장準張. 교정지.

중노미 음식점, 여관 따위에서 허드렛일을 하는 남자.

중터리 중턱.

즘성 짐승.

쥐불 농가에서 음력 정월의 첫 자일(子日)에 쥐를 쫓는다고 하여 논둑이나 밭둑에 놓는 불. 음력 정월 대보름날에 행하는 민속놀이의 하나. 주로 황해도에서 행하던 것으로, 청년들이 편을 나누어 둑에 불을 놓아 먼저 끄기를 다투는데, 이긴 동네의 쥐가 진 동네로 몰려간다고 한다.

지전紙錢. 지폐. 종이로 된 돈.

지청구 꾸지람.

진풀 시들어 마르지 아니한 푸른 풀.

질행疾行. 빨리 감.

징신 징을 박은 신.

짜장 과연 정말로.

차인 임시 사환으로 쓰는 하인.

창황망조蒼黃罔措. 너무 급하여 어찌할 바를 모름.

척푼오리 몇 푼 안 되는 적은 돈.

천덕꾸러기 남에게 천대를 받는 사람이나 물건.

천사만려千思萬慮. 여러 가지 생각과 걱정.

일원권 지폐

천수 천상수(天上水), 빗물.

청금단靑錦緞. 푸른 빛깔의 비단.

청보靑褓. 푸른 빛깔의 보자기.

청산만리일고주靑山萬里一孤舟. 유장경(劉長卿)의 시 「重送裴郎中貶吉州」의 한구절로 '청산은 아득히 천리 만리여 또다시 뱃길을 언제 가려나'라는 뜻.

청올치 칡덩굴의 속껍질. 이것으로 노끈을 꿈.

청지기 양반집에서 잡일을 맡아보거나 시중을 들던 사람.

청한한 맑고 깨끗하며 한가한.

체경 몸 전체를 비추어 볼 수 있는 큰 거울.

체머리 머리가 저절로 계속하여 흔들리는 병적 현상. 또는 그런 현상을 보이는 머리.

초근목피草根木皮. 풀뿌리와 나무껍질이라는 뜻으로, 맛이나 영양 가치가 없는 거친 음식을 비유적으로 이르는 말.

초들지 어떤 사실을 입에 올려서 말하다.

초련初戀. 첫사랑.

초례청醮禮廳. 초례(전통적으로 치르는 혼례식)를 치르는 장소.

초준初準. 초교. 조판한 뒤에 처음으로 보는 교정 또는 그 교정 인쇄.

초향草香. 풀의 내음.

총기聰氣. 총명한 기운.

총찰總察. 총괄하여 살핌.

최참봉 강참봉의 오기(誤記)로 보임.

추렴 모임이나 놀이 또는 잔치 따위의 비용으로 여럿이 각각 얼마씩의 돈을 내어 거둠.

추렴새 추렴하는 돈이나 물건. 또는 그런 일.

추져서 추지다. 물기가 배어 눅눅하다.

축수祝手. 두 손바닥을 마주 대고 빎.

춘궁春窮. 묵은 곡식은 다 떨어지고 햇곡식은 아직 익지 아니하여 겪는 봄철의 궁핍. 또는 그것을 겪는 시기.

칩고 '춥고'의 방언.

충충한 물이나 빛깔 따위가 맑거나 산뜻하지 못하고 흐리고 침침한.

치레기 '찌꺼기'의 사투리.

친친하던 축축하고 끈끈하여 불쾌한 느낌이 있는.

칠궁七窮. 농가에서 음력 7월에 겪는 식량의 궁핍. 묵은 곡식은 떨어지고 햇곡식은 아직 익지 않아서 겪는 궁핍으로, 농가에서 가장 어려운 고비이다.

침노侵擄. 남의 나라를 불법으로 쳐들어가거나 쳐들어옴.

콘트라스트contrast. 대조, 대비.

콩팔칠팔 갈피를 잡을 수 없도록 마구 지껄이는 모양.

키어서 마음에 들거나 내키어서. 마음에 걸리어서.

타관他官. 자기 고향이 아닌 고장.

타매唾罵. 아주 더럽게 생각하고 경멸히 여겨 욕함.

터럭 사람이나 길짐승의 몸에 난 길고 굵은 털.

턱어리 '턱'을 속되게 이르는 말.

텁석부리 텁석나룻이 난 사람을 놀림조로 이르는 말.

토막살이 움막집. 움막살이.

토파吐破. 마음에 품고 있던 사실을 다 털어내어 말함.

움막집

투전 돈치기. 쇠붙이로 만든 돈을 땅바닥에 던져 놓고 그것을 맞히면
　　서 내기를 하는 놀이.

투전목 한 벌로 되어 있는 투전.

퉁노구 품질이 낮은 놋쇠로 만든 작은 솥.

파겁破怯. 익숙하여 두려움이나 부끄러움이 없어짐.

판판이 판마다 번번이.

팽나무 느릅나뭇과의 낙엽 활엽 교목. 높이는 20미터 정도이며, 잎은 어긋나고 달걀 모양
　　인데 톱니가 있다. 봄에 연한 노란색의 작은 꽃이 잎과 함께 피고 열매는 핵과(核果)
　　로 9월에 익는다. 목재는 건축, 기구재로 쓰고 정자나무로 재배한다. 산록이나 골짜
　　기, 개울가에서 자라는데 한국, 일본, 중국 등지에 분포한다.

편한 아득하게 넓다.

편론偏論. 남이나 다른 당을 논하여 비난함.

푸독사 새파랗게 독이 세게 오른 독사.

푸석살 핏기가 없고 부어오른 듯 무른 살.

풀대님 바지나 고의를 입고서 대님을 매지 아니하고 그대로 터놓음.

풋벼바심 풋벼를 베어서 바로 타작하는 일.

풍뎅이 머리에 쓰는 방한구의 하나.

피접避接. '비접'의 원말. 앓는 사람이 다른 곳으로 자리를 옮겨서 요양함. 병을 가져오는
　　액운을 피한다는 뜻이다.

하가何暇. 어느 겨를.

하늘갓 '하늘가'의 북한어.

하소 종결 어미 '-소'로 나타내는 예사 높임의 말체. '하게'보다 조금 존대하는 말씨이다.

하학 후에는 학교에서 그 날의 수업을 마친 후에는.

하회下回. 윗사람이 아랫사람에게 주는 회답.

학교 추렴 모임이나 놀이 또는 잔치 따위의 비용으로 여럿이 각각 얼마씩의 돈을 내어 거둠.

학정虐政. 포학하고 가혹한 정치.

한사閑事. 쓸데없는 일.

한전閑田. 농사를 짓지 아니하고 놀리는 땅.

할기죽 '할기족'의 북한어. 눈을 할겨 죽 훑어보는 모양.

항자는 불살降者不殺. 항자불살. 항복하는 사람은 죽이지 아니함.

해 소유물임을 나타냄. ~것.

해갈解渴. 목마름을 해소함.

해거駭擧. 해괴한 짓.

해내자 상대편을 여지없이 이겨 내다.

해반주구레한 겉모양이 해말쑥하고 반듯하다.

해소병 해수병(咳嗽病). 기침을 심하게 하는 병.

해전 해가 지기 전.

햇동 햇곡식이 나올 때까지의 동안.

허두虛頭 글이나 말의 첫머리.

허랑해져서 언행이나 상황이 허황되고 착실치 못하다.

허발 몹시 굶주려 있거나 궁하여 체면 없이 함부로 먹거나 덤빔.

헤져 '헤어지다'의 준말.

협률사協律社. 조선 광무 6년(1902)에 기녀(妓女)들을 모아 설립한 단체. 뒷날의 기생 조합
      또는 권번(券番)과 같은 조직체였다.

호독호독 '호도독호도독'의 준말. 잔나뭇가지나 검불 따위가 작은 불똥을 튀기며 빠르게 잇
      따라 타들어 가는 소리. 또는 그 모양.

호락질 남의 힘을 빌리지 않고 가족끼리 농사를 짓는 일.

호습지 '호숩다'의 잘못. '재미있다'의 전남 방언.

호정출입 앓는 이나 늙은이가 겨우 마당까지만 드나듦.

호활하고 막힌 데 없이 넓으며 시원시원하고.

혼불부신魂不附身. 혼비백산. 몹시 놀라 넋을 잃음.

홀과수 '홀어미'의 잘못.

홍소哄笑. 입을 크게 벌리고 웃거나 떠들썩하게 웃음. 또는 그 웃음.

홑고장이 '홑고쟁이'의 방언. 홑겹으로 지은 고쟁이.

화불단행禍不單行. 재앙은 번번이 겹쳐 옴.

화수분 재물이 계속 나오는 보물단지. 그 안에 온갖 물건을 담아 두면 끝없이 새끼를 쳐
      그 내용물이 줄어들지 않는다는 설화상의 단지를 이른다.

화중밭 극젱이로 밭고랑을 째고 조를 심은 밭.

환장지경換腸之境. 마음이나 행동 따위가 비정상적인 상태로 달라질 지경.

황화전 국화꽃으로 만든 전.

홰기 벼, 갈대, 수수 따위의 이삭이 달린 줄기.

횅창 달빛이 유난스레 환하게 밝은 모양.

회장꾼 장례를 지내는 자리에 참여하는 사람을 속되게 이르는 말.

횡령橫領. 공금이나 남의 재물을 불법으로 차지하여 가짐.

횡행천하橫行天下. 거리낌 없이 제멋대로 세상을 나돌아다님.

흐리마리 생각이나 기억, 일 따위가 분명하지 아니한 모양.

희영수 다른 사람과 더불어 실없는 말이나 행동을 함.

히니쿠[일본어] ひにく. 반어, 아이러니, 비꼼.

1895년(1세) 5월 29일(음력 5월 6일) 충남 아산군 배방면 회룡리에서 태어
남. 부친 이민창은 덕수 이씨 충무공파로 1892년 무과에 급
제한 이후 서울에 머물면서 가계를 돌보지 않아 이기영은 어
려서부터 매우 어려운 생활을 함.

1897년(3세) 천안군 북일면 중엄리(현재 천안시 안서동)로 이사.

1905년(11세) 모친 사망. 어머니의 사망으로 마음 붙일 곳을 찾아 소설 읽
기를 시작함.

1906년(12세) 사립 영진학교 입학, 고대소설『목단화』,『추월색』등을 읽
고 커다란 충격을 받음.

1908년(14세) 한양 조씨 집안의 조병기와 결혼함. 이 결혼은 할머니의 회
갑을 더욱 경사스럽게 하기 위한 것이어서 이기영의 의사와
는 거리가 멀었고, 그래서 이기영은 조혼의 폐습을 절감하고
이후 작품에서 그것을 자주 비판함.

1910년(16세) 소학교를 졸업한 뒤 6개월간 잠업강습소에 다님.

1912년(18세) 해외 유학을 위해서 부산으로 갔으나 현해탄을 건너지 못하
고 두 달 만에 귀가.

1914년(20세) 다시 가출하여 수년 간 전라도, 경상도, 충청도 각지를 방랑
함.

1917년(23세) 11월 첫아들 종원 출생.

1918년(24세)	귀향, 고향에 기독교가 들어오자 곧 열렬한 신자가 되어 직책까지 맡음. 11월 할머니와 아버지가 10일 사이를 두고 사망.
1919년(25세)	1월부터 천안군 고원 노릇을 함. 청년회에 들어 문화계몽사업에 참가함.
1922년(28세)	동경 정칙 영어학교 입학. 사회주의 서적과 러시아 문학을 접하고 고리끼 작품을 애독함.
1923년(29세)	조선 유학생들의 모임에서 조명희를 알게 되고, 9월 관동대지진으로 유학생활을 청산하고 귀향함.
1924년(30세)	『개벽』 창간 4주년 기념 현상 작품모집에 단편 「오빠의 비밀편지」가 3등 당선됨.
1925년(31세)	『개벽』에 「가난한 사람들」 발표, 『조선지광』의 편집기자로 취직하고, 이상화, 송영, 이익상, 이적효, 한설야 등과 함께 카프(KAPF)를 결성함, 신여성 홍을순과 결혼함.
1927년(33세)	카프의 볼셰비키화가 단행되고 이기영도 이를 주장하는 평론을 『조선지광』에 발표함.
1930년(36세)	카프 중앙위원회 위원이자 서기국 산하 출판부의 책임을 맡음.
1931년(37세)	카프 1차 사건으로 검거된 후 2개월 만에 불기소로 석방됨.
1933년(39세)	「서화」 발표, 8월 초순 천안의 성불사에서 40일 동안 『고향』을 집필하여 11월부터 『조선일보』에 연재하기 시작함.
1934년(40세)	'신건설사 사건'으로 체포되어 전주 형무소에서 1년간 감옥생활을 함.
1935년(41세)	12월, 3년형에 집행유예 판결을 받고 석방됨.

1938년(44세) 장편 『신개지』를 연재하고, 금강산을 관광한 뒤 기행문 「금
　　　　　　　강 비경행」 발표

1940년(46세) 장편 『봄』을 『동아일보』에 연재하다가 신문이 폐간되자
　　　　　　　『인문평론』으로 옮겨 연재함.

1945년(51세) 해방 후 조선프롤레타리아예술연맹 결성에 주도적 역할을 함.

1946년(52세) 희곡 「해방」 발표, 이해부터 1982년까지 35년 동안 조소친
　　　　　　　선협회 중앙위원회 위원장을 지냄. 김일성의 배려로 평양에
　　　　　　　정착함.

1948년(54세) 북한문학사상 첫 장편소설인 『땅 : 개간편』을 발표함.

1950년(56세) 소설집 『농막선생』 간행.

1954년(60세) 장편 『두만강』 제 1부 발표

1957년(63세) 『두만강』 제 2부 출간, 8월 최고인민회의 부의장이 됨.

1959년(65세) 『땅』 제 2부를 『평양신문』에 연재하다가 신병으로 중단.

1960년(66세) 『두만강』으로 1960년 '조선민주주의인민공화국 인민상'을
　　　　　　　수상, 『붉은 수첩』 연재.

1961년(67세) 『두만강』 제3부 발표

1967년(73세) 조선문학예술총동맹 중앙위원회 위원장.

1972년(78세) 장편 『역사의 새벽길』 발표

1984년(90세) 8월 9일 사망. 평양 신미리 애국열사릉에 묻힘. 유고집 『태양
　　　　　　　을 따라』 발간.

일제 강점기 최고의 사실주의 작가

김 외 곤(상명대학교)

1. 소설가 이기영은 누구인가?

오늘날 지구촌은 여러 가지 문제를 안고 있으며, 이를 극복하기 위한 노력이 곳곳에서 경주되고 있다. 우리가 신문이나 텔레비전 등 언론 매체를 통해 쉽게 접하는 사회 문제들은 경제적 빈부의 격차, 인종과 민족 간의 갈등, 이민으로 인한 외국인 차별, 민주주의와 공산주의의 이념 대립 등이다. 이들 중에서 이념 대립은 1990년을 전후하여 옛 소련과 동유럽에서 공산주의 정권이 몰락하고 중국이 자본주의적 개방 정책을 펼치면서 거의 자취를 감추었다. 하지만 한반도에서는 여전히 사라지지 않았을 뿐만 아니라, 오히려 남북한의 격렬한 대립을 통해 여전히 위력을 발휘하고 있다.

이념 대립은 우리 사회의 곳곳에 알게 모르게 영향을 끼치고 있는데,

문학 분야도 예외는 아니다. 예를 들면, 이기영이라는 작가나 그의 작품에 대해 잘 알고 있는 사람을 만나기는 매우 어렵다. 그 이유는 그가 해방 이후 북한에 머물면서 높은 직위에 올랐기 때문에 그의 작품이 거의 소개되지 않았고, 북한에서 지은 그의 소설을 접하기도 쉽지 않은 까닭이다. 하지만 이기영은 염상섭과 더불어 일제 강점기의 소설가 중에서 가장 활발한 창작 활동을 전개한 사람이다. 해방 이전에 무려 100편이 넘는 소설을 발표하였고, 10권이 넘는 소설책을 펴내었다. 해방 이후 북한에서도 대표작으로 꼽히는 『두만강』 3부작을 비롯하여 10권이 넘는 소설책을 출간하였다.

이렇게 많은 작품을 창작한 이기영은 일제 강점기의 사실주의 문학을 대표하는 작가이다. 사실주의는 개화기에 서양의 문학을 수입하면서 시작된 우리나라 현대 문학의 중심적인 흐름 가운데 하나로, 현실을 있는 실감나게 그려 내려는 경향이다. 이 경향에 속하는 작가들은 일제 강점기의 한국 사회가 처한 상황을 있는 그대로 작품 속에 묘사함으로써 고통스런 현실을 고발하려 하였다. 이기영이 1933년부터 1934년까지 『조선일보』에 연재한 대표작 「고향」은 이미 발표 당시에 우리 근대 사실주의 소설을 대표하는 '기념비적 작품'으로 평가되었다. 그는 이 작품 이외에도 여러 편의 작품을 발표하였는데, 대부분 식민지의 농민들이 겪는 가난과 불행을 다룬 것이었다. 이기영은 일찍이 양반이 아닌 농민들만 사는 동네를 일컫는 '민촌(民村)'이라는 제목의 소설을 발표하고, 그것을 자신의 호(號)로 삼을 정도로 농민에 대한 애착이 강했다. 그래서 그런지 그의 작품을 읽고 있노라면, 일제 강점기에 우리 농민들이 살아가던 모습을 마치 눈앞에 보는 듯이 상상할 수 있다.

2. 어린 시절이 소설에 끼친 영향

이기영이 일제 강점기의 현실을 사실적으로 묘사하는 데 성공한 이유는 많은 작품이 그가 살았던 고향 동네를 공간적 배경으로 삼고 있으며, 거기에 등장하는 인물들도 고향에 살았던 실제 인물들을 바탕으로 하고 있기 때문이다. 작품의 주인공들이 경험하는 일들 역시 이기영 자신의 체험을 기초로 창작된 것이 대부분이어서 사실과 일치하는 것이 많다. 이러한 점은 이기영 자신의 회고록이나 그와 가까이 지냈던 한설야 같은 동료 소설가들이 남겨 놓은 회고록을 통해서도 확인된다.

그렇다면 이기영은 어떤 곳에서 태어나 자랐으며, 그가 성장하던 때는 어떤 시대였을까? 이기영은 1895년 5월에 충청남도 아산시 배방읍 회룡리에서 태어났다. 그는 덕수 이씨 충무공파로서 이순신 장군의 12대 손이며, 그의 고향은 현충사와 이순신 장군의 묘에서 남쪽으로 조금 떨어져 있는 곳이다. 하지만 그는 이곳에서 오래 살지 않았다. 할아버지가 돌아가신 뒤에 서너 살쯤 되었을 때 고향에서 그리 멀지 않은 천안군 북일면 중엄리로 이사를 하였기 때문이다. 이곳은 현재 천안시 동남구 안서동으로 상명대학교 천안 캠퍼스가 자리 잡은 동네이다. 갑오개혁으로 과거 시험이 폐지되기 직전인 1892년에 무과에 급제한 아버지 이민창이 서울에 머물면서 가사를 돌보지 않아 집안은 매우 가난하였다. 몰락해 가는 친정을 보다 못한 고모가 자신이 살던 유량리에서 고개 하나 너머에 있는 논밭을 관리하라고 친정 동생에게 강요하다시피 하여 중엄리로 이사를 하게 되었던 것이다.

철이 들기 전부터 어른이 될 때까지 이기영이 머무른 천안이라는 지역은 그의 인생과 작품 활동에 많은 영향을 끼쳤다. 천안은 예로부터 서울에서 내려온 길이 경상도와 전라도로 갈라지는 삼거리로 유명하였는데, 대한제국 이후에는 철도로 인해 교통의 요지가 된다. 일본은 1898년에 영국에서 자금을 빌려 와 미국으로부터 경부선을 건설할 수 있는 권리를 획득한 뒤, '경부철도'라는 회사를 설립하고 1901년에 서울과 부산에서 각각 공사를 시작하였다. 1904년에 러시아와 전쟁을 벌이게 되자, 일본은 군인과 군수 물자를 나르기 위해 공사를 서둘러 1905년 경부선 전 구간을 개통하였다. 근대 문물을 나르는 기차가 지나가게 됨으로써 한적한 시골이던 천안은 서서히 근대적인 도시로 변화하였다. 이후에도 천안에는 새로운 기찻길이 계속 건설된다. 1919년 조선경남철도주식회사(朝鮮京南鐵道株式會社)라는 회사가 안성선과 나중에 장항선으로 이름이 바뀐 충남선을 건설하는 권리를 얻어 철도 공사를 시작하였던 것이다. 그리하여 1922년에 천안에서 온양 온천까지 철도가 개통되고, 1925년에는 천안에서 안성까지 철도가 개통됨으로써 천안은 철도가 십자로 지나가는 교통의 중심지가 되었다. 이 시기의 철도 공사는 이기영의 몇몇 작품에 잘 묘사되어 있다.

철도로 인한 천안의 급격한 변화는 이기영으로 하여금 오지 출신과 달리 세상살이의 이치를 빨리 깨닫고 고향을 벗어나 다른 지역으로 떠날 마음을 품도록 하는 밑바탕이 된다. 읍내로 나가 기차만 타면 서울은 물론이고 일본 가는 배를 타는 부산까지도 갈 수 있었기 때문이다. 그는 중엄리에서 1905년에 어머니를 여의고, 1906년부터 아버지가 발기인으로 참여한 사립 영진학교를 다녔다. 1908년 자기보다 4살 많은 조병기와 결혼하지만, 빚에 쪼들려 다음해에 유량리에 있는 고모집의 행랑채로 거처를 옮기게 된다. 열여섯 살이 되던 1910년에 소학교를 졸업하고 6개월 동안 뽕나무 잎으로 누에를 키우는 기술을 배우기 위해 잠업(蠶業) 강습소를 다녔으며, 토지 조사국의 측량 기수가 되기 위해 시험을 치르러 서울을 다녀오기도 하였다. 또한 천안 시내의 서점에서 1년 남짓 점원으로 일하다가, 1912년에 천안군청에 임시직으로 취직하였지만 한 달 만에 그만두었다. 이윽고 집을 나선 그는 일본 유학을 위해 마산으로 가서 소학교 때 친구 홍진유를 만나 부산까지 갔으나, 뜻을 이루지 못한 채 두 달 만에 귀향하게 된다.

1913년에 다시 집을 나서 충청남도 내포 지방을 떠돌다가 이듬해 겨울에 인천을 거쳐 서울로 갔다가 경상도와 전라도 등지를 몇 년간이나 떠돌았다. 그 동안에 농촌 광산과 제방 공사장에서 날품을 팔기도 하였고, 경상북도 영주시 풍기읍에 중석 광산이 개발되었다는 소식을 듣고 그곳에서 일확천금을 노리기도 하였다. 이때의 경험을 되살려 작품으로 만든 것이 「십 년 후」라는 작품이다. 이후 그는 유성기를 들고 전라도로 약장사를 갔다가 결국 아버지에게 붙들려 귀향을 하게 된다. 고향에 머물면서 얼마 전에 유입된 기독교의 신자가 된 그는 논산 영화 여학교와 천안군의 고원 생활을 하다가, 마침내 1922년 4월에 다시 친구 홍진

유를 만나 일본 동경으로 건너가서 정칙(正則) 영어 학교를 다니게 된
다. 이곳에서 그는 사회주의 운동가로 변신한 친구 때문에 사회주의 서
적을 접하게 되었고, 1923년에 관동 대지진으로 귀국한 후에도 사회주
의 사상을 계속 신봉하였다. 이와 같은 방황은 기찻길이 놓이고 근대화
가 진행되면서 가능해진 것인데, 그 경험은 이기영의 여러 소설 속에
녹아들어 있다.

한편 기찻길과 더불어 이기영의 어린 시절에 커다란 영향을 준 것은
금광 개발이다. 안성선이 지나가는 천안 지역에는 금광이 여러 군데 있
어 일찍부터 사람들이 많이 모여 들었다. 대한제국 당시 평안도의 운산
금광 다음으로 이름이 많이 알려진 직산 광산에서는 일본인들이 정부
의 허가도 받지 않고 불법으로 금을 캐고 있었는데, 이 금광은 결국
1900년에 채굴 권리를 획득한 일본인 재벌 시부자와 에이이치(澁澤榮
一)에게 넘어가게 된다. 이기영이 살았던 중엄리 개울에서도 그가 일곱
살 되던 1901년에 사금이 발견되었다. 이후 이곳에서는 금을 캐기 위해
온갖 곳으로부터 광산 업자와 노동자들이 엄청나게 몰려들어 개울가의
모든 논과 밭을 샅샅이 뒤지는 일이 벌어졌다. 나중에는 산 너머 신촌
마을의 개울까지도 금 캐는 사람들로 북적대었다. 이와 같은 어린 시절
의 기억 때문에 그 역시 한때 황금에 눈이 멀어 풍기에서 망치를 차고
다니면서 중석 광산을 찾아 헤매기도 하였다. 결과적으로 이러한 '골드
러시(gold rush)'는 경상도와 전라도를 방랑한 경험과 함께 근대 자본주
의의 실상을 깨닫게 하고, 농촌 사회가 해체되면서 근대화되는 과정을
파악하게 하는 계기가 된다.

3. 식민지 현실의 사실적 묘사

이기영은 1923년에 일어난 관동 대지진으로 인해 일본 유학을 포기하고 고향에 돌아온 뒤에 소설을 창작하기 시작하였다. 그리하여 이듬해에『개벽』창간 4주년 기념 현상 모집에 3등으로 당선된 작품이「오빠의 비밀편지」이다. 이때 작품을 심사한 사람은 그보다 나이가 어렸지만 일찍이 작가로 데뷔하여 나중에 거장이 된 염상섭이었다. 이 작품은 사랑하는 여성 몰래 다른 여성을 사귀는 오빠의 이중성을 폭로하는 내용으로 되어 있다. 아주 적은 분량의 소설이지만, 이후에 창작되는 작품들에서 공통적으로 발견되는 중요한 요소를 담고 있기에 주목할 만하다. 그것은 '윤리성에 대한 강조'라고 일컬을 수 있는데, 이후 겉으로는 착한 척하면서 실제로는 나쁜 짓을 일삼는 위선적(僞善的) 인물에 대한 비판이 특히 두드러진다.

일제 강점기를 살아가던 우리나라 사람 가운데 이기영이 경멸해 마지않은 위선자들은 친일파이다. 그는 문단의 거장이던 이광수가 친일 행위를 하자, 그것을 풍자하는 소설을 창작하였던 바,「변절자의 아내」가 그것이다. 이광수는 일본 유학 시절인 1917년에 우리나라 최초의 근대 소설로 평가받는『무정』을 조선 총독부 기관지인『매일신보』에 발표하여 당시 독자들로부터 열화와 같은 성원을 받은 바 있다. 이후 그는 동경 유학생을 대표하여「2·8 독립 선언서」를 작성하고, 상해로 건너가 도산 안창호의 지도 아래 대한민국 임시정부의 기관지인『독립신문』의 발행에 참여하기도 하였다. 이렇듯 문학 활동뿐만 아니라 독립

운동에서도 중심적 역할을 담당하던 이광수는 일본 유학 시절에 알게
된 산부인과 의사 허영숙의 설득을 통해 국내로 귀국한 뒤, 「민족 개조
론」 등의 글을 통해 우리나라는 아직 힘이 미약하므로 일본을 본받아
실력을 키워야 한다는 친일적인 주장을 펼쳤다. 이기영은 문단의 선배
인 이광수의 노골적인 친일 행위에 분개한 나머지, 그를 변절자로 규정
하고 비판하는 소설을 창작하게 된다. 「변절자의 아내」에서 이기영은
자신이 왜 이 소설을 쓰게 되었는지를 간단하게 밝힌 뒤에 이광수와 허
영숙의 이름만 바꾼 채 두 사람의 행적을 신랄하게 풍자하였다. 그의
풍자는 주로 비판하고자 하는 인물의 행동을 우회적이고 반어적으로
서술하는 방법을 통해 표현되었다. 이러한 풍자는 이후 많은 작품에서
중요한 표현 방법으로 자리 잡게 된다.

　「쥐 이야기」 역시 풍자의 수법을 이용하여 부자와 가난한 사람들이
분명하게 나누어진 인간 사회를 비판한 소설이다. 곽쥐라는 쥐의 눈에
비친 인간 사회는 수돌이네처럼 땅이 없어서 남의 땅을 부치는 소작인
들은 굶주리는데 땅을 가진 김부자는 갈수록 부자가 되는 불공평한 곳
이다. 그래서 보다 못한 곽쥐가 나서서 김부자의 돈을 훔쳐다가 수돌이
네 집으로 물어다 주는 것으로 끝을 맺는다. 이 소설은 우화적인 요소
를 빌려 부자가 가난한 사람을 착취하는 상황을 효과적으로 그려 내는
데 성공한 작품이라고 할 수 있다.

　이기영이 태어나기 한 해 전에 실시된 갑오개혁으로 인하여 우리나
라에서는 신분제가 없어져 양반과 상놈의 구별도 금지되었다. 하지만
일본은 식민지를 효과적으로 지배하기 위하여 지주와 소작인 사이의

봉건적인 관습을 그대로 내버려 두었다. 근대적인 계약 관계에서 소작인은 일정한 대가를 지불하고 지주의 땅을 빌려 농사를 짓기 때문에 지주는 땅을 빌려 주는 대가 이외의 것은 일절 요구할 수 없다. 그런데, 일제 강점기에는 봉건적인 관습이 남아 있었기 때문에 지주가 소작인에게 자기 집안의 일을 시킨 뒤에 아무런 대가도 지불하지 않는 일이 자주 벌어졌다. 이기영은 작품 속에서 이처럼 소작인의 등골을 뽑아 먹는 지주들을 매섭게 비판하였다. 「농부 정도룡」의 김주사, 「민촌」의 박주사, 「원치서」의 조동지, 「맥추」의 유주사 등이 그들이다.

이들은 유교적 도덕관념에 사로잡힌 가난한 농민들이 관혼상제를 치르기 위해, 또는 앓아누운 가족을 치료하기 위해 돈을 빌리러 오면 높은 이자를 붙여 돈을 빌려 준 뒤에 결국 빚을 갚지 못하는 농민들의 땅이나 재산을 빼앗는 짓을 서슴지 않는다. 또 농민들의 생명이나 다름없는 농사지을 땅을 떼겠다고 협박하면서 그들의 딸, 심지어 아내까지도 첩으로 삼기 위해 온갖 나쁜 짓을 일삼는다. 「민촌」에서 김첨지의 딸 점순이를 달라는 박주사 아들과 「원치서」에서 원치서의 딸 옥분이를 노리는 조동지의 작은 아들, 「맥추」에서 수천이의 아내를 노리는 유주사의 아들은 한결같이 재산을 무기로 삼아 자기의 욕심을 채우려는 인물들이다. 이러한 지주의 횡포에 농민들은 힘없이 굴복하거나, 「봉황산」의 서치수처럼 어쩔 수 없이 머나먼 만주로 떠나야했다.

이기영이 자라난 중엄리에는 친일파의 우두머리 이완용의 먼 친척뻘 되는 대감의 무덤이 있었는데, 그것을 지키는 아랫사람들마저 동네 사람들을 못 살게 굴어 이기영의 아버지가 그 중의 한 명을 불러 볼기짝을 때린 일까지 있었다. 몰락한 양반의 후손으로 민촌에서 자라며 양반의 횡포를 보며 자란 이기영은 위에서 설명한 것처럼 다수의 작품에서 지주들의 횡포를 고발하였고, 나아가 그들이 일본에 빌붙어 자기의 이익만 꾀하면서 같은 민족인 소작인들을 못살게 구는 친일 매국노임을 가차 없이 폭로하였다. 이처럼 일제 강점기에 농민들을 괴롭히던 지주들이 일본과 한통속이라는 것을 인식할 수 있었던 것은 겉으로 드러난 사회상의 뒤에 숨겨진 식민 지배의 본질을 꿰뚫고 있었기 때문이다. 이기영의 작품 중에서 지주의 친일적 성격을 뚜렷하게 드러내고 있는 작품으로는 「민촌」이 있다. 그가 중엄리를 떠나 잠시 자리를 잡았던 유량리는 천안 향교가 있어 향교말로 불렸는데, 이곳을 공간적 배경으로 삼고 있는 이 작품에서 지주인 박주사 아들은 동척회사 마름이자 면협 의원이고 금융조합 평의원으로 설정되어 있다. 동척회사는 동양척식주식회사의 준말로 일제가 우리나라 땅을 가로채기 위해 1910년부터 1918년까지 실시한 토지조사사업을 통해 조선총독부 다음으로 많은 땅을 가지게 된 식민지 수탈의 중심 기관이다. 그 회사의 마름이라면 일본인들이 강제로 뺏은 땅을 현지에서 동척회사를 대신하여 관리하는 사람이다. 박주사의 아들은 이처럼 노골적인 친일파이면서 동시에 농촌 경제를 좌지우지하는 금융조합의 평의원으로서 가난한 농민의 딸을 노리는 부도덕한 지주였던 것이다. 이기영은 일제의 검열이 강화되어 지주의 친일 행위를 노골적으로 표현하지 못할 때는 간접적이고 우회적인 방법으로 친일적 성격을 드러내기도 하였다. 그리하여 1926년에 발표한 「농부 정도룡」에서는 지주 김주사를 금융조합장·보통학교 학무위

원·군 참사·적십자사 정사원·지주회 부회장·도 평의원으로 표현했지만, 1935년에 발표한 「원치서」에서는 지주 조동지의 작은 아들을 일본 사람 운송점에서 사무원 노릇하는 존재로 표현하는 수밖에 없었다.

이러한 친일파 지주들에게 저항하는 농민들의 모습은 크게 두 가지 방향에서 묘사된다. 첫 번째 방향은 지식인을 매개로 하는 것이고, 다른 하나의 방향은 농민들 스스로 세상의 이치를 터득해 가는 것을 그려내는 것이다. 전자와 관련하여, 대표적인 지식인으로 꼽을 수 있는 인물은 「민촌」의 창순, 「서화」의 정광조, 「홍수」의 박건성 등이다. 「민촌」의 창순은 서울에서 공부를 하고 돌아왔기 때문에 서울댁이라고 불리는데, 그는 양반 출신이면서도 인간은 평등하다고 하면서 농민들에게 지주의 착취 때문에 가난하게 살 수밖에 없음을 역설한다. 이러한 계몽활동은 점동·점순·순동 등의 젊은 세대들을 감화시키지만, 그는 농민들 속에 융화되지 못한 채 김첨지의 딸 점순이가 팔려 갈 때도 무기력하게 바라만 보게 된다. 「서화」의 정광조도 창순과 마찬가지로 돌쇠와 같은 무식한 농민들에게 봉건적 관습의 모순을 깨우쳐 주지만, 그 자신은 아무런 실제적 행동을 감행하지 못한다.

이들에 비해 「홍수」의 박건성은 훨씬 행동적인 인물이다. 동경에서 노동자 생활을 하다가 고향에 돌아와 야학을 열고 두레를 결성하여 농민들을 깨우쳐 나간다. 이러한 그의 활동에 영향을 받은 농민들은 점차 의식이 깨어나 홍수 피해를 계기로 농민조합을 건설하고 지주를 상대로 투쟁까지 벌이게 된다. 「홍수」는 당시 이기영이 속해 있던 조선프롤레타리아예술동맹, 즉 카프(KAPF)가 소설가들에게 계급투쟁을 의식적으로 그려내라고 요구했던 지침을 따른 것이다. 현실을 무시한 채 조직의 방침에 따라 인물을 창조하였기 때문에 박건성은 일제 강점기의 현실에서 찾아보기 힘들 정도로 지나치게 이상화적 인물이 되고 말았다는 비판을 받고 있다. 그렇지만 지식인이 등장하는 소설들은 식민지의 농민들이 처한 가난과 불행의 원인을 비교적 분명하게 밝혀 주는 특징을 가지고 있다.

이들 소설과 조금 다른 차원에서 지식인이 등장하는 소설로는 「십 년 후」가 있다. 이 작품은 이기영이 카프 제2차 검거 사건인 신건설사 사건으로 인해 1년 가까이 감옥 생활을 하고 나온 뒤에 창작한 것이다. 그가 다시는 사회주의 운동을 하지 않겠다는 전향 선언을 하고 출옥했을 때 카프는 이미 해산된 뒤였고, 일제의 탄압이 강화되어 더 이상 예전처럼 사회주의자의 입장에서 친일파를 비판하는 작품을 쓸 수도 없었다. 이때 그가 할 수 있었던 것은 이념을 떠받들던 사회 운동가 대신 생활인으로 돌아가는 길이었다. 「십 년 후」는 바로 그런 시점에서 지난날을 회고하는 자전적 성격의 작품으로, 주인공은 풍기에서 중석 광산을 찾아 헤맬 때 함께 고생했던 정인학을 십 년 만에 다시 만나 여러 가지 생각을 하게 된다. 지나가 버린 황금광 시대에는 같은 처지였지만, 이제는 노동자가 된 정인학과 지식인이 된 자기 자신을 비교하면서 삶에 대한 갖가지 고민을 하게 되었던 것이다. 작품의 끝부분에서 그는 암울한 시대 상황에도 불구하고 까닭 모를 희망을 품게 되는데, 이로 보면 이 소설은 전향으로 인해 좌절을 겪은 작가가 자신의 삶에 대해 성찰하고 미래에 대한 태도까지 드러낸 작품이라 할 수 있을 것이다.

한편, 농민의 자기 각성을 다룬 소설로는 「농부 정도룡」·「서화」·「맥추」 등이 있다. 「농부 정도룡」의 주인공 정도룡은 다른 농민들과 달리 지주와 소작인 사이의 불평등을 참지 못하고 불만을 적극적으로 표출하는 인물이다. 그는 학교에서 지주 자식을 기준으로 고기를 많이 먹으라고 하고 위생에 주의하라고 가르치자 아들을 더 이상 학교에 보내지 않으며, 가난한 현실을 감수하라고 목사가 설교하자 딸을 더 이상 교회에 보내지 않는다. 그리고 농사지을 땅을 떼인 소작인에게 자기가 부치던 땅을 주고, 지주를 찾아가 새로 땅을 내놓으라고 주장한다. 이러한 정도룡의 모습은 고대 영웅 소설의 주인공을 떠올리게 할 정도로 비범한 면이 있다. 하지만 결과적으로 바로 이 점이 그로 하여금 실제 농민의 모습과 약간 거리가 먼 비사실적 인물로 보이게 한다.

정도룡에 비하면 「서화」의 주인공 돌쇠는 매우 무식하지만, 당시 농민의 모습에 훨씬 가깝게 묘사되었다. 도박에 열을 올리는 그는 왜 농촌이 갈수록 살기 힘들어지는지 알지 못하지만, 쥐불놀이 같은 옛날의 풍습이 사라져 가는 것을 안타까워한다. 그러나 이처럼 무식한 돌쇠의 모습을 통해 독자들은 오히려 지식인으로부터 현실의 상황을 직접 듣는 것보다 훨씬 생생하게 일제 강점기의 농촌 상황을 접하게 된다. 돌쇠와 같은 인물을 만들어 낸 경험을 살려, 이기영은 이 작품에 뒤이어 창작한 장편 소설 「고향」에서 계몽적 태도 대신 농민 속으로 들어가려는 태도를 취하는 지식인과 자기 각성에 이르는 농민들을 내세움으로써 식민지의 농촌 현실을 폭넓고 깊이 있게 묘사하는 데 성공한다.

이처럼 계몽적 성격을 극복하고 농민의 처지를 제대로 파악함으로써 이룩한 현실의 형상화는 일제의 탄압이 강화된 1930년대 후반에 이르러 점차 약화되는 경향을 보인다. 그 결과 전향 직후 발표한 「맥추」의 주인공 영호는 전향 이전에 창조한 정도룡처럼 여전히 적극적인 성격을 지니고 있지만, 「봉황산」이 창작된 1940년 무렵의 등장인물들은 현실의 폭력에 적극적으로 대항하지 못한 채 무기력한 모습을 보이게 된다. 그리고 몇몇 소설에서는 만주 이민이라는 일본의 정책을 좇으려는 경향까지 드러내기도 한다. 그만큼 1930년대 후반은 작가들이 창작 활동을 하기에 매우 열악한 시기였던 것이다.

4. 이기영 소설의 현대적 의의

우리는 1980년대 후반부터 북한으로 올라간 작가들의 작품을 일부나마 접할 수 있게 되었다. 그들이 떠받들던 이념 때문에 접근이 금지되었던 작품 가운데 일제 강점기에 쓴 작품에 한하여 해제 조치가 내려졌기 때문이다. 물론 이때부터 독자들은 이기영의 작품 중 일부를 접할 수 있었지만, 지금까지도 여전히 활발하게 읽히는 편은 아니다. 이러한 현상의 이면에서는 그가 사회주의 문학 운동을 했다는 사실이 장해물로 작용하고 있는지도 모른다. 그럼에도 불구하고, 이기영은 이 글의 앞부분에서 밝힌 것처럼 일제 강점기의 소설가 가운데 사실주의적 경향에서는 최고의 성과를 거둔 작가이다.

이기영은 민촌에 살던 어린 시절부터 목격한 양반 지주의 횡포와 그에 맞서는 소작인들의 저항을 통해 빈부의 대립을 알게 되었고, 어른이 된 뒤에는 그것을 사회주의적 입장에서 묘사하려고 하였다. 때로는 이러한 입장이 지나치게 강조되어 일부 작품에서는 지식인이 농민들에게 사회의 모순을 직접 가르치는 일이 벌어지기도 하고, 현실에서 볼 수 없는 이상적인 인물이 등장하기도 하였다. 하지만 1930년대 전반기에 창작된 「서화」 등에서는 지식인의 일방적인 계몽 활동을 담아내는 대신에 농민의 처지를 객관적으로 그려 내는 데 치중하여 높은 수준에 도달할 수 있었다. 그리하여 이기영의 소설은 봉건적인 성격이 완전히 사라지지 않은 시대적 상황 속에서 일본과 결탁하여 자기의 이익만 챙기는 친일 지주의 반민족성을 비판하고, 그러한 지주에 맞서 꿋꿋하게 투쟁한 농민들의 삶을 생생하게 묘사해 내는 경지에 도달하게 된다. 이런 점에서 볼 때, 이기영의 소설은 일제 강점기의 우리 사회를 제대로 그려 낸 사실주의적 풍속도이자 식민지의 모순을 예리하게 분석한 보고서라고 할 수 있을 것이다.